Patricia Veryan wurde in London geboren, siedelte aber nach dem Zweiten Weltkrieg nach Amerika über. Sie lebt heute in Kirkland, Washington.

Ebenfalls von Patricia Veryan im Knaur-Programm:

»Doch alles kam ganz anders« (Band 1629)

Deutsche Erstausgabe 1989

Titel der Originalausgabe »Journey to Enchantment«

Umschlaggestaltung Manfred Waller
Umschlagfoto Sammlung Menningen
Satz MPM, Reitmehring
Druck und Bindung Elsnerdruck, Berlin
Printed in Germany 5 4 3 2 1
ISBN 3-426-01628-1

Patricia Veryan:
Geliebter Rebell

Roman

Aus dem Englischen von Gaby Krüger-Wirrer

Knaur

Für Jorge,
den liebsten und besten
aller Schwiegersöhne.

Teil I

Schottland

Inverness, Schottland

Juni 1746

1

Kurz nach Mittag kam eine prickelnde, kühle Brise auf, die die Baumwipfel tanzen ließ und die flaumigen weißen Wolken in eiligem Gleiten über das heitere Tiefblau des Himmels trieb. Die Sonne krönte die Wellen mit hellem Gold und funkelte auf dem länglichen Saphir des Loch Ness, der inmitten smaragdgrüner Felder und Hügel lag, eingeschlossen von zerklüfteten Felsen und Hügeln, die sich nach den entfernten Gebirgsmassen streckten. Weit hinten in der großen Schlucht ragte feierlich und mächtig die Ruine von Urquhart Castle ins Wasser, und in stolzer Unnahbarkeit hielt das Mealfuarvonie-Gebirge Wacht über allem. Ein Anblick, der das Herz jedes Schotten unweigerlich höher schlagen ließ, der Freude am Leben wecken oder zu poetischen Gedanken über die Schönheit der Schöpfung inspirieren konnte.

Ein Pferd kam die Straße entlang, jedoch nicht in gemächlichem Schritt, sondern im Galopp. Die Reiterin, die sich im Sattel nach vorn beugte, das dunkelblaue Reitkleid im Wind flatternd und die lange Feder in ihrem breitrandigen Hut durch den schnellen Ritt ganz aus der Fasson, sah keine der landschaftlichen Schönheiten, da sie von bedeutenderen Dingen in Beschlag genommen war. Als die beiden Pferdeknechte, die sie begleiteten, weit hinter ihr zurückgeblieben waren, verließ sie die verhaßte Straße, die General Wade hatte bauen lassen, um das Hochland zu unterwerfen, und bog in einen schmalen Weg ein, der zum Wasser hinunterführte, wo über prächtigem Baumbestand der Turm eines großen Hauses zu sehen war. Das Mädchen ritt durch den sonnendurchfluteten Wald und kam schließlich auf breite, sauber gemähte Rasenflächen, die den Blick auf das graue Steinhaus mit den dicken Mauern und das weiter seitlich liegende Gebäude freigaben, vor dem schon viele Gäste erstaunt stehengeblieben waren: eine ansehnlich große Pyramide.

Das stürmische Herannahen des Pferdes rief einen Gärtner auf den Plan. Er winkte und rief ihr einen Gruß zu. Das Mädchen winkte zurück, verlangsamte ihr Tempo aber erst, als sie das Haus erreichte, wo sie im letzten Moment so heftig an den Zügeln zog, daß das Pferd schnaubte und am Fuß der Treppe tänzelte.

Ein Stallbursche kam herbeigelaufen. »Ho, ruhig, Miss Prue! Gibt es wieder Ärger?«

Prudence MacTavish beugte sich nach unten, um sich vom Pferd helfen zu lassen. »Nicht für uns, Gott sei Dank«, sagte sie, und ein Lächeln erhellte ihr herzförmiges Gesicht. »Jamie MacDougall ist gefahrlos entkommen, dank Ligun Doone!«

Der Stallbursche ließ ein lautes Hurra hören und warf seine Kappe in die Luft. »Hochleben soll er, der Mann! Er ist ein Teufelskerl!«

Prudence grinste, hob hastig ihre Schleppe hoch und lief zur Treppe.

Der Stallbursche rief: »Mr. MacTavish is' nich' allein, Miss!«

Sie hielt einen Moment inne und blickte sich nach ihm um, dann setzte sie eilig ihren Weg fort. Wahrscheinlich war es der alte Duncan MacKie, der auf dem Heimweg von Inverness hier angehalten hatte, um über den Schlächter Cumberland und seine gedungenen Mörder zu wettern. Oder Sir Matthew Garry, dessen grauer Schnurrbart vor Zorn über das Verbot, die Hochlandtracht zu tragen, bebte.

Prudence betrat hastig die große Halle und übergab Hut und

Handschuhe dem Diener, der mit leiser Mißbilligung in der Stimme bemerkte, der Herr sei in der Bibliothek, »mit einem Gast«. Das bedeutete, mit jemandem weniger Vertrauten als einem Verwandten oder Freund, aber Prudence, die keine Lust hatte, nach oben zu gehen, um ihr Haar zu ordnen oder ihr Reitkleid auszuziehen, trat nur zu dem goldenen Spiegel an der Wand und betrachtete sich prüfend.

Der schnelle Galopp hatte ihre Wangen rosig erblühen lassen, und ihr gepudertes Haar ließ ihre leicht gebräunte Haut durch den Kontrast noch dunkler aussehen. *Pausbäckchen!* dachte sie geringschätzig und musterte ihre Gesichtszüge ohne Begeisterung. Obwohl ihr Haar von einem hellen Rotgold war, hatte sie das Glück, dunkle Brauen und Wimpern zu besitzen. An den letzteren konnte sie keinen Makel finden, denn sie umrahmten ihre tiefblauen Augen dicht und mit einem leichten Schwung nach oben, doch ihre Brauen waren eher spitz als sanft gebogen, und, obwohl schön gezeichnet, waren sie zu breit. Auch ihre Wangenknochen gefielen ihr nicht, da sie nicht so feingeschnitten und zart waren, wie sie es sich gewünscht hätte, und ihre Nase war eher eine leichte Stupsnase als klassisch gerade und schmal geformt. Ihr Mund war hübsch gerundet, wie sie zugeben mußte, aber zu breit, und ihr Kinn war kräftig, ohne das kleinste Grübchen. Es war ein junges Gesicht, da sie gerade erst neunzehn geworden war, und hübsch genug, wie schon einige junge Schotten ihr gesagt hatten, doch sie selbst bewunderte die zarte Blässe, die in Mode war, und so preßten sich ihre roten Lippen unwillig zusammen. *Pausbäckchen!*, dachte sie erneut.

Vorsichtig strich sie über ihre Locken, bis sie annähernd ordentlich aussahen, glättete das Kleid und schritt in den hinteren Teil des Hauses, auf die Bibliothek zu.

Es war ein entzückendes altes Haus, und obwohl es im Stil der früheren Festungen gebaut war, besaß es eine stille Eleganz, die zugleich einladend und gemütlich wirkte. Die Eingangshalle mit ihrer reichen Täfelung vom Boden bis zur Decke war groß und eindrucksvoll. Das Porträt eines hübschen jungen Schotten in vollem

Hochlandstaat hing herausfordernd über dem großen Kamin an der Ostwand, und im Hintergrund des Raumes führte eine prächtige Treppe zu den oberen Stockwerken.

Leicht überrascht sah Prudence, daß mehrere Koffer und Truhen am Fuß der Treppe ordentlich aufgestapelt waren, und betrachtete sie, während sie sich fragte, warum ihr Vater es versäumt hatte, ihr mitzuteilen, daß sie Besuch bekommen würden. Ein Lächeln stahl sich in ihre Augen. Wie närrisch zu erwarten, daß MacTavish irgendeiner Logik folgte. Liebenswert, aber zerstreut, hatte er heute morgen wahrscheinlich beschlossen, seiner Tochter die bevorstehende Ankunft eines Freundes oder Wissenschaftlers anzukündigen, aber lange bevor er hinunter ins Frühstückszimmer ging, waren seine Gedanken schon mit irgendeiner Ausgrabung in Ägypten beschäftigt gewesen, oder mit der Vorlesung, die er nächsten Monat in Edinburgh halten sollte.

Sie würde ihn ausschelten, beschloß sie, aber auf behutsame Weise. Und dann würde sie sich darum kümmern, ob sie ihre Haushälterin, die respektgebietende Mrs. Cairn, besänftigen mußte.

In der östlichen Halle war es still, Sonnenstrahlen drangen friedlich durch die offene Tür des großen Eßzimmers herein und malten die Schatten der Fenstergitter auf das Eichenholzparkett. In der Bibliothek war es ebenfalls still, und Prudence ging hinein, erfreut, ihren Vater schließlich doch allein vorzufinden.

James MacTavish sah ganz so aus wie das, was er war: ein freundlicher Gelehrter, der sich in eine rauhe Welt verirrt hatte. Er war ein magerer Herr mittlerer Größe, mit ergrauendem blonden Haar, ziemlich kurzsichtigen blauen Augen und einer Neigung, alles hintanzusetzen, was mit seiner Hauptbeschäftigung, der Archäologie, nichts zu tun hatte. Im Augenblick stand er hinter seinem Schreibtisch und blickte stirnrunzelnd auf einen Brief, den er in der Hand hielt, aber als die Tür sich öffnete, sah er auf und lächelte seiner Tochter zu. »Prudence, meine Liebe«, begann er.

»Ich habe wunderbare Neuigkeiten, Papa«, unterbrach sie ihn überschwenglich. »Diese ekelhaften Engländer haben es nicht geschafft, Jamie MacDougall zum Galgen zu schleifen! Er ist gefahr-

los entkommen, dank Li —« Sie unterbrach sich, aufmerksam geworden durch das leise Stirnrunzeln ihres Vaters und seine leicht erhobene, warnende Hand.
»Wir haben einen Gast, Prue«, sagte er mit seiner sanften Stimme. »Thaddeus, darf ich Ihnen meine Tochter vorstellen?« Während er dies sagte, trat er hinter dem Schreibtisch hervor, und Prudence, die seinem Blick folgte, schloß die halboffene Tür und entdeckte auf der anderen Seite einen eleganten Gentleman. »Prudence«, fuhr MacTavish fort, »das ist Lord Thaddeus Briley.«
Erschrocken und voller Reue über ihre Impulsivität, die eine alte Untugend von ihr war, ließ sich Prudence zu einem tiefen Knicks hinab. Mit einem anmutigen Schwenken seines Spitzentaschentuchs verbeugte Seine Lordschaft sich. Während er sich aufrichtete, taxierten ihre Augen ihn rasch. Er war etwa Anfang Dreißig. Seine Gesichtszüge waren regelmäßig, aber nicht sehr bemerkenswert, sein Teint war hell, seine Größe durchschnittlich. Er trug eine hochmoderne französische Perücke, und ein kleines Schönheitspflästerchen zierte seine rechte Wange. Seine schlanke Gestalt steckte in einem hervorragend geschnittenen Mantel aus dunkelgoldenem Samt, die breiten Manschetten und die Taschen waren üppig mit goldenen Litzen besetzt. Eine reichbestickte braune Weste, makellose Reithosen aus goldfarbenem Satin, beigefarbene Strümpfe mit goldenem Muster und hochhackige braune Schuhe mit topasfarbenen Schnallen vervollständigten seine Kleidung. *Lieber Himmel! Der Kerl ist ein Dandy!* dachte Prudence.
Seine Lordschaft, der die Verachtung in ihren hübschen Augen richtig interpretierte, lispelte entschuldigend: »Ich — äh, ich wollte mich nicht vor Ihnen verßtecken, Miß MacTaviß. Ich habe dießes Ölbild bewundert. Ihr Vater ßagte mir, Ssie hätten eß gemalt.« Er lächelte zaghaft. Sein Lächeln war eigentümlich bezaubernd, und Prudence stellte verspätet fest, daß er sehr schöne Augen von einem ungewöhnlichen Bernsteinton hatte, aber sie dachte, *Er ist nicht nur ein Dandy, sondern auch noch ein Engländer! Und er hat sich passend zu seiner Augenfarbe gekleidet! Gräßlich!* Ihr Lächeln war dazu angetan, seine Eleganz zu Eis erstarren zu lassen, und sie

sagte: »Sehr erfreut, Sir. Ich bitte um Verzeihung, Papa. Ich wollte nicht stören. Ich werde Sie wieder allein lassen.« Sie wandte sich ab, um das Zimmer zu verlassen, aber plötzlich kam ihr ein schrecklicher Gedanke, und sie fragte: »Wird Seine Lordschaft bei uns bleiben, Sir?«

Ihr Gesicht war ein deutlicher Spiegel ihrer Gefühle, und Brileys bernsteinfarbene Augen nahmen einen amüsierten Ausdruck an. Mr. MacTavish dagegen sah ungewohnt streng aus. »Diese Freude«, sagte er, »bleibt uns versagt.«

Prudence starrte ihn an, verblüfft darüber, daß er offensichtlich ihr Benehmen gegenüber diesem Feind tadelte.

Mit scheuem Ernst geruhte Seine Lordschaft zu sagen: »Ich habe einen Freund hergebracht, Ma'am. Aber er wird Ihnen keine Mühe machen, ßeien Ssie gewiß. Ein braver Kerl.«

Prudence sah unsicher auf ihren Vater. »Einen — Freund, Papa?«

»Ja, meine Liebe. Ein Freund deines Bruders.«

Ihre Augen leuchteten auf. »Ah! Ein Schotte also.«

MacTavish blickte verzeihungheischend zu Lord Briley. »Captain Delacourt ist bedauerlicherweise krank. Ich versichere Ihnen, Mylord, daß er hier jegliche Bequemlichkeit finden wird, obwohl« — er warf seiner Tochter einen grimmigen Blick zu — »obwohl der Anschein das Gegenteil vermuten lassen mag.«

Prudence errötete, knickste, murmelte eine unzusammenhängende Entschuldigung und floh, wobei sie sich nur allzu bewußt war, daß sie sich wie gewöhnlich linkisch und unmanierlich benommen hatte. Lord Briley war ein englischer Stutzer, aber er war ein Bekannter ihres Bruders und ihres Vaters und außerdem Gast in ihrem Hause, und sie hatte ihn zweimal in Verlegenheit gebracht. Deprimiert ging sie zur Treppe und seufzte über ihre Taktlosigkeit.

Ein drahtig aussehendes Individuum um die Vierzig schickte sich gerade an, die letzten zwei Koffer aufzuheben. Als der Mann Prudence näher kommen sah, stellte er seine Last ab und verbeugte sich respektvoll. Seine Stützperücke rutschte ein wenig, und er rückte sie mit seiner knochigen Hand gerade.

»Guten Tag«, sagte Prudence freundlich, denn der Diener konnte nichts dafür, daß sein Herr ein schleimiger Engländer, ein »Sassenach«, war. »Ich bin Miss MacTavish. Stehen Sie im Dienst unseres Gastes?«

»Jawohl, Miss«, antwortete er in unerwartet tiefem Baß. »Ein sehrrr feinerrr Gentleman ist der Captain. Und ich heiß' Lockerbie, Ma'am.«

Er hatte einen breiten schottischen Akzent, und schließlich hatte MacTavish auch nicht gesagt, daß ihr *Gast* Engländer war. Ein Stein fiel ihr vom Herzen. »Er ist also doch ein schottischer Gentleman! Ich hätte es mir denken können, daß mein Vater einem Sassenach kein Bett anbieten würde!«

Die mageren Schultern reckten sich, und der knochige Kopf hob sich stolz. »Captain Delacourrrt ist Engländer, Miss. Und ein feiner, prrrächtiger Mann, das kann ich Ihnen sagen«, erklärte er mit fast wildem Trotz.

»Tatsächlich?« antwortete Prudence von oben herab.

»Guter Mann, Sie vergessen sich«, erklärte eine weitere weibliche Stimme neben ihnen.

Prudence drehte sich eifrig zu der Haushälterin um, und der Diener starrte sie wie gelähmt an. Eine stattliche Frau war Mrs. Cairn, von kleinem Wuchs, aber großem Geist, die Figur weich und rundlich, das dunkle Haar immer ordentlich und glänzend, und ein Paar großer grauer Augen, die im Moment vor Empörung blitzten, blickte aus ihrem zarten Gesicht.

»Sie rrräumen besser Ihren Kofferstapel aus der Halle, als hier herrrumzustehen und die Lady frrrech anzurrreden«, fuhr sie in scharfem Ton fort.

»Es war nur ein Mißverständnis«, sagte Prudence. »Ich dachte, Lockerbies Herr sei Schotte.«

»Um so schlimmer, daß er keiner ist«, brummte die Haushälterin.

Lockerbie packte seine Siebensachen und machte sich auf den Weg die Treppe hinauf, wobei er etwas über die Gastfreundschaft in diesem Hause knurrte.

In einem Anflug von Schuldbewußtsein sagte Prudence: »Armer Bursche, er sieht überlastet aus. Sind keine Diener oder Zimmermädchen da, die ihm helfen könnten?«
»Haben alle zu tun.« Mrs. Cairn warf Prudence einen Blick zu, und ihr störrischer Gesichtsausdruck wurde weicher. Grinsend sagte sie: »Auf jeden Fall zu viel zu tun, als daß ich sie für diesen drrreckigen Überläufer entbehren könnte. Feine Sache für einen frrreien Schotten, einem Sassenach das Zeug hinterherzutrrragen! Noch dazu einem Offizier von diesen mörrrderischen Rrrotrröcken! Miss Prue, was um alles in der Welt hat MacTavish vor?«
Hätte irgend jemand anderer es gewagt, etwas in Frage zu stellen, was ihr Vater tat, selbst wenn es so seltsam war wie dies alles, hätte Prudence MacTavish sofort flammend verteidigt. Aber sie hegte den Verdacht, daß die hübsche kleine Witwe ein besonders liebevolles Auge auf MacTavish geworfen hatte, und daß ihr Vater ein deutliches Interesse in dieser Richtung zeigte, und so seufzte sie nur und sagte bedauernd, soweit sie wisse, sei Captain Delacourt ein Freund von Master Robert. »Haben Sie ihn gesehen, Carrie?«
»Ich habe ihn nur flüchtig gesehen, und das war mehr als genug!«
Die Feindseligkeit in den grauen Augen war deutlich, so daß Prudence sich gezwungen fühlte, darauf hinzuweisen, daß ihr Vater den Captain *eingeladen* hatte, hier zu wohnen. »Wir dürfen nicht zulassen, daß er einen schlechten Eindruck von der schottischen Gastfreundschaft in Erinnerung behält, nicht wahr? Außerdem habe ich gehört, daß er krank ist. Was fehlt dem Mann?«
»Ich weiß es nicht«, erklärte Mrs. Cairn und verschränkte die Arme über ihrem üppigen Busen. »Was es auch ist, man kann bloß hoffen, daß es sich als tödlich herrausstellt und wir uns über einen Sassenach weniger ärrrgern müssen!«

Das Kleid *à la française*, das an der offenen Tür des Kleiderschranks hing, war hellblau, der tiefe Ausschnitt vorn und im Nacken weiß bestickt, das Unterkleid aus weißem Satin. Es war eines von James MacTavishs Lieblingskleidern, und Prudence, die es wohlüberlegt ausgesucht hatte, um ihrem Papa an diesem Abend eine Freude zu machen, hielt sich an einem Stuhl fest, während ihre Zofe die Korsettschnüre festzog; dann warf sie sich ihren Frisierumhang um. Es dauerte ein oder zwei Minuten, bis sie wieder zu Atem gekommen war und sich an den Toilettentisch setzte. Trotz ihrer Besorgnis richtete ihre Aufmerksamkeit sich nicht auf ihr eigenes Spiegelbild, sondern ihre schreckgeweiteten blauen Augen waren auf das hübsche runde Gesicht ihrer Zofe geheftet.

»Er ... hat bei Prestonpans gekämpft?« wiederholte sie ungläubig. »Und — und trotzdem verbietet Papa ihm nicht das Haus?«

Kitty Campbell nickte, ihre hellbraunen Locken tanzten unter der schneeweißen Morgenhaube. »Ganz rrrichtig. Aber Mr. MacTavish ist schlau, Miss Prue. Er wirrrd schon seine Grrründe haben, wenn es auch verrückt errrscheint.«

Prudence versuchte ihre Gedanken zu ordnen. »Weißt du, was ihm fehlt?«

Kitty befestigte ein pompadourblaues Samtband in den hochgesteckten Locken ihrer Herrin und sagte nach einer nachdenklichen Pause, daß es möglicherweise der Beginn von Altersunvernunft sei.

»Dummes Mädchen! Ich hab' nicht MacTavish gemeint — und er ist auch weder alt noch schwach! — Ich meine diesen Captain Sowienoch.«

»Ach so. Na, sein Diener sagt, daß er während der Schlacht ein Geschoßteil durch die Schulter bekommen hat. Ich glaube nicht, daß sie erwartet haben, daß er es überlebt.«

Prudence zuckte ein wenig zusammen und sagte: »Aber die Schlacht bei Prestonpans war im letzten September. Leidet er denn *immer* noch an seiner Verwundung?«

»Ganz rrrecht. Sehr schlimm. Sein Diener sagt, es ginge ihm schon besser, aber er wollte nicht stilliegen, und dann mußten sie ihn von Prestonpans wegschmuggeln und kamen nicht bis zur Grenze, deshalb mußten sie ihn hier heraufbringen. Es ist ihm wieder schlechter gegangen, dafür kann man ihn ja nicht tadeln. Der arrrme junge Kerrrl hat eine lange böse Zeit durrrchgemacht, keine Frrrage.«

»Armer junger Kerl, in der Tat«, schnaubte Prudence, die sich wieder an ihre Wertmaßstäbe erinnerte. »Ein Ungeheuer ist er und hat wahrscheinlich eine ganze Menge von unseren prächtigen Hochländern ermordet, bevor er seine gerechte Strafe bekommen hat!« Sie reichte Kitty ihre Perlen, und während sie um ihren weißen Hals befestigt wurden, fragte sie: »Wie sieht er aus, dieser Sassenach?«

»Na ja, ich hab' ihn noch nicht begutachten können, Miss Prue. Aber Mrs. Cairn sagte, daß er nicht *so* besonders gut ausgesehen hat — ein armer, kümmerlicher Bursche, sagte sie, der wahrscheinlich bei uns sterben wird, weil das Ding durch seine Lunge gegangen ist und er sicher dem Tod geweiht ist.«

Prudence erbleichte wider Willen und sagte ziemlich schwach: »Oh. Nun, ich habe nichts damit zu tun; ich kann nur hoffen, daß er seine Sünden bereut, bevor er vor seinen Gott tritt.« Und nach dieser frommen Bemerkung ging sie hinunter in die Halle, um zu sehen, ob es ihrer Tante gelungen war, etwas über ihren unwillkommenen Gast herauszubekommen.

Mrs. Hortense MacTavish war die Witwe von James MacTavishs jüngerem Bruder Victor. Sie war eine bleiche, schlanke Lady mit den aristokratisch feinen Zügen, die ihre Nichte zu gern besessen hätte, hatte weiße, fahrige Hände und die Konstitution eines Ochsen. In ihrer Jugend war sie eine gefeierte Schönheit gewesen, und ihr zu Ehren waren mehrere Oden und ein äußerst schlechtes Sonett verfaßt worden. Der Dichter des Sonetts, ein junger Mann, der zur Tragik neigte, hatte die Frucht seiner Bemühungen »Hortense, ätherische Königin des Mondlichts« genannt. James, der mit der *Königin des Mondlichts* Rundball zu spielen pflegte, hatte sich darüber sehr erheitert und seine Schwägerin jahrelang unbarmherzig mit ihrem *robust-ätherischen Schatten* aufgezogen. Hortense dagegen hatte das Sonett herrlich romantisch gefunden und sich seither bemüht, dieser Bezeichnung entsprechend zu leben (oder zu schmachten), indem sie zarte Kleider trug, zephirleichte Schals um ihr Haar drapierte und ein dauerhaftes und oft lästiges Interesse an Astrologie entwickelte. Sie war nicht mit Kindern gesegnet, ein

Umstand, für den sie ihren Gatten verantwortlich machte, wobei sie die wohlbekannte Tatsache, daß Victor zwei kräftige Söhne von seiner Mätresse hatte, völlig ignorierte. Hortense war zu ihrem Schwager gezogen, als James' Frau sich an einer blasigen Ferse eine Blutvergiftung zugezogen hatte und daran gestorben war, und hatte in ihrer unberechenbaren Art ihr Bestes getan, um seine beiden temperamentvollen Kinder zu bemuttern. Robert war ihr Liebling gewesen, und sie hatte sich wahren Kummerorgien hingegeben, als er davongeritten war, um sich den Truppen von *Bonnie Prince Charlie* anzuschließen. Aber sie war auch Prudence ehrlich zugetan und sah nun mit einem begrüßenden Lächeln von ihrem Schreibtisch auf, als ihre Nichte in ihren Privatsalon trat.

»Meine Liebe«, sagte sie mit kaum hörbarer Stimme, »wie reizend du aussiehst. Sag nicht, ich hätte dich nicht gewarnt.«

Prudence, die sowohl an die flüsternde Stimme als auch an die geheimnisvollen Andeutungen gewöhnt war, trippelte zum Bett und setzte sich auf den Rand. »Wovor gewarnt, Tantchen Mac?«

Mit leisem Interesse sah Hortense zu, wie einer ihrer Schals zu Boden glitt. »Daß ein großer, dunkler, hübscher Mann in dein Leben treten würde, bevor der Mond wieder voll ist. Du pflegst mir keine Beachtung zu schenken, leider. Aber es stand in den Sternen geschrieben. Alle Zeichen haben es bestätigt. Und du siehst, liebste Prudence, daß ich vollkommen recht hatte.« Sie riß ihre Aufmerksamkeit von dem abtrünnigen Schal los, der nun auf dem Boden lag, und lächelte ihre belustigte Nichte geduldig an. »Lach nur. Aber« — sie hob ihre weiße Hand in einer anmutigen, aber nachdrücklichen Geste — »in den nächsten Tagen werdet ihr alle euch gezwungen sehen, von eurem Spott abzulassen.«

Prudence sprang auf und lief zu ihr, um sie zu umarmen. »Liebste, natürlich verspotten wir dich nicht. Wir lieben dich — das weißt du.« Sie küßte die Wange, die ihr entgegengehalten wurde, und kehrte zu ihrem Sitz zurück, nebenbei bemerkend: »Aber ich glaube, diesmal hast du nicht ganz recht, weißt du, weil du gesagt hast, er sei *groß und hübsch*, und laut Cairn ist unser schrecklicher Eindringling —«

»Prue! Der Gast deines Papas!«
»— dieser schreckliche Engländer ist weder groß noch hübsch.«
»Cairn!« sagte Hortense naserümpfend und vergaß, wie es ihr gelegentlich passierte, ätherisch zu sein. »Sie versteht viel davon! Sie ist so voreingenommen, daß sie einen Engländer immer für einen Kobold halten würde, wäre er auch schön wie Adonis. Du kannst *mir* glauben, Prudence. Der junge Mann ist groß *und* hübsch, mit den schönsten dunklen Locken, wenn sie auch wirr auf seinem Kissen lagen, als ich ihn gesehen habe.« Sie stieß einen tragischen Seufzer aus. »So jung, um zu sterben, armer Junge.«
Da ihre Neugier langsam die Oberhand gewann, hielt Prudence einen entrüsteten Kommentar zurück. »Du hast ihn also gesehen. Wird er *wirklich* sterben, glaubst du? Ich hoffe nicht. Es wäre die reinste Niedertracht, wenn wir in Lakepoint eine Beerdigung erleben müßten.«
Schockiert trauerte Hortense der Tatsache nach, daß ihre Nichte als Kind lieb und sanft gewesen sei. »Wann bist du so herzlos geworden? Wenn du ihn nur gesehen hättest, wie er dalag, das zarte Gesicht ganz weiß und von Leid gezeichnet, und mich dennoch« — sie preßte ein Taschentuch auf ihre Lippen und fuhr fort, leiser als je zuvor — »mich dennoch angelächelt hat ... so tapfer.«
Prudence fand es schwer, ihre ungerührte Miene beizubehalten, denn es gab kaum einen Zweifel, daß ihre Tante ehrlich ergriffen war. Voller Unbehagen sagte sie: »Nicht weinen, Tantchen. Wir werden es schon schaffen, den Burschen aufzupäppeln, daran habe ich keinen Zweifel, obwohl *ich* nichts mit ihm zu tun haben will! Oh, is' ja gut! Rrreg dich nicht auf! Ich werd' höflich mit ihm reden — ganz egal, wie viele Schotten er mit seinem blutigen Schwerrrt feige errrmorrrdet hat!«
Hortense erschauderte und sagte matt: »Wie ähnlich du deinem Vater bist, armes Kind. Je ärgerlicher du wirst, desto breiter ist dein Schottisch.«
Schnaubend vor Zorn beschloß Prudence, nicht auf ihre Tante zu warten, und machte sich auf die Suche nach ihrem Vater.
Sie fand ihn, wie üblich, in der Bibliothek, zum Dinner angeklei-

det, aber vertieft in ein abgewetztes, ledergebundenes dickes Buch. Er blickte sie zerstreut an, dann aber leuchteten seine Augen auf, als er sie so anmutig gekleidet sah, mit Reifrock, Perlen und Puder. Prudence schlug die Augen nieder, preßte die Hände ein wenig zusammen und sagte bescheiden: »Ich habe dich wütend gemacht, Papa. Wirklich, ich wollte es nicht, und es tut mir sehr leid.«
Sie erwartete, er würde sein Buch niederlegen und zu ihr kommen, um sie zu küssen und ihr zu sagen, sie sei ein ungezogenes Kätzchen, aber in ganz Schottland und auf den Inseln gebe es kein hübscheres Mädchen als sie. Statt dessen schwieg er. Sie warf ihm einen verstohlenen Blick zu und sah, daß er das Buch auf den Arbeitstisch gelegt hatte und stirnrunzelnd auf seine Hand hinuntersah, die immer noch auf dem zugeschlagenen Band lag. Sie erschrak. War er wirklich ernstlich böse? Wegen eines jämmerlichen Sassenach? Erstaunt rief sie: »Papa? Ich verstehe das alles nicht!«
Er lächelte plötzlich und kam zu ihr herüber. »Natürlich nicht, Kind«, sagte er und drückte ihr einen Kuß auf die Wange. »Deshalb muß ich es dir erklären.« Er führte sie zum Sofa am Fenster, wo sie sich nebeneinander auf die Brokatkissen setzten. »Wir sind«, sagte er langsam, »Captain Delacourt zu Dank verpflichtet.«
Prudence beobachtete ihn, während ihre Neugier aufgrund dieser Bemerkung und bei seinem leichten Stolpern über den Namen wuchs. »Wie?« fragte sie unverblümt.
»Er war, äh, freundlich zu deinem Bruder. Äh — als sie zusammen in der Schule waren.«
»Ich nehme an, das bedeutet, daß Rob wieder einmal in der Klemme saß und —«
»Und ich wünschte, er hätte dir nicht diesen empörenden Jargon beigebracht! Und weiter, Miss Frechdachs, dein Bruder war nicht in einer solchen Art von — äh, Verlegenheit. Es geht nicht darum, worunter er gelitten hat, sondern darum, daß unser Gast ihm zu einer Zeit beistand, als er — als er Hilfe brauchte.« Hier bemerkte MacTavish, daß der Blick seiner Tochter zwar gesenkt war, ihr Kinn aber rebellisch aussah, und er ergriff letzteres und hob es hoch, so daß ihre stürmischen Augen in die seinen blickten. »Wir

sind dem Gentleman *zu Dank verpflichtet*«, wiederholte er mit fester Stimme. »Und er ist wahrhaft ein Gentleman. Ich hatte gehofft, daß du jetzt schon fort wärst, bei deiner Tante in Edinburgh, aber —«, er brach ab, dann sprach er den Satz zu Ende, »ich verlange, daß du ihn höflich behandelst. Und daß du seine Freunde willkommen heißt, wenn sie hierherkommen sollten.«
Sie nahm seine Hand zwischen ihre beiden. »So wie dieser dumme, schwächliche, lispelnde Sassenach, der heute hier herumgetänzelt ist?«
MacTavish runzelte die Stirn und stand auf. Er war weder groß noch sah er einschüchternd aus, aber wenn er verärgert war, wirkte er imposant. Jetzt war er verärgert, und Prudence, der zum ersten Mal klar wurde, wie tief seine Gefühle in dieser Angelegenheit waren, sah zu ihm auf; ihr Herz begann ängstlich zu flattern.
»Lord Thaddeus Briley«, sagte MacTavish mit eisiger Stimme, »ist ein Engländer, das räume ich ein. Und er ist ein sehr guter Mann. Daß dieser Wahnsinn, der sich vor kurzem abgespielt hat, solches Blutvergießen und solchen Kummer über unser Land gebracht hat, ist eine unglaubliche Tragödie. Ich fürchte, es ist eine Tragödie, deren Folgen wir Schotten erst noch erleiden müssen. Für diejenigen unter uns, die nicht von unserem hübschen Prinzen bezaubert waren, ist es eine noch schlimmere Tragödie. Und ich erinnere dich daran, Prudence, daß viele englische Gentlemen für die Sache der Jakobiten gekämpft und ihr Leben für sie gelassen haben.«
Sie war bereits auf die Füße gesprungen und konterte zitternd, aber starrköpfig: »Ja, Sir. Aber unser Gast hat das nicht getan! Er war Captain im Dienst dieses deutschen Usurpators! Er ist einer der Männer, gegen die unser Robbie gekämpft hat, und wir —«
»Das *reicht*«! Die Stimme war nicht laut, aber Prudence wich zurück. »Ich habe Captain Delacourt gastfreundlich meine Hand gereicht. Wenn du ihn mit Wort oder Tat beleidigst, beschmutzt du die Ehre unseres Hauses. Und das werde ich nicht dulden, Prudence!«
Bleich und zitternd senkte sie den Kopf und war still.

»Hast du mich verstanden?« fragte MacTavish.
»Ja, Sir«, flüsterte sie und kämpfte gegen ihre Tränen an.
»Danke. Morgen, wenn es ihm gut genug geht, werde ich dich mit hinaufnehmen und dich unserem Captain vorstellen. Halt dich also bitte um zwei Uhr zur Verfügung.«
An diesem Abend war das Dinner keine erfreuliche Mahlzeit. Die Diener waren so ruhig und tüchtig wie immer, aber ihre zusammengepreßten Lippen und blitzenden Augen drückten ihren Unmut über die Situation aus. Hortense war in der Laune, in Erinnerungen zu schwelgen, und ihre leise Stimme erging sich schleppend und endlos über den Busenfreund ihres verstorbenen Gatten, Major Flitton, der bei Prestonpans gefallen war. Dieses unglückselige Thema trug nicht dazu bei, die Spannung zu vermindern. MacTavish benahm sich höflich und aufmerksam und versuchte gelegentlich, das Thema zu wechseln. Prudence, im Grunde kein widerspenstiges Mädchen, war über diese erste ernsthafte Auseinandersetzung mit ihrem Vater wie am Boden zerstört und konnte dem Essen kaum zusprechen und noch weniger etwas zu der Unterhaltung beitragen. Als das Essen beendet war und ihre Tante ins Wohnzimmer voranging, war sie erleichtert wie kaum je zuvor.
»Nun, meine Liebe«, sagte Hortense, sobald der Butler ihnen den Kaffee serviert hatte und gegangen war, »welche Laus ist dir über die Leber gelaufen? Ist es der Engländer?«
»Papa sagte ... daß ich zu der abscheulichen Kreatur höflich sein muß. Und dieser Kerl liegt oben in Bequemlichkeit und Luxus, während prächtige Gentlemen wie mein lieber Bruder und — und Jamie MacDougall um ihr Leben fliehen, mit diesen verdammten Hunden hinter sich, die förmlich danach lechzen, sie zum nächsten Erschießungskommando zu schleppen!«
»Prue!« protestierte Hortense so erregt, daß zwei ihrer Schals zu Boden glitten. »Wenn dein Papa hören würde, daß du *fluchst!*«
Ärgerlich die Tränen abwischend, sagte Prudence: »Ach was! Er könnt' sich nicht mehr über mich ärrrgern, als er's jetzt schon tut! Wir strrreiten nie, Tantchen Mac. Nie! Und jetzt — wegen diesem

— diesem Engländer! Oh, ich hasse Captain Dingsda, wie er auch heißen mag. Ich *hasse* ihn!«
»Ich habe dich gewarnt, Kind. Erinnerst du dich?« Die großen Haselnußaugen der Witwe nahmen den Ausdruck an, den Robert MacTavish respektlos ihren *Ophelia-Blick* zu nennen pflegte. »Die Sterne haben es mir gesagt«, flüsterte sie, »daß diese Familie durch seine Ankunft gespalten würde. Daß unser Leben für immer und ewig verändert werden würde ...«
Prudences Sinn für Humor erwachte, und sie widerstand dem Drang, *Amen* hinzuzufügen. Statt dessen schnaubte sie: »Pah! Dann haben sie einmal recht gehabt! Schau uns nur an — der arme Rob ein Verfemter; die verfluchten Rotröcke, die Tod und Verwüstung über das Hochland bringen; das Schloß von Achnacarry niedergebrannt und die alte Festung in die Luft gejagt —«
»Das haben die Jakobiten getan«, stellte Hortense seufzend klar.
»Ja — und aus gutem Grund! Aber die Sache ist doch so, daß wir *ihn*« — Prudence deutete mit dem Kopf nach oben — »und seine Kampfgenossen dafür verantwortlich machen müssen. Aber ich soll knicksen und lächeln und ihm alles Gute wünschen, sonst redet mein Papa nicht mehr mit mir. Genausogut könnte ich einer Schlange zulächeln!« Sie ergriff die heruntergefallenen Schals ihrer Tante und zerrte finster blickend an dem dichtgewebten Stoff herum.
Hortense keuchte: »Prue! Du wirst doch nicht ...!«
Die Augen dunkel vor Zorn, sagte Prudence zähneknirschend: »Nun ja, aber es würde mir das Herrrz erleichtern!«
Hortense fächelte sich zu, sah ihre Nichte mit schreckgeweiteten Augen an und murmelte: »Aber was sollen wir nur mit dem Leichnam des armen Jungen anfangen?«
Bei diesem Gedanken glitzerte ein Lächeln in Prudences Augen. »Ihn zum Loch Ness bringen und dem Ungeheuer als Mittagessen vorwerfen!«

Genau um zwei Uhr am folgenden Nachmittag fand Prudence sich vor der Tür des Studierzimmers ihres Vaters ein und fragte

mit unschuldiger Miene: »Wünschen Sie, daß ich mich umziehe, Sir?«
MacTavish warf einen Blick auf ihr windzerzaustes, ungepudertes Haar, ihr von der frischen Luft leicht gerötetes Gesicht, das staubige blaue Reitkleid und kämpfte gegen ein Lächeln an. Er merkte, daß sie glaubte, sie sehe reizlos aus. »Ich bezweifle, daß du noch hübscher aussehen könntest, meine Liebe«, sagte er ernst und mußte sich abwenden, als er die Empörung in ihrem verräterisch ausdrucksvollen Gesicht sah.
Eine schöne Geschichte, dachte Prudence, als sie MacTavish die Treppen hinaufbegleitete, daß der Vater, den man sein Leben lang verehrt hatte, sich wie eine Viper gegen einen wenden konnte, wenn man es am wenigsten erwartete.
Die Tür des feindlichen Zimmers kam drohend näher. Sie preßte die Lippen zusammen. Sie würde diesem ekelhaften kleinen Sassenach schon zeigen, wie eine stolze Schottin ihn in seine Schranken verweisen konnte. Es sei denn, er hätte vielleicht den Anstand besessen, das Zeitliche zu segnen, während sie gerade die Treppen heraufkamen.
Ihre makabre Hoffnung wurde enttäuscht. Lockerbie antwortete auf das Klopfen ihres Vaters, versicherte MacTavish, daß der Captain wach sei und begierig darauf warte, Miss Prudence kennenzulernen, und führte sie mit einer Verbeugung ins Zimmer.
Die Augen niedergeschlagen, verharrte Prudence während der Vorstellung in einem Knicks und hörte eine schwache, aber wohlklingende Stimme murmeln: »Sehr angenehm, Ma'am. Ich bitte Sie um Verzeihung, daß ich hier eingedrungen bin. Ich nehme an, Sie beherbergen einen Sassenach nicht gern in ihrem Heim.«
Ihr Kopf schnellte nach oben. Ihre erste Reaktion war Erschrecken. »Aber er ist ja noch ein Junge!« dachte sie. Das weiße Nachthemd mit den langen Ärmeln und das bleiche, an die Kissen gelehnte Gesicht erweckten den Eindruck hilfloser Jugend; der Captain war von Schmerzen gezeichnet. Dunkle Ringe umschatteten die schwarzbraunen Augen, und zwischen den dichten Brauen waren tiefe Linien eingegraben. Sein Haar, fast schwarz,

war streng zurückgebürstet, begann aber schon wieder, sich um sein Gesicht zu locken, und betonte seine Blässe noch mehr. Ein zaghaftes Lächeln umspielte seinen breiten Mund, und sein anfänglich ziemlich wehmütiger Blick hatte einem Ausdruck der Bewunderung Platz gemacht, wie sie schnell bemerkte.
Geoffrey Delacourt war ebenso überrascht wie Miss MacTavish. Robbies einziger Kommentar über seine Schwester hatte gelautet, sie sei *ein prima Mädchen*. Jetzt erblickte Delacourt ein köstliches kleines Geschöpf, das ganz aus blauen Augen, leuchtend rotgoldenem Haar und stolzer Arroganz zu bestehen schien. Er fand die kleine Stupsnase bezaubernd und die vollen Lippen sehr küssenswert. Sein Blick glitt weiter nach unten. Gott, dieses Schottenmädchen hatte eine Figur!
Prudence sah den Glanz, der in die länglichen dunklen Augen trat, und riß sich zusammen. »Ich kann jedermann, den mein Vater einlädt, nur willkommen heißen, Sir«, sagte sie bescheiden.
Sie meinte natürlich *Ich habe keine andere Wahl*. Belustigt murmelte Delacourt: »Ich danke Ihnen, Ma'am. Kommen Sie vom Reiten? Sie strahlen geradezu robuste Gesundheit aus! Wie ich Sie beneide!«
Prudence wurde starr. *Robust ...?* Sollte sie das von Tantchen Mac haben?
Mit einem leichten Zittern in der Stimme sagte MacTavish: »Nun ja, Prudence gehört nicht zu Eurem schmachtenden Kletterrankentyp.«
Schwindelig vor Zorn konterte seine Tochter: »Da wir gerade dabei sind, Captain Delacourt, ich habe gestern Ihren Freund Lord Briley kennengelernt. Er sprach sehr gut von Ihnen.«
MacTavish warf ihr schockiert einen schnellen Blick zu, bemerkte ihr errötetes Gesicht und trat hastig dazwischen: »Wir dürfen Sie nicht ermüden, mein lieber Junge. Wie geht es Ihnen heute?«
Die lange schmale Hand auf der Bettdecke hob sich ein wenig. »So lala, Sir«, seufzte der Invalide. »Nicht sehr viel besser als gestern. Aber — ich danke Ihnen.«
So lala! dachte Prudence verächtlich. »Wir hoffen, daß Sie sich

schnell erholen werden, Captain«, sagte sie mit einem zähnefletschenden Lächeln.

Das glaube ich gern, Sie kleine Bestie, dachte er. »Werden Sie meiner in Ihren Gebeten gedenken?« bat er mit deutlich schwächerer Stimme.

Wahrheitsgetreu antwortete sie: »Sie waren seit Ihrer Ankunft in meine Gebete eingeschlossen.«

Er hob eine Hand an die Lippen und hustete. Es klang schwach und schmerzvoll, und Prudences Feindseligkeit bröckelte. Sie knickste erneut, murmelte einen passenden Abschiedsgruß, ging an Lockerbie vorbei, der ihr die Tür aufhielt, und vergaß völlig, ihm zu danken.

II

Abgesehen davon, daß er anscheinend zahlreiche Freunde hatte, die ihn zu recht ungewöhnlichen Zeiten besuchten, bemerkte man kaum, daß Captain Delacourt im Haus war. Und dennoch war sein Einfluß auf eine undefinierbare Art überall zu spüren. Das eisige Verhalten der Diener begann schon am zweiten Tag nach seiner Einquartierung zu schmelzen, und am vierten Tag war es verschwunden. Die Hausmädchen wetteiferten bald um das Privileg, seiner selten betätigten Klingel zu folgen, und wenn man ihn schlafend glaubte, legte sich Grabesstille über das Haus. Sein Diener war von ruhigem Wesen und besaß nicht das Talent, leicht Freunde zu gewinnen. Das Tauwetter kam ihm daher nicht gleichermaßen zugute, so daß er nur noch grämlicher und stiller wurde. Die Haushälterin tat so, als bemerke sie Lockerbies Existenz überhaupt nicht, und bei den seltenen Gelegenheiten, da sie das Wort an ihn richten mußte, sah sie eher durch ihn hindurch oder sprach zu der Wand neben ihm, als die Augen je auf seine *widerwärtige Visage*, wie sie sein Gesicht nannte, zu richten. Der Militärarzt, der seinen Patienten alle paar Tage untersuchte, begegnete Mrs. Cairn eines schönen Nachmittags und mußte dieselbe Behandlung über sich ergehen lassen. Selbst ein Schotte, war der rundliche Arzt gerade die Stufen hinuntergestiegen, als sie schon die Treppe hinter ihm fegen ließ. »Sie sind eine richtige Perle«, sagte er mit schroffer Stimme, »und ich will Ihnen gar nicht vorhalten, daß Sie die Engländer nicht mögen, aber wenn Ihr Herz ein bißchen Ähnlichkeit mit Ihrem Gesicht hat, dann lassen Sie Ihre Wut bitteschön nicht an dem Jungen da droben aus. Er braucht seine ganze Krrraft, um am Leben zu bleiben, Ma'am.«

»Halten Sie mich für eine Barrrbarin, Dr. Cauldside?« schnaubte sie wütend und blickte vom Treppenabsatz zu ihm hinunter.

»Zwar müssen wir seine Zimmer wahrrrscheinlich desinfizieren, wenn er endlich weg ist, aberrr sonst will ich seine Leiden nicht noch schlimmer machen.« Und fort war sie, blieb einen Augenblick am Treppenabsatz stehen, um herumzuspähen und mit ihrer sanftesten Stimme nach Señorita zu rufen.

Prudence kam gerade aus der Speisekammer und konnte diesen kurzen Schlagabtausch noch hören. Sie nickte dem Arzt kühl zu und holte die Haushälterin auf halbem Wege in der östlichen Halle ein.

»Werden Captain Delacourts Freunde eine Belästigung, Carrie?« fragte sie und band den seidenen Schal auf, den sie um ihre Locken befestigt hatte.

»Na, das sind sie wirklich. Trapsen zu jeder Zeit hier herum. Man möcht' wünschen, daß der gute Doktor sich mehr um seinen Patienten sorrrgt und das verrrbietet. Und so mürrische, schmutzige Kerrrle, die man gar nicht ansehen mag. Kein Worrrt sagen sie. Schleichen vorbei, die Köpfe gesenkt, als würden sie sich schämen — was sie auch sollten, wenn sie mit einem Rrrotrrrock verkehren! Dieses adlige Kerrrlchen, dieser Lorrrd, ist einer der wenigen, der mich grüßt, und der lispelt und flattert herum wie so ein Milchsuppendandy! Señorita? Wo um alles in der Welt hat dieser kleine Schlingel sich versteckt? Señorita . . .? Du weißt, daß das obere Stockwerk für dich verrrboten ist!«

Señorita, ein kleines graues Kätzchen, war ein Geschenk für Hortense gewesen, von einem spanischen Gentleman, der MacTavish vor einem Jahr besucht hatte. Man hatte es ohne große Begeisterung entgegengenommen, doch bald war es das liebste Schoßtier des ganzen Haushalts geworden. Mittlerweile war Señorita eine Katze und betrachtete die Bewohner von Lakepoint als *ihre* Schoßtiere, und Prudence, die sicher war, daß die Katze nicht weit sein konnte, ging auf ihr Zimmer zu.

Heute nachmittag sollte sie mit ihrer Tante nach Inverness fahren, und Kitty hatte bereits das cremefarbene seidene Watteaukleid mit dem viereckigen Ausschnitt und den kurzen Ärmeln aufs Bett gelegt; die Reifröcke hingen an der Schranktür. Die Zofe war ganz aus dem Häuschen vor Aufregung, denn anscheinend war den Soldaten,

die den Schotten nachhetzten, wieder ein Strich durch die Rechnung gemacht worden, und Jock Cameron war ihnen entwischt und hatte seine Verfolger genarrt hinter sich zurückgelassen. Strahlend sah Kitty zu, wie Prudence in die Hände klatschte und herumtanzte. »Ach, ich wußte doch, daß Sie das freuen würde, Miss!«
Prudence war mehr als erfreut. Jock Cameron war einer ihrer hartnäckigsten Verehrer gewesen, und sie hatte sich von seinen Schwüren unendlicher Liebe keineswegs beleidigt gefühlt, da er ein gutaussehender Bursche von mächtiger Statur und freundlichen Manieren war, von seinem respektablen Erbe ganz zu schweigen. Jock war bei der Schlacht von Culloden verwundet worden, und trotz seiner kühnen Flucht war das Gerücht gegangen, er sei bei Beauty Firth gefangengenommen worden, nachdem die Rotröcke eine Weile Katz und Maus mit ihm gespielt hatten. »Welch ein Wunder!« rief sie fröhlich. »Ich hatte schon befürchtet, er sei erschossen worden. Wie hat er es geschafft zu entkommen?«
»Dank Ligun Doone wieder einmal, sagt man in der *Blühenden Heide*. Hat seine eigene Haut riskiert, um die Rotröcke in einen kleinen Engpaß zu locken, dann hat er das Netz zusammengezogen. Bis sie sich wieder befreit hatten, war Jock auch in Freiheit!« Sie lachte, als Prudence vor Freude quietschte, und fuhr fort: »Ich schätze, daß die Geschichte wahr ist. Auf Mr. Doone sind jetzt vierhundert Pfund ausgesetzt, wenn man ihn lebend faßt. Und zweihundert, wenn er getötet wird.« Ihre Augen wurden sehr rund. »Vierhundert Pfund! Himmel! Ein wahres Vermögen ist das!«
Prudence wurde unvermittelt ernst. »Ja, das ist es«, sagte sie stirnrunzelnd. »Eine schreckliche Versuchung für einen armen Mann. O Kitty! Wie schrecklich, wenn man Doone verraten würde, wo er doch so viel für unsere kämpfenden Männer getan hat.«
»Und für ihre Familien, Miss! Sicher würde kein Schotte ihn verraten. Aber sehen Sie nur auf die Uhr! Wir müssen fertig werden.«
Und so wurde Prudence von ihrem einfachen Morgenkleid befreit, man brachte heißes Wasser, damit sie sich waschen konnte,

die Reifröcke wurden um ihre schlanke Taille befestigt und das seidene Kleid darüber drapiert. Ihr Haar wurde gekämmt, die derben Schuhe wichen zierlicheren, und eine Perlenkette wurde um ihren Hals befestigt. Und währenddessen schwatzten die beiden Mädchen weiter über die Heldentaten von Mr. Ligun Doone.

Die Schlacht im Hochmoor von Culloden hatte den Hoffnungen von Charles Stuart und den Jakobiten, den Thron für König James zu gewinnen, ein Ende gesetzt. Ihre Niederlage war vernichtend gewesen, aber der siegreiche junge Duke of Cumberland hatte geschworen, die Rebellion im Hochland ein für allemal zu ersticken. Er hatte eine unvergleichliche Welle der Grausamkeit entfesselt; Mord, Plünderung und Beutegier waren eher unterstützt als verboten worden, und manch englischer Offizier hatte, entsetzt von dem Blutbad, seinen Abschied genommen und war lieber heimgeritten, als daran teilzunehmen. Frauen und Kinder waren von den plündernden Soldaten nicht verschont worden, und bald hatten sogar die standhaften Hochlandbewohner Angst, den Flüchtlingen zu helfen, da ihre Familien sonst möglicherweise einen gräßlichen Preis für ihr Mitleid zahlen mußten. Und dann war Ligun Doone gekommen — ein Mann mit einem genialen Talent, Fluchtwege zu ersinnen, dessen verwegene Pläne die Verfolgung und Ermordung von Rebellen so oft vereitelt hatten, daß er binnen kurzem ein aufreizender Dorn im Fleisch des Militärs geworden war.

Man glaubte allgemein, daß es ein Deckname war, und eine beträchtliche Anzahl von Schotten schloß Wetten über seine wahre Identität ab. Auch Kitty und Prudence hatten miteinander gewettet; die Zofe favorisierte einen ihrer Verehrer, einen großen jungen Mann, genannt Little Willie Mayhew, und Prudence hatte sich für Alec Carlton entschieden, einen feurigen, stolzen und intelligenten Jungen, der, wie sie dachte, genau der Mann war, solch ein furchtbares Risiko auf sich zu nehmen.

Schließlich war Prudence fertig, aber die Zungen waren eifriger gewesen als die Hände, und als sie ihr Täschchen nahm und sich noch einmal umdrehte, um sich begutachten zu lassen, war es bereits höchste Zeit. Sie sah »ganz und gar vollkommen« aus, wie Kit-

ty stolz erklärte, und voller Vorfreude auf den lange versprochenen Ausflug nach Inverness und glücklich über die guten Nachrichten von Jock Cameron ging sie aus dem Zimmer.
Als sie um die Ecke bog, war sie überrascht, Mrs. Cairn zu sehen, die regungslos dastand und verblüfft auf die geschlossene Tür von Captain Delacourts Zimmer starrte.
»Haben Sie Señorita gefunden?« erkundigte sich Prudence.
»Ja, ja«, murmelte die Haushälterin abwesend.
»Wo ist das kleine Biest denn?
»Ich — äh, ich hab' sie dagelassen.«
»Dagelassen? Wo?«
Mrs. Cairn schien wieder auf festen Boden zurückzukehren. »Er hatte sie«, sagte sie achselzuckend.
»Er ...? Oh, du meinst Captain Delacourt?«
»Rrrichtig. Sein Diener hat mich rufen gehört und die Tür aufgemacht. Señorita lag auf dem Bett, und er war fest eingeschlafen, aber er hat sie« — ihre Stimme wurde ein wenig brüchig — »er hat sie im Arm gehalten und sie leise gewiegt.«
Prudence wollte sie prüfend ansehen, aber die Haushälterin hatte das Gesicht abgewandt. »Er ist ein Sassenach, kein Zweifel«, sagte sie fast trotzig. »Aber — aber er ist nicht — ach, außerdem ist er ganz anders, als ich gedacht hab'.« Und sie floh.
»Puh!« sagte Prudence nur und ging zum Zimmer ihrer Tante.
Hortense war reisefertig, aber noch mit einer großen, komplizierten Karte beschäftigt. »Was ich hier lese, gefällt mir ganz und gar nicht«, sagte sie und schüttelte unheilverkündend den Kopf. »Wenn der Himmel klar ist, werde ich heute nacht auf das Dach steigen und nachprüfen, ob meine Berechnungen stimmen.«
Das bedeutete, wie die leidgeprüfte Zofe nur zu gut wußte, daß sie ebenfalls bei der kühlen Kletterpartie dabeisein würde; sie stöhnte leise und ging ins Ankleidezimmer.
»Unser Gast hat deine Berechnungen wahrscheinlich über den Haufen geworfen«, sagte Prudence bissig. »Danach, was ich mir zusammenreime, steht das Haus unter dem Bann seiner mächtigen Zaubersprüche.«

Mrs. Hortense starrte sie fasziniert an. »Zaubersprüche? Was für Zaubersprüche?«

»Ich wünschte, du würdest es mir sagen. Die Hausmädchen kämpfen geradezu darum, etwas aus seinem Zimmer zu holen oder hinzubringen. Ich habe dieses schwarzhaarige Luder Lucy wie ein dummes Mondkalb grinsen sehen, als sie gestern das Tablett von seinem Mittagessen herausholte. Was absolut unnötig war, denn sein Diener ist genau dazu da! Und jetzt steht Carrie Cairn mit hängendem Kopf auf dem Gang herum, Tränen in den Augen, weil sie Señorita auf seinem Bett gefunden hat und er sie mit der Hand *leise gewiegt* hat! Alles, was er von *meiner* Hand zu spüren bekommt, ist der Handrücken, das kann ich dir sagen!« Sie sah finster drein und schwieg einen Moment, dann fügte sie wütend knurrend hinzu: »Und warum müssen Sie mich ansehen, als wäre ich eine Kannibalin, Ma'am?«

»Ich dachte nur«, sagte Hortense, »daß du ein wenig ... hart ... geworden bist, Liebes.«

»Hart! Ich bin eine *Patriotin,* Tantchen Mac! Und damit du es nicht vergißt, euer Captain ist ein Feind mit Blut an den Händen!«

»Aber — so jung, Prue, Liebes. Und so schwach und hilflos. Und ... hast du je ein so zartes junges Gesicht gesehen? So verträumte, dunkle Augen ...« Hortense seufzte und lächelte auf ihre Karte hinab. »Und sein Mund ist so zärtlich und dennoch kraftvoll, und diese schwarzen Locken —«

»Das ist empörend!« rief Prudence, und ihre Augen blitzten vor Zorn. »Wißt ihr, was ihr seid? Alle miteinander? Ihr seid Schwächlinge, das ist alles! Laßt ihn nur fett und vierzig Jahre alt sein, dann würdet ihr ihn alle hassen, wie es eure Pflicht wäre! Aber weil er das Glück hat, schö — äh, einigermaßen gut auszusehen, und seine Leichenbittermiene weidlich ausnutzt —«

»Nein, Prue, wie kannst du nur so reden? Ich gebe zu, daß es ein großer Fehler von ihm ist, Engländer zu sein, aber er stirbt wahrscheinlich. Wie kannst du so *gefühllos* sein?«

»Und wie kannst *du* Culloden so schnell vergessen? Wie kannst du vergessen, wie mein lieber Bruder gehetzt, verhungert und erschöpft war, als er es schließlich geschafft hatte, nach Hause zu kommen! Und wie er geweint hat, als er uns von dem schändlichen Gemetzel erzählte!«

»Oh, das vergesse ich nicht! Aber wir sind immer noch zivilisierte menschliche Wesen, Prue. Wir müssen immer noch die Fähigkeit zum Mitleid besitzen. Und sieh doch nur, wie der Captain für seine Sünden bezahlt hat, der arme Junge, und wie er sein Leid so tapfer trägt.«

»Mitleid soll das sein? Meiner Meinung nach hat der Sassenach euch alle schön verhext. Und was seine Tapferkeit anbelangt — Geschwafel! Wenn unser Rob von einer Musketenkugel niedergestreckt worden wäre —«

»Einem Geschoßteil«, präzisierte Hortense.

»Wenn Robbie getroffen worden wäre, würde er nicht neun Monate später noch herumliegen, da gehe ich jede Wette mit dir ein, geschweige denn, daß er sich in so gezierten, schwachen Bewegungen gefallen und mit einem Märtyrerlächeln sagen würde, es gehe ihm *so lala*.« Sie rückte den Hut gerade, der während ihrer heftigen Worte verrutscht war, und wiederholte entrüstet: »So lala, in der Tat! Das reicht schon, daß jeder gute Schotte fertig mit ihm ist!« Sie sah die Unterlippe ihrer Tante heruntersacken und wirbelte ahnungsvoll herum, als ein zaghaftes Husten hinter ihr ertönte.

Die Salontür stand weit offen. Mit ausdruckslosem Gesicht wartete dort Lockerbie, die Hände auf dem Griff eines Rollstuhls. Delacourt, dessen dunkler Kopf an den Polstern lehnte, hatte eine hübsche Katze zusammengerollt auf dem Schoß und sah Prudence mit einem leisen, wehmütigen Lächeln an.

»Ich bitte Sie um Verzeihung«, sagte er. »Ich hatte gedacht, Mrs. Cairn sei hier, und ich wollte sie wegen ihres Haustiers beruhigen.«

Prudence stockte der Atem. Sie wußte, daß ihr Gesicht scharlachrot war, und fragte sich betrübt und ängstlich, warum das Schicksal sich in jeder nur erdenklichen Weise gegen sie verschworen hatte, um dieser üblen Kreatur beizustehen. Es war nutzlos, es mit einer der erstickten Antworten zu versuchen, die sich ihr auf die Lippen drängten, und da er noch dazu aussah wie jemand, der unterwegs ist, um sich ein Stückchen Land für sein Grab auszusuchen, hätte alles andere als eine sanfte Antwort sie wegen Unmenschlichkeit an den Pranger gebracht — wenn man Captain Delacourt überhaupt als Menschen bezeichnen konnte! Sie schloß ihren weit offenstehenden Mund wieder, mühte sich tapfer ab, diesem Märtyrerlächeln mit einem hochmütigen Blick zu begegnen, und schwieg.

Hortense erhob sich schwebend von ihrem Stuhl, ließ ihr Taschentuch dabei fallen und trillerte mit versagender Stimme, daß er »so freundlich ... so aufmerksam« sei. Sie nahm die gähnende Katze, die er ihr hinaufreichte, und fragte freundlich: »Und wie geht es Ihnen heute, Sir?«

Señorita hochzuheben hatte ihn offensichtlich angestrengt. Wieder glitt sein Kopf zurück auf die Kissen. »Oh«, sagte er mit einem zittrigen Lächeln, »so lala, wissen Sie.«

Prudence hatte ihre flammenden Augen auf den schlanken Rücken ihrer Tante geheftet, aber bei diesen Worten warf sie dem Invaliden einen Seitenblick zu.

Die dunklen Augen des Captains begegneten den ihren. Einen Augenblick lang glaubte sie, lachende Fünkchen in ihnen zu sehen, aber dann blickten sie wieder traurig, und sie nahm an, ihre Phantasie habe sie genarrt. Sie preßte die Lippen zusammen und sagte nichts.

Mit einem müden Winken seiner schmalen Hand sagte Delacourt: »Wir dürfen die Ladies nicht aufhalten, Kerbie«, und der Diener begann, den Stuhl sehr behutsam wieder hinaus auf den Gang zu fahren.

Immer noch die faule Katze auf dem Arm, drehte Hortense sich um und bedachte ihre Nichte mit einem ernsten Blick.

»So lala«, spottete Prudence trotzig. »Auf jeden Fall weiß der Sassenach jetzt, was ein Mitglied dieses Haushalts von ihm hält!«

»Glaubst du, sie werden uns diesmal durchlassen?« fragte Hortense, zog den Schal fester um sich und spähte ängstlich auf die Straße hinaus. Prudence löste ihren geistesabwesenden Blick von der stolzen Silhouette der Berge im Norden. »Ich bezweifle, daß Papa uns erlaubt hätte zu fahren, wenn er davon ausgehen würde, daß es Schwierigkeiten gibt.«

Hortense hatte ihre eigene Meinung darüber, ob ihr unberechenbarer Schwager Schwierigkeiten zur Kenntnis nahm, und betonte, daß sie das letzte Mal, als sie versucht hatten, Cousine Hilda zu besuchen, umkehren mußten. »Ich bete, daß wir nicht wieder angehalten werden. Ich war noch nie so erschrocken wie damals, mit den ganzen Soldaten, die uns umzingelt haben.«

»Das war vor einem Monat. Die Engländer können nicht erwarten, daß sie uns für immer in unsere Häuser einsperren. Und außerdem sind wir ihnen so ausgeliefert, daß sie wissen, wir können nichts tun, außer —« Prudence brach mitten im Satz ab, ihre Stirn runzelte sich, als die Kutsche ihre Fahrt verlangsamte und sie rote Uniformen näher kommen sah. »Nun rrreg dich nicht gleich auf«, bat sie, und wie immer, wenn sie zornig war, wurde ihr schottischer Akzent ausgeprägter. »Wahrrrscheinlich wollen sie nur wissen, wer wir sind und —«

»Was?« schrie Hortense, sofort alarmiert. »Du meinst doch nicht — oh!«

Zwei Soldaten mit grimmigen Gesichtern ritten heran, die Musketen schußbereit. Ein großer Sergeant kam auf die Kutsche zu, beugte sich vor und riß den Schlag auf. »Wer sind Sie?« fragte er kurz angebunden.

»Ich und meine Tante«, antwortete Prudence, die Nase sehr hoch. »Und wer sind Sie?«

Ein wärmeres Leuchten trat in die kalten Augen des Mannes. »Kümmern Sie sich nicht darum, Mädchen —«

»Ich heiße *Miss* MacTavish!«

Er grinste. »Wie haben Sie erraten, daß ich gerne Ihren Namen wissen wollte, hübsches Mädchen?«

»Das reicht, Sergeant!« Ein junger Offizier gesellte sich zu der klei-

nen Gruppe und warf einen raschen, abschätzenden Blick in die Kutsche.
»Sind die beiden Ladies allein?«
Die Frage erschien so lächerlich überflüssig, daß Prudence bissig erwiderte: »Können Sie die zwei Hochland-Regimenter nicht unter den Sitzen lauern sehen?«
Der Fähnrich errötete. Mit einem unterdrückten Grinsen sagte der Sergeant: »Miss MacTavish und ihre Tante, Sir.«
»Danke, Sergeant. Am besten lassen wir die Ladies wohl aussteigen, um diese — äh, zwei Regimenter zu finden.«
Der Sergeant grinste breit. Hortense schrie zu Tode erschrokken auf, wich zitternd zurück und drängte sich näher an ihre Nichte.
Voll Reue über ihre hitzige Art sagte Prudence: »Nein, bitte tun Sie das nicht. Meine Tante ist ganz erschrocken, sehen Sie. Ich bitte um Verzeihung, wenn ich —«
Der Fähnrich, der sich leider dessen bewußt war, daß er vor einem Sergeanten zum Narren gemacht worden war, der schon mehrere Male versucht hatte, ihm beizubringen, wie er in diesem feindlichen Lande vorgehen mußte, unterbrach sie kalt: »Sie haben gehört, was ich gesagt habe, Sergeant. Ich wünsche, daß diese Kutsche gründlich durchsucht wird.« Er wendete sein Pferd und galoppierte davon.
Der Sergeant stieg ab und ließ die Stufen der Kutsche herunter. »Wenn Ihre Königliche Hoheit so gut sein wollen, Ihren Fuß zu uns gemeinem Volk in den Staub zu setzen.«
Prudence wandte sich ab und sagte leise: »Tantchen, du darfst ihnen nicht zeigen, daß du Angst hast. Komm.«
Sie begann die Stufen hinunterzuklettern. Der Wind ließ ihre Röcke flattern. Der Sergeant bückte sich schnell, versuchte einen Blick darunter zu erhaschen und lachte. Prudence hielt ihre Röcke ärgerlich fest und glitt aus. Der Sergeant fing sie auf und schwenkte sie herum. Mit einem Wutschrei holte sie aus und versetzte ihm einen ordentlichen Hieb aufs Ohr.
Er ächzte und schleuderte sie von sich weg, so daß sie taumelte und

auf die Knie fiel. »Genau so eine wie Sie hat meinen Bruder bei Falkirk von hinten angeschossen«, knurrte er.
»Wenn das so ist, dann ist er ... wahrscheinlich ... davongerannt«, keuchte sie zornig.
Er fluchte und packte ihr Kleid, griff mit der Hand in ihr Mieder und riß sie hoch.
»Ich mache Ssie darauf aufmerksam, Ssir«, warf eine sanfte, sehr englische Stimme ein, »daß dieß keine Art ißt, eine Lady zu behandeln.«
Der Sergeant, der die Hand immer noch in Prudences Mieder hatte, drehte sich um und betrachtete den Neuankömmling.
Prudence zerrte an seiner Hand, aber er schüttelte sie nur ein wenig und lachte, als er den Engländer betrachtete. »Und wer sind Sie, Sie hübscher Kleiner?«
Lord Brileys lohfarbene Augen, in denen sich einen Moment lang Zorn spiegelte, begannen zu glühen. »Sseien Ssie so freundlich und nehmen Ssie Ihre dreckige Hand von ihrem Kleid«, sagte er, mehr oder weniger höflich.
Grinsend verlagerte der Sergeant seinen Griff, zog seine Hand aber nicht zurück. Mit einem Wutschrei kratzte Prudence mit ihren langen Fingernägeln über das muskulöse Handgelenk.
Der Sergeant zog seine Hand weg und wandte sich mit mordlustigen Augen wieder Prudence zu, wobei er ihr Ohr mit ein paar Flüchen beleidigte.
»Oh, aber wirklich, Junge«, protestierte Seine Lordschaft seufzend.
Als sie später an die Szene zurückdachte, konnte Prudence nicht sagen, wie alles vor sich gegangen war. Im ersten Augenblick stand Seine Lordschaft neben seinem Pferd und und musterte das ungeschlachte Symbol militärischer Macht vorwurfsvoll. Im nächsten vollführte ebendiese militärische Macht drei unerwartete Verrenkungen. Zuerst wurde sie auf die Hälfte zusammengeknickt, zweitens fachmännisch wieder gerade ausgestreckt und drittens wurde sie zu Boden geschlagen, bis sie stöhnend im Schmutz lag.
»He!« Ein Soldat hob seine Muskete.

»Der Himmel sei gepriesen!« rief Hortense. »Hoch der tapfere Junge!«
»Oh, phantastisch!« Prudence klatschte in die Hände, die Augen leuchtend vor Bewunderung.
»Zum Kuckuck«, klagte Seine Lordschaft, als er seine überraschend muskulöse Hand inspizierte. »Wenn ich mir an dießem ekelhaften Flegel nur keinen Fingernagel abgebrochen habe.«
»Gehen Sie zur Seite, Miss«, befahl der andere Soldat, der nach vorne trat, um sich zu seinem Freund zu gesellen, die Muskete ebenfalls erhoben. »Hände hoch, wer Sie auch sind!«
»Oh, wollten Ssie daß wissen?« erkundigte sich Seine Lordschaft und wandte ihnen seinen engelhaften Blick zu. »Ich heiße Briley.«
»Was zum Teufel geht hier vor?« Das junge Gesicht voller Zorn, ritt der Fähnrich auf sie zu. Erstaunt starrte er von Brileys eleganter Gestalt zu dem stämmigen Sergeant, der schwache Versuche machte, wieder auf die Füße zu kommen.
»Er hat die Lady angegrapscht«, erklärte Briley.
»Sagt, er heißt Briley, Sir«, erklärte der zweite Soldat unaufgefordert.
»Nun, wer auch immer Sie sind, verdammt, Sie stehen unter —« Der Fähnrich brach stirnrunzelnd ab. »Briley? Doch nicht Major Lord Thaddeus Briley?«
Prudences Entzücken schwand, und Furcht überkam sie.
Seine Lordschaft, auf dessen angenehmen Gesicht sich einen Augenblick lang Ärger widerspiegelte, verbeugte sich.
»O Gott!« stöhnte der Fähnrich leise. Er salutierte. »Verzeihung, Sir. Ich hatte nicht beabsichtigt, daß meine Männer —«
»Ich bin nicht im aktiven Dienßt, wissen Ssie«, unterbrach ihn Seine Lordschaft. »Wäre ich das« — seine Augen loderten plötzlich auf — »dann könnten Ssie verdammt lange warten, bevor ich Ssie mit einem größeren Kommando alß dem Wachtdienßt betrauen würde!« Er wandte seinen Blick von dem scharlachroten Gesicht des Fähnrichs zu Prudence. »Darf ich Ssie in die Stadt begleiten, Ma'am?«

»Oh, *bitte* tun Sie das, Euer Lordschaft«, wimmerte Hortense, der Tränen über die bleichen Wangen liefen. »Prudence – mein armer Liebling – bist du –?«
Prudence nahm sie in die Arme. »Ich bin ganz in Ordnung, Liebste. Komm, wir fahren nach Hause.« Sie blickte über die Schulter. »Wir sind Ihnen zu höchstem Dank verpflichtet, Mylord, und wären Ihnen sehr verbunden, wenn Sie uns zurück nach Lakepoint eskortierten.«

Lord Brileys Tapferkeit war bemerkenswert, aber sie ging nicht so weit, die Dankbarkeit eines Vaters zu ertragen. Nachdem er die Ladies bis zur Treppe von Lakepoint begleitet hatte, floh er wie ein verschreckter Hase, sein Pferdeknecht hinter ihm her. Dieses Verhalten verringerte Prudences neue Meinung über ihn nicht im geringsten. »Genau wie ein richtiger Gentleman sich benehmen sollte«, erklärte sie ihrer Tante. »Und ich bewundere ihn um so mehr dafür.«
»Du ... vergißt doch nicht, daß Seine Lordschaft ein Engländer ist?« stammelte die arme Hortense und stützte sich schwer auf Prudences Arm, als sie von ihr die Treppen hinaufgeführt wurde.
Prudence hatte weder dies noch die auf so erschreckende Weise enthüllte Tatsache vergessen, daß Seine Lordschaft außerdem Offizier in König Georges Armee war, aber sie sagte: »Nein, Tante Mac. Es ärgert mich, bei einem solchen Mann in der Schuld zu stehen, aber – wahrrrhaftig, ich hätte den Mann küssen mögen, als er diesen Sergeant so prrrima zusammengestaucht hat!«
Hortense, die unter der Nachwirkung des Schocks zu weinen begann, wurde der Obhut ihrer bestürzten Zofe übergeben. Prudence, die aus härterem Holz geschnitzt war, machte sich sogleich auf die Suche nach ihrem Vater.
Sie fand ihn mit ihrem Gast in einer geschützten Ecke des sonnigen Gartens, den allgegenwärtigen Lockerbie ganz in der Nähe. MacTavish und Delacourt hatten die Köpfe zusammengesteckt und schienen in eine hitzige Diskussion vertieft. »Guten Tag, Miss«, sagte Lockerbie laut, und die Unterhaltung brach sofort ab.

MacTavishs willkommenheißendes Lächeln erstarb, als er aufstand, um sie zu begrüßen. »Prue?« fragte er und musterte ihr Gesicht eingehend. »Was ist los, bitte?«
Sie hatte beabsichtigt, ihn um eine Unterredung unter vier Augen zu bitten, aber jetzt fiel ihr ein, daß es Delacourt nicht schaden würde, wenn ihm das Benehmen seiner widerwärtigen Landsleute bewußtgemacht wurde. Sie setzte sich neben ihren Vater und erzählte ihm so ruhig wie möglich, was geschehen war. Als sie zu dem Punkt kam, an dem der Sergeant ihr Kleid gepackt hatte, stockte ihre Stimme dennoch ein wenig.
Das Gesicht dunkelrot vor Zorn, brauste MacTavish auf: »*Was* — hat er getan?«
Prudence begann den Wunsch zu verspüren, sie hätte doch um ein vertrauliches Gespräch gebeten. »Er hat — mich am — am Mieder gepackt«, sagte sie, und ihre Wangen wurden heiß.
»Hölle und Schwefel . . .!« knirschte MacTavish.
Sanft fragte der Captain: »Auf ungehörige Weise, Ma'am?«
»Verdammt noch mal, ich möchte wissen, wie man das auf eine Art tun kann, die *nicht* ungehörig ist!« fauchte MacTavish. »Erzähl weiter, Mädchen.«
Prudence fuhr fort und geriet mehr und mehr in Verlegenheit. Sie zitterte, als sie ihren Bericht beendet hatte, und spürte, wie ihr Vater vor Zorn bebte.
»Das hat der alte Thaddeus prima gemacht«, bemerkte Delacourt ruhig.
Die Wangen immer noch brennend, richtete Prudence ihren Blick fest auf ihn. »Jawohl. Er ist wirklich ein mutiger junger Mann — für einen Engländer«, sagte sie.
Glücklicherweise waren MacTavishs Gedanken anderswo. »Entschuldigen Sie mich bitte, Sir«, sagte er und stand auf. »Ich muß in die Stadt.«
»Halten Sie das für klug?« murmelte Delacourt.
Empört starrte Prudence auf das bleiche, ruhige Gesicht des Captains. Sie erhob sich und legte ihrem Vater die Hand auf den Arm. »Ich weiß, daß du mir nicht erlauben wirst, dich zu be-

gleiten, aber du nimmst besser ein paar von den Männern mit, Papa.«

»Oh, das sollten Sie ganz entschieden nicht tun«, sagte die gelassene englische Stimme.

»Was würden *Sie* vorschlagen?« fragte MacTavish barsch. »Daß ich meine Tochter der Mannschaft zum Zeitvertreib anbiete?«

Prudence reckte das Kinn nach oben und wandte sich triumphierend von ihrem Feind ab. Sie war äußerst entsetzt, als ihr Vater keine Anstalten machte zu gehen, sondern auf eine Antwort wartete.

Delacourt entgegnete: »Natürlich nicht. Aber es ist nicht dienlich, das Militär zu — äh, zu befremden, wissen Sie. Und vielleicht gab es« — er blickte entschuldigend auf Prudence, die schier barst vor Feindseligkeit — »vielleicht gab es mildernde Umstände.«

»Mildernd!« Ihre blauen Augen blitzten vor Entrüstung. »Wagen Sie anzudeuten, daß ich mit dem Kerrrl geflirrrtet habe?«

»So dreist bin ich nicht.« Sein schlanker Finger zeichnete eine Acht auf die Lehne des Stuhls, und den Blick darauf geheftet, murmelte er: »Ich dachte nur, daß — da Sie so aufgebracht waren, wissen Sie — daß Sie vielleicht etwas gesagt haben, das ihn, äh, verärgert hat.«

Mit wogender Brust und geballten Fäusten mußte Prudence feststellen, daß der Zorn ihre Stimme erstickte.

MacTavish sagte: »Wie ich meine Tochter kenne, Captain, ist sie dem Flegel nichts schuldig geblieben.«

»Nicht ganz, Papa«, brachte sie heraus und grinste ihn an. »Aber ich habe ihn ganz schön aufs Ohr geboxt.«

»Und daraufhin hat er dein — dein Mieder gepackt?«

Errötend sagte sie: »Nein, Papa. Er hat mich zu Boden geschlagen.«

Lockerbie entfuhr ein unterdrückter Ausruf. MacTavish fluchte hörbar. Sogar Captain So-la-la, wie Prudence ihn in Gedanken nannte, schien entsetzt und rief: »Gott, ich hätte gedacht, meine Anwesenheit würde Sie vor einer solchen Brutalität schützen. Sie meinen, der Bursche hat Sie richtiggehend *geschlagen*, Ma'am?«

»Nun, er —«, begann sie und beendete den Satz lahm, »er ließ mich irgendwie fallen, glaube ich. Und er sagte, ich sei die Art von Frau, die seinen Bruder bei Falkirk in den Rücken geschossen habe.«
»Verdammter Hund!« knirschte MacTavish.
»Da habe ich gesagt, *wenn* sein Bruder in den Rücken geschossen worden sei, dann wahrscheinlich, weil er davonrannte!«
»Oh, du meine Güte«, seufzte der Captain.
MacTavish sah belustigt drein. »Nun, Delacourt?«
Erstaunt dachte Prudence: *Warum fragt er diesen Dummkopf nach seiner Meinung? Was hat es schon für eine Bedeutung, was er denkt?*
»An Ihrer Stelle«, sagte Delacourt unparteiisch, »würde ich natürlich Beschwerde einlegen.«
»*Beschwerde* ... einlegen ...?« keuchte Prudence. »Ach nein! Welche Kühnheit!«
»Aber auf beherrschte und zivilisierte Weise«, fuhr er fort, ohne diese Unterbrechung zu beachten.
»Verhalten Engländer sich so?« schäumte Prudence, mit der ihr Temperament vollends durchging. »Erlauben sie, daß ihre Ladies in der Öffentlichkeit mißhandelt werden, und haben sie so wenig Stolz, daß —«
»Du vergißt, daß Captain Delacourt unser Gast ist«, unterbrach MacTavish sie.
»Gast! Man könnte eher meinen, er ist der Hausherr hier, wenn wir —« Und ihre erregten Worte verebbten. Sie hielt den Atem an und erbleichte, daß sie sich einer solch ungeheuerlichen Frechheit schuldig gemacht hatte, und mit hängendem Kopf murmelte sie: »Oh, lieber Sir ... Es tut mir ... so leid.«
Die leise, verhaßte Stimme säuselte: »Es ist verständlich, daß Miss MacTavish außer Fassung ist, Sir. Unter diesen Umständen.«
Prudence warf ihm einen giftigen Blick zu. Als hätte sie gewollt, daß *er* sie verteidigte! Seine dunklen Augen begegneten den ihren mit solch frommem Verständnis, daß sie förmlich Lust bekam, ihn zu kratzen.
In sanfterem Ton sagte ihr Vater: »Natürlich ist sie außer Fassung,

mein armer kleiner Schatz. Komm, meine Liebe. Ich bringe dich auf dein Zimmer. Du mußt ruhen.«
Prudence klammerte sich an seinen Arm und begleitete ihn, ohne sich noch einmal umzusehen. Als sie auf den Weg kamen, der zum Haus hinaufführte, rief Delacourt müde: »Der Mann, mit dem Sie sprechen müssen, ist Colonel Cunningham. Und tun Sie es behutsam, Sir. Er hat etwas von einem Tiger.«

Prudence saß auf ihrem Bett und blickte stirnrunzelnd auf die blanken Dielen. Trotz ihrer Bitten war ihr Vater nur mit seinem alternden Butler an der Seite und zwei Pferdeknechten, die ihnen folgten, fortgeritten. In früheren Zeiten wäre er an der Spitze aller Männer, die er hätte aufbieten können, aufgebrochen (wenn eine solche Situation eingetreten wäre, was nicht der Fall war), und die Beleidigung wäre mit Blut getilgt worden. Ihre finstere Miene wurde unschlüssig. Es bereitete ihr einige Schwierigkeiten, sich einen MacTavish bei einem solchen Verhalten vorzustellen, aber es war das, was ein Clan-Oberhaupt oder der Lord der Inseln tun würden, und im kleinen war MacTavish ein Clan-Oberhaupt. Sie seufzte. Wenn ihr Vater eingehüllt in seinen Mantel heimgetragen wurde, wäre Delacourt dafür verantwortlich. Und es war der verhaßte Engländer, der beinahe einen erneuten Streit mit ihrem Vater verursacht hatte.
Die Erinnerung an ihre zornigen Worte trieb ihr die Schamröte ins Gesicht, aber was sie gesagt hatte, war die Wahrheit. Seit der Sassenach hier angekommen war, schien es, als habe er einen mächtigen Einfluß auf James MacTavish. Verärgert schleuderte sie ihre Schuhe von den Füßen und funkelte den einen, der durchs Zimmer flog und ihre Haarbürste vom Toilettentisch fegte, wütend an. Es war doch närrisch, auch nur in Betracht zu ziehen, daß MacTavish erpreßt wurde, oder? Aber wie konnte dieser winselnde Schwächling die Macht haben, einem so stolzen Gentleman Befehle zu erteilen? Auf jeden Fall war Papa im ersten Moment bereit gewesen, seine Reitpeitsche zu holen, und im nächsten hatte er demütig gefragt: »Was würden Sie vorschlagen?«

Sie legte sich zurück auf das Bett und starrte auf den seidenen Baldachin, der sich sanft über ihr wölbte. Mylord Briley hatte den Anschein eines freundlichen, liebenswürdigen Menschen erweckt. Und aus Mylord Briley war nun *Major* Lord Briley geworden! Erschaudernd schloß sie die Augen. Sie hatte versucht, Papa zu warnen; sie hatte ihm gesagt, daß das Ganze ein Komplott sei, und daß Delacourt hierhergebracht worden war, um ihnen eine Falle zu stellen. Und Papa hatte einen verzweifelten Ausruf von sich gegeben und gesagt, er würde sie nicht ausschelten, nach allem, was sie heute erduldet hatte. »Aber — was machst du bloß für einen Wirbel mit deinem dramatischen Benehmen, Kind.« Kind! Eine schöne Geschichte, daß ein MacTavish auf das Wort eines Ausländers, eines Feindes hörte und die Warnungen seines eigenen Fleisch und Blutes verlachte...

Sie erwachte aus einem verrückten Traum, in dem Delacourt einen Tiger die Treppe hinuntergeschleudert hatte. Tatsächlich hatte sie noch das Knurren des Tieres im Ohr. Es sei denn...? Lauschend neigte sie den Kopf. Da weinte jemand!

Sie kletterte aus dem Bett und eilte zur Wohnzimmertür. Kitty kauerte schluchzend auf dem Sofa. Prudence lief zu ihr und setzte sich neben sie. »Was ist los? Kitty — sag bloß nicht, daß mein Papa —«

»Nein, Miss«, murmelte die Zofe und trocknete sich die Tränen mit der Schürze. »Der Herr ist vor einer Stunde gekommen, und... und — Oh! Es ist —« Erneut brach sie in Tränen aus. »Es ist... mein Bill!«

Aus Little Willie war also *mein Bill* geworden. Langsam sagte Prudence: »Ich weiß, daß er dein Verehrer war, aber ich dachte, du hättest ihm einen Korb gegeben.«

»Ja. Hab ihm ordentlich... heimgeleuchtet. Weil — weil er mir nicht gesagt hat, daß er vorhatte, mit Prinz Charlie zu gehen. Und... und seitdem bin ich halbkrank vor Sorge. Immer frage ich mich, ob er lebt oder...« Sie schluchzte.

Prudence flüsterte: »Dann — hast du also eine Nachricht bekommen?«

»Mein Bruder sagt, daß sie Bill zur Strecke gebracht haben, und — er ist verletzt und halb verhungert. Der arme Junge! Als mein Bruder ihn das letzte Mal gesehen hat, war er oben beim Castle Crag und ist um sein Leben gerannt, ein halbes Dutzend Soldaten hinter sich her, und Hunde noch dazu. *Hunde!* Ach — mein armer Bill! Wahrscheinlich haben sie ihn jetzt und — und werden ihn mitschleppen, um ihn zu erschießen!« Verzweifelt wiegte sie sich hin und her und bedeckte ihr Gesicht. »O Miss! Wenn ich nur wüßte, wie, würrrde ich Ligun Doone eine Nachrrricht zukommen lassen. Er würrrde helfen, das weiß ich!«

Bestürzt legte Prudence den Arm um ihre bebenden Schultern. »Kennst du einen Weg, Mr. Doone zu erreichen?«

Kitty schüttelte den Kopf, und Tränen perlten von ihrem Gesicht. »Wenn ich doch einen wüßte. Der einzige, der mit ihm zu tun hatte, und den ich kenne, ist Master Robbie. Wenn nur —«

»Was?« Prudences Hände krampften sich um ihre Schultern. »Mein *Bruder?*«

»Rrrichtig.« Kitty blinzelte sie aus geschwollenen Augen an. »Es war Ligun Doone, der Master Robbie in Sicherheit gebracht hat. Haben Sie das nicht gewußt?«

»Nein, hab' ich nicht!« Erstaunt über diese Mitteilung und bestürzt darüber, daß man so etwas vor ihr geheimgehalten hatte, murmelte Prudence: »Mr. Doone muß ich also für Robbies Leben danken!« Sie sprang auf. »Jetzt versuch, dir keine solchen Sorgen zu machen, Kitty. Wenn Mr. Doone Rob geholfen hat, dann kannst du sicher sein, daß Mr. MacTavish davon weiß. Ich gehe sofort und suche ihn.«

Kitty floß über vor Dankbarkeit. Sie wischte sich die Tränen ab und stand ebenfalls auf. »So können Sie nicht rrruntergehen, Miss. Es ist fast schon Zeit zum Dinner, und Mrs. Cairn hat mir gesagt, daß Seine Lorrrdschaft eingeladen ist, ein oder zwei Tage bei uns zu bleiben.«

Prudence beschloß, an diesem Abend eines ihrer neuen Kleider zu tragen. Es war im englischen Stil geschnitten, mit den weiten, glatten Reifröcken, die jetzt in Mode kamen, die einzelnen Lagen der

Röcke aus blauem Batist waren am Saum mit weißen Blumen bestickt, das Unterkleid aus hellblauer Seide. Der Ausschnitt, sittsam mit Spitze eingefaßt, war nicht sehr tief, betonte ihre ansehnliche kleine Figur aber höchst vorteilhaft. Sie wählte einen Anhänger aus Saphir und befestigte kleine, tropfenförmige Ohrringe mit Diamanten und Saphiren an ihren Ohren, während Kitty ihre aufgesteckten Locken mit einer breiten blauen Samtschleife schmückte.

Gewappnet für den Kampf, nahm Prudence ihren Fächer und ging nach unten.

III

Die Eingangshalle war leer, aber als Prudence den letzten Treppenabsatz hinunterstieg, hörte sie das Murmeln von Männerstimmen. Ein Lakai teilte ihr mit, daß die Gentlemen sich im goldenen Salon zusammengefunden hatten. Sie hatte befürchtet, sie hätten den roten Salon oder die Bibliothek gewählt, denn in diesen beiden Zimmern wäre ihr blaues Kleid nicht so vorteilhaft zur Geltung gekommen. Der goldene Salon, dachte sie, war sehr geeignet.

Ihr Auftritt gestaltete sich höchst befriedigend, denn als sie das Zimmer betrat, wurde es einen Augenblick lang still. Erschrocken über zwei Dinge hielt sie inne. Erstens war Captain Delacourt anwesend, und zweitens stand ein Offizier der Armee neben dem Kamin und plauderte mit ihrem Vater und Lord Briley. Ihr Blick heftete sich auf den Fremden. Ein Colonel. Ein gutgebauter Mann etwa Anfang Vierzig, schätzte sie, mit einer geschmackvollen Perücke und buschigen dunklen Brauen. Sein Gesicht war blaß, seine Augen schwarz und scharf, die Hakennase bildete einen scharfen Bogen über dem schmalen, zusammengepreßten Mund. Er vermittelte den Eindruck bedrohlicher Intelligenz, und ihr Herz schlug ein wenig schneller, als sie daran dachte, was sie ihren Vater eigentlich fragen wollte.

»Wie hübsch du aussiehst, meine Liebe«, sagte MacTavish, der auf sie zutrat, um sie ins Zimmer zu führen. »Ich hätte nicht erwartet, daß du dich nach deinem niederschmetternden Erlebnis zu uns gesellen würdest.«

»Weswegen ich gekommen bin, um mich demütigst zu entschuldigen«, sagte der Offizier, schlug die Hacken zusammen und verbeugte sich auf eine knappe, preußisch wirkende Art.

»Colonel Cunningham, erlauben Sie mir, Ihnen meine Tochter vorzustellen, Miss Prudence MacTavish.«

Der Colonel beugte sich über Prudences Hand, die scharfen dunklen Augen blieben währenddessen jedoch auf ihr Gesicht geheftet.
Dies war also der Mann, den Delacourt eine »Art Tiger« genannt hatte. Sie glaubte, daß er damit einmal die Wahrheit gesprochen hatte, ließ ihre Wimpern flattern und versuchte, affektiert und dumm auszusehen.
Der Colonel gab die angemessenen höflichen Floskeln von sich und beteuerte, er sei »äußerst entsetzt« gewesen, als er über eine solche Ungeheuerlichkeit informiert worden war. »Ich kann zu unserer Verteidigung nur anführen, daß es in jeder Armee rohe Kerle gibt. Manchmal haben selbst die Offiziere mit den besten Absichten keine Möglichkeit, sie in Schach zu halten. Aber daß *Sie* belästigt worden sind, nachdem wir die Nachricht verbreitet haben, daß Sie einem unserer Männer Asyl gewähren und die Leute von Lakepoint in Ruhe gelassen werden sollen, ist unverzeihlich. Ich versichere Ihnen, daß der Mann, der Sie so brutal behandelt hat, seinen Fehler lange Zeit bedauern wird.«
Ihr Ärger über die Andeutung, daß alle Schotten, die keinem englischen Offizier Zuflucht gewährten, Freiwild waren, wurde von ihrem Unbehagen über den verkniffenen Ausdruck seiner schmalen Lippen verdrängt. »Sie wollen doch nicht sagen, daß er degradiert worden ist?« fragte sie.
»Er hat drei Streifen verloren, Ma'am. Und dreihundert verpaßt bekommen.«
Sie schnappte nach Luft und preßte eine Hand an die Kehle. »Oh — nein! Ich wollte nicht — Das heißt, er benahm sich roh und vulgär, aber — Ach du lieber Himmel!«
Der Colonel lachte dünn und scheppernd, was ihre Pein noch vergrößerte. »Verschwenden Sie keinen weiteren Gedanken daran, liebe Lady. Er hat schon Schlimmeres überlebt, das versichere ich Ihnen. Wir verstehen zu bestrafen, wie wir zu belohnen wissen, und ich will nicht, daß unsere Freunde beleidigt werden. Nicht wahr, Mylord?«
Prudence fühlte sich wie eine wahre Mörderin und wandte die

kummervollen Augen ab. Briley verbeugte sich mit graziöser Leichtigkeit und gab eine passende Antwort, aber es war nicht seine elegante Gestalt, die ihren Blick fesselte. Geoffrey Delacourt war im Abendanzug. Sein dichtes Haar war gepudert und mit einem mattroten Band nach hinten gebunden. Ein halbmondförmiges Schönheitspflästerchen schmückte seine rechte Wange, Ausschnitt und Manschetten waren mit schneeweißer Brabanter Spitze eingefaßt, und der dunkelrote, reich mit Silber bestickte Samtrock betonte seine bleichen, feingeschnittenen Gesichtszüge. All das bemerkte sie nur beiläufig, denn es war der Ausdruck in seinen Augen, der höchst bedeutsam war. Ein Ausdruck einfühlsamen Verständnisses, der so herzlich war, als hätte er den Arm tröstend um ihre Schultern gelegt. Er verbeugte sich leicht in seinem Rollstuhl und lächelte sie an. Bestürzt dachte sie: *Beim Himmel, er ist wirklich ein schöner Mensch!*, und mußte ihre zerstreuten Gedanken wieder zusammennehmen, um auf etwas zu antworten, was Briley gesagt hatte, was es auch gewesen sein mochte. Seine Lordschaft sah sie neugierig an. Sie knickste und sagte schnell: »Ich werde nie vergessen, was Sie heute für mich getan haben, Mylord.«

Ihre Bemerkung war anscheinend nicht gänzlich unpassend, denn er sah nur verlegen drein und sagte errötend, er freue sich, daß er im rechten Moment gekommen sei.

Prudence ging mit ihrem Vater hinüber zu dem weißen Brokatsofa und setzte sich.

»Dürfen wir hoffen, daß Ihre Tante sich uns anschließen wird?« fragte der Colonel.

»Ich bezweifle es, Sir. Sie hat heute nachmittag große Angst ausgestanden.«

»Eine schändliche Angelegenheit«, sagte er und zog einen Stuhl näher zu ihr heran. »Mit Ihrer Erlaubnis, MacTavish, werde ich noch einmal vorsprechen, um mich bei der Lady zu entschuldigen.«

Doch wie es sich fügte, war das nicht notwendig. Kurze Zeit darauf schwebte Hortense in raschelndem lavendelblauen Taft herein und zog eine ganze Schleppe verschiedener Schals hinter sich her. Sie erbebte angesichts der scharlachroten Uniform und beantwortete die galanten Begrüßungsworte des Colonels mit einem leisen, unzusammenhängenden Gestammel, bei dem Delacourts Mundwinkel zuckten und die lohfarbenen Augen Seiner Lordschaft zu zwinkern begannen.

Beim Dinner saß Prudence ihrem Vater gegenüber am einen Ende der Tafel, Lord Briley zu ihrer Linken und den Colonel an ihrer rechten Seite. So konnte sie mit diesen beiden Gentlemen plaudern und dennoch ein Auge auf die weiteren Gäste in dem bezaubernden alten getäfelten Zimmer haben. Hortense schien ihre Fassung wiedergewonnen zu haben und pflegte eine höfliche Konversation mit ihrem Schwager und dem Colonel, der sich offensichtlich alle Mühe gab, liebenswürdig zu sein. Gegen ihren Willen schweiften Prudences Augen oft zu der stillen, eleganten Figur des jungen Mannes, der links neben ihrem Vater saß. Delacourt sprach nur selten, und seine Stimme wurde mit der Zeit deutlich leiser. Er pickte in seinem Essen herum, und Prudence war erleichtert, als ihr Vater sich zu ihm beugte, mit leiser, besorgter Stimme etwas zu ihm sagte und dann dem wartenden Lockerbie winkte.

Delacourt schien peinlich verlegen und entschuldigte sich dafür, »diese köstliche Mahlzeit auf so dumme Weise zu verderben«. Seine lächelnden Lippen zitterten, er sah abgespannt und müde aus, als Lockerbie den Stuhl vom Tisch wegrollte, und nach einem leichten Abschiedswinken ließ er seine Hand in einer so jämmerlichen Geste sinken, daß das Mitleid, das Prudence einen Augenblick lang empfunden hatte, sich in Verachtung auflöste.

Hortense jedoch sah besorgt aus, und der Colonel meinte, es scheine dem Kranken noch nicht sehr viel besser zu gehen. »Neun Monate ist es her, seit er getroffen wurde«, bemerkte er. »Man sollte meinen, daß er sich in dieser Zeit entweder erholt oder aber —« Abrupt brach er ab.

MacTavish schüttelte den Kopf. »Es ist höchst bedauerlich, daß die Clandons es nicht geschafft haben, ihn über die Grenze zu bringen, aber damals waren die Clans in Aufruhr, und englische

Offiziere wurden gejagt — gerade umgekehrt zur gegenwärtigen — äh —«
»Tragödie?« Der Colonel nahm dankend ein Stück Käsekuchen und sagte leichthin: »Angesichts dieser Tragödie muß ich sagen, daß ich es außerordentlich freundlich von Ihnen und Ihren Ladies finde, einen von unseren Jungs in Ihr Haus aufgenommen zu haben. Wirklich, das ist geradezu außergewöhnlich.«
Er lächelte höflich, aber Prudence verspürte einen Anflug von Angst. Dieser garstige Sassenach argwöhnte, daß ihrer Gastfreundschaft verborgene Motive zugrunde lagen, das war deutlich. Sie sagte: »Mein Vater zahlt eine Schuld zurück, Sir. Captain Delacourt ist zufällig ein sehr guter Freund meines Bruders, wissen Sie.« Alles andere als erfreut von dieser raschen Erklärung, runzelte MacTavish die Stirn, und Prudence verließ jeglicher Mut.
»Tatsächlich?« fragte der Colonel. »Ist Ihr Bruder hier, Ma'am? Ich würde ihn sehr gerne kennenlernen.«
Das Blut schien ihr in den Adern zu gefrieren. Verzweifelt suchte sie nach einer überzeugenden Erklärung und war über alle Maßen erleichtert, als MacTavish sagte, sein Erbe befinde sich in Devon, um seine Großtante zu besuchen.
»Ich bin gern in Devon«, teilte Seine Lordschaft mit und erklärte überflüssigerweise noch, daß er diese Grafschaft gut kenne.
Der Colonel betupfte die Lippen mit der Serviette. »Man möchte meinen, daß Sie mit diesem Landesteil hier ebenso vertraut sind, Mylord. Verbringen Sie viel Zeit hier oben?«
»Nein, Ssir. Ich bin nur hier, weil ich eine Lady zu ihrer Großmutter begleite.«
»Oh, natürlich. Lady Ericsons Enkelin, nehme ich an. Dasselbe Mädchen, äh, dessen Familie Delacourt nach der Schlacht von Prestonpans beschützt hat, nicht wahr?«
»Ja, ganz richtig. Ich bin dort hingefahren, um daß Grab eineß Freundeß zu ßuchen, der in der Schlacht gefallen ißt. Man ßagte mir, Mr. Clandon habe mehreren unßerer Verwundeten geholfen. Wir lernten unß kennen, und er erwähnte, daß ßeine Tochter ihre Großmama hier oben beßuchen ßollte, er aber nicht mitfahren

könne. Nach allem, waß er für unßere Leute getan hatte« — er zuckte entschuldigend die Achseln — »schien eß mir angebracht, äh, mich anzubieten.«
»Ganz richtig«, sagte Cunningham zustimmend. »Trotzdem, sehr nett von Ihnen. Sind mit dem Schiff hergekommen, hab' ich gehört. Der einzige sichere Weg, muß aber scheußlich langweilig gewesen sein.«
»Ich glaube, eß wäre wohl nicht ganz angebracht, ßo etwas zuzugeben, Colonel«, sagte Briley mit einem leichten Zwinkern. »Ich räume aber ein, daß ich nicht gerne mit dem Schiff fahre. Ziehe eß vor zu reiten. Aber daß bringt mich darauf — Ssie haben ein prächtigeß Geßpann, Ssir. Sieht ganz ähnlich auß wie ein Paar Jack Longleys, die ich vor ungefähr einem Jahr im Hyde Park vor einer Kutsche geßehen habe.«
»Es sind dieselben«, rief Cunningham aus, und seine Augen leuchteten vor Begeisterung. »Hab sie gekauft, als der Besitzer an der Börse alles verloren hat. Bei Gott, Sie haben ein Auge, Mylord! Ihre Stute ist aber auch nicht gerade eine Schindmähre!«
Briley lachte und ließ sich die Gelegenheit nicht entgehen, voller Stolz die Abstammung seines Pferdes zu erläutern.
Prudence kam wieder zu Atem, denn ein Gespräch über Pferde war der sicherste Weg, jeden Gentleman zu erfreuen. Das Dinner endete ohne weitere Zwischenfälle, aber als ihre Tante sich erhob, um sich zurückzuziehen, bat Prudence darum, sich entschuldigen zu dürfen, da sie sich recht erschöpft fühle.
Die Gentlemen sprangen auf und waren natürlich einhellig der Meinung, sie müsse sich ausruhen.
Sie erhaschte einen Blick ihres Vaters und sagte: »Ich bin aber nicht so müde, daß Sie nicht mehr wie sonst in mein Zimmer kommen und mir gute Nacht wünschen können, lieber Sir.«
Der Colonel und Lord Briley lächelten angesichts dieses Zeichens familiärer Zuneigung, doch James MacTavish war überrascht. Er liebte seine Kinder innig, hatte aber nicht die Angewohnheit, jede Nacht zwei Stockwerke hinaufzuklettern und zwei lange Gänge zu durchqueren, um ihnen gute Nacht zu sagen. Er ließ sich je-

doch nichts anmerken und versicherte Prudence, er würde in einer halben Stunde zu ihr kommen.

Er hielt sein Versprechen. Prudence war gerade in ihr Bett geklettert, als er an die Tür klopfte. Sie entließ die nervöse Kitty und streckte ihrem Vater die Hand entgegen, als er sich auf den Bettrand setzte. MacTavish ergriff sie und fragte: »Was ist denn nur los, kleines Fräulein? Du weißt doch, daß ich meine Gäste nicht allein lassen sollte.«

»Ich weiß, ich weiß. Aber, Papa, ich *mußte* mit dir sprechen. Wegen Kitty.«

Er runzelte die Stirn. »Kitty? Oh, deine Zofe. Aber das hat doch sicher Zeit bis —«

»Nein, Sir, sie ist in einer schrecklichen Verfassung. Ihr Verehrer ist Prinz Charles gefolgt, und jetzt wird er zu Tode gehetzt. Du erinnerst dich an Bill, Papa? Little Willie hat man ihn genannt.«

»Hhmmm, ja. Mayhew. Sie sind dem Jungen hart auf den Fersen, und er ist verwundet, aber das sagst du deiner Zofe besser nicht.«

»Sie weiß es schon, Sir. Und sie sagt — Papa, stimmt es, daß Ligun Doone unserem Rob zur Flucht verholfen hat?«

MacTavish fuhr erschrocken auf. »Woher hat sie denn das?«

»Ich weiß nicht. Aber es *stimmt* doch?«

Er zögerte und sah bestürzt drein. »Ich kann dir keine Antwort geben, Prue.«

»Du hast also dein Wort gegeben. Ich verstehe; ich werde dich nicht weiter danach fragen, denn ich würde eher sterben, als einen so mutigen Gentleman in Gefahr zu bringen.«

»Leicht gesagt, meine Liebe.«

Ängstlich musterte sie sein Gesicht. »Meinst du, meine niederträchtigen Wutanfälle könnten mir Streiche spielen?«

»Wir wollen gnädig sein und es Temperament nennen, aber es ist dennoch ein gefährlicher Charakterzug, wenn es um Leben oder Tod geht.«

Niedergeschlagen stimmte sie zu: »Meine Gewohnheitssünde. Ich habe während des Dinners etwas Dummes gesagt, nicht wahr? Ich habe gesehen, daß du verärgert warst, als wir über Robbie spra-

chen, aber dieser ekelhafte Cunningham hatte einen so schlauen Blick, als hätten wir einen heimlichen Grund, Captain Delacourt hier zu beherbergen. Ich dachte, wenn er wüßte, daß Robbie mit dem Captain befreundet war —« Ihr Vater sah immer noch finster aus, und sie fügte hinzu: »Und ich weiß wirklich nicht, warum es so schlimm sein soll, daß ich das gesagt habe, Papa.«
Er zögerte, dann antwortete er langsam: »Ich habe Rob nicht erwähnt, aus Angst, Cunningham könnte sofort wissen wollen, wo er sich aufhält.«
Zerknirscht preßte Prudence ihre Hände zusammen. »Und ich mußte natürlich genau das sagen, was du befürchtet hattest, und das Gehirn des Colonels in Gang setzen! O Papa!«
Er tätschelte ihre spitzengesäumte Haube. »Mach dir nichts draus. Was passiert ist, ist nun mal passiert, mein Schatz, und ich denke, wir werden deine ungestüme Zunge auch noch überleben. Dank Lord Briley. Seine Fachsimpelei über Pferde kam gerade recht.«
»Ja, aber« — sie ergriff sein Halstuch — »Papa, du hättest ihn heute nachmittag *sehen* sollen. Er war überhaupt nicht mehr der Dandy, der er sonst ist. Er jagt mir wirklich Angst ein, Sir! Ich glaube, er ist hier, um uns zu beobachten.«
Stirnrunzelnd sah MacTavish sie an. »Warum?«
»Weil der Fähnrich ihn Major Lord Briley genannt hat! *Major*, Papa! Und er tut so, als sei er so ein Muttersöhnchen!«
»Meine Güte, Prudence! Er wird nicht der erste Dandy sein, der eine Uniform anzieht, oder dessen alte Natur wieder durchbricht, wenn die Schlacht vorbei ist. Sieh dir nur Delacourt an. Er ist ebensowenig der soldatische Typ.«
»Nein, aber er ist so krank, daß man sich nicht vorstellen kann, wie er wohl in seinen besten Zeiten war, und außerdem ist das Benehmen des Captains auch widersprüchlich, Vater, so daß —«
»Kind«, sagte er ungeduldig, »mir scheint wirklich, du bist außer dir! Ich wundere mich, daß du den Butler nicht verdächtigst. Immerhin ist Sidley auch Engländer. Du darfst nicht jedem Trugbild nachjagen.«
Er versuchte aufzustehen, aber seine Tochter hielt sein Halstuch

entschlossen fest, und so setzte er sich gezwungenermaßen wieder.

»Papa, *bitte* hör mir zu! Heute nachmittag war Lord Thaddeus einen Moment lang jeder Zoll ein Major. Ich habe gesehen, wie erschrocken der Fähnrich war, und wie respektvoll er mit ihm geredet hat! Warum sollte er sich so aufputzen und so affektiert benehmen, wie er es tut, es sei denn, er will uns täuschen?« Sie senkte die Stimme und flüsterte: »Papa, ich bin sicher, das ist ein Komplott, um uns in eine Falle zu locken! Vielleicht sind sie hinter Robbie her. Hat er vor, nach Hause zu kommen?«

»Gütiger Himmel!« MacTavish löste ihre Hände von seinem spitzenbesetzten Ausschnitt. »Hältst du deinen Bruder für einen Kindskopf?«

»Nein, Sir. Aber, nun ja, da ist noch die Sache mit Little Willie. Papa, kannst du Ligun Doone eine Nachricht zukommen lassen?«

»Selbst wenn ich das könnte, kann er doch nicht jedem Rebellen helfen, der gejagt wird. Ach, schau doch nicht so niedergeschlagen drein. Wenn Doone in die Nähe von Mayhew kommt und von seiner Zwangslage erfährt, wird er ihm helfen, so gut er kann, denke ich. Vielleicht hat er das ja auch schon.« Er stand auf und fragte sich ärgerlich, wann er jemals die Zeit haben würde, sich Notizen für seine Vorlesung zu machen. »Du hast einen anstrengenden Tag hinter dir, Prue. Geh schlafen. Und versuch daran zu denken, Mr. Doone in deine Gebete einzuschließen.«

»Das werde ich tun, Papa. Man sagt, er ist einer der mutigsten Gentlemen in ganz Schottland, aber ich kann mir denken, daß er jeden Tag sein Leben riskiert und jedes Gebet brauchen kann.«

»Ganz sicher. Jetzt schlaf und mach dir keine Sorgen über irgendwelchen Unsinn.«

Prudence seufzte, blies ihre Kerze aus und legte sich ins Bett zurück. Sofort fiel ihr wieder Delacourt ein. Sie schloß die Augen und versuchte einzuschlafen. Er hatte heute abend sehr bleich und müde ausgesehen, aber keinen Augenblick glaubte sie, daß er sterben würde. Er gefiel sich in der Rolle des leidenden Invaliden, das war alles. Was könnte wohl noch tadelnswerter sein? Ach, sollte er die Pest bekommen! Sie warf sich auf dem Kissen herum. Was war sie doch für ein Dummkopf, sich über diesen Engländer zu ärgern, während sie ganz vergessen hatte, mit dem lieben Gott noch kurz über einen heldenhaften Schotten zu sprechen. Ihre Füße waren kalt. Vielleicht würde der Herr es verzeihen, wenn sie von ihrem warmen Bett aus zu ihm sprach und nicht auf den Knien, wie sie eigentlich sollte. »Lieber Gott, bitte verzeih mir, daß ich so faul daliege, während ich mit Dir spreche. Es handelt sich um Mr. Ligun Doone . . .«

Prudence erwachte im Morgengrauen. Einige Minuten lang blieb sie in ihr warmes Nest gekuschelt. Voller Sorge. Und es würde nur schlimmer werden, wenn sie liegenblieb. Sie stand auf und ging ans Fenster. Der Himmel war in ein zartes Korallenrot getaucht, auf dem ein paar flaumigweiße Wolken schwebten. Genau das richtige Wetter für einen Ausritt — wenn sie den Mut hatte.

Eine halbe Stunde später, nachdem sie sich mit dem eisigen Wasser in ihrem Krug gewaschen und sich angezogen hatte, schlich sie den Gang entlang. Das Haus lag in tiefer Stille, aber in den Stallungen waren die Pferdeburschen geschäftig bei der Arbeit, und im Nu war ihr bevorzugter Apfelschimmel gestriegelt und gesattelt. Sie lenkte das mächtige Pferd durch den Park und ritt am Waldrand entlang auf den Pfad, der schließlich auf General Wades Straße führte. Sie hatte den ängstlichen Pferdeknechten gesagt, daß sie den Boden des Landsitzes nicht verlassen würde, aber diese frühe Morgenstunde hatte etwas Geheimnisvolles an sich, das sie verlockte, und so wie es dem ungehobelten Sergeant ergangen war, würden die Rotröcke es nicht wagen, sie noch einmal zu belästigen. Sie ritt weiter. Die Vögel begannen jetzt zu zwitschern, sonst unterbrach kein Geräusch die Stille. Glasklar lag der Wasserspiegel des großen Sees vor ihr und reflektierte den rosigen Himmel. Von Osten her stieß eine Möwe krächzend auf die Wellen zu und landete auf dem Wasser, eine lange Kielspur hinter sich herziehend. Prudence drückte ihrem Pferd die Absätze in die Weichen, und der Apfelschimmel ging in einen leichten Galopp über. Eine Weile

hielt sie sich am Ufer entlang, dann wandte sie sich nach Süden und ritt die Hügel hinauf, bis sie von der wilden Schönheit des Hochlands umgeben war: einsame Täler, bewaldete Hänge, klare Bäche, zerklüftete Felsen, und die Luft war so klar, daß sie weit im Norden die mächtigen Schultern des Ben Wyvis erblickte, die sich hell vom leuchtenden Himmel abhoben.
Prudence war sehr auf der Hut, ob weitere Reiter zu sehen waren, aber sie entdeckte niemanden außer einem Schäfer, der seine kleine Herde zu einer neuen Weide führte, und dessen Schafe eifrig blökend den treibenden Hunden vorauseilten. Sie blieb stehen und unterhielt sich kurz mit dem Mann, aber er schien ein sehr schweigsamer Mensch zu sein und beäugte sie mit deutlichem Mißtrauen, so daß sie ihn schnell stehenließ und sich auf den Weg nach Hause machte.
Die Sonne stand nun schon höher, und der Himmel war klar und tiefblau. Wenn Sie Glück hatte, dachte Prudence, würde sie zu Hause ankommen, bevor MacTavish aufgestanden war. Hatte sie kein Glück, würde sie sicher heftig ausgescholten werden, weil sie allein einen Ausritt riskiert hatte. Sie hatte ein Bedürfnis nach dünnerer Luft verspürt und versucht, Lösungen für die Probleme zu finden, die sie quälten. Dabei war nicht viel herausgekommen, doch der Friede dieses Hochlandes hatte sie beruhigt, und sie wollte noch nicht nach Hause reiten. Sie zügelte ihren Apfelschimmel, als sie zu einem Vorsprung kam, der einen herrlichen Blick auf den Loch Ness und die gesamte Umgebung bot. Sie lächelte stolz, als sie das majestätische Panorama betrachtete. Und dann erblickte sie weit unten einen Reiter, der sehr schnell und hervorragend ritt. Sie beobachtete ihn bewundernd, als er sich den Hügeln zuwandte und aufwärts galoppierte, aber dann zügelte sie erschrocken ihren Grauen, denn es sah aus, als käme der Reiter geradewegs auf sie zu.
Etwa eine halbe Meile unterhalb ihres Standorts hielt er sein Pferd an und drehte sich um, um die Aussicht zu betrachten, genau wie sie es getan hatte. Sie kniff die Augen zusammen und versuchte zu erkennen, wer es war. Ein schlanker, großer Mann, der eine be-

scheidene Perücke und einen Dreispitz trug. Er hatte prächtige breite Schultern und schaukelte leicht im Sattel, während sein herrlicher Rappe ruhelos tänzelte. Gerade während sie ihn so beobachtete, tauchte ein zweiter Mann auf, der von der Stirnseite des Felsens herzukommen schien; ein stämmiges Individuum in schäbigen Kleidern und Stützperücke. Der Reiter stieg ab, und sie schüttelten sich die Hand.

Aufgeregt hielt Prudence den Atem an. Irgendwo hier mußte es eine versteckte Höhle geben, und in diesem Fall war der untersetzte Bursche wahrscheinlich ein Flüchtling. Wenn der Reiter ihm am hellichten Tag zu Hilfe kam, war das ein Wagnis, das schon an Tollkühnheit grenzte. Sie konnte beide deutlich sehen — also konnte jemand anderer das ebenfalls. Doch jetzt kam ein dritter Mann, und sie schnappte nach Luft, weil er die rote Uniform eines englischen Offiziers trug.

Ein Hund bellte. Ein großer Collie raste mit wehender Rute den Abhang hinauf. Der Reiter beugte sich herunter, um den Hund zu streicheln und etwas aus seinem Halsband herauszuholen. Eine Nachricht, vermutete Prudence. Die beiden anderen kamen näher. Einen Augenblick später half der eine dem schnellen Reiter wieder in den Sattel. Er winkte und ritt davon, in Sekundenschnelle war er zwischen den gezackten Hügelketten und tiefen Wasserläufen verschwunden. Prudences Blick folgte ihm, und als sie wieder zurücksah, waren die anderen bereits wieder verschwunden, sie sah nur noch den Collie, der den Abhang hinunterlief, woher er gekommen war.

Wenn die Männer, die sie gesehen hatte, Flüchtlinge gewesen waren, hatte der Reiter ihnen Neuigkeiten oder Geld gebracht. Andererseits, wie traurig es auch sein mochte, gab es auch Schotten, die ihren Prinz verraten hatten oder ihm nie gefolgt waren. Vielleicht war sie Zeugin eines Treffens von Prämienjägern geworden, die Informationen über arme gejagte Rebellen ausgetauscht hatten. Der englische Offizier konnte sehr wohl ein Deserteur sein. Sie erinnerte sich an den Schäfer mit den verschlagenen Augen und den Argwohn, den er gezeigt hatte. Plötzlich wurden diese geliebten und vertrauten Felsen bedrohlich, die friedliche Ruhe verwandelte sich in eine mörderische Stille. Ach, *warum* mußte sie sich immer in Situationen stürzen, die einfach und unkompliziert schienen, sich aber plötzlich als —. Nicht weit von ihr knackte ein Zweig. Der Grauschimmel tänzelte und wandte den Kopf in die Richtung des Geräusches.

Prudence schlug das Herz bis zum Hals, sie drückte dem Pferd die Absätze in die Weichen und trieb es in die entgegengesetzte Richtung. Mit halsbrecherischer Geschwindigkeit ritt sie den Abhang hinunter. Zweimal glitt der Schimmel aus, und Prudence dachte, sie würden stürzen, aber irgendwie überlebten sie dieses verrückte Rennen. Sie glaubte einen Schuß zu hören, was ihre Furcht noch steigerte. Heftig schlug sie dem Pferd die Peitsche auf die Flanken. Dem Apfelschimmel war dieser Schmerz nicht vertraut, und er fiel in mächtige Galoppsprünge, und die Landschaft um sie herum verschwamm, als habe ihr Pferd plötzlich die Flügel des Pegasus.

Erst als sie den Boden von MacTavishs Land erreichte, verringerte Prudence ihre Geschwindigkeit. Sie beugte sich vor, um dem Grauen den schaumbedeckten Hals zu klopfen und ihm beruhigende Worte zuzumurmeln. Nach einigen Minuten ließ sie ihn ruhig über die Felder und in das Wäldchen traben. Sie war in einem weiten Bogen nach Westen heimgeritten, um jedem, der ihr möglicherweise auflauerte, auszuweichen, und war wesentlich später zurückgekehrt, als sie gehofft hatte. Als sie den Hof vor den Stallungen erreichte, erblickte sie als einzigen jedoch den Mann, den sie am wenigsten erwartet hatte.

Captain Delacourt sah von seinem Rollstuhl aus zu, wie die Stallburschen eine herrliche Rappstute trockenrieben. Überrascht wandte er sich um, als Prudence hereingeritten kam. Sie war ebenfalls erstaunt. Er sah müde aus, aber sein Gesicht war gerötet, und Schweißtröpfchen perlten von seiner Oberlippe und seinen Schläfen.

Während sie sich von Haggerty vom Pferd helfen ließ, murmelte sie dem Captain einen höflichen Gutenmorgengruß zu und ging hinüber zu der Stute. Das Pferd, das sie vom Hügelkamm aus gesehen hatte, war ebenfalls ein prächtiger Rappe gewesen. Es war albern zu glauben, es handle sich um dasselbe Tier, aber dennoch, die Stute war offensichtlich geritten worden. Leichthin sagte sie: »Lord Briley war aber früh auf den Beinen, Haggerty.«

»Jawohl, Miss.«

»Ich hatte keine Ahnung, daß er ausreiten wollte. Wir hätten unseren Ritt zusammen machen können.«

»Mmmmm.«

»Ist er schon lange zurück?«

»Weiß nicht.«

Sie gab es auf und wandte ihre Aufmerksamkeit dem Captain zu. Er spähte durch das Hoftor. »Erwarten Sie jemanden?« fragte sie.

»Wie? Oh, ich habe mich nur gefragt, wo ihr Pferdeknecht wohl geblieben sein kann, Miss MacTavish.«

Seine Augen blickten sanft und unschuldig.

Ihre wurden argwöhnisch. »Welcher?«

»Ich fürchte, ich kenne ihre Namen noch nicht. Ich meinte den, der Sie begleitet hat.«

Ich habe vermutet, daß du das meintest, ekelhafter Spitzel, dachte sie und antwortete mit einem freundlichen Lächeln: »Ich ziehe es vor, ohne Begleitung zu reiten, Captain.«

»Du lieber Himmel.« Er lehnte sich in seinem Stuhl zurück, als wäre er ganz überwältigt. »Sie *sind* aber ein kühnes Fräulein, Ma'am!«

Prudence reckte sich zu ihrer ganzen — wenn auch unbedeutenden — Größe auf. »Sir?«

»Ach je.« Der wehmütig erloschene Blick richtete sich auf sie. »Habe ich Sie wieder beleidigt? Es schien mir nur ... äh, nicht sehr ... äh, klug, sich allein in diese schrecklich wild aussehenden Berge zu wagen.«

Sie schürzte die Lippen. »Wenn *Sie* das täten, wäre es sehr unklug, das gebe ich zu. Vor allem, da Sie heute morgen fiebrig aussehen.«

»O Gott! Wirklich?« Eine weiße Hand befühlte zitternd die Stirn.

»O weh, ich glaube, Sie haben recht! Ich nehme an, ich hätte nicht herauskommen sollen, um mir die Pferde anzusehen. Aber ich vermisse es sehr, einen kleinen Spazierritt machen zu können, wissen Sie. Wenn ich nur —«

»Was zum Teufel . . .!« Lord Thaddeus marschierte gestiefelt und gespornt in den Hof, sein Schritt unterschied sich meilenweit von seinem gewohnten affektierten Trippeln. Er ging geradewegs auf seine Stute zu, ohne Prudence zu bemerken, die sich in den Schatten der offenen Stalltür zurückgezogen hatte. »Bei Gott, Geoff!« rief er aus und wirbelte herum, um seinen Freund anzufunkeln. »Hast du vielleicht die teuflische —«

Delacourt winkte matt ab. »Bitte keine Kraftausdrücke, Thad. Eine Lady ist anwesend.«

Brileys Kopf schnellte in die angezeigte Richtung, und er sah auf komische Art schuldbewußt aus. »Donnerwetter! Verzeihen ßie, Miß MacTavиß. Ich war verärgert, Geoff hier unten zu finden. Nie gehorcht er seinem Doktor.«

»Höchst unvernünftig«, sagte Prudence. »Und Sie sehen, was dabei herausgekommen ist, Mylord. Der arme Captain Delacourt hat sich so angestrengt, daß er jetzt fiebrig ist.«

Seine Lordschaft warf einen prüfenden Blick auf den Kranken. »Idiot«, sagte er mit Nachdruck.

»Wie können Sie so hart mit ihm sein«, schalt Prudence. »Es ist doch nur natürlich, daß der Captain sich nach — äh, einem kleinen Spazierritt sehnt. Sie müssen das verstehen, Mylord, da Sie selbst heute morgen doch einen so feinen Galopp genossen haben.«

Er nestelte an seinem tadellos sitzenden Halstuch. »Hätte ich gewußt, daß ßie auch außgeritten sind, Ma'am«, sagte er, »hätte ich um die Erlaubnis gebeten, ßie begleiten zu dürfen. Würden ßie mir zum Troßt erklären, warum hier im Garten eine nicht gerade kleine Pyramide ßteht?«

Raffiniert abgelenkt, dachte Prudence. »Mein Vater ist Archäologe. Als er vor einigen Jahren in Ägypten gearbeitet hat, konnte er die Plünderung einer Pyramide verhindern, und die Regierung war so dankbar, daß sie sie für ihn nachbauen ließ. Ich bezweifle, daß er sich jemals mehr über etwas gefreut hat, und sie ist zu einer regelrechten Sehenswürdigkeit in dieser Gegend geworden, wie Sie sich vorstellen können.«

Nach Brileys persönlicher Meinung war es eine Beleidigung für das Auge, daß man ein so unpassendes Gebilde am Ufer eines schottischen Loch aufgepflanzt hatte, aber er bemerkte höflich, es sei *sehr interessant*. »Ganz schön groß«, meinte er. »Ungefähr die Hälfte des Originals, Ma'am?«

»Wahrscheinlicher ein Zwanzigstel der Originalgröße, glaube ich«, antwortete sie. »Aber sehr detailgetreu.«

Delacourt lachte leise in sich hinein. »Bis hin zum Schatz in der Grabkammer?«

»O ja«, erklärte sie mit unerschütterlichem Selbstvertrauen. »Wir haben Gold in der Grabkammer gefunden, und eine Mumie.«

Ehrfürchtig stammelte Briley: »Beim Jupiter! Wirklich eine leibhaftige Mumie?«

»Nein, du Trottel.« Delacourt grinste. »Eine tote! Darf ich unhöflich sein und fragen, ob Sie viel Gold darin gefunden haben, Miss MacTavish?«

Liebenswürdig erwiderte sie: »Ich habe nichts dagegen, wenn Sie unhöflich sind, Sir. Zwei goldene Amulette waren darin. Mein Vater bewahrt sie in einer Vitrine in seinem Studierzimmer auf, und wenn Sie sich für Ägyptologie interessieren, wird er sich bestimmt sehr freuen, Ihnen sowohl die Pyramide als auch seine übrigen antiken Gerätschaften zu zeigen. Wenn Sie mich jetzt entschuldigen wollen, Gentlemen.« Sie verließ die beiden und ging zum Haus hinüber.

Die Mädchen eilten geschäftig hin und her, und aus der Küche wehte verführerischer Frühstücksduft. Von ihrem Vater war nichts zu sehen, aber Prudence hatte ihre Furcht, ihm zu begegnen, ganz vergessen. Tief in Gedanken stieg sie langsam die Treppe hinauf. Ausgehend von dem, was Briley bei seinem ersten Besuch und gestern abend zum Colonel gesagt hatte, kannte er Delacourt erst, seit er mit Lady Ericsons Enkelin nach Castlecourt gekommen war. Und dennoch hatte Prudence irgendwie den Eindruck einer tiefen, seit langem bestehenden Zuneigung gewonnen. Nur ein alter Freund, dachte sie, würde das Recht haben, auf solch vertrauliche Weise »Idiot!« zu sagen, wie Briley es gerade getan hatte. Außerdem war die schwarze Stute mit Sicherheit geritten worden, und Briley hielt anscheinend Delacourt dafür verantwortlich. Konnte Delacourt wirklich der Reiter gewesen sein, den sie gesehen hatte? Äußerst beunruhigt hielt sie am Treppenabsatz inne und schüttelte unbestimmt den Kopf. Daß er seine Krankheit übertrieb, bezweifelte sie nicht, und sie hatte es auf den Widerwillen, sich wieder seinem Regiment anzuschließen, zurückgeführt. Aber wenn er so gut reiten konnte und das verheimlichte, dann führte er etwas Schlimmeres im Schilde, als sich einfach vor dem aktiven Dienst zu drücken. Sie erinnerte sich, daß sie in letzter Zeit des öfteren nachts aufgewacht war und geglaubt hatte, draußen Reiter gehört zu haben. Zweimal war sie zum Fenster gerannt und hatte nichts gesehen, aber jetzt fragte sie sich, ob Delacourt sich im Schutz der Dunkelheit hinausschlich. Das wäre eine Erklärung dafür, daß er oft sehr müde zu sein schien und den Tag verschlief. Alles paßte nur zu gut zusammen. Und für einen Offizier konnte es nur einen stichhaltigen Grund geben, Dienstunfähigkeit vorzutäuschen, bei einer feindlichen Familie zu wohnen und sich heimlich hinauszustehlen. Geoffrey Delacourt *war* ein Spion. Er war von diesem schrecklichen Colonel auf diesen Posten beordert worden, um sie zu überwachen. Der Engländer verdächtigte MacTavish wahrscheinlich, in Verbindung mit Ligun Doone zu stehen! Prudence, die mittlerweile halb zum zweiten Stock hinaufgestiegen war, preßte eine Hand an die Kehle, als sie plötzlich im Geiste ihren Vater in Hemdsärmeln vor einer Mauer stehen sah, die Hände auf dem Rücken gefesselt, den stolzen Kopf hoch erhoben, vor sich zwölf Rotröcke mit angelegten Musketen. Zitternd schrak sie zusammen und lehnte sich ans Treppengeländer — der bloße Gedanke daran verursachte ihr Übelkeit. Was konnte sie nur *tun?* Es hatte nicht den geringsten Zweck zu versuchen, MacTavish zu warnen, er würde sie nur erneut ausschelten. Er war völlig auf die Geschichte hereingefallen. Aber sie konnte sich nicht einfach zurücklehnen und warten, bis sie alle verhaftet würden. Ausdruckslos starrte sie auf einen der Schals ihrer Tante, der, in helles Sonnenlicht getaucht, auf der nächsten Stufe lag. Als sie ihn aufhob, preßten ihre Lippen sich zusammen. Sie würde den heimtückischen Sassenach beobachten. Wie ein Habicht würde sie ihn im Auge behalten! Aber er durfte nicht wissen, daß sie Verdacht geschöpft hatte. Er mußte in falscher Sicherheit gewiegt werden. Dann würde ihm ein Fehler unterlaufen, und sie würde zustoßen — wie eine Schlange! Sie grübelte eine Minute lang darüber nach. Nein, nicht ganz so wie eine Schlange. Aber auf jeden Fall würde sie zustoßen! Sie hastete zu ihrem Zimmer und plante ihren nächsten Schachzug, doch empfand sie dabei auch ein unerklärliches Gefühl von Kränkung und Verrat.

Daß er sich vor die Tür gewagt hatte, schien den Captain erschöpft zu haben, und für den Rest des Vormittags blieb er auf seinem Zimmer. Am Nachmittag kam Wind auf und blies graue Wolken vor die Sonne. Lord Briley, der mit Delacourt ein vertrauliches Gespräch geführt hatte, schloß sich Hortense und Prudence zu einem späten Mittagessen an und begleitete die Ladies anschließend ins Musikzimmer, wo Hortense auf dem Cembalo spielte und Prudence einige der schönen Weisen und Volkslieder ihres Landes sang. MacTavish, der mit seinem Verwalter einige dringende Angelegenheiten hatte erledigen müssen, gesellte sich wieder zu ihnen, und sie sangen alle zusammen »Frauen sind lockende Engel«, wobei Brileys schöner, reiner Bariton sein Lispeln aufwog. Um drei Uhr trennten sie sich in schönstem Einvernehmen, um sich auszuruhen, bevor sie sich zum Dinner umkleideten.

Als Prudence an Brileys Arm aus dem Musikzimmer kam, erblickte sie Lockerbie, der seinen Herrn durch den Korridor auf sie zuschob. »Ah, Captain«, sagte sie. »Wie ich mich freue, Sie wieder munter zu sehen. Ihre fiebrige Röte heute morgen hat mich sehr beunruhigt. Sie fühlen sich jetzt besser, hoffe ich?«

Matt lächelte er sie an. »Um die Wahrheit zu sagen, liebe Ma'am, ich fürchte, Sie hatten vollkommen recht. Es beansprucht meine Kräfte sehr, wenn ich überhaupt aufstehe, aber ich hatte das Gefühl, ich müsse kommen und Ihnen, Mr. MacTavish, für all ihre freundlichen Bemühungen um meinetwillen danken.«

»Es ist mir eine große Freude, mein lieber Junge«, sagte MacTavish ernst.

Prudence murmelte: »Freundliche ... Bemühungen?«

»Ihr Papa«, erklärte der Captain, »war so freundlich, mich in zwei Zimmer im Erdgeschoß umziehen zu lassen. Es war so — so schrecklich ermüdend, die Treppen hinauf- und heruntergeschleppt zu werden. Ich bin höchst —« Er verstummte hustend und machte eine hilflose Geste.

MacTavish legte ihm die Hand auf die Schulter. »Sagen Sie nichts mehr, ich bitte Sie. Und bitte, bemühen Sie sich heute abend nicht ins Eßzimmer. Nein, es macht meinen Dienern gar keine Mühe, Ihnen Ihr Essen zu bringen. Sie können sich uns morgen anschließen.«

»Ich hoffe es«, erklärte der Captain unglücklich. »Wirklich, ich hoffe es sehr.«

Lockerbie fuhr seinen niedergeschlagenen Patienten weiter, und die übrige Gesellschaft zerstreute sich in die jeweiligen Zimmer.

Prudence trat in ihr Wohnzimmer und setzte sich ans Fenster, um blicklos auf den regnerischen Nachmittag zu starren. Der gerissene Captain hatte ihr also schon einen Knüppel zwischen die Beine geworfen! Da sein Zimmer nun zwei Stockwerke unter dem ihren lag, würde es viel schwieriger sein, ein Auge auf seine Aktivitäten zu haben. *Und um so leichter für ihn, den Soldaten seine ausspionierten Beobachtungen mitzuteilen!*, dachte sie ärgerlich. Sie rang die Hände. Wenn Delacourt ein Spion *war*, plante er zweifellos, sie alle in einen schrecklichen Tod zu schicken. Nun, das würde ihm nicht gelingen, diesem grausamen Rohling! Irgendwie würde sie ihn überlisten, koste es, was es wolle!

IV

Das grüne Musselinkleid?« fragte Kitty entgeistert. »Aber — das ist ganz aus der Mode, Miss! Die Leute werden glauben, daß ich zu dumm bin, meine Lady richtig anzuziehen.«
Prudence nahm das leicht verschossene Musselinkleid vom Haken und musterte es billigend. Das würde sich harmonisch genug in das Grün des Gartens einfügen. »Habe ich einen grünen Hut? Aber — nein, doch nicht. Wenn ich recht überlege — ein Schal, ein grüner Schal für mein Haar müßte besser sein. Und — kein Puder, Kitty.«
»Aber Sie werden aussehen wie eine Vogelscheuche! Und heute nachmittag soll der Captain Besuch von einem Cousin bekommen!«
Verstärkung, kein Zweifel! »Warum hat man mir das nicht gesagt? Woher kommt dieser Cousin?«
»Das hab' ich nicht gehört«, antwortete Kitty. Es war ihr nicht entgangen, daß ihre junge Herrin sich seit kurzem äußerst häufig mit Captain Delacourt beschäftigte, wenn sie auch versuchte, dem hübschen Invaliden gegenüber gleichgültig zu erscheinen. Nachdem Lord Briley gestern nachmittag abgefahren war, hatte Miss Prue die Absicht bekundet, sich der Unterhaltung des Captains zu widmen, und sich mit ihm in die Bibliothek gesetzt, um ihm Shakespeare vorzulesen, bis er fest eingeschlafen war. Miss Prue war anscheinend recht beleidigt gewesen, als der arme Junge laut zu schnarchen begann, aber als er aufgewacht war und sich so demütig entschuldigte, hatte sie ihn eigenhändig in seinem Stuhl zurück ins Zimmer gefahren, damit er sich ausruhen konnte. Als Colonel Cunningham zum Tee hereingeschneit war, hatte Miss Prue kaum über etwas anderes als den Captain gesprochen, und wie sehr sie ihn bewunderte, weil er sein Leiden so tapfer hinnahm.

Und dennoch, dachte Kitty, war Captain Delacourt zwar wirklich sehr ansehnlich, ihrer persönlichen Meinung nach aber ein bißchen zu sehr Muttersöhnchen, wenn es wirklich darauf ankam.

Sie hatte in der Kommode herumgekramt und wandte sich nun wieder um. »Ich kann keinen grünen Schal finden, Miss. Hier ist der blaue, aber —«

»Das macht nichts. Ich werde mir einen von meiner Tante leihen. Sie hat ganz bestimmt einen grünen.«

Hortense las gerade einen Brief und war sehr aufgeregt. »Von deiner armen Tante Geraldine«, rief sie. »Erinnerst du dich an ihre Freundin, Mrs. Andover? Gestorben! Und denk bloß — die Sterne haben mir gesagt, daß der Tod uns diese Woche sehr nahe sei!«

»Nun, nicht gerade sehr nahe. Ich habe die arme Lady nie kennengelernt, du etwa? Warum hat sie das Zeitliche gesegnet?«

Hortense drehte eine engbeschriebene Seite um und las die unglückseligen Zeilen vor: »Ihr Doktor — MacPherson, ein guter Mann — sagte, sie sei so unvernünftig gewesen, überreife Stachelbeeren zu essen — bei Vollmond!«

»Du liebe Güte«, sagte Prudence unsicher. »Ist das schlimm?«

»Das muß es wohl sein. Lieber Himmel! Wie viele Fallen stellt die Welt doch für die Unvorsichtigen!«

»Allerdings, die verschiedensten Fallen«, brummte Prudence und dachte an die Schurkereien englischer Captains. »Tantchen, sagen deine Sterne etwas über uns — was uns direkt angeht, meine ich?«

Erfreut über dieses Interesse an ihrem Lieblingsthema, warf Hortense den Brief ihrer Schwägerin beiseite. »Aber natürlich! Prue, meine Liebe, ich will dich nicht erschrecken, aber — oh, eine entsetzliche Bedrohung schwebt über uns!«

Der Cousin, dachte Prudence grimmig. *Na, ich bin auf jeden Fall für ihn gerüstet!* »Weißt du, wann diese Bedrohung uns heimsuchen wird?«

»Sehr bald, muß ich dir sagen.« Ihre Tante seufzte. »Und in einer seltsamen Verkleidung«, fügte sie mit dramatischer Stimme hinzu.

»Seltsame . . . *was?*«

»Meine Karten sagen, daß ein Mann in fremdartiger Kleidung kommen wird, der einem Bewohner von Lakepoint nach dem Leben — dem *Leben*, Prue! — trachtet.« Die Augen tragisch aufgerissen, legte sie die Hand an ihr Kinn.
Prudence kämpfte gegen ihren Lachreiz an. »Wie schrecklich. Ich hoffe, daß deine Sterne sich dieses Mal geirrt haben. Kann ich mir bitte einen grünen Schal ausleihen?«
Hortense sah ihre Nichte düster an und gestand sich selbst ein, daß Prudence zwar ein liebes und hübsches Geschöpf, aber auch eine kleine Närrin war. Grün, erklärte sie, brachte Unglück. Ihre Nichte wurde dadurch keineswegs eingeschüchtert, und zu guter Letzt läutete Hortense nach ihrer Zofe, die es schaffte, einen reizenden Schal aufzustöbern, der lose drapiert um Prudences helle Locken so bezaubernd aussah, daß Hortense ihr verzieh und mit Überzeugung bemerkte, daß etwas so Hübsches unmöglich unheilbringend sein könne.
Gewappnet mit dieser Beteuerung, trippelte Prudence nach unten in die Küche, um einen Korb und eine Gartenschere zu stibitzen. Sie war gänzlich verblüfft, in dem großen, sonnigen Raum Captain Delacourt anzutreffen, der mit dem Küchenpersonal plauderte. Sie blieb stehen und hoffte zu hören, was er den Dienern aus der Nase zu ziehen versuchte, aber ihre überraschten Gesichter verrieten sie, er wandte den dunklen Kopf, und sofort trat das Märtyrerlächeln in sein Gesicht.
»Wie bezaubernd Sie aussehen, Miss MacTavish. Sie wollen nach draußen gehen, nicht wahr? Ach, wenn ich nur kräftig genug wäre, um Sie zu begleiten.«
Sie erklärte ihm, daß sie nichts Anstrengendes vorhabe. »Nur ein kleiner Spaziergang vor dem Essen, Captain. Vielleicht könnte Lockerbie Sie hinausbringen.«
»Dann haben Sie also nach mir Ausschau gehalten? Wie aufmerksam von Ihnen.«
Sie hob die Augenbrauen. »Aber warum um alles in der Welt sollte ich in der Küche nach Ihnen Ausschau halten? Sie ist sicher der letzte Ort, an dem ich einen Gast zu finden erwarten würde.«

Wieder glaubte sie für den Bruchteil einer Sekunde diese tanzenden Funken der Belustigung in den dunklen Augen zu sehen, aber dann senkten sich die dichten, nach oben gebogenen Wimpern, und er sagte, der Küchenchef habe sich sehr zuvorkommend bereit erklärt, ihm zu zeigen, wie die Haferküchlein zubereitet wurden, die es morgens immer gab. »Ihr wunderbarer *Maître de cuisine* hat eine so sichere Hand! Es ist ein Rezept, das ich nur zu gern meinem eigenen Koch geben möchte.« Er seufzte und fügte verzagt hinzu: »Wenn ich je das Glück habe, nach England zurückzukehren.«

Niederträchtiger Lügner! dachte Prudence. Sie schaute die Diener an, die jedoch so unschuldig erfreut über diese Lobesworte aussahen, daß sie nicht glauben konnte, sie hätten etwas Unrechtes gesagt. Sie entschuldigte sich, sammelte ihre Gartengeräte zusammen und ging zur Seitentür hinaus.

Der Vormittag war warm und erfüllt von sommerlichem Duft. Señorita jagte im Küchengarten einen Heuhüpfer, die Schnurrhaare grimmig gesträubt. Ohne auf die Verheerungen zu achten, die die Katze unter den jungen Salatpflanzen anrichtete, spazierte Prudence stirnrunzelnd weiter bis zur Längsseite des Hauses. Sie würde Mrs. Cairn instruieren müssen, daß sie die Dienerschaft warnte. Geoffrey Delacourt hatte alles in allem einfach zuviel Charme, und obwohl es gute, treue Leute waren, konnte man kaum ermessen, was er nicht alles aus ihnen herauslocken würde.

Die Beete mit den Schnittblumen lagen hinter dem Rosengarten, und hier blühten Phlox und Lupinen, Iris und Tausendschönchen und Kornblumen in bunter Pracht. Prudence schnitt einen hübschen Strauß und verschönerte ihn noch mit einigen blühenden Apfelzweigen, bevor sie wieder zurück zum Haus ging.

Man hatte für Captain Delacourt eine Suite im Erdgeschoß geschaffen, indem man ihm zwei nebeneinanderliegende Vorzimmer im hinteren Teil des Haus zuwies, gleich neben MacTavishs Studierzimmer. Prudence wandte sich müßigen Schrittes in diese Richtung und hoffte, daß sie sich mit ihrem sorgfältig ausgewählten Kleid unauffällig in den grünen Hintergrund einfügte. Auf den

Rasenflächen waren mehrere Bänke verteilt, und eine davon stand zufällig genau unterhalb der Terrasse, die nicht weit von den Fenstern des Captains entfernt war. Dank der Wärme des Tages standen sie weit offen. Prudence setzte sich in der Hoffnung, daß sie es geschafft hatte, diesen Punkt unbeobachtet zu erreichen, und wartete.

Alles war ruhig und friedlich. Vögel zwitscherten und flatterten in den Eichen umher, die zu beiden Seiten der Terrasse standen. Ein Schmetterling gaukelte über einem niedrig hängenden Ast der mit goldenen Blüten übersäten Akazie in der Mitte des Rasens. Prudence lächelte den Baum wehmütig an. Vor Jahren, obwohl es ihr erschien wie gestern, hatten sie und Robbie es sich zur Gewohnheit gemacht, zwischen seinen Ästen hinaufzuklettern, um Papa im Auge zu behalten, wenn sie ein besonders gewagtes Unternehmen vorhatten. Oft hatte ihre Ruchlosigkeit darin bestanden, an einem herrlichen, sonnigen Nachmittag Süßigkeiten oder Marmeladentörtchen hinauszuschmuggeln, wenn alles glaubte, sie säßen in ihren Zimmern und mühten sich mit den Aufgaben ab, die Miss Grover ihnen vor dem Essen gestellt hatte. Von der Akazie aus hatten sie einen guten Blick auf Papas Studierzimmer, und — Prudence keuchte erregt und straffte die Schultern. Captain Klugscheißer hatte ihr möglicherweise in die Hände gespielt, denn obwohl sie nun einige Jahre älter war, war sie doch nicht so klapprig, um nicht auf diesen Baum steigen zu können. Und sie würde sich Robbies Fernglas aus seinem Zimmer ausleihen. Sie kicherte schadenfroh, dann horchte sie angespannt, als sie hörte, wie eine Tür geschlossen wurde und Lockerbie schimpfend die Stimme erhob; was er sagte, konnte sie nicht ganz verstehen.

»Oh, sei still, Mann«, sagte der Captain, dessen Stimme nun deutlicher zu hören war, als hätte er seinen Stuhl näher ans Fenster gerollt. »Auf jeden Fall war es Zeitverschwendung. Entweder sie wissen nichts, oder sie wollen nichts sagen.«

Während der folgenden Pause spitzte Prudence die Ohren, um nicht das leiseste Murmeln zu verpassen.

Ziemlich verständlich sagte Lockerbie: »Da ist Miss MacTavishs

Zofe — Kitty oder so ähnlich. Nach dem, was ich gehört hab', war er in sie verliebt.«
»Wirklich? Großartig, Kerbie! Verdammt, du bist ein besserer Spion als ich! Dann können wir sie also für uns einspannen. Du mußt —«
Prudence hatte das gedämpfte Geräusch einer Kutsche gehört, die die Auffahrt heraufgefahren war. Jetzt unterbrach Lockerbie seinen Herrn scharf. »Es kommt jemand, Sir!«
Man hörte, wie die Tür aufgerissen wurde, und eine dritte Stimme, die Stimme eines Engländers, sagte heiser vor Rührung: »Master Geoffrey!«
»Cole!« Delacourt klang überglücklich, und dann waren die unmißverständlichen Geräusche eines liebevollen Wiedersehens zu hören.
»Wir haben — wir haben gedacht, Sie seien ... tot, Sir!«
»Alter Halunke! Wie hast du herausgeschnüffelt, wo ich bin?«
»Mr. de Villars hat es mir gesagt. Natürlich bin ich sofort gekommen, aber — oh, Sir! Sie spielen hier ein gefährliches Spiel. Nicht auszudenken, was geschieht, wenn man Sie entlarvt!«
»Dann denk nicht daran. Merk dir, Cole, ich bin hier oben als Geoffrey Delacourt bekannt — das darfst du nicht vergessen. Kerbie, am besten machst du diese Fenster zu. Donnerwetter, bin ich froh, dich zu sehen, Cole! Wie geht es meiner Schwester —«
Die Fenster wurden geschlossen, und der Rest der Frage blieb ungehört. Prudence blinzelte durch einen Tränenschleier auf die Akazie. Erst in diesem Augenblick wurde ihr bewußt, wie verzweifelt sie gehofft hatte, ihre Verdächtigungen seien grundlos. Erst jetzt begriff sie, daß sie ebenfalls dabei gewesen war, dem leisen Schimmer des Lachens in einem Paar dunkler Augen oder der Freundlichkeit seines Lächelns, das sie ein- oder zweimal gestreift hatte, zu erliegen. Beinahe wäre sie den Ränken eines Spions erlegen. Einem Mann, der in ihrem Heim lebte, während er Beweise gegen sie sammelte und Pläne schmiedete, die liebe, vertrauensvolle Kitty, die ihn so bewunderte, als Werkzeug zu benutzen, um dem Mann, den sie liebte, eine Falle zu stellen und ihn zur Exe-

kution zu schleifen. »Oh!« flüsterte sie und rieb sich heftig die tränenfeuchten Augen. »Was bist du bloß für ein Rrriesendummkopf, Prrrudence MacTavish! Wirklich, Robbie würde – würde einen ... Lachkrampf bekommen!«
Mit einem erstickten Schluchzer nahm sie ihre Blumen und ging schnell zurück zum Haus. Nachdem sie Sidley die Blumen gegeben hatte, lief sie die Treppen hinauf ins Zimmer ihres Bruders und suchte nach dem Fernglas. Typisch für Robbie, sein Schrank war ein Schlachtfeld, und die Schubladen der beiden großen Kommoden kaum besser, aber schließlich förderte sie das Fernglas, das begraben unter einem Durcheinander alter Briefe lag, doch zutage. Sie staubte die Linsen ab, zog es auseinander und richtete das Glas auf die Akazie. Sie konnte sogar die Bienen sehen, die in den Blüten herumsummten! Triumphierend schob sie die Teile wieder ineinander und ließ das Fernglas in ihre Tasche gleiten. Damit würde sie so erdrückende Beweise finden, daß Papa ihr ganz einfach glauben *mußte!*
Da Mr. MacTavish nach Inverness gefahren war, um sich mit einem befreundeten Gelehrten zu beraten, und Hortense sich bei ihrer besten Freundin mit dem Astrologischen Zirkel traf, wurde an diesem Tag kein großes Mittagessen serviert. Im Frühstückszimmer war ein Buffet aufgebaut worden, an dem Prudence und Captain Delacourt sich bedienen konnten, wenn es ihnen gerade einfiel, sich auf die Suche nach etwas Eßbarem zu machen. Vom Captain war jedoch nichts zu sehen, und Prudence nahm ein leichtes Mahl aus Früchten, Limonade und Biskuitkuchen zu sich. Als sie zu Ende gegessen hatte, hatte er sich immer noch nicht blicken lassen, und sie eilte wieder in den Garten.
Die gesamte Natur schien an diesem schwülen Nachmittag ein Nickerchen zu halten. Unten bei der Rosenlaube kniete ein Gärtner, der Unkraut auszupfte, dem Haus den Rücken zugewandt, und ein zweiter Mann mähte den Rasen vor dem Westflügel und dem Musikzimmer. Prudence spazierte an der Akazie vorbei, und als sie sicher war, daß ihre Äste sie vor allen Blicken des Captains schützten, drehte sie sich um und ging wieder zurück. Sie blickte

über die Schulter. Der geplagte Gärtner hatte sie nicht gesehen. Wie ein Blitz huschte sie unter die Blätterlaube der Äste.
Es war kühler hier, und der Duft der Blüten lag schwer in der Luft. Die alte Bank, die man um den Stamm gebaut hatte, war immer noch da, ein Pluspunkt, den sie ganz vergessen hatte, und der ihr den ersten Klimmzug sehr erleichterte. Trotzdem verspürte sie leise Bedenken, als sie nach oben sah. Der erste Ast schien ziemlich weit oben. Sie fragte sich, ob der Stamm seit ihrer Schulmädchenzeit gewachsen war, und hielt das für sehr wahrscheinlich. Versuchsweise streckte sie die Hand nach oben. Sie konnte den Ast packen, und er fühlte sich stark genug an, aber wie sollte sie da hinaufkommen? Glücklicherweise hatte ihr Kleid keine Reifröcke, und sie trug nur vier Petticoats, daher war sie nicht allzu behindert. Sie blickte sich nervös um, dann zog sie die Röcke hoch und stellte den linken Fuß in den Spalt, der von einem abgesägten Ast übriggeblieben war. Natürlich, das mußte es sein! Das war der Ast gewesen, den sie und Robbie immer als erste Sprosse benutzt hatten! Sie preßte die Lippen zusammen und beschloß, daß sie eben mit dem zurechtkommen mußte, was davon noch übrig war.
Sie packte fest den oberen Ast, stieß sich mit dem rechten Fuß ab und schnellte nach oben. Ihr Kopf kam in harten Kontakt mit einem anderen hinterlistig lauernden Zweig. Sie quietschte vor Schmerz auf und hätte fast losgelassen, aber irgendwie brachte sie es fertig, sich hinaufzuziehen und sich rittlings auf den Ast zu setzen. Sie schwankte bedenklich, und ein Geräusch von zerreißendem Stoff ließ sie nichts Gutes ahnen. Äußerst verärgert entdeckte sie, daß sie schwitzte und ihr Haar sich völlig aufgelöst hatte, und sie fühlte sich höchst unbehaglich. Schlimmer noch, alles war umsonst! Anstatt das Haus zu sehen, saß sie lächerlicherweise dem Baumstamm gegenüber! Knurrend gab sie einen von Robbies bevorzugten Flüchen von sich. Wenn sie auch erst einmal falsch herum saß, war sie doch zumindest oben, und es dürfte nicht so schwer sein, sich umzudrehen. Sie klammerte sich an den Zweig über ihrem Kopf und schaffte es mit großer Mühe, das rechte Bein über den Ast zu schwingen, auf dem sie rittlings saß, aber dabei

hörte sie erneut das Geräusch von reißendem Stoff. Oh, wenn Ladies doch nur *Reithosen* tragen könnten! Es dämmerte ihr, daß sie aussehen mußte wie ein wildgewordener Gorilla, und war so belustigt über diesen Gedanken, daß sie anfing zu kichern. Sie beherrschte sich wieder und brachte es schließlich fertig, sich auf dem Ast umzudrehen, so daß sie nun neben dem Stamm saß und zum Haus blickte. Wenn sie mit dem rechten Arm den Baumstamm fest umklammerte, konnte sie Robbies Fernglas aus der Tasche fischen und schauen, ob sie ungehindert in Delacourts Zimmer sehen konnte.

Aber unglücklicherweise waren ihre Röcke völlig durcheinandergeraten. Nicht nur, daß sie auf dem Vorderteil ihres Kleides saß — die verdrehten hinteren Teile reichten ihr auch nur noch bis zum Knie. Der Himmel verhüte, daß jemand sie in einem so undamenhaften Zustand entdeckte! Einen Augenblick lang geriet sie in Panik und mußte sich grimmig ins Gedächtnis rufen, daß sie das alles für Schottland, für ihren Papa und Little Willie Mayhew tat. Zappelnd zog und wand sie an ihrem Kleid und mühte sich ab, es glattzuziehen. Der Kampf beanspruchte einige Zeit und erhitzte sie beträchtlich, aber schließlich brachte sie es fertig, die Tasche so weit herumzuziehen, bis sie das Fernglas erwischen konnte. Sie schnaufte schwer, als sie es herauszog, und vorsichtig balancierend zog sie es mit beiden Händen auseinander. Sie umklammerte das Glas fest mit der linken Hand und hob es hoch, den rechten Arm erneut um den Baumstamm geschlungen. *Voilà!* Sie konnte direkt durch die wieder geöffneten Fenster des Captains sehen. Das Zimmer schien leer, aber sie konnte den Fuß des Bettes sehen, in dem er jetzt möglicherweise ein Schläfchen hielt, um seine Pose als schwacher Invalide aufrechtzuerhalten. Wahrscheinlich war er überhaupt nicht verwundet worden, und die ganze Geschichte war nur ausgebrütet worden, um ihrem vertrauensseligen Vater Sand in die Augen zu streuen!

Kaum war sie zu diesem Schluß gelangt, als sie einen Mann summen hörte. Ihr Herz machte einen erschrockenen Satz. Das Geräusch war sehr nahe. Aber wahrscheinlich war es nur der Gärtner, der gleich vorbeikommen und wieder zum Haus oder zu den Gesindewohnungen außerhalb gehen würde. Sie wagte kaum zu atmen und wartete darauf, einen Blick auf den musikalischen Gärtner zu erhaschen. Wie lange dauerte es bloß, bis er in Sicht kam. Vor Angst machte ihr Herz einen erneuten Sprung, als das Summen zu einem Lied wurde, gesungen von einer kultivierten, tiefen und melodischen Stimme:

»Gewehr und Strick kann man wohl meiden;
manch' Mann verträgt Arzneien gar.
Doch wer ein Weib nimmt, muß auch leiden,
dies Untier tötet unrettbar!
Unrettbar! Unrettbar!
Die Fliege, die nach Sirup giert,
nippt kurz und muß hinscheiden,
so auch der Narr, der Frau'n probiert,
ist bald ruiniert... ruiniert... ruiniert!«

Prudence knirschte mit den Zähnen. *Er* war es, natürlich! Wie konnte es ihrem Schicksal nur einfallen, ihn genau hierher zu führen, ausgerechnet in diesem Augenblick, um dieses empörende Liedchen zu schmettern!
Lockerbies kichernde Stimme war zu hören. »Das ist ein feines Lied, Sir. Wahrhaftig, ich habe Sie ganz schön lange nicht mehr singen hören.«
»Hab' leider nicht genügend Luft gehabt. Das heißt, ich ... bin mir gar nicht sicher, ob ich jetzt nicht mehr ... verbraucht habe, als ... als ich hatte.«
»Sind Sie in Ordnung, Sir? Soll ich laufen und Ihre Medizin holen?«
»Danke. Aber bring sie nicht gleich, bitte. Es ist großartig, ein bißchen aus dem Bett und aus dem stickigen Zimmer wegzukommen.«
Prudence stöhnte innerlich und betete, der Schuft möge wieder verschwinden.

»Ich mag Sie nicht gerne hier draußenlassen, Sir«, sagte der treue Lockerbie.
»Ach, du kannst mich in einer halben Stunde wieder abholen, Kerbie. Troll dich jetzt, sei ein guter Junge.«
Lockerbie brummte etwas in sich hinein, stapfte aber — zu Prudences großem Schrecken — auf den Westflügel zu, wahrscheinlich, um sich von den Küchenmädchen einen Krug Bier zu erbetteln.
Jetzt fing das Gesumme wieder an. Dasselbe abscheuliche Lied, hin und wieder wurde ein Wort gesungen, was anzeigte, daß der Spion wieder ein wenig zu Atem gekommen war. *Eine halbe Stunde!*, dachte sie angstvoll. *Ich halte es nicht aus, mir dieses Zeug eine halbe Stunde lang anzuhören!*
Einen winzigen Augenblick später hätte sie sich nur zu gern damit abgefunden, den Singsang des Captains eine halbe Stunde lang anzuhören, denn als sie sich schier den Hals verrenkte, um ihn sehen zu können, fand sie sich Auge in Auge mit einer Biene.
Der weitverbreitete Glaube, eine Biene würde das Interesse verlieren, wenn man sich still verhielt, war auch so ein Altweibergewäsch, wie sie bald feststellte. Sie atmete kaum, aber die Biene tanzte ihr fasziniert vor den Augen herum. Verzweifelt zischte sie: »Geh weg! Schhhh!«
Die Biene summte lauter und zeigte eine deutliche Neigung, sich auf ihrer Nasenspitze niederzulassen. Beängstigt warf sie den Kopf zurück, ergriff das Ende von Hortenses Schal und versuchte, das Insekt zu verscheuchen. Das war ein Fehler. Das Summen wurde angriffslustig laut, die Biene begann wild um sie herumzusausen und rief anscheinend ihre Artgenossen herbei, denn jetzt verstärkten zwei weitere Exemplare in derselben Uniform die Reihen. Mit einem erschrockenen Quietschen kam Prudence den Baum sehr viel schneller herunter, als sie hinaufgelangt war. Sie klammerte sich an ihren Ast, als sie sich hinunterließ, und schrie etwas lauter auf, als ein scharfer Schmerz an ihrem Ellbogen anzeigte, daß sie gestochen worden war.
»Du lieber Himmel!« Der Captain hatte seinen Stuhl unter das

Blätterdach geschoben und sich aufgerichtet, hielt sich an seinem Stuhl fest und sah äußerst erstaunt zu ihr hinauf. »Was um alles in der Welt«, keuchte er, »tun Sie da?«
»Meine Fingernägel trainieren!« schnaubte sie und tastete mit dem rechten Fuß vergebens nach dem Spalt im Stamm, in dem schrecklichen Bewußtsein, daß sie aussehen mußte wie eine Vogelscheuche. »Wollen Sie sich vielleicht von der Stelle rühren? Ich bin fürchterlich gestochen worden, und sie stehen da wie ein Klotz und starren mich an!«
»Armes Mädchen!« Vorsichtig kletterte er auf die Bank und streckte die Arme aus. »Lassen Sie nur los, ich versuche, Sie aufzufangen.«
»Um Himmels willen! Wenn — wenn Sie nur meinen Fuß in den Spalt setzen könnten, dann komme ich allein zurecht.«
Während einer kurzen Pause hörte sie unterdrückte Laute der Anstrengung — oder der Belustigung — oder von beidem. Ihre Arme brannten vor Schmerz, als er traurig sagte: »Leider . . . ich erwische ihn anscheinend nicht, Ma'am. Vertrauen Sie sich mir an. Ich werde . . . mein Bestes tun. Ich verspreche es.«
Sie zögerte. Wenn er wirklich bei Prestonpans schwer verwundet worden war, würde sie womöglich an einem Rückschlag schuld sein, obwohl sie sich weiß Gott nicht vorstellen konnte, warum das etwas ausmachen sollte. Und wahrscheinlich war er völlig gesund. Auf jeden Fall gesund genug, um am Mittwochmorgen dieses feurige Pferd zu reiten. Eine Biene sauste auf sie zu. Mit einem Schrei ließ sie los.
Ein Paar starker Arme fing sie auf und hielt sie fest. Dunkle Augen musterten sie in einer Mischung aus Mitleid und Amüsement. Das Amüsement wich einem bewundernden Ausdruck, und er umfing sie fester. Prudence fühlte sich halb zerquetscht, und in einem Augenblick der Geistesschwäche war sie bereit, dieses Gefühl unendlich lang zu ertragen. Aber dann ließ Delacourt sie zu Boden gleiten und tappte nach seinem Stuhl.
»Was habt ihr Schotten doch . . . für seltsame Angewohnheiten«, sagte er atemlos.

Ohne auf ihn zu achten, versuchte Prudence, ihren Arm zu untersuchen. Die Attacke war von hinten gekommen, und sie konnte die Stelle nicht sehen.
»Liebe Güte«, seufzte ihr Retter. »Sie sind gestochen worden, nicht wahr? Sie sind sehr tapfer, Ma'am, aber das muß sofort heraus.«
Es tat scheußlich weh, aber sie sagte beherrscht: »Das kann warten, bis ich zurück im Haus bin, danke.«
»O nein. Jede Sekunde zählt, wenn Sie nicht eine *Apiologie acutus* bekommen wollen.« Prudence starrte ihn mißtrauisch an, und er fuhr mit sanfter Gewißheit fort: »Ich kenne mich in diesen Dingen sehr gut aus, weil meine Schwester geradezu eine Gewohnheit daraus gemacht hat, sich stechen zu lassen. Ich mußte die Stacheln immer sehr schnell heraussaugen, sonst wurde sie regelrecht krank. Einmal stach eine Biene sie am —« Er unterbrach sich. »Nun, ist ja egal. Kommen Sie, ich werde Ihnen nicht wehtun.«
Sein Gesichtsausdruck war ernst, aber seine Augen und das Zucken um seine Lippen veranlaßten Prudence zu dem Entschluß, ihn sofort stehenzulassen. Sein bleiches Gesicht hielt sie jedoch zurück. Unsicher trat sie näher und fragte: »Geht es Ihnen gut? Es muß Sie sehr erschöpft haben, mich aufzufangen. Ich meine — ich weiß, daß ich nicht gerade ein Federgewicht bin.«
»Nein«, stimmte er geistesabwesend zu, während er die Rückseite ihres Armes inspizierte.
»Was?« fragte sie und wurde starr.
»Oh — ich meine, es hat mir nichts ausgemacht. Außerdem« — er berührte sanft ihren Arm — »bewundere ich junge Frauen, die so prächtig gesund sind.«
»Na fein!« schnaubte Prudence und versuchte, sich loszumachen.
»Nein, nein. Sie dürfen sich nicht bewegen, denn jetzt habe ich ihn schön im Griff. Beugen Sie sich ein bißchen herunter, bitte.«
Schön im Griff? dachte sie. Aber aus einem Grund, den sie sich nicht recht erklären konnte, gehorchte sie ihm.
»Ziehen Sie den Arm ein wenig nach hinten. Ah — so ist es besser.«

Sie fühlte seine Lippen auf ihrer Haut, und ein Schauer überwältigte sie.
Einen Moment später sagte er: »Vielleicht sollten Sie sich besser hinknien. Ich komme nicht richtig heran, und Ihr Arm fängt schon an, sich zu entzünden.«
Prudence fühlte sich so schwach in den Knien, daß es ihr nichts ausmachte, auf dieselben zu sinken.
Delacourt beugte sich vor. Sein Arm schlang sich um ihre Taille, und sie spürte erneut die samtene Berührung seiner Lippen. Gleich darauf sagte er: »Jetzt – ich hab's geschafft.« Sie wandte sich ihm zu.
»Wenn Sie ... mir ...« murmelte er und sackte zusammen.
Mit einem erschrockenen Aufschrei streckte sie die Arme aus, um ihn zu stützen, aber er sank schlaff vom Stuhl, und sie umklammerte ihn, seinen Kopf an ihrer Brust.
»Du lieber Himmel! Captain! Sind Sie in Ordnung?«
Die Augen immer noch geschlossen, murmelte er betäubt: »Ganz in Ordnung, liebste Mama ...« und küßte sehnsüchtig dieses weiche Kissen, auf dem er lag.
»Oo-oh!« schrie Prudence, stotternd vor Entrüstung. »Wachen Sie auf!« Sie versuchte, seinen Kopf wegzudrücken, aber er sträubte sich heftig.
Er seufzte und blinzelte zu ihr empor. »Was ... soll ich tun?«
»Was wohl, also wirklich!« sagte sie mit brennenden Wangen. »Sie haben mich geküßt –« Und sie brach ab, als ihre Hand sich auf die betroffene Stelle preßte.
»Ich würde es mir nicht träumen lassen, etwas so Unschickliches zu tun«, erklärte er pikiert. »Warum sitze ich unter diesem Baum? Bin ich wieder einmal ohnmächtig geworden?«
Sie warf ihm einen harten Blick zu. »Sie sind aus Ihrem Stuhl gefallen. Sie haben mir geholfen, den Stachel herauszuziehen.«
»Den ... was?«
»Ich bin gestochen worden«, sagte sie von oben herab. »Von einer Biene. Wie Sie sehr wohl wissen.«
Er legte sich die Hand auf die Stirn. Die Hand zitterte. Tatsächlich schien alles an ihm zu zittern. »Das letzte, woran ich mich erin-

nere«, sagte er mit dumpfer Stimme, »ist, daß ich Sie aufgefangen habe, als Sie nach Ihren Übungen vom Baum gesprungen sind. Was mich — äh, irgendwie überwältigt hat. Würden Sie so freundlich sein, mir — wieder in meinen Stuhl zu helfen?«

Vorsichtig stützte sie ihn. »Ich muß Ihnen sagen, daß Sie mich nicht zum Narren halten, Captain Delacourt«, teilte sie ihm mit.

»Sie zum Narren halten? Meine liebe Ma'am, ich muß sagen, daß ich Sie nicht recht verstehe. Ich habe Ihnen lediglich Hilfe geleistet, weshalb ich jetzt erschöpft bin.«

Sie trat einen Schritt zurück, während er sie schmachtend ansah. »Ich halte Sie für sehr gerissen«, erklärte sie.

Er seufzte. »Ich hoffe, Sie werden nicht zögern, nach mir zu rufen, wenn Sie wieder einmal Erste Hilfe benötigen. Ich hege keinen Groll gegen Sie.«

Ihr fester Entschluß, nicht über diese schuljungenhafte Unschuld zu lachen, wurde zunichte. Der Captain senkte demütig die Augen, aber dann schien er plötzlich wie versteinert. Prudence folgte seinem Blick und schnappte nach Luft. Ihr Kleid hatte während ihres Abenteuers einige Risse davongetragen, und die Tasche war offensichtlich an einem Ast hängengeblieben — sehr zu ihrem Schaden. Der Gegenstand, den sie darin getragen hatte, war nach vorne gerutscht. Robbies Fernglas war deutlich sichtbar. Sprachlos suchte sie nach einer vernünftigen Erklärung. Delacourt sah auf, und sein Gesicht wirkte einen Moment erschreckend kalt. Dann lächelte er. »Ich fühle mich ehrlich geschmeichelt, Ma'am«, murmelte er.

Sie wäre am liebsten in den Erdboden versunken. »Schmeicheln Sie sich nicht selbst, Sir! Ich habe das Fernglas nur dabeigehabt, um — um Vögel zu beobachten.«

»Sind Sie sicher, daß es nicht — Bienen waren? Oder vielleicht beides?«

Sie schnaubte empört, aber bevor sie es ihm mit gleicher Münze heimzahlen konnte, wurde ihre Aufmerksamkeit von einem Zucken um seine Mundwinkel gefesselt, und dann funkelten seine Augen sie an und untergruben ihren gesunden Menschenverstand derart, daß sie ihm das verhängnisvolle Fernglas widerstandslos reichte, als er sie darum bat, es sich borgen zu dürfen. Diese dumme Schwäche erzürnte sie sofort, und sie begann, den Stuhl vom Baum wegzuschieben.

Der Captain richtete das Fernglas auf die Auffahrt, und Prudence sah, daß eine Kutsche auf das Haus zuschaukelte.

»Mein Besuch ist angekommen«, sagte er, schob das Fernglas wieder ineinander und reichte es ihr über die Schulter hinweg. »Wie anstrengend. Ich weiß wirklich nicht, ob ich kräftig genug bin, um Besucher zu empfangen. Nicht nach dieser ganzen Aufregung.«

Prudence starrte wütend auf seinen Hinterkopf. Es war sicher interessant zu sehen, dachte sie, mit welchem Namen der Neuankömmling den schurkischen Captain begrüßte.

Als sie den Rollstuhl zurück zum Haus geschoben hatte, war der Besucher bereits willkommen geheißen worden und saß bequem mit Hortense im Zimmer. Der Kranke, der sich anscheinend einigermaßen erholt hatte, trug müde und resigniert die Bereitschaft zur Schau, »Männchen zu machen«, und bat Prudence, ihn in den Salon zu bringen.

Der Besucher war ganz und gar nicht so, wie Prudence es erwartet hatte, denn er entpuppte sich als zierliches Mädchen ihres Alters, mit ungepuderten Locken in der Farbe von reifem Korn, großen braunen Augen und einer heiteren, glücklichen Art. Sie schrie leise auf, als sie Delacourt erblickte und flog auf ihn zu, um ihn zu umarmen, während sie ihn mit Fragen über sein Wohlergehen überschüttete. Dem Captain schien das ganz und gar nicht unangenehm zu sein, er sprang recht lebhaft auf die Füße und erwiderte genußvoll die Umarmungen seiner Cousine. Er verlor keine Zeit, die beiden Mädchen einander vorzustellen, und Prudence gestand sich widerwillig ein, daß Miss Elizabeth Clandon ein sehr hübsches Mädchen war und eine bezaubernde Art hatte, ihre Hände zu spreizen, um zu unterstreichen, was sie eben gesagt hatte. Sie sprach mit schottischem Akzent, was immerhin seltsam anmutete, wenn sie mit dem Captain verwandt war. Außerdem, bemerkte Prudence, starrte sie sie mit einem Augenzwinkern an, das tatsächlich dem ihres Verwandten ähnelte.

»Mein armer Liebling«, rief Hortense aus und betrachtete ihre Nichte erschrocken. »Hast du einen Unfall gehabt?«

Das schändliche Benehmen des Captains und die Ankunft seiner Verwandten hatten Prudence in solche Aufregung versetzt, daß sie ihre eigene Erscheinung völlig vergessen hatte. Alle Augen richteten sich auf sie, und sie wünschte, der Erdboden würde sich öffnen und sie verschlingen. Sie legte die Hand auf ihre wirren Locken und stammelte, »Ich — äh, ich bin gefallen.«

»Von einem Baum«, erklärte der Captain mit hilfreicher und empörender Ehrlichkeit.

Hortense schrie leise auf.

»Aber ich habe sie aufgefangen«, fügte er hinzu und sank wieder in seinen Stuhl.

»Wirklich!« Seine Cousine warf ihm einen bestürzten Blick zu. »Um Himmels willen, Geoffrey! Man sollte meinen, du —«

»Sie war nicht sehr hoch oben«, erwiderte er rasch. »Sie machte ihre Übungen, wissen Sie.«

»Ü...bungen...?« hauchte Hortense und verdrehte die Augen. »Auf einem Baum? In der *Öffentlichkeit?*«

Sehr rot im Gesicht, sagte Prudence: »Ich hatte nicht beabsichtigt, daß es öffentlich sein würde, Tante.«

»Das ist vollkommen wahr«, wurde sie von Delacourt unterstützt. »Sie hatte sich dort versteckt, Ma'am.«

Prudence funkelte ihn wütend an. »Nicht sehr erfolgreich.«

»Es war anstrengend«, räumte er seufzend ein und lehnte sich zurück. »Aber was soll ein Gentleman tun, wenn eine Lady um Hilfe schreit?«

Hortense, wie hypnotisiert vom Gesichtsausdruck ihrer Nichte, war gewarnt. »Ganz richtig, Captain Geoffrey«, stammelte sie. »Sie haben also schottisches Blut in sich?«

»O ja«, antwortete Miss Clandon heiter. »Die Montgomerys waren —« Sie brach plötzlich ab. Ihr Cousin wollte schon nicken und hatte sie nicht angesehen, aber Prudence bemerkte, daß seine

Hand hinter der Schleppe von Miss Clandons Röcken verborgen war, und daß er sehr wohl warnend an ihrem Kleid gezupft haben konnte. »Das heißt«, fuhr das Mädchen fort, »die Familie von Geoffreys Mama kam ursprünglich aus Edinburgh.«
»Oh, wie nett«, sagte Hortense. »Captain, Sie haben nie erwähnt — oh, er ist eingenickt, der arme Junge.«
Miss Clandon beugte sich über ihren Cousin und sagte lächelnd: »Er sieht so viel besser aus als das letzte Mal, als ich ihn gesehen habe. Die Luft hier im Hochland scheint ihm gut zu bekommen.«
Prudences Gedächtnis gab es einen Ruck. »Clandon!« sagte sie. »Jetzt erinnere ich mich. Lord Briley erzählte uns, daß es die Clandons waren, die den Captain aufgenommen haben, nachdem er verwundet wurde.«
»Aber dann müssen Sie ja das Mädchen sein, das Seine Lordschaft hierher nach Castlecourt begleitet hat!« rief Hortense aus. »Wie dumm, daß ich nicht gleich zwei und zwei zusammengezählt habe, aber irgendwie glaubte ich, er hätte von einem kleinen Mädchen gesprochen — einem Kind, meine ich.«
Miss Clandon, die anfänglich besorgt ausgesehen hatte, sagte schnell, das sei alles ganz schicklich gewesen. »Freunde meines Vaters segelten auf demselben Schiff, und die Lady achtete darauf, daß alles — äh, so war, wie es sein soll.«
Prudence lächelte süß. Hortense sprang wieder in die Bresche. »Oh, natürlich, wir dachten keineswegs — das heißt, Seine Lordschaft ist so, äh — ich frage mich, ob ich nicht einen der Diener rufen sollte, um den armen Captain Delacourt in sein Zimmer zu bringen. Ich nehme an, Sie haben einiges zu bereden, Miss Clandon, aber —«
»Oh, ich werde gleich mit Geoffrey mitgehen«, sagte das Mädchen munter. »Wir sind eher wie Geschwister, wissen Sie, und machen keine großen Umstände miteinander. Es sei denn, Sie haben etwas dagegen, Ma'am? Wie Sie mir gesagt haben, hat er einen Salon, aber wenn Sie es für unschicklich halten . . .?«
Hortense, die insgeheim schockiert war, sagte, es sei sicher ganz

schicklich, da Miss Clandon ihrem Cousin so ergeben sei. Natürlich vorausgesetzt, ihre Zofe ginge mit ihr. Miss Clandon knickste den Ladies zu und dankte ihnen bescheiden, daß sie sich so wundervoll um den »lieben Geoffrey« gekümmert hätten. Ein Diener erschien auf das Läuten hin, und der Kranke wurde sacht aus dem Zimmer geschoben, während Miss Clandon neben dem Stuhl hertrippelte.

»Ihre *Zofe?*« fragte Prudence, als sich die Tür hinter ihnen geschlossen hatte. »Warum hätte sie ihre Zofe mitbringen sollen?«

»Nun, meine Liebe, da sie zumindest über Nacht bleibt, nehme ich an, Lady —«

»Papa hat mir nicht gesagt, daß Miss Clandon kommen würde, noch daß sie bei uns übernachtet!« Prudence saß finster dreinblickend neben ihrer Tante und brummte: »Ich frage mich, welche Geschichte sie ihm da angedreht haben.«

Hortense, deren Feingefühl sich noch nicht ganz erholt hatte, meinte schwach: »Sie scheint ein wenig leichtfertig, das muß ich zugeben. Aber wenn sie zusammen aufgewachsen sind ...«

»Sie werden diesen Unsinn doch nicht etwa glauben, Ma'am? Ich bezweifle, daß an dieser Leier irgend etwas Wahres dran ist! Und wenn Freunde von Mr. Clandon — *wenn* es ihn gibt — auf diesem Schiff waren, warrrum sollte er dann Lorrrd Thaddeus bitten, seine Tochter zu begleiten?«

»N-nun, ich — möglicherweise haben sie — Prudence, du glaubst doch nicht etwa, daß dieses Mädchen — Oh, ich *kann* nicht glauben, daß Seine Lordschaft sein leichtes Mädchen in dieses Haus bringen würde, oder daß der Captain etwas fortsetzen würde, wofür —«

»Er uns anlügen müßte?« sagte Prudence unverblümt. »Tantchen Mac, dieser Mann ist ein englischer Spion, den man hierhergeschickt hat, um zu versuchen, Willie Mayhew in eine Falle zu locken, und wahrscheinlich auch Ligun Doone!«

Hortense erbleichte und stieß einen schwachen Schrei aus. »Oh, sag doch nicht so etwas! Bist du sicher? Es scheint nicht — *Er* sieht nicht aus, wie — Er ist so —«

»Verrucht! Ein Lügner und ein seltener Bösewicht, und ein sehr gefährlicher Mann. Ich nehme an, daß dieser Dandy, Lord Thaddeus Briley, mit ihm unter einer Decke steckt, ein Jammer, denn ich muß gestehen, daß ich den Gentleman mag.«
»Nun, ich auch«, sagte Hortense. »Und wirklich, meine Liebe, ich kann nicht glauben ... Der Himmel schütze uns, wenn du recht hast!«
»Rrrichtig. Aber ich habe beschlossen, selbst ein bißchen was zu tun. Ich saß oben auf der Akazie und wollte mit Robbies Fernglas in das Zimmer des Captains schauen, als der Widerling mich aufgefangen hat.«
»Ja, das hat er gesagt. Aber Prudence, wie hast du es nur fertiggebracht, mit deinen Petticoats da hinaufzuklettern?«
»Nun, ich hab's geschafft«, sagte Prudence. »Es war nicht leicht, das gebe ich zu, und es war fürchterlich, wieder herunterzukommen, aber ich bin gestochen worden, und dieser abscheuliche Engländer hat es gewagt —« Verwirrt brach sie ab, erneut hochrot im Gesicht.
»W-was?« fragte Hortense hoffnungsvoll.
»Mich zu küssen. D—direkt auf meinen Ausschnitt«, enthüllte Prudence stammelnd.
Die Schals flogen in alle Richtungen, als Hortense aufsprang. »Der abscheuliche Schurke! Oh — du erfindest das alles! Das hat er niemals getan. Wie *könnte* er?«
»Indem er vorgab, in Ohnmacht zu fallen, und es ausgenützt hat, als ich mich herunterbeugte, um ihm zu helfen. Lach nur, Tantchen Mac. Aber der Mann ist eine Schlange, ich warne dich!«
Hortenses Sinn für Humor war nun jedoch wachgekitzelt, und sie brach in jauchzendes Gelächter aus, während Prudences Warnungen und düstere Prophezeiungen vergebens waren, bis sie schließlich wütend aufbrauste: »Warum, glaubst du, *sage* ich das alles? Hältst du mich wirklich für so dämlich, daß ich das alles erfinde?«
Hortense wischte sich die Augen mit einem ihrer dünnen Tücher und sagte, immer noch kichernd: »O meine Liebe, glaubst du, ich

bin blind? Ich habe die Blicke gesehen, die zwischen euch hin und her gehen. Prue, liebe kleine Prue, sei doch ehrlich zu dir selbst. Du stehst genauso wie der Rest von uns unter dem Zauberbann des Captains. Vielleicht ein gutes Stück mehr. Und weil du dich für dieses zärtliche Gefühl schämst, bekämpfst du es mit all deiner Kraft und versuchst ihn anzugreifen, nur um dein eigenes Gewissen zu beschwichtigen. Liebste, du willst doch nicht —«

»Der liebe Gott *erlöse* uns!« fauchte Prudence und verlor diesmal jegliche Geduld mit dieser geliebten, aber aufreizenden Lady, rauschte aus dem Zimmer und rannte schäumend vor Zorn die Treppen hinauf.

»Verrückt geworden sind sie alle!« teilte sie ihrer Schlafzimmertür mit, als sie sie zuschmetterte. Aus irgendeinem wunderlichen Grund kamen ihr Kittys Worte ins Gedächtnis, und sie stand einen Moment lang erschrocken da, ohne sich zu rühren ... *wahrscheinlich wird er bei uns sterben, denn das Metall hat seine Lunge durchbohrt*... Sie nahm sich zusammen und schnaubte: »Ausgekochter Unsinn! Der Kerl liegt genausowenig im Sterben wie ich! Er war nicht zu krank, um mich festzuhalten und...« Und wieder war die Erinnerung ihr Verderben. Wieder sah sie sein bleiches, leidenschaftliches Gesicht, die schwindelerregende Zärtlichkeit in diesen viel zu schönen dunklen Augen. Sie preßte die Hände gegen ihre plötzlich heißgewordenen Wangen. »Nein, du wirst es nicht schaffen! *Mich* machst du nicht zu deinem Opfer!«

»Geht es Ihnen nicht gut, Miss Prudence?« Kitty kam aus dem Salon hereingeeilt, deutliche Besorgnis in das hübsche Gesicht geschrieben.

»Gott sei Dank bist du da. Genau die Person, die ich warnen muß. Oh, ich *bete* darum, daß du Captain Delacourt nichts über Little Willie gesagt hast?«

»Natürlich nicht, Miss.« Die Zofe lächelte fröhlich. »Es war auch nicht nötig, darüber zu reden, dem lieben Gott sei Dank!«

»Was? Hast du denn etwas Neues gehört?«

»Von Willies Bruder, Miss. Er ist in Sicherheit! Können Sie sich das vorstellen? Er hat sich versteckt, aber die Soldaten kamen ihnen hinterher. Willie wollte es nicht glauben, bis Ligun Doone persönlich kam, um ihn zu warnen und sie irgendwie fortgelockt hat. Oh, ich freue mich so, daß ich weinen könnte!«

»Ligun Doone«, flüsterte Prudence. »*Seinen* tapferen Kopf sollst du nicht aufs Schafott bringen, verruchter Rohling!«

Wie versteinert wimmerte Kitty: »Miss! Wie können Sie so etwas Schreckliches von mir denken?«

»Nicht du. Captain Delacourt.«

»Captain ... aber — er ist ein hilfloser Kranker und kann kaum von seinem Stuhl aufstehen, ohne umzufallen.«

»Unsinn! Er war gesund genug, um am Mittwoch auf Lord Brileys Rappstute auszureiten!«

Kitty starrte sie an, dann brach sie in Gelächter aus. »Ach du lieber Himmel, eine Sekunde lang habe ich gedacht, Sie meinen es ernst! Als könnte der arme schwache Junge —«

»Geh!« fauchte Prudence und knirschte mit den Zähnen, wobei sie die Hand in einer dramatischen Geste in Richtung Fenster ausstreckte.

»Wohin, Miss?« fragte Kitty und sah verwirrt auf den offenen Fensterflügel.

»Das ist mir *einerrrlei! Geh!* Querköpfiger, dummer Besen! Mach dich aus dem Staub, bevor ich dich *erwürge!*«

Kitty ergriff die Flucht.

V

Prudences Wutausbrüche dauerten nie lange an, und als Kitty sich eine Stunde später vorsichtig hereinschlich, wurde sie umarmt und um Verzeihung gebeten. Während die Zofe sie für den Abend herrichtete, war Prudence jedoch ungewohnt still. Kitty lächelte versonnen und führte Miss Prues launisches Benehmen auf die Qualen der Liebe zurück. Sie wäre baß erstaunt gewesen, hätte sie gewußt, daß ihre junge Herrin ihre Gedanken gewaltsam von dem liederlichen Benehmen eines gewissen blonden Flittchens gerissen hatte und nun die ersten Gefechte eines erbitterten, wenn auch unerklärten Krieges plante.

Ihr Versuch, Geoffrey Delacourt mit Hilfe der Akazie unter Bewachung zu stellen, konnte nur in den Rang einer kompletten Katastrophe verwiesen werden, dachte Prudence. Aber es gab immerhin noch andere Methoden. Ein wenig riskantere, aber deshalb konnte man sie nicht ausschließen.

Echt weiblich, bestand ihr erster Schritt in der neuen Schlacht darin, sich selbst so attraktiv wie möglich zu machen. (Was ganz und gar nichts mit der Tatsache zu tun hatte, daß Miss Clandon mehrere Hutschachteln und einen großen Koffer mitgebracht hatte!) Prudence verwandte beträchtlich viel Zeit auf die Wahl ihres Kleides und suchte schließlich ein cremefarbenes Brokatkleid aus, das mit rosa Fäden durchwoben war und über flachen Reifröcken getragen wurde, die so breit waren, daß sie sich fast seitlich drehen mußte, um durch eine Tür zu kommen. Sie bat Kitty, beim Aufstecken und Pudern ihres Haares besonders einfallsreich zu sein, und war hocherfreut über das Ergebnis. Ihre Locken waren aus dem Gesicht zurückgenommen und hoch auf dem Kopf aufgesteckt, wo sie von perlenbesetzten Spangen gehalten wurden. Zarte Löckchen schaukelten neben den Ohren, und ein Paar einfacher Perlenohrringe verliehen ihr gerade den richtigen Hauch von Eleganz. Sie trug keinen weiteren Schmuck und ließ ihre makellose Haut und die sanfte Rundung ihrer Brüste für sich selbst sprechen. Kitty reichte ihr einen zierlichen Fächer mit Stäbchen aus geschnitztem Elfenbein, und fort war sie, um ihre Tante abzuholen.

Hortense sah sehr gut aus in einer *robe battante* aus meergrünem Taft, die über runden Reifröcken im englischen Stil getragen wurde. Ihr dichtes, kastanienbraunes Haar war nur leicht silbern gesprenkelt, und an diesem Abend hatte sie es nicht gepudert, sondern trug einen breiten spanischen Kamm über der hochgesteckten Frisur, ein Geschenk desselben Gentleman, von dem sie auch Señorita bekommen hatte. Ein duftiger Schleier aus schwarzer Spitze war über den Kamm drapiert, und Prudence brachte ihre Tante zum Erröten, als sie bemerkte, was für eine schöne Frau sie sei und wie lange sie Sir Matthew Garry und Mr. MacKie noch warten lassen wolle, bis sie einen der beiden mit ihrer Hand beehrte. In Wahrheit hatte keiner der beiden Gentlemen, obwohl sie es genossen, mit der Lady zu flirten, einen Antrag gemacht, noch war Hortense sicher, ob sie ihr beschaulich geordnetes Leben für die Verantwortlichkeiten eintauschen wollte, die eine Ehe mit sich brachte. Nichtsdestotrotz war sie erfreut und erwiderte das Kompliment, indem sie in begeisterte Ausrufe über die zierliche Taille ihrer Nichte ausbrach. »Meine Güte, Prue. Wie willst du nur etwas essen?« fragte sie.

»Ich bezweifle, daß ich das kann«, gestand Prudence ein. »Aber ich glaube, Lord Briley kommt heute abend zu uns, und ich möchte so gut wie möglich aussehen.«

Ungläubig fragte Hortense: »Hast du ein *tendre* für den jungen Mann? So etwas — ich hätte nie gedacht, daß du einen Titel erstrebst. Am allerwenigsten einen englischen Titel.«

Prudence lachte, nicht über den Gedanken, die Braut eines Adligen zu werden, sondern weil diese Idee so weit entfernt von ihrer tatsächlichen Absicht war.

Miss Clandon war noch nicht fertig, als sie bei ihr Halt machten, um sie abzuholen. Das Haar des Mädchens war reizend frisiert und bereits gepudert, aber sie hatte einen Morgenmantel übergezogen und klagte, ihr Mädchen sei noch dabei, einen Volant wieder an ihrem Kleid anzunähen, der abgerissen worden war, als man es aus der Kutsche hereintrug. Sie lehnte ihr Angebot, auf sie zu warten, ab und sagte mit ihrem sonnigen Lächeln, daß sie ein schlechtes Gewissen hätte, wenn sie sie aufhielte, und wenn sie erlaubten, würde sie ein wenig später selbst den Weg nach unten suchen.

MacTavish saß allein im goldenen Salon und las. Lord Briley war noch nicht aufgetaucht, und obwohl Captain Delacourt die Absicht hatte, sich zu ihnen zu gesellen, wollte er doch bis kurz vor dem Dinner ruhen, da er diesmal entschlossen war, die ganze Mahlzeit durchzuhalten. MacTavish beglückwünschte die Ladies zu ihrem guten Aussehen und schenkte jeder ein Glas Fruchtlikör ein. Sie unterhielten sich gerade leise über die Flucht von Little Willie Mayhew, als der steife, förmliche englische Butler sie mit der Ankündigung »Colonel Archibald Cunningham« erschreckte.

Der Colonel betrat das Zimmer unter vielen Bekundungen des Bedauerns, sie am Abend zu stören. Er verbeugte sich vor den Ladies und sagte, in der Stadt würden »ein paar zwielichtige Burschen« herumlungern, und da er in dieser Gegend zu tun hatte, habe er angehalten, um sie zu warnen. »Sollte mich nicht wundern, wenn das Prämienjäger sind«, erklärte er und nahm das Glas Wein an, das sein Gastgeber ihm anbot. »Ein rohes Volk. Sie können einen Rebellen förmlich riechen, und hier in der Nähe ist einer gesehen worden. Es wäre möglicherweise angeraten, daß die Ladies eine bewaffnete Eskorte bei sich haben, wenn sie ausfahren.«

»Als Schutz vor dem Flüchtling oder vor den Prämienjägern?« fragte Prudence, riß die blauen Augen unschuldig auf und fächelte sich zu.

»Beides, Ma'am«, erwiderte er, ohne auch nur eine Sekunde zu zögern. »Der Rebell zeigt sich wahrscheinlich nicht sehr gnädig, wenn er herausfindet, daß Sie einen englischen Offizier hier beherbergen, und die Prämienjäger, die sich noch auf einigen Stufen tiefer als das durchschnittliche Stallvieh befinden, kennen das Wort Gnade nicht.«

Hortense stieß einen nervösen Schrei aus, und der Colonel fuhr mit Nachdruck fort, daß Lakepoint »teuflisch einsam« liege, und bot an, Wachtposten um den Besitz zu stellen.

»Gott bewahre!« rief MacTavish aus. »Ich kann mir kaum etwas weniger Reizvolles vorstellen, als inmitten eines bewaffneten Lagers zu leben!«

»Und ich kann mir nichts Schlimmeres vorstellen, als diese guten Menschen durch meine Anwesenheit in Bedrängnis zu bringen«, ließ Delacourts schleppende Stimme sich von der Tür her vernehmen.

Prudence blickte sich rasch um. Lockerbie rollte den Stuhl ins Zimmer. Der Captain trug einen Rock aus flaschengrünem Samt, der am Ausschnitt und an den Manschetten der weiten Ärmel mit hellgrüner Stickerei verziert war. Sein dunkles Haar war ungepudert und nach hinten gekämmt, zusammengehalten von einem grünen Band. Er verbeugte sich anmutig vor ihr, küßte ihrer Tante die Hand und begrüßte seinen vorgesetzten Offizier mit einem Händedruck.

»Wahrhaftig, jedesmal, wenn ich Sie treffe, sehen Sie besser aus«, sagte der Colonel herzlich. »Ich wette, Sie werden sich in den nächsten Tagen wieder Ihrem Regiment anschließen.«

»Mein tiefster Wunsch«, sagte der Captain mit einem traurigen Lächeln. »Leider legt mein Arzt mir immer noch Hindernisse in den Weg.«

»Das sollte er auch«, warf Hortense ein und warf Cunningham einen empörten Blick zu. »Ich hoffe, Sie haben nicht die Absicht, den Captain in seinem Rollstuhl auf Patrouille gehen zu lassen, Sir!«

Der Colonel blinzelte; der Captain grinste hinter der Hand, und Prudence starrte erstaunt auf ihre zarte Tante, die sich plötzlich in eine wütende Furie verwandelt hatte.

»Erlauben Sie mir, Ihnen zu sagen«, fuhr die erzürnte Lady fort,

»daß *ich* dem Captain besser sagen kann, wann er unbesorgt zu seinen soldatischen Pflichten zurückkehren kann.« Sie wandte sich an den entzückten Delacourt und fragte mit gänzlich veränderter Stimme: »Sagen Sie mir doch Ihr Sternzeichen, Sir.«
Er starrte sie verblüfft an. »Mein — Sternzeichen?«
Mit einem flüchtigen Lächeln erklärte MacTavish: »Meine Schwägerin meint, wann Sie Geburtstag haben, Captain.«
»Oh. Am fünften August, Mrs. Hortense.«
Begeistert sagte sie: »Ein Löwe! Ich habe es *gewußt!* Wir werden gemütlich zusammen plaudern, wenn Sie sich gut genug fühlen, und ich werde die Karten für Sie legen. Die Sterne werden uns sagen, wann Sie wieder in den aktiven Dienst zurückkehren können.«
»Ma'am«, sagte der Colonel, »seien Sie versichert, wenn ich glaubte, daß man den Sternen vertrauen kann, dann würde ich Sie zur Beraterin meiner Hauptquartiere ernennen. Sie könnten in die Sterne schauen und Ihre Karten legen und mir diesen verräterischen Hund namens Ligun Doone ausfindig machen!«
Atemloses Schweigen fiel über den Raum. MacTavish, der neben dem Kamin stand, fuhr mit ausdruckslosem Gesicht fort, den Wein leise in seinem Glas zu schwenken. Seine Schwägerin sah zutiefst erschrocken aus. Prudence, das kleine Gesicht ein getreuer Spiegel ihrer Empfindungen, errötete, und ihre Augen flammten zornig.
Der Captain beobachtete sie nachdenklich und murmelte: »Haben Sie noch nichts von dieser Plage gehört, Sir? Ich war der Meinung, er sei schon vor Wochen ergriffen und aufs Schafott geschickt worden.«
»Würden — würden Sie das ... tun, wenn Sie ihn gefangen hätten?« stammelte Hortense.
»Man würde ihn hängen, bis er fast tot wäre, Ma'am«, antwortete Cunningham mit absichtsvoller Deutlichkeit, »dann würde man ihn herunternehmen und wiederbeleben. Man würde ihm alle Glieder ausreißen, eins nach dem anderen, seine Eingeweide herausschneiden, und schließlich würde man ihn köpfen.« Seine

scharfen Augen blickten suchend durchs Zimmer. »Was niemandem hier mißfallen sollte, denn ich bin sicher, daß wir alle treue Untertanen der Krone sind.«

»Sie können ganz sicher sein, daß ich nicht den Stuarts ergeben bin«, sagte MacTavish und fügte beißend hinzu: »Noch schätze ich es, Sir, wenn meine Ladies durch die Aufzählungen der Schrecken beim Tod eines Verräters aufgeregt werden.«

»Ich bin sicher, daß Colonel Cunningham nicht die Absicht hatte —« begann Delacourt.

»Danke, Captain, aber Mr. MacTavish hat vollkommen recht.« Der Colonel, der sich auf den Stuhl neben Prudence gesetzt hatte, stand auf und verbeugte sich vor den verstummten Damen. »Ich bitte um Verzeihung, *Mesdames.* Ich fürchte, ich habe zu lange in der Kaserne gelebt. Ich werde mich mitsamt meiner voreiligen Zunge aus Ihrem Haus verabschieden, Sir.« Er nahm Peitsche und Handschuhe von der Kredenz, wo er sie abgelegt hatte.

Prudence, die sich übel und mitgenommen fühlte, seufzte erleichtert auf. Sie hielt inne, als sie einen raschen Blickwechsel zwischen ihrem Vater und Delacourt auffing. MacTavish zögerte. Die Augen des Captains blickten hart. Zu Prudences Entsetzen rief ihr Vater, wenn auch mit offensichtlichem Widerwillen: »Nein, nein, Colonel. Ich hoffe, wir sind nicht so unhöflich, Sie fortzuschicken, wenn das Dinner schon fast serviert ist. Bitte, schließen Sie sich uns doch an.«

Cunningham zögerte. »Sie sind sehr freundlich, aber — ich sollte nicht annehmen, wissen Sie. Man hat bereits einige zwielichtige Burschen in der Nachbarschaft Ihres Besitzes herumlungern sehen, und —«

»Ich muß schon ßagen, Colonel! Dieße Bemerkung ßtimmt mich ßehr ßkeptisch!« Thaddeus Briley kam hereingetrippelt, das Monokel erhoben und ein vergrößertes Auge vorwurfsvoll auf den Offizier gerichtet. Allgemeines Gelächter erhob sich und milderte die Spannung dieses Moments. Briley, ein Bild der Eleganz in Schwarz und Silber, mit einer kunstvollen französischen Perücke auf dem Kopf, klapperte mit hohen roten Absätzen über

das hochglanzpolierte Parkett und betrachtete den Colonel immer noch gekränkt durch sein Augenglas. »Ich mag ja zwielichtig ßein«, räumte er ein, »aber ich lungere nicht herum, Ssir!«
»Ich hoffe, ich habe Sie nicht warten lassen«, rief eine zarte Stimme zaghaft.
Als MacTavish sich beeilte, die Cousine des Captains ins Zimmer zu führen, starrte Prudence sie ohne Begeisterung an. Miss Clandon trug ein wogendes Kleid *à la française* aus weißem Damast, das hier und da von zarten Schleifen aus goldfarbenem Rips gerafft wurde und sich vorne öffnete, um ein weißes Unterkleid aus Satin zu enthüllen, das am Rand mit einer einzelnen goldenen Rose bestickt war. Ihr gepudertes Haar war hochgesteckt, durchwoben von einem goldenen Netz, und sie sah aus wie ein Märchenwesen, ganz und gar ein Traumbild goldweißer Zierlichkeit.
MacTavish stellte sie vor. Der Colonel beugte sich mit offener Bewunderung über ihre Hand. Lord Thaddeus, dessen Verbeugung der Inbegriff von Grazie war, lächelte, und Prudence glaubte fast, er blinzle der lieblichen Elizabeth zu.
»Beim Himmel, Sir«, sagte der Colonel herzlich, »ich glaube, ich *werde* Ihre freundliche Einladung zum Dinner annehmen.« Er strahlte die drei Ladies an. »Sie sind mir ein ganz Schlauer, Delacourt, hier draußen untergebracht zu sein, mit all diesen schönen Geschöpfen um sich. Da fällt mir ein, MacTavish, heute habe ich einen Austauschoffizier aus England empfangen. Er glaubt, er habe dort möglicherweise Ihren Sohn getroffen. Sie sagten, er sei auf Besuch in Dorset, nicht wahr?«
Prudence war sich wohl bewußt, daß Delacourts Augen sich auf den geistesabwesenden Gelehrten, der ihr Vater war, hefteten, und sah MacTavish verwirrt die Stirn runzeln. Rasch schaltete sie sich ein: »Papa, ich glaube, dein Gedächtnis spielt dir Streiche. Mein Bruder ist zu Besuch in Devonshire, Colonel.«
»Donnerwetter, Sie haben recht!« sagte Cunningham und schnalzte mit den Fingern. »Mein Gedächtnis ist nicht besser als Ihres, lieber MacTavish!«
Glücklicherweise erschien Sidley, um anzukündigen, daß das

Dinner serviert war, und sie spazierten die Halle hinunter ins Eßzimmer, Hortense am Arm Seiner Lordschaft, der Colonel geleitete glücklich Miss Clandon, und Prudence ging zwischen ihrem Vater und dem Rollstuhl des Captains.

Der Küchenchef hatte ein vorzügliches Mahl zubereitet, und obwohl Prudence angespannt und wachsam war, schien alles glattzugehen. Der Colonel war deutlich bezaubert von Miss Clandon, die reizend mit ihm flirtete; Lord Thaddeus war trotz seines Lispelns ein geistreicher und amüsanter Unterhalter, und bald kicherte Hortense über seine Geschichten. Wegen der ungeraden Zahl der Gäste und weil Hortense Angst vor Colonel Cunningham hatte, saß Prudence zwischen dem Colonel zu ihrer Linken und Delacourt zu ihrer Rechten. Ihre bereits niedergedrückte Stimmung belebte sich angesichts dieser Sitzverteilung nicht gerade, aber es gelang ihr, sich zu benehmen, als hätte sie keinerlei Sorgen auf der Welt, und antwortete höflich auf die gelegentlichen Bemerkungen des Colonels. Captain Delacourt hatte wenig zu sagen, aber mehrmals fand sie seine Augen auf sich gerichtet, wenn sie aufsah.

Sie waren gerade beim zweiten Gang, als Delacourt inmitten einer zufälligen Bemerkung über die Schönheit des berühmten Loch plötzlich das Gesicht zu einer unmißverständlichen Grimasse des Schmerzes verzog.

Leise erkundigte sich der Colonel: »Sind Sie in Ordnung, mein lieber Junge?«

»Oh, so l — es geht schon«, antwortete Delacourt mit einem Seitenblick auf Prudence. »Danke, Sir. Nichts Ernstes.«

»Bitte, zögern Sie nicht, sich zurückzuziehen, wenn Sie sich dann besser fühlen würden«, sagte Prudence besorgt. »Wir haben vollstes Verständnis für Sie.«

»Ich bin sicher, daß Sie das haben, Miss MacTavish«, antwortete er rätselhaft. »Sie sind die Freundlichkeit selbst.«

Argwöhnisch musterte sie sein Gesicht, denn sie war sicher, daß er von ihrem Verdacht ihm gegenüber wußte. »Leider gibt es zuwenig Freundlichkeit in der Welt«, sagte sie.

»Darin stimme ich Ihnen zu, Ma'am«, warf der Colonel mit seiner näselnden Stimme ein, die über den ganzen Tisch schallte. »Man kann nur hoffen, daß wir uns jetzt, nachdem dieser tragische Konflikt vorbei ist, einer Zeit des Friedens und christlicher Nachsicht erfreuen können.«
»Ist es das, was der Herzog von Cumberland vorhat?« fragte Hortense. »Wahrhaftig, darauf wäre ich nie gekommen.«
Mitten in der anschließenden spannungsgeladenen Stille war das unterdrückte »Au!« des Captains deutlich zu hören.
Überrascht über den Mut ihrer Tante, aber voller Angst vor den Folgen, warf Prudence ihm einen scharfen Blick zu und sah, wie er seine Hand hastig unter der Tischdecke hervorzog.
»Was zum Teufel haben Sie da, Delacourt?« fragte der Colonel, froh über die Ablenkung. »Das ist ein häßlicher Kratzer, den Sie auf der Hand haben.«
»Die graue Katze!« rief Prudence belustigt. »Captain!«
Delacourt stöhnte. »O weh, ich bin ertappt.«
»Und sollten sich gründlich schämen«, schalt Hortense mit einem breiten Lächeln.
»Heraus mit dem Zaungast«, verlangte der Colonel.
Seufzend nahm der Captain die Katze von seinem Schoß und hielt sie hoch. Sie blinzelte mit wild gesträubten Schnurrhaaren in die lachenden Gesichter.
»Es verstößt strikt gegen die Regeln des Hauses, Tiere bei Tisch zu füttern, Captain«, sagte Prudence.
»Außerdem ist es selbstmörderisch«, antwortete er reuevoll. »Sie hat meine erste Gabe genommen, und als ich meine Hand das nächste Mal hinunterstreckte, hat sie es anscheinend mißverstanden und mir ihre Krallen in die Haut gegraben.« Er drehte die Katze zu sich herum und sagte: »Meine Liebe, ich glaube, du hast dich in deiner eigenen Falle gefangen. Beiß niemals die Hand, die dich füttert!« Er ließ sie zu Boden gleiten, ein grinsender Diener hielt ihr lockend einen benutzten Teller hin, und Señorita sprang ihm mit erhobenem Schwanz nach, aus dem Zimmer hinaus.
Amüsiert fragte der Colonel: »Wie heißt das Tier, Ma'am?«

»Señorita«, erklärte Prudence ihm.
»Sehr gälisch«, bemerkte der Captain ernst.
Sie lächelte ihn mit einer Wärme an, die sie bisher unterdrückt hatte, und sah einen verwirrten Ausdruck in seine Augen treten.
»Das ist sicher kein schottischer Name«, sagte Cunningham. »Und da wir gerade von untypischen Namen sprechen, was halten Sie von Ligun Doone, MacTavish? Ist *das* gälisch?«
MacTavish, der gerade eine Scheibe Roastbeef abschnitt, hielt inne und murmelte: »Ich gebe das nur ungern zu, Sir, aber ich weiß es nicht. Mein Gebiet ist die Archäologie, wissen Sie.«
Cunningham nickte. »Ich habe irgendwo gehört, was es bedeutet. Aber ich kann mich nicht daran erinnern.«
»Ich kann Ihnen die Bedeutung sagen«, erklärte Delacourt gedehnt. »Verkörperte Schurkerei. Dieser Verbrecher hat die rechtmäßige Vollstreckung des Gesetzes bei jedem Schritt behindert. Aber Gott weiß, wie viele hoffnungslose Verräter und Mörder ohne seine Einmischung ihrer gerechten Strafe zugeführt worden wären.«
»Hoffnungslose Verräter, ach wirklich?« brauste Prudence hitzig auf. »Sagen Sie lieber tapfere Männer, die bereit waren, für ihre Überzeugungen zu sterben, so wie Ligun Doone! Und im Gegensatz zum Herzog von Cumberland mordet er niemals, sondern verhilft lediglich den armen Männern zur Flucht, die gehetzt und verfolgt und ohne eine Spur von Gnade niedergemetzelt werden!«
Ihre Worte schienen schwer in der stillen Luft zu hängen. Entsetzt wurde sie sich bewußt, daß ihr Vater sie finster anblickte und daß auf jedem Gesicht Erstaunen zu lesen war. *Allmächtiger Gott! Was hab ich da nur wieder angerichtet!*, dachte sie.
Mit einem gelangweilten Achselzucken sagte Delacourt: »Das ist der Preis der Rebellion, Ma'am, und Ihr bewunderter Doone deshalb nicht weniger ein Verräter.«
»Noch ist das ein Thema, das man bei Tisch erörtert«, sagte Cunningham mild. »Lieben Sie Katzen, Miss Clandon?«
Die gespannte Atmosphäre lockerte sich, und Miss Clandon gestand ihre Vorliebe für diese Tierart und begann, eine Geschichte

von ihrer eigenen Tigerkatze und den verschiedenen Würfen junger Kätzchen, die ihrer Familie beschert worden waren, zu erzählen. Die Unterhaltung wandte sich Hunden zu. Erneut war Lachen zu hören, und das Essen ging ruhig weiter.
Prudence nahm wenig Anteil an dem Geplauder. Sie war entsetzt über ihren Mangel an Selbstkontrolle. Sie hatte sich von ihrem Temperament zu einer schwerwiegenden Unbesonnenheit hinreißen lassen — genau wie der tückische Spion es geplant hatte. Sie wagte es nicht, ihrem Vater in die strengen Augen zu sehen, und am Ende kam bei dem Essen für sie nur ein Gefühl des Elends heraus, lediglich gemildert durch den Umstand, daß sie nicht gezwungen war, mit Delacourt zu sprechen, der sehr schweigsam geworden war.

Hortense hob die Tafel auf und geleitete die Ladies aus dem Zimmer. Prudence hörte den Captain die Absicht bekunden, sich ebenfalls zurückzuziehen, und das freundliche Anerbieten des Colonels, ihn zurück in sein Zimmer zu schieben.
In Prudences Kopf überschlugen sich die Gedanken, als sie die Ladies zur hinteren Halle begleitete. Sie entschuldigte sich und sagte, sie müsse schnell für einen Augenblick nach oben. Ruhig schritt sie bis zur Hintertreppe, hob dort ihre Reifröcke und rannte, so schnell sie konnte, hinauf zum ersten Absatz, sauste den Korridor entlang und erschreckte ein Hausmädchen, das mit einem entsetzten Aufschrei zur Seite sprang. Prudence raste zum Schacht der Haupttreppe, von wo aus sie sich lauschend und nur noch auf Zehenspitzen weiterbewegte. Sie hörte gleichmäßiges Gemurmel von Männerstimmen und kniete sich mit gespitzten Ohren neben eine breite Aspidistra. Einen Augenblick später sah sie durch die Blätter, wie Schatten die untere Halle entlang kamen, dann vernahm sie Cunninghams leise, aber erzürnte Stimme.
»... verdammt ungelegen, das kann ich Ihnen sagen. Da tue ich mein Möglichstes, um diese Leute davon zu überzeugen, daß ich nicht der gemeine Schurke bin, für den sie mich halten, und Sie müssen sie alle wieder in Aufruhr versetzen!«

Der Rollstuhl kam in Sicht, Cunningham schob ihn langsam auf die nördliche Halle zu.
»Ich finde, es ist ganz gut gegangen, Sir«, sagte Delacourt. »Niemand hat sich verstellt. Das widerspenstige Temperament der Tochter von MacTavish hätte man sicherlich irgendwie im Zaum gehalten, wenn es lebenswichtig gewesen wäre, daran hege ich keinen Zweifel.«
»Ich weiß nicht recht. Mit diesem Hitzkopf könnte sie wahrscheinlich niemanden täuschen, selbst wenn sie es versuchte.«
Prudence preßte die Hand auf den Mund, tief getroffen von der Wahrheit dieser wenig schmeichelhaften Worte.
»Sie ist übertrieben ehrlich«, meinte Delacourt, leise in sich hineinlachend. »Und sie hat eine gehörige Portion an schottischem Stolz, unter anderem.«
»Das gebe ich gerne zu. Aber haben Sie kein Anzeichen von Beihilfe hier entdeckt? Keine Spur von diesem dreifach verfluchten Doone?«
»Es ist noch nicht aller Tage Abend, Sir. Aber ich glaube —«
Ein Diener tauchte auf, und die Unterhaltung brach abrupt ab. Der Colonel bog mit dem Stuhl in die nördliche Halle, und Prudence richtete sich wieder auf und ging zögernd den gleichen Weg zurück, den sie gekommen war.
Nun hatte sie ihren Beweis. Warum ihr Vater unter Verdacht geraten war, wußte sie nicht. Sicherlich war er nicht eindeutig überführt, denn sonst wären sie in diesem Moment alle schon im Kerker, wohin sie nach Geoffrey Delacourts Plänen kommen sollten. Sie waren mißtrauisch gegenüber MacTavish und warteten wahrscheinlich darauf, daß er sie zu Ligun Doone führen würde. Zumindest konnte sie dafür sorgen, daß sich keine solche Tragödie ereignete. Schweren Herzens schritt sie die Hintertreppe hinunter. Sobald alles still war, würde sie zu ihrem Vater ins Zimmer gehen und ihm erzählen, was sie gehört hatte. Dieses Mal *mußte* er ihr glauben!

VI

Prudence saß zwei Stunden lang in ihrem Zimmer und wartete, bis sie endlich Lord Brileys luxuriöse Kutsche, in der zweifellos der Colonel mit Seiner Lordschaft saß, begleitet von zwei Soldaten die Auffahrt hinunterrattern hörte. Sie erhob sich von ihrem Stuhl, denn aus Furcht, sie könne einschlafen, hatte sie es nicht gewagt, es sich im Bett bequem zu machen, und streckte sich müde. An der Tür legte sie das Ohr gegen die Täfelung und horchte. Sie hörte, wie die Vordertüren verriegelt wurden, und irgendwo wurde nicht gerade sanft ein Fenster geschlossen. Sie wartete immer noch. Die Treppe knarrte. Ganz kurz sah sie einen Lichtstreifen unter ihrer Tür, begleitet vom Geräusch leiser Schritte. Wahrscheinlich MacTavish, der in sein Zimmer ging, aber sie verspürte keine Sehnsucht danach, daß irgend jemand sah, wie sie um diese nächtliche Zeit — oder eher Morgenstunde — ins Zimmer ihres Vaters ging, und wartete noch etwa zwanzig Minuten, bis sie schließlich auf den Gang hinausschlüpfte.

Alles war nun ruhig, es herrschte die sanfte Stille eines Hauses, in dem alles schlief. Prudence schloß leise ihre Tür und blieb regungslos im Flur stehen, bis ihre Augen sich an die Dunkelheit gewöhnt hatten. Nach und nach konnte sie auf der anderen Seite der Treppe das hellere Quadrat des Fensters an der Westseite erkennen. Sie bog nach rechts ab und schlich auf das Schlafzimmer ihres Vaters zu, das auf die Terrasse hinter dem Haus hinausblickte. Ihr leises Klopfen blieb unbeantwortet. Noch einmal klopfte sie sacht. Immer noch keine Antwort. Äußerst wagemutig hob sie den eisernen Türknauf, öffnete die Tür ein klein wenig und streckte den Kopf ins Zimmer.

»Papa?« rief sie leise. »Sind Sie wach, Sir?«

Stille.

Sie biß sich auf die Lippe, aber selbst wenn Papa schlief, mußte er doch geweckt werden, und entschlossen trat sie ins Zimmer.
Das große Bett mit den hohen Pfosten und dem zinnenbesetzten Baldachin ragte undeutlich vor ihr auf. Als sie nähertrat, konnte sie kein Anzeichen dafür erkennen, daß jemand darin lag, aber dennoch war sie sicher, daß Papa nach oben gekommen war. Außerdem hätten die Kerzen noch gebrannt, wenn er sich noch nicht zur Ruhe begeben hätte, und die Bettdecke wäre zurückgeschlagen. Sie blinzelte gegen die Dunkelheit an und sah, wie die Tagesdecke sich ein wenig bewegte. Sie streckte die Hand aus und wich mit einem Aufschrei zurück, als eine dunkle Gestalt auf sie zusprang.
Ein fragendes Schnurren ertönte.
»Señorita!« Prudence legte die Hand auf ihr klopfendes Herz. »Du kleiner Schlingel! Wenn Mr. MacTavish dich auf seinem Bett findet, sitzt du schön in der Patsche!«
Mutwillig schnurrend rieb die reuelose Katze sich an ihren Röcken. Prudence nahm sie hoch und streichelte sie, wobei sie überlegte, daß ihr Vater wahrscheinlich nicht hatte schlafen können, wie oft nach einer Abendgesellschaft, und nach unten gegangen war, um sich ein Buch herauszusuchen und vielleicht in friedlicher Einsamkeit ein Glas Portwein zu genießen. Sie wollte ihn suchen gehen, beschloß aber, daß sie genausogut erst die Katze ihrer Wege schicken konnte. Die große Eiche breitete ihre Äste bis ganz nahe an die Eckfenster im Zimmer ihres Vaters aus, und obwohl es weit hinunter bis zum Boden war, jagte Señorita oft hoch oben in der Baumkrone. Prudence öffnete das Fenster, lehnte sich hinaus, um die Katze sicher auf einem Ast abzusetzen, und beobachtete, wie Señorita sich anmutig, ohne das geringste Anzeichen von Unbehagen, auf den Weg den Stamm hinunter machte.
Von unten war ein leises, schlurfendes Geräusch zu hören. Prudence spähte hinunter, schnappte nach Luft und wich zurück. Irgend jemand schlich über die Terrasse! Aus jeder der verstohlenen Bewegungen der zusammengekrümmten Gestalt, die sie undeutlich sah, sprach Heimlichtuerei. Und wer es auch sein mochte, er

konnte sehr gut auf dem Weg in Delacourts Zimmer sein! *Ich habe ihn! Wenn ich ihn bloß mit seinem Mitverschwörer erwische, werde ich MacTavish ohne jeden Zweifel seinen Verrat beweisen!*, dachte sie. Sie ging auf die Tür zu und versuchte, sich ein Gefühl der Siegesgewißheit einzuflößen. Ihr Blick fiel auf den kleinen Waffenschrank in der Ecke des Zimmers. Das Gesindel aus der englischen Armee, das nach Culloden in mehrere Landsitze eingedrungen war, und das darauf folgende Rauben und Plündern hatten MacTavish veranlaßt, seine Waffen immer zur Hand zu haben, stets geladen und schußbereit. Es war gut möglich, daß Delacourt versuchen würde, sie zum Schweigen zu bringen. Vielleicht für immer. Er mochte blaß und schwach erscheinen, aber mehrere Male hatte sie geglaubt, einen stahlharten Blick dieser dunklen Augen zu erhaschen, und traute ihm alles zu.

Und so schlich sie einige Minuten später den Flur im Erdgeschoß entlang, und die Donnerbüchse mit der trichterförmigen Mündung lag schwer in ihren Händen, als sie sich der Tür des Captains näherte. Es wäre nicht so gut, entschied sie, gleich sein Schlafzimmer in Angriff zu nehmen. Sie schlich sich besser zuerst in das Zimmer, das ihm als Salon diente. Und der sicherste Weg, dort hineinzugelangen, war die Seitentür. Folglich ging sie zum Musikzimmer, schlüpfte hinein und ging auf den Zehenspitzen zur Verbindungstür hinüber. Fast sofort hörte sie leise, eindringliche Stimmen. Mit rasendem Puls öffnete sie das Schnappschloß und stieß vorsichtig die Tür auf.

Es brannte keine Kerze im Zimmer, aber Prudences Augen hatten sich an die Dunkelheit gewöhnt, und sie sah, daß Captain Delacourt, vollständig angekleidet, halb im Raum, halb aus dem Fenster gebeugt stand und einem zweiten Mann half hereinzuklettern.

»Ruhig«, zischte er, als ein Sporn klirrte. »Wir dürfen die Hausbewohner nicht wecken.«

»Das haben Sie aber schon!« rief Prudence und hob ihre Donnerbüchse.

Delacourt fluchte und fuhr herum. Sein Komplize, ein großer Kerl, keuchte ein erschrockenes »O Gott!«

Delacourt bewegte sich auf sie zu. »Miss Prudence, nicht wahr? Mein Kompliment, Ma'am. Sie haben uns schön ertappt.«

»Und ich drücke auf diesen Hahn, wenn einer von Ihnen noch einen Schritt macht!«

Das Mondlicht war hell genug, um Delacourt erkennen zu lassen, daß ihr kleines Kinn sich entschlossen nach oben reckte, und der Finger, der sich um den tödlichen Hahn spannte, zu unerfahren war, um auf die Probe gestellt zu werden. »Rufen Sie Ihren Vater«, forderte er sie auf. »Er wird —«

»Tun, was Sie sagen? Glauben Sie das? Nun, diesmal haben Sie es sich verscherzt, Captain Schlauberger. Ich habe genügend Beweise, damit Papa mir endlich glauben wird.« Sie hob die Stimme und rief mit aller Kraft: »Papa! Komm schnell! *Papa!*«

Der Eindringling neben Delacourt heulte auf und sprang zum Fenster.

»Keine Bewegung!« schrie Prudence schrill und erhob die Donnerbüchse mit zitternden Händen. »Ein Schuß daraus wird für euch Schurken reichen!«

»Vorsichtig, um Himmels willen«, knurrte Delacourt. Sein Blick wanderte an ihr vorbei. »Nehmen Sie das Gewehr — schnell, bevor sie jemanden umbringt!«

»Auf diesen alten Trick falle ich nicht herein«, schnaubte sie. Das schwere Gewehr bebte in ihrer Hand.

»Der Himmel steh uns bei! Was hast du vor, Prue?«

»Papa!« Ihre angespannten Nerven gaben nach, und sie rief: »Gott sei Dank, daß du hereingekommen bist. Du wolltest mir nicht glauben, was ich dir über diesen verlogenen Mörder gesagt habe. Du *mußt* mir glauben —«

»Herunter mit dem Gewehr, Kind!«

Sie wandte ihm ein erschrockenes Gesicht zu. »W-was?«

Delacourt machte einen Satz nach vorn und schlug den gähnenden Lauf zur Seite, gerade als ihr Finger sich unwillkürlich fester um den Hahn spannte. Ein ohrenbetäubender Knall war zu hören. Delacourt und sein Komplize warfen sich zu Boden, ein Stück Verputz fiel von der Wand, Rauch erfüllte das Zimmer.

»O ... mein Gott, o mein Gott«, wimmerte Prudence, als ihr Vater ihr die Büchse aus den widerstandslosen Händen nahm.
Verzweifelt rief MacTavish: »Geoff! Sind Sie verletzt, Junge?«
Mit schwacher Stimme erklärte Delacourt, er sei in Ordnung.
»Will ...?«
Keine Antwort. Delacourt rappelte sich auf und sagte: »Ich kümmere mich um ihn, Sir. Sie müssen sich eine Erklärung ausdenken. Ich höre Ihre Leute kommen.«
MacTavish lehnte das Gewehr an die Wand und ging zur Flurtür. »Prudence«, rief er ihr über die Schulter zu, »sieh zu, ob du Captain Delacourt helfen kannst.«
Zitternd wie Espenlaub und wie betäubt bewegte sich Prudence vorwärts. Der Captain kniete neben seinem regungslosen Freund, und sie schauderte mit einem Gefühl der Übelkeit zurück, als sie die dunkle Flüssigkeit erblickte, die nur Blut sein konnte.
»Bringen Sie eine Kerze, schnell«, verlangte er. »Und ein paar saubere Halstücher aus meiner Kommode. *Rühren* Sie sich, Mädchen.«
Überzeugt davon, daß sie sich in einem Alptraum befand, wankte Prudence ins Nebenzimmer. Eine Kommode war heruntergebracht und an die gegenüberliegende Wand gestellt worden. Sie packte einen Kandelaber, mehrere Halstücher und brachte alles zu Delacourt, dann lief sie zurück, um etwas Wasser aus dem Krug in die Schüssel zu gießen und ihm zu bringen.
Weiter hinten konnte sie ihren Vater hören, der die Diener beruhigte, wahrscheinlich sagte er ihnen, daß er aus Versehen abgedrückt habe. Sie kniete sich neben Delacourt und starrte mit weit aufgerissenen, entsetzten Augen auf die häßliche Wunde, die sein bewußtloser Freund am Knie hatte. »H-habe ich ... das getan?« stammelte sie.
»Kaum«, antwortete er barsch, »da seine Wunde bereits verbunden war. Er hat sich wieder wehgetan, als er vor Ihrer Breitseite in Sicherheit gesprungen ist.« Er warf ihr einen Blick zu, die dunklen Augen verärgert und ohne eine Spur des gewohnten melancholischen Ausdrucks. »O Gott«, sagte er mit einem bösen Schnau-

ben, »Sie wollen doch nicht etwa in Ohnmacht fallen, hoffe ich. Ich dachte, Sie hätten mehr Mut. Machen Sie das naß und geben Sie es her.«

Mit zitternden Händen gehorchte sie ihm, und er wusch die Wunde so sanft aus, wie eine Frau es getan hätte.

»Ich g-gehe und hole B-basilikumpuder ...« sagte sie zähneklappernd.

»Sie ziehen besser die Vorhänge zu.«

Sie befolgte die Anweisung und wandte die Augen von dem verwundeten Mann ab.

MacTavish kam zurück. »Glücklicherweise wurde Miss Clandon nicht gestört«, meinte er und zündete noch weitere Kerzen an.

»Das ist gar kein so großes Glück«, brummte Delacourt und machte einen Verband aus einem sauberen Halstuch. »Elizabeth ist eine prima Krankenpflegerin, wie ich bezeugen kann, Gott segne sie. Zerreißen Sie mir eins, Sir, bitte? Der Sturz hat die Wunde wieder aufgerissen.«

MacTavish gehorchte und reichte dem geschäftigen Captain die Streifen. Prudence wich zurück und setzte sich bebend auf einen vergoldeten Stuhl. Der Verwundete stöhnte leise. MacTavish sagte: »Brandy, Prue. In der Karaffe im Musikzimmer ist welcher. Ich helfe Ihnen, ihn hochzuheben, Geoffrey.«

Prudence lief davon, um seine Bitte zu erfüllen, und als sie zurückkehrte, fühlten ihre Knie sich ein wenig fester an. Ihr Vater hatte den Arm um die Schultern des Opfers gelegt und stützte seinen Kopf mit dem Knie. Als Prudence ihm das halbgefüllte Glas reichte, keuchte sie erschrocken auf. »Little ... Willie? Aber — aber — ich dachte —«

Delacourt winkte das angebotene Glas ab. »Macht nichts. Er ist wieder ohnmächtig. Besser so, armer Kerl. Wenn Sie mir helfen, Sir, tragen wir ihn aufs Bett.«

»Den Teufel werden wir.« MacTavish beugte sich herunter, um Delacourt auf die Beine zu helfen. »Hier —« Er nahm Prudence das Glas aus der Hand und reichte es dem Captain. »Trinken Sie lieber ein wenig. Prue, du bist ein kräftiges Mädchen. Wenn ich Willies Schultern nehme, kannst du dann seine Beine halten?«

»Jawohl«, murmelte Prudence und bückte sich. »Sag, wann, Papa.«

»Ich zähle bis drei. Eins, zwei ...« Bei drei hoben sie beide hoch. Willie Mayhew war groß und schwer wie ein Klotz. MacTavish war schlank und zart gebaut. Prudence kämpfte tapfer, aber sie taumelte. Delacourt stellte das Glas ab, und zu dritt schafften sie den Bewußtlosen ins Schlafzimmer und legten ihn nieder.

Delacourt ging zurück in seinen Salon und kam mit dem Brandyglas zurück.

Prudence zog eine Bettdecke über Mayhew. »Es tut mir mehr leid, als ich sagen kann, Papa«, murmelte sie. »Aber wenn du nicht alles vor mir geheimgehalten hättest, wäre ich kein solcher Quertreiber gewesen.«

Delacourt setzte sich in einen Sessel und lehnte sich zurück. »Ich habe es Ihnen gesagt, Sir.«

»Ja, das haben Sie. Aber Sie haben gesehen, wie erregbar das Mädchen ist.« MacTavish wandte sich an seine Tochter. »Du wirst alles erraten haben, denke ich.«

»Du hilfst unseren Jungen zu entkommen.« Sie nickte. »Ich bin sehr stolz auf dich, Papa.« Ängstlich lächelte sie ihn an, dann richtete sie ihren Blick wieder auf den Captain, der nun an seinem Brandy nippte und sie über den Glasrand hinweg beobachtete. »Ich kann nicht behaupten, daß ich verstehe, wie Sie in die Sache verwickelt sind, Captain. Sie haben doch gegen uns gekämpft, nicht wahr?«

»Ja. Aber ich mag die Art nicht, wie Seine Gnaden, Duke of Cumberland, mit besiegten Feinden umgeht. Darf ich erfahren, warum Sie weinen?«

Ihr Herz krampfte sich zusammen, und sie wandte sich ab. »Ich fühle mich so beschämt. Aber ... oh, wenn du mir nur *vertraut* hättest, Papa!«

Langsam sagte MacTavish: »Ja, ich kann verstehen, wie du dich fühlst. Aber zu deinem eigenen Schutz, mein Liebes, schien es —«

»Zu *meinem* Schutz!« Sie wirbelte zu ihm herum, Tränen liefen über ihre Wangen. »Du redest von *meinem* Schutz, wenn dieser – dieser Sassenach sein Leben für unsere Männer riskiert! Wenn man ihn erwischt, werden sie viel härter mit ihm umspringen, als mit uns. Er ist Offizier im Dienste König Georges!«

»Er ist noch ein gutes Stück mehr als das, Mädchen«, sagte MacTavish trocken.

»Sir.« Der Captain runzelte die Stirn. »Es besteht keine Notwendigkeit –«

»Man kann es jetzt nicht mehr ändern, Geoff. Sie hat recht. Sie kann ebensogut alles wissen.« MacTavish wandte sich an seine weinende Tochter. »Meine liebe Prue, ich bin sehr stolz, dir Captain Geoffrey –«

Mit einem zittrigen Lächeln sagte sie: »Darf ich raten? Montgomery?«

»Nahe dran.« Er stand auf und verbeugte sich. »Geoffrey Montgomery Delavale, zu Ihren Diensten.«

MacTavish fuhr fort: »Den jeder Schotte von hier bis zur Grenze ebenso als Mr. Ligun Doone kennt!«

Prudences Kinnlade fiel herab. Ungläubig starrte sie auf das belustigte Zwinkern in den Augen des Mannes, den sie mit jeder erdenklichen schlechten Eigenschaft ausgestattet hatte. *»Sie?«* würgte sie mit krächzender Stimme heraus. *»Sie*... sind – *Ligun Doone?«*

Entschuldigend sagte er: »Tut mir leid, Ma'am. Ihre Leute haben meine wenigen Erfolge in einem solchen Maße aufgebauscht, daß ich nur eine Enttäuschung für Sie sein kann.«

Prudences Knie gaben nach, und sie plumpste schwach aufs Bett. »Aber... aber...«

Delacourt sagte: »Jetzt ist keine Zeit für Erklärungen, Miss MacTavish. Darf ich trotzdem fragen, wie Sie mich durchschaut haben?«

Sie kämpfte mit sich, um ihre durcheinanderwirbelnden Sinne beisammenzuhalten. »Ich habe Sie heute abend mit Colonel Cunningham reden hören. Ich habe auf der Treppe gelauscht. Ich dachte — ich war *sicher,* daß ich Papa davon überzeugen könnte, wie — wie gefährlich Sie für uns seien.«

»Er ist sich dessen wohl bewußt«, sagte Delacourt mit einem grimmigen Blick auf seinen Gastgeber.

»Ja, aber Papa, warst du deshalb so ängstlich darauf bedacht, daß ich nach Edinburgh gehen sollte?«

»Ja. Wir spielen hier keine Gesellschaftsspielchen, Prue. Ich wäre ein armseliger Vater, wenn ich nicht versuchen würde, dich vor Gefahr zu schützen. Geoff — was ist aus Ihrem Diener geworden?«

»Wie ich den alten Kerbie kenne, wird er erst wieder hereinkommen, wenn er das Gelände abgesucht hat. Er ist das Urbild eines Pedanten. Wir müssen Ihren Freund mit dem unpassenden Namen in ein Versteck bringen, und zwar schnell.«

Prudence warf einen Blick auf Little Willie, der anscheinend eingeschlafen war. »Ich habe gehört, er sei in Sicherheit«, sagte sie.

»Wir haben ihn vom Regen in die Traufe gebracht, leider.« Sein Lächeln blitzte auf. »Ich glaube, Sie haben uns letzte Woche von ihrem Ausblick aus gesehen.«

»Ja. Ich war nicht sicher, aber dann hegte ich den Verdacht, daß Sie es waren, der Lord Brileys Stute geritten hat.«

Mit wildem Zorn unterbrach MacTavish sie: »Du warst *allein* auf dem Aussichtspunkt?«

»Und kam wieder herunter wie ein Blitz, danach zu urteilen, was meine Burschen erzählen«, sagte Delacourt. »Sie sind eine halsbrecherische Reiterin, Miss MacTavish.«

Lächerlicherweise freute sie sich über diese Bemerkung und spürte, wie ihre Wangen sich röteten.

»Vielleicht«, sagte MacTavish finster. »Aber es war purer Wahnsinn. So etwas darf nicht mehr vorkommen, Prue. Wir haben genug am Hals.«

»Ja, Sir«, sagte sie demütig. »Und jetzt kann ich helfen. Nein — sieh mich nicht so böse an, Papa. Ich stecke jetzt mit in der Sache, siehst du das nicht? Sag mir nur, was du mit dem armen Willie vorhast?«

»Ihn verstecken«, antwortete Delacourt. »Sobald Kerbie zurückkommt. Er ist den Soldaten ein paar Meilen weiter hinten entwischt, aber wahrscheinlich durchsuchen sie alle Häuser hier in der Gegend.« Er lächelte schwach. »Ich nehme an, er wird sich zu Ihren anderen versteckten Gästen gesellen müssen, Sir.«

MacTavish begegnete dem neugierigen Blick seiner Tochter. »Wir haben zwei andere Jungen in der zweiten Kammer unserer Pyramide«, erklärte er.

Entzückt klatschte sie in die Hände. »Direkt unter der Nase des Colonels? Sind sie schon lange darin, Sir?«

»Ungefähr eine Woche.«

Delacourt sagte: »Das Problem liegt weniger darin, ein Versteck zu finden, als einen Fluchtweg. Aber die Patrouillen sind so zahlreich geworden und so verdammt mißtrauisch, daß zwischen ihnen und den Prämienjägern ...« Er runzelte die Stirn. »Der Preis unserer Erfolge, leider.«

Prudence, die ihn beobachtete und sich wunderte, daß dieser krank aussehende junge Mann so furchtlos sein konnte, meinte: »Meine eigenen schlimmen Verdächtigungen sagten mir, daß Sie Ihre Krankheit nur vortäuschen. Sind Sie in Wahrheit denn wirklich noch nicht ganz von Ihrer Verletzung erholt?«

Sofort grinste er sie an. »Ich spiele den wehleidigen Invaliden gut genug, um Sie in Wut versetzt zu haben, Ma'am. Wenn Sie nur wüßten, wie die Funken aus Ihren Augen geschossen sind, als ich sagte, es gehe mir so lala.«

Sie lachte. »Ja. Ich hielt Sie für die Sorte Mann, die die eigene Schwäche genießt. Und ich glaube, Sie haben meine Frage nicht beantwortet, Sir.«

»Von ihm bekommst du keine direkte Antwort«, warf MacTavish ein. »Also werde ich dir sagen, es geht ihm nicht so gut, daß er nicht besser beraten wäre, nicht so viel zu unternehmen.«

»Und damit«, kicherte Delacourt, »haben Sie Ihre direkte Antwort.«

Prudence sann über die *direkte Antwort* nach, als sie kurze Zeit darauf die Treppe hinaufstieg. Es gab noch so viele Fragen, die sie nur zu gern gestellt hätte, so viele Entscheidungen waren zu treffen, so vieles mußte geplant werden, aber nicht mehr heute nacht. Der Captain hatte schließlich sehr müde ausgesehen. Sie befürchtete, daß sein Sprung, mit dem er sich vor der Ladung ihrer Donnerbüchse gerettet hatte, zusätzlich zu seinen ganzen anderen Aktivitäten, ihn überanstrengt haben könnte, und obwohl er sich nun ganz anders benahm als der melancholische Märtyrer, den er gespielt hatte, quälte sie der Gedanke, daß es um seine Gesundheit nicht so gut stand, wie er angedeutet hatte.

Sie hatte gehofft, mit ihrem Vater noch ein wenig plaudern zu können, aber MacTavish hatte sie zu Bett geschickt und die Absicht geäußert, sich ebenfalls zurückzuziehen, sobald Lockerbie kam und ihnen half, Little Willie in die Geheimkammer der Pyramide zu bringen.

Drei verwundete Männer würden sich dann diesen winzigen Raum teilen. Sie mußten so bald wie möglich weggeschafft werden. Delacourt hatte gesagt, er habe einen Plan für die Flüchtlinge, aber wie er die Hoffnung haben konnte, Cunninghams Patrouillen zu entgehen, wenn er von Verwundeten behindert wurde, konnte sie sich nicht vorstellen. Dennoch würde Ligun Doone es zustande bringen, daran hegte sie keinen Zweifel. Ungeachtet seiner bescheidenen Behauptung, er habe einige kleine Erfolge erzielt, wußte sie, daß zahlreiche Rebellen dank seines Eingreifens in Sicherheit gebracht worden waren.

Überglücklich ging sie in ihr Zimmer; ein Mädchen, das sich sehr von dem verzweifelten Geschöpf unterschied, das es verlassen hatte.

Am nächsten Morgen schlief sie lange, und als sie erwachte, fand sie Kitty im Zimmer vor, die die Bettvorhänge öffnete, und eine Tasse Frühstücksschokolade stand neben ihr und lockte sie mit ihrem Duft. Eine Sekunde lang blieb sie liegen und sah ihre vertrauensvolle Zofe an, bestürzt, weil Little Willie nun in der Pyramide war und sie es nicht wagte, dem Mädchen davon zu erzählen. Irgendwie gelang es ihr, sich nichts anmerken zu lassen, sie nahm das Tablett und richtete ihre Aufmerksamkeit auf die Briefe, die von der Annahmestelle in Inverness gekommen waren. Einer davon war ein lange erwarteter Brief von ihrer besten Freundin, die einen Offizier geheiratet hatte und mit ihm in die amerikanischen Kolonien gegangen war, ein anderer war von ihrer Lieblingscousine in Perth. Und beide waren unwichtig, verglichen mit der Aufregung, die sie durchströmte. Sie sehnte sich danach, aus dem Bett zu springen und zu MacTavish zu laufen, um ihn zu bitten, daß er ihr alles von dem tapferen Ligun Doone erzählte. Aber selbst Kitty gegenüber wagte sie es nicht, anders als gewöhnlich zu erscheinen, und sie schickte das Mädchen fort, um eines ihrer hübschesten Kleider zu bügeln, ein sommerliches Etwas aus weißem Musselin mit einem blauen Zweigmuster, das über zahlreichen Petticoats getragen wurde.

Sie starrte verträumt in den sonnigen Morgen, die Briefe noch immer ungelesen neben sich, als ein Klopfen an der Tür einen Gast ankündigte, den sie völlig vergessen hatte.

Miss Clandon sah anscheinend stets liebreizend aus. Ihr hellgrünes Seidenhäubchen war reich mit Spitze eingefaßt, und die Locken, die ihr niedliches kleines Gesicht umrahmten, leuchteten golden im Licht des frühen Morgens. Ihr Morgenmantel war aus hellgrünem Taft und Spitze, und ein Nachthemd in derselben Farbe wehte um ihre zierlichen Pantöffelchen. Als sie auf das Bett zulief, streckte sie beide Hände in einer so warmen, impulsiven Geste aus, daß Prudence nichts anderes tun konnte, als sie zu ergreifen.

»Sie sind eine von uns!« rief Miss Clandon mit leisem Überschwang. »Wirklich, ich könnte mich nicht mehr freuen! Geoffrey hat es mir gerade erzählt.«

Also hatte sie ihren Cousin schon in seinem Zimmer besucht. Und in ihrem Nachtgewand! Prudence warf ein: »Geht es ihm gut?« Ein ängstlicher Ausdruck trat in die großen braunen Augen, und sie fügte hastig hinzu: »Er ist, äh, hingefallen gestern abend. Hat er es Ihnen nicht erzählt?«

»Das hat er nicht! Er weiß sehr gut, daß ich ihn ausschelten würde, weil er sich nicht ausruhen will!«

Offensichtlich hatte sie den Grund für den Sturz des Captains mißverstanden, aber Prudence verfolgte die Angelegenheit nicht weiter und fragte Miss Clandon statt dessen, ob sie zusammen mit ihrem Cousin aufgewachsen sei.

»O nein.« Miss Clandon stibitzte sich eines von Prudences Frühstücksbiskuits und setzte sich auf den Bettrand. »Wir sind überhaupt nicht verwandt. Diese Geschichte haben wir uns nur ausgedacht, um die Sache« — sie kicherte verschwörerisch — »respektabler klingen zu lassen.«

Die Begriffe der MacTavishs darüber, was sich für eine Lady schickte, waren sehr streng, und Prudence war innerlich höchst schockiert. Aber schließlich befand sich der Mann Tag für Tag an der Schwelle des Todes. Warum sollte man ihn dafür tadeln, daß er eine Geliebte hatte? »Dann helfen Sie ihm bei der Rettung von Rebellen?« fragte sie freundlich. »Wollen Sie mir erzählen, wie alles angefangen hat?«

»Es fing gerade andersherum an — mit einer Rache, Miss MacTavish. Der Besitz meines Onkels liegt in der Nähe von Prestonpans. Er ist ein sehr gutmütiger Gentleman und sehr gegen den Krieg eingestellt. Er hegt weder Zuneigung zum Hause Hannover noch zu den Stuarts und war entsetzt, als die Kämpfe so nahe an uns heranrückten. Die Engländer wurden deutlich geschlagen und flohen in der schrecklichsten Unordnung. Sie töteten die Verwundeten, wo sie gerade lagen.« In ihre Augen trat ein gequälter Blick, und ihre Stimme wurde leiser. »Es war ganz fürchterlich! Mein Onkel und meine Cousins hielten es nicht mehr aus und gingen hin, um zu helfen, wo sie konnten. Drei junge Offiziere haben sie heimgebracht, und alle schwer verwundet. Geoffrey war einer von ihnen. Er hatte unten an der Schulter ein Loch, in das man eine Faust stecken konnte... Wir dachten nur, wir könnten ihnen die letzten Stunden ein wenig erträglicher machen, besser jedenfalls, als im Dreck die Kehle durchgeschnitten zu bekommen. Am nächsten Tag starb einer von ihnen. Der arme Junge, er war erst vierzehn. Der Zustand des zweiten begann sich zu bessern. Aber jedesmal, wenn Geoffrey zu Bewußtsein kam, war er förmlich außer sich, sich noch am Leben zu finden, und er bettelte meinen Onkel an, ihn hinauszuschaffen, damit wir nicht niedergemetzelt würden, weil wir ihm Schutz boten.« Sie schüttelte den Kopf. »Und er hat bei jedem Wort Blut gespuckt!«

Prudences Kehle schnürte sich so zusammen, daß sie kaum reden konnte, und sie stammelte: »Aber Sie haben ihn wieder gesund gepflegt.«

»Ich glaube ja, obwohl es ein langer Weg war und ich ihn oftmals für tot hielt. Um Weihnachten herum dachten wir, die Schlacht sei gewonnen. Der andere Junge, den wir zu uns genommen hatten, war ein lieber kleiner Kerl namens Abel. Seit einiger Zeit ging es ihm schon ganz gut, und er wollte unbedingt nach Hause. Wir versuchten ihm zu erklären, daß er keine Chance hätte durchzukommen, da die Clans alle englischen Überlebenden jagten. Abel liebte uns, aber er wollte nicht hören und schlich sich davon, entschlossen, Weihnachten bei seiner Familie zu verbringen. Natürlich wurde er beinahe gefangen und floh zurück zu uns, mit einer Gruppe Jakobiten auf den Fersen.«

»Himmel! Mußten Sie alle um Ihr Leben fliehen?«

»Nicht ganz, aber wir mußten unsere beiden Engländer fortschaffen. Und zwar schnell! Geoffrey war völlig außer sich vor Angst, daß man ihn finden würde – und Sie können sich denken, wie es uns in diesem Fall ergangen wäre.«

»Das kann ich in der Tat. Ich habe gehört, Sie versuchten, ihn zur Grenze zu bringen, aber das sei unmöglich gewesen.«

»Richtig. So gut wie unmöglich für einen Engländer, da durchzukommen, so wie heute kein Jakobit durchkommt. Das Blatt hat sich gänzlich gewendet. Auf jeder Straße wurden sie wieder nach Norden gehetzt, was auch immer sie versuchten. Abel gelang es zu entkommen, aber Abel war gesund, und die verzweifelte Flucht führte bei Geoffrey zu einem Rückfall. Er und Lockerbie wissen, was es heißt, gejagt zu werden, das kann ich Ihnen sagen, und können ein paar schöne Geschichten davon erzählen, wie sie entwischt sind. Lockerbie war bei meiner Familie, seit er ein Kind war, und glücklicherweise erinnerte er sich daran, daß ich eine Großmama in der Nähe von Inverness habe.«

»Lady Ericson.«

»Ja. Eine großartige alte Dame. Lockerbie brachte Geoff zu ihr, und sie bot ihm Asyl und faßte eine tiefe Zuneigung zu ihm.«

»Ich verstehe. Das muß wohl kurz vor Culloden gewesen sein?«

»Im März. Als sie Castle Court erreichten, war Geoffrey wieder völlig am Boden und zu krank, um mehr zu tun, als im Bett zu liegen. Er hatte alle Absicht, Kontakt zur Truppe aufzunehmen und die Verwechslung der Namen zu erklären – Davon wissen Sie?«

»Ich weiß jetzt seinen wirklichen Namen, aber nicht, wie es zu dem Fehler kam.«

»Aha. Nun, in Geoffs Regiment war ein Junge namens Geoffrey Delacourt. Er wurde getötet, der arme Kerl, aber wir wußten wochenlang nicht, daß Dela*vale* als gefallen gemeldet war, und Dela*court* als vermißt galt.«

»Aber wie schrecklich für seine Familie. Sie müssen ihn für tot gehalten haben.«

»Ja, das haben sie natürlich. Geoff ist seiner Schwester sehr zugetan und bat mich, ihr zu schreiben und ihr von der Verwechslung zu berichten. Ich tat es, aber es dauerte Monate, bis wir den Brief nach England schicken konnten, und danach, was wir später erfahren haben, hat sie den Brief nie erhalten.« Sie sah ärgerlich aus und hörte auf zu sprechen. Prudence wartete ein wenig, dann fragte sie: »Aber – wie kommt es, daß Colonel Cunningham immer noch glaubt, daß er Captain Delacourt ist?«

»Weil wir zu der Zeit, als es Geoff gut genug ging, um ihm zu schreiben, die Niederlage von Culloden erlitten haben. Cumberland fuhr mit seinem abscheulichen Wüten fort. Ihr Bruder wurde auf den Besitz meiner Großmutter gehetzt. Rob und Geoffrey waren zusammen in der Schule gewesen, wie Sie wissen, und als Geoff erfuhr, wie unsere Jungs niedergemetzelt wurden, wurde er äußerst zornig. Er begann einen Plan auszuhecken, wie Rob in Sicherheit kommen konnte. Wußten Sie, daß er ein gerissener Ränkeschmied ist? Und die Schneiderin meiner Großmutter ist eine sehr geschickte Dame. Zu dritt versorgten sie Robbie mit Papieren, einer Seemannsuniform und einer Schiffskarte nach Frankreich. Alles ging glatt. Das Gerücht verbreitete sich. Weitere Rebellen kamen. Geoffrey stieg in die Sache ein, wie man sagen könnte. Als man ihn bat, seinen Namen zu verraten, erfand er seinen Decknamen und wurde sehr schnell bei all unseren Leuten bekannt.«

»Das ist er allerdings! Aber — warum hat er dem Colonel nicht seinen richtigen Namen gesagt?«

Miss Clandon lächelte verhalten. »Weil er der Mann ist, der er ist. Ich bezweifle, ob er jemals an sich selbst denkt.«

Prudence beobachtete sie und sagte ruhig: »Das klingt nach einem wahren Ausbund von Tugend.«

Miss Clandon lachte. »O weh, das würde ihm gar nicht gefallen! Nein — er hat seine Fehler. Und seine zeitweise verrückte Waghalsigkeit ist nicht der geringste unter ihnen. Aber er möchte alles tun, um seine Familie zu schützen. Er wußte, wenn man ihn dabei ertappte, daß er den Rebellen half, würde sein Besitz eingezogen, und seine Schwester stünde ohne einen Penny da, deshalb ließ er den Colonel weiterhin in dem Glauben, er sei Delacourt, der allein in der Welt stand, ohne Frau oder Kinder, der einzige Bruder Soldat in Indien.«

Mit einem leichten Stirnrunzeln sagte Prudence: »Ich verstehe das nur zu gut. Aber angesichts eines Mannes wie Cunningham wäre es am besten, glaube ich, wenn der Captain so bald wie möglich nach Hause zurückkehrte. Er hat mehr als genug getan.«

»Das sagt meine Großmama ebenfalls. Sie ist eine stolze Lady, mit dem Schottentartan im Blut, wissen Sie, aber Geoffrey hatte schnell ihr Herz gewonnen, und sie fing an, sich um ihn Sorgen zu machen. Sie bat Ihren Papa, ihn aufzunehmen, weil er dann nicht direkt unter Cunninghams Nase wäre. Und da Geoffrey Ihrem Bruder geholfen hatte . . .«

»Konnte Papa nicht viel tun, außer ja zu sagen.« Prudence nickte. »Dennoch — Captain Delacourt sollte nach Hause gehen.«

»Er hat es vor. Aber jetzt hat er eine prächtige Gruppe beisammen, die mit ihm zusammenarbeitet, und immer kommt noch jemand, der Hilfe braucht. Also bleibt er. Und — außerdem ...« Wieder beendete sie ihren Satz nicht, sondern saß da und starrte auf das Biskuit in ihrer Hand.

Prudence wartete, dann sagte sie: »Nun, ich finde, das ist alles großartig. Welche Rolle spielt Lord Briley in dem ganzen Plan? Oder spielt er überhaupt eine Rolle?«

»Er steckt drin bis an seinen aristokratischen Hals. Er arbeitet mit mehreren anderen englischen Gentlemen zusammen, um denjenigen zu helfen, die es schaffen, in den Süden des Landes zu kommen. Und so ein feiner Kerl, bei seiner ganzen Posiererei und diesem gezierten Lispeln. Ich war so froh, ihn kennenzulernen.«

»Er erzählte uns, daß er nach Prestonpans fuhr, um nach dem Grab eines Freundes zu suchen. Stimmt das?«

»Ja. Aber hauptsächlich versuchte er herauszufinden, was aus Geoffrey geworden war. Er brauchte eine Einführung bei meiner Großmama, und da ich ebenfalls aus verschiedenen Gründen hier heraufkommen wollte, sind wir zusammen gereist.«

»Mit dem Schiff«, sagte Prudence. »Miss Clandon, wäre das für unsere Flüchtlinge nicht der leichteste Fluchtweg — mit dem Schiff?«

»Mit Sicherheit! Und die verfluchten Rotröcke wissen das und überwachen jede Bucht und jede Einfahrt. Und die englischen Kriegsschiffe streichen an der Küste umher. Beklagenswert viele von unseren Jungs, die versuchten, über diesen Weg zu entkommen, sind getötet worden. Ihre nächstbeste Chance ist es, nach Norden in die Berge zu fliehen. Aber die Rotröcke bewachen die Pässe, und so besteht ihre letzte Hoffnung darin, zusammen mit den englischen Gentlemen, die für Prinz Charles gekämpft haben, die Grenze zu erreichen. Einen schönen Spaß machen die Soldaten sich mit ihnen! Manchmal werden sie direkt zur Südküste gehetzt, bevor man sich auf sie stürzt und sie zurückschleift, um sie zu erschießen — die armen, erschöpften Kerle!«

»Wie grausam!« rief Prudence und ballte zornig die Faust. »Wie abscheulich diese Engländer sind!«
»Ganz richtig.« Miss Clandon seufzte. »Und ist es nicht ein Widerspruch, daß einer der hervorragendsten Gentlemen, den ich je kennenzulernen die Ehre hatte, ein Engländer ist? Und — bedauerlicherweise muß ich es eingestehen — einer unserer tapferen schottischen Jungs trat ihn mit Füßen und wollte ihn mit dem Bajonett erstechen, als mein Onkel ihn wegen seiner Roheit niederschlug und Geoffrey vom Schlachtfeld trug.«
Prudence lächelte sie an. »Natürlich, Sie haben ganz recht. Das zeigt nur, wie dumm Kriege sind, da es doch Gut und Böse auf beiden Seiten gibt und kaum etwas anderes dabei herauskommt als Leid.« Sie streckte die Hand aus. »Ich bin Ihnen so dankbar, daß Sie gekommen sind, um sich mit mir zu unterhalten. Ich hoffe, Sie haben vor, länger zu bleiben.«
»Leider kann ich das nicht. Ich muß einiges für meine Großmama erledigen. Zumindest« — sie lächelte schalkhaft — »habe ich einen reizenden Begleiter.«
»Lord Thaddeus?«
»Genau. Er soll gegen Mittag kommen, deshalb muß ich mich sputen, um mich fertig zu machen.«
Prudence stand auf, und sie umarmten sich schüchtern. Jedes der beiden Mädchen spürte, daß sie sich noch vieles mitzuteilen hätten, und sie fragten sich, ob sie Gelegenheit haben würden, einander besser kennenzulernen.
Nachdem Miss Clandon gegangen war, warf Prudence einen Blick auf die Bronzeuhr auf dem Kaminsims. Halb zehn. Sie mußte so bald wie möglich mit ihrem Vater sprechen, aber um diese Zeit war er oft draußen auf seinen Ländereien. Deshalb zog sie ihr graues Reitkleid an, sagte Kitty, sie solle ihr Haar ausbürsten und es zurückbinden, ohne es in Locken zu legen oder zu pudern, und äußerte die Absicht, auszureiten und erst danach zu frühstücken. Es fiel ihr schwer, dem Mädchen in die unschuldigen Augen zu sehen, während sie wußte, daß ihr Kavalier verwundet in der Pyramide lag, aber Kitty war zu offenherzig; unmöglich könnte sie

sich benehmen wie immer, wenn sie die Wahrheit kannte. Schon jetzt, dachte Prudence besorgt, wußten so viele, wie Ligun Doone aussah, wenn sie auch seine wirkliche Identität nicht kannten. Und welch schrecklich hoher Preis stand auf seinen Kopf! Sie entließ die Zofe und ging den Flur hinunter bis zu dem kleinen Zimmer, das ihr als Arbeitsraum diente. Auf der einen Seite lag ihr Nähzeug, ein Tisch stand da, auf dem sie Muster ausschneiden konnte, und ein bequemer Stuhl. Gegenüber waren die Utensilien für ihr zweites Steckenpferd — Staffelei, Palette, Skizzenblöcke, Farben — untergebracht, daneben die aufgestapelten Früchte ihrer Arbeit. Sie hob ihre letzte Zeichnung hoch, stellte sie auf die Staffelei und begutachtete sie, wobei sie ein wenig rot wurde.

Einen Tag nach ihrer Begegnung mit den Bienen hatte sie Delacourt gezeichnet; sie hatte das Bild im Zorn begonnen. Nach und nach jedoch hatte sie seiner Gestalt eine andere Pose gegeben, auf die sie zufällig gestoßen war. Sie hatte ihn überraschend im Blumengarten erblickt, wie er versunken auf die Blüten gestarrt hatte, ohne ihre Anwesenheit zu bemerken. Voller Widerwillen hatte sie ihr Werk stehengelassen, als sie bemerkt hatte, daß es schmeichelhafter geworden war, als sie beabsichtigt hatte; seither hatte sie es nicht mehr angesehen. Während sie es nun mit anderen Augen betrachtete, staunte sie über die Charakterstärke auf diesem schmalen jungen Gesicht, die sie nicht hatte auslöschen können. Sie errötete noch tiefer. Schnell stellte sie die Skizze wieder zu den anderen, wobei sie darauf achtete, sie weiter hinter die früheren Bilder zu stellen, dann ging sie nach unten.

Als sie in der Haupthalle anlangte, zögerte sie und warf einen Blick in den hinteren Teil des Hauses, doch Delacourt schlief zweifellos noch. Der Butler, formvollendet und ausdruckslos wie stets, näherte sich und erklärte mit seiner kultivierten Stimme: »Der Herr ist draußen, Miss.« Prudence, die darüber keineswegs überrascht war, dankte ihm. Und als sie um die Ecke in die seitliche Halle bog, dachte sie, daß Sidley nicht nur das kälteste Wesen war, dem sie je begegnet war, sondern zu allem Überfluß auch noch ganz und gar englisch. Papa hatte den Mann vor fünf Jahren eben wegen seiner hochmutsvollen Tüchtigkeit eingestellt, die man allgemein so bewunderte, aber keinem von ihnen war es je gelungen, ihn wirklich kennenzulernen. Mit plötzlichem Unbehagen fragte sie sich, ob er nicht seit dem Aufstand Berichte an Colonel Cunningham lieferte. Aber wirklich, was gab es an diesem Morgen nicht alles, worüber ein Mädchen sich Sorgen machen mußte!

Entgegen ihrer Annahme, er schliefe noch, hatte Delacourt sich, abgesehen vom Rock voll angekleidet, auf die Terrasse hinausgewagt. Er saß auf der niedrigen Mauer, blickte über das weite Panorama, holte tief Luft und zuckte zusammen. Seine Augen blieben an der Akazie haften, bis er spürte, daß er nicht mehr allein war. Rasch blickte er auf und sah Lockerbie, der ihn beobachtete. Er grinste und zwinkerte dem düster dreinschauenden Mann zu.

Lockerbie, der sich nicht täuschen ließ, sagte: »Das Loch in Ihrer Brust macht Ihnen wieder zu schaffen.«

Delacourt zuckte die Achseln. »Ich hatte gestern abend einen leichten Sturz.«

»Was — schon wieder?« Die Worte entglitten seinem Mund, bevor er sie zurückhalten konnte. Reuig biß Lockerbie sich auf die Lippe.

»Mach dir nicht solche Sorgen. Es war keine von meinen berühmten Ohnmachten. Es geht mir viel besser, findest du nicht?«

»Aber sicher«, log der Schotte standhaft. »Wenn — wenn Sie es nur sein lassen würden, Sir. Sie überanstrrrengen sich — immer überanstrrrengen Sie sich.«

Delacourt stand auf und sah ihn fest an. Mit einem schiefen Lächeln sagte er: »Wenn der Teufel einen hetzt, muß man auch laufen.«

VII

Es war einer jener strahlenden Frühlingsmorgen, die von solcher Vollkommenheit sind, als suchten sie die Menschen davon zu überzeugen, daß es mit dieser Welt doch zum Besten stehe. Prudence vergaß eine Zeitlang Gefahr, Krieg und Tod und ritt frohen Mutes durch die kühle Friedlichkeit der Landschaft und sog den Anblick grüner Hänge, dunkler Wälder und blauen Himmels in sich ein. Alles war so beschaulich und ruhig, daß das klare Lied einer Feldlerche sich so lebendig von der Stille abhob, als könnte man es mit Händen greifen. Diesmal hatte sie nicht die Absicht, auf die Hügel hinaufzureiten, lenkte aber ihr Pferd auf höherliegendes Gelände, von dem aus sie einen besseren Blick auf Lakepoint und den leuchtenden See hatte. Sie ritt an einem Birkenwäldchen entlang und sprang über das schmale Bachbett, als ganz in der Nähe ein Schuß ertönte und sie erschrocken aufschrie. Die Stute scheute und tänzelte ängstlich schnaubend. Prudence zügelte sie, streichelte ihren Hals und sprach, selbst mit klopfendem Herzen, besänftigend auf sie ein, während sie dem Mann entgegenblickte, der auf einem großen Braunen durch die Bäume geritten kam.

»Meine liebe Lady«, sagte Colonel Cunningham, als er neben ihr anhielt. »Ich hoffe, ich habe Sie nicht erschreckt. Ich war der Meinung, ich sei heute allein hier oben.«

Sein Lächeln war freundlich, er gab sich reuig, und seine harten schwarzen Augen blickten scharf. Prudence, die selten Angst verspürte, war es jetzt doch bang zumute, und sie betete insgeheim, daß sie nichts tun oder sagen möge, was ihren kostbaren Kranken in Gefahr bringen könnte. »Sie haben sowohl mich als auch mein Pferd erschreckt, Sir«, sagte sie ruhig. »Versuchen Sie, Ihren Soldatenpflichten ein wenig zu entwischen? Oder

haben Sie erneut auf einen unserer unglücklichen Rebellen geschossen?«
Er schwenkte sein poliertes Jagdgewehr. »Nein, nein. Hab nur ein Waldhuhn gejagt. Ich habe ein paar fette gesehen, als ich gestern in der Gegend war, deswegen bin ich zurückgekommen. Ich wollte schauen, ob ich meinem Koch nicht eine Freude machen könnte, indem ich ein paar in meinen Sack packe.«
Sie unterließ es, ihn darauf hinzuweisen, daß es zwischen ihrer Gegend hier und Inverness eine Menge Waldhühner gab, und meinte nur: »Ich nehme an, Sie haben Ihre Jagdtasche bereits voll.«
Er hatte überhaupt keine Jagdtasche dabei, und als er sich dessen etwas verspätet bewußt wurde, musterte er sie eingehend. Sie sah unschuldig und nicht gerade sehr intelligent aus, dieses hübsche Schottenmädchen, aber er wußte nicht erst seit gestern, daß man ein Buch nicht nach seinem Einband beurteilte. »Ich hab sie unterwegs verloren«, erklärte er. »Hatte sie am Sattelknauf festgemacht und sie muß heruntergefallen sein.« Er steckte das Gewehr wieder in sein Futteral und fuhr fort: »Ich habe den alten Burschen wieder einmal die Beine in einem schönen Galopp strecken lassen, deswegen hab ich wahrscheinlich die Tasche verloren. Gott, ist das ein schöner Tag. Es wäre Ihnen wohl lieber, wenn ich verschwinde und ihn nicht verderbe?«
Er sagte all dies im selben freundlichen Umgangston, und Prudence schrak zusammen. »Verzeihen Sie Colonel. Ich muß mich gestern abend sehr unhöflich benommen haben, um bei Ihnen einen solchen Eindruck zu hinterlassen.«
»Ganz und gar nicht. Sie waren äußerst freundlich.« Er stieg vom Pferd, half ihr ebenfalls hinunter, und sie spazierten zusammen weiter, die Pferde am Zügel. »Aber eine Besatzungsarmee kann nicht erwarten, beliebt zu sein. Und Sie müssen erzürnt darüber sein, einen meiner Offiziere bei sich zu Hause zu haben.«
»Mein Vater pflegt sich nicht vor Verpflichtungen zu drücken«, sagte sie vorsichtig. »Aber ich müßte lügen, würde ich sagen, daß es eine willkommene Entwicklung war, was mich betrifft.«

Er lachte. »Eine ehrliche Frau! Welche Wohltat. Sie haben keine Vorstellung, wie viele Unaufrichtigkeiten ein Mann in meiner Position sich anhören muß. Ich kann die Lage Ihres Vaters ohne weiteres verstehen.«
»Wegen der *Unaufrichtigkeiten*, die Captain Delacourt sagt?« fragte sie, während ihre Nerven sich mit jedem Augenblick stärker anspannten.
Er hob die Brauen angesichts dieser sofortigen Aufnahme des Fehdehandschuhs. »Betrachten Sie ihn als unaufrichtig?«
»Ich betrachte ihn so selten wie möglich, Colonel.«
Er nickte mitfühlend. »Und Sie vermuten wahrscheinlich, daß er bei Ihnen einquartiert wurde, um zu spionieren.«
Sie konnte einen leisen Aufschrei nicht unterdrücken. »Beim Himmel! Was sollte er ausspionieren? Wir sind keine Jakobiten; mein Papa ist kein Anhänger ihrer Sache. Wenn Sie deswegen den Captain nach Lakepoint –«
»Aber, meine Liebe, ich habe ihn nicht dorthin gebracht«, sagte er besänftigend. »Wirklich, ich habe überhaupt nicht gewußt, daß er sich dort oben aufhält, bis er mir seinen Diener geschickt hat, um es mir mitzuteilen. Vor neun Monaten.«
Prudences Herz machte einen Satz, und sie antwortete: »Er ist noch keine neun Monate bei uns, Sir! Noch wird er so lange bleiben!«
»Nein. Armer Kerl. Ich fürchte, Sie haben recht.« Er seufzte. »Was für eine schlimme Zeit hat er hinter sich. Von Pontius zu Pilatus geschleppt ... um schließlich bei der Familie seines Schulfreundes einen sicheren Hafen zu finden. Trotz Ihrer Abneigung gegen uns. Das scheint das Sprichwort zu bekräftigen, daß Verbindungen, die in Oxford geknüpft werden, bis zum Grabe halten.«
Wieder ertönte eine Warnglocke in Prudence. Wenn das ein altes Sprichwort war, woran sie zweifelte, dann eines, das sie noch nie gehört hatte. *Lieber Gott! Hat Captain Delacourt gesagt, es sei in Oxford gewesen?*, dachte sie. Sie wagte es nicht, das Risiko einzugehen, und stellte richtig: »Wenn unser Gast Ihnen erzählt hat, er habe meinen Bruder in Oxford kennengelernt, Colonel, dann hat er

kein besseres Gedächtnis als mein Vater. Robbie war in Cambridge.«
»Bei Gott, Sie haben recht! Ich schwör's, mein Gedächtnis wird immer schlechter. Das muß an der dünnen Luft liegen. Da wir gerade davon sprechen — ich hoffe, Sie haben nicht die Absicht, wieder in die Berge hinaufzureiten, Ma'am. Sollten Sie nicht einen Stallburschen als Begleitung bei sich haben?«
Wie aalglatt er war. Wie schleimig! Was meinte er mit *wieder?* Hatte er von ihrem gestrigen Ritt ins Hochland erfahren? Wenn, dann mußte er — oder einer seiner Männer — auch den Captain und Willie gesehen haben! Und wenn das der Fall war, dann spielte er Katz und Maus mit ihr, wie das Militär es gerne tat. Er war hinter Ligun Doone her und wußte, daß er sich in Lakepoint befand! Ihr wurde übel, Panik schnürte ihr fast die Kehle zu. Aber dieser Quälgeist stand neben ihr und wartete mit seinem milden Blick nur darauf, jedes Anzeichen von Erschrecken zu erspähen — und weiß Gott, sie fühlte sich bereits völlig durchlöchert vor Angst! Mit aller Kraft kämpfte sie darum, ruhig zu bleiben. »Jetzt klingen Sie wie mein Vater«, sagte sie lächelnd und schickte ein Stoßgebet zum Himmel, sie möge nicht so bleich aussehen, wie sie sich fühlte. »Ich reite nur noch selten in die Hügel hinauf. Aber manchmal sehne ich mich einfach danach, allein zu sein.«
Sie hoffte, er würde den Wink verstehen, aber er antwortete: »Sie würden nicht lange allein sein, wenn Sie es riskieren, zu diesen Felsen hinaufzureiten, Miss MacTavish.« Er warf einen grimmigen Seitenblick auf die gezackten Gipfel im Süden. »Dort wimmelt es geradezu von Soldatengesindel, das Ihnen die hübsche Kehle durchschneiden würde, sobald es Sie nur sieht!«
Zornig rief sie: »Das bezweifle ich! Das sind Schotten, Sir!«
Er verbeugte sich. »*Touché.* Aber Sie täten gut daran, sich zu erinnern, daß nicht alle Schotten Gentlemen sind, noch alle Engländer Ungeheuer.«
»Ich habe das nicht von allen Engländern gedacht«, sagte sie, doch sie wußte sehr wohl, daß es zu spät war, ihren unglückseligen Ausbruch zurückzunehmen.

»Und mit dieser Bemerkung geben Sie mir den Rest!« Unerwartet ließ Belustigung den Ausdruck seiner Augen weicher werden. »So, wie es sein sollte. Ich sehe, daß es nichts einbringt, mit Ihnen die Klingen zu kreuzen, Ma'am. Darf ich Ihnen beim Aufsteigen behilflich sein?«

Er bot ihr beide Hände als Leiter für ihren Stiefel, und als er sie mit Schwung in den Sattel hinaufbefördert hatte, grüßte er sie zackig und trat zurück. Prudence blieb stehen und starrte auf ihn hinunter. Er hatte gesagt, sie habe die Klingen mit ihm gekreuzt. Sie hatte es versucht, bezweifelte aber, daß sie klug genug war, diesen Mann zu täuschen. Es war hoffnungslos zu versuchen, vorsichtig und diplomatisch zu sein. Nichtsdestotrotz beugte sie sich um Captain Delacourts willen herunter und streckte die Hand aus. »Sie haben eine undankbare Aufgabe, Sir«, sagte sie mit ihrem strahlendsten Lächeln. »Ich beneide Sie nicht darum.«

Er sah überrascht aus und ergriff fest ihre Hand. »Danke. So reizende Geschöpfe wie Sie machen mir meine Aufgabe schmackhafter.« Doch als sie davonritt, rief er: »Seien Sie sehr vorsichtig, Miss MacTavish.«

»Ich sage Ihnen, der Mann hat einen Verdacht!« Immer noch in Reitkleidung, preßte Prudence aufgeregt die Hände zusammen, als sie mit ihrem Vater, Miss Clandon und Delacourt im goldenen Salon saß. »Den ganzen Rückweg über habe ich gezittert wegen dieser seidenweichen Bemerkung.«

Miss Clandon nickte gedankenvoll. »Er ist sehr gerissen. Ich glaube, du solltest nicht länger hier oben herumtrödeln, Geoff. Jemand anderer kann die Geheimbotschaft überbringen, wenn es dazu kommt. Sicher bist du keinesfalls —«

»Wahrscheinlich wollte er Miss MacTavish nur auf die Probe stellen«, warf Delacourt mit einem warnenden Blick ein. »Ich habe keinen Grund anzunehmen, daß er mir mißtraut. Schließlich glaubt jeder, Ligun Doone sei ein Schotte.«

»Ja, sicher«, stimmte MacTavish zu. »Aber es war ein Dummerjungenstreich, einen solchen Namen zu wählen.«

»Er wollte ihnen eine lange Nase machen«, sagte Miss Clandon und sah den Captain voll verzweifelter Zuneigung an.
Prudence, die ein Rätsel nach dem anderen lösen wollte, fragte: »Welche Geheimbotschaft?«
Miss Clandon sah bestürzt drein. »Oh, meine Güte! Ich dachte, Sie hätten es ihr gesagt.«
Besorgt fragte MacTavish: »Delacourt?«
»Nein!« Der Captain runzelte die dunklen Brauen. »Je weniger Ihre Tochter weiß, desto sicherer ist sie.«
»Sie hängen uns nicht stufenweise«, sagte Miss Clandon trocken. »Und sie weiß bereits genug, um zu hängen.«
»So etwas dürfen Sie nicht einmal denken!« keuchte Delacourt entsetzt.
Hitzig trat Prudence dazwischen: »Was für ein fürchterlicher Unsinn! Sie waren ein Geschenk des Himmels für unsere Leute, Captain. Mein Vater und ich wären reichlich undankbar, wenn wir um Ihretwillen kein Risiko auf uns nehmen wollten!«
Er starrte sie einen Augenblick lang an, dann wandte er den Blick ab. »Ich glaube, Sie wissen nicht, was Sie riskieren, Ma'am.«
»Wie nett wäre eß doch«, sagte eine weitere englische Stimme gedehnt von der Tür her, »hereinzukommen und Ssie alle bei einer Plauderei über ein neueß Gedicht oder daß Wetter oder etwaß ganz Langweiligeß und Normaleß zu finden.«
Delacourt schwang seinen Stuhl herum. »Thad! Du bist zu spät dran, du alter Schurke!«
Seine Lordschaft trat ein, machte allen seine Aufwartung und beteuerte seine Unschuld. »Meine Perücke, wißen Ssie«, sagte er und strich über deren gelockte Vollkommenheit. »Mein Diener hat ewig dafür gebraucht.« Sein Blick fiel auf Prudences amüsiertes Gesicht. »Darf ich annehmen, daß wir Verstärkung bekommen haben, lieber Junge?«
»Unglücklicherweise«, sagte Delacourt stirnrunzelnd.
»Und eine Verstärkung, die überwältigt von der Tapferkeit zweier Engländer bei der Hilfe für unsere armen Rebellen ist, Mylord«, erklärte Prudence.

Das Gesicht Seiner Lordschaft nahm einen gehetzten Ausdruck an. »Bitte, laßen Ssie ßich nicht weiter darüber auß, Ma'am. Ich hatte nur etwaß gegen die ungleichen Chancen. Kein fairer Kampf. Ssind Ssie fertig, Miß Clandon?«

»Ja. Gibt es noch irgend etwas, Geoff?«

Er beugte sich vor. »Wiederhol es bitte noch einmal, Elizabeth.«

»Ich soll herausbekommen, ob die Männer, die um Castle Court herumgelungert haben, jetzt fort sind. Ich muß Großmama sagen, daß Colonel Cunningham die Nachricht erhalten hat, nach der in der Nähe von Tullynessie ein Jakobit ergriffen worden ist. Und daß« — ihre Stimme wurde ein wenig abgehackt, und sie preßte die Hände zusammen — »daß Sie nicht glauben, es könne J-Jonny Robertson sein, aber — aber daß die Rotröcke den Gefangenen gefoltert haben, weil sie glauben, er hätte einen Teil der Geheimbotschaft bei sich gehabt.«

Prudence schrak zusammen. Wieder die Geheimbotschaft. Und Gott helfe dem armen Jungen — wer er auch sein mochte! Sie sah Seine Lordschaft an und hörte ihn leise fluchen.

»Wenn daß der Fall ißt, dann haben ßie die Botschaft noch nicht.«

Delacourt nickte. »Und laßt uns hoffen, daß es nicht Robertson ist, den sie gefangengenommen haben. Aber — wenn er es ist, hat er wahrscheinlich die Botschaft vernichtet, und wir werden eine neue schicken müssen. Erinnere Lady Ericson daran, Elizabeth. Und vergiß nichts. Ich glaube, wir müssen zwei mit der Liste losschicken, nur zur Sicherheit.«

Miss Clandon wiederholte die Nachricht, und er rollte seinen Stuhl zu ihr hin, um ihre Hand zu nehmen und sie an seine Lippen zu drücken. »Sehr gut. Und nun fort mit dir, verwegenes Ding. Und — Gott schütze euch beide.«

Als Briley hinaustrippelte, blieb er noch einmal neben dem Rollstuhl stehen, zog den Kopf seines Freundes an den Haaren zu sich herum und musterte sein Gesicht eingehend. »Viel zu blaß. Geh an die frische Luft, mein lieber Junge. Mach einen schönen Sspaziergang. Wird dir guttun.« Er warf einen schlauen Blick auf Prudence, gab seinem Freund einen Klaps, und fort war er, nur das Klappern seiner hohen Absätze auf dem Steinboden hallte ihm nach.

Prudence lenkte den Rollstuhl den Weg entlang, der durch das Gebüsch führte, und blieb im Schatten einer Trauerweide neben dem Goldfischteich stehen. »Hier ist es hübsch«, sagte sie versuchsweise.
»Dort wäre es besser, glaube ich.« Der Captain zeigte auf die Mitte des Blumengartens, wo vier Wege wie Radspeichen zusammentrafen und einen kleinen Platz bildeten, auf dem gebogene Steinbänke mitten unter den Blüten zur Rast einluden.
»Aber dort haben Sie keinen Schatten«, wandte sie ein.
»Stimmt, aber Sie haben Ihren Sonnenschirm dabei. Wir können uns zusammen darunterkauern«, sagte er und lächelte sie über die Schulter hinweg launig an.
Prudence meinte: »Ich glaube, wir setzen uns doch unter den Baum.«
»Nein, bitte nicht.« Leise fügte er hinzu: »In der Mitte der Beete dort können wir sicher sein, daß niemand uns belauscht, Ma'am. Die Bäume auf diesem Grundstück haben es so an sich, sich höchst unerwartet als bewohnt zu entpuppen.«
Sie lachte glucksend. »Wie abscheulich von Ihnen, mich daran zu erinnern.«
»Und wie großartig von Ihnen, mir zu veranschaulichen, wie leicht man unvorsichtig werden kann. Ich habe Kerbie auf Erkundung geschickt, und er hat bestätigt, daß es sehr leicht ist, mit einem Fernglas direkt in mein Fenster zu sehen. Ein gefährlicher Fehler meinerseits.«
»Sie haben einen noch schlimmeren begangen«, erklärte sie ihm, während sie den Stuhl auf dem schmalen Pfad durch die Blumenbeete lenkte.
»Habe ich das? Erzählen Sie, bitte.«
»Unterhalb der Terrasse steht eine Bank. Wenn Sie hinüberschauen, können Sie sehen, daß sie genau auf der Höhe Ihrer Fenster liegt.«

Er wandte den dunklen Kopf, und Prudence bemerkte, wie dicht sein Haar war und wie die Locken sich freizukämpfen suchten, obwohl Lockerbie sie so streng zurückgebunden hatte. Er sagte: »Die Entfernung ist groß genug, daß eine Unterhaltung im Zimmer nicht belauscht werden kann — spielen Sie darauf an?«

»Ja. Und Sie irren sich. Ich saß dort und habe gehört, wie Sie zu Lockerbie sagten, was für ein guter Spion er sei.«

»O Gott!« keuchte der Captain und sah bestürzt zu ihr auf.

»Und ich habe gehört, wie Ihr Pferdeknecht aus England angekommen ist, und — lieber Himmel! Ich habe ihn seither nicht gesehen!«

Ernst sagte er: »Er wußte zuviel.« Er fuhr sich mit dem Finger über die Kehle. »Lassen Sie sich das eine Lehre sein, Madam Lauscherin!«

Sie belohnte ihn mit einem erneuten kleinen Glucksen der Erheiterung, und er verriet ihr, daß Cole für die Männer in der Pyramide sorgte. »Aber bitte, erzählen Sie doch, wie Sie uns hören konnten. Soweit ich mich erinnere, haben wir alle sehr leise gesprochen.«

»Es hat irgend etwas mit dem Echo zu tun. Robbie und ich machten es uns gelegentlich zunutze, um unserem Vater nachzuspionieren.«

»Niederträchtige Gören. Ich kann mir vorstellen, daß Rob ein solcher Nichtsnutz war, aber von Ihnen hätte ich das nicht gedacht, Ma'am.«

Sie setzte sich auf eine der Bänke und gestand seufzend: »Ach, ich bin zeitweise ein sehr großer Nichtsnutz. Und als ich noch ein Kind war — oh, schrecklich! Natürlich war es Robs Schuld. Er war mein Idol und erlaubte mir gnädig, mich ihm anzuschließen.«

Er beugte sich nach vorn, die Ellbogen auf die Armlehnen seines Stuhles gestützt, und beobachtete, wie die Sonne ihr Haar in einem hellen Kupfergold erglänzen ließ und der Rundung ihrer Wange einen goldenen Schimmer verlieh. Lächelnd sagte er: »Soviel ich über Brüder und Schwestern weiß, meinen Sie, daß er Sie so eingeschüchtert hat, bis Sie bei seinen Streichen mitmachten.«

»Nein, nein. Ich fürchte, so war es nicht, denn ich war von Natur aus ein Wildfang. Tatsächlich« — sie blickte hinaus auf den prächtigen Wasserspiegel des Loch — »war das mit dem Ungeheuer meine Idee . . .«

»Ungeheuer?«

»Ja. Wir hatten eine Unterhaltung zwischen Tante Mac und Papa in seinem Studierzimmer belauscht, verstehen Sie, während wir auf dieser Bank saßen.« Sie sah, wie seine dunklen Brauen sich hoben, und fuhr hastig fort: »Sie halten uns vielleicht für gräßlich, aber, ganz ehrlich — wir lauschten selten. Diesmal fiel Tante Papa mit ihren Sternen und dem Ungeheuer auf die Nerven, was wir über alle Maßen köstlich fanden.«

»Wollen Sie etwa sagen, daß Mrs. Hortense Ihr Ungeheuer in den Sternen gesehen hat? Ich habe bemerkt, daß sie das alles sehr ernst nimmt. Sie auch, Miss MacTavish?«

Sie zögerte. »Ich weiß, daß man nicht mehr so viel von der Astrologie hält wie früher einmal. Aber es muß doch *irgend etwas* daran sein, nicht wahr? Immerhin haben viele große Monarchen und Politiker sich in ihrem Leben nach den Ratschlägen ihrer Astrologen gerichtet, und —«

»Und haben ihre Untertanen gezwungen, eiserne Halsbänder zu tragen, und verbrannten Hexen, und —«

»Und ich will nicht, daß Sie über sie lachen, Sir!« Ein reizendes Zwinkern leuchtete in ihren Augen, obwohl sie vorgab, streng zu sein. Er wurde ernst und sagte mit löblicher Demut, es tue ihm sehr leid, und er empfinde größte Zuneigung und höchsten Respekt für Mrs. MacTavish. »Aber — erzählen Sie weiter, welche Verbindung gab es zwischen den Sternen der Lady und Ihrem Ungeheuer? Meinen Sie die legendäre Nessie?«

»Genau. Das Ungeheuer vom Loch Ness.« Sie blickte finster auf seine zuckenden Mundwinkel und sagte: »Ich nehme an, Sie halten alles für Unsinn.«

»Nein, wirklich nicht, Ma'am. Nicht im Traume würde ich eine solch ungebührliche Bemerkung machen.«

Er sah so demütig und tugendhaft drein, daß sie nicht anders konnte, als zu lachen. »Sie haben eine schöne Art, mit Worten umzugehen, Captain.«

Delacourt betrachtete die belustigt nach oben geschwungenen Lippen und vergaß alle Worte.

Als sie seine Versunkenheit bemerkte, errötete sie und fuhr schnell fort: »Wie ich gerade sagen wollte, bevor Sie mir einen so grausamen Dämpfer versetzt haben ...«

Er stöhnte und legte eine Hand über die Augen.

Lächelnd fuhr Prudence fort: »Tantchen erklärte Papa, daß das Ungeheuer am nächsten Sonntagmorgen an Land kommen und uns alle zum Frühstück verspeisen würde.«

Er ließ die Hand sinken, um Prudence anzusehen. »Das erfinden Sie! Sie meinte das *ernst?*«

»Ihre Sterne meinten es, Sir. Papa lachte so heftig, und wir lachten ebenfalls. Die arme Tante Mac war aufgebracht und fing an zu weinen, aber Papa konnte nicht aufhören zu lachen. Und so hatte ich die Idee mit dem Ungeheuer, um meiner Tante zu helfen.« Sie seufzte. »Lieber Gott, das war ein schöner Quatsch! Äh, ich meine — was für einen Aufruhr hat das verursacht.«

»Erzählen Sie«, murmelte er, fasziniert von dem schalkhaften Blitzen in ihren blauen Augen.

»Sie müssen wissen, daß Robbie und ich schon seit einiger Zeit an einem Boot bauten. Wir mußten es ganz heimlich machen, weil Papa es nicht gern sah, wenn wir allein auf den Loch hinausfuhren. Stürme können auf dem See sehr plötzlich aufkommen, wissen Sie. Das Wasser ist schrecklich kalt und teilweise unergründlich tief. Wir hatten unser lichtscheues Werk in einem verlassenen alten Schuppen hinter den Stallungen angefangen. Ich zeige Ihnen das Ding, wenn Sie wollen. Es ist nicht sehr weit.«

»Ihr Boot ist also immer noch dort? Donnerwetter, *ja*, das würde ich gern sehen!«

»Wir waren noch nicht ganz fertig, als wir Tante und Papa an jenem Tag belauschten. Ich glaube, es wuchs nur weiter, weil wir so begeistert davon waren. Aber die Form war ein wenig seltsam geworden, und das brachte mich auf den Gedanken, daß wir mit ein wenig zusätzlicher Arbeit ein großes Ungeheuer daraus machen könnten.«

Er lachte. »So ein Schlingel! Haben Sie es getan?«

»Ja. Wir weihten zwei Freunde von Robbie ein, die uns helfen sollten, es schnell fertigzubekommen. Ach ja, wir hatten einen Mordsspaß. Wir machten ihm Schuppen und einen großen, dicken Kopf, und wir lackierten und malten – Sie würden es nicht glauben, wie lebensecht das Vieh aussah, als wir fertig waren.«

»Ich kann es kaum erwarten, es zu sehen. Ist es noch unversehrt?«

»Mehr oder weniger. Ein wenig vermodert mit dem Alter, nehme ich an. Aber ich muß sagen, daß es in dem alten Schuppen nicht annähernd so überzeugend aussah als einmal in Wasser gelassen.«

»Wie haben Sie das geschafft?«

»Wir waren zu viert, und wir benutzten vorne und hinten einen Schubkarren, aber« – sie kicherte bei der Erinnerung – »das dumme Ding kippte, als wir es durch den Blumengarten schoben, und drückte ein schönes Phloxbeet platt, das die Gärtner am Tag zuvor eingepflanzt hatten.«

»Ich kann mir vorstellen, daß Sie einiges darüber zu hören bekommen haben. Wie wollten Sie Ihr Ungeheuer zum Schwimmen bringen? Ruder hätten doch sicher die Wirkung zerstört?«

»Daran hatten die Jungen auch gedacht, und wir machten große *Beine*, die wir mit Seilen befestigten, und versteckten die Ruder darunter.« Sie konnte ihr Kichern nicht mehr im Zaum halten. »Wenn Sie es nur *gesehen* hätten! Die seltsamsten Bewegungen, die man sich vorstellen kann, aber von einem Ungeheuer erwartet man nicht, daß es graziös ist.«

»Nein, natürlich nicht. Erzählen Sie weiter.«

»Wir hatten uns eine Zeit sehr früh am Morgen ausgesucht, wie Sie erraten können. Die Jungen befürchteten, wir hätten es so schwer gemacht, daß es sinken würde, aber es schwamm ganz gut auf der Oberfläche. Wir schlüpften alle hinein, um die Ruder auszuprobieren. Dann entschieden die Jungen, daß ich zu klein sei und mir ordentliche Erfrierungen holen würde, bis sie mich an

Land gezogen hätten, falls wir kenterten, also mußte ich wieder hinaus. Oh, ich war so wütend und bitterböse auf sie, bis sie anfingen zu rudern, und dann — oh ... Captain!« Prudence mußte sich unterbrechen, um die Tränen von ihren Augen zu wischen. »Ich war so froh, daß ich am Ufer war, denn einen komischeren Anblick können Sie sich nicht vorstellen. Ich lachte, bis ich umfiel und auf dem Boden herumrollte! Sie — sie ruderten nicht ganz im Takt, und so hob sich ein Bein hoch und hing — irgendwie in der Luft, dann platschte es herunter, und dann ging ein anderes hoch, und das arme Ungeheuer ... schwankte und taumelte auf dem See herum!« Bei dieser Erinnerung konnte sie sich vor Lachen nicht mehr halten, und Delacourt, angesteckt von ihrer Fröhlichkeit, lachte mit.

»Was muß das für ein Anblick gewesen sein! Aber wie kamen Sie zu Schaden? Sie sagten etwas von schrecklichen Folgen.«

»Oh ... meine Güte«, stöhnte Prudence und hielt den Atem an. »Ja — es war tatsächlich ein Fehlschlag. Sie hatten geplant, nahe am Ufer zu bleiben und unser Ungeheuer an Land gehen zu lassen, wenn Papa oder Tante Mac zufällig einen Blick darauf warfen, um zu beweisen, daß es wirklich vorhatte, heraus an Land zu kommen. Aber irgendwie — durch das ungleiche Rudern der Jungen, und weil sie nicht sehr gut sahen — fuhren sie statt dessen mitten auf den See hinaus. Nun, Captain, wenn sie glauben, daß das Ungeheuer aus der Nähe wirkungsvoll war, hätten Sie es aus der Entfernung sehen sollen! Unser schlimmster Fehler — daß das Hinterteil nicht auf einer Höhe mit dem Vorderteil war und ein wenig absackte — erwies sich als wertvollster Trumpf, denn es sah genau so aus, als hätte das Ungeheuer den Kopf und die Schultern erhoben und der Rest sei noch unter Wasser. Wirklich, das reichte, um ein Hochlandherz mit Höllenangst zu erfüllen! Und genau zu diesem Zeitpunkt kommt mein Papa aus dem Haus und rennt in einer Geschwindigkeit los, wie ich ihn nie wieder in seinem Leben rennen gesehen habe, und Tante Mac und alle Diener strömen hinter ihm drein, und jeder fuchtelt mit den Armen und schreit. Oh, war das ein Anblick!«

»Ja, aber kamen sie wieder sicher ans Ufer?«

»Sehr schnell, denn die Jungen bemerkten schließlich, wo sie waren, und schafften es, das Untier umzudrehen. Nur, gerade dann ... erblickte die arme Tante Mac die Stelle, wo wir das Boot ins Blumenbeet fallengelassen hatten, und ... und sie sagte ...« Sie wurde wieder von Heiterkeit überwältigt und mußte eine Pause machen, während Delacourt mit einem breiten Grinsen auf das Ende ihrer Geschichte wartete. »Sie sagte«, fuhr Prudence, die ihre Fassung wiedergewann, fort, »daß das Ungeheuer durch unsere Blumen getrampelt sei, auf der Suche nach uns. Und sie schrie: *Es war so nahe am Haus! Und jetzt kommt es zurück, um uns aufzufressen!* Und dann fiel sie in Ohnmacht, die arme Lady.«

»Oh, du liebe Güte. Das waren also die schrecklichen Folgen! Ihr Vater muß getobt haben vor Zorn, als die Wahrheit herauskam.«

Prudence, die sich erneut die Augen trocknete, seufzte. »Das hat er auch. Und er hat die Jungen fürchterlich zusammengestaucht. Obwohl Rob ohnehin schon bekümmert war, denn er ist Tante Mac sehr zugetan und hatte nur die Absicht, sie dabei zu unterstützen, was sie in den Sternen gesehen hatte, und nicht, sie zu Tode zu erschrecken.«

»Es klingt alles so, als wäre nichts Ernstliches passiert, und welch großartige Erinnerung für Sie alle.« Während er ihr ausdrucksvolles Gesicht betrachtete, sagte er: »Sie müssen hier eine wundervolle Kindheit gehabt haben.« Er blickte sich um, sah den großen See, den mächtigen Gebirgszug, die wilden, zerklüfteten Hügel, und dachte, wie anders das alles war, wie ungezähmt und einsam, verglichen mit seiner sanften englischen Landschaft.

»Wir hätten keine schönere haben können«, antwortete sie. »Und was ist mit Ihnen, Captain? Waren Sie ebenso glücklich?«

»Ja, ich danke Gott dafür. Meine Schwester und ich haben die meiste Zeit unserer Kindheit mit meinem Vater auf unserem Landsitz in Oxfordshire verbracht.«

»Ganz anders als unsere Gegend hier, soweit ich weiß.«

»Wie das? Waren Sie denn in England?«

»Ich war in London, als ich zwölf war. Wir haben Verwandte dort.«

Sie blickte amüsiert drein, und er fragte vorsichtig: »Hat es Ihnen gefallen?«
»Ich fand es unglaublich. Ich konnte es wirklich nicht fassen. So viele Leute, soviel Lärm und Durcheinander, so viele Aufregungen. Natürlich war ich zu klein, um auf Bälle oder zum Hof zu gehen, aber ich habe davon geträumt, in London in die Gesellschaft eingeführt zu werden.« Ihr Lächeln verzerrte sich ein wenig. »Dafür ist es jetzt zu spät.«
»Warum?«
Bestürzt sagte sie: »Ich kann mir gut vorstellen, wie man mich empfangen würde! Eine schottische Lady — eine von diesen Barbaren, die unseren König stürzen wollten!«
»O nein. Es ist viel wahrscheinlicher, daß man Sie mit Bewunderung empfangen würde. Sehr viele Engländer hegten Sympathien für die Sache Ihres Prinzen, wenn sie sie auch nicht offen unterstützt haben.«
»Die vorsichtige Art«, meinte sie und schürzte die Lippen. »Aber Sie haben für das gekämpft, woran Sie glaubten. Waren Sie vor dem Aufstand schon in der Armee?«
»Nein. Ich ging zum Militär, weil — oh, aus vielen Gründen, auf die ich besser nicht eingehe, wenn wir Freunde werden wollen.« Sie begegnete seinem Lächeln und erwiderte es, dann fuhr er fort: »Außerdem war mein Leben zu Hause — unerträglich geworden.«
Er sah verbittert aus. Prudence fragte: »Haben Sie Ihr Heim verloren?«
»In gewisser Weise haben wir das, glaube ich. Mein Vater starb ganz plötzlich.«
»Aber — Sie waren der Erbe, oder nicht?«
»Ja, aber — nun, Papa hat mich immer für einen nichtsnutzigen Burschen gehalten. Nicht ungerechtfertigterweise, wie ich leider sagen muß.« Sie starrte ihn mit solcher Ungläubigkeit an, daß eine leise Röte der Freude sein schmales Gesicht überzog. »Ich danke Ihnen für diese stumme Vertrauenserklärung«, sagte er herzlich. »Aber ich fürchte, sie ist fehl am Platze. Ich war wirklich ein wil-

der, verantwortungsloser Kerl. Sehen Sie nur, wie ich hierher galoppiert bin, um zu kämpfen, ohne einen Gedanken an meine arme Schwester zu verschwenden, die allein mit diesen beiden —« Er hielt inne, die Augen düster dreinblickend, sein Mund eine dünne, harte Linie.

»Mußten Sie sich mit einem Erbschaftsverwalter herumschlagen?« fragte sie mitleidig. »Was für ein Verdruß muß das für Sie gewesen sein.«

»Das war es wirklich. Mein Onkel ist ein gieriger, gewissenloser Geizkragen, und seine Frau ... ist sehr schön, aber ... Ich sollte nicht schlecht über eine Lady reden, aber mit ihnen zu leben, machte mich in einem Maße wütend, daß ich wußte, ich mußte fort, oder ich würde etwas Unverzeihliches sagen oder tun. Und trotz allem, Verwandtschaft ist — Verwandtschaft.«

Sie nickte und bewunderte ihn um so mehr für diese Loyalität. »Richtig. Und wir haben leider alle unsere schwarzen Schafe in der Familie. Aber was wurde aus Ihrer Schwester?«

Er preßte die Lippen zusammen. »Ja, was eigentlich?« murmelte er. »Mein Pferdeknecht erzählt mir, daß sie mit einem der Männer durchgebrannt ist, die ich losgeschickt habe, um einen Teil —« Er brach ab. »Mit einem Rebellen, den ich dorthin geschickt habe, damit er dort Asyl fände.«

»Oh, meine Güte! Und wissen Sie, ob sie in Sicherheit sind?«

»Ich würde dem Himmel danken, wüßte ich es. Aber ich kenne Penny und ich kenne den Mann — der beste Kerl, den man sich denken kann. Ich sorge mich nicht darum, daß sie entehrt ist, nur ...« Er verstummte und starrte blicklos auf seine Hand, die sich fest um die Lehne seines Stuhls klammerte.

»Nur — er war Jakobit?«

Er nickte. »Wenn man sie gefangennehmen würde ... wenn man sie des Hochverrats anklagt —«

Prudence legte ihre Hand auf die seine. »Nein! Oh, quälen Sie sich nicht so.«

»Verstehen Sie nicht?« Er umklammert ihre Hände. »Es wäre meine Schuld. Ich habe Chandler *hingeschickt.*«

Sie beugte sich näher zu ihm hin, seine Hand noch immer in der ihren. »Sie wollten das Leben eines tapferen Gentleman retten. Ich bin sicher, Sie tun Ihrer Schwester unrecht, wenn Sie glauben, sie wollte, daß Sie anders gehandelt hätten. Außerdem — er ist Engländer. Wahrscheinlich wird er sich in die Menge einfügen und unbemerkt bleiben.«

»Er wurde den ganzen Weg hinunter nach Süden gejagt«, murmelte er dumpf. »Er ist kein gewöhnlicher Jakobit.«

»Er ist — er ist doch keiner der Kuriere?«

Delacourt legte den Kopf zurück und sah sie ruhig an. »Sie haben also von ihnen gehört. Wieviel wissen Sie?«

»Sehr wenig. Vor ein paar Wochen schlich ich mich mit einer Geburtstagsüberraschung für Sir Matthew Garry in den Salon. Und er sagte, *Johnny ist einer der Kuriere, Gott steh ihm bei, aber er hat nicht die Liste.* Dann haben sie mich bemerkt und sagten nichts mehr. Noch fragte ich weiter, denn ich spürte, daß das vertraulich war. Tatsächlich hatte ich es ganz vergessen, bis Sie heute morgen wieder davon gesprochen haben.«

»Ich verstehe. Elizabeth hat also recht, und Sie müssen das Ganze erfahren. Aber darf ich zuerst Ihr Ungeheuer sehen?«

Sie war durchaus nicht abgeneigt, weil sie hoffte, daß der düstere Blick aus seinen Augen verscheucht würde, wenn er das Objekt ihrer kindlichen Mühen erblickte. Und so schob sie den Rollstuhl ums Haus herum, an den Ställen und der Scheune vorbei, bis zu einem Abhang, an dessen Fuß ein baufälliger alter Schuppen stand. Und hier wurden Prudences Pläne durchkreuzt: der gepflasterte Weg endete, und seine Fortsetzung bestand nur aus einer Spur loser Kieselsteine. »Ach je«, sagte sie und blieb stehen. »Vielleicht, wenn es Ihnen bessergeht.«

»Unsinn!« Er warf die Decke von den Knien. »Sie wissen, daß ich gehen kann.«

Sie blickte sich ängstlich um. »Wenn jemand uns sieht . . .«

»Sie können mich stützen. Sehen Sie — ich werde mich mitleidheischend auf Ihre Schultern lehnen.«

Er machte das so gut, daß sie gezwungen war, den Arm um seine Taille zu legen.

Ihr seidenweiches Haar kitzelte an seiner Wange, er nahm ihren reinen Duft wahr und murmelte: »Wie freundlich Sie sind, Miss Prue.«
Verwirrt durch das Bewußtsein seiner Nähe, erinnerte sie sich an den Glanz in den Augen eines lieblichen Schottenmädchens und sagte: »Das bin ich wirklich. Aber planen Sie ja nicht, in Ohnmacht zu fallen und mir zu sagen, daß sie sich *so lala* fühlen, denn *so* freundlich bin ich Ihnen nicht gesonnen, Sir.«
Er lachte leise in sich hinein. »Es kam mir in den Sinn, das muß ich zugeben.« Seine Augen blinzelten den ihren zu, die erschrocken dreinblickten. »Sie können doch einen armen einsamen Sassenach nicht tadeln, wenn er einem so schönen Bild der Lebensfreude wie Miss Prudence MacTavish gegenübersteht.«
Er war bleich und sah krank aus, und seine langen Qualen hatten Furchen in sein Gesicht gezeichnet, aber Prudence hielt ihn für den anziehendsten Mann, den sie je gesehen hatte, und der Schuppen schien sich in Nichts aufzulösen, als sie zu ihm aufsah. Ein schwaches Gefühl der Selbsterhaltung ließ sie zurückweichen.
Er führte sie nach drinnen. »Ich hoffe, Sie fühlen sich nicht kompromittiert, mit mir allein hier drinnen zu sein.«
Während sie näher zu ihm glitt, sagte sie schwach: »Das letzte Mal, als ich mit Ihnen allein war, haben Sie sich – sehr ungehörig benommen. Sie haben mich tatsächlich geküßt ...«
Er streichelte die betroffene Stelle zart mit der Fingerspitze. »Hier?«
»Ja«, flüsterte sie.
»Sind Sie sicher? War es ... so ...« Er wiederholte sein Vergehen. »So?«
Schwindelig und atemlos schloß sie die Augen. »Nicht ganz ... so ungehörig.«
»Oh? War es mehr so wie ... dies ...?«
Sie neigte den Kopf nach hinten. Sein Arm legte sich um sie. Mit heißem Drängen fanden seine Lippen die ihren. Sie schwebte in dumpfem Entzücken, und er küßte ihre Lippen, ihre zarte Wange, ihre Brauen, ihre geschlossenen Lider.

»Mein süßer kleiner Rebell«, flüsterte er zärtlich. »Mein aufrechtes, furchtloses Heldenmädchen.«
Seine Lippen erweckten Gefühle in ihr, die sie nie zuvor gekannt hatte. Sie wurde plötzlich alles andere als furchtlos, und als sie die Augen öffnete, sah sie eingehend in das dunkle Gesicht, das sich über sie neigte. Seine Augen waren sanft wie die Nacht und hatten einen Ausdruck, der jegliches Gefühl außer einem verdrängte. Ihre Arme schlangen sich um seinen Hals. Er beugte sich herunter und küßte ihre Nasenspitze, ihre Mundwinkel, ihr Ohrläppchen. Sie ließ sich gegen ihn gleiten, warm und hingerissen, und fühlte, wie ein Zittern ihn durchlief. Wie von weit, weit weg, hörte sie ihn murmeln: »Was für ein gemeiner Trick!« Seine Hände lagen auf ihren Schultern und drängten sie sachte weg von ihm. Leichthin sagte er: »Noch ein wenig mehr davon, meine Liebe, und ich mißbrauche tatsächlich die Gastfreundschaft Ihres Vaters.«
Sie sank zu Boden. Er betrachtete sie leicht belustigt, seine Hände hielten sie immer noch fest.
»Oh!« keuchte sie. »Was um alles in der Welt — haben Sie vor?«
»Ein kleines Zeichen meiner Wertschätzung.« Er lächelte. »Nicht mehr als —« Er brach ab. Seine Augen begegneten anderen Augen. Riesige, starrende Augen, und ein großer, schuppiger, plumper Kopf. »Mein ... Gott ...!« rief er leise.
»Ihrer ... Wertschätzung?« stammelte Prudence.
Er schien sie nicht zu hören. »Das ist also Ihr Ungeheuer!« Fasziniert ließ er sie liegen und trat näher zu dem Koloß, den die Kinder aus Holz, Schnitzeln aus Ölzeug und Leder und allem sonst, was sie in ihre erfinderischen Hände bekommen konnten, gebaut hatten.
Er war völlig versunken. Er hatte sie vergessen. Doch als sie seine große Gestalt und die stolze Haltung seines Kopfes betrachtete, wurde Prudence schmerzlich bewußt, daß sie ihr bisher unberührtes Herz schließlich verschenkt hatte. An einen Engländer, der sie wahrscheinlich für ein ungraziöses, provinzlerisches und halbwildes Schottenmädchen hielt; ein Mann, der an affektierte, elegante Misses gewöhnt war, mit schleppendem englischen Ton-

fall und hochmütig erhobenen Augenbrauen. Sie dachte: *Er wird bald fortgehen, und ich werde ihn nie wiedersehen. Ich muß alles tun, was in meiner Macht steht, um ihm zu helfen. Ich darf ihn nicht wissen lassen, daß er mein Herz besitzt. Und ich muß bereit sein, ihm Lebewohl zu sagen.*

Delacourt war um die Ruderbank herumspaziert und stand ihr nun gegenüber, mit ehrfurchtsvollen Augen ihr Werk betrachtend. »Wie um alles in der Welt«, murmelte er, »haben Sie das fertiggebracht?«

Sie zwang sich, ebenso beiläufig zu sprechen wie er. »Wir hatten einen Lieblingsgärtner, der eine Menge daran gemacht hat. Und ich habe die Augen gemacht und —«

»*Sie* haben das gemacht? Aber Sie sagten, sie waren noch ein kleines Mädchen.«

»Das war ich auch. Aber ich hatte immer schon eine Begabung zum Zeichnen und solchen Dingen.« Die Skizze, die sie von ihm gemacht hatte, fiel ihr ein, und sie fuhr hastig fort: »Und ich habe seine *Schuppen* angemalt, aber die Jungen haben sie gebastelt. Er ist mittlerweile ein bißchen verblaßt und ramponiert. Sehen Sie nur.« Sie rüttelte an einem der plumpen *Beine* und machte einen Satz nach hinten, als es herunterfiel und mit einem Plumps vor ihren Füßen landete.

Delacourt sprang ihr zur Seite. »Sind Sie in Ordnung? Haben Sie sich wehgetan?«

»Nein, aber ich habe ihm wehgetan, armes altes Ungeheuer. Ich bin erstaunt, daß es sich so gut gehalten hat. All diese Jahre. Wir müssen ein solides Dach über —«

Sie brach ab und spähte zu ihm hinüber. »Was ist los? Ich bin ganz in Ordnung, wirklich.«

»Eine Minute lang dachte ich —« Er legte die Hand über ihre und stützte sich auf seinen Arm. »Prue, ich bin ein schrecklicher Kerl. Können Sie mir verzeihen? Ich hatte nicht das Recht.«

»Ich hätte Sie daran hindern sollen«, sagte sie mit einem etwas zu munteren Lächeln. »Wir werden einfach vergessen, daß es je geschehen ist, ja?«

Er sah ernst auf sie herunter. »Ich bin dankbar, daß Sie wissen, Sie hätten mich hindern können, Ma'am.«
Auf dem Weg zurück zum Haus schwiegen beide. Delacourt war gedankenverloren, und Prudence hörte wieder Elizabeth Clandons Stimme: ... *Er hat seine Fehler*, und sie wußte, das war nur zu wahr. Geoffrey Delacourt, oder Delavale, oder Ligun Doone, war ein tapferer, furchtloser Gentleman, aber er war kein sehr ehrenhafter. Jeder Gentleman, der diesen Namen verdiente, würde sich verpflichtet fühlen, einer Lady, die er geküßt hatte, einen Antrag zu machen, vor allem nach der Art und Weise, wie der Captain sie geküßt hatte. Aber es war nur zu klar, daß er nicht die Absicht hatte, das zu tun. Sie versuchte, objektiv zu sein, und dachte: *Warum sollte er? Ich habe mich nicht gewehrt, und niemand hat es gesehen, niemand weiß etwas davon.* Aber sie wußte, daß er, was das Ehrgefühl anbetraf, deshalb nicht weniger gebunden war; und daß Robbie sich in einer vergleichbaren Situation moralisch verpflichtet gefühlt hätte.
Sie unterdrückte einen Seufzer und schob den Rollstuhl durch den Blumengarten.

VIII

An Freitagabenden, wenn das Wetter schön war, ritt Sir Matthew Garry die vier Meilen von Garry House nach Lakepoint, und garantiert kam zur selben Stunde die plumpe alte Kutsche von Duncan MacKie die Auffahrt heraufgerattert. An diesem freundlichen Abend warteten beide im Salon, als Prudence eintrat, umraschelt von ihrem Kleid aus goldfarbener Seide, und sie voll Zuneigung betrachtete, als sie sie begrüßten und ins Zimmer geleiteten.

MacKie, klein und untersetzt, mit Wangen wie rote Äpfelchen, die sorgfältig gelockte Perücke ein wenig schief auf dem Kopf, zwinkerte mit seinen lustigen blauen Augen und sagte ihr, sie sei das hübscheste Geschöpf, das er an diesem oder jedem anderen Tag erblickt hätte, und rösten würde er sich lassen, wenn er lüge!

Sir Matthew, eher quadratisch von Antlitz und Gestalt, mit grimmig buschigen Augenbrauen, brummte, Duncan MacKie sei immer ein Frauenheld gewesen und habe noch vor ein paar Sekunden dieselbe Bemerkung gegenüber Mrs. Cairn gemacht.

Prudence lachte sie an, erklärte ihnen, sie seien ein Paar gerissener Schlingel, und ließ sich von Sir Matthew zu einem Stuhl führen, während MacKie zur Anrichte trottete, um ihr ein Glas Fruchtwein einzuschenken, und sich beiläufig erkundigte, ob Mrs. Hortense sich heute abend zu ihnen gesellen würde.

»Ja, Sir, sie wird«, bestätigte Prudence amüsiert, als sie das Glas nahm, das er ihr reichte.

»Und ist sie — äh, gesund, Ma'am?« fragte Sir Matthew bellend. »Keine — äh, Blähungen? Helläugig und temperamentvoll wie immer?«

»Sie reden von der Lady wie von einem Pferd, Matt«, protestierte MacKie. »Was er meint, Prue — wir hoffen, Ihre Frau Tante ist bei guter Gesundheit.«

Da die betreffende Lady zu diesem Zeitpunkt bei ihnen anlangte, konnten ihre Verehrer sich selbst ein Urteil bilden. Sie sah tatsächlich sehr gut aus, in einem schwarzen Spitzenkleid über dunkelrotem Satin. Ihre Mantilla war sehr weit oben befestigt und gefährlich in der Schwebe, aber der Spitzenschleier, der darüber drapiert war, umrahmte ihre zarten Gesichtszüge sehr einnehmend — dachte zumindest Prudence.

Wie vorauszusehen, beeilten die Rivalen sich, ihr Idol zum Sofa zu geleiten. Da Sir Matthew diese Woche an der Reihe war, setzte er sich neben sie, während Mr. MacKie resigniert auf dem Ohrensessel Platz nahm, nachdem er ihn zuerst so nahe wie möglich ans Sofa herangerückt hatte.

Mit einem finsteren Blick auf MacKie erkundigte Sir Matthew sich, ob Hortense vorhabe, später am Kartenspiel teilzunehmen.

»Aus welchem Grund sollte sie denn nicht?« fragte MacKie. »Mann, ist Ihnen denn entgangen, daß Mrs. Hortense seit zehn Jahren an jedem schönen Freitag mit uns Whist spielt?«

»Wir haben heute abend einen Gast«, sagte Hortense. »Vielleicht möchte er gerne mitspielen.«

Keiner der beiden Gentlemen machte eine Bemerkung über die Anwesenheit eines Gastes, noch fragten sie nach seiner Person. Als Delacourt hereingerollt wurde, gerade bevor die Essensglocke ertönte, beobachtete Prudence sie gründlich und fand es eigenartig, daß der Engländer weder mit der gefühlvollen Bewunderung begrüßt wurde, die zu erwarten gewesen wäre, hätten sie die Wahrheit über seine Aktivitäten gewußt, noch daß er Gegenstand der Fragen wurde, die natürlich gewesen wären, wenn er ein völlig Fremder für sie war.

Die Unterhaltung bei Tisch lief leicht dahin. Hortense fühlte sich wohl mit ihren beiden Verehrern und war ihrem leidenden Gast mittlerweile so zugetan, daß er in ihren Augen fast zur Familie gehörte. MacTavish war wie immer der vollkommene Gastgeber. Prudence spürte, daß Delacourt sich unbehaglich fühlte, und da sie bemerkte, wie oft er seinen Blick zur Standuhr in der Zim-

merecke schweifen ließ, erriet sie, daß seine Gedanken bei Elizabeth weilten.
Besorgt, weil er besorgt war, begleitete sie Hortense in den Salon und trat sofort ans Fenster. Der Mond stand hoch und leuchtete hell; er verwandelte den Loch in eine breite, silberne Fläche und ließ den Himmel in klarem Dunkelblau leuchten. In einer solchen Nacht zu reisen sollte kaum Schwierigkeiten bieten, aber es gab zahllose Gründe, warum Lord Briley sich verspätet haben mochte. Sie ging gedankenverloren hinüber zum Sofa.
»Du spürst es auch, nicht wahr, meine Liebe?« sagte Hortense. »Es kommt heran. Unvermeidlich. Unentrinnbar.« Sie runzelte die Stirn. »Und ich hatte so gewünscht, daß das neue lavendelfarbene Kleid fertig sein sollte.« Sie warf den Kopf herum, und der breite spanische Kamm wackelte gefährlich. »Du liebe Güte! Da kommen sie, so bald schon. Ich hoffe, es hat keine Meinungsverschiedenheiten gegeben.«
Prudence war ebenfalls überrascht, als die Gentlemen eilig das Zimmer betraten; Lockerbie schob den Rollstuhl. Delacourt blickte ernst drein. »Soldaten«, sagte er kurz angebunden, als er Prudences fragendem Blick begegnete.
»Schnell, Ladies«, fügte MacTavish hinzu.
Der Spieltisch war bereits aufgestellt, und Sir Matthew beeilte sich, die Karten zu nehmen und auszuteilen. Hortense, immer nervös, wenn Rotröcke in der Nähe waren, fand es nicht verwunderlich, daß die anderen sich recht seltsam benahmen, und setzte sich ohne Zögern auf den Stuhl, den MacKie ihr heranzog.
Als Colonel Cunningham etwa zwei Minuten darauf ins Zimmer schritt, bot sich ihm eine friedliche Szene: die drei älteren Gentlemen und Mrs. MacTavish waren ins Whistspiel vertieft, und Miss Prudence MacTavish saß mit ihrem Stickrahmen daneben, während Captain Delacourt ihre verhedderte Stickseide entwirrte.
Als der Colonel unangekündigt eintrat, sah MacTavish auf und erhob sich mit überrascht hochgezogenen Augenbrauen, streckte jedoch höflich die Hand aus. »Ich wünsche Ihnen einen guten Abend, Colonel. Sind Sie –« Er brach ab.

Lord Briley kam herein, mit finsterem Blick und einer bleichen Miss Clandon am Arm. »Irgendwelcher Pöbel hat einen Ziegelßtein auf meine Kutsche geschmißen«, lispelte er, den Blick fest auf Delacourt gerichtet. »Haben Miß Clandon erschreckt, fürchte ich. Der Colonel war ßo freundlich, unß Geleitschutz zu geben.«
Prudence eilte zu Elizabeth und legte den Arm um sie. »Wie schrecklich! Wollen Sie mit nach oben kommen und sich erholen? Wir werden Ihnen ein Tablett hinaufbringen lassen.«
Miss Clandon gestand, daß sie sich recht mitgenommen fühle, und sie sah auch tatsächlich so aus; ihre großen Augen blickten gequält. Als Prudence sie in die Halle führte, erblickte sie zu ihrem Ärger ein halbes Dutzend herumstehender Soldaten, von denen einer unverfroren den goldenen Salon inspizierte. Abgesehen von einem eisigen Blick gab sie keine Bemerkung von sich, und erst als die Tür von Miss Clandons Zimmer sicher hinter ihnen geschlossen war, flüsterte sie eindringlich: »Was ist passiert? Sind Sie in Ordnung?«
»Ja, ja. Aber — o Gott! Ich habe schlechte Nachrichten für Geoffrey. Und dieser widerliche Cunningham argwöhnt etwas. Sie hatten recht!«
Ihre Ängste auf diese Weise bestätigt zu sehen, war bestürzend. Prudence zog an der Klingelschnur. »Was Sie jetzt brauchen, ist eine schöne Tasse Tee. Armes Mädchen, Sie sind aufgeregt, kein Wunder.«
In eben diesem Augenblick machte Colonel Cunningham, mit dem Rücken zum Kaminfeuer und einem Glas Madeira in der Hand, fast die gleiche Bemerkung. »Kein Wunder, daß die Lady verängstigt war. Ich hatte gehofft, wir hätten diese Unruhestifter für eine Weile niedergeschlagen, aber« — er zuckte die Achseln — »lassen Sie diesen Aufrührer Doone nur eine Bewegung machen, und sie sind allesamt wieder in Aufruhr.«
Sir Matthew blickte ihn nicht gerade erfreut an. »Ist Doone hier in der Gegend? Ich hab nichts davon gehört.«
»Das ist er durchaus.« Cunningham nahm einen Schluck Wein.

»Wir hatten einen Verräter praktisch schon gefaßt, aber Doone hat ihn fortgezaubert. Ich habe nicht die leiseste Idee, wie er das fertiggebracht hat. Der Rebell saß in der Falle, in einem Bauernhaus. Meine Männer sind bereit zu schwören, daß keine Menschenseele dort unbemerkt hinein- oder herausgekommen ist. Aber als sie das Haus durchsuchten — keine Spur von ihm.«

»Wahrscheinlich ein Geheimzimmer«, sagte MacTavish. »Wissen Sie, diese alten Häuser haben oft ein Priesterloch oder eine Geheimkammer, noch aus Cromwells Zeiten.«

Mit samtener Stimme sagte Cunningham: »Dieses nicht. Wir haben es niedergerissen, Zimmer für Zimmer.«

Ein unterdrücktes Schnauben kam aus Sir Matthews Richtung, und MacKie preßte finster schweigend die Lippen zusammen.

Delacourt gähnte. »Vielleicht war der Bursche einfach nie dort, Sir.«

»Er ist wohl dort gewesen.« Der Colonel stellte sein Glas auf dem Kaminsims ab. »Wie alle Kreuzritter ist Doone ein Prahlhans und hat ein Zeichen, mit dem er uns mitteilt, daß er uns übers Ohr gehauen hat.« Er zog einen Notizblock aus seiner Tasche und zeichnete ein großes *D* mit einem *L* darin. »Wenn er wieder einmal zugeschlagen hat, finden wir gewöhnlich dieses Zeichen irgendwo mit Kreide hingemalt.«

Mit fester Stimme fragte Sir Matthew: »Und Sie haben eins in dem kleinen Bauernhof gefunden?«

»Jawohl. Und in einer Höhle oben in den Bergen, in die wir anschließend gelockt wurden. Ah — Sie finden das amüsant? Nun, ich versichere Ihnen, Sir, ich nicht. Dieser Ligun Doone mag ein schöner Volksheld für die Jakobiten sein, aber er bringt für beide Seiten gärende Unruhe. Lassen Sie nur ein Wort von ihm in einem Gebiet flüstern, das wir endlich unterworfen haben, und die ganzen Lokalpatrioten sind wieder in Aufruhr und bereit, Haus und Leben zu riskieren und Rebellen Schutz zu gewähren, denen sie zuvor nicht zu helfen gewagt hätten. Er ist eine Plage, Sir! Und eine Plage, der ich ein Ende setzen werde!«

Hortense, die zu dem stillgewordenen Delacourt hinübergegan-

gen war, sagte freundlich: »Der arme Junge ist eingeschlafen.« Sie gab Lockerbie einen Wink, und er packte den Stuhlgriff und rollte ihn hinaus.
Cunningham dankte MacTavish, lehnte das Angebot einer Erfrischung jedoch ab. Er verließ sie aber auch nicht, sondern plauderte müßig mit den Anwesenden und stellte so sanfte Fragen, wie seine Augen scharf waren. Innerhalb einiger Minuten hatte er die Schlußfolgerung gezogen, daß sowohl MacKie als auch Garry wahrscheinlich mit der Sache der Jakobiten sympathisierten und außerdem in Mrs. Hortense verliebt waren, ein Zustand, den er für sehr bemitleidenswert hielt. Er schätzte sie als ein Paar schwacher alter Tattergreise ein, aufgeblasen und ohne Biß, und entschuldigte sich abrupt, um die Halle zu Delacourts Zimmer hinunterzustampfen.
Er klopfte nicht an, und der Captain, der besorgt auf ein kleines Stück Pergament blickte, das Briley ihm in die Hand geschoben hatte, während sie sich begrüßten, hatte kaum noch Zeit, es zwischen die Polster seines Stuhls zu stecken, bevor der Colonel hereinstolzierte und die Tür hinter sich zuschlug.
»Was macht diese Clandon hier oben?« fragte er ohne Einleitung.
»Sie hat mich gepflegt, als ich verwundet worden war«, antwortete Delacourt ruhig. »Sie war äußerst freundlich, und —«
»Gott, Captain, ich hoffe, Sie haben in dem Mädchen keine falschen Erwartungen geweckt.«
Delacourt verspürte einen keineswegs neuen Drang, die Faust auf dieses Grinsen niedersausen zu lassen. Er senkte den Blick, aber als er wieder aufsah, lächelte er. »Ich hoffe nicht, Sir. Aber sie ist ein hübsches Mädchen, und ich kann mir vorstellen, daß Thad Briley nichts dagegen hätte, sie — äh, mir aus den Händen zu nehmen.«
Cunningham kicherte in sich hinein. »Junger Taugenichts. Behandeln Sie so Ihre eigene Cousine?«
Das war es, was er wissen wollte. Delacourt sagte: »Ich möchte wetten, daß Sie auf diesen Unsinn nicht hereingefallen sind, Sir. Elizabeth ist keine Verwandte von mir. Nach Prestonpans erschien

diese Lüge zweckdienlich, also behielten wir sie bei. Dank ihr wurde ich hier heraufgebracht, als es nicht gelang, mich über die Grenze zu schaffen.«

»Das haben Sie gesagt. Zu ihrer Großmama. Das muß wohl schon im neuen Jahr gewesen sein, als die Jakobiten Sie unten im Süden ausgeschnüffelt hatten.«

»Ja, Sir. Es war riskant für sie, und Sie können sich denken, daß ich Miss Clandon und der alten Lady zutiefst verpflichtet bin.«

»Hmmm. Und nun ist das Mädchen hier, um ihre Großmama zu besuchen. Und — um Sie zu sehen, wie?«

»Ja, Sir. Obwohl ich bezweifle, daß MacTavish ihr erlauben würde zu bleiben, wenn er glauben würde, daß sie und ich, äh . . .«

Der Colonel gab ein bellendes Gelächter von Mann zu Mann von sich. »Ich bin verdammt sicher, daß er das nicht würde. Er redet immer sehr sanft, aber auf mein Wort, er ist ein sittenstrenger alter Zuchtmeister. Was ich wissen will, Delacourt, wo zum Teufel steckt dieser Sohn von ihm? Wenn ich glaubte, der Junge habe mit Charles Stuart gekämpft . . .! Was halten Sie davon?«

»Wenn er ein Rebell war, Sir, dann habe ich nicht das geringste davon gehört. Und ich habe mir jede erdenkliche Mühe gegeben, um die Diener für mich zu gewinnen.«

»Sie bauen auf ihr Mitleid, nicht wahr? Ausgezeichnet. Informieren Sie mich weiter. Cauldside wird regelmäßig herauskommen und nach Ihnen sehen, und Sie können mir durch ihn Nachrichten übermitteln. Was den Rest der Familie betrifft, so ist die Tante verrückt, aber völlig harmlos, nehme ich an. Was ist mit der Tochter? Ein temperamentvolles kleines Ding und reif — wie?« Er glaubte ein plötzliches Blitzen in den Augen des Verwundeten zu entdecken und fuhr schlau fort: »Eine verdammt leckere Figur! Ich würde Sie für eine kleine Liebschaft in dieser Richtung nicht tadeln. Hätte selbst nichts dagegen, mich mit ihr ein wenig im Heu zu wälzen.«

In Delacourts Wange zuckte ein Muskel. Ausdruckslos sagte er: »Sie ist eine seltene kleine Schönheit, das gebe ich zu, aber ich fürchte, ich bin nicht in der Lage zu einem Duell mit dem Breitschwert, und das käme wahrscheinlich dabei heraus, wenn man sich mit ihr im Heu wälzte. Haben Sie etwas von Doones Aufenthaltsort erfahren, Sir? Wenn er hier herumtrödelt, dann schwöre ich, daß Sie ihn haben, bevor der Monat um ist.«

Cunninghams Gesicht wurde hart. »Bei Gott, das werde ich auch!« Er schwang seine Reitpeitsche. »Er ist bei weitem zu sehr von sich selbst überzeugt, aber diesmal ist er an den Falschen geraten. Der Teufel soll ihn holen, wenn er sonst zu nichts gut ist, dann für meine Beförderung.«

Mit gespieltem Eifer beugte Delacourt sich vor. »Sind Sie sicher, Sir? Haben Sie mit Cumberland gesprochen?«

»Hab ich. Und Seine Gnaden haben versprochen, an dem Tag, an dem ich den abgeschlagenen Kopf dieses Bastards bringe, werde ich General!« Er runzelte die Stirn und brummte: »Er ist in der Nähe, ich *weiß* es. Wenn ich ihn nur in meine Reichweite bringen kann.«

Delacourt sah ihn bewundernd an, dann rollte er seinen Stuhl näher und streckte die Hand aus. »Eines Tages, Colonel, werde ich damit prahlen, daß ich Ihnen die Hand geschüttelt habe.«

Der Colonel grinste geschmeichelt und erwiderte den Händedruck. »Vielleicht werden Sie das, mein lieber Junge. Vielleicht werden Sie das.«

Lockerbie, der damit beschäftigt war, das Bett zurückzuschlagen, lächelte die Decken an.

Miss Clandon wollte Prudence nichts von den Neuigkeiten sagen, die sie brachte, und flüsterte nur zerstreut, der arme Geoffrey müsse sicher außer sich sein, weil er warten mußte, was sie ihm zu sagen hatte.

»Inzwischen«, bat Prudence, »könnten Sie mir bitte von der Geheimbotschaft erzählen? Ich nehme an, sie hat mit dem Schatz zu tun, den Prinz Charles zusammengetragen hat, aber ich habe gehört, es war zu spät, und er konnte ihn nicht mehr nach Europa schaffen, um mehr Männer anzuheuern und Waffen zu kaufen.« Sie erbleichte bei dem Gedanken, der ihr plötzlich

kam. »Oh, Himmel! Sagen Sie bloß nicht, daß sie es jetzt vorhaben?«
»Unsere Sache ist verloren, leider. Und es sind schon genug gute Männer dafür gestorben. Nein, der Schatz — und es ist nicht nur Gold, Miss MacTavish, sondern auch Juwelen und Silbergeschirr, sogar Kunstwerke, wie ich gehört habe — wurde an verschiedenen Orten versteckt.«
»Aber wenn wir nicht mehr davon Gebrauch machen können, warum gibt man ihn dann nicht den Spendern zurück?«
»Eine gigantische Aufgabe, aber genau das hofft man zu tun. Inzwischen muß er in seinem Versteck liegenbleiben, bis er ordnungsgemäß übergeben werden kann. So viele, die mit den Jakobiten sympathisiert haben, oder deren Männer bekannte Jakobiten waren, wurden ihres Heims und ihrer Ländereien beraubt. Manche hungern. Wenn wir ihnen ihr Eigentum zurückgeben können, kann das den Unterschied zwischen Leben und Tod für sie bedeuten.«
»Die armen Geschöpfe! Oh, welches Leid ist bei allem herausgekommen. Aber wenn der Schatz in Sicherheit ist, denke ich —«
»Nun, da liegt das Problem, verstehen Sie«, unterbrach Elizabeth sie müde. »Die Ratsversammlung, die den Schatz eingesammelt hat und über ihn wacht, befürchtet, daß die Verstecke nicht so sicher sind, wie sie es sich wünschen würde. Sie haben ein anderes ständiges Versteck ausgewählt, und der ganze Schatz muß eingesammelt und dorthin transportiert werden. Das Problem liegt darin, diejenigen, die ihn jetzt aufbewahren, zu benachrichtigen, so daß sie wissen, was sie zu tun haben und wem sie ihn schließlich anvertrauen sollen. Eine heikle Angelegenheit, wie Sie sich vorstellen können.«
»Wahrhaftig«, flüsterte Prudence mit weit aufgerissenen Augen. »Wie wollen sie es wagen, solch eine Botschaft zu senden? Jeder Abtrünnige und Prämienjäger in allen drei Königreichen wäre dahinter her! Ganz zu schweigen von den Soldaten!«
»Allerdings würden sie das! Daher ist die Botschaft in vier Gedichtstrophen verschlüsselt. Jede Strophe enthält ein Wort der ge-

heimen Nachricht. Wenn alle Strophen zu einem bestimmten Mann in England gebracht werden, wird er sie entschlüsseln und in die Wege leiten, daß der Schatz eingesammelt und in sein neues Versteck gebracht wird.«

»England! Warum *England?*«

»Weil er schon dort ist. Oh, schauen Sie nicht so erstaunt, liebe Ma'am. Als sie hier die Blockade nicht durchbrechen konnten, wurde er nach Süden gesandt, in der Hoffnung, ihn aus einem englischen Hafen nach Europa zu bringen. Plötzlich nahmen die Dinge eine verzweifelte Entwicklung, und er mußte schnell versteckt werden.«

»So was! Da hat man sich eine ganz schöne Suppe eingebrockt! Und wie sollen sie wissen, wie er gerecht verteilt werden soll — wenn alles gutgeht? Es — Oh! Wollen Sie sagen, *das* ist die Liste, die Captain Delacourt erwähnt hat?«

»Richtig. Zuerst wurde sie nur deshalb erstellt, damit Prinz Charlie sich für die Stiftungen erkenntlich zeigen konnte. Später behielt man sie als Unterlage, damit man alles zurückerstatten konnte. Einer der Kuriere hat sie bei sich. Und jetzt riskiert Geoffrey, eine weitere Abschrift hinauszuschicken, aus Furcht, die erste sei verlorengegangen.«

»Mein Gott! Ich möchte nicht der Mann sein, der *diese* Papiere bei sich trägt!«

»Es ist eine schreckliche Verantwortung, das gebe ich zu. Wenn die Liste in die Hände der Engländer fällt, wird jeder exekutiert, der aufgeführt ist, da können Sie — Hören Sie!«

Beide rannten zum Fenster und spähten hinaus. Die Soldaten ritten lärmend die Auffahrt hinunter. Erleichtert eilten die beiden Mädchen hinunter in den Salon. Hortense hatte sich, aufgeregt von Cunninghams Besuch, zurückgezogen, aber MacTavish, Sir Matthew und Mr. MacKie waren noch da und hörten aufmerksam Lord Briley zu, der mit dem Rücken zum Kamin stand und mit leiser, eindringlicher Stimme sprach. Er sah auf, als die Mädchen eintraten, und die anderen Gentlemen erhoben sich. Prudence setzte sich sofort neben ihren Vater. Briley zog einen Stuhl für Miss Clandon heran, und sie setzte sich mit der Frage: »Haben Sie Geoffrey die Geheimbotschaft gegeben, Mylord?«

»Ja, aber ich hatte unglücklicherweiße keine Gelegenheit, mit ihm zu ßprechen.«

Lockerbie kam zurück, den Rollstuhl vor sich herschiebend. Finster blickend sagte Delacourt: »Sie sind fort, aber ich habe Cole losgeschickt, um ein Auge auf sie zu haben, für alle Fälle.«

Prudences Verdacht, daß Sir Matthew und Mr. MacKie über die Verschwörung in Lakepoint Bescheid wußten, wurde bestätigt, als MacKie fragte: »Wie geht es den Jungen in der Pyramide?«

Delacourt antwortete: »Sehr viel besser als in dieser feuchten Höhle.« Er warf Prudence einen Seitenblick zu. »Ich nehme an, Sie haben ihnen gesagt, daß Ihre Tochter sich uns angeschlossen hat, MacTavish?« Und in einem Winkel seines Gehirns registrierte er die Tatsache, daß ihre neue Verbündete es fertigbrachte, bezaubernd auszusehen, trotz der Sorge, die deutlich auf ihrem Gesicht geschrieben stand.

»Wider meine bessere Einsicht«, bestätigte MacTavish mit einer Grimasse.

»Ich werde Sie nicht im Stich lassen, Gentlemen«, sagte Prudence.

Sir Matthew sah sie verwirrt an und murmelte, daß sie sich darum nicht im geringsten sorgten.

»Ich glaube, Sie wissen alle, daß Miss Clandon zu ihrer Großmutter, Lady Ericson, fuhr«, sprach Delacourt rasch weiter. »Du hast mir Johnnys Geheimbotschaft zurückgebracht, Elizabeth. Vermutlich hast du schlechte Neuigkeiten.«

»Sehr schlechte, in der Tat«, antwortete Miss Clandon seufzend.

»Unser — zweiter Kurier wurde in der Nähe von Tullynessie abgefangen, und —«

»Tullynessie!« rief MacKie bestürzt. »Haben Sie ihn auf diese Route geschickt, Captain?«

»Nein, Sir. Aber ich weiß aus bitterer Erfahrung, daß die Route, auf der ein Mann hier losreitet, weitab von dem Weg liegen kann, dem zu folgen er gezwungen ist. Wurde Johnny gefaßt, Elizabeth?«

Ihre Lippen zitterten. Stammelnd antwortete sie: »Gefaßt und erschossen. Aber er brachte es fertig, die Geheimbotschaft einem Schäfer zu geben und die Rotröcke von ihm abzulenken.« Sie senkte den Kopf einen Augenblick, und als sie wieder aufsah, glänzten Tränen in ihren Augen. »Johnny Robertson wurde — wurde in Perth exekutiert, am Morgen des zehnten.« Mit einem Aufschluchzen stieß sie hervor: »Dieser ... prächtige kleine Kerl!«
Delacourt fuhr in seinem Stuhl zusammen. »Mein Gott!«
MacTavish murmelte: »Gott gebe ihm die ewige Ruhe.«
Prudence hatte den unglücklichen Flüchtling nicht gekannt, aber Delacourt offensichtlich sehr wohl, denn seine Schultern sackten herab, und einen Moment lang bedeckte er sich die Augen. »Cumberland«, knirschte er, als wäre es ein Fluch. »Mit welcher Unehre und Schande sucht er unser England heim!« Niemand sagte etwas, und nach einer Weile fuhr er mit gezwungener Ruhe fort: »So hat also der Schäfer die Geheimbotschaft zu Lady Ericson gebracht? Sehr gut. Und sie ist eine äußerst mutige Lady. Ich wünschte nur, sie hätte diese verzweifelte Geschichte hinter sich.«
Miss Clandon lächelte schwach. »Sie sagt dasselbe von dir.«
»Ich weiß.« Er warf ihr einen reuigen Blick zu und setzte sich gerade auf. »Mr. MacTavish, können Sie Johnnys Familie benachrichtigen?« Als MacTavish bekundete, daß er das könne, fuhr Delacourt fort: »Robertson war ein wirklich tapferer Gentleman, und er wäre nicht einverstanden damit, wenn wir trauernd hier sitzen, anstatt uns um die Angelegenheit zu kümmern. Meine Freunde, es scheint, als hätten wir eine Geheimbotschaft zu überbringen, aber keinen Kurier.«
»Der Teufel hole dich, Geoffrey«, rief Briley und beäugte Delacourt durch sein erhobenes Monokel. »Wenn du bei einem Jakobitenßtreich herumpfuschen kannßt, dann könnteßt du die Güte haben, mich mitßpielen zu laßen!«
»Ich möchte Sie wissen lassen, Mylord«, schnaubte Sir Matthew, »daß hier Schotten sind, die gewillt und fähig sind, das zu tun!«
»Und Schottinnen«, warf Prudence ein, das Gesicht gerötet, die

Augen glänzend vor Aufregung. »*Ich* könnte Ihre Geheimbotschaft überbringen, Captain!«

MacTavish funkelte sie an und wollte schon etwas sagen, ließ es dann aber doch sein. Delacourt lehnte sich zurück, den Arm auf der Lehne und das Kinn in die Hand gestützt, und sah sie nacheinander an. »Sir Matthew, Ihr Mut macht Ihnen alle Ehre, aber ich bin ganz sicher, daß Cunningham Ihnen niemals erlauben würde, ohne einen äußerst plausiblen Grund das Schiff zu nehmen. Und wenn wir einen erfinden, dann würde man Sie von Kopf bis Fuß durchsuchen und danach höchstwahrscheinlich mit Habichtsaugen überwachen.« Er unterließ es freundlicherweise zu betonen, daß es in diesen gefahrvollen Zeiten eine gefährliche Reise zu Land sein würde, und daß Sir Matthew von Gicht geplagt war. Der ältere Mann ließ von seinem erzürnten Protest ab, als Delacourt gebieterisch die Hand hob und fortfuhr: »Nein, Sir. Ich danke Ihnen, aber das geht nicht. Dasselbe gilt für Sie, Mr. MacKie. Und was Sie betrifft, Miss MacTavish« – seine Augen wurden sanfter, als er den strahlenden Eifer erblickte, mit dem sie ihn ansah – »können Sie wirklich glauben, daß ich die freundliche Gastfreundschaft Ihres Vaters so –«

»Was, im Namen unserrrer geheiligten Königin Marrria, hat das damit zu tun?« brauste sie auf, sprang vom Stuhl und funkelte ihn an. »Ich bin eine Schottin, Sir! Und Sie sind ein Sassenach! Und –«

»Und außerdem ist er Ligun Doone«, unterbrach ihr Vater sie mit leisem Vorwurf.

Ihre übersprudelnde Heftigkeit war gebremst. Sie murmelte: »Oh ... ja«, und errötend setzte sie sich wieder.

MacKie lachte in sich hinein. »Anscheinend ist nur noch ein Freiwilliger übrig.«

Alle blickten auf Seine Lordschaft, der aufstand und sich übertrieben verbeugte.

Mit leisem Widerwillen sagte Delacourt: »Thad, dieser Kampf hier ist nicht deiner.«

»Genaußowenig wie deiner, lieber Junge.«

»Ich habe ihn zu meinem gemacht, weil ich Cumberlands verdammte Metzelei nicht mehr mit ansehen konnte. Mit diesem verflixten Schatz habe ich nur etwas zu tun, weil viele unschuldige Familien verhungern könnten, wenn man ihnen ihren Besitz nicht zurückgibt, und weil mich der Gedanke ärgert, daß irgendwelche gierigen Prämienjäger — oder Dragoner — auf ihre Kosten im Luxus leben könnten.«

»Nicht nötig, daß du dir alle Ehre einheimßt, Geoff. Ich glaube, ich war auf der anderen Sseite der Grenze auch nicht ganz müßig.«

»Nein, bestimmt nicht. Und du hast wahrhaft tapfer in Holland gekämpft«, stimmte Delacourt warm zu. »Ich könnte tatsächlich ein Liedchen davon —«

Mit grimmig drohender Miene unterbrach ihn Briley: »Aber daß wirßt du bleiben laßen, wenn du die Hoffnung hegßt, England jemals wiederzußehen!«

Belustigt sah Prudence, wie seine grimmige Pose einer bestürzten Miene wich und seine hübschen Gesichtszüge sehr rot wurden, als er Miss Clandon einen erschrockenen Blick zuwarf. Diese junge Lady, wie Prudence neugierig bemerkte, funkelte ihn an, als würde sie ihn mit Vergnügen erdrosseln.

Sir Matthew lachte. »Ich will's ja nicht leugnen, es ist prrrima von Ihnen, sich freiwillig für eine so rrriskante Sache zu melden, Lord Thaddeus.«

»Nun, Gentlemen«, fragte Delacourt, »sind Sie bereit, unsere hochwichtige Geheimbotschaft diesem Einfaltspinsel anzuvertrauen?«

»Noch ein bißchen mehr von der Ssorte, mein Junge«, warnte Briley, »und ich vergeße, daß du ein Invalide bist.«

Trotz dieses Geplänkels wurden plötzlich alle sehr ernst. Jeder von ihnen wußte, daß Briley sein Leben aufs Spiel setzte, und daß aufgrund seines Ranges keine Macht im Lande ihn retten konnte, wenn er mit der Geheimbotschaft gefaßt wurde. Die Zustimmungen wurden widerstrebend geäußert, und als die Männer ihr Votum abgaben, stand jeder auf und ging zu Briley hinüber, um ihm

die Hand zu schütteln, was den schüchternen Peer scharlachrot vor Verlegenheit werden ließ.
»Nun schön«, sagte Delacourt und unterließ es, die Panik seines Freundes durch ein Händeschütteln seinerseits noch zu verstärken. »Nun zu unserem anderen Problem: Wir müssen Mittel und Wege finden, unsere Verwundeten aus der Pyramide fortzuschaffen. Sie ist ein prächtiges Versteck für ungefähr eine Woche, aber die armen Teufel sind eingezwängt und ohne Frischluft, und je eher wir sie da herausbekommen, desto besser. Haben Sie irgendwelche Ideen?«
»Ich würde sie mit Freuden in meiner Kutsche mitnehmen«, sagte MacKie, »aber in meinem Haus würden sie kein besseres Versteck finden, als sie es schon haben. Außerdem muß ich gestehen, daß bei mir ein Stallknecht arbeitet, dem ich nicht für einen Silberpenny trauen würde, geschweige denn für sechshundert Pfund!«
Prudence schnappte erschrocken nach Luft.
Neugierig fragte Delacourt: »Ach, bin ich schon wieder im Wert gestiegen? Lieber Gott, das hat Cunningham mir gar nicht erzählt.«
»Wenn Sie es sich verkniffen hätten, ihm auch noch die Hand zu drücken«, brummte Lockerbie von seinem Posten neben der Tür aus, »dann hätte er wohl die Zeit dafür gefunden.«
Sir Matthew erkundigte sich: »Was soll das heißen?«
»Nichts, nichts«, sagte Delacourt hastig. »Wir müssen jetzt —«
»Doch, doch!« warf Lockerbie mit der Sicherheit eines vertrauten Gefolgsmannes ein. »Dieser widerliche Colonel sagte, er würde Ligun Doone den Kopf abhauen, wenn er ihn nur in seine Reichweite bekäme. Und was tut Captain Leichtsinn — geht hin und schüttelt ihm die Hand und sagt ihm, daß er noch damit prahlen werde, ihm die Hand geschüttelt zu haben!«
Lautes Gelächter ertönte, aber Prudence runzelte die Stirn, verärgert über diese Art von Heldenmut.
Briley sagte mit einem breiten Grinsen: »Und du nennßt *mich* einen Einfaltßpinßel!«
»Wir haben immer noch keine Lösung gefunden«, sagte Delacourt

lächelnd. »Ich habe einen Plan, den wir ausprobieren könnten, aber er ist so riskant, daß ich es nur versuchen möchte, wenn sich nichts Besseres anbietet. Thad, wann beabsichtigst du, nach Hause zurückzukehren?«
»Ich begleite Miß Clandon nächßte Woche zu ihrem Vater. Ich könnte auch früher fahren, wenn ein Schiff fährt.«
Delacourt schüttelte den Kopf. »Das geht nicht. Wenn Elizabeth den ganzen Weg reist, um ihre Großmama zu besuchen und dann nach ein paar Tagen schon wieder zurückfährt, gibt es sicher Gerede. Und wenn du ohne sie zurückfährst, würde das noch mehr Aufmerksamkeit erregen. Wir müssen warten.«
»Können wir das wagen?« fragte Sir Matthew ängstlich. »Die anderen Kuriere sind seit Wochen fort und — so Gott will — wahrscheinlich schon in der Nähe des Ziels.«
»Wenn ich nicht in eine Flaute gerate, waß der Himmel verhüte, bin ich wahrscheinlich genaußo schnell«, lispelte Briley. »Zu Waßer gehtß schneller, wißen Ssie, Ssir.«
Mr. MacKie, der sich vor Schiffsfahrten fürchtete, erschauderte. »Das sagen Sie, Mylord«, sagte er. »Ich ziehe ein gutes schnelles Gespann oder ein gutes schnelles Pferd vor!«
»Das Hochland ist nichts für einen Engländer«, stellte Delacourt klar. »Einige Clans sind noch in Aufruhr, und selbst einem Schotten kann es passieren, daß er von einem feindlichen Clan-Mitglied umgebracht wird.«
»Wie wahr«, seufzte MacTavish. »Unser armes, schönes Land, immer zerrissen von diesen grausamen Kriegen zwischen den Clans.«
»Es ist fast ein Wunder, daß Sie selbst sicher durchgekommen sind, Junge«, bemerkte Sir Matthew.
»Nicht mein Verdienst, Sir.« Delacourt zeigte auf den stillen Lockerbie, der in einem Stuhl im Hintergrund des Zimmers döste. »Dieser Gentleman und seine vielen — nein, eher unzähligen — Verwandten und ihre gemeinschaftliche Kenntnis Ihrer schönen Berge haben mich sicher hierhergebracht.«
»Wofür viele Schotten den Segen Gottes auf sie herabflehen werden«, sagte MacKie gefühlvoll.

Der sofort einsetzende Chor der »Jawohls« brachte Delacourts mageres Gesicht zum Erröten und weckte Lockerbie, der seine Uhr herauszog und entschieden erklärte, daß sein Herr längst zu Bett sein sollte. Die Mädchen sagten ebenfalls gute Nacht, und MacTavish begleitete sie zur Treppe und gab jeder ihren Kerzenleuchter. Prudence ging mit Miss Clandon bis zu ihrer Tür, dort trennten sie sich. Ihre Freundschaft war noch ein wenig enger geworden, und jede kuschelte sich dankbar so schnell wie möglich unter die Bettdecke, um dann dazuliegen, unfähig zu schlafen, wenn auch aus unterschiedlichen Gründen. Elizabeths Grübelei beschäftigte sich mit zwei Gentlemen: der eine ein geliebter und verlorener junger schottischer Kämpfer, der andere ein Engländer mit bernsteinfarbenen Augen, die stets zu lächeln schienen. Prudence starrte blicklos auf die seidenen Bettvorhänge, und ihre Gedanken wanderten zurück zum Nachmittag dieses ereignisreichen Tages, zu dem alten Schuppen hinter den Ställen und Geoffrey Delacourts langen, feinfühligen Fingern, die sie streichelten. Sie erschauderte bei der Erinnerung an seine Lippen auf ihrem Mund, ihren Lidern, ihrem Busen. Wie hatte sie nur so *schamlos* sein können, das zu erlauben? Vielleicht, weil sie in Kriegszeiten lebten, die immer eine Atmosphäre der Dringlichkeit mit sich brachten, wie sie gehört hatte, vielleicht ein stärkeres Bewußtsein der Vergänglichkeit des Lebens — und der Liebe. Vielleicht *war* sie nicht einmal verliebt. Nicht wirklich. Es wäre sehr gut, wenn dieses Gefühl wieder verblassen würde. Ganz still und leise. Delacourt schien nicht die Neigung zu haben, um sie anzuhalten. Und selbst wenn er es tun sollte, hatte sie doch nicht den Wunsch, ihr geliebtes Land zu verlassen. Er würde es sicher nie in Betracht ziehen, hier oben zu leben. *Was für ein Wirrwarr*, dachte sie und sah seine ernsten Augen vor sich, und das Lächeln, das sich dort immer so unerwartet einschlich. Sie seufzte erneut. Sehnsüchtig.

Du, Prudence MacTavish, dachte sie streng, *hast dich von einem Ausländer bezaubern lassen. Das ist es. Es wird nicht andauern, also reg dich nicht auf. Es ist nur... eine kurze Verzauberung...*

Lächelnd schlummerte sie ein.

IX

Äußerlich glitt das Leben in Lakepoint wieder in ruhige Bahnen. James MacTavish, der versprochen hatte, unter Einsatz all seiner Fähigkeiten einen Plan auszuarbeiten, wie sie ihre Flüchtlinge auf ein Schiff schmuggeln konnten, hatte diese Aufgabe zurückgestellt, um sich auf seine bevorstehende Vorlesung in Edinburgh zu konzentrieren. Hatte er auch die besten Absichten der Welt, wenn es um das Wohl und Wehe seiner verfolgten Landsleute ging, so war er doch zuallererst Wissenschaftler, und Patriot und Ränkeschmied erst in zweiter und dritter Linie. Aufgrund einer geistesabwesenden Antwort auf eine Bemerkung seiner Schwägerin wurde Hortense mißtrauisch und mußte notgedrungenermaßen zu ihrem hochverräterischen Zirkel zugelassen werden. Als sie entdeckte, daß Verwundete in der Pyramide waren, brachte sie es schließlich eines Tages fertig, unauffällig zu diesem Gebäude zu spazieren und Essen, Obst und Arzneien unter den Reifröcken ihrer voluminösen Kleider hinzuschmuggeln. Sie kam mit wehem Herzen und tränenfeuchten Augen zurück, weil die Flüchtlinge ihre Leiden mit solcher Stärke erduldeten.

Lord Briley blieb in Lakepoint, sehr zu Hortenses Entzücken, denn er war fasziniert von ihren astrologischen Kenntnissen und verbrachte Stunden damit, ihren Erklärungen über die Himmelskörper zu lauschen, und bewunderte ihre Sachkenntnis, bis Miss Clandon, die zum Schloß ihrer Großmutter zurückgekehrt war, wieder zu ihnen kam — und dieser andauernde Besuch erweckte Gerede bei den Dienern und widersprüchliche Gefühle in Prudences verwirrtem Herzen. Sie entwickelte eine tiefe Zuneigung zu dem freimütigen, goldhaarigen Mädchen, und sie fühlte sich immer mehr von Lord Brileys scheuer Schrulligkeit angezogen. Es war ein erfreulicher Gedanke, daß Miss Clandon eine zärtliche

Neigung zu dem jungen Peer entwickelte — wenn diese Möglichkeit nur keine verheerende Wirkung auf Captain Delacourt hatte. Sie stellte jedoch schließlich fest, daß Adel nichts für sie war, und mehr und mehr neigte sie zu dem Wunsch, daß die Freundschaft zwischen diesem Adeligen und dem Mädchen, das er so offensichtlich bewunderte, zu einer dauerhaften Neigung erblühen möge.

Das Wetter blieb währenddessen ungewöhnlich schön. Nachmittags rollte Prudence Delacourts Stuhl nach draußen und nahm ihn mit zu gemächlichen Spaziergängen um den Landsitz. Manchmal packte Mrs. Cairn ihnen einen Korb, den Delacourt auf den Knien balancierte, bis sie eine schön gelegene Stelle fanden, wo sie ihr Picknick abhielten und sich in vollkommener Harmonie inmitten der ruhigen Friedlichkeit der Landschaft unterhielten.

Während sie einander besser kennenlernten, plauderten sie über die verschiedensten Themen: Delacourt erfuhr von ihrer Liebe zu ihrem Bruder und hörte belustigt den Geschichten ihrer Kindheitsabenteuer zu. Ihm wurde schnell klar, daß sie ein überraschend behütetes Leben geführt hatte, und er bemerkte, wie begierig sie an seinen Lippen hing, wenn er von London und der vornehmen Welt erzählte. Stundenlang erfreute er sie mit Beschreibungen von Moden, Gebräuchen und Festlichkeiten (zu denen er meist nicht gegangen war). Sie belohnte ihn mit hingerissener Aufmerksamkeit, und er begann, den glücklichen Mann zu beneiden, der sie mit solchen Vergnügungen bekannt machen würde. Gelegentlich wurde er nach einem solchen Zwischenspiel still und in sich gekehrt, und Prudence, die annahm, daß er müde war, ließ sich nicht anmerken, daß sie seinen Gemütsumschwung wahrgenommen hatte, sondern sang leise vor sich hin, während sie mit den Tellern hantierte oder Blumen pflückte. Delacourt fand sie überraschend bewandert in Musik und Kunst. Politik vermieden sie beide, aber er erzählte ihr, zunächst recht schüchtern, von seiner Leidenschaft für die Gärtnerei. Sie teilten ihre Begeisterung für Pferde, Hunde und Katzen, obwohl seine Interessen in dieser Beziehung umfassender waren als ihre, denn er verspürte eine tiefverwurzelte Verehrung für alle Lebewesen und konnte eine Spinne mit demselben Interesse beobachten wie ein Kätzchen, während sie schaudernd vor diesen achtbeinigen Kreaturen zurückwich. Dieser Aspekt seines Wesens verwirrte sie, und sie fragte ihn einmal, wie er es hatte ertragen können, im Krieg zu kämpfen, wenn er dagegen protestierte, daß sie eine Ameise zerdrückte, die einen Anspruch auf ihr Essen anmeldete. Er antwortete mit seinem verhaltenen Lächeln, er habe gekämpft, weil er geglaubt habe, daß Prinz Charles nicht gut für England sei, und als er ihr rasches Stirnrunzeln bemerkte, fügte er drollig hinzu: »Nein — fressen Sie mich nicht, ich bitte Sie! Ich gelobe Ihnen, daß meine Männer nicht mutwillig getötet haben, und in meiner einzigen großen Schlacht wurden wir hoffnungslos besiegt, wissen Sie.«

Sie zuckte innerlich zusammen und erinnerte sich daran, daß er während dieser Schlacht so schwer verwundet worden war; sie versuchte nicht daran zu denken, wie das für ihn gewesen sein mochte. Sie konzentrierte sich darauf, die Gänseblümchen zusammenzubinden, die sie gesammelt hatte. »Und dennoch«, murmelte sie, »obwohl Sie England so lieben, wenden Sie sich jetzt doch gegen dieses Land.«

Er schwieg so lange, daß sie aufsah, im Glauben, er sei eingenickt, wie es ihm manchmal während ihrer Ausflüge passierte. Er starrte finster auf einen gaukelnden Schmetterling. »Sie halten mich für einen Verräter?« fragte er langsam. »Ich habe mich auch schon gefragt, ob ich nicht einer bin. Aber ich kämpfe nicht gegen meine Landsleute. Ich versuche nur, den Schlächter Cumberland zu überlisten.«

»Aber die Männer, die für ihn morden, sind doch Engländer.«

»Ja. Und ich kann mir vorstellen, daß viele von ihnen das nicht gerne tun, wenn sie es auch nicht wagen, sich zu widersetzen.«

Sie schürzte die Lippen. Verächtlich sagte sie: »Es ist immer dasselbe Lied mit der Menschheit. Menschen begehren auf gegen die Schrecken des Krieges, gegen Grausamkeit und Morden, und dennoch ziehen sie weiter in den Krieg!«

»Nicht alle Menschen sind gegen den Krieg, Miss Prue. Für manche bedeutet er eine bestimmte Lebensweise. Andere sind folgsam und akzeptieren ihn als ihr Erbe. Ich nehme an, daß es für jedes denkende Wesen eine Entscheidung ist, die auf sittlichen Grundsätzen beruht. Wenn man mit ganzem Herzen an etwas glaubt, und diese Sache wird bedroht, sollte man gewillt sein, darum zu kämpfen, um es zu verteidigen. Wenn es das nicht wert ist, dann muß man es aufgeben.«

»Aber das sollte nicht auf diese Weise geschehen! Die Menschen sollten sich hinsetzen und über ihre Unstimmigkeiten *sprechen.* Jede Nation sollte den Willen haben, Lösungen am Verhandlungstisch zu suchen, anstatt alle ihre jungen Männer abschlachten zu lassen und sich gegenseitig zu ruinieren, um ihre Ziele zu erreichen. Nicht immer ist der Weiseste oder der Beste auch der Stärkste, und —« Sie brach ab und lachte sich selbst aus. »Hören Sie nur, wie ich predige!« *Er sieht müde aus*, dachte sie und sagte: »Sir, ich glaubte letzte Nacht zu hören, daß mehrere Männer gekommen sind. Stimmt das?«

Seine Nächte waren diese Woche voller Geschäftigkeit gewesen, und er war in der Tat sehr müde, aber er sagte nur: »Nun, sie können nicht bei Tageslicht hereinplatzen und wieder verschwinden, wissen Sie.«

»Jakobiten?«

Er nickte.

»Sind noch viele da? Woher wissen sie, wo sie Sie finden?«

»Es sind noch eine ganze Menge, arme Kerle. Und die Nachricht wird vom einen zum anderen weitergegeben.«

Besorgt um ihn murmelte sie: »Sie müssen beständig in Angst vor Verrat leben.«

»O nein. Ich glaube nicht. Die meisten von ihnen würden meine Ergreifung eher fürchten, denn wenn man mich verhörte, wären sie ebenfalls in Gefahr.«

Wenn man ihn verhörte. Folter meinte er. Ihre Hand, in der sie die Gänseblümchen hielt, zitterte. Lange, schmale Finger schlossen sich um die ihren. Er beugte sich herüber und sah sie mit demsel-

ben Blick an, den sie von dem alten Schuppen her noch in Erinnerung hatte und den sie seither nicht mehr bei ihm entdeckt hatte, und ihr Herz begann wild zu schlagen.
»Prudence«, sagte er mit leiser, heiserer Stimme, »wissen Sie, wie schön Sie sind?«
Sie saß regungslos da und atmete kaum, in der Erwartung, er würde aus seinem Stuhl aufstehen und sie küssen, wie er es schon einmal getan hatte; voll Sehnsucht nach seinen Armen, die sich um sie schlangen, nach der Berührung seiner Lippen auf den ihren. Er näherte sich, streckte die Hand aus und berührte ihre Wange. Abrupt zog er sie wieder zurück. Enttäuschung machte sich in ihr breit, und undeutlich hörte sie, wie er etwas über die Notwendigkeit sagte, eine Lösung für die Männer zu finden, die immer noch in der Pyramide schmachteten. Irgendwie nahm sie ihren Verstand wieder zusammen und sagte mit schwacher Stimme: »Ich verstehe immer noch nicht, warum sie zu Ihnen kommen müssen. Sie sagen, Sie haben eine Menge tapferer Gentlemen, die Ihnen helfen. Kann nicht einer von ihnen die Führung übernehmen?«
Er antwortete zögernd: »Ja, natürlich. Nur ... die Männer vertrauen mir, Miss Prue. Sie sagen, bei mir fühlen sie sich sicher. Es ist nur ein närrischer Aberglaube, aber — nun, sie scheinen zu glauben, daß ich ihnen Glück bringe. Ich hatte ein paar Erfolge, und so —«
»Ein paar! Sir, wie viele Rebellen *haben* Sie durch Cumberlands Reihen geschmuggelt?«
»Nun, ich bin nicht ganz sicher. Etwa — fünfzig, glaube ich.«
»Oh, wie großartig! Fünfzig Menschenleben — fünfzig Familien, denen Herzeleid erspart wurde!«
Er wurde rot, als er sie betrachtete. Er sah weg und sagte schroff: »Sehen Sie mich nicht so an. Sehen Sie nicht, daß — Ich bemühe mich sehr, aber ...« Seine Worte brachen ab. Er stand von seinem Stuhl auf und entfernte sich rasch, blieb im Schatten des Baumes stehen und blickte auf die weite Landschaft, die er jedoch überhaupt nicht zu sehen schien.

Prudence folgte ihm. »Captain Delacourt? Was ist los?«
Er fuhr herum. Seine Augen blickten gequält drein, und sie rief aus: »Oh, lieber Sir! Ich weiß, wir leben in verzweifelten Zeiten, aber —«
Fest packte er ihre Schultern und sagte mit rauher Stimme: »Sie wissen *nichts*, kleines Hochlandmädchen. Es ist alles zwecklos. Sie wissen, daß ich fortgehen muß und — es ist so wenig Zeit.«
Ihre Lippen fühlten sich kalt und starr an. Sie sagte: »Ja, natürlich. Ich bin dumm. Gehen wir zurück zum Haus?«
Wortlos setzte er sich wieder in den Rollstuhl, legte den Kopf zurück und schlief rasch ein. Prudence ließ den Picknickkorb stehen, einer der Diener konnte ihn holen. Sie schob den Stuhl so sanft wie möglich; ihr Herz war schwer. Es war klar, daß der Captain sich von ihr angezogen fühlte, aber entweder mochte er Miss Clandon lieber oder er war mit einer englischen Lady verlobt. Dieser letztere Gedanke schnitt ihr tief ins Herz. Wie dumm, daß sie diese Möglichkeit nicht schon vorher in Betracht gezogen hatte. Hatte er erraten, daß sie eine zärtliche Neigung für ihn hegte? Sie fühlte sich beschämt und verlegen, und sobald sie das Haus erreichte, übergab sie den Stuhl dem wartenden Lockerbie und eilte zur Treppe.
Und sie wußte nicht, daß Lockerbie, einer befehlenden Geste der dünnen Hand folgend, stehenblieb und geduldig wartete, während ein Paar dunkler Augen Miss MacTavish beobachtete, bis sie außer Sichtweite war.

»Sir«, sagte Little Willie Mayhew, auf den Ellbogen gestützt und einen ängstlichen Ausdruck auf dem abgespannten Gesicht, »wir wollen nicht weiter hier herumwarrrten. Wir wissen sehr wohl, daß die ganze Gegend wimmelt von Rrrotrrröcken, und wir wollen MacTavish und seine Familie nicht ins Verderrrben stürrrzen. Und Sie genausowenig.«
Die Geheimkammer der Pyramide war überfüllt mit drei Feldbetten, die sich fast berührten, zwei Kerzen boten die einzige Beleuchtung, und die Luft, die durch geschickt verborgene Lüftungslöcher hereindrang, war heiß und kaum ausreichend.

Delacourt, der auf dem Fußende von Mayhews Bett saß, versetzte den Zehenspitzen des großen Mannes einen freundlichen Klaps und sagte mit einem fröhlichen Grinsen, daß er sich ein solch gräßliches Ende wahrlich nicht wünsche. »Nun, was ist mit Cunninghams Soldaten, ich habe gehört, daß sie gestern abend einen Blick hierher geworfen haben sollen?«

»Das ist wahr, Sir«, sagte Jock Campbell, dessen bandagierter rechter Fuß unter dem Leintuch seines Feldbetts herausragte. »Es war warm, wie Sie wohl wissen, und wir haben es riskiert, die Tür ein kleines bißchen aufzumachen.«

»Verdammt nahe dran, daß wir sie nicht mehr rechtzeitig zubrachten«, krächzte Fähnrich Harry Stephens, ein achtzehnjähriger englischer Jakobit und der einzige Offizier unter den Flüchtlingen. »Wir konnten sie durch die Luftlöcher hören, Captain. Sie haben neugierig alles angestarrt, und ich habe gehört, wie einer von diesen Mistkerlen gesagt hat, dies hier sei ein gutes Versteck für jeden Rebellen, der sich hier herumdrücke.«

Delacourts dunkle Brauen hoben sich. »Das haben Sie gehört? Noch etwas?«

»Lieber Gott! Reicht das noch nicht, Sir? Sie werden diesem verdammten Cunningham alles erzählen, und er wird diese Pyramide auseinandernehmen wie das Bauernhaus der MacKenzies!«

»Unser beherzter Colonel kennt diese Pyramide bereits, und ich glaube, MacTavish hat sich die Mühe gemacht, ihm die Geheimkammer zu zeigen. Es gibt zwei davon, wissen Sie, aber nur eine ist bekannt.« *Ich hoffe es*, dachte er und fügte hinzu: »Ich weiß, das ist nicht gerade das erste Hotel am Platze, aber wir haben vor, euch sehr bald von hier wegzubringen.«

»Sir«, warf Campbell mit erschrockenem Blick ein, »ich glaube, Sie wissen, wie sehr wir Ihnen verpflichtet sind. Es ist ja nicht so, daß wir undankbar sind — der liebe Gott weiß, ohne Sie wären wir alle schon tot.«

Delacourt lächelte, war sich aber voller Unbehagen dessen bewußt, daß keiner dieser armen Kerle in einer Verfassung war, von hier aufzubrechen. Willie hatte diese häßliche Wunde am Knie,

Campbells Knöchel war gebrochen, und der junge Stephens, der die längste Reise vor sich hatte, um in Sicherheit zu kommen, hatte eine Musketenkugel abbekommen, die ihm zwei Rippen gebrochen hatte. »Wenn ich es einrichten könnte«, brummte er, »würdet ihr alle mindestens einen Monat lang bleiben, wo ihr seid. Aber ich habe das Gefühl, daß unsere Zeit begrenzt ist.«

Stephens keuchte: »Sie wollen doch nicht etwa sagen, daß das Haus überwacht wird, Sir? Wenn das der Fall ist, sollten wir sofort von hier aufbrechen und keine Minute lang zögern!«

»Ich glaube nicht, daß es überwacht wird. Noch nicht. MacTavish ist in der ganzen Welt wegen seiner Leistungen auf dem Gebiet der Archäologie hochangesehen. Er ist von mehreren ausländischen Regierungen geehrt worden. Ihr könnt sicher sein, daß eine Anklage gegen ihn wohlbegründet sein muß, selbst wenn das nur aufgrund seines weltweiten Rufs gilt.«

»Sie meinen«, sagte Jock Campbell, »daß sie zwar einen Verdacht hegen können, aber Beweise brauchen werden. Und wir sind welche, wie, Sir?«

»Genau. Also, so leid's mir tut, Jungs, aber ihr werdet alle verhaftet.« Ein bestürzter Ausdruck trat in ihre Augen, und grinsend fügte er hinzu: »Von mir.«

»Uff«, flüsterte Willie äußerst erleichtert.

»Was wollen Sie mit uns machen, Captain?« fragte Campbell.

»In Anbetracht eurer Verfassung, fürchte ich, werde ich euch durch einen Winkel der Hölle hetzen. Ihr werdet in einem Gefangenenwagen nach Fort Augustus gebracht – oder zumindest ein paar Meilen nordwestlich davon. Dort sind Männer, die mit Pferden auf uns warten, und du wirst nach Glenrae gebracht, wo deine Familie Asyl bieten kann, Mayhew, wenn ich recht verstanden habe.«

»Jawohl, Sir. Für mich und alle von uns. Und sie sind froh darum, daß sie helfen können.«

»Großartig. Was Sie betrifft, Fähnrich, so kommen, sobald Sie in der Lage sind, Glenrae zu verlassen, ein Fischerboot und ein Führer, um Sie nach Frankreich zu bringen, wenn Sie wollen.«

»Danke, Sir. Gebe Gott, daß bald eine Amnestie erklärt wird«, meinte der Fähnrich.
Campbell, der Delacourt stirnrunzelnd beobachtet hatte, sagte: »Sir, Sie haben gesagt, *Sie* wären der, der uns verhaftet?«
»Richtig. Ich habe die Uniform, verstehen Sie, und Papiere, wenn wir angehalten werden.«
Die drei Männer wechselten unauffällige Blicke. Willie sagte: »Sie wollen doch nicht etwa den ganzen Weg reiten?«
»Oh, ich werde es schaffen, keine Angst.« Sie sahen nicht sehr beruhigt aus, und er lächelte ein wenig verkrampft. »Es sei denn, ihr habt einen anderen englischen Offizier zur Hand, dem meine Uniform paßt.«
»Sie haben viele Freunde, Sir«, wandte Campbell ein. »Da müssen doch ein paar englische Jakobiten dabei sein.«
»Drei. Einer ist klein und dick. Der zweite ist ungefähr so groß wie Willie, und der dritte hat eine Musketenkugel durchs Bein bekommen, als wir den Soldaten die Verantwortung um Jamie MacDougall abgenommen haben.«
Der Fähnrich schürzte die Lippen. »Was ist mit dem Gentleman, der hier zu Besuch war, Sir? Lord Briley?«
»Oh, er wäre mehr als bereit. Wahrscheinlich würde ich ordentlich etwas von ihm zu hören bekommen, wenn er herausbekäme, daß ich ihm keine Möglichkeit dazu gegeben habe, aber die Sache ist die, daß der arme Kerl lispelt. Wenn ihr auf eine Patrouille trefft, was sehr wahrscheinlich ist, wäre es zu leicht, die Identität Seiner Lordschaft Colonel Cunningham zu melden.« Der Fähnrich setzte zu einem weiteren Protest an, aber Delacourt hielt ihn mit einer Handbewegung zurück. »Genug, Gentlemen, genug! Ich schätze eure Sorge, aber ich werde passend verkleidet sein, das versichere ich euch. Alles wird gutgehen, das bezweifle ich nicht.« Er stand auf. »Nun, wir werden's am Sonntagvormittag probieren, also bereitet euch darauf vor.«
Ihre dankenden Worte begleiteten ihn zur Tür. Vorsichtig trat er in die Nacht hinaus und blieb einen Augenblick lang regungslos stehen, um zu warten, bis seine Augen sich an die Dunkelheit ge-

wöhnten. Als er weder eine Bewegung noch das leiseste Geräusch wahrnehmen konnte, schlüpfte er ins Gebüsch, wo er seinen Rollstuhl versteckt hatte, zog ihn heraus, setzte sich und seufzte erschöpft. Seine Müdigkeit schmerzte beinahe schon, und seine Verwundung, die die letzten Tage weniger unangenehm gewesen war, bereitete ihm wieder denselben alten nagenden Schmerz, als wäre eine Drahtschnur um seine Lungen gespannt. Unwillkürlich hustete er, zuckte zusammen und spähte mit angehaltenem Atem um sich. Erneut schien er der Entdeckung entgangen zu sein, und er lenkte den Stuhl über den Grundbesitz bis zu der langen Rampe, die MacTavish vorübergehend neben der Tür, die in den Westtrakt des Hauses führte, hatte errichten lassen.

Sidley machte ihm Sorgen. Aber wenn er sich täuschte, wenn sein Unbehagen über den Butler ungerechtfertigt war, dann schickte er diese armen Teufel unnötig bald durch diese Zerreißprobe. Obwohl sie auf jeden Fall nicht wirklich unnötig war — nicht für MacTavish und Hortense und Prudence, die sich ständig in Gefahr befanden. Diesen guten Leuten durfte nichts passieren, mochten sie auch noch so bereit sein, das Risiko auf sich zu nehmen. Im Geiste sah er Prudences lebendiges kleines Gesicht vor sich. Nein. Er wagte es nicht, die Sache noch länger aufzuschieben!

Die hintere Halle war dunkel und verlassen, das Haus still, seine Bewohner schliefen schon lange. Er setzte die Räder in Bewegung und lenkte den Stuhl leise zu dem Zimmer, das ihm als Salon diente. Vorsichtig drückte er auf die Klinke. Lockerbie wartete nicht auf ihn, um ihn dafür zu tadeln, daß er allein nach draußen gegangen war; eine Kerze brannte auf dem Tisch, wie er sie stehengelassen hatte, aber das Zimmer war leer. Delacourt schloß die Tür, kletterte aus dem Stuhl und ging auf das Schlafzimmer zu.

Es kam ganz unerwartet: plötzlich perlten kalte Schweißtropfen über sein Gesicht, Schwindel überkam ihn, und er verlor jeglichen Farbensinn. Er wußte, daß er zu Boden sinken würde und sah im selben Augenblick einen Mann aus dem Schlafzimmer kommen. Mit dem letzten Schimmer des Bewußtseins erkannte er das hagere Gesicht, das nun aus seiner gewohnten Unerschüt-

terlichkeit gerissen war. *Sidley*..., dachte er, während ihm die Sinne schwanden.
»Sir, bitte versuchen Sie, ein wenig zu trinken. O Gott! *Sir!* Bitte!«
Mit ungeheurer Anstrengung flüsterte Delacourt: »Haben Sie ... um Hilfe gerufen?«
»Nein, Sir. Gott sei Dank, es geht Ihnen besser! Versuchen Sie es, nippen Sie ein wenig von dem Brandy.«
»Heben Sie mich nicht hoch, bitte. Ich komme — schon wieder in Ordnung, wenn Sie nur ... wenn Sie mich nur eine Minute lang liegen lassen.« Er spürte, wie der Mann zitterte, und dachte schwach: *Ich muß ihm eine Höllenangst eingejagt haben.* Die Übelkeit und die Schwäche begannen nachzulassen, aber die stechenden Schmerzen peinigten ihn weiter. Wenn er ein oder zwei Minuten nur ganz leicht atmen könnte ...
Schließlich flüsterte Sidley: »Soll ich Ihren Kopf jetzt ein wenig hochheben, Captain? So daß Sie etwas Brandy zu sich nehmen können?«
Delacourt nickte, und der Butler schlang einen Arm unter seinen Schultern hindurch und hielt ein Glas an seine Lippen. Er nippte vorsichtig, besorgt, er könne erneut husten. Das starke Getränk rann ihm glühend die Kehle hinab. Er hielt den Atem an, schaffte es, das Husten zu unterdrücken, und fühlte sich einen Moment später gewärmt und kräftiger. »Danke«, brachte er heraus, »daß Sie nicht das ganze Haus geweckt haben.«
»Wenn ich Ihnen zum Bett helfen kann, Sir, dann gehe ich und suche Ihren Diener.«
Delacourt sagte augenzwinkernd: »Lieber Gott, nein! Er würde mich zu Tode aufregen. Warum rollen Sie nicht einfach meinen Stuhl her und setzen mich hinein. Ein bißchen später können Sie mir dann ins Bett helfen, wenn Sie nichts dagegen haben.«
»Etwas dagegen haben, Sir! Natürlich nicht.« Der Butler spähte in das bleiche, aber unerschrocken grinsende Gesicht. Gott, der Mann sah wirklich aus wie der Tod! »Sind Sie sicher, daß es geht, Captain? Sie sind umgefallen wie ein Stein.«
»Schreckliche Angewohnheit. Ich habe Sie wahrscheinlich zu To-

de erschreckt, wie? Ja, jetzt geht es mir besser. Bringen Sie nur den Stuhl her, bitte.«

Sidley packte ein Sofakissen und legte es unter den Kopf des Verwundeten, dann stand er auf und rollte den Stuhl näher heran. Delacourt sackte schwindelig in sich zusammen, als er zum ersten Mal versuchte, wieder auf die Beine zu kommen, aber nachdem er in den Stuhl gesetzt worden war, schien er wieder aufzuleben, und nach einigen Minuten begann die schreckliche Blässe ein wenig nachzulassen. Sidley reichte ihm das Brandyglas, und nach dem nächsten ordentlichen Schluck blieb auch jener verräterische Augenblick angespannter Bewegungslosigkeit aus. »Ich glaube wirklich«, riskierte Sidley es noch einmal, »daß ich Ihren Diener holen sollte.«

»Wenn Sie das tun, dann nehme ich an, wird er als erstes wissen wollen, was Sie in meinem Zimmer zu suchen hatten.«

Wie seltsam, dachte der Butler, daß die dunklen Augen, die noch vor einem Moment so benommen und hilflos gewirkt hatten, jetzt äußerst unangenehm funkelten. Er legte die Hände zusammen. »Ich habe nach Ihnen gesucht, Sir.«

Delacourt nahm noch einen Schluck von dem Brandy und sah ihn, eine Augenbraue hochgezogen, mit einem Ausdruck stummen, ironischen Fragens an.

»Ich weiß, es klingt eigentümlich — um diese Zeit zu kommen. Aber ich *mußte* mit Ihnen sprechen, Sir.« Eine Falte grub sich in Sidleys glatte Stirn. »Ich hatte nicht erwartet, daß Sie ausgegangen waren, Captain. Als es mir nicht gelang, mich durch mein Klopfen bemerkbar zu machen, fürchtete ich, Sie könnten sich schlecht fühlen.«

»Also sind Sie hereingekommen. Ich verstehe. Seit ich verwundet wurde, leide ich gelegentlich unter diesen dummen Ohnmachtsanfällen.« Nicht ganz der Wahrheit entsprechend, fügte Delacourt hinzu: »Ich merke es, wie sie kommen, und manchmal wirkt es Wunder, ein wenig hinaus an die frische Luft zu gehen.«

»Aber dennoch hätten Sie zuerst nach Ihrem Diener läuten sollen. Denken Sie nur, wenn Sie aus Ihrem Stuhl gefallen wären,

Sir?« Sidley beugte sich näher und flüsterte: »Und — bei dem, was in diesem Hause vor sich geht ...!«
O Gott!, dachte Delacourt. Er beobachtete den Butler mit unergründlicher Miene. »Ich kann mir nicht vorstellen, worauf Sie anspielen.«
Sidley blickte sich um. »Dürfte ich mich vielleicht setzen, Captain?«
»Natürlich. Entschuldigen Sie. Nun, zurück zu dem, was Ihrer Meinung nach hier *vorgeht*, so daß Sie mitten in der Nacht an meine Tür klopften.«
Sidley zog einen Stuhl mit gerader Lehne heran und setzte sich in tadelloser Haltung. »Ich wußte einfach nicht, was ich tun sollte, Sir. Und Sie als Offizier der Armee, dachte ich, könnten mir einen Rat geben.«
»Ich will es versuchen. Spucken Sie's aus, Mann.«
Diese knappe Aufforderung machte es Sidley leichter. Dieser Gentleman mochte sehr krank sein, aber er hatte die ganze Sicherheit eines Offiziers. Er senkte die Stimme und sagte: »Ich glaube, daß hier Rebellen Unterschlupf geboten wird, Captain Delacourt. Ich bedaure es sehr, daß ich so etwas Schreckliches sagen muß, denn Mr. MacTavish war gut zu mir, und ich verspüre für ihn und seine Familie nur Respekt.«
Delacourt sank der Mut. »Lieber Gott! Sind Sie sicher? Ich habe nichts gesehen.«
»Sie gehen es natürlich sehr schlau an. Aber ich schätze, das ist der Grund, warum man Ihnen angeboten hat, hierzubleiben. Mr. MacTavish sagte, für einen Freund des jungen Master Robbie sei es das wenigste, was er tun könnte. Aber ich glaube, daß man Sie benutzt, Sir. Sie wissen, daß Colonel Cunningham dieses Haus nicht durchsuchen wird, wenn Sie sich für sie verbürgen.«
»Ich kann es nicht glauben! Bei Gott, Sidley, wenn Sie nur aus einer Mücke einen Elefanten machen —«
»Das tue ich nicht, Captain!« Mit glühenden hellgrauen Augen erklärte Sidley: »Ich habe Ihnen gesagt, daß ich Mr. MacTavish mag,

und ich habe es auch so gemeint. Aber, bei Gott, ich *hasse* diese dreckigen Jakobiten! Mein Junge war in der Armee.« Der lodernde Blick schwand. Während er ihn betrachtete, dachte Delacourt unpassenderweise darüber nach, daß der Butler, abgesehen von den Pockennarben in seinem Gesicht, ein gutaussehender Mann war: groß, mit breiten Schultern und hellbraunem Haar, der Tönung seiner Brauen nach zu urteilen, wahrscheinlich Anfang Vierzig, und nur mit dem leichten Ansatz eines Bauches. Mit unsäglichem Kummer sprach Sidley weiter: »So ein guter Junge, Sir. Er gab sich so große Mühe beim Unterricht. Sein Traum war es, seinem Land zu dienen. Meine Frau und ich haben geknausert und gespart, um ihm eine Fähnrichstelle zu kaufen; deshalb habe ich diese Stelle angenommen und meine Frau in England zurückgelassen. Der erste Standort unseres Sohnes war in Schottland. Er war so stolz.« Er wandte sich ab und sagte heiser: »Er war ... erst neunzehn.«

Delacourt stieg aus seinem Stuhl und legte eine Hand auf die gebeugte Schulter. »Armer Kerl«, sagte er mit seiner sanftesten Stimme, »es tut mir so leid. War es bei Prestonpans?«

»Culloden, Sir. Meine – meine Frau erlitt eine Art Anfall, als sie die Nachricht erhielt. Der Schock, glaube ich. Er war alles, was wir hatten, verstehen Sie. Nur der eine Sohn.«

Delacourt drückte ihn einen Augenblick lang fester, dann setzte er sich wieder in seinen Stuhl. »Ich wundere mich, daß MacTavish das mir gegenüber nicht erwähnt hat.«

»Ich habe es ihnen nie erzählt. Ich sagte nur, meine Frau sei krank geworden, und – und sie gaben mir frei, damit ich zu ihr fahren konnte. Ich hatte vor, es ihnen zu sagen. Aber Mrs. Sidley braucht ständige Pflege. Ihre Schwester ist bei ihr, aber da sind die Rechnungen für den Arzt und die Arzneien, und eine Frau, die jeden Tag kommt und hilft. Das alles kostet Geld, Sir. Es ist nicht leicht, einen englischen Butler zu bekommen, der den ganzen Weg hier heraufkommt, und Mr. MacTavish bezahlt mich gut. Aber ihr Sohn ist nach England davongelaufen, anstatt für seinen Prinzen zu kämpfen. Wenn sie von meinem Sohn wüßten, würden sie sich möglicherweise unbehaglich fühlen. Und wenn die Reichen sich bei einem Bediensteten unbehaglich fühlen, dann ist er schneller entlassen, als Sie mit den Augen blinzeln!«

Kein Wunder, daß er die Jakobiten haßt, der arme Kerl, dachte Delacourt und fragte: »Wollen Sie mir sagen, was Sie hier gesehen haben?«

Sidley holte tief Luft und brachte seine Gefühle wieder unter Kontrolle. »Ich habe eine Menge Kommen und Gehen gehört — meistens in den frühen Morgenstunden, Sir. Und ich habe gesehen, wie Nahrungsmittel verschwunden sind, als hätten wir ein halbes Dutzend Gäste hier, anstatt nur Sie selbst und Ihren Diener.«

»Miss Clandon und Lord Briley waren ebenfalls hier, vergessen Sie das nicht.«

»Nein, nein, Sir! Es war viel mehr. Und was sollte Lord Briley mit Scharpie und Verbänden anfangen?«

»Donnerwetter! Sie haben gesehen, wie solche Sachen nach oben getragen wurden?«

»Nicht nach oben, Sir. Ich weiß nicht, wohin. Das passiert alles in der Nacht. Ich bin ein- oder zweimal aufgeblieben, aber immer wenn ich hinausspähe, sehe ich nichts. Und ich muß vorsichtig sein. Mrs. Cairn ist ganz verrückt nach dem Herrn, und sie beobachtet uns wie ein Habicht. Ich kann mir vorstellen, daß mein Leben nicht mehr viel wert wäre, wenn sie wüßten, daß ich einen Verdacht habe.« Er beugte sich näher zu ihm hin und senkte die Stimme erneut zu einem Flüstern. »Einmal frühmorgens habe ich Spuren von schmutzigen Schuhen auf der Terrasse gesehen, als ich aus meinem Fenster geschaut habe. Ich konnte nicht genau sagen, wohin sie führten, aber es sah so aus, als wäre jemand unten zum Fenster hineingestiegen, Sir! Ich habe mich angezogen, so schnell ich konnte, aber als ich hinunterkam, waren sie weg. Weg, als wären sie nie dagewesen!« Er schürzte die Lippen und starrte den jungen Captain feierlich an.

Das war knapp! dachte Delacourt. »Sind Sie ganz sicher?« fragte er. »Es könnte keine Täuschung im schwachen Licht gewesen sein?«

»Nein, Sir! Ich habe überlegt, was ich tun sollte, und — da Sie Co-

lonel Cunningham kennen, habe ich beschlossen, zu ihm zu gehen.«
Delacourt blickte einen Moment in das Gesicht, das vor Eifer glühte, dann rollte er seinen Stuhl ein wenig beiseite. Langsam sagte er: »Ich wünschte, Sie wären ein weniger guter Beobachter, Sidley.«
Er hörte den Butler zischend einatmen und auf die Füße springen.
Mit unterdrückter Aufregung in der Stimme sagte Sidley: »Ich wußte es! Ich dachte es mir schon, weil es Sie nicht sehr erregt hat, was ich Ihnen gesagt habe, Sir. Sie verfolgen also einen Plan, nicht wahr? Der Colonel weiß alles.«
Delacourt sah ihn wieder an. »Sie haben's begriffen. Sie sind ein äußerst gerissener Bursche, das muß ich sagen.« Er sah, wie die fahle Haut Sidleys sich vor Freude rötete, und fuhr fort: »Sie können uns helfen. Die Sache ist die – wir sind hinter einem größeren Fisch her als MacTavish.«
»Größer . . .? Oh! Mir verschlägt es die Sprache! Sie meinen diesen verd . . . Ligun Doone?«
Delacourt senkte den Blick und murmelte: »Das habe ich nicht gesagt, denken Sie daran.«
»Ganz recht, Sir. Bei allen himmlischen Mächten, das ist ja großartig! Sie sind also hierher *geschickt* worden, nicht wahr, Captain? Und MacTavish glaubt, es sei alles seine Idee gewesen! Er glaubt, Sie zu benutzen, während Sie die ganze Zeit dabei sind, dem wirklichen Verräter eine Falle zu stellen.«
»Hmmm«, meinte Delacourt. »Ich nehme an, so könnte man es sagen. Ich würde es dennoch vorziehen – Colonel Cunningham würde es vorziehen –, wenn Sie nichts sagten. Berichten Sie mir alles, was Sie sehen, aber Sie müssen teuflisch vorsichtig sein und allen meinen Anweisungen gehorchen, ohne Fragen zu stellen. Wenn Sie nicht glauben, daß Sie das fertigbringen, Sidley, fürchte ich, müssen wir Sie wegschicken. Wir können uns diese Sache nicht verderben lassen.«
»Bei Gott, nein, Sir! Oh, wenn ich das nur meiner Frau erzählen könnte!«

Delacourt lächelte leise. »Ich nehme an, sie wird froh sein, wenn Doone hängt.«
»Ich weiß nicht, Sir. Frauen sind seltsam, wissen Sie. Aber — was mich betrifft, das ist wie die Erhörung eines Gebets! Wenn sie Doone in Stücke gehackt haben und sein Kopf auf dem Tor des Tower steckt, dann wird mein Sohn gerächt sein! Gott sei gepriesen! Oh, ich werde Ihnen gehorchen, Sir. Was auch immer Sie sagen. Wie soll ich Ihnen Nachrichten übermitteln? Über Ihren Diener?«
»Ja. Lockerbie ist vertrauenswürdig. Er hegt keine Sympathien für die Stuarts. Wenn ich Sie brauche, wird er Ihnen ein Briefchen zustecken, und wenn Sie Neuigkeiten für mich haben, können Sie sie ihm übermitteln.«
»Ja, Sir.« Sidley ging auf die Tür zu, aber bevor er sie öffnete, drehte er sich noch einmal um. Seine Augen leuchteten. »Sie können nicht wissen, wieviel das für mich bedeutet, Captain Delacourt. Ich wünsche mir nur eins — daß meine Hand es sein könnte, die das Beil führt!« Er grinste schauerlich, dann sagte er erschrocken: »Oh, es tut mir leid, Sir! Ich habe mich so mitreißen lassen, daß ich es vergessen habe. Wenn es Ihnen recht ist, mache ich Sie für die Nacht fertig.«
Delacourt dankte ihm, sagte aber, daß er schon sehr erholt sei und zurechtkommen würde, bis Lockerbie von seinem Spaziergang zurückkehrte. Es war vielleicht verrückt, aber er fand keinen Gefallen daran, sich von einem Mann ins Nachthemd helfen zu lassen, der danach lechzte, ihn in Stücke zu hacken.

»MacTavish sagt, daß Captain Delacourt einen Plan hat, wie sie dieses Wochenende gefahrlos fortkommen können«, sagte Hortense, die sorgfältig einen falschen Stich in ihrer Stickerei auftrennte. »Dieser Französische Knoten ist mühsam. Ich schwöre, der Mann ist ein Wunder, in all diesen ständigen Aufregungen — oh, lieber Himmel, lieber Himmel!«
Prudence, die neben ihr im Schatten des Gebüschs saß und dachte, daß das Wunder ihrer Tante ihr in den letzten beiden Tagen an-

scheinend ausgewichen war, sah bei dieser Veränderung im Tonfall auf. Colonel Cunningham, gefolgt von zwei Soldaten, marschierte in schnellem Schritt auf sie zu. Ihr Herz machte einen Satz. Leise sagte sie: »Wir müssen sehr vorsichtig sein, meine Liebe. Er ist eine schrecklich gefährliche Kreatur.« Sie beobachtete ängstlich ihre nervöse Tante, aber da Menschenleben auf dem Spiel standen, schien Hortense auf unerwartete Kraftreserven zurückzugreifen. Sie war vielleicht ein wenig blaß, aber die Hand, die sie ausstreckte, zitterte nicht, und sie sagte völlig ruhig: »Guten Morgen, Colonel. Wie tatkräftig Sie sind. Ich sage Ihnen, dieses schwüle Wetter wird mich noch ganz entkräften.«
»Ich darf nicht entkräftet sein, Ma'am«, antwortete er und beugte sich über ihre Hand. »Das steht nicht in den Vorschriften Ihrer Majestät, wissen Sie, und außerdem hält uns dieser Kerl von Doone in Atem. Gestern wurde er in den Bergen gesehen. Sie würden gut daran tun, sich vorzusehen, Ladies. Da Captain Delacourt hier wohnt, würde man Sie als Feinde aller Rebellen betrachten, und man kann gar nicht sagen, welche Rache er und seine Mordbuben üben würden.«
Prudence blinzelte ihn an. »Du meine Güte! Führt er eine Schlägerbande an?«
»Er hat seine Leute überall, Miss MacTavish. Und überall, wo *er* ist, bekommen wir größeren Ärger. Ich bin hier, um ein Wort mit Ihrem Vater zu sprechen. Ist er in der Nähe?«
Hortense faltete ihre Stickerei zusammen und steckte sie in ihren Handarbeitsbeutel. »Ich glaube, er hatte vor, den Captain auf eine kleine Spazierfahrt mitzunehmen. Der arme Junge sah heute morgen so matt aus, es wird ihm wahrscheinlich guttun. Wir suchen am besten nach Mrs. Cairn, denn ich bin sicher, sie weiß, wann sie zurückkommen wollten. Kommst du mit hinein, Liebes?«
Prudence sagte, sie würde noch ein Weilchen im Garten bleiben, und ihre Tante verließ sie mit dem Colonel, der neben ihr herstapfte. Die Soldaten sahen sich gegenseitig an, als überlegten sie, ob es nötig sei, neben der jungen Lady Wache zu stehen, dann folgten sie ihrem Offizier.

Prudence setzte sich wieder, nahm ihren Stift und starrte blicklos auf ihren Skizzenblock; sie gab sich dem Gefühl hin, schlecht behandelt worden zu sein, und fürchtete sich vor den Launen des Schicksals. Sie hörte Räder auf der Auffahrt und dachte, ihr Papa würde sicher nicht entzückt sein, Cunningham vorzufinden, der auf ihn wartete. Die Stimmen, die sie kurz darauf hörte, widersprachen dieser Schlußfolgerung jedoch. Lord Briley und Miss Clandon kamen auf die Terrasse heraus und plauderten fröhlich. Sie sahen so sorglos und glücklich zusammen aus. Es wurde mehr und mehr offenbar, daß Seine Lordschaft die Lady sehr begehrenswert fand. Seine Absichten konnten jedoch nicht ehrbar sein, denn sie stammte zwar aus guter Familie, war aber doch keine geeignete Gefährtin für einen Mann seines Ranges. Da, man mußte nur sehen, wie sie ihm ihre Hand in ihrer netten, impulsiven Art entgegenstreckte. Lord Briley blieb sofort stehen, nahm die kleine Hand und küßte sie sehnsüchtig. Miss Clandon lachte ihn an, neigte sich näher zu ihm, dann entfernte sie sich launisch.
Unerklärlicherweise verärgert, zog Prudence ihren Stuhl weiter in den Schatten des Apfelbaumes. Sie hatte keine Lust, mit ihnen zu reden. Seine Lordschaft war unterhaltsam, aber nicht loyal, da er der Geliebten seines Freundes nachlief. Und Miss Clandon war dem Mann untreu, der sie so sehr brauchte. Und da dieser Mann Ligun Doone war — wahrhaftig, das war unverzeihlich! Bei dieser bitteren Kritik, die so im Gegensatz zu ihrer insgesamt sonnigen Natur stand, fühlte sie sich elend und beschämt. Sie beobachtete das Paar, das langsam über den grünen Rasen spazierte, Seine Lordschaft prächtig gekleidet in beigefarbenen Samt, Miss Clandon in einem hellgelben Kleid, das sich herausfordernd um sie bauschte. Sie gaben ein hübsches Bild ab. Sie nahm ihren Stift und begann mit schnellen, sicheren Strichen zu skizzieren.
»Oh, sehen Sie, Mylord! Da ist Miss MacTavish.«
Prudence blickte auf. Sie standen beinahe vor ihr. Sie lächelte und winkte, und als sie mit einem warmen Lächeln antworteten und

zu ihr kamen, bedauerte sie ihr hartes Urteil und sagte: »Wie nett, daß Sie gekommen sind. Ich hoffe, daß Sie diesmal bei uns bleiben, Miss Clandon.«
»Ja, ich danke Ihnen.« Miss Clandon knickste bescheiden. »Ihr Vater war so freundlich, mich für das ganze Wochenende einzuladen.«
Seine Lordschaft fragte: »Waß macht der alte Geoff? Ihr Butler hat mir geßagt, er ßei draußen mit Ihrem Vater.«
»Nur eine Spazierfahrt, glaube ich, Sir. Aber meine Tante hat mir gesagt, daß der Captain einen Plan ausgearbeitet hat, um unsere Verwundeten sicher von hier wegzuschaffen.«
»Ich glaube, daß hat er, aber ich bezweifle, daß er zufrieden damit ißt.«
»Natürlich nicht«, lächelte Miss Clandon. »Geoffrey ist nie zufrieden, und trotzdem klappen seine Pläne immer.«
»Er ist ein sehr kluger Gentleman«, meinte Prudence.
»Oder ßo unverschämt, daß niemand mit ßeinen Waghalßigkeiten rechnet«, schränkte Briley ein. »Er geht zu viele Rißiken ein. Ich werde nur zu froh ßein, wenn er wieder gemütlich in England ßitzt.« Er blickte finster drein. »Wann daß auch ßein mag.«
Prudence meinte: »Er sagte mir, daß er nicht erwartet, noch lange hier zu sein, daher —«
»Wann hat er das gesagt?« fragte Miss Clandon scharf.
»Gütiger Gott!« rief Briley aus, der zum Haus hinübergesehen hatte. »Waß zum Teufel macht *er* hier schon wieder?«
Colonel Cunningham und seine kleine Eskorte kamen wieder über den Rasen.
Prudence stöhnte leise auf. Miss Clandon ließ ein entzücktes, trillerndes Lachen hören und ergriff den Skizzenblock. »Sehen Sie nur, Thaddeus! Miss MacTavish hat eine ganz reizende Zeichnung von uns angefertigt!«
Briley drehte sich sofort um. »Gut gemacht, meine Liebe«, murmelte er.
Prudence war angesichts dieser Vertraulichkeit leicht verblüfft,

bis ihr klar wurde, daß er nicht ihre künstlerische Geschicklichkeit, sondern Miss Clandons Schauspielkunst gemeint hatte.
»Ich muß ßagen«, lispelte er, nahm den Block und musterte die Skizze bewundernd, »Ssie ßind sehr begabt, Ma'am«, und leise flüsternd fragte er: »Waß *tut* er hier?«
»Er will meinen Papa sprechen — sagt er«, flüsterte sie zurück und fügte mit lauter Stimme hinzu: »Schmeichler! Soll ich es vielleicht für Sie malen?«
Eifrig sagte Miss Clandon: »Würden Sie das tun? O ja, bitte. Es wäre eine so hübsche Erinnerung.« Briley warf ihr einen raschen Blick zu. Sie hob die Stimme und rief: »Colonel! Sehen Sie nur, wie talentiert unsere liebe Miss MacTavish ist.«
Cunningham gesellte sich zu ihnen, verbeugte sich vor Miss Clandon, schüttelte Seiner Lordschaft die Hand, wobei er anscheinend die Rüschen dieses Gentlemans in Unordnung brachte, und bewunderte die Skizze mit großer Begeisterung. »Zum Donnerwetter, Sie sind aber geschickt, Ma'am! Wie gut Sie den Ausdruck ihrer Gesichter getroffen haben: Seine Lordschaft so fröhlich, und Miss Clandon ein klein wenig melancholisch.«
Leicht aus dem Gleichgewicht stammelte Miss Clandon: »Melancholisch? Oh, wirke ich so?«
Alle sahen auf die Skizze. Prudence hatte es beim Zeichnen nicht bemerkt, aber es stimmte; in dem Lächeln, das sie festgehalten hatte, lag eine leise Traurigkeit. *Gütiger Himmel! Ich habe es gezeichnet und nicht bemerkt, aber er hat es sofort gesehen. Wie scharfsinnig er ist!* dachte sie. »Was für ein Auge Sie haben, Colonel«, sagte sie.
Er war erfreut und erklärte mitteilsam, er sei ein Bewunderer von Kunst. »Und ich glaube, ich erkenne ein gutes Werk, wenn ich es sehe. Ich wäre sehr dankbar, Miss MacTavish, wenn Sie mir erlauben würden, mehrere von Ihren Zeichnungen zu sehen. Wäre das zu aufdringlich?«
Zynisch dachte sie, daß er natürlich versuchte, freundlich zu den Einwohnern des Landes zu sein, sich wahrscheinlich aber nicht mehr für Kunst interessierte als der Mann im Mond. Den-

noch konnte sie nicht anders, als sich geschmeichelt zu fühlen, als sie zum Haus voranging und dann zu dem Zimmer im ersten Stock, das allgemein *Miss Prues Arbeitszimmer* genannt wurde.

X

Ernst sagte Delacourt: »Ich sage Ihnen, Sir, Thad ähnelt dem Hohlkopf, den er spielt, sehr wenig. Er ist ein wirklich prächtiger Bursche. Er hat in Holland gekämpft und sich einen großartigen Ruf erworben. Wußten Sie das?«

»Meine Tochter sagte, er sei ein Major.« MacTavish zügelte das Gespann, bis es im Schritt ging. »Hat er den Abschied genommen?«

»Als dienstuntauglich entlassen, Sir. Er hat die Kämpfe heil überstanden, wurde aber nach Dettingen von einem Heckenschützen böse verwundet, und man hielt ihn für verloren.« Sein Lächeln war freudlos, als er sagte: »Glücklicherweise gelang es ihm, seine Ärzte zu widerlegen.«

MacTavish runzelte die Stirn, und einen Augenblick lang schwiegen beide. Dann sagte er: »Ich nehme an, er wird uns sehr bald verlassen.«

»Sonntag morgen. Aber leider nicht, um nach England zu gehen.«

»Was? Aber — ich dachte — angesichts dieses verdammten Butlers, den ich beschäftige —«

»*Wegen* Ihres verdammten Butlers. Verstehen Sie nicht, Sir? Ich hatte die Absicht, selbst der begleitende Offizier unserer Rebellen zu sein, aber —«

MacTavish starrte ihn an. »*Sie?* Sie sind verrückt!«

Delacourt wehrte mit einer ungeduldigen Geste ab. »Ich habe alles hundertmal durchdacht. Ich bin ihre beste Hoffnung. Ihre einzige Hoffnung vielleicht. Wir können meine Schotten als Soldaten verkleiden, aber sollten sie auf eine Patrouille treffen, muß der Offizier auf jeden Fall etwas sagen, und er *muß* Engländer sein.«

»Dann werde *ich* der Offizier sein!« Erschrocken von seiner eigenen Impulsivität, erbleichte MacTavish und fuhr mit deutlich geringerem Ungestüm fort: »Ich, äh, ich glaube, mein Englisch ist ebenso gut wie Ihres.«

»Oh, sicher, Sir. Für einen Schotten. Aber lassen Sie einen Engländer ein oder zwei Minuten lang zuhören, und er hat Sie ertappt! Man kann uns nicht nachmachen, leider. Zumindest — nicht ohne eingehende Übung. Ihre *R*s sind ein wenig guttural, wenn Sie verärgert sind.« Er lächelte schwach. »Ihre Tochter hat ähnliche Ausrutscher.«

MacTavish stieß ein kurzes, bellendes Lachen aus. »Oh, Prudence wird absolut schottisch, wenn sie erzürnt ist, das kann ich Ihnen versichern. Aber — seien Sie vernünftig, Mann! Wenn Sie nachts ausreiten, kommen Sie immer völlig kaputt zurück. Wie stellen Sie es sich vor, fünfundzwanzig Meilen lang im Sattel zu sitzen?«

»Indem Lockerbie mir mit einer Kalesche nachkommt. Ich habe es geschafft, in die Berge zu reiten, als Willie Mayhew keinem anderen trauen wollte.« Mit einem Anflug von Heftigkeit sagte er: »Verdammt noch mal, sie könnten mich in den Sattel kleben, wenn es nötig wäre! Ich *weiß*, daß ich es geschafft hätte.«

Der Geist ist willig, dachte MacTavish. Und mit Bedauern fragte er: »*Wußten* Sie Donnerstag in der Nacht, daß Sie durch Ihr Zimmer gehen konnten? Sie müssen zugeben, daß Sie unter solchen Attacken leiden. Was wäre, wenn Sie eine erleiden, während Sie mit einer Patrouille sprechen?«

»Oh, das könnte man erklären, irgendwie. Nur« — Delacourt blickte finster — »jetzt hilft es nichts mehr, verflucht noch mal!«

»Wegen Sidley. Bei Gott, der Bursche ist eine Bedrohung für Sie! Für uns alle! Schaffen Sie ihn sich vom Hals!«

»Leicht gesagt, Sir. Aber ich bezweifle, daß Sie auf den Abzug drücken würden. Genausowenig würde ich es tun. Der arme Teufel hat alles erlebt, was ein Mensch nur ertragen kann. Ich habe ihn davon überzeugt, daß ich als Cunninghams Spion in Lakepoint bin, und er ist bereit — begierig — jedem Befehl zu gehorchen, den ich ihm erteile. Deshalb bin ich auf den Gedanken gekommen . . .« Er machte eine Pause, dann fuhr er mit einem schie-

fen Grinsen fort: »Nun, wie ich sagte, der Offizier muß ein Engländer sein.«
MacTavish starrte ihn an, dann stieß er einen belustigten Pfiff aus. »Na, Sie sind ein Halunke! Erinnern Sie mich stets daran, daß ich nie Ihr Mißfallen auf mich ziehe! Ich schwöre, Sie würden mich auf ein Schiff verladen und auf irgendeine afrikanische Bergspitze versetzen!«
»Schrecklich, nicht wahr? Armer Kerl. Aber ich habe vor, meinen Männern die Anweisung zu geben, daß sie ihn freundlich behandeln sollen, und ich werde mich darum kümmern, daß seine Frau mit genügend Mitteln versehen wird, bis dies alles erledigt ist und man ihn ihr zurückbringt.«
MacTavish sah ihn verblüfft an. »Ich bezahle ihn gut genug, Delacourt, und verdammt will ich sein, wenn ich verstehe, warum Sie sich solche Sorgen machen. Er ist ein heimtückischer Hund und hat uns nachspioniert, nur zu eifrig, uns alle auf Gedeih und Verderb an Cunningham auszuliefern.« Delacourt reckte das Kinn, sagte aber nichts, und MacTavish fuhr fort: »Wollen Sie vielleicht, daß der Kopf meiner Tochter das Tor des Tower schmückt?«
Delacourt erbleichte. »Allmächtiger Gott! Denken Sie doch nicht an etwas so Entsetzliches!«
»Es ist nicht jenseits aller Möglichkeiten, leider. Aber nun, wie wollen Sie ihn überzeugen? Sicher wird er denken, daß einer von Cunninghams Offizieren die Aufsicht über die Rebellen übernehmen sollte?«
»Ja, natürlich. Aber ich habe ihm gesagt, daß er sich als Jakobit ausgeben wird, der sich für einen englischen Offizier ausgibt, der Gefangene beaufsichtigt, aber in Wirklichkeit weiß, daß er unterwegs auf andere Jakobiten treffen wird, die beabsichtigen, die verwundeten Männer in Sicherheit zu bringen.«
MacTavish lachte. »Und warum sollte er so etwas Hirnverbranntes tun, wenn er sie einfach unserem schlauen Colonel melden könnte?«
»Nun, um mehr über Ligun Doone und seine verwerflichen Hel-

fershelfer in Erfahrung zu bringen, natürlich. Danach wird die Kavallerie zu seiner Hilfe herbeigaloppieren, und alle Rebellen werden weggeschleppt und erschossen.«

»Wir wollen hoffen, daß das nicht geschieht. Aber trotzdem, er wird eine Menge in Erfahrung bringen. Ich glaube, ich bin kein blutrünstiger Mann, aber ... wenn es Sidley gelingt zu entfliehen! Die Namen, die er nennen könnte! Die Gesichter, die er beschreiben würde!«

»Er wird nicht entkommen, Sir. Aber zur Sicherheit schicke ich Thad Briley mit ihm. Als Sidleys Sergeant.«

Der Gedanke an Major Lord Thaddeus Briley, der einen Sergeanten spielte, während der Butler die Rolle des Captains innehatte, erheiterte MacTavish so sehr, daß er sich die Augen wischen mußte. Er schnaufte: »Wenn ich nur dabeisein könnte, um das zu sehen! Ich — ich hoffe, Sie werden seine Lordschaft instruieren, daß er seinen affektierten Mund hält. Er würde wohl kaum eine Chance haben, einen Satz ohne Zischlaute zustandezubringen, und wenn Cunningham hört, daß bei einer Truppe englischer Soldaten einer war, der die Haltung eines Aristokraten hatte und lispelte, wird er nicht lange im Zweifel sein!«

Delacourt seufzte. »Das ist wahr. Mein Gott, ich wünschte, ich könnte anstelle des alten Thad mitgehen.«

MacTavish wurde wieder ernst und legte die Hand auf den Arm des jüngeren Mannes. »Nein, Junge. Ihr Plan ist viel besser, so wie er ist. So haben Sie einen Vorwand dafür, daß Sidley Ihren Platz einnimmt, und wir sind diesen lästigen Kerl los. Außerdem würde ich mir keine Sorgen um Seine Lordschaft machen. Er scheint ein genügend findiger Bursche zu sein.«

»Ich mache mir keine Sorgen um Thads Mut, Sir. Er ist der beste Mann, den man sich denken kann. Die Sache ist die, daß ich ihn brauche, um unsere verfluchte Geheimbotschaft nach England zu bringen. Wenn irgend etwas schiefgehen sollte ...« Und mit einem plötzlichen Aufflammen von Enttäuschung erklärte er wütend: »Oh, *verdammt*, diese ständige —« Er brach ab, preßte eine Hand auf die Lippen, während er hustete, senkte den Kopf

und hustete erneut; sein Atem klang flach und schmerzhaft keuchend.
MacTavish hielt das Gespann an und beobachtete ihn düster.
Nach ein paar Minuten richtete Delacourt sich gerade auf und lehnte sich gegen die Polster, die Augen geschlossen, das Gesicht wächsern und schweißbedeckt. Er sah schließlich auf, begegnete MacTavishs mitleidigem Blick und lächelte ein wenig verzerrt. »Ich nehme an, das hat mich in meine Schranken verwiesen. Sie können ... jetzt weiterfahren, Sir. Es geht mir besser.«
MacTavish betrachtete ihn schweigend und mit zusammengepreßten Lippen, dann schlug er den Pferden mit den Zügeln auf den Rücken, und die Kutsche fuhr an. »Hoffentlich war das das letzte Mal«, brummte er.
Delacourt sagte: »Ich wäre ruhiger, wenn wir einen besseren Plan hätten. Ist Ihnen etwas eingefallen, Sir?«
MacTavish, der sich schuldbewußt darüber im klaren war, daß er seine Anstrengungen auf seine eigene Arbeit konzentriert hatte, sagte schwach: »Ja. Schaffen Sie sich Sidley vom Hals und lassen Sie die Männer in der Pyramide bleiben, bis Sie kräftiger sind.«
»Sie sprechen von Monaten. Ich habe das Gefühl, daß unsere Zeit knapp bemessen ist, selbst ohne Ihren Butler.«
»Ja, haben Sie das? Eine Vorahnung? Nun, meine Schwägerin würde Ihnen zustimmen. Ihre verwünschten Sterne warnen uns andauernd. Oh, grinsen Sie nur; ich fürchte, Sie halten es für verrückt. Ich kann nur sagen, daß sie diesem faulen Zauber seit Jahren aufsitzt und noch nie so aufgeregt darüber war, was sie in ihnen über uns *liest*, wie sie es jetzt ist.«
»Ich wünschte beim Himmel, daß Mrs. Hortenses Sterne ihr sagen könnten, ob Cunningham etwas über die Geheimbotschaft weiß.«
»Das verhüte der Himmel! Er würde vor nichts zurückschrecken, um sie in seine Hände zu bekommen. Darrran besteht kein Zweifel!«
»Darrran besteht kein Zweifel«, bestätigte Delacourt augenzwin-

kernd, und als MacTavish leise in sich hineinlachte, fuhr er fort: »Zur Sache, Sir. Folgendermaßen soll es ablaufen. Meine Leute bringen morgen nacht die Uniformen, und Sidley, Thad und die, die *Soldaten* sein sollen, werden den Gefangenenwagen am Sonntag vor Morgengrauen begleiten. Wenn alles gut geht, wird Thad spätestens am Dienstag wieder hierher zurückkommen, die Geheimbotschaft abholen und sie zu ihrem Bestimmungsort in England bringen.«

»Das klingt einfach. Aber was ist, wenn nicht alles gut geht?«

Delacourt zuckte die Achseln. »Dann werde ich etwas Neues austüfteln müssen, Sir.«

Am Samstag war es warm und dunstig, der Himmel war weißlich blau, und die Luftfeuchtigkeit machte alle träge. Der Tag verlief ruhig, obwohl die kommenden Ereignisse für mehrere Bewohner von Lakepoint ihre Schatten vorauswarfen, was ihre Nerven bis zu einem fast unerträglichen Grad anspannte.

Der Abend war mild, und nach dem Dinner öffnete man die Terrassentüren, um die kühle Luft hereinzulassen, während MacTavish und Delacourt dasaßen und zuhörten, wie Hortense auf dem Cembalo im Salon eine Sonate für sie spielte. Prudence nahm ihren Platz ein, um für ihre Tante die Notenblätter umzuwenden. Hortense spielte recht gut, auch wenn ihr Tempo nicht immer mit den Anweisungen des Herrn Händel übereinstimmte, und ermutigt vom Applaus, der ihrem ersten Versuch zuteil wurde, ging sie zu einem Menuett über.

Thaddeus Briley, der im Hintergrund des Zimmers saß, rutschte unruhig auf seinem Stuhl hin und her. Er war Opern nicht abgeneigt, vorausgesetzt, der Chor erfreute das Auge, aber Hauskonzerte langweilten ihn. Außerdem mußte er in den frühen Morgenstunden fort, und er konnte sich interessantere Möglichkeiten vorstellen, diese letzten Stunden in Lakepoint zu verbringen. Mit der bezaubernden Miss Clandon zum Beispiel. Er blickte zur Seite. Ein Traumbild in Rosa und naturfarbener Spitze, einen kleinen Strauß rosa Rosen zwischen die hochfrisierten und gepuderten

Locken gesteckt, saß seine angebetete Lady mit ihren anmutig um sie gebauschten Röcken auf einem cremefarbenen kleinen Brokatsofa. Sie erwiderte seinen Blick nicht, aber ihre hübschen Mundwinkel zuckten, und er wußte, daß ihr klar war, daß er sie beobachtete. Er hüstelte leise.

In Miss Clandons Fächer kam Bewegung. Hinter ihm hervor warf sie ihm einen amüsierten Seitenblick zu, und er deutete mit dem Kopf zur Tür, eine Hand flehend aufs Herz gelegt.

Der Fächer senkte sich. Ihre Lippen formten die Worte »Schämen Sie sich!« Aber sie dachte ebenfalls daran, daß er sich sehr bald in Gefahr begeben würde, und so stand sie auf und schlüpfte leise in die Halle.

Wenige Augenblicke später traf Seine Lordschaft im Vorgarten auf sie. Sie fächelte sich zu. »Sie sind sehr ungezogen, Mylord.«

Wie es typisch war für ihn, hatte er ein Mädchen beauftragt, ihren Schal zu bringen, den er ihr nun um die Schultern legte. »Wenn eß ungezogen ißt, ein ßo schöneß Geschöpf wie Ihre liebreizende Perßon heiß zu verehren ...« murmelte er.

Sie lehnte sich in seinen Arm und sah zu ihm auf, aber als er sich herunterbeugte, um sie zu küssen, glitt der Fächer dazwischen. »Schlingel«, schalt sie ihn. »Haben Sie gar keinen Sinn für Schicklichkeit?«

»Auf dem Schiff hierher —« begann er.

»Denken Sie nicht mehr daran! Und außerdem war es sehr unrecht von mir. Ich möchte nicht, daß Sie mich für ein leichtes Mädchen halten, Sir.«

Er bot ihr seinen Arm, sie legte die behandschuhten Finger darauf, und sie spazierten langsam durch die süß duftende Nacht. »Ich glaube, Ssie ßind alleß, waß rein und schön ißt«, sagte er mit ungewöhnlicher Feierlichkeit. »Ich glaube, ich war noch nie ßo glücklich, alß wenn ich mit Ihnen zußammen bin.«

Sie lachte ein wenig verunsichert. »Schmeichler! Sie hören sich an, als wäre ich vollkommen, und ich bin es nicht, wissen Sie.«

Humorvoll sagte er: »Ssie *wären* perfekt — wenn Ssie nur einen anderen Namen hätten. Wenn ich Ssie Miß Clandon nenne, bin ich verloren. Wenn ich Ssie Elißabeth nenne – auch nicht besser. Ein Mann, der lißpelt, muß eine Lady namens Jane oder Aurelia finden. Ssie haben keine Ahnung, welche Prüfung eß ißt, wenn man verßucht, romantisch zu ßein und nicht einmal den Namen deß angebeteten Mädchenß richtig außßprechen kann.« Er stieß einen übertriebenen Seufzer aus und schwenkte sein spitzengesäumtes Taschentuch in einer verzweifelten Geste.

Sie blieb stehen und sah ihn an. »Und – beten Sie mich an, Mylord?«

Seine Augen lachten nicht mehr. »Ssie wißen, daß ich Ssie anbete.«

»Danke. Und – Sie können mich Betty nennen.«

Jubelnd rief er: »Wundervoll! Mein Problem exißtiert nicht mehr!« Er nahm ihre Hand und küßte die warme Handfläche.

Miss Clandons Augen, die den herabgebeugten Kopf betrachteten, waren weich vor Zärtlichkeit. Sie murmelte: »Ich habe nicht viele Gentlemen, die beteuern, daß sie mich anbeten. Ich bete dafür, daß Sie mir diesen einen sicher zurückbringen, Thaddeus.«

»Wenn ich daß tue«, antwortete er, plötzlich sehr ernst, »dann werde ich um daß Recht bitten, bei Ihrem Papa um Ssie anzuhalten.«

Selbst jetzt hatte sie nicht wirklich geglaubt, daß er eine Heirat im Sinn hatte. Sie schnappte nach Luft, plötzlich füllten Tränen ihre Augen, und sie entfernte sich rasch einige Schritte von ihm. Er ging ihr nach, um sich hinter sie zu stellen und sie an den Schultern zu nehmen. »Betty, mein liebßteß Mädchen ... Ich bin ein nichtßwürdiger Kerl und ich lißple schauderhaft, ich weiß, aber –«

»Nichtswürdig!« Sie drehte sich hastig um und rief empört aus: »Sie sind den ganzen Weg nach Prestonpans gekommen, um Ihrem Freund zu helfen, wo Sie konnten! Sie sind mit mir auf diesem entsetzlichen Schiff an einen Ort gereist, den Sie – da Sie ein armer Sassenach sind und Schönheit nicht erkennen, wenn Sie sie sehen – wahrscheinlich für einsam und öde halten! Ich weiß, daß Sie unseren Flüchtlingen in England geholfen haben, und morgen werden Sie Ihr Leben riskieren – und Sie nennen sich selbst *nichtswürdig?*«

»Ich bin wirklich ein großer Held, jetzt, da Ssie mich daran erinnern«, gab er zu. »Weshalb Ssie mir nicht nein ßagen dürfen, Ma'am.« Er sah, wie ihre Augen sich umwölkten, und sie schüttelte den Kopf und wollte ihm schon antworten. Erschrocken legte er ihr die Hand auf die Lippen. »Nein, nein. Ssie können eß nicht leugnen, wenn der Held in die Schlacht zieht, ißt ßeine Lady *abßolument* verpflichtet, ihn mit Hoffnung im Herzen fortzuschicken.« Abrupt ließ er von seiner Frivolität ab und fragte wehmütig: »Können Ssie mir keine Hoffnung geben, schöne Betty?«
Wie lieb er ist, dachte sie. *Wie höflich und freundlich und stark. Der Inbegriff eines Gentlemans.* Und mit Tränen in den Wimpern sagte sie heiser: »Keine — fürchte ich.«
Einige Zeit später rollte Delacourt, der sich ebenfalls feige zurückgezogen hatte, seinen Stuhl die Terrasse entlang auf einen glimmenden Zigarillo und den Mann zu, der auf der Balustrade saß und über den mondbeschienenen Rasen blickte. »Nun, Thad«, sagte er, »was ist dein Schicksal, alter Junge?«
Die leicht zusammengesunkene Gestalt richtete sich auf. Briley antwortete: »Die Lady hat Köpfchen. Hat mir einen Korb gegeben. Kategorisch.«
Delacourt, der gewußt hatte, wie das Urteil lauten würde, sagte mitleidig: »Oh, kein Glück. Mein Beileid. Aber das ist kaum eine normale Atmosphäre. Wenn du nur ihren Vater überreden kannst, mit ihr auf Besuch nach Wiltshire zu kommen, vielleicht, wenn sie dich in deiner natürlichen Umgebung sieht —«
»Du meinßt« — Briley sah ihm direkt ins Gesicht — »wenn ich ßie mit der Pracht von Dunßter Court beßtechen würde —« Er fluchte und drehte den Kopf weg. »Kein Wunder, daß Betty mich nicht haben will, wie? Einen Mann, der nicht einmal ßeinen eigenen Namen außßprechen kann!«
»So ein Unsinn! Elizabeth ist kein Mädchen, das davon abgeschreckt wird, daß du lispelst.«
»Oder — weil du eß nicht tußt?«
Delacourt erhob sich von seinem Stuhl und legte eine Hand auf Brileys breite Schulter. Bevor er etwas sagen konnte, machte Seine

Lordschaft sich los und stand mit dem Rücken zu ihm. »Das war verabscheuenßwürdig. Tut mir leid, Geoff. Ich weiß, daß zwischen euch nur Ssympathie ist. Ich benehme mich wie ein winßelnder Köter ...« Er drehte sich wieder um, das vertraute Grinsen um die Mundwinkel, die Augen jedoch verschleiert. »Eß ißt mein verdammter Titel, verßtehßt du. Hat ßie richtig abgeschreckt. Und ihre Liebe zu ihrem Land.« Seine Stimme wurde ein wenig brüchig. Hastig redete er weiter: »Ich glaube, du bißt beßer dran — wie?«

Delacourt starrte ihn einen Augenblick lang verständnislos an, dann setzte er sich wieder in seinen Stuhl. »O nein«, sagte er heiter. »Die kleine Prudence ist ein reizendes Mädchen, aber wir haben nur eine kleine Liebschaft, einen Sommer lang.« Er sah, wie sein Freund ihm mit einem schockierten Gesichtsausdruck einen schnellen Blick zuwarf und fügte mit hochgezogenen Brauen hinzu: »Dachtest du, es sei eine ernste Bindung? Närrischer Kerl. Wir würden nicht zusammenpassen, weißt du. Außerdem glaube ich, daß unsere Herzen — äh, anderswo gebunden sind.«

Lord Briley nahm den Stuhl und schob ihn über die Terrasse. »Ich erinnere mich nicht, daß du eine zärtliche Neigung zu einer der Londoner Ladies hattest«, murmelte er.

»Ah, aber ich erzähle dir doch nicht alle meine Geheimnisse.«

»Alle! Verdammt, Geoff! Ich glaube, du erzählst mir *gar* keine.«

Delacourt lachte.

Als die Türen sich hinter ihnen geschlossen hatten, war im Garten alles ruhig. Der Mond glitt langsam im Westen über den Himmel, ein sanfter Nachtwind rauschte in den Baumwipfeln und raschelte im Gebüsch. Nach einer Weile verstummte die Musik, die fröhlich aus den Fenstern drang; die Lichter im Erdgeschoß gingen aus, eines nach dem anderen, und man konnte den Schein der Kerzen sehen, die nach oben getragen wurden. Bernsteinfarbenes Licht erhellte die Fenster im ersten, dann im zweiten Stock. Das Klicken von Schlössern, die zugedreht wurden, war zu hören. Zwei Kerzen wurden weiter hinauf in den dritten Stock getragen.

Die Zeit verstrich. Die Lampen und Kerzenhalter im zweiten Stock erloschen, die beiden beleuchteten Fenster im dritten Stock wurden dunkel, und das große Haus lag schweigend da.

Die Verschwörer waren übereingekommen, daß nur diejenigen, die direkt in die Ereignisse verwickelt waren, in dieser Nacht ihre Zimmer verlassen würden, um nicht den Verdacht der Diener zu erregen. James MacTavish war darüber belustigt und sagte, wie er seine Dienerschaft kenne, würden sie sehr wohl bemerken, was vor sich ging. Nichtsdestotrotz wurde jede Anstrengung unternommen, um den Anschein der Normalität aufrechtzuerhalten, und jeder, der in Lakepoint weilte und nichts von den verräterischen Aktivitäten wußte, hätte angenommen, daß alle im Hause friedlich schliefen. Tatsächlich waren nur wenige zu Bett gegangen. Fenster standen offen, und Ohren waren gespitzt, um die ersten Laute näherkommender Reiter zu erlauschen. Elizabeth Clandon wartete leise weinend und flüsterte einige besonders flehende Gebete für einen lispelnden jungen Mann mit bernsteinfarbenen Augen und Sommersprossen. Hortense saß aufrecht im Bett, schlang die Arme um die Knie und machte sich Sorgen darüber, was die Sterne über ein Mitglied des Haushalts mitgeteilt hatten. Prudence kniete vor einem Skizzenblock, den sie auf das Fensterbrett ihres Schlafzimmers gestellt hatte, und das Mondlicht beschien die Seite, auf der sie die Zeichnung eines jungen Mannes mit einem schmalen, feinknochigen Gesicht und einem stolz gereckten Kinn betrachtete.

In seinem verwandelten Schlafzimmer, in dem die schweren Vorhänge zugezogen waren, um das Kerzenlicht zu verbergen, saß ebendieser junge Mann in seinem Rollstuhl und sah zu, wie ein aufgeregter Butler seine Uniform anzog. Mylord Briley räkelte sich auf dem Bett und gab unnütze, aber lustige Hinweise, die Sidley halfen, seine angespannten Nerven unter Kontrolle zu halten.

Draußen in den Ställen diskutierten Lockerbie und Cole über die Politik der Jakobiten und von König George, während sie Essens-

vorräte in einen Wagen packten, der schon untertags von der Farm hergefahren worden war.
Prudence schlug den Skizzenblock zu, seufzte und blickte hinaus in die Nacht. So war sie die erste, die einen Blick auf die näherkommenden Reiter erhaschte. Sie wurde starr, runzelte verwirrt die Brauen und stand auf, dann kniete sie sich wieder auf die Kissen und zählte. »Acht ... zehn ... zwölf ...« Ihr Herz begann wild zu hämmern. Sie sprang von ihrem Sitz, nahm sich nicht die Zeit, einen Morgenmantel oder Pantoffeln überzuziehen, sondern raste wild durch die Halle und sauste wie ein Gespenst die Treppen hinunter.
Als sie das Erdgeschoß erreicht hatte, lief sie zur Tür des Captains und riß sie weit auf.
Sidley war glücklicherweise schon zum Stall gegangen, aber Delacourt wirbelte in seinem Rollstuhl herum, seine Brauen zogen sich ärgerlich zu einem dunklen Strich über seiner Nase zusammen. »Was zum Teufel ...?«
Briley, der auf dem Bett herumgelungert hatte, sprang auf die Beine, sein Gesicht wurde sehr rot und seine Augen sehr rund, als er Prudences Nachthemd und ihre bloßen Füße sah.
Schnell trat sie ins Zimmer, schloß die Tür und keuchte atemlos: »Captain Delacourt, aus welcher Richtung kommen Ihre Leute? Von Osten?«
»Nein!« Er lehnte sich in seinem Stuhl nach vorn und betrachtete sie mit zusammengekniffenen Augen. »Was haben Sie gesehen, Ma'am?«
»Reiter«, keuchte sie. »Fünfzehn bis zwanzig. In Zweierreihen.«
Er schlug sich mit der Faust in die Hand und stöhnte verzweifelt: »Verdammt noch mal!«
»Lieber Gott im Himmel!« rief Briley aus. »Jetzt ißt der Fuchß im Hühnerßtall, kein Zweifel. Waß zum Teufel willßt du tun?«

XI

Cunningham! dachte Delacourt zornig. *Cunningham!*

Zu Prudence sagte er: »Gott segne Sie, tapferes Mädchen.« In einem Winkel seines Gehirns bewahrte er das Bild, das sie bot, mit dem langen, glänzenden Haar, das über ihre Schultern fiel, in dem köstlichen Nachthemd, das sich um ihre schöne Figur bauschte. »Laufen Sie und holen Sie so schnell wie möglich Ihr Fernglas und geben Sie es Ihrem Vater. Er wird bestätigen können, ob es unsere Leute oder die von Cunningham sind.« Prudence floh, und er wandte sich an Briley. »Thad, Sidley darf die Soldaten nicht sehen, wenn es welche sind.«

»Und du glaubst, es sind Soldaten, nicht wahr, mein Süßer?«

Delacourt grinste anerkennend über diese kühlen, gedehnten Worte. »Ja. Wahrscheinlich überwacht er immer noch den armen alten Kerbie und meinen Pferdeknecht. Geh hinaus und sag ihnen, daß Prämienjäger auf uns zukommen und den ganzen Plan verderben werden, wenn sie uns entlarven. Schick ihn hinauf in sein Zimmer – Nein, warte! Von da oben kann er sie sehen. Zur Hölle! Schick ihn – Ah, ich hab's! Hinter den Ställen ist ein alter Schuppen. Sag ihm, er soll sich dort ein Weilchen verstecken. Dann warne die Jungs in der Pyramide und schick Kerbie hierher, so schnell, wie es geht!« Briley rannte zur Tür. Delacourt rief: »Oh, und sag Cole, daß er ein schnelles Pferd satteln soll.« Briley nickte, und fort war er.

Delacourt lehnte den Kopf zurück; ein Gedanke jagte in ihm den anderen. Die *Eskorte*, nach der er geschickt hatte, würde jeden Moment ankommen. Sie war bereits verspätet. Die Männer mußten gewarnt werden, oder sie würden in eine Falle reiten. O Gott! Hatte Cunningham ihren Plan herausbekommen? Er packte die Lehnen des Stuhls, während er gegen den Unmut ankämpfte, daß

er nicht mehr tun konnte, als hier zu sitzen und Pläne zu schmieden.
Die Tür ging auf. James MacTavish eilte herein, gekleidet in einen buntkarierten Morgenmantel, das lichte Haar zerzaust und unordentlich. Delacourt fragte: »Soldaten?«, und der ältere Mann nickte. »Glauben Sie, sie kommen hierher?«
»Wenn sie um diese Nachtzeit hierherkommen, sind wir verraten, Junge.«
Wieder sprang die Tür auf, und mit grimmigem Gesicht kam Lockerbie hereingerannt. »Was ist mit diesem Wagen, Sir? Er wirrrd uns verrraten, ganz sicher, wenn —«
»Mach dir darüber jetzt keine Gedanken. Kerbie, wir müssen Dermott und MacWilliams warnen, sonst reiten sie in einen Hinterhalt. Ich wünschte bei Gott, daß ich dich nicht darum bitten müßte, aber —«
Lockerbie grinste und unterbrach ihn: »Was soll ich ihnen sagen, Sirrr?«
»Sie sollen sich verstecken, bis wir wissen, was zu tun ist. Schnell! Dann komm wieder zurück. So schnell du kannst. Aber komm nicht herein, wenn es nach Unannehmlichkeiten aussieht.«
Lockerbie machte die Tür wieder auf. Delacourt rief: »Sei vorsichtig, Freund. Ich weiß nicht, was ich ohne dich machen sollte.«
Lockerbie blieb einen Augenblick stehen und sah ihn bedeutungsvoll an, dann ging er und ließ Briley vorbei, der hereinkam und berichtete: »Ssie kommen. Aber ßoweit ich ßagen kann, nicht in beßonderer Eile, Geoff.«
»Vielleicht ist es einfach ein Trupp, der hinter irgendeinem armen Teufel her ist. Was ist mit Sidley?«
»Alleß in beßter Ordnung. Ich habe ihm geßagt, daß die ganze Ssache von ihm abhängt, und er bekam einen Geßichtsaußdruck wie der heilige Georg.« Er lachte in sich hinein. »A propos Drachen, du hätteßt mich warnen können, du Teufel. Durch den Garten ßind wir schnell gekommen, aber alß wir die Tür deß alten Schuppenß aufgemacht haben, stieß der arme Ssidley einen Schrei auß, und ich mußte ihm die Hand auf den Mund drücken. Ich ge-

be zu, eß hat mich faßt zu Tode erschreckt, und der Bursche fiel beinahe in Ohnmacht! Zum Teufel, waß ißt das für ein verfluchteß Geschöpf?«
MacTavish lachte. »Das Ungeheuer! O Gott, ich hatte es ganz vergessen!«
Prudence kam herein, in einem einfachen, beigefarbenen Musselinkleid mit weitem Rock. »Die Soldaten haben sich auf dem Hügel über dem Haus verteilt«, sagte sie. »Sie beobachten uns — da gibts nichts drrran zu zweifeln!«
Delacourt preßte die Lippen zusammen.
MacTavish erbleichte und sagte scharf: »Dann haben sie die Absicht hierzubleiben! Warum? Glauben Sie nicht, daß unser kostbarer Butler Cunningham benachrichtigt hat?«
»Nein, das glaube ich nicht, Sir.« Delacourt dachte, daß es wahrscheinlicher war, daß irgend jemand die Belohnung gefordert hatte, die auf seinen eigenen Kopf stand, aber er sagte nur: »Was immer auch geschieht, unseren Schachzug müssen wir vor Morgengrauen ausführen.«
Briley meinte ironisch: »Bei dießem Mond, mein Ssüßer, könnte genaußogut jetzt der Morgen grauen.«
Cole schlüpfte herein und lehnte sich an die Tür, als er sie geschlossen hatte. Delacourt wandte sich ihm zu und sagte: »Sie sind nicht in diese Geschichte verwickelt, Cole. Sehen Sie zu, daß Sie zurück nach England kommen.«
»Das werde ich, Sir. Wenn Sie mitkommen.« Die leichenblassen Gesichtszüge blickten finster. Cole fügte hinzu: »Ich will nicht behaupten, daß ich etwas für diese Sache übrig habe, aber um Ihretwillen, Master Geoffrey, wenn ich irgend etwas tun kann ...«
»Sie können etwas tun. Wenn Sie so gut sein wollen, nehmen Sie das Fernglas mit hinauf und teilen Sie uns jede Bewegung der Soldaten mit.«
Cole nahm das Glas und ging, die übrigen saßen schweigend da, während jeder versuchte, auf eine Lösung zu kommen.
Briley sprach als erster. »Wir schieben es besser auf, alter Junge.«
MacTavish nickte, doch Delacourt schüttelte den Kopf. »Wenn

Cunningham Soldaten hierhergeschickt hat, um uns auszuspionieren, ist das möglicherweise unsere letzte Chance, die Männer in Sicherheit zu bringen.«

»Es ist möglich, daß die Rotröcke kommen, um uns zu beschützen«, überlegte MacTavish. »Cunningham warnte uns, daß wir wegen Ihrer Anwesenheit womöglich mit Repressalien zu rechnen hätten, Delacourt. Ich könnte hinausreiten und fragen, was sie hier wollen, und vielleicht wäre das eine ausreichende Ablenkung, damit unser Wagen heimlich wegfahren kann.«

Delacourt zog das nur eine Sekunde lang in Betracht. »Selbst wenn es funktionieren würde, Sir — der Wagen ist weder schnell noch leise. Er wäre nur eine kurze Strecke unter den Bäumen verborgen, dann könnte man ihn deutlich sehen. Wenn irgendwie möglich, müssen wir ihre Aufmerksamkeit nach Nordosten lenken — weg von der Route, die unsere Männer einschlagen werden.«

»Waß wir brauchen«, sagte Briley nachdenklich, »ißt eine Ablenkung, wie der Zauberer Merlin ßie zuwege brächte.«

Delacourt starrte ihn an. »Ja, bei Gott! Und ich glaube, wir haben genau so etwas, wenn wir es in Bewegung setzen können!« Er wandte sich an Prudence. In seinen dunklen Augen glitzerte es verschmitzt. »Stimmen Sie mir nicht zu, Miss MacTavish?«

Einen Moment lang verstand sie ihn nicht, dann keuchte sie: »Das Ungeheuer! Oh, das wäre großartig! Aber, Papa, es hat jahrelang im Schuppen gelegen, glaubst du, es ist noch seetüchtig?«

MacTavish schürzte die Lippen. »Ja, ich glaube doch. Es war ein ordentlich gebautes Boot, und dieser Schuppen ist wasserdicht, das weiß ich, weil wir dort während des letzten schlimmen Sturms einen Mann versteckt hatten, und er hat keinen Tropfen abbekommen.«

»Wundervoll!« rief Delacourt. »Aber jetzt — können wir es ins Wasser lassen, ohne gesehen zu werden?«

»Ja«, antwortete Prudence eifrig. »Man kann den Schuppen vom Haus oder vom Hügel aus nicht sehen, wegen der Ställe und der Bäume. Wenn wir die Schubkarren nehmen und das Ungeheuer durch das Wäldchen hinunterziehen, können wir es in der kleinen Bucht ins Wasser lassen und sind sicher auf dem See, bevor die Soldaten etwas merken.«

»Die Schubkarren ßind nicht nötig, Ma'am«, warf Briley schüchtern ein. »Ihr Vater ißt da und Cole und ich, und« — er sah zu Delacourt hinüber — »und nicht *du*, lieber Junge, alßo keine Widerrede.«

»Nein, aber es ist ein solides Gefährt, Thad. Ich glaube, wir müssen warten, bis Lockerbie zurück ist. Wenn unsere Burschen nicht kommen, brauchen wir nicht darauf zurückzugreifen. Wenn es nötig ist, kann er euch helfen, das Ungeheuer zum See zu bringen. Aber wenn wir damit fahren, dann beanspruche ich das Recht zu rudern. Das *kann* ich.«

»Um Himmels willen«, stöhnte MacTavish. »Und wenn sie anfangen zu schießen und unser Ungeheuer versenken? Sind Sie stark genug, um ans Ufer zu schwimmen? Haben Sie die leiseste Ahnung, wie kalt das Wasser ist?«

Delacourt reckte das Kinn. Starrköpfig sagte er: »Ich werde es schaffen.«

»Du darfst nicht mitgehen, Papa«, sagte Prudence. »Wenn die Soldaten anfangen zu schießen, nachdem sie das Ungeheuer entdeckt haben, würde es sehr seltsam aussehen, wenn du nicht auftauchst und fragst, was los ist. Cole kann mir rudern helfen.«

»Sie!« Rot vor Zorn brauste Delacourt auf: »Zum Teufel! Ich will nicht, daß *Sie* zur Zielscheibe für jede Muskete auf dem Hügel werden!«

Briley sah ihn scharf an.

Prudence wurde es warm ums Herz, als er so besitzergreifend und beschützend für sie eintrat, und sie wandte ein: »Nein, wirklich, Captain. Ich schwimme wie ein Fisch, und ich weiß, wo wir das Ungeheuer verstecken können, wenn wir die Soldaten abgelenkt haben. Selbst wenn Lockerbie und Cole rudern, könnten sie doch nichts sehen. Einer muß aufrecht stehen, um durch die Rachenöffnung zu sehen und den Ruderern die Richtung anzugeben. Außerdem bin ich eine Schottin und habe nichts getan, um unse-

ren Flüchtlingen zu helfen. Sie *müssen* mich das tun lassen! Papa, sag ihm, daß ich es kann!«
MacTavish blickte von dem vor Eifer glühenden Mädchen zu dem finster dreinblickenden Mann und sagte zögernd: »Meine Tochter kennt jeden Winkel und jede Bucht des Loch. Wenn irgend etwas schiefgeht, würden die anderen wesentlich größere Aussichten haben, wenn sie von ihr geführt würden.«
»Sir«, knurrte Delacourt, »Sie haben wohl nicht daran gedacht, daß diese Soldaten, wenn sie – wie wir hoffen – das Ungeheuer entdecken, sich wie wild aufführen werden! Jeder einzelne wird sein Gewehr laden, sie werden schießen wie die Wahnsinnigen. Ich bitte Sie –«
Cole stürzte herein. »Sie sind alle vom Pferd gestiegen und sitzen jetzt herum, Captain.«
»Zusammen?«
»Nein, Sir. Alle schön verteilt, scheint's. Und alle schauen in diese Richtung. Aber ich habe brennende Pfeifen gesehen, und ich würde sagen, sie haben sich für die ganze Nacht niedergelassen.«
Delacourt wandte sich an seinen Gastgeber. »Sir, wann wird der Mond untergehen?«
»Ich fürchte, er wird noch hoch stehen, wenn die Sonne aufgeht.«
Prudence sagte: »Ich gehe und hole meinen Umhang.«
»Nein!« tobte Delacourt.
Lockerbie streckte den Kopf durch die Tür. »Ihre Eskorte ist gekommen«, teilte er keuchend mit. »Ich habe sie sicher da unten bei der großen Kiefer versteckt, sie vor dem Butler gewarnt und von Ihrem Plan verständigt. Sie sind in Sicherheit, solange die Rotröcke nicht anfangen herumzuschnüffeln.«
Delacourt fluchte leise.
Mit einem letzten Blick auf ihn rannte Prudence aus dem Zimmer.

Lockerbie stand mühsam wieder auf, klopfte Schmutz von seiner Hose ab und sagte: »Es scheint vollkommen heil zu sein, Captain. Wenn irgendwo ein Loch sein sollte, kann ich es nicht finden.«

»Sehr gut.« Delacourts besorgter Blick ruhte auf Prudence, die still in dem staubigen alten Schuppen stand. Sie trug ein Kleid ohne hinderliche Reifröcke, doch er brummte: »Wenn Sie schwimmen müssen, Miss Prudence, können diese Röcke Sie hinunterziehen.«

»In diesem Fall, Sir, werde ich mein Schamgefühl fallenlassen — und meine Röcke. Sie sind ganz leicht auszuziehen.«

»Im Wasser? Das bezweifle ich. Sie ziehen sie besser jetzt aus.«

Sie errötete. »Nein, Sir. Ich werde es tun, wenn ich muß. Aber nicht vorher.«

Delacourt wußte, daß er sie alle unnötig aufhielt, bloß weil seine Angst um die Sicherheit des Mädchens ihn zu einem Feigling machte. »Wie Sie wollen«, sagte er barsch. »Ich glaube, wir sind fertig, Gentlemen.«

Prudence rollte seinen Stuhl hinaus, und er hielt die Tür auf, während MacTavish, Briley, Lockerbie und Cole mit ihrer schweren Last hinausschwankten. Die verwundeten Männer waren bereits im Wagen, die Pferde zwischen die Deichseln gespannt. *Captain* Sidley, der vor Nervosität bebte, stand in der Nähe, und Delacourt sagte Prudence, sie solle mit den Bootsträgern vorausgehen, während er mit dem Butler sprach.

»Alles in Ordnung?« fragte er.

»Ein bißchen nervös, Sir«, murmelte Sidley. »Machen Sie sich keine Sorgen. Ich werde Sie nicht im Stich lassen.«

Es war faszinierend, dachte Delacourt, welchen Unterschied eine Uniform bewirken konnte. Der Butler hatte immer eine reservierte Würde besessen, jetzt aber reckte er sein Kinn selbstbewußt, und in seinen Augen funkelte Entschlossenheit. Einen Moment lang rührte sich in Delacourt Schuldbewußtsein. Er tröstete sich damit, daß er Mrs. Cairn bereits den Brief übergeben hatte, mit dem sichergestellt wurde, daß Mrs. Sidley bis zur Rückkehr ihres Gatten versorgt war. »Ich bin davon überzeugt, daß Sie Ihr Möglichstes tun werden«, sagte er feierlich. »Sie wissen, worin Ihre Aufgabe besteht?«

»Ja, Sir. Wenn wir auf die anderen Männer stoßen, werden sie Uniformen für sich selbst und für Seine Lordschaft dabeihaben. Wir werden uns so schnell wie möglich davonmachen, bis wir außerhalb der Sichtweite der Prämienjäger sind, dann werden sie sich umziehen.« Er sah von dem Ungeheuer, das die anderen davonzogen, zum Hügel, auf dem er vorher hier und da das Glimmen einer Pfeife oder einer Zigarre erspäht hatte. »Das scheint ja ein unverschämt großer Haufen zu sein, und wahrscheinlich sind es hoffnungslose Schurken. Wenn das Ungeheuer sie nicht ablenkt, sind Sie dann sicher, daß Sie und Mr. MacTavish sie abwehren können, wenn sie angreifen?«

»Oh, ganz sicher. Sie werden wahrscheinlich zu beschäftigt damit sein, auf den Köder zu schießen, um für uns noch einen Schuß übrig zu haben. Viel Glück, mein Lieber. Und denken Sie daran, halten Sie Augen und Ohren offen; merken Sie sich alles, was Sie über Doone hören, und kommen Sie hierher zurück, sobald Sie können. Ich möchte zu gerne nach Hause.«

»Ja. Sie sind, äh, ganz sicher, daß Cunninghams Leute ein Auge auf die Sache haben, Sir?«

»Ich bin ganz sicher, daß Ihnen nichts passieren wird«, sagte Delacourt und hoffte, daß die Nacht dunkel genug war, um sein Erröten zu verbergen.

Sidley streckte die Hand aus. »Danke. Ich bin stolz darauf, zu tun, was ich kann, Sir. Es – es ist eine große Ehre.«

Delacourt wand sich innerlich, als er ihm die Hand schüttelte und zusah, wie der Butler aufsaß. Von den verwundeten Männern hatte er sich bereits verabschiedet, und er stieg nun aus dem Stuhl und ging auf die Stelle zu, wo das Ungeheuer ins Wasser gelassen wurde.

MacTavish und Lockerbie hielten das seltsame Wasserfahrzeug im Gleichgewicht, und Cole kroch durch die improvisierte Tür hinein, die vor so langer Zeit von unerfahrenen Händen gebaut worden war. Das Ungeheuer kippte um, seine hölzernen Arme platschten auf die Oberfläche des Wassers.

Prudence ging zu ihrem Vater, um ihn zu küssen, und er gab ihr seinen Segen. Schweigend wandte sie sich zu Delacourt um. Er trat auf sie zu, und sie reichte ihm die Hand. Er beugte sich darüber und drückte einen Kuß auf ihren Handrücken. »Nun, Sie haben sich entschieden«, sagte er kühl. »Hinein mit Ihnen, meine Liebe. Und Gott segne und beschütze Sie.«

Ein scharfer Schmerz durchfuhr sie, als sie daran dachte, daß sie sich möglicherweise nie wiedersehen würden. Wenn dieses gewagte Unternehmen scheiterte — selbst wenn es glückte —, kehrte sie vielleicht zurück, um zu erfahren, daß man ihn verhaftet hatte. Von ganzem Herzen sehnte sie sich danach, die Arme um ihn zu schlingen, aber der Kodex guten Benehmens verbot eine derartige Zurschaustellung ihrer Gefühle, und sie drehte sich statt dessen zum Boot um. Delacourt brachte diese Trennung offensichtlich nicht aus der Fassung. Aber er war an Gefahr gewöhnt. Alles verschwamm vor ihren Augen, undeutlich hörte sie das ermutigende Murmeln ihres Vaters, als sie durch die kleine Tür kroch, sich ins Innere zwängte und zum Bug ging, wo sie, wenn sie sich an die Ränder des Kopfes klammerte, durch den Rachen des Ungeheuers sehen konnte. Das Boot schaukelte unter Lockerbies Gewicht, und dann fragte Cole: »Fertig, Miss?«

»Jawohl«, antwortete sie und wagte es nicht, ihn anzusehen und ihm ihr betrübtes Gesicht zu zeigen. »Rudern Sie miteinander, bis ich etwas anderes sage. Am Anfang wird es sich wahrscheinlich komisch anfühlen, denn die Ruder sind die Arme, wie früher, und mein Bruder sagte, es sei schwer, sie zu bewegen.«

Lockerbie war still. Von Anfang an hatte sie gespürt, daß er den Loch fürchtete, und sie wußte, wie überwältigend eine derartige Furcht sein konnte. Offensichtlich hatte er sie bezwungen, was sie für bewundernswert hielt. »Sie mögen das Wasser nicht gerade, nicht wahr, Mr. Lockerbie?« bemerkte sie.

Er brummte verlegen, und dann begann das Ungeheuer sich ungleichmäßig und mit großem Gespritze auf den offenen See hinaus zu bewegen. »Sie sind ein tapferer Mann«, sagte sie und dachte: *Lieber Gott, ich hoffe es, denn ich kann mir vorstellen, daß wir einen tapferen Mann brauchen werden, wenn die Soldaten uns entdecken.*

Zum ersten Mal fiel ihr ein, daß es im Notfall schwierig sein würde, aus dem geschlossenen Boot herauszukommen. Sie verdrängte ein so erschreckendes Bild aus ihren Gedanken und dirigierte die beiden Ruderer. »Wir müssen ein kleines bißchen nach rechts schwenken, also wenn ich sage *los*, müssen Sie allein rudern, Cole. Los!«

Langsam und mit grotesken Bewegungen schwamm das Ungeheuer nordwärts.

»Ich hab ja nicht gesagt, daß er nicht groß ist«, sagte Sergeant Hobson streitlustig. »Ich hab nur gesagt, daß er wie der Rest von diesem verdammten Land ist. Kalt und leer. Ich mag ihn nicht. Ich mag ihn mehr als Injer, aber ich mag ihn nicht. Und ich mag's nicht, hier draußen auf dem kalten Gras zu sitzen und Wache zu halten, ohne zu wissen, wen ich bewache, oder warum!«

»Wenn ich du wäre, Sarge«, meinte Kavallerist Jenkins, nahm die Pfeife aus seinen schmutzigen Zähnen und zeigte damit auf seinen großen Freund, »wenn ich du wäre, sag ich, wär' ich froh, daß heute nacht so ein schöner Mond ist. Er ist zwar im Moment nicht so hell. Aber er ist da. Und weißt du, was dieser große See ist, Sarge? Das ist der Loch Ness. Das ist er.«

»Na so was!« rief der Sergeant mit einer übertriebenen Geste des Erstaunens. »Habt ihr alle gehört, Jungs? Jenkins weiß, wo wir sind!«

Leises Gelächter erhob sich unter den Männern, die neben ihnen saßen, aber Soldat Jenkins blieb gelassen. »Ihr könnt euch schon lustig machen«, sagte er unheilverkündend. »Ich sag, ihr könnt euch schon lustig machen. Aber ihr würdet nicht lachen, wenn der Mond nicht da wäre. Weil dann dieses *Ding* herauskommt, hat der Koch mir gesagt.«

Die wenigen gemurmelten Unterhaltungen erstarben plötzlich, und gespanntes Schweigen herrschte.

»Was meinst du — was für ein Ding?« fragte der Sergeant. »Du glaubst doch wohl nicht an dieses ganze Geschwätz über die große Schlange, die in dieser Pfütze hausen soll? So was aber auch! Du läßt dich leicht an der Nase herumführen, was, Jenkins? Rechnest du vielleicht damit, daß wir alle von einer Riesenschlange aufgefressen werden?« Er ließ ein leises, höhnisches Lachen hören, in das einige der Soldaten, die auf ihre Karriere bedacht waren, einstimmten. »Schau sie dir an, diese Schotten mit ihren nackten Knien. Die sagen doch, was ihnen gerade einfällt, nur um —« Er warf einen Blick auf seinen Gefährten und erschrak. Kavallerist Jenkins hatte mit ihm in Indien gekämpft, und auch bei der Schlacht im Moor von Culloden. Trotz seiner Neckerei wußte er, daß der Mann kein Feigling war. Aber jetzt war Kavallerist Jenkins unbeachtet die Pfeife aus den plötzlich schlaffen Kinnladen gefallen, und seine Augen standen wie hartgekochte Eier aus seinem grünlichen Gesicht hervor. »Fred?« sagte der Sergeant scharf. »Ist dir schlecht?«

»Aaaahh...« sagte der kühne Jenkins. »Oooohh...« Und damit glitt er auf den Rasen und lag still da.

»Was zum —« begann der Sergeant bestürzt.

Ein schriller Schrei durchbrach die Stille. »Ruhig, du verdammter Hundesohn!« schnaubte Hobson und schnellte herum. Dann bemerkte er, daß er (außer dem armen Jenkins) der einzige war, der nicht aufgestanden war, und er rappelte sich auf, während seine tapferen Kampftruppen sich eng zusammenstellten. »Alle herschauen —« brüllte er. Aber dann sah er es selbst, und seine Worte wurden wie von einem unsichtbaren Messer abgeschnitten.

Etwas Schreckliches war auf der bisher glatten Oberfläche des Loch in Sicht gekommen: ein großes, drachenartiges Wesen, mit plumpen Beinen, die über das Wasser fegten, und einem riesigen Kopf, der vor und zurück schaukelte und offensichtlich nach Beute suchte.

»Gott!« schrie Soldat French schrill und wich zurück. »Es kommt hierher!«

»An... an... die Waffen!« flüsterte der Sergeant, der einem mörderischen Angriff der Schotten ohne ein Beben ins Auge geblickt hatte.

Corporal Corbett tastete nach seiner Muskete und hob sie mit zitternden Händen. In diesem Augenblick schien der monströse

Kopf ihn direkt anzublicken. Seine Knie wurden weich wie Gallert, aber er feuerte. Unglücklicherweise traf die Kugel eines der Pferde am Schwanz, und das verwundete Tier bäumte sich mit einem gellenden Wiehern auf und begann, vor Schmerz und Schreck auszuschlagen. Innerhalb von Sekunden verwandelten sich die angepflockten Pferde, die bisher friedlich gegrast hatten, in eine brodelnde, schrill wiehernde, in Panik geratene Masse.
»Haltet sie!« schrie Soldat Church vergebens.
Der Sergeant faßte sich ein Herz und die Muskete, nicht notwendigerweise in dieser Reihenfolge, und brüllte: »Auf geht's, Jungs! Fangen wir uns diesen Fisch!«
Ein paar Soldaten, die weniger dem Abenteuer zugeneigt waren als ihre Kameraden, begannen loszurennen, um die durchgehenden Pferde zu verfolgen (so erklärten sie es zumindest später). Der Rest der Männer packte die Waffen mit schweißnassen Händen, schrie ein- oder zweimal ein leises Hussa und stolperte dem Anführer nach.
»Nicht schießen, bevor wir nicht nahe genug heran sind«, schrie Hobson, als er eine Minute darauf die Böschung hinunterschlitterte. »Herrschaftszeiten, das ist aber ein großes Vieh, und man kann nur den Kopf und die Schultern sehen. Es bewegt sich direkt auf Inverness zu!«
»Wahrscheinlich hungrig«, meldete sich ein junger und beträchtlich verängstigter Rekrut.
Im Bauch des *hungrigen großen Viehs* zitterten Delacourts Arme bereits vor Erschöpfung, und er fühlte, wie ihm der Schweiß übers Gesicht lief. Sie ruderten erst seit ein paar Minuten, aber man sollte glauben, die Soldaten müßten es gesehen haben ... Ein entfernter Schrei ertönte, gefolgt vom Knall eines Schusses. Cole hörte auf zu rudern, und Prudence schnappte nach Luft. Delacourts Kopf schnellte hoffnungsvoll nach oben. »Was ist los?«
Prudence, die mit angestrengten Augen durch die schwankenden Kiefer des Ungeheuers geblickt hatte, schrie beim Klang dieser Stimme erschrocken auf und wirbelte herum.
»Captain Delacourt! O mein Gott!«

»Gebete später, Ma'am. Was ist los?«
Sie gehorchte der scharfen, befehlenden Stimme und zwang sich dazu, sich wieder umzudrehen. Sie hätte es sich denken können, daß er mitkommen würde. Starrköpfiger, idiotischer Kerl! Aber ganz im Widerspruch zu diesen Gedanken verringerte sich ihre Furcht, und ihr Herz begann zu singen, weil er da war. »Anscheinend eine Menge Geschrei und Aufregung«, berichtete sie, und mit einem plötzlichen Glucksen, »Wahrhaftig! Ich glaube, sie haben auf eines von ihren eigenen Tieren geschossen!«
Phlegmatisch wie immer, fragte Cole: »Warum sollten sie das tun?«
»Ein Opfer für den Wassergott«, sagte Delacourt, und Belustigung leuchtete in seinen Augen auf. »Rudere, Cole!«
»Aber sie haben uns gesehen, Sir. Sie müssen. Sollten wir nicht umkehren?«
»Nie im Leben! Wir müssen sie mindestens noch fünf Minuten lang von Seiner Lordschaft und unseren Verwundeten ablenken. Dirigieren Sie uns direkt auf sie zu, Prue, Mädchen.«
Mit leise aufflackernder Besorgnis sagte sie: »Wie Sie wollen. Dann müssen Sie jetzt allein rudern, Captain. Können Sie das?«
»Natürlich . . . kann ich!« Und er tat es, denn seine Gedanken waren jetzt mit einer köstlichen Abwandlung ihres Plans beschäftigt, und Gelächter stieg in ihm auf, trotz der wachsenden Schmerzen, die seinen Brustkorb durchbohrten.
»Das ist genug!«
Er hörte auf zu rudern. Sie hörten die Rufe und das Rascheln von Männern, die durchs Farnkraut stürmten. Prudence duckte sich instinktiv, als noch zwei Schüsse ertönten, ohrenbetäubend laut in der stillen, ländlichen Nacht.
Drängend fragte Delacourt: »Wie nahe sind wir am Ufer?«
»Ungefähr — ungefähr hundert Meter, schätze ich.« Sie sah, wie die Soldaten die Böschung herunterkamen, die Waffen schwingend und angeführt von einem Sergeanten, der ihr in ihrem Schrecken an die drei Meter groß schien. Sie begann zu zittern und biß sich auf die Lippe, aus Furcht, sie könnte wimmern.

»Sollen wir jetzt abdrehen, Sir?« fragte Cole unbehaglich.
»Das werden wir nicht! Prudence, in welcher Richtung steht der Bug? Fahren wir auf sie zu?«
»Nein. Wir sind mehr links von ihnen – der Bug steht mehr in Richtung Inverness.«
»Großartig. Versuchen Sie, uns eine Minute oder –«
Schreie und Schlachtrufe unterbrachen ihn. »Feuer!« rief eine kräftige Stimme.
»Runter!« Delacourt packte Prudence unsanft an ihren Röcken und zog sie zu Boden.
Die Schüsse klangen, als kämen sie von einem kleinen Schlachtfeld. Das alte Boot schwankte, als mehrere Kugeln einschlugen, und ein kleines Stück von der Seite schoß krachend über Delacourts gesenkten Kopf.
»Geoffrey!« schrie Prudence, die schickliches Benehmen für kurze Zeit vergaß, schrill.
»Sehr zuvorkommend von ihnen«, rief er unerklärlicherweise und riß an den zersplitterten *Schuppen.* »Cole, hast du deine Zunderbüchse dabei?«
»Jawohl, Sir.« Cole zog das Gerät aus der Tasche und überreichte es ihm.
Delacourts schmale Hände arbeiteten hastig, er entzündete einen Funken, dann eine Flamme. »Halten Sie das, bis es Feuer fängt, Prue«, keuchte er und streckte ihr das Holzstück entgegen.
Sie fragte sich, ob er verrückt geworden war, und schrie: »Mann, Sie werrrden das Boot anzünden!«
Das Holz war trocken wie Zunder, und die alte Farbe brannte lustig. Sie wich zurück und fing an, vor Rauch zu husten.
»Setzen Sie sich auf meinen Platz, Ma'am, bitte.« Delacourt kletterte nach vorn zum Bug, nahm ihr die brennende kleine Fackel aus der Hand und hielt sie mit ausgestreckten Händen vor sich. »Rudern!« kommandierte er. »Sie allein, Ma'am. Großartig! Jetzt ...« Er hielt seine Fackel durch die Kinnladen des Ungeheuers und blies den Rauch, so weit er konnte. »Beide zusammen!«

Noch ein Schuß gellte, und die Kugel kam ihnen so nahe, daß sie sie an der Seite vorbeizischen hörten. Delacourt spähte durch den Rauch und sah die Soldaten genau vor sich. Und er sah, wie ihr stürmischer Heldenmut abrupt aussetzte.
»Weiter so!« rief er jubelnd.
»Gott . . .!« ertönte ein ersticktes Kreischen. Mehrere Soldaten wichen zurück und glotzten auf das Feuer, das aus dem Maul des anstürmenden Ungeheuers loderte.
»Es ist . . . ein gottverdammter . . . Drachen!« heulte eine Stimme mit Londoner Akzent, und einer der Möchtegern-Fischer floh unaufhaltsam die Böschung hinauf.
Delacourts Hand wurde fast schon versengt. Hastig sagte er: »Bei drei heult ihr alle, so laut ihr könnt. Eins . . . zwei . . . *drei!*«
Es war, wie Sergeant Hobson seinen ehrfürchtigen Kameraden in Inverness später erzählte, »das schauerlichste Gebrüll, das je ein Mensch gehört hat!« Und als dieses gellende Gebrüll die Dunkelheit zerriß, blies Delacourt mit aller Kraft, so daß das Ungeheuer Flammen spie. Dann mußte er notgedrungen die brennende Fackel ans rasch näherkommende Ufer werfen.
Noch nie hatte sich ein letzter Tropfen, der das Faß bekanntlich zum Überlaufen bringt, als wirkungsvoller erwiesen. Die Soldaten, deren abergläubisches Denken bereits bis an die Grenzen belastet war, kreischten, schluchzten oder fluchten. Und wie ein Mann desertierten sie und wetteiferten miteinander, wessen Beine am schnellsten rannten.
Delacourt schrie vor Lachen und keuchte: »Noch . . . so ein Geheul, Kameraden!«
Triumphierend gaben sie ihr Letztes, und das dabei entstehende Geheul, das sich anhörte wie die Klage einer Todesfee, verlieh zwanzig gestiefelten Beinen Flügel.
Es war nicht nötig, ein Versteck für das Ungeheuer zu suchen, denn es war offensichtlich, daß die Soldaten nur noch Flucht im Sinn hatten. Als sie schließlich ihr Fahrzeug in die kleine Bucht hinter den Ställen lenkten, war die kleine Mannschaft ganz schwach vor Lachen. Eine kleine Menschenansammlung erwarte-

te sie, denn die Konfrontation zwischen Militär und Ungeheuer war vom Haus aus deutlich zu sehen gewesen, und lange bevor sie zu Ende war, hatte jedes Mitglied der Dienerschaft, vom zehnjährigen Schuhputzer bis zu der gewaltigen Mrs. Cairn, sich zur Familie gesellt, zuerst auf der Terrasse, dann am Ufer.

Gedämpfte Hochrufe erklangen, als das Ungeheuer ans Ufer schwankte, und viele eifrige Hände halfen, es an Land zu ziehen. Prudence tauchte auf, dann Cole, die rauchverschmutzten Gesichter von Lachtränen verschmiert. Strahlend vor Stolz, riß James MacTavish seine Tochter in die Arme. Hortense küßte sie auf den Hinterkopf und umarmte beide. Kitty kam angerannt und stammelte: »Oh, Miss Prue! Meinem Bill haben Sie geholfen, und ich hab nichts gewußt! Oh, Miss Prue!« Delacourt kletterte heraus. Miss Clandon rannte zu ihm, um ihn zu umarmen, dann wurde er von zwei Dienern auf die Schultern gehievt und in einem kleinen Triumphzug zum Haus getragen, während alle Cole auf die Schultern klopften und ihn hochleben ließen, bis sein mürrisches Gesicht ein einziges Freudenstrahlen war.

Sie übersiedelten in den Salon. Die Vorhänge wurden zugezogen und Kerzen angezündet. Keiner verschwendete einen Gedanken daran, daß drei der Feiernden schwarz vor Ruß waren und der Rest nicht ganz angekleidet war; daß MacTavish keine Perücke trug, und Miss Clandon kein Häubchen. Mrs. Cairn und ihre Mädchen hasteten in die Küche und kehrten mit einem kleinen Festmahl, bestehend aus Wein, Käse, knusprigem Brot und kleinen Kuchen, zurück. Und jeder — selbst der Schuhputzer — aß, trank und war fröhlich.

Glücklich rief MacTavish aus: »Ich habe Ihnen doch gesagt, daß sie es alle gewußt haben!«

»Rrrichtig. Bis auf eine«, schränkte Mrs. Cairn ein und strahlte ihn liebevoll an.

»Ich hab's nicht gewußt«, sagte Kitty zwischen Tränen und Freude. »Ach — *hätte* ich's doch bloß gewußt!«

»Wenn Sie wüßten, wie wir gelacht haben«, rief Miss Clandon und drückte noch einen schallenden Kuß auf Delacourts rußige Backe. »Wir haben alles gesehen. Bis ins kleinste!«

»Kein Wunder, daß die Sassenachs – ich meine, die Soldaten – gerannt sind«, sagte Mrs. Cairn und erhob keine Einwände, als MacTavish ihr den Arm um die Taille legte. »Huh, aber dieses kleine Boot hat so lebensecht ausgesehen, daß mir fast das Blut in den Adern gefroren ist, das will ich nicht leugnen!«

»Ich dachte, Sie wollten sie *ablenken*«, sagte Hortense, die die Hand ihrer Nichte umklammert hielt. »Und sie nicht angreifen!«

Delacourt taten vor Lachen die Backen weh, als er antwortete: »Angriff ist die beste Verteidigung, sagt man. Sind Briley und die Jungs sicher entkommen?«

»Wahrscheinlich sind sie jetzt schon halb am Fort«, meinte MacTavish in schamloser Übertreibung.

Kitty näherte sich, um Delacourts Hand zu ergreifen und sie trotz seiner Proteste zu küssen, und murmelte tränenreiche und unzusammenhängende Dankesworte für seine Bemühungen um ihren Liebsten.

Verlegen machte er sich los. »Danken Sie nicht mir, meine Liebe. Danken Sie Ihrer Herrin. Was für ein Riesenglück, daß Sie und Ihr Bruder unser reizendes Ungeheuer gebaut haben, Miss MacTavish.«

Prudence blinzelte ihn an, aber bevor sie etwas antworten konnte, stand ihr Vater auf, das Glas in der Hand, und bedeutete ihnen zu schweigen. »Es wäre komplett närrisch«, sagte er, »vorgeben zu wollen, daß wir nicht die Identität des Gentleman kennen, der uns mit seiner Anwesenheit beehrt. Ich bringe einen Toast aus, Ladies und Gentlemen.« Jeder stand auf, und er drehte sich um und erhob sein Glas. »Auf einen äußerst tapferen Engländer. Mr. Ligun Doone!«

Das folgende laute Rufen seines Decknamens wurde von dem Geehrten nicht mehr gehört. In seiner unsäglichen Erschöpfung hatte Delacourt das Kinn auf die Hand gestützt und war fest eingeschlafen.

XII

Prudence erwachte mit einem Gefühl von Unbehagen und Unbequemlichkeit. Sie fühlte sich steif, und ihre Arme schmerzten. Der Geruch von Regen hing in der Luft, und das Zimmer war nicht von der Helligkeit erfüllt, die einen schönen Tag ankündigte. Gähnend erinnerte sie sich und schnappte nach Luft. Sie waren im Ungeheuer gefahren, und die Flüchtlinge hatten ungefährdet davonreiten können. Es war zweifelhaft, ob sie weiter gekommen waren als bis Urquhart Castle, denn sie hatten unterwegs sicherlich vorsichtig sein müssen. Sie zog die Bettvorhänge zurück.
Kitty stand am Fenster und spähte in einen nebligen, grauen Morgen hinaus. Schuldbewußt wirbelte sie herum. »Miss Prue! Oh, es tut mir leid. Ich hab gedacht, Sie schlafen noch.«
Prudence eilte zu ihr. Draußen sah alles gründlich durchnäßt aus, und dicke Tropfen fielen gleichmäßig von den Blättern. »Wie lange regnet es schon?«
»Mr. Cole sagt, daß sein Hexenschuß ihn gegen fünf Uhr geweckt hat.« Kitty sah besorgt drein. »O je, das ist ein undankbares Wetter für kranke Männer, um draußen zu sein.«
Prudence umarmte sie tröstend, dann hüpfte sie zurück ins Bett. »Es sind prächtige Jungs, Kitty, auch wenn sie jetzt ein bißchen übel zugerichtet sind. Wir müssen dankbar sein, daß sie auf dem Weg in die Freiheit sind.«
»Ja, das müssen wir!« Kitty trug das Tablett zu ihr hinüber und erklärte, sie hoffe, daß die Schokolade noch nicht zu kalt sei.
»Sie ist wunderbar«, sagte Prudence und nippte dankbar. »Hast du etwas von Captain Delacourt gehört? Er war so erschöpft letzte Nacht.«
»Mr. Cole sagt, daß er den Rest der Nacht geschlafen hat wie ein Murmeltier.« Kitty entging die Sorge im ausdrucksvollen Gesicht

des Mädchens nicht, und sie fuhr sanft fort: »Kommen Sie, Miss Prue – lassen Sie Ihr Ei nicht kalt werden.«

Prudence verdrängte die innere Stimme, die seit kurzem begonnen hatte, sie zu quälen, und fragte fröhlich: »Wie spät ist es?«

»Fast eins, Miss.«

»*Eins!* Lieber Himmel, ich dachte, es sei nicht später als zehn! Sicher haben unsere Schandtaten in der letzten Nacht einigen Aufruhr verursacht! Ist irgend etwas –« Und alarmiert von Kittys ernstem Gesichtsausdruck, unterbrach sie sich selbst, um zu fragen: »Was? Sag es mir schnell!«

Kitty trat näher zum Bett und senkte die Stimme. »Sir Matthew ist gekommen, und Mr. MacKie, ganz erpicht auf Neuigkeiten über das Ungeheuer, können Sie sich denken. Und dieser Dr. Cauldside ist mit dem Colonel gekommen.«

Prudences Herz machte einen Satz, und sie echote: »Der Colonel? O mein Gott! Was hat er gesagt? Ist er jetzt bei Captain Delacourt?«

Kitty beantwortete die letzte Frage zuerst. »Nein, Miss. Der Doktor ist bei ihm. Ihr Papa hat ihm gesagt, daß es dem Captain anscheinend schlechter geht, und Dr. Cauldside wollte den Colonel nicht hineinlassen, bevor er seinen Patienten gesehen hatte.«

»Meine Güte! Nimm das Tablett. Ich muß sofort aufstehen. Oh, ich wünschte, du hättest mich geweckt.«

Eine Viertelstunde später, nach einer äußerst hastigen Toilette, unterbrochen von einigen Bissen Frühstück, war Prudence fast fertig. Ihr ungepudertes Haar war lose mit einer blauen Samtschleife hinter dem Kopf zusammengebunden, die zu ihrem blauen Morgenkleid aus Taft paßte, und ein weißes Halstuch lag sittsam um ihre Schultern. Kitty steckte ein Spitzenhäubchen auf ihre Locken, als Elizabeth Clandon in einem eleganten braunen Reitkleid und mit besorgtem Gesicht hereineilte.

Prudence entließ Kitty, und die beiden Mädchen streckten sich die Hände entgegen. »Unser Colonel hat keine Zeit verschwendet«, sagte Prudence, als Elizabeth neben ihr Platz nahm. »Hat er einen Verdacht?«

»Wer kann das sagen? Er ist nicht gerade erfreut über seine tapferen Männer, *das* weiß ich!«

Sie kicherten, und Prudence erklärte, daß sie ihn dafür kaum tadeln konnte. »Hat er nach Lord Thaddeus gefragt?«

»Ja. Ihr Papa hat ihm gesagt, was Geoffrey vorgeschlagen hat: daß Seine Lordschaft so aufgeregt war über das Ungeheuer, daß er seinen Pferdeknecht mitgenommen hat und losgeritten ist, um es zur Strecke zu bringen.« Mit einem recht schwachen Lächeln fügte sie hinzu: »Und Ihre Tante sagte, daß er wahrscheinlich aufgefressen werden würde, und daß wir den lieben Jungen nie wiedersehen.«

Prudence beobachtete sie lange. Elizabeths Lächeln kam ins Wanken und erstarb.

»Sie mögen ihn sehr, nicht wahr?« sagte Prudence leise.

»Ja.« Elizabeth wurde hochrot, wich ihrem Blick aber nicht aus.

»Ich verstehe. Ich — ich hatte gedacht, daß Sie den Captain vorziehen.«

»Geoff? Oh, ich habe ihn herzlich gern. Aber auf andere Art.« Miss Clandon runzelte leicht die Stirn. »Aber, Prue, Sie dachten doch nicht etwa . . .?«

Errötend blickte Prudence zu Boden. »Nun — ja, hab ich wohl. Sie sagten, daß Sie verbreitet haben, daß — daß Sie seine Cousine seien, um des Anscheins willen. Deswegen — deswegen dachte ich — vielleicht —«

Elizabeth lachte gedämpft. »Armes kleines Mädchen! Haben Sie sich nicht überlegt, daß der Junge nicht gerade in der besten Verfassung für solch ein ungehöriges Treiben war?«

»Nun, äh, nein. Oh! Ich meine — ich wollte nicht andeuten —«

Elizabeth ergriff ihre Hand und drückte sie. Liebevoll sagte sie: »Ich kann Ihnen nicht böse sein, aber Prue, Liebes, wir haben Geoffrey bei Prestonpans beinahe verloren. Und seit Weihnachten ist er« — sie zögerte — »er hat große Rückschritte gemacht, könnte man sagen. Er ist sicher nicht in der Lage, eine Geliebte zu haben.«

Scharlachrot vor Verlegenheit, wußte Prudence kaum, wo sie hinsehen sollte und stammelte: »O nein. Ich meinte — nun, ich meinte, aus der Art — aus der Art, wie er redete, dachte ich, daß vielleicht eine frühere Bindung bestehe, oder — oder —« Sie biß sich auf die Lippen, nahm ihren Mut zusammen und platzte heraus: »Eine Verlobung.«

Elizabeth stand auf und ging zum Fenster. Prudence, die verzweifelt hoffte, eine verneinende Antwort zu hören, erhob sich ebenfalls und ordnete während des Wartens ihr Kleid.

Mit ausdrucksloser Stimme sagte Elizabeth: »Ich fürchte, das zu sagen steht mir nicht zu.«

»Natürlich nicht.« Prudence wünschte, der Erdboden möge sie verschlingen, und sie sagte: »Es tut mir leid. Ich hätte nicht so neugierig sein sollen. Aber jetzt werde ich Ihnen gegenüber neugierig sein. Haben Sie und Briley vor zu heiraten?«

Elizabeth war sehr still. Dann drehte sie sich um, den Kopf hoch erhoben. »Wären Sie sehr schockiert, wenn wir das vorhätten?«

»Schockiert? Aber nein! Ich würde mich freuen für Sie. Ich halte ihn für einen sehr angenehmen jungen Mann, und er ist so tapfer, wie man es nur sein kann.« Sie machte eine Pause und war sprachlos vor Überraschung, als Miss Clandon ein hämisches Lachen verlauten ließ.

»Nun, ich bin es nicht! Können Sie sich nicht vorstellen, wie erfreut seine Familie wäre, wenn sie ihn ein Schottenmädchen heiraten sieht, mit dreitausend Pfund Mitgift und ohne ihm einen großen Namen in die Ehe mitzubringen?« Sie schüttelte stolz den hübschen Kopf. »Auf jeden Fall kein großer Name für die Sassenachs, denn ich bin weit davon entfernt, mich für ihn zu schämen!« Ungewollte Tränen brannten in ihren Augen. Mit einem ungeduldigen Schulterzucken sagte sie: »Ach, was soll's, wozu drüber heulen? Es hat keinen Sinn. Ich könnte nicht glücklich sein, weit weg von meinen Bergen und Seen.« Sie blinzelte Prudence an. »Genauso wenig wie Sie.«

Traurig dachte Prudence: *Ich könnte glücklich sein, wo immer er ist.* Und mit größerem Gefühlsüberschwang, als ihr bewußt war, sagte sie: »O doch. Solange ich manchmal heimkommen und meine Familie besuchen könnte.« Sie sah, wie ein schockierter Ausdruck in die Augen des Mädchens trat, und meinte wehmütig: »Es ist schön, mit jemandem in meinem Alter reden zu können. Ich habe — nicht gerade viele Freundinnen, wissen Sie.«

Prompt brach Elizabeth in Tränen aus. Prudence sprang auf, legte die Arme um das weinende Mädchen und führte sie zum Bett, setzte sich neben sie und versuchte, sie in ihrem Kummer zu trösten, bis er nachließ, dann trocknete sie Elizabeths Tränen und sagte sanft, daß sie nicht wieder über die Sache sprechen würden.

»Aber ich will ... darüber reden«, schluckte Elizabeth und putzte sich die kleine, gerötete Nase. Sie seufzte tief, umkrampfte das nasse Taschentuch und vertraute Prudence an: »Thaddeus hat um mich angehalten, Prudence. Und — und ich habe mich geweigert. Verstehen Sie, warum? Zu vieles ist gegen uns. Er ist ein hochgeborener Lord, mit einem alten Namen und einer hohen Stellung.« Sie lachte kläglich unter Tränen. »Können Sie — können Sie nicht sehen, wie die kleine Betty Clandon in Samt und Hermelin gekleidet ist ... und majestätisch neben ihm in die Westminster Abbey schreitet, mit ... mit Königen und Königinnen?« Sie erschauderte heftig und barg den Kopf in den Händen. »Ich würde förmlich zusammenschrumpfen und *sterben!* Ich *könnte* es nicht! Niemals, niemals, *niemals!*«

Bestürzt dachte Prudence: *Gott, das ist wirklich eine ganz schöne Zwickmühle, kein Zweifel!* Dann aber sagte sie standhaft: »Ich glaube, Sie würden alle Lords bezaubern und von allen Ladies beneidet werden. Sie wären ganz sicher die Hübscheste von allen.« Elizabeth lächelte unter einem Tränenschleier, und Prudence fuhr fort: »Da Sie so aufrichtig zu mir waren, will ich auch ehrlich sein und Ihnen gestehen, daß ich — daß ich eine recht große Zuneigung zu — Captain Delacourt gefaßt habe.«

Elizabeth wischte eine einzelne Träne ab. »Sie meinen, Sie bewundern ihn. Wahrhaftig, das tun wir alle.«

»Nein«, sagte Prudence tapfer. »Das meine ich nicht.«

Elizabeth starrte sie an. Kein Lächeln, kein erfreuter Ausruf. Ru-

hig fragte sie: »Hat er um Sie angehalten oder Ihnen gesagt, daß er eine zärtliche Neigung zu Ihnen gefaßt hat?«
»Nicht in so vielen Worten, aber —«
»Ich verstehe.« Elizabeth stand auf. »Wir sind Freundinnen, nicht wahr? Es wird so reizend sein. Aber jetzt muß ich mich beeilen.« Und mit einem Rascheln ihrer Röcke war sie fort. Die Tür fiel hinter ihr zu.

Cunningham stapfte auf einen Stuhl in Delacourts Salon zu, setzte sich und sagte aufgebracht: »Nun, ich nehme an, Sie haben die wilde Flucht meiner *Kampftruppen* gestern nacht gesehen?«
Delacourt lehnte sich gegen das Kissen, das Cole in seinen Rollstuhl gelegt hatte, und mußte Müdigkeit nicht vortäuschen. »Nein, Sir«, antwortete er wahrheitsgemäß. »Nur ein paar. Gott, um alles in der Welt hätte ich das nicht missen mögen. Haben Sie es gesehen, Sir?«
Der Colonel sah ihn fest an. »Verstehe ich Sie richtig, Captain? Wollen Sie sagen, daß *Sie* tatsächlich dieses — dieses Reptil, oder was es auch ist, gesehen haben?«
»Aber ganz sicher. Ich nehme an, die halbe Stadt ist heute morgen am See, oder, Sir?«
»Mindestens. Wären Sie so gut, mir diese Kreatur zu beschreiben?«
Delacourt machte eine nachdenkliche Pause. »Schaun wir mal... Es schien ungefähr — oh, ich würde sagen, ungefähr zwölf Meter lang zu sein, und —«
»Bei Gott! Sie haben diese Länge *gesehen?*«
»O nein. Aber nach der Größe des Kopfes und des Oberteils zu urteilen, was zu der Zeit, als ich es gesehen habe, als einziges erkennbar war, muß es diese Länge haben, schätze ich. Mindestens.«
Cunningham lehnte sich in seinen Stuhl zurück und fragte, während er den jüngeren Mann immer noch unbewegt fixierte: »Welche Farbe hatte es?«
Delacourt kam das Bild der leuchtend blauen und roten Schuppen

in den Sinn, und er mußte ein Grinsen zurückhalten. »Könnte ich nicht sagen, Sir. Es war Nacht, wissen Sie.«
»Das ist mir klar. Aber Sie haben den Rauch und die Flammen gesehen, die es ausgestoßen hat?«
»Rauch und Flammen? Äh, nein, das kann ich nicht sagen, Colonel. Noch habe ich gehört, wie jemand in Lakepoint von einem solchen Phänomen gesprochen hat.« Seine Mundwinkel waren kaum unter Kontrolle zu bekommen, und er fragte: »Sind Sie sicher, daß Ihre Leute sich da nicht geirrt haben? In der ganzen, äh, Aufregung, meine ich.«
Cunningham sprang auf und begann umherzuwandern, während er mit unterdrückter Wut hervorstieß: »Nein, ich bin nicht sicher, Captain! Wenn ich sagen könnte, worüber ich mir *sicher* bin, dann würde ich sagen, daß man meinen Männern entweder einen schönen Bären aufgebunden hat, oder daß sie sinnlos betrunken waren! Ausgerechnet diese stümperhaften, hirnlosen —« Er schnappte sich die Weinkaraffe vom Seitentisch, knirschte mit den Zähnen und schäumte in stummer Wut vor sich hin.
»Ich kann sie kaum tadeln, Sir. Die Männer verpflichten sich, die Feinde des Königs zu bekämpfen, aber sie sind nicht darauf gefaßt, daß eine verdammt große Wasserschlange zum —«
Dem Colonel, der mit funkelnden Augen auf den Verwundeten herabgeblickt hatte, während er sein Glas füllte, rutschten plötzlich die Finger auf der feuchten Oberfläche der Kristallkaraffe, und sie glitt ihm aus den Händen. »Vorsicht!« rief er und streckte vergebens die Hand danach aus.
Delacourt reagierte automatisch, aber er war müde, und seine ausgestreckte Hand zu langsam. Die Karaffe fiel ihm schwer aufs Knie. Er stieß einen unterdrückten Schrei hervor und griff sich an die getroffene Stelle, als die Karaffe zu Boden polterte.
»Mein Gott, was bin ich für ein ungeschickter Ochse!« rief der Colonel zerknirscht, aber seine scharfen, harten Augen waren fest auf das Gesicht des Kranken gerichtet. »Ich muß sagen, es tut mir schrecklich leid! Ist Ihnen auch nichts passiert?«
»Nein«, flüsterte Delacourt. Er hustete und lehnte sich zurück,

wobei er den Stuhl ein wenig drehte, so daß Cunningham sich bewegen mußte, um ihn weiter zu beobachten.
Die Tür ging auf. Prudence kam hereingeeilt und erfaßte die Situation mit einem Blick. »Himmel!« rief sie und rümpfte die Nase. »Das Zimmer riecht wie eine Brauerei. Hatten Sie ein kleines Mißgeschick, Colonel?«
»Ein dummes, Miss«, gestand er mit schiefem Lächeln. »Ich habe die Karaffe auf den armen Delacourt fallen lassen, als hätte er nicht schon genügend Schmerzen.«
Prudence beugte sich über das Opfer. »Haben Sie sich weh getan, Sir?«
Er gab ihr einen verstohlenen Wink und sagte schwach, daß überhaupt nichts passiert sei. Aber sie bemerkte, daß er schwer atmete und seine Hand zitterte, als er sie von seinem Knie auf die Stuhllehne legte.
Prudence widerstand einem überwältigenden Drang, Colonel Cunningham mit der Karaffe eins über den lächelnden Mund zu geben, und zog statt dessen an der Klingelschnur, dann öffnete sie die Terrassentür.
Cunningham hob die Karaffe auf. »Sie sehen nicht aus, als hätten die Aufregungen der Nacht Sie an den Rand eines Zusammenbruchs gebracht, Miss MacTavish«, bemerkte er sanft.
»Ich kann nicht sagen, daß ich den Anblick genossen habe. Vor allem, da das Vieh meine arme Tante zu Tode erschreckt hat. Aber es war nicht mehr der Schock, den ich hatte, als ich es zum ersten Mal gesehen habe.«
»Wirklich? Und haben Sie auch das Feuer bemerkt, das aus dem Maul dieser Erscheinung geschossen ist?«
Hatte Delacourt Feuer erwähnt? Sie wagte es nicht, in seine Richtung zu sehen, da Cunningham seine durchdringenden Augen auf sie gerichtet hielt. Sie brachte einen verwirrten Blick zustande. »Feuer, sagen Sie? Lieber Gott, Sir, das ist eine Wasserschlange, kein Drachen! Wer hat versucht, Sie mit einem solchen Unsinn zu erschrecken?«
Ihr Blick glitt vom Colonel zu Delacourt, und sein anerken-

nendes Grinsen sagte ihr, daß sie die richtige Antwort gegeben hatte.
Cunningham schnaubte vor Zorn. »Ich lasse mich nicht leicht erschrecken, Miss MacTavish! Ich glaube nicht mehr daran, als Sie es tun! Darf ich fragen, wie oft Sie dieses Ungetüm schon gesehen haben?«
»Nicht sehr oft, Sir. Oh, Forbes, wir hatten ein kleines Mißgeschick. Würden Sie bitte eines der Mädchen schicken, daß sie dies für uns aufwischt?« Sie wandte sich mit einem unschuldigen Lächeln an Cunningham, als der Diener sich verbeugte und ging. »Da wir von Mißgeschicken sprechen, Sir, was um alles in der Welt haben Ihre Männer mitten in der Nacht am See gemacht?«
Steif sagte Cunningham von oben herab: »Sie waren zu Ihrem Schutz hier, Ma'am. Wir haben mehrere Prämienjäger beobachtet, die in der Nähe von Inverness herumgelungert haben. Sie sind ein äußerst rauhes Volk, das kann ich Ihnen sagen, und da Delacourt hier untergebracht ist, und die Leute wegen dieses verd... dieses Verräters Ligun Doone gegen die Engländer aufgebracht sind, fürchtete ich um Ihre Sicherheit.«
»Nun, wir sind Ihnen sicher sehr dankbar, Sir«, sagte sie mit ihrem süßesten Lächeln.
Cole trat ins Zimmer und blickte finster auf Delacourts bleiches Gesicht. »Sie sehen aus, als wären Sie völlig erledigt«, sagte er schonungslos. »Dr. Cauldside will, daß er das Bett hütet, Colonel.«
»Nein, nein«, protestierte Delacourt schwach. Er hustete und fügte mit versagender Stimme hinzu: »Ich kann ... vollkommen —«
»Ja«, sagte Prudence, »wir sehen, wie Sie können, Captain. Lassen wir ihn in Frieden, Sir?«
Cunningham knirschte mit den Zähnen, aber der Captain sah erschöpft aus, und das Mädchen würde seinen Zwecken ebensogut dienen, vielleicht sogar besser. Er geleitete sie mit einer Verbeugung zur Tür, sagte Delacourt, er solle sich gut ausruhen, und begleitete Prudence die Halle entlang. »Nun«, sagte er freund-

lich, »einen Ihrer Gäste sind Sie auf jeden Fall los. Ich höre, daß Lord Briley sich an die Verfolgung Ihres berühmten Fisches gemacht hat.«

»Er wird es schwer haben, unsere Nessie zu angeln, Sir. Und wenn er sich auf den Loch hinauswagt, wird der Spieß womöglich umgedreht.«

»Entschieden eine Möglichkeit. Ich gestehe, daß ich überrascht bin, denn Seine Lordschaft hat mich nicht gerade durch Klugheit beeindruckt. Ich muß ihn falsch beurteilt haben.«

»Wirklich?« fragte Prudence.

»Ich verstehe nicht recht, wie es kommt, daß Briley angeblich in Richtung Inverness davongeritten ist, aber niemand, der von der Stadt nach Lakepoint kam, ihn getroffen zu haben scheint.« Sein schlauer Blick wanderte über ihr Gesicht, während er auf ihre Reaktion wartete.

»Ja, das ist wirklich seltsam«, stimmte sie zu, und mit geweiteten Augen rief sie: »O Mann! Sie meinen doch nicht etwa, daß unser riesiger Wassermolch ihn verschlungen hat?«

Als Colonel Cunningham Dr. Cauldside von dieser Unterhaltung berichtete, während sie zusammen zurück nach Inverness fuhren, schnaubte er: »Riesiger Wassermolch, in der Tat! Ich würde einen Eid schwören, Doktor, daß die Erscheinung auf dem Loch überhaupt kein Riesending war — außer vielleicht das Produkt einer zu großen Phantasie!«

Der Doktor deutete auf die Menge Schaulustiger, die in solcher Aufregung über die Straße schwärmten, daß sie langsamer fahren mußten. »Sie würden große Mühe haben, *die da* davon zu überzeugen«, sagte er.

»Narren«, schnaubte der Colonel verächtlich. »Ein Haufen einfältiger Provinzler. Die Sache ist nur« — er runzelte die Stirn — »Delacourt ist kein Narr und er sagte — Sagen Sie mir ehrlich, Cauldside, wie krank *ist* der Junge wirklich?«

Der Doktor zögerte. »Wenn er nicht in großartiger Verfassung gewesen wäre, bevor er verwundet wurde, wäre er in den letzten neun Monaten gestorben und begraben worden. Daß er so lange

überlebt hat, ist bemerkenswert. Aber« — er schürzte die Lippen — »irgend etwas ist nicht so, wie es sein sollte.«
»Was?«
»Mein Name hat *neun* Buchstaben, wissen Sie«, gab Cauldside ärgerlich zurück. »Nicht drei! Wenn ich bis zu dem Punkt fortgeschritten bin, daß ich in das Innere eines Menschen sehen kann, dann suche ich mir eine größere und schönere Stadt als Inverness aus, das kann ich Ihnen verrrsichern!«
Der Colonel grunzte. »Ich stelle Ihre Geschicklichkeit nicht in Abrede. Sicher hat es den Anschein, als sei er schwach. Aber manchmal glaube ich, einen Funken von —« Wieder brach er ab, dann fragte er: »Wissen Sie, was Ligun Doone bedeutet?«
»Ärger«, sagte der Doktor mit einem schlauen Grinsen.
»Nein, Mann. Ich meine die wörtliche Bedeutung.«
»Oh. Nein, das weiß ich nicht. Bedeutet das etwas? Ich dachte, es sei einfach ein Name.«
Cunningham blickte finster auf die vorbeiziehende Landschaft. »Es bedeutet etwas. Ich habe es einmal irgendwo gehört. Verdammt noch mal — wenn ich mich nur daran erinnern könnte.«
»Fragen Sie Jamie MacTavish, er ist der Gelehrte.«
»Ich habe ihn gefragt. Er behauptet, daß er kein Gelehrter in alten Sprachen ist. Ich glaube, selbst wenn er es wüßte, würde er es mir nicht sagen.«
»Haben Sie wirklich Zweifel an MacTavish? Wir haben nichts bewiesen, Delacourt hat nichts gesehen. Und ich weiß, daß er mit den meisten Clans zerstritten ist wegen seiner politischen Überzeugungen.«
»Das ist wahr. Aber viele Schotten, die keine Jakobiten sind, helfen jetzt den Rebellen. MacTavish wäre nicht der einzige, der mit verdeckten Karten spielt.«
Cauldside beäugte den Colonel leicht mißtrauisch und fragte sich, was dieser kalte, unpersönliche Geist wohl von ihm halten mochte. »Ich denke, jeder Mann schärft seine Axt für den eigenen Wald.«
»Hmmm.« Einige Minuten lang fiel Cunningham in brütendes Schweigen, bis er es schließlich mit dem Ausruf brach: »Der

Schlüssel steckt im Namen, das weiß ich! Ich habe einen Brief nach Whitehall geschrieben. Wenn ich eine Antwort bekomme, dann haben wir eine andere Axt im Bild – eine, die schon so scharf ist wie ein Rasiermesser!«

Hortense blickte von ihren Karten auf, als Miss Clandon in ihren Salon trat, und lächelte sie warm, wenn auch etwas verschwommen an. »Oh, meine Güte! Bin ich schon wieder zu spät zum Mittagessen dran?« fragte sie und nestelte ihren Federkiel aus dem Spitzenbesatz ihres Oberteils los.

»Nicht sehr spät.« Elizabeth kam näher und spähte neugierig auf die Karten. »Du meine Güte, Ma'am, wie schwierig das aussieht. Es geht über meinen Verstand, wie Sie das alles austüfteln können. Was sagen sie Ihnen heute?«

Hortense brachte ein herunterhängendes hellrosa Bündel in Ordnung, mußte es dann aber rasch in Sicherheit bringen, als Señorita hinter dem Schreibtisch hervorschoß und wild mit den Pfoten fuchtelte, um den verlockenden Schal zu erwischen. »Es ist sehr beunruhigend«, seufzte Hortense und sah zu, wie Elizabeth die erzürnte Katze hochhob und sie mit dem Federkiel neckte. »Wie Sie sehen, steigt hier der Saturn auf, und den Saturn finde ich in jedem Fall bedenklich. Hier können Sie die Quadrate und Gegenstellungen sehen – Oh, seien Sie *vorsichtig!* Fast hätte sie Sie erwischt! Und dennoch, vielleicht schadet es auch nicht. Nur ein *kleines* bißchen Blut, wissen Sie. Denn hier ist Blut.«

Sie deutete mit ihrem knochigen Finger auf einen Teil ihres komplizierten Kartenmusters, und Elizabeth spähte in ängstlicher Verwirrung auf diesen Punkt. »O weh, Ma'am, ich bin zu schwer von Begriff. Ist hier das Blut? In Lakepoint?«

»Ich kann es nicht sagen. Nur, daß es uns bedroht, und daß es heute sein wird. Und deswegen – oh, lieber Himmel. Das ist alles höchst alarmierend. Noch nie habe ich unsere Zukunft so düster gesehen!« Sie rang die Hände und sah mit verängstigten Augen in Miss Clandons erschrockenes Gesicht.

»Au!« schrie das Mädchen und setzte Señorita hastig auf den Boden.

»Hat sie Sie also erwischt?« Hortense besah sich den Kratzer. »Ah — sie hat Sie ganz schön gepackt, der Schlingel. Es blutet ordentlich.« Sie seufzte erleichtert. »Vielleicht ist es das. Aber die Warnungen sind immer deutlicher. Ich werde heute nacht sicher hinaufgehen und einen Blick auf den Himmel werfen müssen.«

»Hinauf?« erkundigte sich Elizabeth und wickelte ihr Taschentuch um den Kratzer, im Geiste ein Bild von Mrs. MacTavish, wie sie in einem Ballon himmelwärts schwebte.

»Auf das Dach. Sie hätten es nicht riskieren sollen, als sie ihre Schnurrhaare ganz nach vorn gesträubt hat. Das ist immer ein sicheres Zeichen, daß ein Angriff bevorsteht. A propos, wie geht es unserem lieben Captain heute?«

»Besser, glaube ich. Er hat sich gestern gut ausgeruht, und Lockerbie sagt, er habe fest geschlafen. Als wir von unserer Spazierfahrt zurückgekommen sind, hat Prudence im Garten angehalten, um Blumen für sein Zimmer zu pflücken.«

»Wie freundlich von ihr, denn sie mag ihn eigentlich gar nicht. Weil er Engländer ist. Natürlich ist Seine Lordschaft das ebenso. Glauben Sie, er wird direkt nach Hause fahren, wenn er wieder zurückkommt?«

Elizabeth biß sich auf die Lippen. Sie sagte: »Er wird noch ein oder zwei Tage bleiben, glauben Sie nicht? Ich meine — er muß doch sicher nicht gleich wieder fort?«

Hortense konsultierte ihre Karten und murmelte: »Ich bete, daß er das nicht muß. Oh, ich bete inständig darum.«

Sie war nicht allein mit ihrem Gebet.

Lord Thaddeus Briley fuhr sich mit dem Finger unter den Kragen seiner Uniform und brummte: »Verdammt, ich habe ganz vergeßen, wie ekelhaft heiß so ein Uniformrock werden kann! Wie weit ßind wir jetzt, Dermott?«

Alec Dermott, der groß und geschmeidig im Sattel saß und voller Haß auf den Rock war, den er trug, antwortete in breitem Schottisch: »Wirrr haben jetzt ungefährrr noch zehn Meilen bis zum

Trrreffpunkt, Sirrr. Wollen Sie, daß ich Ihnen ein bißchen Wasserrr brrringe?«

Noch zehn Meilen! dachte Briley. »Nein, ich danke Ihnen. Aber Ssie könnten schauen, ob unßer Captain« — er blinzelte Dermott an — »einen Drink braucht.«

Der große Schotte grinste und sprengte nach vorn. Briley zügelte sein Pferd, wischte sich mit dem Taschentuch übers Gesicht und wartete, bis der Wagen auf gleicher Höhe mit ihm war. »Wie geht eß euch, Jungß?« fragte er und spähte zu den dreien hinein, die darin lagen.

Sie waren hager und unrasiert und hatten offensichtlich Schmerzen, aber sie antworteten heiter und waren zweifellos in gehobener Stimmung.

»Ssind faßt schon da«, sagte Briley ebenso heiter. »In ein oder zwei Sstunden ßeid ihr bei euren eigenen Leuten, und —«

»Reiter kommen auf uns zu«, rief ihm der rundliche Dennis MacWilliams vom Fahrersitz des Wagens zu.

Briley schnellte herum. Ungefähr ein Dutzend Männer galoppierte den Abhang vor ihnen herunter. Es waren Männer mit Musketen in den Händen und grimmig entschlossenen Blicken. »Verdammt zerlumpt«, brummte er, und sein geliebtes zweiundfünfzigstes Regiment fiel ihm kurz ein. Er gab seinem Pferd die Sporen, um Sidley einzuholen, der sich, weiß vor Angst, zu ihm umsah.

»Sind sie das?« keuchte Sidley, zu Tode erschrocken über den donnernden Ansturm.

»Wir können eß nur hoffen«, antwortete Briley kühl. »Mut, Mann. Mut! Ssie ßind der Offizier, vergeßen Ssie nicht.«

Sidleys Pferd stürmte vorwärts, und der Butler klammerte sich an den Sattelknauf. »Gott!« würgte er heraus.

Mit Hufgedonner und markigem Geschrei kamen die Reiter auf sie zu. Briley sah, wie eine Muskete erhoben wurde. »He!« schrie er, und seine Hand schnellte zu der Pistole in seinem Gürtel.

Dermott schrie gellend: »Ligun Doone! Wir sind —«

»Tod den Rrrotröcken!« heulte einer der Reiter und schwang den Säbel.

»Holß der Teufel«, stöhnte Briley. »Die Falschen!«
»Wir wollen sie lebend!« brüllte ein Riese von einem Mann und stürzte sich auf Dermott.
Ein heilloses Durcheinander entstand. Männer schrien, Pferde rannten ziellos umher und schnaubten, Knüppel sausten durch die Luft, aber keiner feuerte, bis eine Muskete ohrenbetäubend knallte. Vom Pferd geworfen, wollte Sidley sich wieder aufrappeln, wurde jedoch niedergerissen, als zwei Männer sich auf ihn stürzten. Im Zentrum eines wilden Handgemenges versetzte Briley einem der Angreifer einen Schlag, daß er zurücktaumelte, und riß seine Pistole heraus. Der Schotte mit dem Säbel verpaßte ihm einen Hieb, und die Pistole wurde ihm aus der Hand geschlagen. Bereits ohne Hut und Perücke, duckte er sich vor einer herabsausenden Faust, aber ein Knüppel traf ihn ordentlich. Er brach ohne einen Laut zusammen und stürzte ausgestreckt mit dem Gesicht nach unten neben den bewußtlosen Butler.
Ein Schrei auf gälisch ertönte, und das Gewühl beruhigte sich abrupt.
»Ihr seid ein verrrdammter und verrrfluchter Haufen von vollidiotischen Blödmännerrrn«, tobte Dermott und wand sich mit zerrissener Uniform und einer roten Schwellung auf der Backe aus dem Kampfgetümmel. »Habt ihr mich nicht schrrreien hören, daß wir von Ligun Doone selberrr kommen? Seid ihr alle taub und verblödet?«
»Er sagt die Wahrrrheit«, bestätigte Little Willie, der sich über die Seitentür des Wagens beugte. »Sie helfen uns, in Sicherrrheit zu kommen.«
Unmutiges Gestöhn erhob sich, und die Opfer brachten scharf ihre Meinung über einen derart ungeschickten Überfall zum Ausdruck.
Noch mehr Reiter kamen näher, und Little Willie brummte: »Es ist Angus, Gott sei gelobt!«
Der Anführer, der auf einem stämmigen kleinen Grauschimmel dahergaloppierte, ein kräftiger Mann mit schwarzen Haaren und Brauen, schnauzte: »Dieser Musketenschuß hat wahrrrscheinlich

mindestens eine Patrrrouille geweckt! Ich weiß ja nicht, was ihr hier herrrumpfuscht, aber für eine schöne Tasse Tee haben wir keine Zeit. Alles in Orrrdnung, Alec?«

»Wie zu erwarten, Angus«, antwortete Dermott und wischte sich Blut von den Lippen. »Der da« – er zeigte auf Brileys reglose Gestalt – »muß zurück nach Inverness gebracht werden. Schnell.«

Angus stieg ab, ließ sich auf die Knie sinken und drehte Seine Lordschaft um. Briley war totenbleich, abgesehen von dem Dunkelrot, das aus einer tiefen Wunde in seiner Kopfhaut strömte. »Wer braucht ihn?«

»Doone. Und es ist sehr wichtig. Sehr!«

»Es tut mir leid für Mr. Doone«, sagte Angus und stand auf. »Aber mit einem solchen Loch im Kopf wird dieser Mann eine Zeitlang nirrrgendwo hinreiten.«

»Angus!« rief eines der Opfer scharf und starrte auf den Abhang.

Angus riß den Kopf herum. Ein Reiter schwenkte in unmißverständlicher Dringlichkeit kurz unterhalb der Hügelspitze ein verbotenes Plaid. »Zur Hölle!« grunzte Angus. »Sie sind schon hinter uns her! In den Wagen mit jedem, der nicht reiten kann!«

Der Mann mit dem Säbel sagte eindringlich: »Mann, da dran sind wir schuld. Wir reiten weg und versuchen, die Rotröcke von euch abzulenken.«

Angus sah finster drein, aber er nickte. »Wir sind wohl gezwungen dazu.«

Die unglückselige Reitertruppe saß auf und galoppierte Sekunden später den Weg zurück, den sie gekommen war. Mit einer Handbewegung lenkte Angus die übrigen Männer und den Wagen nach Norden.

Innerhalb einiger Minuten lag das kleine Tal ebenso ruhig und friedlich da wie zuvor, nur eine zurückgelassene zerdrückte Perücke wies darauf hin, daß ein britischer Peer nicht mehr in der Lage sein würde, wie versprochen nach Inverness zurückzukehren.

XIII

Ich finde, Sie sind sehr leichtsinnig«, sagte Prudence streng, während sie zusah, wie Delacourt sein feuriges Pferd beruhigte.

Er wandte ihr sein lachendes Gesicht zu. »O nein. Ich muß ein bißchen auf den Beinen sein, wissen Sie, sonst wird Cunningham argwöhnen, daß ich nicht versuche, gesund zu werden.«

Sie war innerlich hocherfreut, sowohl über seine Reitkunst als auch über die Tatsache, daß er sich gut genug fühlte, einen Ritt zu wagen, aber sie sagte: »Sie hätten sich ein ruhigeres Pferd aussuchen können, Sir.«

»Was? Diesen schrecklichen alten Faulpelz, den Cole für mich gesattelt hatte? Eine hübsche Figur hätte ich abgegeben, während Sie im Kreis um mich herumgaloppiert wären.«

»Ich habe nicht vor, überhaupt zu galoppieren. Wenn Sie neben mir bleiben wollen, dann werden Sie sehr gesetzt reiten müssen.«

»Ja, Ma'am«, sagte er unterwürfig, aber mit einem verräterischen Zucken um die Mundwinkel.

Sie verließen den Hof und ritten los; in schweigendem Einverständnis wandten sie sich nach Südwesten. Der Nachmittag war kühl und windig, Wolken ballten sich über den Bergen zusammen. Prudence dachte: *Ich darf ihn nicht zu lange draußen bleiben lassen, es könnte regnen.* Und sie fragte sich, ob dieser nachmittägliche Ritt einfach dem Wunsch entsprungen war, mit ihr zusammenzusein, oder ob er sich Sorgen machte. Lord Thaddeus hätte gestern zurückkommen sollen. Als an diesem Morgen immer noch nichts von ihm zu sehen war, hatte Delacourt Lockerbie geschickt, um sich nach Neuigkeiten umzuhören, und der Mann war noch nicht zurückgekehrt. Verstohlen warf sie dem Captain einen Blick zu. Er hatte die Zügel fest in der Hand und hielt den großen Grauschimmel zurück, den er sich gegen Coles erschrockene — aber, argwöhnte sie, auch stolze — Einwände ausgesucht hatte. Seine Reitjacke war mattgold und paßte ihm so gut, daß sie dachte, sie müsse eine Neuerwerbung sein. Er hatte heute ein wenig mehr Farbe in den Wangen und ritt leicht dahin, die freie Hand auf dem Schenkel, den angespannten Blick auf General Wades Straße gerichtet, und seine ganze Haltung zeugte von zurückgehaltener Energie.

Er drehte sich so plötzlich um, daß sie keine Möglichkeit hatte wegzusehen. »Herrlich, nicht wahr?«

»Ich freue mich, daß Sie das denken.« Ihr Blick wanderte zu dem weiten Panorama des Sees, der vorspringenden, mächtigen Silhouette des fernen Urquhart Castle, der schroffen Berge und dem wolkengeschmückten Himmel. »Ich liebe es sehr, aber ich habe einmal gehört, wie ein Engländer von ihm als einem *leeren, öden und wilden Land* gesprochen hat.«

»Armer Kerl. Ich hoffe, Sie haben ihm ein schönes Begräbnis bereitet.«

Sie lachte. »Nein, nur den Abschied. Aber es ist traurig, daß manche Menschen Schönheit nicht schätzen können, wenn sie anders ist als das, was sie kennen.«

»Dabei findet man sie schließlich in ... vielen Formen ...«

Seine Augen trafen die ihren und ließen sich von ihnen fesseln. Die Pferde gingen näher nebeneinander, so daß ihre Röcke seine Knie berührten. Wolken, See und Berge verblaßten und waren vergessen, während braune Augen tief in blaue sahen, in einer Umarmung, die nicht weniger intensiv war, weil die Hände daran nicht beteiligt waren.

Das graue Pferd schnaubte und tänzelte ungeduldig, und die Stimmung war dahin.

Ernüchtert holte Delacourt Atem. »Er will rennen, der arme Kerl. Wahrscheinlich denkt er, daß dieser Fremde ein richtiger Spielverderber ist. Kommen Sie — geben wir ihm nach.«

»Ganz sicher nicht«, antwortete Prudence und nahm ihren durcheinandergeratenen Verstand zusammen. »Mein Papa würde mich schön ausschimpfen, wenn Sie wieder einen Rückfall bekommen.«

»Wenn Sie befürchten, daß ich einen von meinen dummen Ohnmachtsanfällen haben könnte —«

»Ich habe einen sehr guten Grund, das zu fürchten, Sir«, sagte sie mit einem versteckten Zwinkern. »Ich war schon einmal allein mit Ihnen, als Ihnen das passiert ist.«

»Ah, ja.« Er senkte den Blick. »Was für ein süßes Erwachen.«

Sie fühlte, wie ihre Wangen brannten. »Es ist sehr ungezogen, so von Ihrer Niedertracht zu sprechen.«

»Ich werde das zu niemandem tun als zu Ihnen«, murmelte er. Verblüfft sah sie ihn an, und er fügte sofort hinzu: »Davon sprechen, meine ich. Es wäre in der Tat sehr unritterlich von mir, denn ich kann mir vorstellen, daß Sie viele Bewunderer hier haben — oder nicht?«

Sie dachte an Richard Ahearn mit seinen schalkhaften grünen Augen und seiner sorglosen Art; an den dunkelhaarigen jungen Billy MacKie, der unter den ersten der ortsansässigen Jugendlichen gewesen war, die Prinz Charles Gefolgschaft geleistet hatten; an Malcolm Hendricks, der in diesem Augenblick irgendwo als Gefangener in England war, und sie sagte traurig: »Es hat mehr gegeben — vor so kurzer Zeit noch.«

Er wurde sofort ernst. »Es tut mir leid.« Einen Moment ritten sie schweigend, dann sagte er zornig: »Was für eine verdammte Geschichte, daß politische Kapriolen Kriege mit sich bringen können, Familien trennen und sich zwischen Menschen stellen, die sonst die besten Freunde hätten sein können.« Sein finsterer Blick wanderte zu ihrem wehmütigen kleinen Gesicht. Bevor er sich bremsen konnte, sagte er: »Nun, wir werden nicht solchen Unsinn zwischen uns treten lassen, nicht wahr? Ich — äh, ich meine, *wir* können Freunde sein?«

Sie sah ihn an und dachte: *Nein, das hast du überhaupt nicht gemeint, dummer Junge.* Aber sie sagte: »Natürlich.«

»Gut. Dann holen Sie mich ein, wenn Sie können!«

Fort war er wie der Wind, über den Sattel gebeugt, und lenkte den großen Grauen mit sicherer Hand die Hügel hinauf und hinunter, während Prudence ihm nachjagte, bis er das Pferd auf einem stei-

len Hügel zügelte und wendete, atemlos lachend, als er ihr zusah, wie sie hinaufgaloppierte.
Sie war windzerzaust, ihre Wangen gerötet, und sie konnte ein fröhliches Lachen nicht unterdrücken, als sie neben ihm anhielt. »Das war purer Wahnsinn! Geht es Ihnen gut?«
»O ja, danke. Aber« — er wandte sich nach Südwesten — »mein Plan ist durchkreuzt, leider.«
Sie folgte seinem Blick. Von einem weit entfernten, unsichtbaren Feuer stiegen Rauchspiralen auf, die rasch vom Wind fortgeblasen wurden, doch so weit das Auge sehen konnte, war keine Spur von einem lebenden Wesen zu entdecken.
Zähneknirschend sagte Delacourt: »Irgend etwas ist schiefgegangen. Wenn ich nur wüßte, was.«
»Aber Sie haben Lockerbie losgeschickt. Wann wird er zurücksein, glauben Sie?«
»Heute abend, hoffe ich. Aber wenn er bis morgen früh nicht zurück ist —«
Er brach ab, und Prudence drehte sich in plötzlicher Sorge um, als sie das Stampfen näherstürmender Hufe hörte.
Auf einer hübschen kleinen Braunen galoppierte Cole auf sie zu, das Gesicht ein einziges Grollen. »Sie lernen wohl nie dazu, Master Geoff!« Mit dem Arm deutete er wütend in die Richtung von Inverness. »Sind neun Monate Leiden noch nicht genug? Sehen Sie das?«
»Wolken.« Delacourt nickte bedauernd. »Aber —«
»Wolken! Und Regen wahrscheinlich. Und wenn Sie zu allem Überfluß auch noch durchnäßt werden, können wir Sie beerdigen!«
Delacourt sackte jämmerlich im Sattel zusammen. »Sie werden doch einem armen Invaliden nicht zürnen, dessen Zustand bestenfalls so lala ist?«
Cole grinste widerstrebend, und Prudence hatte Mühe, ihre strenge Haltung zu bewahren. »Jeder arme Invalide, der in gestrecktem Galopp durch die schottischen Berge reitet«, schalt sie, »verdient genau, was er bekommt.«

»Und dieser arme Invalide mußte mit Ihnen reiten, Ma'am«, gab er zurück und lächelte sie auf jene Art an, die ihr Herz zum Flattern brachte.

»Na schön, Cole. Bringen Sie mich in meine Zelle. Brot und Wasser warten auf mich« — er warf Prudence mit funkelnden Augen einen Blick zu — »garrr kein Zweifel!«

»Garrr kein Zweifel, in der Tat«, sagte Prudence erzürnt, als sie an diesem Abend nach dem Dinner mit Elizabeth in den Salon ging. »Bis wir dann zurückkamen, war er erschöpft, aber natürlich wollte er es nicht zugeben. Ich kann Sie nur bemitleiden. *Was* für eine Zeit müssen Sie mit ihm gehabt haben! Er ist so furchtlos, wie man nur sein kann, aber er hat nicht so viel Verstand wie ein Neugeborenes!«

Elizabeth lächelte. »Er lehnt sich gegen seine Schwäche auf, was seiner Erholung nicht gerade zuträglich ist, kann ich mir vorstellen. In Wahrheit kann ich ihn gar nicht so tadeln. Seine Genesung hat erbärmlich lange gedauert, aber er ist keiner, der jammert, obwohl er seine Rolle so gut spielt.«

Sie machten es sich in dem freundlichen Zimmer bequem, und Mrs. Cairn kam mit ihren Mädchen und dem Teetablett. Als Prudence einschenkte, fragte Elizabeth, was aus Hortense geworden sei.

»Ich nehme an, sie ist oben auf dem Dach. Sie nehmen Zucker, glaube ich?«

»Ja. Zwei, bitte. Ihre Tante schaut nach den Sternen, denke ich? Sie macht sich Sorgen darüber, soweit ich weiß. Hat sie ... oft recht mit ihren Prophezeiungen? Sie hat mir erzählt, daß — daß Blut in unserer Nähe ist.«

Prudences Hand zitterte ein wenig, als sie Elizabeth die Teetasse reichte. »Sie kommt den Dingen manchmal recht nahe, aber sie neigt dazu, die Einzelheiten durcheinanderzubringen. Hoffen wir, daß sie das diesmal auch getan hat.« Elizabeth gab keine Antwort, ihre Augen waren ausdruckslos auf die Tasse geheftet. Prudence wartete, dann fragte sie sanft: »Sind Sie wirklich sicher, daß Sie ihn nicht doch haben wollen?«

Elizabeth seufzte. »Nein. Ich will ihn nicht haben. Aber — oh, ich wollte, ich wär' nicht so ärrrgerlich zu dem Jungen gewesen.«
Beide schraken zusammen, als die Tür aufgerissen wurde. Mit fliegenden Schals, die Mantilla auf halbmast, stürzte Hortense ins Zimmer, ließ flüchtig ihren Blick über die Anwesenden gleiten, keuchte etwas von »... schießen!« und war in noch nie dagewesener Geschwindigkeit wieder draußen, Señorita hinter ihr her, die wie verrückt nach den verschiedenen Tüchern sprang, die hinter Hortense herflatterten.

Die beiden Mädchen wechselten einen erschrockenen Blick und folgten ihr.
Hortense hatte bereits die Tür des Eßzimmers aufgerissen. »Kommen Sie schnell!« mahnte sie die Männer eindringlich mit klarer, lauter Stimme. »Er schießt!«
Die Gentlemen sprangen sofort auf. Delacourt steckte eine Hand in die große Rocktasche, in der eine kleine, aber wirkungsvolle Pistole ruhte. »Wer schießt, Ma'am?« fragte er scharf.
»Der Stern!« keuchte sie, eine Hand auf dem wogenden Busen.
»Zum Donnerwetter!« Sir Matthew nahm hastig ihren Arm und strahlte sie von oben herab an. »Eine Sternschnuppe? Gehen Sie voraus, Ma'am.«
»Sie wird jetzt schon weg sein«, sagte James MacTavish. »Man kann sie höchstens ein oder zwei Sekunden lang sehen.«
»Nein, nein«, widersprach Hortense und machte Anstalten, einen Schal aufzuheben, an dessen anderem Ende sich Señorita festgebissen hatte. »Ich habe ihn mindestens drei Minuten lang beobachtet. Oh, bitte, nimm doch irgend jemand die Katze fort! Er blinkt und blinkt. Höchst —«
»Er blinkt, bei Gott«, knurrte Delacourt leise und war in drei Sätzen an der Terrassentür und riß sie auf.
Prudence lief zu ihm. Seine scharfen Augen blitzten nach Nordosten, aber die Bäume waren im Weg, und mit einem entmutigten Ausruf rannte er zurück durch das Zimmer und in die Halle, der Rest hinter ihm her, und Hortense bat wimmernd, er solle vor-

sichtig sein. Er rannte zwei Stufen auf einmal die Treppe hinauf. Prudence ließ alle Schicklichkeit fahren und rannte ebenfalls, wodurch es ihr gelang, dicht hinter ihm zu bleiben. »Mein Nähzimmer«, rief sie atemlos. Er stürzte in den kleinen Raum und riß das Fenster auf, Prudence holte ihn ein und spähte in dieselbe Richtung, als die anderen sich hereindrängten.

Señorita schoß vorbei, sprang auf das Fensterbrett und spazierte anmutig darauf entlang, den erhobenen Schwanz unter Delacourts Nase. Er setzte das Hindernis hinunter, dann rief er: »Da!«

Alle sahen das kleine, blinkende Licht.

»Das ist kein Stern«, sagte Mr. MacKie.

MacTavish fragte: »Werden Sie schlau daraus, Geoff?«

»Einen Moment, Sir. Zwei. Das bedeutet Reiter. Fünf ... Sie kommen von Inverness.« Er runzelte die Stirn, als das Licht aufhörte zu blinken. »Verdammt! Cole muß geschlafen haben, daß er mich nicht gewarnt hat! Ah, jetzt geht's weiter ...« Alle zählten leise. *»Sechs!«* Delacourt schnellte herum. »Sir, ich muß fort! Wir müssen alle fort!«

Hortense stieß ein erschrockenes Quieken aus.

MacTavish fragte: »Was bedeutet sechs?«

»Tod! Und das heißt, daß man mich wahrscheinlich entlarvt hat. Was auch bedeuten würde, daß Sie ebenfalls in Gefahr sind, es sei denn, Sie bringen es fertig, sie zu überzeugen, daß Sie nichts von mir gewußt haben, was ich für unwahrscheinlich halte!« Er packte Prudence am Arm. »Holen Sie nur Ihren Umhang, Ma'am, sonst nichts. Schnell! Mrs. Hortense – Elizabeth – beeilen Sie sich! Wir dürfen keine Sekunde Zeit verlieren!«

Bleich vor Schreck, flohen die Ladies.

MacTavish fragte angespannt: »Was sollen wir tun?«

»Wenn Sir Matthew und Mr. MacKie Ihnen helfen, bringen Sie Ihre Ladies zum Ungeheuer, Sir. Die größte Hoffnung haben Sie, wenn Sie sie auf die andere Seite des Loch bringen. Wenn Sie in die Richtung des Lichts fahren, das wir gesehen haben, werden Sie auf Männer stoßen, die auf Sie warten.«

Alle machten sich auf den Weg in die Halle.
Sir Matthew fragte besorgt: »Und was ist mit Ihnen, Junge?«
MacTavish schnappte entsetzt nach Luft. »Die Geheimbotschaft! Mein Gott! Was ist mit der Geheimbotschaft?«
»Ich habe sie. Ich werde nach Westen reiten und versuchen, Lockerbie oder Thad einzuholen.« Er lief in sein Zimmer und packte seinen Rock, seine Pistolen und einen Schwertgurt, den er sich um die Taille schnallte. MacTavish kam zu ihm, als er wieder zur Tür rannte, und er sagte knapp: »Wenn man mich faßt, werde ich die Geheimbotschaft irgendwie vernichten. Sie werden dann Lady Ericson benachrichtigen müssen.«
MacTavish, der rannte, um mit ihm Schritt zu halten, ächzte: »Sie haben keine Chance! Wenn Jakobiten Sie sehen, halten sie Sie wahrscheinlich für einen Sassenach, und Ihr Leben wird keinen Pfifferling wert —«
»Wenn es Hochländer sind, Sir, bin ich so sicher wie in der St. Paul's-Kathedrale. Wenn Sie mich kennen. Und viele kennen mich. Gehen Sie schon, Mann! Ich weiß nicht, was mit Cole los war, aber wir haben keine Möglichkeit herauszubekommen, wie lange das Warnlicht schon geblinkt hat, bevor —«
Von weiter unten war plötzlicher Tumult zu hören. Ein Schuß zerriß die Stille der Nacht, Geschrei und Getrampel folgten.
»Die Lichter aus!« schrie Delacourt und raste in die Halle. »Prudence? Wo zum Teufel sind Sie?« Sie war bereits neben ihm und ließ ihre Hand in seine gleiten. »Gut. Jetzt halten Sie sich nahe an Ihren Vater«, befahl er.
Die Vordertüren wurden aufgerissen, als sie die Halle durchquerten, und ein Knäuel kämpfender Gestalten drängte herein. Prudence hatte einen flüchtigen Eindruck von Schreien und Flüchen; von ihrem Vater, der mit Carrie Cairn dicht neben sich hinausrannte, und Sir Matthew Garry, der mit dem Kolben einer Pistole nach einem stämmigen Mann in einem Wollrock schlug. Dann wurde die letzte Kerze ausgeblasen, und sie befand sich mitten in dem ganzen Aufruhr.
Eine dunkle Gestalt wurde drohend sichtbar. Ein Mann brüllte:

»Ergeben Sie sich, oder —« Sie wurde zur Seite gerissen und hörte den dumpfen Aufschlag eines schweren Hiebs. Der dunkle Umriß verschwand, aber andere tauchten auf. Noch ein Schuß erklang ohrenbetäubend. Irgend jemand heulte auf. Überall um sie herum waren kämpfende Gestalten. Und ein starker, führender Arm schlang sich um sie. Sie ließ sich dagegen sinken und stieß einen erschrockenen Schrei aus, als ein Mann mit ihnen zusammenstieß und sie zu Boden riß. Heftige Schläge, Fluchen, eine Hand, die nach ihr suchte und sie hochzog, Delacourts keuchende Stimme.
»Rennen Sie, verdammt! Ihr Papa ist draußen. Rennen Sie!«
Sie rannte.
Sie befand sich in bedrohlicher Dunkelheit, hinter ihr tobte der Wahnsinn, vor ihr lag heilloses Durcheinander. Eine tiefe Stimme rief: »Laßt ihn nicht entkommen! Schießt auf alles, was sich bewegt!« *Der Himmel steh' uns allen bei!*, dachte sie und fiel auf die Knie. Während sie am Boden entlangkroch, hörte sie einen Schrei, und eine dunkle Gestalt schoß an ihr vorbei und plumpste mit einem dumpfen Krach zu Boden. Rennende Füße. Delacourt zischte: »Prue? Wo sind Sie, zum Teufel?«
»Hier!« Sie stand auf und streckte die Hände aus. »Woher haben Sie das gewußt?«
»Ich habe Ihr Parfum gerochen. Hier entlang!«
Er nahm ihre Hand, und sie liefen auf die Bäume zu.
»He!« ertönte eine bellende Stimme von hinten. »Halt, im Namen des Königs, oder ich schieße!«
»Jesus Christus!« brummte Delacourt und riß Prudence nach vorn.
Sie hörte den Knall des Schusses, gefolgt von einem seltsamen summenden Geräusch. Dann waren sie unter den Bäumen. Undeutlich sah sie das Glitzern von Wasser, gebeugte Gestalten und eine große massige Form, die wohl das Ungeheuer war.
»Prima«, keuchte Delacourt. »Weiter, meine Liebe. Gott mit Ihnen!« Und er drehte sich um und verschwand in der Dunkelheit.
Prudence zögerte. Vom Haus war das Bersten von Glas zu hören, eine Fensterscheibe krachte aus dem Rahmen. Sie lief zum Ufer

und hörte MacKie schweratmend drängen: »Hinein mit Ihnen ... Mrs. Hortense. Miss Clandon – schnell jetzt!«
Aus dem Inneren des Ungeheuers kam das Echo von Sir Matthews Stimme: »Kommen Sie! *Kommen* Sie! Ich rudere mit Ihnen, Duncan. Mac – Sie werden uns lenken. Ist Prudence mit Delacourt gegangen? Ah, das hab ich mir gedacht. Setzen Sie sich, Hortense, Sie bringen unser kleines Boot zum Schaukeln. Verflixt, viel mehr Platz haben wir nicht. *Kommen Sie*, Duncan!«
Prudence kam angerannt. »Mr. MacKie!« keuchte sie, aber in diesem Augenblick gab Duncan MacKie dem Boot einen mächtigen Stoß. Das Ungeheuer geriet in eine Strömung und schaukelte auf den See hinaus, und MacKie schaffte es gerade noch, sich in das heruntersackende Hinterteil zu zwängen.
Prudence schrie: »Mr. Mac –«, aber dann rannten schwere Stiefel auf sie zu. Sie stürzte ins Gebüsch und fiel über eine Schaufel, die einer der Gärtner im Boden steckengelassen hatte. Ein dumpfes Geräusch war zu hören, als die Stiefel an ihr vorbeitrampelten. Eine Männerstimme rief: »Halt! Kommen Sie zurück, oder ich schieße!«
Du abscheulicher Schurke! Du wirst nicht auf meinen Papa oder meine Tante schießen! dachte sie.
Sie packte die Schaufel, schwang sie über ihrem Kopf und rannte vorwärts. Der Mann war sehr groß, und vage bemerkte sie, daß er einen höchst ungewöhnlichen Rock aus verschiedenfarbigem Leder trug. Mit beiden Händen legte er eine Donnerbüchse an, die sicher ein großes Loch in das schwer beladene Ungeheuer schlagen würde. Rasend vor Wut über solche Niedertracht, ließ Prudence ihre Schaufel herabsausen. Der heftige Aufprall ließ Prudences Handgelenke erzittern, und der Mann ging lautlos zu Boden. Entsetzt ließ sie die Schaufel fallen und starrte auf ihn hinab. Seine Beine zappelten schwach. Mit einem erleichterten Keuchen sah sie wieder auf. Das Ungeheuer war weit draußen auf dem See, seine Arme flogen mit großer Geschwindigkeit dahin. Sie hatte keine Möglichkeit, sie einzuholen, und Delacourt war zweifellos ebenfalls fort. Sie drehte sich um und rannte verzweifelt auf die Ställe zu.

Gerade als sie näher kam, galoppierte ein Pferd auf sie zu. Sie konnte den Reiter nicht sehen, aber sie riskierte es zu rufen: *»Geoffrey!«*

Ihr Schrei wurde von einem heftigen Tumult beim Haus übertönt, aber das Pferd sah, wie sie mit den Armen winkte, und scheute. Der Mann, der tief im Sattel kauerte, beruhigte das Tier, und Prudence rief noch einmal. Wie der Blitz war Delacourt vom Pferd gestiegen. »Prue?« rief er.

»Ja. Die anderen sind fort!«

»Hier!« Seine Arme schlangen sich um sie. Sie wurde schwungvoll in den Sattel gehoben, und als sie die Zügel nahm, die er ihr reichte, schrie sie: »Was ist mit Ihnen?«

Als Antwort sagte er nur knapp: »Reiten Sie nach Südwesten, die Straße von General Wade hinunter.«

»Aber —«

Er klatschte dem Pferd auf die Kruppe, und das erschrockene Tier packte die Trense fest zwischen den Zähnen und ging durch.

Es dauerte einige Augenblicke, bis Prudence etwas anderes tun konnte, als sich im Sattel festzuhalten und darum zu kämpfen, nicht abgeworfen zu werden. Der Wind hatte Wolken über den verblassenden Mond getrieben, und die Nacht war sehr dunkel, so daß sie zuerst nicht erkennen konnte, welches Pferd sie ritt. Sie wußte, daß es ein viel größeres Tier war, als sie es gewöhnt war, und nach und nach wurde ihr klar, daß sie auf Robs großem, halb zugerittenen Braw Blue sitzen mußte. Ihre verzweifelten Versuche, seine ungestüme Flucht zu bremsen, ignorierte er, als wäre sie nur eine winzige Mücke, die auf seinem Rücken saß. Ihre schlimmste Furcht galt nicht sich selbst, sondern Delacourt, und sie zog an den Zügeln, schrie und stieß sogar einige der gemeinsten Flüche ihres Bruders aus, alles vergebens. Braw Blue donnerte weiter die undeutlich sichtbare Straße hinunter. Stunden schienen vergangen zu sein, und Prudence hatte jegliche Hoffnung aufgegeben, das wilde Tier in eine langsamere Gangart zu bringen, als es beschloß, seine Geschwindigkeit zu verringern. Durch die Anstrengung, mit dem Knie über den Männersattel geklammert zu sitzen, fühlte sie sich zerschlagen und mitgenommen; ihr Haar war wild zerzaust, und sie war von den Windstößen ganz atemlos, aber sie zog versuchsweise an den Zügeln, und Braw Blue blieb tänzelnd stehen und warf den Kopf hin und her, als sei er stolz auf sein Benehmen.

Prudence, die sich an einige seiner weniger gefälligen Angewohnheiten erinnerte, glitt aus dem Sattel, taumelte und hielt bedachtsam die Zügel fest. Braw Blue stellte die Ohren auf und sah sie mit frommer Unschuld an. Er schien kaum außer Atem. Sie sagte ihm einige beißende Wahrheiten ins Gesicht und wandte ihre Aufmerksamkeit der Straße zu.

Sie konnte nicht sehr weit sehen, aber alles war still, kein Anzeichen von Verfolgung. Sie führte das Pferd zu ein paar Büschen, band es fest, und ging mit wehendem Umhang zurück. Delacourt war doch sicher entkommen? Seine Ritterlichkeit, ihr zu helfen, hatte doch sicher nicht dazu geführt, daß er selbst gefangengenommen worden war? Sie schloß die Augen und schickte ein Stoßgebet für seine Sicherheit zum Himmel.

Die Straße war immer noch verlassen, als sie die Augen wieder öffnete. Der Wind wurde kälter. Sie wickelte ihren Umhang fester um sich, setzte sich auf das Gras und wartete. War es erst eine Stunde her, daß sie in ihrem anmutigen Salon gesessen hatte? Wie schnell war ihre relativ geordnete Welt ins Chaos gestürzt. Wenigstens eines war sicher: mit etwas Glück würden ihre Familie und ihre Freunde gefahrlos den See überqueren und von Delacourts Männern beschützt werden. Die Geheimbotschaft fiel ihr ein. Wenn er gefaßt worden war und man sie bei ihm fand, war er verloren; so wie viele andere, wenn die Soldaten den Geheimcode entschlüsselten. Aber irgendwie wußte sie, daß er eine Möglichkeit gefunden haben würde, sie zu vernichten. Mit einem Stich in der Brust dachte sie: *Selbst wenn sie ihn vernichten würden!*, und senkte den Kopf, denn Hoffnungslosigkeit stieg in ihr auf und drohte, sie zu überwältigen.

Braw Blue, der graste, stampfte mit dem Huf; ein Stampfen, dem in der Ferne das Echo anderer Hufe folgte. Prudences Herz machte einen Satz, und sie stand auf. Die Hufschläge wurden lauter; sie konnte einen Schatten in der Dunkelheit erkennen, und dann rasten ein Pferd und ein Reiter den Hügel herauf, um neben ihr stehenzubleiben.

»Geoffrey?« schrie sie.

»Gott sei Dank!« keuchte er und glitt hastig aus dem Sattel, um vor ihren Füßen auf die Straße zu fallen.

Sie stieß einen leisen Schreckensschrei aus, besaß aber die Geistesgegenwart, nach den Zügeln zu greifen, bevor sie sich um den zusammengesunkenen Mann kümmerte. Sein Pferd war Flaxen, eins der schnellsten Pferde ihres Vaters, und sie führte den Falben zu Braw Blue, um ihn neben ihm anzubinden. Sie durchsuchte die Satteltaschen, fand aber nur einen Mantel aus Ölzeug. Sie wandte ihre Aufmerksamkeit wieder dem großen Hengst Braw Blue zu, durchwühlte sorgfältig seine Satteltaschen und war hocherfreut, als sie eine Flasche und ein Paar Pistolen fand. Sie nahm die erstere und lief zurück, um sich neben Delacourt zu knien.

Er lag auf der Seite, so wie er hingefallen war. Einen schrecklichen Augenblick lang hielt sie ihn für tot, aber als sie sich hinunterbeugte, konnte sie seinen Atem spüren. Sie drehte ihn auf den Rücken, riß seinen Rock auf und spähte voll verzweifelter Angst nach einem verräterischen Blutfleck. Sie entdeckte keinen und setzte sich anders hin, um seinen Kopf und seine Schultern auf ihren Schoß zu ziehen. Sie entkorkte die Flasche, nahm selbst einen kleinen Schluck von dem starken Brandy, dann versuchte sie, ihm etwas davon einzuflößen. Es glückte ihr nicht, der Brandy rann an seinen Mundwinkeln herab, und er gab keine Anzeichen, daß er das Bewußtsein wiedererlangte. Sie betete, daß es nur wieder eine seiner Ohnmachten war, korkte die Flasche wieder zu und stellte sie beiseite. Was sollte sie tun, wenn jemand kam? Delacourt war mager und ausgezehrt von seiner langen Krankheit, aber er war groß und bei weitem zu schwer für sie, um ihn in den Schutz der Büsche schleppen zu können. Sie fragte sich, ob sie nicht etwas um ihn binden und an Flaxens Sattel befestigen könnte, um ihn so in Sicherheit zu ziehen, als sie fühlte, wie sich sein Kopf bewegte.

»Prue ...?«

»Ja. Ich bin hier. Hat man Sie angeschossen?«

Er seufzte. »Nein. Und Sie?«

»Nur voller blauer Flecken. Ich konnte das gemeine Vieh nicht zum Stehen bringen.« Sie spähte in sein Gesicht. Er schien so matt. »Sind Sie sicher, daß alles in Ordnung ist?«

»O ja. Danke.« Er versuchte aufzustehen, sank aber wieder zurück und sagte schwach: »Es tut mir leid, aber ich bin anscheinend ... so furchtbar müde.«

Aufgebracht sagte sie: »Na, hier können Sie auf jeden Fall nicht schlafen, Mann!«

Er lachte leise, antwortete aber mit einem schläfrigen Gemurmel: »Ich kann mir keinen ... besseren Ort vorstellen.«

Sie dachte, daß er bis zum äußersten erschöpft sein mußte, und während sie die Locken zurückstrich, die der Wind ihm ins Gesicht geweht hatte, fragte sie: »Haben Sie die Geheimbotschaft?«

»Wenn sie noch ... in meiner Tasche ist.«

Sie griff in seine Westentasche und zog ein kleines Stück Pergament heraus. Der Mond hatte sich vor ein paar Minuten hinter der Wolkenbank hervorgeschoben; er schien nicht sehr hell, aber ihre Augen hatten sich mittlerweile an die Dunkelheit gewöhnt, und als sie das Pergament schräg vor sich hielt, konnte sie die Nachricht lesen, die darauf stand:

> Hinauf, hinunter Berg und Tal
> verwegen hoch der Adler fliegt.
> Meine Seele gäb ich her
> schwebt' ich mit dem Wind wie er.
> Mein Los bewein.
> Frei wirst du sein.

»Nicht gerade große Dichtkunst«, entschied sie. »Was bedeutet es?«

»Neues Leben für sehr viele Menschen. Oder den Tod ... wenn es in die falschen ...« Die Worte verklangen.

Prudence faltete das Pergament sorgfältig zusammen und steckte es zurück in seine Tasche, dann schlug sie den Rock um ihn zusammen. Kein Geräusch der Verfolgung war zu hören. *Er kann sich ein oder zwei Minuten ausruhen*, dachte sie. Und sie saß da auf der verlassenen Straße, der Engländer schlief in ihren Armen, und die beiden Pferde kauten zufrieden in ihrer Nähe.

Ihr Kopf sackte herab, und sie wachte auf. Ihre Beine fühlten sich taub an. Delacourt schlief immer noch, und sie hatte keine Ahnung, wie lange sie hier gesessen hatten. Sie schüttelte ihn sanft und sah, wie seine Augen zu blinzeln begannen. »Ich glaube, wir reiten jetzt besser weiter«, sagte sie.

»O Gott!« Er setzte sich auf, starrte sie an und sagte mit heller, sicherer Stimme: »Was bin ich doch für ein närrischer Gimpel. Sie hätten mich aufwecken sollen, Ma'am!« Er rappelte sich auf, dann streckte er ihr die Hand hin.

Sie kämpfte sich hoch, knickte aber ein. Er hielt ihren Arm und stützte sie. »Ich bin ein schöner Beschützer! Geht's?«

»O ja«, sagte sie tapfer. »Mir geht's so lala, wissen Sie.«

Sie war zufrieden, ihn lachen zu hören, dann führte er sie zu den Pferden. Er ließ sie eine Zeitlang auf und ab gehen, bevor sie versuchte aufzusitzen, und mit einem unangenehmen Kribbeln, bei dem sie zusammenzuckte, kehrte das Gefühl in ihre Beine zurück. Sie fragte: »Was war los, als Sie zurück zu den Ställen gegangen sind?«

»Eine regelrechte Schlacht. Nein – nicht den großen Kerl, Miss Prue. Ich habe Flaxen für Sie mitgebracht.«

Sie kniff die Augen zusammen. »Oh, und Sie haben ihr meinen Sattel aufgelegt. Wie lästig muß das für Sie gewesen sein.«

Er legte die Hände zusammen, und sie stellte ihren kleinen Fuß mit den leichten Schuhen in die Höhlung und wurde in den Sattel gehoben. »Nicht lästiger, als es für Sie war, den ganzen Weg auf diesem verfluchten großen Vieh in meinem Sattel zu reiten.« Er lächelte zu ihr hinauf, wobei der Mond sein Gesicht sanft beleuchtete. »Und Sie in Ihrem Abendkleid und den zierlichen Schuhen. Gott sei Dank, daß Sie heute abend nicht einen Ihrer breiten Reifröcke getragen haben.«

»Amen«, sagte Prudence.

Er kicherte und schwang sich selbst in den Sattel. Braw Blue vollführte ein plötzliches und heftiges Feuerwerk seiner Kunst, sich aufzubäumen. Erschrocken scheute Flaxen und tänzelte davon. Prudence gelang es, im Sattel zu bleiben, mußte aber beunruhigt zusehen, wie der große Graue bockte und herumwirbelte und vor Wut schnaubte. Sie hörte, wie Delacourt einen wütenden Schrei ausstieß, und plötzlich ließ Braw Blue von seinem Koller ab und stand still.

Verärgert keuchte Delacourt: »Das sieht Rob ähnlich, sich ein so idiotisches Vieh auszusuchen! Nun schön, Miss Prue, ich glaube, wir können jetzt losreiten.«

Was sie auch taten; und während sie ritten, erzählte er ihr, was sich in den Ställen abgespielt hatte. Anscheinend hatte er so viel Voraussicht besessen, die Dienerschaft darüber zu instruieren, was sie im Fall eines solchen Überfalls, wie sie ihn heute abend erlebt hatten, tun sollten. In dem Augenblick, als die Attacke begonnen hatte, waren alle Frauen eilig aus dem Haupthaus gebracht worden und hatten sich in die Gebäude geflüchtet, wo die Diener außerhalb des Hauses wohnten. Die Pferdeknechte, Gärtner, Lakaien und Diener, und selbst ihr großartiger Küchenchef hatten sich zusammengeschlossen, um die Eindringlinge zurückzuschlagen, darauf vorbereitet, später zu erklären, daß sie angenommen hatten, von Dieben angegriffen worden zu sein. Wie ein Mann hatten sie geschworen, alles in ihrer Macht Stehende zu tun, um die Angreifer so lange wie möglich aufzuhalten. Delacourt war Zeuge einer heftigen Schlacht geworden, die immer noch im Haus tobte, wobei die Pferdeknechte die Ställe gegen eine angedrohte Beschlagnahmung der Pferde verteidigt hatten. Durch einen reinen Glücksfall war er ohne Behinderung bis zu Flaxens Stall gelangt, ein Pferdeknecht hatte ihm geholfen, die Stute zu satteln, und erst als er bereit war aufzusitzen, hatte jemand ihn angegriffen. Zu zweit hatten er und der Pferdeknecht den Angreifer überwältigt. Delacourt hatte noch einen entschlossenen Gegner über den Haufen geritten, die falbe Vollblutstute ruhig um das Gewimmel herumgelenkt und war in der Dunkelheit verschwunden.

Als er mit seinem Bericht an diesem Punkt anlangte, schwieg er einen Moment, dann sagte er: »Ich fürchte, wir müssen reiten, solange wir können. Sind Sie sehr müde?«
»O nein«, log sie tapfer. »Um Sie mache ich mir Sorgen. Haben Sie sich bei der ganzen Rauferei wirklich nicht verletzt?«
»Nur ganz wenig, das kann ich Ihnen versichern. Es tut mir nur leid, daß ich Sie gerade noch erschrecken mußte. Ich wünschte, ich könnte Ihnen sagen, daß ich so eine Dummheit nicht wieder mache, aber es könnte wieder passieren.«
»Das ist keine Dummheit. Sie schlagen sich wacker. Ich hoffe nur, daß ich Sie nicht zurückhalte.«
Mit einem Lachen in der Stimme antwortete er, daß er ebenfalls hoffe, sie würde ihn nicht zurückhalten, obwohl er verspreche, es werde nicht nötig sein.
»Ich bin sicher«, sagte Prudence gedankenvoll, »daß mein Papa sich dessen bewußt ist, Captain Delacourt.«
Der Captain sagte nichts.

XIV

Die Wolken begannen bald, sich zu immer dichteren Haufen zusammenzuballen. Innerhalb einer Stunde hatten sie den Mond gänzlich unsichtbar gemacht, und die Nacht wurde so dunkel, daß Delacourt gezwungen war, ihre Geschwindigkeit zu verlangsamen. Nach einer weiteren Stunde begann es zu regnen, und der Wind, der jetzt sehr kalt war, wehte ihnen eisige Tropfen ins Gesicht. Delacourt blieb stehen, um seinen Umhang aus Ölzeug um Prudence zu legen. Durchfroren wie sie war, galt ihre eigentliche Sorge dennoch ihm. Zu Beginn hatte er mit der leichten Anmut des geborenen Reiters im Sattel gesessen, aber mit der Zeit begann er, müde im Sattel zusammenzusinken.

Als eine besonders starke Böe ihr die Kapuze vom Kopf wehte, rief sie: »Captain, könnten wir ein bißchen rasten?«

Er reckte die Schultern und drehte sich zu ihr um. »Natürlich.«

Er ritt voran, von der Straße herunter, und saß ab, um ihr schnell aus dem Sattel zu helfen.

»Können wir es wagen anzuhalten?« fragte sie und versuchte gar nicht, ihr Zähneklappern zu unterdrücken.

»Wir *werden* anhalten. Armes Mädchen, Sie müssen ganz erfroren sein.«

Er fand eine kleine Baumgruppe, und sie stellten sich unter den Schutz der Äste. Es war kalt und feucht und roch nach verfaulenden Pflanzen, aber der Wind wehte hier nicht mit solch durchdringender Kraft, und der Regen fiel nicht so schwer auf sie hernieder. Prudence sank auf die knorrige Wurzel, die Delacourt für sie ausgesucht hatte, und beobachtete ihn verstohlen. Auf der Straße hatte er den Eindruck erweckt, dem Zusammenbruch nahe zu sein, aber jetzt, als sie alle Anzeichen der Erschöpfung sehen ließ, eilte er geschäftig hin und her und plauderte die ganze Zeit, wie gut sie sich gehalten habe und wie prächtig die Pferde waren, und daß sie, sobald es hell wäre, mit seinen Leuten von Cavern Craigalder zusammentreffen würden.

Als er die Pferde abgesattelt und festgebunden hatte, stand er vor ihr, sah auf sie herab und brummte: »Gott, ich wünschte, ich hätte Ihnen etwas anzubieten.«

»Sie haben«, sagte sie zu ihm. »Ich habe es wieder zurück in Braw Blues Satteltaschen getan. Nicht, daß ich dabei wäre, eine Säuferin zu werden, verstehen Sie, Sir.«

Seine Miene hellte sich auf, und er kniete sich hin, um in den Satteltaschen zu wühlen. Er förderte die Flasche zutage, entkorkte sie und bot sie ihr mit einer Verbeugung an. Prudence nippte, hustete und verzog das Gesicht. »Uff, ist das scheußlich. Wie könnt ihr Männer das Zeug bloß mögen?«

»Mit großen Schwierigkeiten«, sagte er, sein Grinsen ebenso unsichtbar wie ihre Grimasse. »Aber Sie werden sehen, daß es Sie wärmt.« Er setzte sich neben sie, nahm selbst einen kräftigen Schluck von dem Brandy und keuchte. »He! Ich verstehe, was Sie meinen. Ich frage mich, wo Lockerbie das gefunden hat.«

»Wahrscheinlich hat er ihn aus dem Keller meines Vaters. MacTavish ist stolz darauf, daß er ein Weinkenner ist.« Sie fühlte sich in der Tat weniger durchfroren, und als er ihr noch etwas anbot, protestierte sie nicht, sondern nahm einen guten Schluck und fand es diesmal bei weitem nicht so unangenehm.

Nachdem er ihrem Beispiel gefolgt war, wies er sie darauf hin, daß sie immer noch vor Kälte zitterte.

»Ich weiß!« Sie zog den Mantel fester um sich, aber er war naß und klamm.

»Das wird Sie nicht wärmen.« Er rückte näher und schlang seinen Arm um sie.

Sie ließ ihren Kopf gegen seine Brust sinken. Bald wurde sie von einer Wärme eingehüllt, die mehr als zufriedenstellend war.

Delacourt murmelte: »Zum Teufel, ich frage mich, was mit dem alten Cole los war. Er sollte aufpassen, ob irgendwelche Signale gegeben würden.«

»Er hat Sie nicht gewarnt«, sagte sie und fügte hinzu: »Glauben Sie, daß meine Familie es geschafft hat, zu entkommen?«
»Ich denke schon. Danach, was Sie mir erzählt haben, war der Bursche, dem Sie eins übergezogen haben, nicht in der Lage, Alarm zu geben, bevor das Ungeheuer halb über den See war. Haben Sie gesehen, ob diese Schläger Uniformen getragen haben, Prue?«
Sie runzelte die Stirn. »Der Mann, den ich niedergeschlagen habe, trug keine, das weiß ich. Er trug eine — eine ganz seltsame Art von Waffenrock.« Sie fühlte sich schläfrig und kuschelte ihren Kopf enger an ihn. Er drängte sie, noch einen Schluck von dem Brandy zu nehmen, und tat es ihr dann nach.
Sie sah ihn schläfrig an und fragte: »Was hat gemeint mein Vater wegen — äh, ich meine, was hat mein Vater wegen Ligun Doone gemeint?«
Delacourt, der eine angenehme Wärme in sich spürte, sagte liebenswürdig: »Was soll mit ihm sein?«
»Sie erinnern sich doch. Es war an dem Tag, als der Colonel mir so angst gemacht hat, als ich ihn beim Reiten getroffen habe. Und Papa sagte, Sie hätten nicht den Namen Ligun Doone benutzen sollen, und Liz'beth sagte —« Sie bekam einen Schluckauf und entschuldigte sich. »Liz'beth sagte —«
»Ja, meine Liebe«, sagte er heiser, den Mund an ihrem Ohr. »Was hat Liz'beth gesagt?«
Prudence erschauderte, aber nicht vor Kälte. »Sie — sie sagte — Geoffrey!«
»Hat sie das? Nun, das beweist, daß sie meinen Namen kennt«, gluckste er.
»Nein. Ich meine — Ach, es macht nichts. Setzen Sie sich wieder gerade hin, los.«
»Kann nicht«, widersprach er und lehnte sich noch näher an sie.
»Doch, Sie können.« Sie legte beide Hände gegen seine Brust und drängte ihn zurück, und er ließ seinen Kopf heruntersinken und kicherte albern in ihre Hand. »Sie haben zuviel von diesem ekelhaften Brandy getrunken«, beschuldigte sie ihn.
»Gar nicht wahr!« Er wich zurück und sagte mit festerer Stimme:

»Eliz'beth hat mit Ligun Doone gesprochen.«
»Elizabeth sagte, Sie hätten den Namen Ligun Doone benutzt, um Cumberland eine lange Nase zu machen. Stimmt das? Was bedeutet es?«
Er lachte leise in sich hinein. »Es stimmt, daß der liebe Duke sehr verärgert wäre. Es bedeutet *The Long Down.*«
»*The Long Down?*« wiederholte sie verwirrt. »Warum sollte das den Schlächter ärgern?«
»Darum.« Sein Kopf stieß plötzlich herunter, und er gab ihr einen Kuß auf die Nasenspitze.
»Tut mir leid, Ma'am. Bin ein bißchen gefallen. Wo war ich? Ach ja. Es bedeutet, wenigstens *sagen* sie, daß es einer der alten Namen für ...« Er begann leise, dann immer erheiterter zu lachen. »Für —«
»Wofür? Oh, Captain, *bitte*, nein! Lassen Sie das sein!«
»Das reimt sich!« Er gab ihr einen Kuß aufs Ohr, ein wenig daneben plaziert, aber beim zweiten Versuch traf er besser.
Prudence mahnte atemlos: »Geoffrey Delacourt!«
»Falsch! Delavale! Geoffrey Dela-*vale!*«
Sie riß sich mit einem erzürnten Ausruf los.
»Jetzt sind Sie böse«, sagte er mit einem Blick wie eine Eule. »Nich' böse sein.«
Wegen seiner Müdigkeit und seines geschwächten Zustands hatte der Brandy ihn beschwipst gemacht. Wahrhaftig, sie selbst hatte sich ein paar Minuten lang beschwipst gefühlt. Aber wenigstens war er nicht zusammengesackt und völlig matt oder fiel in eine seiner schrecklichen Ohnmachten, und was könnte schöner sein als seine Küsse? Sanft sagte sie: »Ich bin nicht böse, lieber Sir. Aber — nein! Geoffrey, benehmen Sie sich! Jetzt sagen Sie mir doch, wofür soll *The Long Down* ein alter Name sein?«
»Englisch ungenügend«, sagte er und wedelte mit dem Finger unter ihrer Nase herum. »London.«
»Mein Gott! Wenn Cunningham *das* je erfährt!«
»*Ärgern* würde er sich!« Er lachte schallend los, und sie preßte ihm schnell die Hand auf den Mund.

Sie zischte: »Ja, er würde sich ärgern, Sir! Und Ärger oder nicht, er wüßte, wer Ligun Doone ist!«
»Das seh' ich nicht ein«, widersprach er und richtete sich verärgert auf. »Ein Haufen Engländer ist jetzt in Schottland.«
»Ja, aber Sie waren genau in der richtigen Zeit da, und — O Geoffrey! Was um alles in der Welt hat Sie —«
Sie wurde zur Seite geschubst, und Delacourt sprang auf die Füße. Sie sah die Pistole in seiner Hand aufleuchten, und erschrocken wurde sie gewahr, daß das Rascheln um sie herum lauter geworden war, obwohl der Wind nachgelassen hatte.
»Na gut«, sagte er mit barscher, ungewohnter Stimme, »kommt heraus. Und vorsichtig, Freunde, diese Pistole ist geladen.«
Prudence stand auf und rückte näher an ihn, und er streckte die Hand aus, um sie hinter sich zu schieben.
Eine Sekunde lang herrschte angespanntes Schweigen. Eine vorsichtige schottische Stimme fragte: »Sir ...? Sind Sie es, Captain?«
»Kerbie!« rief Delacourt.
Eine undeutliche Gestalt kam auf sie zugeeilt. »Ach, so ein Glück!« Die beiden Männer gaben sich fest die Hand, und Lockerbie fuhr fort: »Was ist passiert, Sir? Wir sind verständigt worden, daß Sie ein Signal bekommen haben, und wir sind so schnell wie möglich gekommen. Uff, Sir, aber ich — ich habe Angst gehabt, Sie hätten die Hanfkrawatte eine ganze Zeit zu früh um den Hals, und dann sagt dieser dumme Cole —«
»Cole! Wo ist er? Cole?« Delacourt spähte in die Dunkelheit, und eine zusammengeschrumpfte Gestalt bewegte sich zögernd auf ihn zu. »Hier bist du also! Verdammt. Was zum Teufel ist schiefgelaufen?«
Cole, der den Kopf gesenkt hielt, wich der Hand aus, die Delacourt ihm trotz seines Zorns entgegenstreckte, und sagte voller Scham: »Ich habe Sie im Stich gelassen, Master Geoff. Dabei würde ich mir den Arm für Sie abhacken lassen! Ich hab' Sie im Stich gelassen —«
»Ach, sei doch kein Esel. Wenn du mich im Stich gelassen hast,

weiß ich trotzdem verdammt gut, daß es nicht absichtlich war. Mann, du hast mein ganzes Leben lang für mich gesorgt! Bist du gegen die Kommode gerannt, oder war sonst etwas ähnlich Dringendes?«

Cole ließ ein ersticktes Lachen hören. »Ich habe sie kommen sehen, Sir, und ich bin losgerannt, aber diese verdammte Katze ist mir direkt unter die Füße gelaufen. Ich bin umgefallen, mit dem Kopf gegen Miss Prudences Tisch. Bis ich wieder zu mir gekommen bin, war die Hölle losgebrochen, und ich bin nach unten gerannt, gerade, als alle Lichter ausgingen. Dann habe ich mich durchgeschlagen. Ich hab gedacht, Sie würden versuchen, Seine Lordschaft zu finden, also bin ich auf einem von MacTavishs Gäulen die Straße hinuntergaloppiert, und vor einer Weile haben mich ein paar Schotten angegriffen. Hat sich herausgestellt, daß es Lockerbie war. Sir — es tut mir mehr leid, als ich sagen kann!«

Delacourt klopfte ihm auf den Rücken und sagte ermunternd: »Nicht deine Schuld, alter Junge. Glücklicherweise ist Mrs. Hortense aufs Dach gestiegen, um nach ihren Sternen zu schauen, sonst hätten wir alle miteinander Hanfkrawatten, das schwöre ich. Ich glaube, irgendwie sind wir alle davongekommen. Aber jetzt, Kerbie, was ist schiefgegangen? Ist Briley in Schwierigkeiten geraten?«

»Jawohl, Sir. Ein versprengter Haufen von Hochländern war unterwegs, um den armen Johnny Robertson zu rächen, und haben diesen Butler und Seine Lordschaft für englisches Militär gehalten, bevor Angus und seine Leute sie eingeholt haben.«

Bestürzt keuchte Delacourt: »Oh, zum Donnerwetter! Sie haben den alten Thad doch wohl nicht umgebracht?«

»Nein, Sir. Aber einer von ihnen hat ihn mit einer Keule zusammengeschlagen, und er ist erst gestern nachmittag wieder zu sich gekommen. Er ist ein guter Mann und war entschlossen, gleich loszureiten, aber jedesmal, wenn er aufsteht, klappt er gleich wieder zusammen.«

»Gehirnerschütterung wahrscheinlich«, knurrte Delacourt. »Na,

ich bin froh, daß es nichts Schlimmeres ist. Wie viele Leute habt ihr dabei?«
»Drei, Mr. Doone«, ertönte eine brummige Stimme unter den Bäumen. »Und wir stehen Ihnen jetzt alle zu Diensten. Und auch sonst immer.«
»Danke, Gentlemen. Cole, hast du gesehen, wer uns angegriffen hat? War es die Armee?«
»Wenn, dann waren sie in Zivil, Sir. Und ich hoffe, daß ich ein so ungehobeltes, rauhes Volk nicht noch einmal sehe!«
Lockerbie sagte: »Wenn es Prämienjäger waren, dann müssen sie wissen, wer Sie sind, Captain.«
»Ich fürchte, da hast du recht. Aber es ist unwahrscheinlich, daß sie ihr Wissen unserem Freund Cunningham mitteilen werden und riskieren, daß sie einen Teil der Belohnung verlieren.«
»Und zumindest werden sie nicht so stark sein wie die ganzen Rotröcke, die hinter uns her sind«, wagte Prudence zu sagen.
Delacourt griff nach ihrer Hand und drückte sie fest. »Ganz richtig. Glaubst du, wir schaffen es, zur Höhle zu kommen, Kerbie?«
Lockerbie seufzte. »Die Gegend wimmelt von Soldaten, Sir. Wir schaffen Sie hin, wenn's irgendwie geht, aber Sie müssen ein ganz schönes Stück reiten bis dorthin.«
»Wenn ich herunterfalle, dann müßt ihr mich über den Sattel legen. Machen wir uns auf den Weg.«
Die Pferde wurden gesattelt und herbeigeführt. Als sie losritten, fragte Delacourt: »Ach Gott, ich habe den armen Sidley ganz vergessen. Ist er sicher genug eingesperrt?«
»Jawohl, Sir. Er hat bei dem kleinen Mißverständnis ganz schön was auf die Birne bekommen, aber es geht ihm ganz gut, obwohl er natürlich nicht gerade in der besten Laune ist, wissen Sie. Angus hat den Jungs gesagt, sie sollen die anderen im Glauben lassen, daß er wirklich ein Captain ist. Verflixt, manchmal hab ich das Gefühl, er glaubt es selber.«
»Hat er dich gesehen? Weiß er, wie wir ihn ausgenutzt haben?«
»Nein, ich glaub's nicht. Ich hab mich nicht vor ihm sehen las-

sen.« Lockerbie lachte trocken auf. »Er wird's schon noch merken, wenn *Sie* ankommen, Captain!«
Sie ritten gleichmäßig dahin, und das Hufgetrappel lullte Prudence ein, bis sie vor sich hin döste. Nach einer Weile fing es wieder an zu nieseln, aber nur sehr leicht, und der Wind hatte nachgelassen, was das Ganze erträglich machte. Sie warf Delacourt einen Blick zu und sah, daß er sie ängstlich beobachtete. Er beugte sich zu ihr und fragte: »Wie geht es Ihnen, Ma'am? Ich verspreche Ihnen, sobald es irgendwie geht, werden Sie es warm und trocken haben.«
Sie wollte schon antworten, daß sie schon öfter in ihrem Leben naß geworden sei, und daß sie sehr wohl zurechtkomme, aber im letzten Moment hielt sie sich zurück und dankte ihm. »Ich werde mein Bestes tun, um mich aufrecht zu halten, obwohl ich zugebe, daß ich sehr müde bin, Sir.«
»Bleiben Sie dicht bei mir. Wenn Sie einschlafen, werde ich Sie zu mir auf mein Pferd nehmen. Dann wird es Ihnen wärmer.«
Sie lächelte in die Dunkelheit und freute sich über die Vertraulichkeit in seiner Stimme. Eine Zeitlang unterhielten Lockerbie und Delacourt sich gedämpft, aber die anderen Männer waren, abgesehen von gelegentlichen geflüsterten Bemerkungen, still. Prudence ertappte sich mehrere Male im Laufe der Nacht dabei, daß sie fast eingeschlafen war, und als sie im ersten grauen Morgenlicht wieder einmal hochschreckte, sah sie Delacourt tief über die Mähne seines Pferdes gebeugt, während Cole sehr dicht neben ihm ritt und ihn im Sattel festhielt. Genau in dem Augenblick, als sie hinsah, bewegte er sich und setzte sich aufrecht. Sofort beugte sie sich wieder nach vorn und schloß die Augen.
Leise sagte Delacourt: »Sie schläft, das arme kleine Ding. Ihr darf nichts geschehen, Cole. Versprich es mir — was auch geschieht.«
»Ihr wird kein Haar gekrümmt, Sir, nicht, solange ich noch atme. Ich schwöre es!«

Die Sonne ging auf, als sie mit Hufgetrappel in den Hof eines kleinen Bauernanwesens ritten. Prudence war so steif und kalt, daß sie sich kaum gegen den breitschultrigen Schotten lehnen konnte, der die Hände ausstreckte, um ihr aus dem Sattel zu helfen. Lockerbie hatte den Arm um einen taumelnden Delacourt gelegt, und dann wurde die Vordertür aufgerissen, und die Bauersleute kamen zu ihnen hinausgelaufen. Lockerbie sprach kurz mit ihnen, und von diesem Augenblick an wurde Prudence behandelt, als sei sie eine königliche Hoheit, da diese ehrlichen Landleute Ligun Doone gegenüber solche Ehrfurcht empfanden, daß jeder in seinem Gefolge verehrt werden mußte, wie groß auch das Risiko sein mochte, ihn zu beherbergen.

Die magere kleine Hausfrau führte Prudence hastig in ein kleines Schlafzimmer und trippelte herum, um sie mit heißem Wasser und Handtüchern zu versorgen. Prudence war fast zu müde, um sich zu waschen, und fiel regelrecht ins Bett, bereits in dem Moment eingeschlafen, als ihr Kopf das Kissen berührte. Glücklicherweise war sie schon immer eine gute Reiterin gewesen, und trotz der harten Nacht erwachte sie mit geringeren Beschwerden, als eine weniger sportliche Lady sie wahrscheinlich empfunden hätte. Ein verführerischer Duft stieg ihr in die Nase. Sie fand ihre Kleider getrocknet und sauber gebügelt auf einem Stuhl neben dem Bett. Sie zog sich eilig an und benutzte dankbar einen großen, aber etwas verstümmelten Kamm neben einem kleinen, zerbrochenen Spiegel, der auf einer abgenutzten Kommode lehnte. Als sie sich wehmütig betrachtete, fand sie es lächerlich, vor dem Frühstück ein Abendkleid zu tragen, aber wenigstens kam die Tönung ihres Teints nicht aus einem Schminktopf, und wenn ihre zitronengelbe Seidenrobe auch nicht in einen bescheidenen Bauernhof paßte (und noch weniger auf den Rücken eines Pferdes!), hatte sie doch keine Reifröcke und war dank der freundlichen Bauersfrau nicht zu sehr verschmutzt oder zerknittert.

Sie ging zur Tür und öffnete sie vorsichtig. Sie blickte in das kleine Wohnzimmer, durch das sie letzte Nacht — nein, heute morgen! — gekommen war, wie sie sich undeutlich erinnerte. Es war leer, außer einem Mann, der in ein Plaid gewickelt in einer Zimmerecke auf dem Boden schlief. Sie hörte gedämpftes Stimmen-

gemurmel, und um den Schläfer nicht zu stören, ging sie auf Zehenspitzen hinüber zur Küchentür.
Ihre Hand lag auf der Klinke, als der Klang ihres eigenen Namens sie innehalten ließ.
Delacourt sagte: ». . . und ganz sicher die hübscheste Lady, die ich je gesehen habe. Ich hätte nie gedacht, so jemanden vorzufinden, als du mich von Prestonpans hierhergeschleppt hast, Kerbie.«
»Sie ist Ihnen sehr zugetan, glaube ich.«
Prudence erstarrte. Lockerbies Stimme hatte mißbilligend geklungen. Ihr Kinn reckte sich ärgerlich nach oben. Abscheulicher Kerl! Dachte er vielleicht, sie sei nicht gut genug für Delacourt? MacTavish war jedem Mann ebenbürtig —
»Ich habe mich sehr bemüht, meine natürlichen, äh, Regungen zu unterdrücken«, sagte Delacourt.
Ach, tatsächlich? dachte Prudence.
»Leider nicht immer ganz erfolgreich«, gab er mit einem Seufzer zu.
»Ah. Na — na ja, Sie sind ein Mann. Und wenn je ein Mann ein bißchen Glück in seinem Leben verdient hat, dann Sie.«
Prudence lächelte und schickte sich an einzutreten, entschied aber dann, daß sie besser noch eine Minute wartete, damit sie nicht befürchteten, sie könne diesen herzerwärmenden kleinen Gedankenaustausch gehört haben.
»Kein Mensch«, sagte Delacourt ernst, »hat das Recht, nur an seinem eigenen Glück zu schmieden, ohne an die Gefühle der anderen zu denken.«
Lockerbie sagte: »Ich denke — Sie könnten's ihr sagen.«
»Himmel, nein! Außerdem hatte ich vor wegzugehen, wenn Briley zurückgekommen wäre, und dachte nicht im geringsten daran, sie wiederzusehen.« Er stieß plötzlich ein bitteres Lachen aus. »Wieder einmal hat das Schicksal mich überlistet.«
Prudence stand ganz still da, die Augen leer und blicklos auf das grobe Holz der Tür geheftet. *Papa*, dachte sie, *hatte recht. Der Lauscher an der Wand hört seine eigene Schand*. Sie wandte sich ab.

»Sie dürfen nicht aufgeben«, sagte Lockerbie tapfer. »Es geht Ihnen nicht schlechter als vor einem Monat.«
»Lügner. Oh, mach dir keine Sorgen. Ich kann ihm die Stirn bieten. Aber ich mache mir nichts vor. Die Ohnmachten — diese verdammte Schwäche — es überkommt mich immer öfter.«
»Ja, weil Sie auf die Doktoren hören — verflucht sollen sie sein! Sie haben *unrecht*, sag' ich Ihnen! Sie werden wahrscheinlich überleben — Sie überleben uns alle noch!«
Die Stimme des Schotten brach, und das letzte Wort war kaum noch hörbar, obwohl es Prudence schien, als hätte man ihr ins Ohr gebrüllt. Sie stand betäubt vor Schreck da, unfähig, sich zu bewegen. Undeutlich war sie sich bewußt, daß Delacourt etwas gesagt hatte, aber jetzt rauschte es in ihren Ohren, und der Boden unter ihren Füßen schien zu schwanken. Blind streckte sie eine Hand aus und preßte die andere auf den Mund, während sie entsetzt und angstvoll auf das kleine Fenster starrte. Es war nicht wahr! Es *konnte* nicht wahr sein! *Nein!*, dachte sie außer sich. *Nein! Nein!*
Undeutlich hörte sie sie wieder sprechen. Sie preßte die Hände auf die Ohren und floh in panischer Angst zurück in das kleine Schlafzimmer. Sie setzte sich aufs Bett, fühlte sich aber ganz kalt vor Schreck und zitterte. Sie konnte nicht ruhig sitzen, stand wieder auf und begann, auf und ab zu gehen, rang die Hände und kämpfte mit sich, um das wilde Durcheinander von Gedanken, die ihr konfus durch den Kopf rasten, unter Kontrolle zu bringen. So viele Dinge fielen ihr wieder ein; so viele kleine Vorfälle, die sich — trotz ihrer schmerzlichen Versuche, sie zu verdrängen — wie die Teilchen eines Bilderrätsels ineinanderfügten. Lockerbies fast zärtliche Besorgtheit um seinen Herrn; der beunruhigte Blick, den sie von Zeit zu Zeit in Dr. Cauldsides Augen gesehen hatte; Geoffreys erschreckende Ohnmachten und seine häufige Erschöpfung. Plötzlich sah sie Elizabeth vor sich, die Thaddeus Briley wütend anfunkelte — es schien so lange her —, als er Delacourt scherzend gedroht hatte: ». . . wenn Sie hoffen, England je wiederzusehen . . .« Sie hörte Elizabeth wieder sagen: »Er hat große

Rückschritte gemacht ...« Sie sah sie, wie sie fast aus dem Zimmer rannte, als sie ihr gestanden hatte, daß sie eine zärtliche Neigung für den Captain hegte. Alles paßte zusammen! Und wie *konnte* sie es nicht gesehen haben? Wie hatte sie so *begriffsstutzig* sein können?

Sie ging zurück zum Bett, saß zusammengekauert da und begann hilflos zu weinen. Man hatte ihr gesagt, daß Geoffrey nach seiner furchtbaren Flucht nach Norden einen Rückfall erlitten hatte. Jetzt leuchtete ihr ein, daß sein Gesundheitszustand sich nach und nach verschlechtert hatte, anstatt sich zu verbessern. Und dennoch hatte er sich ganz offensichtlich geweigert, sich der Krankheit zu beugen. Er hatte weitergekämpft und schien immer so voller Spaß und Übermut. Er hatte dem nahenden Schatten eine lange Nase gemacht, so wie er Cunningham eine lange Nase gemacht hatte. Wie fröhlich und lustig war er im *Ungeheuer* gewesen, wie sicher, daß sie Erfolg haben würden, und wie hatte er sie alle mit seiner Zuversicht angesteckt. Man sagte, daß die Briten in der Not ihre besten Eigenschaften zum Vorschein brachten; vielleicht war genau das bei ihm der Fall. Sie wischte mit dem Handrücken die Tränen ab und erinnerte sich, wie er gelacht hatte, als sie Cunninghams Soldaten verscheucht hatten. Wie hatte er *lachen* können — mit dem Wissen, daß er bald sterben mußte?

Wieder kamen ihr heiße Tränen. Lockerbie hatte gesagt, die Doktoren hätten unrecht. Natürlich, das war's. Sie *hatten* unrecht! Man denke nur, wie Geoffrey es geschafft hatte, meilenlang im Sattel zu sitzen. Sie verschloß sich gegen die Erinnerung daran, wie er auf General Wades Straße so bestürzend getaumelt war und in ihren Armen gelegen hatte, und zähneknirschend flüsterte sie: »Ich werde bei ihm bleiben. Was auch kommen mag, ich werde bei ihm sein.« Sie reckte das Kinn. Wenn er den Mut hatte, einer so furchtbaren Bedrohung mit hocherhobenem Kopf und einem Lachen auf den Lippen ins Auge zu sehen, wenn er für andere jede Strapaze auf sich nehmen konnte, obwohl er wußte, daß er verloren war, dann würde sie ebenfalls tapfer sein.

Sie ging hinüber zu dem gesprungenen kleinen Spiegel und goß

kaltes Wasser in die Waschschüssel. Sie badete ihre geröteten Augen und trocknete sie sorgfältig ab. Sie sah bleich und gequält aus, deshalb kniff sie sich in die Wangen, um ihnen mehr Farbe zu geben, und übte ein Lächeln. Wahrscheinlich würden sie nur denken, daß sie müde aussah, was einleuchtend genug war.
Sie holte tief Atem, dann verließ sie entschlossen das Zimmer, durchquerte das Wohnzimmer und ging in die Küche.

»Ich weiß nicht, wer es war, oder woher sie gekommen sind, Sirrr«, sagte der Diener mit runden, erschrockenen Augen, während er mitten in dem Trümmerhaufen stand, der das Wohnzimmer gewesen war. »In der einen Minute war alles still und friedlich, und in der nächsten war das Haus voll von Männern, die herumgeprügelt haben.«
Colonel Cunningham, der sich in kalte Wut hineingesteigert hatte, lehnte sich in James MacTavishs Lieblingsstuhl zurück und ließ seinen scharfen Blick über die Trümmer und Fetzen kaputtgeschlagener Möbel und zerrissener Vorhänge gleiten. »Und das Ganze ist gestern abend passiert?«
»Jawohl, Sir. Wir haben noch nicht die Zeit gehabt, alles aufzuräumen.«
Zynisch dachte Cunningham: *Wahrscheinlich zu beschäftigt, den Wein deines Herrn zu trinken und seine besten Vorräte aufzuessen!*
Er fragte: »Wo ist Sidley?«
»Ich weiß nicht, Sir.«
»Wo ist Mrs. Cairn?«
»Fort, Sir. Alle sind sie fort!«
»Wo?«
»Ich weiß nicht, Sir.«
Der Colonel verschränkte die Hände und lächelte mit genau dem Lächeln, das seine Untergebenen vor ihm zittern ließ. »Wie heißen Sie noch?«
»Abercrombie, Sir.«
»Wollen Sie mir sagen, Abercrombie, warum die Behörden nicht von diesem — diesem Debakel unterrichtet worden sind?«

Erschrocken rief der Diener aus: »Aber das hätten wir doch nicht machen können, auf gar keinen Fall!«
»Warum konnten Sie das nicht machen?«
»Aber Mr. MacTavish hätte doch dagegen sein können.«
»Aber Mr. MacTavish ist nicht da.«
»Aber er wird doch zurückkommen, Sir. Früher oder später.«
»Ich verstehe. Diese — äh, Eindringlinge. Haben sie Uniformen getragen?«
»Die, die ich gesehen habe, nicht. Außerdem war es ganz furchtbar dunkel.«
»Glauben Sie, daß Sie einige von ihnen wiedererkennen würden? Ein besonderes Kennzeichen? Eine Stimme?«
»Nein, Sir. Es war ganz furchtbar —«
»Dunkel. Schön. Sie können gehen.«
Der Diener verbeugte sich und entschwand.
Wutschnaubend wandte Cunningham sich dem ruhigen Dr. Cauldside zu. »Blöder Ochse! Die Diener hätten wahrscheinlich ihr diskretes Stillschweigen noch weiter gehalten, bis ihnen das Essen ausgegangen wäre, wenn wir nicht zufällig hier herausgekommen wären, damit Sie nach Delacourt sehen!«
Cauldside ließ seinen Blick beunruhigt über das Chaos schweifen. »Ein schönes Durcheinander. Was glauben Sie, Colonel, was war hier wohl los?«
Cunningham sprang aus seinem Stuhl hoch, marschierte zum Fenster und starrte mit locker hinter sich verschränkten Armen hinaus. »Ich sehe nur drei Möglichkeiten. Entweder war es das Militär oder Diebe oder Prämienjäger. Das Militär war es nicht, da bin ich sicher. Und die Möglichkeit, daß Diebe sich zusammenrotten und einen solchen Überfall unternehmen, ist äußerst gering.«
»Bleiben die Prämienjäger. Aber hinter wem waren sie her? Und was ist aus der Familie geworden? Verflixt, Mann, sieben Leute sind verschwunden. Haben Sie das berücksichtigt?«
»Habe ich.« Cunningham drehte sich zu ihm um. »Neun, wenn Sie Garry und MacKie mitrechnen.«

»Lieber Gott! Waren die auch da?«
»So wurde mir gesagt. Ich glaube, ich verliere keine Zeit mehr und reite nach Garry House, um zu sehen, ob Sir Matthew unversehrt zurückgekehrt ist. Kommen Sie mit?«
»Wenn ich darf.« Der Doktor stand auf. »Ich gestehe, daß ich mir auf die ganze Sache keinen Reim machen kann.«
Cunningham nickte und durchquerte das Zimmer mit seinem schnellen, entschlossenen Schritt. An der Tür hielt er inne. »Übrigens, Doktor, ich glaube, ich habe Ihnen eins noch nicht gesagt. Ich habe eine Antwort auf meinen Brief nach Whitehall bekommen. Ich weiß jetzt, was Ligun Doone bedeutet.«
»Ach, wirklich?« Nicht sehr beeindruckt, brummte der Arzt: »Ist es von Bedeutung?«
Cunningham schürzte die Lippen. »Für mich ja, Sir. Und zweifellos wird es für den Mann von Bedeutung sein, der uns ausgelacht hat, als er sich den Namen wählte. Ich glaube aber, ich werde zuletzt lachen!«

An diesem Tag schien das Glück die Flüchtlinge verlassen zu haben. Überall, wohin sie ihre Schritte lenkten, waren Rotröcke, so daß sie beständig kehrtmachen mußten oder kostbare Zeit verloren, um sich zu verstecken. Erst am späten Nachmittag hatten sie die Längsseite des Loch Ness hinter sich und wandten sich nordwärts, durch zerklüftetes Land, das schwierig zu durchqueren war, mit schroff aufragenden Felsen und steilen Engpässen, und oft kreuzten eilig dahinstürzende Bäche, die ungeduldig zum Loch Ness hinunterflossen, ihren Weg. Zu der ständigen Bedrohung durch die Kavallerie kam die Erschöpfung, so daß Delacourt schwer kämpfte, um im Sattel zu bleiben, und Prudence vor Müdigkeit den Kopf hängen ließ.
Lockerbie hatte einen von seinen Leuten weit vorausgeschickt, der jetzt heftig winkend zu ihnen zurückgaloppiert kam. Er hieß Graham und war älter als die anderen, ein kleiner dürrer Mann mit einem bitteren Mund. »Rotröcke«, sagte er, als er sie erreichte. »Bei Gott, sie sind wirklich überall! Man könnte meinen, Prinz

Charlie wäre immer noch in der Gegend, anstatt in Sicherheit. Gott segne ihn!«
»*Vielleicht* in Sicherheit!« korrigierte ihn Lockerbie. »Captain ...? Ach, der arme Kerl, er ist wieder bewußtlos.«
»Nein, bin ich nicht«, sagte Delacourt und hob den Kopf. »Können wir uns irgendwo verstecken, bis es dunkel ist? Könnten wir dann vielleicht durchkommen?«
Kirkpatrick, ein rauher Kerl mit flammendrotem Haar und einem launischen Grinsen, sagte: »Ja — mit gezücktem Dolch.«
»Nein!« brauste Delacourt auf. »Was ich tue, soll keinem von meinen Landsleuten den Tod bringen! Noch einem von uns, so Gott will. Verdammt, es hat schon viel zuviel Blutvergießen gegeben!«
Einen Augenblick lang herrschte unbehagliches Schweigen, dann deutete Delacourt auf einen hochaufragenden Felsen, der seinen Schatten über die Büsche an seinem Fuße warf. »Dort können wir uns eine Weile lang verstecken.«
Sie ritten zwischen die spärlichen Bäume und das dürftige Gebüsch. Delacourt machte keine Anstalten abzusteigen, und Lockerbie sprang aus dem Sattel und half seinem Herrn herunter. Der junge Jock Eldridge, der Prudence denselben Dienst erwies, errötete heftig, als sie sich müde gegen ihn lehnte. Er legte sein dickes, graubraun gefärbtes Plaid ab und breitete es für sie auf dem Boden aus, und sie setzte sich mit dem Rücken gegen den Felsen und streckte sich mit einem dankbaren Seufzer. Cole und Graham lockerten die Sattelgurte und kümmerten sich um die Pferde; danach kauerten sich alle zusammen, müde und hungrig, und eine Weile lang sagte keiner etwas. Delacourt schien eingeschlafen zu sein, und Prudence schloß die Augen und betete, daß diese ganzen Anstrengungen nicht zuviel für ihn seien. Sie schrak auf, als sie ihn kühl und schleppend sagen hörte: »Kann einer von euch klettern?«
Kirkpatrick antwortete: »Ich, Sir. Bin fast wie eine Bergziege, hat meine Mutter immer gesagt.«
»Von da oben werden Sie einen guten Blick haben«, sagte Delacourt mit seinem gewinnenden Lächeln. »Glauben Sie, Sie könnten unser Beobachtungsposten sein?«

Der Rotkopf stand auf, ging ein wenig auf und ab, um den Gipfel prüfend anzusehen, dann nickte er. Eine Minute später machte er sich auf den gefährlichen Weg den Felsen hinauf. Prudence hielt den Atem an, aber er hatte die Wahrheit gesagt und kletterte leichtfüßig weiter, bis er außer Sichtweite war.
Lockerbie, der ein kleines Stück hinter ihm herkletterte, berichtete: »Er legt sich hin.«
»Prima. Cole, halten Sie die Augen offen, ob von Osten her Soldaten kommen.«
Kirkpatrick teilte die bedrückende Neuigkeit mit, daß er deutlich über das Tal sehen könne und daß dort mehrere kleine Trupps von Soldaten waren, die anscheinend das Gebiet zwischen ihnen und dem Punkt im Nordwesten durchstreiften, den sie erreichen mußten.
»Halten nach Rebellen Ausschau, die verdammten Kerle«, knurrte Graham.
»Nun, sie schauen am falschen Ort«, sagte Delacourt. »Hoffen wir, daß sie hier schon gesucht haben.«
Eine Stunde später wurde jedoch offenbar, daß die Suche sich tatsächlich in ihre Richtung bewegte. Es war noch hell, aber Delacourt befahl, daß die Pferde zum Rückzug fertiggemacht werden sollten. Dieser Plan wurde vereitelt, als von Osten her weitere Soldaten kamen. Sie wurden entsprechend von Cole gewarnt, aber Prudence fing an, sich ängstlich und wie in einer Falle zu fühlen. Sie beruhigte sich wieder, als Delacourt ihr auf die Schulter klopfte und ihr zublinzelte und dann Lockerbie bat, Ausschau zu halten, ob irgendwelche Behausungen in der Nähe seien. Sie nahmen Verbindung mit Kirkpatrick auf, und der sagte, daß er nur einen verfallenen Bauernhof etwas weiter nördlich sehen könne, und daß keine Hoffnung bestand, sich dort zu verbergen.
Delacourt nickte nachdenklich und schlich davon, um mit Graham zu sprechen. Prudence beobachtete sie neugierig, als Lockerbie und Eldridge sich zu ihnen gesellten. Die anderen Männer begannen, Graham ihre Munitionsvorräte zu geben. Delacourt nahm außerdem Eldridges mattbraunes Plaid und warf es dem

kleineren Mann zu. »Hier«, sagte er. »Wenn Sie in Schwierigkeiten geraten, kauern Sie sich darunter zusammen und versuchen, wie ein Fels auszusehen.«

Graham lachte leise in sich hinein, warf sich das Plaid über, und fort war er. Prudence trat neben Delacourt und sah zu, wie die kleine Gestalt von Busch zu Busch huschte. Er war fast außerhalb ihrer Sichtweite, als sie aus den Augenwinkeln sah, wie zwei Kavalleristen direkt auf den Geröllhaufen zuritten, den er gerade erreicht hatte. Bestürzt riß sie den Kopf in Grahams Richtung, aber er war nirgends zu sehen. Delacourt drückte ihre Hand und flüsterte: »Er tut, als wäre er ein Felsbrocken, Ma'am. Guter kleiner Schauspieler.«

Sie kniff ungläubig die Augen zusammen, aber als die Soldaten weit genug vorbei waren, konnte sie deutlich genug sehen, wie Graham zwischen den Felsen auftauchte und davonhuschte.

Die Minuten zogen sich in die Länge, und das Geräusch der Treiber kam erschreckend näher und näher. Prudence flüsterte: »Was hat Graham vor? Was kann er allein schon tun?«

Delacourt schenkte ihr ein spitzbübisches Lächeln. »Abwarten.«

Noch ein paar Minuten später kam Lockerbie zu ihnen. »Kirkpatrick sagt, daß Graham wieder weg ist, Sir.«

»Großartig. Macht die Pferde fertig. Seid so leise wie möglich, die Soldaten haben uns fast.«

Die Pferde wurden zum Aufsitzen fertiggemacht, wobei die unvermeidlichen Geräusche glücklicherweise in dem immer lauter werdenden Lärm untergingen, den die Soldaten bei ihrer Suche verursachten. Prudence konnte sie jetzt reden hören, und kurz darauf konnte sie auch die Worte unterscheiden. Eine junge englische Stimme sagte fast neben ihr fröhlich: ». . . und ich bin vor dir in Paris!« Gelächter folgte, und ihr Herz machte einen Satz, als am Rand ihrer kleinen Zufluchtsstätte ein Ast knackte.

»Seht mal her!« rief einer der Kavalleristen. »Da, der alte Bauernhof, Sir. Ich sehe Rauch aus dem Kamin aufsteigen!«

Prudence duckte sich tiefer. Delacourt zog sie zu Boden, als ein Offizier auf seine Leute zuritt. »Verdammt, Sie haben recht! Da lungert er also herum, der Kerl. Aufsitzen, Leute! Ich glaube, wir haben ihn!«

Einen Moment später waren sie mit aufgeregtem Geschrei davongeritten.

Eldridge schwang Prudence in den Sattel, aber Delacourt hielt sie mit einer Handbewegung auf. Lockerbie, wieder auf seinem Horchposten, eilte zu ihnen zurück. »Kirkpatrick sagt, daß immer noch ungefähr zehn von diesen Bastarden da sind!«

»Sie werden verschwinden«, sagte Delacourt zuversichtlich. »Warten wir's ab.«

Bei seinem letzten Wort war ein Hagel von Schüssen zu hören, gefolgt von einem dumpferen Krachen; Prudence machte einen Satz, und ihr Pferd tänzelte nervös. Noch mehr Geschrei war zu hören, und dann donnernde Hufe, als die übrige Kavallerie auf das Kampfgetümmel zugaloppierte.

»Los geht's!« rief Delacourt.

Kirkpatrick kletterte rasend schnell den Felsen herunter und sprang auf das Pony, das Lockerbie für ihn am Zügel hielt. In dem Moment, als sie ins offene Gelände ritten, erklang Hufgetrappel hinter ihnen, und Prudence riß erschrocken den Kopf herum. Graham folgte ihnen mit einem zweiten Mann im Sattel: einem jungen Mann mit einem hageren, bärtigen Gesicht, überanstrengten Augen und einem blutigen Verband um den Arm.

»Wir haben euch aufgescheucht, oder?« rief Delacourt. »Sehr gut, Graham. Also los — langsam — nur im leichten Galopp.«

Durch diesen Befehl zurückgehalten, ritten sie über die offene Ebene. Es fing erst an, dämmrig zu werden, und jeder, der in einer Entfernung von zehn Meilen auf sie zukam, konnte sie deutlich sehen. Das grüne Tal erstreckte sich unglaublich weit, so erschien es zumindest Prudence, und die felsig zerklüftete Gegend, auf die sie offensichtlich zuritten, schien Meilen entfernt. Ihre Nerven waren zum Zerreißen gespannt, als Delacourt mit einem triumphierenden Klang in seiner Stimme sagte: »Brillant! Ich glaube, wir können jetzt einen richtigen Galopp wagen!«

Sie galoppierten, und jedem wurde es leichter ums Herz, weil sie

dieses nervenaufreibende Versteckspiel hinter sich hatten. Prudence wurde schnell klar, warum Delacourt die lautere Gangart riskiert hatte, denn das Gelände fiel gleichmäßig ab, und sie ritten einen Abhang hinunter, bis sie einen tiefen Hohlweg erreichten, in dem die Luft feucht und kalt war und seltsam zu vibrieren schien. Wieder mußten sie langsamer reiten, weil das Gelände sehr uneben und durchschnitten von Sturzbächen war; überall um sie herum lagen große Steinbrocken, ragten hohe Felsen auf, gähnten steile Schluchten. Das Pulsieren in der Luft wuchs immer weiter an, bis es ein lautes Tosen war. Sie ritten um eine Biegung, und durch die zunehmende Düsternis sah Prudence eine steile Böschung, aus der Wasser wie ein weißer Vorhang in einem Bogen hinabströmte, um in einen reißenden Fluß zu münden, der eilig nach Westen schoß.
Lockerbie ritt voran, bis der Fluß sich verengte, dann trieb er sein Pferd ins Wasser. Als Prudence folgte, spürte sie, wie Flaxen im Sog der Flut taumelte. Delacourt tauchte an ihrer Seite auf, Cole auf der anderen, und sie ritten sehr dicht neben ihr. Ein Ausgleiten wäre hier verhängnisvoll gewesen, aber an dieser Stelle war das Wasser nicht höher als bis zu ihren Steigbügeln, und einen Augenblick später waren sie hindurch. Immer noch an der Spitze, ritt Lockerbie den steilen, von Felsbrocken übersäten Pfad hinauf, sein Hochlandpony schritt anmutig mit sicherem Tritt durch das Gestein. Der Lärm des Wasserfalls war ohrenbetäubend, aber Lockerbie ritt unbeirrt geradeaus. Prudence beäugte die Wasserwand mit unbehaglichem Gefühl, und als Lockerbie darunter ritt, scheute Flaxen. Prudence stieß ihr die Absätze in die Flanken, und die Stute gab nach und folgte dem Pony. Eisig sprühte Prudence das Wasser ins Gesicht. Sie zog die Kapuze fester um sich. Nur Dunkelheit lag vor ihnen, und erschrocken zuckte sie zurück. Eine Hand berührte ihren Ellbogen. Undeutlich sah sie, wie Delacourt sich zu ihr beugte, ein fröhliches Grinsen auf dem bleichen Gesicht. Ihr wurde warm ums Herz. Sie nickte und ritt weiter, die Augen fest zugekniffen.
Der Lärm war jetzt wie mit Händen zu greifen und hämmerte auf

sie ein, eisige, schmerzende Stöße. Flaxen stolperte, und Prudence schrie auf; der Laut ging unter im Getose. Das Vollblut fing sich wieder, und sie bewegten sich erneut vorwärts. Unmerklich verringerte sich der Lärm, und die Luft wurde weniger kalt. Prudence lugte unter den Wimpern hervor und sah, daß sie den Wasserfall hinter sich gelassen hatten und nun einem breiten Pfad folgten, der sich aufwärts wand. Es war zu dunkel, um viel erkennen zu können, aber sie ritten langsam weiter, die Hufe klappernd auf dem harten Felsen.

Sie sah sich um und konnte die Umrisse des folgenden Reiters sehen. Delacourt rief mit müder, aber begeisterter Stimme: »Wir haben's geschafft! Jetzt sind wir in Sicherheit, Ma'am!«

Auf der Felswand vor ihnen war ein Glimmen zu sehen. Der Pfad machte einen scharfen Knick. Lockerbie war abgestiegen und führte sein Pony am Zügel; einen Moment verschwand er außer Sicht. Dann bog Flaxen ebenfalls um die Ecke, und Prudence wurde von den flackernden Flammen zahlreicher Fackeln geblendet, die in schweren, eisernen Halterungen brannten und eine große Höhle beleuchteten.

Begrüßungsrufe und Schreie ertönten. Prudence schirmte die Augen gegen das grelle Licht ab und erkannte erst nach und nach, daß zahlreiche Männer hier versammelt waren. Überall blitzte fröhlich der verbotene Schottentartan auf. Sie sah das Rot, Weiß, Grün und Schwarz der MacGregors; das Grün, Schwarz, Rot und Blau der MacDonells von Glengarry; das Rot, Grün und Gelb der Camerons; das Grün, Schwarz und Blau der MacLeods mit den roten und gelben Linien darüber; und noch andere mehr, zu viele, um sie zu zählen. Mannigfaltige Eindrücke drangen ihr in diesen ersten Sekunden ins Bewußtsein: Pritschen und behelfsmäßige Strohmatratzen, die die Wände säumten, auf vielen lagen verwundete Männer, die alles beobachteten oder sich auf die Ellbogen stützten, um mehr zu sehen; entferntes Wiehern von Pferden und Pferdegeruch in der nicht allzu angenehm riechenden Luft; Männer, die sich um sie drängten und mit frohen, unrasierten Gesichtern zu ihnen aufblickten; der rote Rock eines englischen Offiziers, der trostlos an der Wand lehnte und den Kopf hob, um ihnen ein hageres Gesicht mit hoffnungslosem Ausdruck zuzuwenden, der sich in Entsetzen verwandelte. *Sidley!*, dachte sie. *Lieber Gott!* Es war schrecklich anzusehen, wie aus dem unerschütterlichen Snob von einem Butler nun diese ungekämmte, ungepflegte Kreatur geworden war, die so gar nicht in die Uniform eines Captains paßte.

Ein Hochländer rief: »Welcher ist es? Wer ist unser Ligun Doone?«

Weitere eifrige Rufe schlossen sich dem ersten an. Prudence sah sich um. Delacourt hatte sich schließlich entspannt, als die drohende Gefahr vorüber war, und war im Sattel zusammengesackt. Hinter ihm kamen Graham und sein Mitreiter, und noch weiter hinten wurden Kirkpatrick und Eldridge von mehreren hageren und grimmigen Hochländern eskortiert, die mit den schrecklichen, zweischneidigen Breitschwerten bewaffnet waren, die man Claymores nannte, die langen Stahlschneiden im Licht der Fackeln blitzend.

Lockerbie rief: »Hier ist er, Jungs! Laßt ihn hochleben!« Er zeigte mit der Hand auf Delacourt, und als sich das ohrenbetäubende Gebrüll der Hochländer erhob, wehrte der zusammengesunkene Engländer seine Schwäche ab und glitt aus dem Sattel, um aufrecht dazustehen und ein Grinsen zustandezubringen. Er konnte nur brennendes Licht und viele verschwommene Gesichter sehen und war leicht überrascht, seinen richtigen Namen über dem ganzen Geheul zu hören.

»Delavale!«

Wie ein Riese unter Pygmäen schaufelte ein großer Hochländer im Tartan der MacLeods sich einen Weg durch das Gedränge. Nichts Gutes ahnend, streckte Lockerbie die Hand aus, um ihn aufzuhalten, und wurde zur Seite geworfen. »Dreckiger englischer Spion!« brüllte der große Mann.

Bevor Delacourt seine betäubten Sinne zusammennehmen konnte oder seine Freunde ihm zu Hilfe kamen, stand der Riese vor ihm. Eine mächtige Faust sauste durch die Luft. Delacourt taumelte benommen und warf einen Arm hoch, um sich zu schützen. Er wurde zur Seite geschlagen. Ein Schlag wie mit einem Holzhammer warf ihn krachend in einen Haufen zerberstender Holzkisten. Er rollte herum, um schließlich schlaff und regungslos auf dem Boden der großen Höhle liegenzubleiben, die ihnen, wie er so zuversichtlich geglaubt hatte, Zuflucht hätte bieten sollen.

XV

Geoffrey!« Prudence, die sich kaum dessen bewußt war, daß sie seinen Namen rief, rannte los, nur um von einem finster blickenden Cameron gepackt und festgehalten zu werden.

Der große Hochländer stand über Delacourts hingestreckter Gestalt und schwang sein Claymore, um seinem hilflosen Opfer den letzten Schlag zu versetzen.

So schnell Prudence auch lief, ein anderer war vor ihr da: ein dünner, ungekämmter Mann in einer zerknitterten roten Uniform versuchte mit mitleiderregendem Mut den jungen Riesen anzugreifen, der ihn abschüttelte, als sei er eine Mücke, und den ehemaligen Butler mit einem Faustschlag durch die Luft segeln ließ, so daß er schon bewußtlos war, bevor er zu Boden fiel. Seine Anstrengung war vergebens gewesen, hatte aber doch das mörderische Herabsausen des Breitschwerts verzögert. In dem Moment, als die Beifallsrufe sich in Schreie von Ärger und Verdruß verwandelten, stürzten sich Lockerbie, Eldridge, Kirkpatrick, Cole und Graham auf den Hochländer. Alle zusammen mußten ihn festhalten, während er sich freizukämpfen versuchte.

»Du Wahnsinniger!« tobte Lockerbie. »Sie verdammter, blöder Kerl, Stuart MacLeod!«

»*Er* ist nicht Ligun Doone!« bellte der Hochländer, während er sich losriß und ihnen mit dem gezückten Claymore gegenüberstand. »Ich habe mit ihm bei Prestonpans gekämpft, von Mann zu Mann! Er ist ein stinkender englischer Captain, mit Namen Delavale. Das hab ich herausgekriegt, als das Geschoß ihn erwischt hat und ich seine Taschen durchsucht habe!«

»Ja!« schrie Prudence, deren schrille Stimme durch den Tumult drang und die Männer für einen Augenblick zum Schweigen brachte. »Er ist Geoffrey Delavale. Ein englischer Captain, der bei

Prestonpans schwer verwundet worden ist. Und er ist auch Ligun Doone!« Sie wandte sich Cameron zu, der sie festhielt. »Lassen Sie mich los, Sie Hornochse!«

MacLeod starrte sie an, und auf seinen kräftigen, gebräunten Gesichtszügen begann sich Unbehagen abzuzeichnen. »Sie sind verrückt, Frau.«

»Dann können Sie mich auch verrückt nennen, MacLeod«, schrie Lockerbie, wahnsinnig vor Wut und Kummer. »Wenn Sie diesen Mann umgebracht haben, dann haben Sie den besten Freund niedergeschlagen, den jeder gejagte Schotte je hatte!«

Ein großer, mächtig gebauter Kerl, der nicht älter als fünfzig aussah, aber einen weißen Haarschopf hatte, wühlte sich durch die bestürzte Menge. Sein leuchtender dunkler Blick glitt von dem verzweifelt kämpfenden Mädchen zu den grimmig dreinblickenden Schotten, die MacLeod vor dem bewußtlosen Mann vor ihren Füßen in Schach hielten. Er kniete sich hin, ließ einen Arm unter Delacourt gleiten und hob seine Schultern an.

Prudence grub die Zähne in Camerons Handgelenk und schaffte es, sich loszumachen. Sie rannte, um sich neben Delacourt zu knien. Sein Kopf sackte zurück, als er hochgehoben wurde. Blut strömte ihm aus dem Mundwinkel, und er sah aus, als sei er tot. Sie ergriff seine leblose Hand und preßte sie an ihre Wange. Sie war noch warm. Blind vor Tränen sah sie den älteren Mann flehend an. »Sagen Sie bitte nicht, daß er tot ist. Bitte, sagen Sie das nicht«, bettelte sie.

»Wer sind Sie, Mädchen?«

»Prudence MacTavish. Die Tochter von James MacTavish von Inverness. Sir, ist er –«

»Zur Sache. Ist dieser Junge Ligun Doone?«

»Ja! Ja!«

Stimmengemurmel erhob sich unter den Umstehenden. Ein großer Mann mit struppigem Haar, dichtem schwarzen Bart und blitzenden tiefschwarzen Augen knurrte: »Ich glaub's nicht! Ligun Doone ist kein Engländer! Er ist –«

»Er ist Engländer!« Mit Hilfe eines Freundes humpelte Jock

Campbell durch die Menge. »Ich bin hier, dank seiner Klugheit und dank seinem Mut!«
»Und ich auch!« rief noch ein Mann. Und weitere ärgerliche und bestätigende Rufe kamen von den zusammengepferchten Männern und wurden noch mehr, als Angus Fraser aus dem hinteren Teil der Höhle kam, ein Zaumzeug in der Hand und Neugier auf seinem dunklen Gesicht. Er bahnte sich einen Weg mitten durch das Gewühl und atmete zischend durch die zusammengebissenen Zähne ein, als er abrupt stehenblieb. »Gott sei uns gnädig!« Er ließ das Zaumzeug fallen und rannte zu dem zusammengeschlagenen Mann, um sich über ihn zu beugen. »Doone! Großer Gott! Was ist passiert?«
MacLeod brummte mit weißem, verzerrtem Gesicht: »Ich habe ihn geschlagen.«
Frasers Hand schnellte zu dem Dolch in seinem Gurt, und er drehte sich zähnefletschend zu dem großen Mann um. Der weißhaarige Mann sagte scharf: »Nichts da, Angus. Es war ein Mißverständnis. Legen wir ihn auf ein Bett.«
Delacourt wurde vorsichtig hochgehoben und zu einem primitiven Bett getragen; der Mann, der ursprünglich darauf gelegen hatte, hatte darum gebeten, anderswo hingebracht zu werden, so daß der Engländer seinen Platz einnehmen konnte.
Eine Krug Wasser und Stoffetzen wurden gebracht. Mit Coles Hilfe machte Prudence sich ans Werk. Lockerbie verschwand und kam mit einem Glas Brandy zurück, den sie zurückwies. »Wasser, bitte«, bat sie, und eilig wurde ihre Bitte erfüllt.
Der weißhaarige Mann sagte: »Sie kennen mich, Lockerbie?«
»Jawohl, Sir. Sie sind Sir Ian Crowley und waren im Stab des Prinzen.«
»Ja. Ich wurde von ihm getrennt, und durch großes Glück haben eure Leute mich gefunden und hierhergebracht.«
Prudence, die sanft Delacourts Unterlippe zurückschob, um zu sehen, ob er sich mit den Zähnen verletzt hatte, fragte ängstlich: »Und Seine Hoheit, Sir? Ist er in Sicherheit?«
Crowley preßte die Lippen zusammen. Kurz angebunden sagte er:

»Er ist fort an die Westküste. Aber er wird zurückkommen, daran zweifle ich nicht. Nun — was ist mit diesem tapferen Burschen? Stimmt es, daß er eine tödliche Wunde hat?«
Lockerbie nickte düster. »Es stimmt. Er wird immer schwächer, sosehr er auch dagegen ankämpft. Und« — er warf einen mörderisch funkelnden Blick auf den jungen Riesen, der stumm ein wenig weiter weg stand, den lockigen braunen Kopf gesenkt und die massigen Schultern zusammengesunken — »und er kämpft dagegen an, obwohl seine Überlebenschancen jetzt ja wohl ein schönes Stück kleiner sind — oder vielmehr ganz hin — dank diesem MacLeod!«
Ein grimmiges Gebrumm erhob sich, zahlreiche Köpfe wandten sich zornig dem großen Mann zu, aber der sah weder auf, noch sagte er etwas.
Sir Ian, der Delacourt prüfend angesehen hatte, murmelte: »Mädchen — ich glaube, Sie verschwenden Ihre Mühe. Er sieht aus, als sei —«
»Nicht!« schluchzte Prudence außer sich. »Oh, sagen Sie das nicht! Zu denken, daß einer von den Männern, für die er sein Leben riskiert hat . . .« Sie sprang auf und fuhr wie eine Wahnsinnige zu MacLeod herum. Tränen strömten ihr unaufhaltsam über die Wangen. »Sie Rohling!« tobte sie mit geballten Fäusten. »Sie schreckliches Vieh! Gott im Himmel! Was ist bloß mit uns los? Immer kämpfen! Immer töten! Wenn nicht die Engländer, dann unser eigenes Volk! Und jetzt müssen wir uns auch noch gegen den Mann wenden, der mehr als zwei Dutzend von unseren Jungen geholfen hat, dem Tod zu entrinnen! Ist *das* Ihr Dank dafür, Sie abscheulicher . . . übler Kerl?« Hysterisch rannte sie auf ihn zu und trommelte ihm wild mit den Fäusten auf den muskulösen Brustkorb. Und immer noch rührte MacLeod sich nicht, machte nicht den geringsten Versuch, sich zu verteidigen oder sie aufzuhalten, während die anderen grimmig schweigend zusahen und selbst Sir Ian keine Anstalten machte, dazwischenzugehen.
Prudences Wut war bald verraucht. Sie legte das Gesicht in die zitternden Hände und weinte, und als sie wieder aufblickte, sah sie,

daß MacLeod den Kopf gehoben hatte. Sein Gesicht hatte einen mehr als jämmerlichen Ausdruck angenommen. Ohne ein Wort nahm er den Dolch aus seinem Gürtel und reichte ihn ihr mit dem Griff voran.
Sie packte die funkelnde Waffe und schwang den Arm nach hinten, bereit zuzustoßen. Und immer noch griff niemand ein. MacLeod stand regungslos da, die Augen gesenkt, und ein verräterisches Glitzern auf den Wimpern.
Dieses Glitzern ließ sie innehalten; das und das Echo von Delacourts Stimme: ». . . verdammt, es hat schon zuviel Blutvergießen gegeben . . .« Sie ließ den Arm sinken, dann warf sie dem Hochländer den Dolch wieder vor die Füße. »Ich will mir nicht die Hände schmutzig machen«, sagte sie mit verächtlicher Stimme.
Ein Aufseufzen ging durch die Menge der Zuschauenden. MacLeod ließ den Dolch liegen und ging zur Öffnung der Höhle, nur der junge Jock Eldridge schlich ihm leise nach.
Sir Ian berührte Prudence am Ellbogen und blickte sie mitleidig an. Sanft sagte er: »Sie müssen sehr erschöpft sein, Miss MacTavish. Wir werden Ihnen ein ungestörtes Lager herrichten, damit Sie sich ausruhen können.«
»Wenn der Captain stirbt«, antwortete sie mit dumpfer, verzweifelter Stimme, »werde ich an seiner Seite bleiben.« Sie sah hinüber zu Sidley, über den mehrere Männer gebeugt standen, und fragte: »Ist er auch tot?«
Graham, einer der Gruppe, rief: »Nur betäubt, Ma'am. Für einen solchen mickrigen Sassenach hat er sich sehr tapfer verhalten.«
Der Butler wurde nach hinten getragen, wo die Höhle sich, wie Prudence später entdeckte, in mehrere aneinandergrenzende Kammern verzweigte. Sir Ian rief Fraser und nahm ihn flüsternd beiseite. Zahlreiche hilfsbereite Hände errichteten eine Trennwand aus Decken, die über gespannte Seile gehängt wurden. Ein primitives Bett wurde gebaut, und weitere Plaids und Mäntel wurden gebracht, die als Bettdecken dienen sollten. Man führte Prudence in den Verschlag, brachte ihr eine Schale heißes Wasser, und sie wusch sich so gut es ging. Bald darauf wurden schüchtern

Essensgaben hereingereicht: ein Becher klaren Gebirgswassers mit ein wenig Whisky darin, ein Stück getrockneter Fisch, ein Stück Schwarzbrot und ein recht fragwürdiger Käse. Ihr Herz war schwer, weil Cole ihr sagte, daß Delacourt sich immer noch nicht gerührt hatte, aber sie war nicht so sehr in ihren Kummer versunken, um nicht anzuerkennen, welches Opfer diese Geschenke darstellten, und sie dankte den Gebern herzlich. Sie schlief in dem unbequemen Stuhl, den sie ihr gebracht hatten, neben dem Bett ein, und der große Stuart MacLeod war es, der das erschöpfte Mädchen, ohne daß sie es bemerkte, hochhob und sie sanft auf das behelfsmäßige Bett legte.

Das Geräusch leiser Stimmen weckte sie einige Stunden später. Einen Augenblick lang verwirrte die fremde Umgebung sie; die Matratze war äußerst klumpig, sie fror, und irgend etwas kitzelte sie an der Wange. Sie blinzelte gegen das gedämpfte Licht der Fackeln, und die Erinnerung kehrte zurück. Wie der Blitz sprang sie auf und zog den Deckenvorhang zurück. Lockerbie beugte sich über die Pritsche. Delacourt war wach und erblickte sie sofort. Ein Lächeln zuckte um seine Lippen. Er versuchte zu sprechen, hustete und krümmte sich zusammen, wobei er den Kopf abwandte, so daß sie sein Gesicht nicht sehen konnte.

Lockerbie kam zu ihr und flüsterte: »Wahrscheinlich ist seine Wunde bei dem Sturz wieder aufgerissen. Sie ist nie richtig verheilt. Besser, Sie gehen, Miss. Er würde es nicht wollen, daß Sie ihn so — so sehen.«

Widerstrebend zog sie sich zurück. Sir Ian schlüpfte durch die Plaids, die nun Delacourts kleinen Bereich umschlossen. Er hatte eine Flasche mitgebracht und drängte ihn, er solle zu trinken versuchen. Prudence trat hastig dazwischen. »Nicht, wenn es Alkohol ist, Sir. Es ist sehr freundlich von Ihnen, aber er muß dann husten, und das tut ihm so weh.«

Delacourt bewegte den dunklen Kopf auf dem Mantel, den Lockerbie zu einem Kissen zusammengerollt hatte. Sein Gesicht glänzte vor Schweiß, und seine Augen blickten verzweifelt. Seine Lippen waren fest zusammengepreßt, und er machte keine weite-

ren Anstalten mehr zu sprechen, aber sie spürte seine Qual und kniete sich neben ihn, um ihm das feuchte Haar aus der Stirn zu streichen.
»Ich hab meinen Papa und meinen Bruder oft gepflegt, Captain«, flüsterte sie, »und ich werde nicht schlecht über Sie denken, wenn Sie das Bedürfnis haben zu fluchen oder zu schreien.«
Sie nahm die Hand, die das Plaid fest umklammerte. Seine Finger entspannten sich kurz, dann packten sie ihre Hand, so daß sie sich Mühe geben mußte, nicht zu stöhnen. Delacourt schloß die Augen und lag starr da, aber einen Moment später schien der Krampf nachzulassen, denn sein Griff lockerte sich wieder. Mit unzusammenhängendem Keuchen flüsterte er: »Hab mit ihm ... bei Prestonpans gekämpft.« Es war unglaublich, aber seine Augen zwinkerten ein wenig. »Ich hab ihn auch geschlagen!« Seine Mundwinkel krümmten sich, er warf erneut den Kopf herum, und sein fester Griff tat ihr erneut weh.
Sie nahm seine zweite Hand und hielt beide fest. Als sie sah, wie Blut an seinem Kinn herunterfloß, blinzelte sie angstvoll, aber sie sagte: »Beißen Sie sich nicht auf die Lippen, Geoffrey Delacourt! Ich hatte schon Mühe genug, mich um Ihre Wunden zu kümmern.«
Er schauderte zusammen und spähte um sich, als könne er sie nicht sehen. »Ich will nicht, daß sie sagen ... daß die Engländer ... jammern.« Seine Lippen hingen matt herunter, der Griff um ihre Hand löste sich und erschlaffte.
Zu Tode erschrocken, beugte sie sich näher über ihn und war unsagbar erleichtert, als sie spürte, daß er immer noch atmete. Lockerbie neigte sich zu ihrem Ohr. »Wahrscheinlich wird er jetzt schlafen. Ich rufe Sie, wenn er wieder aufwacht.«
Sie nickte, aber als sie ihre Hand leise aus der seinen lösen wollte, packten Delacourts Finger sie fester. Lächelnd sah sie auf. Lockerbie lächelte zurück, brachte ein paar Decken und tat sein Möglichstes, um es ihr bequem zu machen.
Prudence lehnte sich im Stuhl zurück und dachte niedergeschlagen, daß es erst zwei Nächte her war, daß sie sich in einem kom-

fortablen Haus befunden hatte, mit Dienern, die ihren Befehlen gefolgt waren, und einem warmen Bett mit einer weichen Daunendecke, das auf sie gewartet hatte. Sie schloß die Augen, lauschte schläfrig dem Schnarchen der Männer, die um sie herum schliefen, und einem gelegentlichen unterdrückten Stöhnen des Verwundeten. Sie nickte kurz ein, und ihre Finger glitten aus Delacourts Hand. Er stöhnte im Schlaf, tastete suchend herum und begann, unruhig den Kopf herumzuwerfen. Prudence wurde sofort wach und nahm seine mageren Finger wieder in ihre, und er beruhigte sich.

Sie lächelte in die Dunkelheit und verscheuchte jeden Gedanken an ihr Federbett.

Den ganzen nächsten Tag und die folgende Nacht wachte sie fast ständig bei ihm. Delacourt hielt den Kopf von ihr abgewandt, aber sie wußte es, wenn er bei Bewußtsein war, denn dann klammerte er sich krampfhaft an die Decken, atmete flach und in unregelmäßigen Abständen, oder, in den schlimmsten Momenten, schwer und schmerzlich keuchend. In diesen Augenblicken hielt sie seine Hände, betete stumm, daß er nicht sterben möge, und er klammerte sich an sie, bis der Anfall vorüber war. Sie wusch sein feuchtes Gesicht und flüsterte ihm zu, daß es jetzt besser war, und daß er versuchen solle, wieder zu schlafen. Er sah sie dann mit zusammengekniffenen, trüben Augen an, aber kein Wort kam über seine zusammengepreßten Lippen. Hin und wieder schrie er im Schlaf auf oder stöhnte, aber immer wurde er dann ruckartig wach und spähte ängstlich zu ihr hin, um zu sehen, ob sie ihn gehört hatte, und um seinen Stolz zu schonen, gab sie vor zu schlafen.

Lockerbie und Cole blieben in der Nähe, kümmerten sich selbst um den kranken Mann und brachten Prudence zu essen, wenn sie es auch aufgegeben hatten, sie überzeugen zu wollen, daß sie selbst zu Bett gehen sollte. Ständig konnte sie durch den Vorhang aus Decken einen großen Schatten sehen, und sie wußte, daß Stuart MacLeod dort wartend saß. Sie spürte seine Selbstvorwürfe, aber verzeihen konnte sie ihm nicht und hoffte bitter, daß er es hörte, wenn Delacourts unnachgiebige Selbstbeherrschung schwand, und schwache Schmerzenslaute ihm entschlüpften.

Am dritten Tag flüsterte sie Lockerbie zu, daß der Kranke außer ein paar Tropfen Wasser, die sie ihm von Zeit zu Zeit hatte einflößen können, nichts gegessen hatte. »Er muß etwas Nahrung zu sich nehmen«, sagte sie leise. »Sehen Sie nur, wie dünn er wird. Fragen Sie, ob jemand Schleimsuppe machen kann.«

Lockerbie dachte, es müsse ein Wunder geschehen, wenn Delacourt es fertigbringen sollte, etwas zu schlucken, oder wenn sie rechtzeitig etwas zubereiten sollten, aber er verschwand und kam nach einer Viertelstunde mit einer zersprungenen Schüssel voll Brühe zurück, die, wie er sagte, von einem dünnen Eintopf stammte, den sie aus ein paar erjagten Kaninchen gekocht hatten.

Delacourt war ruhig und schlief anscheinend, aber eine Hand hielt die Decke fest umklammert, und Prudence ließ sich nicht täuschen. Sanft sagte sie: »Ich weiß, daß Sie wach sind, Sir. Wir heben Sie jetzt ein wenig hoch, nur ein kleines bißchen, so daß Sie einen Schluck Brühe zu sich nehmen können.«

Er riß die Augen auf und warf ihr einen entsetzten Blick zu. Schwach schüttelte er den Kopf, aber sie verhärtete ihr Herz und nickte dem ängstlichen Lockerbie zu, der ganz sacht einen Arm unter Delacourts Schultern gleiten ließ. Der Engländer hielt den flehenden Blick auf Prudence geheftet, aber obwohl sie selbst Qualen litt, zwang sie sich, diese stumme Bitte zu ignorieren. Er schloß die Augen, und sein Kopf sank an Lockerbies Schulter. Der Löffel in Prudences Hand zitterte. *Lieber Gott!*, dachte sie, *habe ich den armen Kerl umgebracht?*, aber sie stammelte: »Geoffrey ... bitte, versuchen Sie es ...«

Die dunklen Augen öffneten sich. Durch sein eigenes Elend konnte er ihre Tränen sehen. Das durfte nicht sein, und so versuchte er es und brachte es fertig, einen Mundvoll zu schlucken. Überraschenderweise war es nicht so unerträglich, wie er erwartet hatte, und er sank wieder in die dunklen Tiefen zurück. Er wollte ihr danken, aber ihm fehlte die Kraft dazu.

Ihm schien es, als habe er sehr lange geschlafen. Als er erwachte, war Prudence fort, und Cole saß eingenickt auf dem Stuhl. Delacourt sah seinen alten Pferdeknecht an und fragte sich müde, wieviel Derartiges er wohl noch aushalten mußte. Er schlief wieder ein, und als er erneut aufwachte, schnarchte Cole immer noch leise vor sich hin. Die Schmerzen waren sehr schlimm. Aber auf seltsame Weise anders, und nicht annähernd so schrecklich wie zuerst, als er krachend auf jene Kisten gestürzt war.
Aber er verspürte noch einen Schmerz; einen Schmerz im Magen. *Gott, ich bin ja ausgehungert!* dachte er. Er überlegte sich, Cole zu wecken, doch dann dachte er, daß noch viele andere Verwundete da waren und daß jeder Hunger hatte, und so blieb er still liegen und versuchte, nicht auf den Schmerz zu achten und seine Gedanken zu ordnen. Er mußte mehrere Tage lang hier herumgelegen haben. Er fragte sich, ob der alte Thad in der Nähe war, und im selben Augenblick, als ihm das einfiel, sah er, wie der Vorhang behutsam zurückgezogen wurde und Angus Frasers bärtiges Gesicht zu ihm hereinspähte.
»Angus«, flüsterte er leichtsinnigerweise und dachte überrascht: *Zum Donnerwetter!*, als das erwartete unbarmherzige Ziehen und Reißen in seinen Lungen ausblieb.
Cole schreckte auf und fiel vom Stuhl, und Angus kam strahlend hereingeeilt. »Mann, Sie leben noch?« fragte er mit einem traurigen Mangel an Taktgefühl.
»Nein.« Delacourt brachte es fertig, ihn anzugrinsen. »Ist ... Briley ...?«
Angus warf einen Blick auf Cole, der am Boden kniete und Delacourt voller Unglauben anstarrte. »Master Geoff!« würgte der Pferdeknecht mit feuchten Augen heraus. »Sie — Sie können — sprechen!«
»Genug jedenfalls, um zu bitten ... wenn ich nur vielleicht ein — ein Stückchen Brot ... haben könnte, bitte.«
Cole rappelte sich auf. Mit einer Hand berührte er schüchtern Delacourts Arm, dann eilte er hinaus.
»Bei Gott«, murmelte Angus, nahm den Stuhl und zog ihn näher

ans Bett. »Ich glaub, Sie wollen, daß ich meine Wette verliere, Captain.«
»Tut mir leid. Briley . . .?«
Angus warf einen vorsichtigen Blick zu der kleinen Kammer, in der Prudence schlief. Er sprach sehr leise. »Sie wissen wahrscheinlich, daß er ganz schön was auf die Birne bekommen hat? Na ja, wir haben ihn tagelang nicht zu sich bringen können. Dann war er völlig außer sich, weil er nach Lakepoint wollte. Er hat gesagt, daß es wegen eines Versprechens sei, das er Ihnen gegeben hat, aber ich hab' den Verdacht, daß außerdem noch ein Mädchen im Spiel ist. Auf jeden Fall war er nicht zu halten und ist mit einem von Crowleys Pagen als Führer losgeritten.« Delacourt wurde schon wieder müde, aber er sah ängstlich auf Angus, der die Achseln zuckte und fortfuhr: »Er hat ein Pferd genommen, das so sicher geht wie eine Bergziege, aber auf dem Hochpaß ist er aus dem Sattel gefallen. Hat sich schlimm den Knöchel verstaucht, und seitdem liegt er da und flucht.«
Delacourt dachte verworren: *Verdammt noch mal! Dann kann Thad die Geheimbotschaft nicht überbringen* und versank wieder in Schlaf.

»Sind Sie wach, Miss?«
Prudence war so schlaftrunken, daß sie einige Sekunden lang regungslos voll wirrer, halbausgegorener Gedanken liegenblieb. Irgend etwas Dunkles und Schreckliches hing drohend über ihr, das wußte sie. Etwas, dem sie nicht ins Gesicht sehen wollte. Sie blinzelte den Vorhang aus Decken an und erinnerte sich. Furcht ergriff sie, und sie warf die Decken ab, schlüpfte hastig durch die Trennwand und sah zum Bett hinüber.
Delacourt lehnte mit Kopf und Schultern gegen einen Sattel. Sir Ian Crowley, Angus Fraser, Cole und weitere Männer drängten sich durch die offenen Vorhänge, ein verschmitztes Lächeln auf den Gesichtern. Sie sah sie kaum, bis MacLeod, der Thaddeus Briley stützte, bei ihrem Anblick zurückwich. Sie sah nur ein frisch rasiertes Gesicht, das erschreckende Blässe zeigte, wo es nicht ge-

schwollen war; zwei dunkle Augen, die tief umschattet in ihren Höhlen lagen und dennoch strahlend blickten; ein Lächeln, das um aufgesprungene Lippen zuckte, und eine Hand, die sich eifrig ausstreckte.

Das Gesumm der Stimmen erstarb, als sie zu ihm hinflog und sich neben ihn kniete. Sie konnte nichts sehen, aber sie fühlte Delacourts Berührung auf ihrer Wange.

»Prudence«, sagte er mit schwacher Stimme.

Prudence brachte kein Wort heraus.

Nach zehn langen Monaten des Leidens begannen Delacourts Schmerzen allmählich nachzulassen. Er genas erstaunlich rasch. Die erste Zeit nach seiner Verwundung hatte er hartnäckig seine Zuversicht bewahrt, innerlich aber gewußt, daß er die Schlacht verlieren würde. Anstatt von einer verhängnisvoll zunehmenden Mattigkeit gequält zu werden, frohlockte er nun über seine wachsende Kräftigung; die Rückkehr seiner Gesundheit war ein berauschendes Glück; er faßte wieder Mut und steckte alle mit seiner lebhaften Begeisterung an.

Bald beriet er sich täglich mit Angus Fraser und Sir Ian Crowley, und als Ergebnis dieser Unterredungen wurde ein System verschiedener Zwischenstationen errichtet. Abteilungen von jeweils zwei Männern wurden in einem Radius von drei Meilen um die Höhle herum auf Aussichtspunkten postiert. Jede Zweiergruppe wurde mit Vorräten für ihren viertägigen Dienst versehen, außerdem mit Lampen, Spiegeln und Ferngläsern, die sie von Bauern in der Nähe erbettelt oder geliehen hatten. Ein Geheimschlüssel für Lichtsignale wurde vereinbart, ganz ähnlich dem, den Delacourt für die Gegend um Lakepoint initiiert hatte. Die Bewohner der Höhle wurden auf diese Weise benachrichtigt, ob Rotröcke sich ihnen näherten. Die Spähtrupps erwiesen sich als bemerkenswert wirkungsvoll; nach Ablauf einer Woche konnten fünfzehn Männer gefahrlos durch die Patrouillen schlüpfen und sich nach Norden ins Gebiet der MacKenzies aufmachen, in dessen zerklüftete Schlupfwinkel kein Dragoner ihnen zu folgen wagte.

Trotz ihrer primitiven Lebensbedingungen war es eine glückliche Zeit für Prudence. Delacourt war immer noch schwach, und sie hatte den Verdacht, daß er hin und wieder schlimme Momente durchlitt, aber zweifellos ging es ihm sehr viel besser, und sie mußte sich nicht mehr mit der Furcht schlafenlegen, was der nächste Morgen bringen würde.

Lockerbie und Cole sammelten ihren Anteil an allen Lebensmitteln zusammen, die verfügbar waren, und eine Zeitlang aßen sie alle sehr wenig, damit der Kranke genügend Nahrung bekam, um schnell zu genesen. Es war offensichtlich, daß andere um seinetwillen hungerten, da Prudence häufig Brot, Wurzelgemüse oder getrocknetes Fleisch auf dem Stuhl in Delacourts Teil des abgeschirmten Bereichs fand, wenn auch keiner von ihnen je entdeckte, wer ihr Wohltäter war. Als Delacourt auf dem Weg der Besserung war, begann er, ihre Essensrationen mit Adleraugen zu überwachen, und als er bemerkte, was sie ihm aufsparten, war er gerührt und wütend zugleich. Er beabsichtige nicht, der einzige fette Kerl inmitten von Skeletten zu sein, erklärte er. Sie würden entweder zusammen überleben oder zusammen verhungern, und wenn er mehr Essen bekäme als die anderen in ihrer kleinen Gemeinschaft, würde er alles einem der Verwundeten geben. Er machte seine Drohung wahr, als er eines Tages (zu Recht) argwöhnte, daß er anstelle der halben Karotte, die die anderen aßen, eine Dreiviertelkarotte zum Abendessen bekommen hatte. Danach wagten sie es nicht mehr, ihn zu verwöhnen, und die Rationen wurden gleichmäßig geteilt. Die anonymen Gaben kamen jedoch weiterhin, worüber Prudence nicht traurig war.

An Aufgaben mangelte es ihr nicht. Die Hochländer waren ein erfinderisches Volk, und eine überraschende Anzahl von ihnen hatte Nadel und Faden bei sich. Da viele der Kleidungsstücke zerrissen waren, bot Prudence sofort ihre Dienste als Näherin an — eine Kunst, in der sie sehr bewandert war —, und bald flickte sie geschäftig zerrissene Hemden, Jacken und abgenutzte Socken. Außerdem machte sie zumindest einmal täglich die Runde unter den Verwundeten, was allein schon genügte, um sie beschäftigt zu halten. Die meisten Männer konnten gehen, aber zwei waren völlig hilflos von Kameraden hergetragen worden. Der eine, ein liebenswerter Mann namens Matthew Rogers, der aus dem Tiefland stammte, hatte einen Bauchschuß erlitten und konnte seine Beine nicht mehr bewegen. Ihre Bemühungen um ihn schienen vergebens. Er war ein geduldiger, klagloser Bursche von siebzehn Jahren, und Prudence verbrachte viele Stunde neben ihm sitzend und tat das wenige, was sie vermochte, um seine Schmerzen zu lindern, sang ihm sogar die alten Volkslieder vor, um die er sie bat. Oft plauderte sie mit Thaddeus Briley und versuchte, seine Sorge um Elizabeth zu lindern. Er war ganz anders als der charmante Dandy, als den sie ihn zuerst kennengelernt hatte, das hübsche Gesicht war abgemagert, und seine bernsteinfarbenen Augen blickten gequält, aber er hatte sich seine fröhliche Art bewahrt, war immer noch stets zu einem Lächeln aufgelegt und von derart sprühendem Humor, daß er bei allen beliebt war.

Es war unvermeidlich, daß Prudence ebenfalls ihre Lieblinge hatte. Einer war der junge Hochländer, den Graham von dem verlassenen Bauernhof zurückgebracht hatte. Er war ein schüchterner junger Mann namens Rafe Stevenson, der überschwenglich dankbar war, als sie sich um seinen verletzten Arm kümmerte. Er hatte es geschafft, sich in den Bauernhof zu schleichen, nachdem die Soldaten das Haus ein erstes Mal durchsucht hatten, erzählte er ihr. Als später Graham kam, hatte er aus dem verstohlenen Heranschleichen des Mannes geschlossen, daß er ein Flüchtling war, und war nur zu erfreut gewesen, als er erfuhr, daß Ligun Doone in der Nähe war. »Ich wußte, Ma'am«, sagte er und zuckte unter ihren Hilfeleistungen zusammen, »wenn ich nur zu Ligun Doone kommen könnte, dann war ich in Sicherheit. Aber es war ein Glück, daß ich meine Feldflasche voll Wasser noch gehabt hab.«

Prudence unterbrach ihre Bemühungen und sah ihn neugierig an. »Graham hatte Durst, oder?«

Er lachte. »Ach, das war's nicht! Wir haben es gebraucht, um die Soldaten auf uns aufmerksam zu machen, wie es Mr. Doones Plan war. Hat er es Ihnen nicht erzählt?«

»Um die Wahrheit zu sagen, ich habe vergessen, ihn zu fragen, aber ich habe mich damals gewundert, wie es passiert ist. Die Soldaten riefen, daß sie Rauch gesehen hätten, und dann habe ich eine Explosion gehört. Haben Sie eine Sprengladung gezündet?«

»Ganz rrrecht. Ich hab meine Feldflasche mit Pulver gefüllt und geschossen. Wissen Sie, die war ja aus Holz und hat sich grade langsam genug entzündet, daß wir noch rausgekommen sind, bevor die Ladung in die Luft gegangen ist. In der Feldflasche hat's einen schönen kleinen Knall gegeben, und der Schuß ging in alle Richtungen los. Die Soldaten sind ordentlich drauf reingefallen. Mr. Doone ist wirklich ein gerissener Kerl. Diese Höhle hat er gefunden, hat man mir erzählt.«

»Ja. Als er letztes Jahr selbst auf der Flucht war. Ich glaube, Lockerbie oder jemand aus seiner Familie wußte von ihr. Captain Delacourt hat seither viele unserer Männer hierhergeschickt, wie Sie sehen.« Sie blickte sich in der Höhle um. »Wie viele sind es jetzt?«

»Ich glaube, wir sind an die fünfzig. Es sind noch mehr gekommen, als die anderen fortgeritten sind.« Er grinste ein wenig schief. »Wahrscheinlich das erste Mal, daß so viele Clans versammelt sind, ohne sich zu bekriegen!«

Das war nur allzu wahr. Die Flüchtlinge waren dankbar für diesen Zufluchtsort, aber Untätigkeit, Nahrungsmangel, Beschwerden mit den Wunden und vor allem die Angst um die Angehörigen begannen sich auszuwirken. Wie viele andere vor ihm, nahm auch Delacourt bald die Rolle dessen ein, der versuchte, mit den schnell aufflackernden Rivalitäten unter den Clans fertigzuwerden; mit dem grimmigen Stolz der Schotten und dem Kampfgeist, den jahrhundertelange Fehden in diesen jungen Kriegern hervorgebracht hatten. Sir Ian Crowley und Angus Fraser rangen darum, Ruhe und Ordnung aufrechtzuerhalten, aber es war eine mühselige Aufgabe. Delacourts dramatische Ankunft hatte das Gezänk zeitweise zum Erliegen gebracht, und in den Tagen, nachdem er niedergeschlagen worden war, hatte die Furcht, er könne sterben, dazu geführt, daß die Rebellen sich enger zusammenschlossen.

Aber kaum war er auf dem Wege der Besserung, wurden die Feindseligkeiten fortgesetzt. Die Männer verehrten ihn so tief, daß er bei dem Versuch, die Streitigkeiten unter Kontrolle zu halten, mehr Erfolg hatte als Crowley oder Fraser. Er war kein Mensch mit hitzigem Temperament, aber als er an einem Tag zum vierten Mal aufgefordert wurde, einen heftigen Streit zu schlichten, riß ihm der Geduldsfaden. Er gab Lockerbie, der ständig an seiner Seite war, ein Zeichen, er möge eine Versammlung einberufen. Leise wurde auf die eiserne Hängeschranke geschlagen, die alle wie ein Gong zusammenrief und sofortige Stille bewirkte. Lockerbie half Delacourt auf den behelfsmäßigen Tisch, den sie gezimmert hatten, und alle Augen wandten sich ihm zu.

»Ihr seid ein verdammter Pöbelhaufen«, erklärte er grinsend.

Gelächter ertönte.

»Wir haben bis jetzt mit unserer Höhle Glück gehabt, aber ich glaube, wir sollten bereit sein, um sie schnell räumen zu können — nur für den Notfall. Zu diesem Zweck müßt ihr eure Sachen in Ordnung bringen. Ihr habt euch alle prima um euren eigenen Bedarf gekümmert, aber es wäre weitaus sinnvoller, wenn wir eine Liste der Fachleute in den verschiedenen Handwerken hätten. Zum Beispiel: Barbiere, Hufschmiede, Sattler, Fischer, Männer, die wissen, wie man Netze herstellt, und viele andere Fertigkeiten. Es wäre hilfreich für alle unter uns, die nicht mit dem Hochland vertraut sind, wenn man Karten zeichnen könnte, und wenn diejenigen, die das Gelände gut kennen, Wege überprüfen. Ich habe Jock Eldridge, Alec Dermott und Thaddeus Briley gebeten, eine Liste über die Handwerke zu erstellen, die jeder von euch beherrscht. Teilt euch bitte in Gruppen ein und meldet euch bei diesen Gentlemen, damit wir erfahren, wieviel Talente wir hier haben.« Er gab ihnen mit einem Winken zu verstehen, daß sie entlassen waren, und MacLeod half ihm von seinem Tisch.

Die Männer begannen sich einzuteilen, wie er sie gebeten hatte, und Sir Ian spazierte neugierig zu Delacourt hinüber, der zu seiner Pritsche zurückgekehrt war. »Das kommt alles ein bißchen zu spät, nicht wahr?« fragte er und setzte sich auf den provisorischen Stuhl.

»Shakespeare hat gesagt: *All unsere vergangenen Zeiten haben Narren den Weg zum staubigen Tod erhellt.*« Delacourt sah Sir Ian ruhig an. »Meiner Meinung nach trifft das genau auf euch Schotten zu.« Er hob rasch die Hand und lächelte, als Crowley sich mit Augen, die vor Ärger blitzten, steif aufsetzte. »Nein, fressen Sie mich nicht gleich. Ich will nicht respektlos sein. Weiß Gott, ich habe noch nie mutigere Kämpfer gesehen, als sie hier oben herangezogen werden, Sir.«

»Aber . . .?«

»Aber diese schreckliche Uneinigkeit ist ein Fluch für Ihr Land — dieses Bedürfnis, sich in Clans zu spalten, die wie verschiedene Königreiche regiert werden.«

»Nun — so sind sie eben.«

»Sir, das war wohl gut in vergangenen Jahrhunderten. Aber jetzt genügt das nicht mehr. Ihr seid nicht Clan MacGregor oder Cameron oder MacDonell. Ihr seid Schottland!«

»Und wenn wir einig gekämpft hätten . . . Ist es das, was Sie sagen wollen?«

»Danach, was ich mir aus meinem Wissen zusammenreimen kann, schwelten der alte Haß und dieselben Feindseligkeiten sogar noch weiter, als der Aufstand auf seinem Höhepunkt war. Kaum einer eurer Clans traut dem anderen. Euer unglückseliger Prinz wurde durch ständig andere Ratschläge von dem einen oder anderen Clan-Oberhaupt völlig verwirrt, so daß er halb verrückt geworden sein muß, bis er wußte, welchen Weg er einschlagen sollte.« Delacourt beugte sich vor und sagte eindringlich: »Sir, wenn Ihre Clans sich wirklich für Prinz Charles zusammengeschlossen hätten, anstatt der Meinung zu sein, daß ihre eigenen Wege die besten wären, bei Gott, dann wären Sie in London einmarschiert, und die eine Hälfte der Bevölkerung wäre geflohen und die andere hätte Sie stürmisch begrüßt!«

Mit leuchtenden Augen fragte der Schotte: »Glauben Sie das ehrlich?«

»Aber ja! Wir waren nicht vorbereitet – wie üblich! Ich kann nicht behaupten, daß ich weiß, was in Gottes Namen Prinz Charles dazu gebracht hat, sich aus Derby zurückzuziehen. Aber bei Luzifer, ihr Schotten mit euren nackten Knien könnt kämpfen!«

Sir Ian grinste. »Ja, das können wir. Sie haben uns ganz gut kennengelernt, Delacourt. Vieles, was Sie sagen, ist die Wahrheit. Und Ihre nachträglichen Einsichten können uns sehr viel nützen.«

»Nachträgliche Einsichten vielleicht, aber wir wünschen doch nicht, daß die Streitigkeiten zwischen den Clans in dieser Höhle wieder aufflackern, oder, Sir? Es ist ja nicht gerade Hampton Court, aber es ist der einzige sichere Ort, den wir im Moment haben, und –« Er brach ab, als Angus hereinkam und sich im Schneidersitz neben Sir Ians Stuhl auf den Boden setzte.

»Sie verdammter, gerissener Sassenach«, sagte er mit einem Grinsen, das die harten Worte Lügen strafte, »halten Sie alle schön beschäftigt.«

»Und Sie müssen sie genauso beschäftigt halten, wenn ich fort bin.«

»Sie wollen uns also verlassen?« fragte Sir Ian.

»Ich habe Lady Ericson mein Wort gegeben, Sir.«

Fraser blickte finster. »Sie haben schon genug getan. Lassen Sie den jungen Stephens die Geheimbotschaft überbringen, er ist Engländer.«

»Und viel zu krank«, sagte Sir Ian ruhig. »Ich gebe ja zu, daß er in unserer Höhle herumhumpeln kann, aber es dauert noch Wochen, bis er zu einem längeren Ritt fähig ist.«

Delacourt nickte und erklärte, daß Briley der einzige andere Engländer in der Höhle sei und daß keine Hoffnung bestünde, daß er mit einem untauglichen Bein durchkommen würde.

»Ich glaube, wir könnten auch einen Schotten losreiten lassen«, brummte Crowley unsicher. »Das Risiko, daß er entdeckt würde, wäre größer, aber mein Akzent ist nicht so schlimm, Delacourt, nicht wahr?«

»Nein, Sir. Sie könnten den Auftrag schon erledigen, aber Sie waren Colonel im Stab des Prinzen, und ich kann mir vorstellen, daß viele Soldaten Sie kennen.«
Bedrückendes Schweigen kehrte ein. Angus glättete sorgfältig die Falten seines Schottenrocks und brummte: »Ich wünschte, ich könnte diese verflixte Nachricht überbringen. Ich glaub, es ist irgendwie zuviel verlangt von einem Mann, gegen den wir gekämpft und den wir fast umgebracht haben.«
Crowley fragte: »Warum tun Sie das, Captain? Warum setzen Sie Ihr Leben für Ihre Feinde aufs Spiel, wenn Sie sicher und bequem zu Hause sein könnten?«
Delacourt zögerte. »Weil ich gesehen habe, welche Greueltaten Cumberlands Barbaren fertiggebracht haben. Ich habe gesehen, wie Frauen und Kinder vergewaltigt und niedergemetzelt wurden, wie man Häuser verbrannt hat; die ganze mutwillige Zerstörung und unbarmherzige Grausamkeit. Ich konnte kaum glauben, daß englische Truppen so etwas tun konnten. Ich gestehe, daß mir übel geworden ist. Ich schämte mich für meine Landsleute — obwohl es Cumberlands Schuld war, und er —«
»Ist ein Deutscher«, warf Crowley ein. »Genau der Grund, aus dem *wir* gekämpft haben. Sie waren die ganze Zeit auf unserer Seite und haben's bloß nicht gewußt!«
Lachen stand in seinen durchdringenden Augen, und Delacourt lächelte. »*Peccavi*, Sir! *Peccavi!* Ich will diese Schlacht nicht noch einmal schlagen. Es genügt wohl, wenn ich sage, daß ich ... in gewisser Weise ...« Er errötete unbehaglich und fuhr ziemlich verlegen fort: »Nun — um Wiedergutmachung zu leisten, wenn Sie es so nennen wollen.«
Angus erhob sich und klopfte ihm freundlich auf die Schulter. »Da haben Sie schon mehr als genug getan, mein Freund.«
Delacourt brummte: »Und habe gehört, wie man mich deshalb Verräter genannt hat.«
»So ein Unsinn!« rief Sir Ian erzürnt. »Sie haben lediglich der Menschlichkeit einen Dienst erwiesen. Wenn das für Ihr Land Verrat ist, dann ist es gut, daß Sie es los sind.«

Delacourts dunkle Augen blitzten. »Niemals! Sie lieben diese hohen, stolzen Berge und wilden Sturzbäche, Ihre weiten Täler und Schluchten und Lochs. Ich liebe meine sanften grünen Hügel und saftigen Täler; die Großstädte, die breiten Flüsse, die verschlafenen Dörfer — all die unendlich verschiedenen Landschaften und Menschen, die England bedeuten. Ich bin Offizier in den Diensten meines Königs. Ich hatte keinerlei Absicht, die Hand gegen ihn zu erheben. Ich würde eher sterben, als —« Er brach ab und errötete tief. »Ich bitte Sie beide um Verzeihung. Sie halten mich zweifellos für einen idealistischen jungen Narren, wenn ich so daherrede.«

Sir Ian sah ihn ruhig an. Er hielt Delacourt für einen hitzköpfigen, aber prächtigen jungen Burschen, der wenig Chancen hatte, die Folgen seiner menschlichen Regungen zu überleben. Aber er sagte nur: »Sie wollen den einen helfen, ohne den anderen wehzutun. Ein riskantes Bestreben. Weiß Gott, ich danke Ihnen und wünsche Ihnen das Beste — wir alle tun das.« Er warf einen Blick durch die zurückgezogenen Decken, wo Prudence neben dem jungen Rogers saß. »Sie werden Miss MacTavish mitnehmen, wie?«

Delacourts Blick blieb fest, aber er stand auf und sagte kühl: »Ich würde es nicht wagen, sie zurückzulassen, Sir.«

Sir Ian erhob sich ebenfalls, wohl bewußt, daß Delacourt ihm gleich sagen würde, die Audienz sei beendet, und wunderte sich, wie ein so junger Mann eine solche Ausstrahlung besitzen konnte, während er betonte: »Sie wäre sicherer im Norden.«

»Ja«, sagte Angus. »Sicherer als bei Ihnen, glaube ich.«

Delacourt runzelte die Stirn. »Ich habe schon viele schottische Ladies gesehen, die man geschändet und umgebracht hatte und deren Männer ebenfalls gedacht hatten, sie seien sicher. Ich hätte keinen Augenblick Ruhe.«

»Sie sind ein englischer Offizier im Dienst«, sagte Sir Ian. »Wenn Sie mit dieser Geheimbotschaft erwischt werden, wird man Sie mit allen Scheußlichkeiten eines Verrätertods bestrafen, Junge. Und sie auch.«

Delacourt starrte ihn an, dann setzte er sich wieder. »Gott im Himmel«, brummte er.

XVI

Die Männer waren den ganzen Tag mit den Aufgaben beschäftigt, die ihnen aufgetragen worden waren; einige arbeiteten an den Netzen, um die Delacourt gebeten hatte und die aus aufgetrennten Wolldecken und jedem anderen Material geknüpft wurde, das sie nur in die Hände bekamen. Einer der Flüchtlinge war ein begabter Schnitzer und hatte aus Holzstückchen ein Mikadospiel gebastelt. An diesem Abend spielten Delacourt, Crowley, Prudence und Briley mit diesem einfachen Spiel; zuerst gingen ihnen dabei noch viele Probleme durch den Kopf, aber am Ende machte es ihnen großen Spaß. Ein ganzer Haufen hatte sich um sie herum versammelt, um zuzusehen, und bald war eine leichtsinnige Wetterei im Gange, und die Einsätze, die auf dem Spiel standen, reichten von unschätzbaren Gebrauchsartikeln, wie einem bequemeren Schlafplatz oder einem Kamm, bis zu hohen Geldsummen, die keiner der Teilnehmer besaß. Crowley gewann das letzte Spiel, aber Briley wurde mit einem Vermögenspapier, das annähernd eine Million Schottische Pfund wert war, der Reichste von ihnen.

Es war eine ganze Zeit her, seit Prudence sich so amüsiert hatte. Viele Augen ruhten auf ihrem lachenden kleinen Gesicht und ihrer hübschen Figur, und als sie zustimmte, für sie zu singen, kehrte erwartungsvolles Schweigen ein. Sie wurde auf den Tisch gehoben, so daß alle sie sehen konnten, Jock Eldridge legte Papier über einen Kamm, um sie auf diesem Instrument zu begleiten, und beim Licht der Fackeln in ihren Halterungen sang sie für die kampfesmüden Männer, die nahe um sie herumstanden, die schönen Lieder von alten Zeiten. Kein Mann, der diese Nacht miterlebte, würde diese Szene je vergessen, und manch grimmiges Herz wurde so ergriffen, daß Tränen Männeraugen trübten und so man-

che Kehle zugeschnürt war vor Heimweh. Als sie endete, ruhte ihr Blick auf Delacourt, und er betrachtete sie mit ehrfurchtsvollem Gesicht und verlor sich in seinen eigenen Erinnerungen.
Langes, spannungsgeladenes Schweigen herrschte. Sir Ian stand auf und ging zu Prudence, um ihre Hand zu nehmen und sie an seine Lippen zu führen. »Ich danke Ihnen, liebe Lady«, sagte er innig. »Sie haben einen süßen Hauch von Weiblichkeit und Sanftmut in unser sorgenvolles Leben gebracht.«
Da ertönte der Applaus, so laut und anhaltend, daß Delacourt sie zur Vorsicht mahnen mußte, aus Furcht, selbst der Lärm des Wasserfalls würde ihn nicht übertönen. Als die Rufe erstarben, wandte er sich lächelnd zu Prudence um und wurde wieder ernst, als sein Blick an ihr vorbeiglitt. Er hatte den ehemaligen Butler aufgesucht, sobald er wieder fähig war, herumzulaufen, aber Sidley hatte ihn nur versteinert schweigend angestarrt, als er versucht hatte, ihm zu danken. Jetzt hatte der Mann sich einen Weg durch die Menge gebahnt und funkelte ihn an, deutlichen Haß in das hagere Gesicht geschrieben. Delacourt sagte ruhig: »Wollen Sie jetzt mit mir sprechen?«
Sidley kam näher, ebenso der ständig wachsame Lockerbie, der die Hand auf den Dolch in seinem Gürtel gleiten ließ.
»Sie haben viele Namen, Sir«, sagte der Butler bissig. »Montgomery, Delacourt, Delavale, Ligun Doone. Glücklicherweise kenne ich Ihren wirklichen Namen.« Ohne Vorwarnung spuckte er Delacourt ins Gesicht. »Schmutziger Verräter«, knurrte er. Er sträubte sich, als er ergriffen und wieder in die Höhle zurückgeschleppt wurde, und schrie: »Verräter! Dreckiger, gemeiner Verräter!«
Prudence preßte hilflos die Hände zusammen und wußte nicht, was sie tun oder sagen sollte. Das Gesicht sehr weiß, die Augen wie blind und ausdruckslos, wischte Delacourt sich die Wange ab, dann drehte er sich um und ging schnell nach hinten zu dem dunklen Tunnel, der hinauf zum Felsen führte und in den Stufen gemeißelt worden waren, damit man auf die Felsenspitze steigen konnte. Die Männer machten ihm den Weg frei, manche riefen

ihm ermutigende Worte zu, aber die meisten beobachteten ihn schweigend.

Sir Ian sagte leise: »Gehen Sie ihm nach, Mädchen. Wahrscheinlich hat er einen Freund nötig.«

Prudence rannte. Cole lief ihr nach und gab ihr die Hand, als sie die steilen, unbehauenen Stufen hinaufkletterte, aber am Gipfel kehrte er wieder um.

Sie war noch nie hier oben gewesen, und der Geruch frischer Luft versetzte sie in Hochstimmung, noch bevor sie ins Freie kamen. Als Cole sie verließ, stand sie in der Dunkelheit, aber der Himmel leuchtete heller über ihr. Vorsichtig ging sie zu der schmalen Öffnung im Felsen und schlüpfte hindurch. Sie stand auf einem breiten, natürlichen Pfad, ging um das Gebüsch und die Felsen herum, die den Eingang versteckten, und trat in eine feenhafte Welt, in der das sanfte, silberne Licht des Viertelmonds über das weit unten liegende Tal floß, die scharfen Umrisse der wilden Landschaft weicher erscheinen ließ und den weit entfernten See in einen großen Spiegel verwandelte.

Zuerst konnte sie Delacourt nicht sehen, aber ein mächtig gebauter Hochländer grüßte sie, ermahnte sie, sich vom Felsrand fernzuhalten, und zeigte mit einem leisen, wissenden Lächeln den Pfad entlang.

Prudence ging weiter und hielt sich dabei nahe am Felsen. Der Pfad wand sich um ihn herum und wurde schmäler, übersät von Felsbrocken und Granitsteinen des Berges, der neben ihm aufragte. Vorsichtig suchte sie sich einen Weg und erblickte ihn schließlich, wie er mit einer Hand auf dem riesigen Felsen, der den Weg blockierte, dastand. Sie biß sich auf die Lippe, dann trat sie neben ihn.

Von hier oben konnte man die wilde Landschaft deutlicher sehen, die Gebirgsbäche durchzogen die Schluchten wie Silberstreifen und schnellten die zerklüfteten Berge hinab, um sich mit dem Loch zu vereinen. Im Nordosten erhoben sich hohe Gipfel schwarz gegen das leuchtende Purpurblau des Nachthimmels. Prudence seufzte, als sie in diese Richtung sah.

»Ich bin ganz sicher, daß Sie außer Gefahr sind«, sagte Delacourt.
Lächelnd wandte sie sich ihm zu. »Woher wußten Sie, daß ich hier bin?«
»Wie hätte ich das nicht wissen sollen?« Er lehnte sich gegen den Felsen und sah sie an, dann berührte er mit dem Finger eine seidige Haarsträhne, die sich gelöst hatte. »Prue — wissen Sie überhaupt, wie großartig Sie gewesen sind?«
»Warum? Ich habe nichts getan. Sie sind derjenige, dem man —«
»Derjenige, der Ihnen für ihre selbstlosen Aufmerksamkeiten danken muß, für Ihre unendliche Freundlichkeit, und dafür, daß Sie niemals geklagt haben. Wissen Sie, wieviel Ihre Anwesenheit hier für diese armen Teufel bedeutet hat?«
»Nun, ich nehme an —«
»Und besonders für mich?«
Sie empfand es plötzlich seltsam schwer zu atmen und stammelte: »Wenn — wenn ich nur ein wenig — helfen konnte, dann war es nur —«
Er drehte ihr Kinn zu sich her. Sie sah in Augen, die sanft und zärtlich blickten. »Dummes Kind«, flüsterte er. Und er küßte sie.
Es war ein langer Kuß, zuerst sehr sanft. Aber dann spürte er, wie sie ihm entgegenkam und ihr weicher, zarter Körper sich gegen seinen preßte, und die Sehnsucht wurde zu einer Flamme, die seine ganze Entschlossenheit hinwegfegte. Er atmete schwer, als er sie von sich stieß, und Prudence sank schwach zusammen und hatte das Gefühl, ihre Knochen seien aufgeweicht und ihr Körper ganz schlaff.
»Bei ... Gott!« rief er. »Haben Sie vergessen, daß wir auf einem Gebirgspfad stehen, der geradewegs den Abhang hinunterführt, Ma'am?«
Sie lachte unsicher. »Denken Sie daran, daß es nicht meine Schuld war, Sir.«
»Richtig. Nun, dann« — er verschränkte die Hände hinter seinem Rücken — »wir müssen vernünftig sein. Ich entschuldige mich demütigst, Miss MacTavish. Ich hatte nicht das Recht, Sie auszunutzen.«

»Wieder einmal«, sagte sie geziert.
»Ja. Oh, Prue — wenn Sie nur wüßten, wie ich — äh, ich meine, ja.«
»Für einen, der erst wieder genesen ist, haben sie bemerkenswert starke Arme, Captain. Aber ich glaube tatsächlich, daß ein oder zwei Rippen nicht gebrochen sind.«
Mit leuchtenden Augen beugte er sich zu ihr hinunter. »Dann will ich versuchen —« Aber im letzten Augenblick, als ihre Lippen nur noch einen Hauch von seinen entfernt waren, holte er Luft und wich zurück. »Nein, bei Gott! Das ist nicht richtig, Prue.«
Augenzwinkernd sagte sie: »Sie sind aber ganz schön prüde geworden, glaube ich.«
Er grinste. »Davon müssen Sie mich freisprechen! Aber Sie sind in den letzten drei Wochen in ein wirres Leben hineingeraten. Sie sind weit weg von ihrer Familie und Ihren Freunden. Ohne den Schutz der Männer Ihrer Familie. Ich wäre ein beklagenswerter Schurke, wenn ich mir Ihre Hilflosigkeit zunutze machen würde.«
Sie betrachtete sein Profil, das sich gegen den Nachthimmel abhob. Wie immer hatte Lockerbie sein Haar streng zurückgebürstet, und wie immer waren die ungebärdigen Locken ein wenig zerzaust. Sie sehnte sich danach, sie wieder zurückzustreichen, und murmelte: »Ich war nicht von meiner Familie getrennt, als wir zum ersten Mal das Ungeheuer im Schuppen angeschaut haben. Aber Sie gaben mir — äh, ich glaube, Sie nannten es einen Beweis Ihrer Wertschätzung.«
»Liebe Güte, Ma'am! Ich dachte, Sie hätten dieses ungehörige Intermezzo vergessen.«
»Ich glaube, ich werde es nie vergessen.«
Einen langen, stillen Augenblick sah er sie an, dann wandte er sich ab. »Sie haben gehört, was Sidley mich genannt hat«, sagte er barsch. »Auch andere — viele andere — mögen ebenso denken.«
Sie runzelte die Stirn. »Haben Sie mich hier heraus gebracht, um über Sidley zu sprechen?«
Er lächelte sie an. »Ich habe Sie nicht hierhergebracht, Sie kleiner

Schlingel. Aber ich bin froh, daß Sie gekommen sind, weil ich fort muß, Prue.«

»Sind Sie kräftig genug?« fragte sie ungeduldig. »Ich gebe zu, daß es Ihnen anscheinend sehr viel besser geht, aber wenn Sie vorhaben, zum Loch nan Uamh zu reiten, bedenken Sie, das ist eine weite, beschwerliche Strecke.«

In ihrer Aufregung hatte sie die Hand auf seinen Arm gelegt. Er legte seine Hand über ihre Finger und sagte: »Es geht mir so viel besser, daß ich in dieser Hinsicht keine Angst verspüre. Es — es fällt nur schwer — Adieu zu sagen.«

Entsetzt und ungläubig wiederholte sie: »Adieu? Aber — aber Sie wollen mich doch nicht hier zurücklassen? Geoffrey, das würden Sie doch nicht *tun?*«

»Aber ich muß, meine Liebe. Briley und Angus und Sir Ian werden sich um Sie kümmern. Und vielleicht, eines Tages, wenn das alles vorbei ist —«

In ihrem Herzen schrie es *Verlaß mich nicht! Verlaß mich nicht!* Aber sie hatte auch eine gehörige Portion schottischen Stolzes, und so sagte sie mit rauher, aber beherrschter Stimme: »Ich verstehe. Und wann haben Sie vor, fortzureiten?«

»Im Morgengrauen.«

»Unter dem Himmel Schottlands kommt das Morgengrauen rasch, Captain.«

»Ja.« Mit unsicherer Stimme sagte er: »Ich wußte, daß Sie böse sein würden. Ich —«

»Ich bin nicht böse.« *Mir bricht nur das Herz, das ist alles*, dachte sie.

»Ich wollte fortreiten, ohne etwas zu sagen. Aber ich habe es nicht fertiggebracht. Prue —« Er faßte ihre Hand fester. »Sie waren so wundervoll. Ich bin sehr dankbar.«

»Gern geschehen.« Er war dankbar. Aber nicht so dankbar, sie mitzunehmen. Sie riß sich los und begann, den Pfad hinunterzugehen.

Er wußte, daß er sie gehen lassen sollte, aber dann lief er ihr doch nach, ergriff ihren Arm und zog sie an sich. Die Hände auf ihren Schultern, sagte er: »Sie wissen, wie man hinter Ligun Doone her ist — der Preis, der auf meinen Kopf steht, ist —«

»Auf den Kopf von Prinz Charles stehen dreißigtausend Pfund«, unterbrach sie ihn grimmig, »tot oder lebend! Und kein Hochländer hat einen Finger gerührt, um einen Heller dieses fürchterlichen Blutgeldes zu bekommen!«
»Prinz Charles ist ein Schotte, Prue.« Er hob rasch die Hand, um ihrer ärgerlichen Antwort zuvorzukommen. »Nein — hören Sie mir zu. Ich weiß, daß Ihr Volk dankbar ist, obwohl ich in Wirklichkeit herzlich wenig getan habe. Aber die Sache ist die, daß in den Augen eines armen Mannes sechshundert Guineen eine genauso große Summe wie dreißigtausend sind. Und ein Sassenach, auch wenn man ihn noch so schätzt, ist immer noch ein Sassenach. Verstehen Sie nicht? In meinem Fall wäre die Versuchung nur um so größer.«
In einem Winkel ihres Bewußtseins flüsterte es, daß er die Wahrheit sagte, und eine andere Stimme redete auf sie ein: *Sei keine Närrin! Er will dich nicht haben! Bettel nicht!* Aber sie brachte es nicht fertig, sich zurückzuhalten. »Ist es wirklich das Gold, Captain? Mit Ihren Küssen waren Sie recht großzügig, aber alles in allem bin ich doch nur ein Schottenmädchen — nicht hochgeboren genug, nehme ich an, um mich — um mich Ihren englischen Freunden vorzuzeigen.« Und ihr Kummer war so bitter, daß sie noch hinzufügte: »Ich nehme an, Ihre stolze Schwester würde mich verachten.«
Er ließ die Hände sinken und stand reglos da. »Ich nehme an«, sagte er ruhig, »daß Sie damit recht haben, meine Liebe.«
Erschrocken starrte sie auf seine dunkle, hübsche Gestalt. Seine Augen blickten hart, sein Mund zeigte kein Lächeln. Mit einem unterdrückten Schluchzer drehte sie sich um und lief den Weg zur Höhle hinunter.
Delacourt trat an den Felsrand und sah wie blind nach Norden. Schließlich war es so am besten. Er seufzte tief, dann starrte er plötzlich angespannt.
Von einem erhöhten Punkt aus, der nicht allzuweit entfernt war, blinkte ein Lichtschein . . .

Liebe, dachte Prudence, war ein scheußliches Gefühl. Bevor sie das feinfühlige, zartgeschnittene Gesicht von Geoffrey Delacourt zum ersten Mal gesehen hatte, war sie ein glückliches Mädchen gewesen. Sie schniefte und wischte sich mit dem schmutzigen Handrücken über die Augen. Seit sie diesen hochnäsigen, halsstarrigen, grausamen (und heißgeliebten) Sassenach kennengelernt hatte, schien sie mehr Zeit mit Weinen zu vergeuden als ihr ganzes Leben zuvor. Sie blinzelte durch ihr kleines Zimmer. Wie unsäglich einsam und kalt schien es jetzt zu sein. Geoffrey, Lockerbie und Cole waren schon seit über einer Stunde fort. Thaddeus Briley war sehr freundlich gewesen und hatte sie in ihrer Angst getröstet, die sie gemeint hatte verbergen zu können, und versucht, sie mit lustigen Geschichten von seinen Abenteuern mit Cumberland in Holland, bevor er verwundet worden und heimgeschickt worden war, zum Lachen zu bringen. Und da sie wußte, daß ihm sein eigenes Herz schwer war, hatte sie seine Bemühungen nur um so mehr geschätzt.

Alles war so schnell geschehen. Die Spähtrupps hatten berichtet, daß eine große Gruppe von Dragonern sich in ihre Richtung bewegte. Sir Ian hatte besorgt gemeint, daß sie wahrscheinlich zur Westküste ritten, weil man jetzt der Meinung war, Prinz Charles habe diese Route genommen. Wenn die Soldaten einmal an ihnen vorbei waren, würde es kaum noch eine Möglichkeit geben, ihre Linien zu durchbrechen, denn wenn der Loch nan Uamh ihr Ziel war, würden die Zufahrtswege strenger abgeriegelt als ein Engpaß, und da an der Stirnseite des Loch Linnhe Fort William eine schreckliche Bedrohung war und vom Loch Eil nach Glennfinnan die Truppen dichter standen als Flöhe im Fell eines Fuchses, würde es für Delacourt keine Hoffnung mehr geben, nach Süden zu entkommen.

Drei der stämmigen kleinen Hochlandponys, die man hier Garrons nannte, waren gesattelt worden; Delacourt hatte sich vorbereitet, indem er seine Pistolen geladen und sein Schwert umgeschnallt hatte, seine beiden Diener hatten sich ebenfalls bis an die Zähne bewaffnet, und die anderen Flüchtlinge hatten düster schweigend zugesehen, wie ihr Glücksbringer aufstieg und davonritt.

Delacourt hatte sich noch kurz zu Prudence umgewandt. Trotz des Messers, das ihr in die Brust zu schneiden schien, hatte sie ein Lächeln zustande gebracht. Es war nicht erwidert worden. Mit ausdruckslosem Gesicht hatte er sein Pferd weitergelenkt. Kurz bevor er um die Biegung des Tunnels verschwunden war, hatte er noch einmal angehalten und sich umgedreht. Sehr aufrecht im Sattel hatte er gerufen »Gott schütze euch!«, dann hatte er grüßend den Arm gehoben. Angus Fraser hatte geschrien »Hochländer — aufgestanden!«, und jeder Mann, der dazu fähig war, hatte sich zur Habtachtstellung erhoben. Irgend jemand rief »Laßt ihn hochleben, Jungs!« Und sofort war als Antwort der Schottenruf aus fünfzig Kehlen erschallt. Delacourt hatte gewunken und war ohne einen weiteren Blick auf Prudence davongeritten.

Sie warf die Decken von sich und stand auf. Es hatte keinen Zweck, mit ihrem Kummer hier herumzuliegen. Sie wußte aus Erfahrung, daß ihre Gedanken stundenlang in ihrem Kopf umherschwirren würden, wenn sie nicht aufstand und sich beschäftigte, und wie sehr sie auch versuchte, sie in eine fröhlichere Richtung zu lenken, würde sie doch nur in noch tieferen Kummer versinken. Sie ging zu ihrem Vorhang hinüber und zog die Decken zur Seite.

Die meisten Männer hatten sich schlafengelegt, aber am Feuer war immer noch eine schläfrige Unterhaltung im Gange. Sie erkannte Angus Fraser und wollte schon auf ihn zugehen, als sie sah, daß ein Mann direkt vor ihren Füßen lag. Sie wich zurück und erkannte erschrocken, daß es Stuart Macleod war, der, das Breitschwert offen neben sich, dalag.

Als er bemerkte, daß sie ihn gesehen hatte, stand er auf, mit geschmeidigen Bewegungen trotz seiner Größe. Er sagte nichts und stand nur mit niedergeschlagenem Blick wartend da.

Hochmütig sagte Prudence: »Es wäre mir lieber, wenn Sie sich einen anderen Ort zum Schlafen aussuchen würden.«

Er schüttelte den Kopf.

»Dann werde ich Mr. Fraser bitten, sich darum zu kümmern.«
»Hat keinen Zweck. Er selber hat mich gebeten, auf Sie aufzupassen. Ich passe auf Sie auf.«
Ihr Herz schlug schneller, als sie sagte: »Meinen Sie Captain Delacourt?« Und als er nickte, fragte sie: »Warum gehorchen Sie seinem Befehl, wenn Sie ihn doch fast umgebracht haben?«
Er senkte den struppigen Kopf. Mit gedämpfter Stimme antwortete er: »Glauben Sie nicht, daß ich mir eher die rechte Hand abgehackt hätte, als ihm etwas Böses zu tun?« Er hob angstvolle blaue Augen und begegnete ihrem kalten Blick. »Lady — ich würd' mein Leben für ihn geben, wenn er's verlangen würde.«
»Warum?«
Wieder senkte er den Blick und sagte langsam: »Mein Bruder ist bei Falkirk gefallen, und mein Vater hat bei Prestonpans eine arge Wunde abgekriegt. Er ist immer noch nicht gesund. Nach Culloden Moor, als diese viehischen Kerle von diesem Schlächter Cumberland überall gebrandschatzt und gemordet haben, hab ich große Angst um meine Mutter und meine Schwestern gehabt, weil ja nur mein verwundeter Vater da war, um sie zu schützen. Ich bin zurückgeritten. Ich bin so schnell nach Hause, wie ich konnte, aber —« Er zuckte die Achseln. »Es war schon passiert. Unser Hof — niedergebrannt, und das Vieh erschossen. Sie haben sogar die Tiere geschlachtet, die sie gar nicht brauchen konnten.«
»Und Ihre Familie?«
»Fort. Ich hab' gar nicht auszudenken gewagt, was aus den Frauen geworden war. Ich suchte und suchte, und schließlich hab ich's 'rausgekriegt. Doone war in der Nacht draußen — was er nicht hätte tun sollen, denken Sie bestimmt — und er hat gesehen, wie ein kleines Haus niedergebrannt und die Frauen vergewaltigt und umgebracht worden sind. Die Soldaten waren besoffen und sind auf unseren Hof zugeritten. Doone hat den Diener, der bei ihm war, losgeschickt, um meinen Vater zu warnen, und hat selber die Rotröcke abgelenkt. Das heißt, er selber war ohne Schutz, und die ganzen Rotröcke waren mit Geschrei hinter ihm her. Sein Diener

hat meinen Pa noch erreicht, und meine ganze Familie ist sicher davongekommen und jetzt an einem Ort, wo ihnen nichts passiert. Aber — aber wenn er nicht gewesen wäre, hätte ich sie alle verloren, wissen Sie. Ich hasse alle Rotröcke. Ich habe bei Prestonpans gegen Delavale, oder Delacourt, wie er sich selber nennt, gekämpft. Als ich ihn hier gesehen hab ... hab ich gedacht ...« Er stöhnte. »Gott verzeih mir! Wenn ich es nur gewußt hätte, aber ich war mir so sicher, daß er ein Spion war.«

Nach einer Minute fragte Prudence: »Weiß Captain Delacourt das alles?«

Er schüttelte den Kopf. »Ich hab versucht, es ihm zu sagen, aber wenn er mich anschaut, und — und wenn ich sehe, was für blaue Flecken er von mir hat ...« Er vollendete den Satz mit brechender Stimme: »Dann — dann brrring ich kein Worrrt mehr rrraus.«

In ihrer Rührung brachte sie es nicht übers Herz, ihn weiter zu tadeln, und sagte freundlich: »Trotzdem weiß er es sicher, sonst hätte er Sie nicht gebeten, auf mich aufzupassen. Ich glaube, Sie waren es, der uns das zusätzliche Essen gebracht hat.« Er gab keine Antwort, aber sein breites Gesicht wurde flammend rot. Angesichts seiner mächtigen Gestalt konnte Prudence seine Entschiedenheit nur bewundern. »Sie müssen halb verhungert sein«, sagte sie.

Er machte eine rasche, ungeduldige Bewegung. »Das war gar nichts. Nichts! Er hätte mich nicht hierlassen sollen. Er wird sich selber umbringen lassen, ganz sicher.«

Unbehaglich sagte Prudence: »Lockerbie hat ihn den ganzen Weg von Prestonpans hier herauf gebracht, als er sehr krank war. Es geht ihm jetzt viel besser, und sie haben eine vergleichsweise kurze Strecke zurückzulegen. Ich verstehe nicht —«

»Lockerbie hat's mit wütenden Schotten zu tun gehabt, das geb' ich ja zu. Aber nicht mit solchen Kerlen, die dem Captain jetzt hinterher sind.« Er warf einen finsteren Blick auf den zierlichen, abgetragenen Schuh, der unter Prudences zerschlissenem Kleid hervorsah, und brummte: »Er hätt' mich mitnehmen sollen.«

Stirnrunzelnd sah sie ihn an und bat ihn, mit in ihre kleine Kammer zu kommen und sich zu setzen. Als sie selbst auf dem Bett Platz genommen hatte, ließ er sich voll widerstrebender Scheu auf den Rand des Stuhls sinken und drehte nervös die Mütze in seinen breiten Händen.

»Wer folgt Captain Delacourt?« fragte sie. »Cunninghams Leute? Die Späher werden ihn vor ihnen warnen.«

»Nicht die Leute von Cunningham, Lady. Vielleicht welche, die der Schlächter selber schickt.«

Ihr Herz tat einen Satz. »Sie machen mir angst. Was meinen Sie? Wer sind sie?«

»Weiß ich nicht. Ich hab's versucht, ihm selber zu sagen, aber er hat nur gemeint, daß ich aufpassen soll, damit Ihnen nichts passiert.« Er sah in ihr besorgtes, liebreizendes Gesicht und brummte schüchtern: »Nicht, daß ich ihn dafür vielleicht tadeln will. Aber die Späher können ihn nicht mehr warnen, wenn er einmal über diese Berge ist.«

»Woher wissen Sie, daß sie ihm folgen? Warum haben Sie das nicht Sir Ian oder Lord Briley gesagt, wenn es so ist?«

»Ich hab' gehört, daß bei Castle Court ein übles Volk herumlungert, und daß die Kerle nach einem dunkelhaarigen Engländer gefragt haben, der bei der Lady gewohnt hat. Ich hab bei einem Engländer nicht an Ligun Doone gedacht, deswegen hab ich mir keine Gedanken darüber gemacht. Aber einer von den Kerlen ist mir genau beschrieben worden, weil er anstatt einem Rock einen komischen Mantel getragen hat. In der großen Schlucht bin ich an ihm und ein paar anderen vorbeigekommen. Sie haben mich nicht gesehen, wissen Sie, weil ich gehört hab, wie sie daherkamen, aber das kann ich Ihnen sagen, Miss, mit denen möchte ich nichts zu tun haben!«

Mit weit aufgerissenen, entsetzten Augen flüsterte sie: »Was meinen Sie? Was für ein Rock? War er aus Leder und wie aus einzelnen Flicken zusammengestückelt?«

»Ja! Sie haben ihn auch gesehen?«

»In der Nacht, als unser Haus angegriffen wurde, war ein solcher Mann in den Ställen. Oh! Wir müssen das Angus und Sir Ian sagen.«

»Ich hab versucht, es ihnen zu sagen«, erklärte er trübe. »Aber sie wollten nicht hören. Sie sagten, Captain Delacourt hätte seinen Diener und seinen Pferdeknecht dabei, und daß er durchkommen würde.«

Prudence rang die Hände. Wenn sie zu Angus oder Sir Ian ging und ihnen erzählte, daß die Sterne ihrer Tante sie vor dem Mann in dem Ledermantel gewarnt hatten, würden sie sie wahrscheinlich reif fürs Irrenhaus halten. »Sie müssen ihm nach«, sagte sie.

Er schüttelte den Kopf. »Das kann ich nicht machen, Lady. Er selber hat mir aufgetragen, daß ich auf Sie aufpassen soll. Ich kann mein Worrrt nicht brrrechen.«

»Ach je, Sie Riesendummkopf!« rief sie, sprang auf und stampfte mit ihrem kleinen Fuß. »Wollen Sie, daß er wegen Ihres dummen Eids ermordet wird?«

Er blinzelte und stand ebenfalls auf. »Regen Sie sich nicht auf. Wahrscheinlich mach ich unnötigen Ärger, wie die anderen gesagt haben.«

»Das machen Sie nicht! Ich sage Ihnen, das machen Sie nicht!« Sie versuchte, ein Mittel zu finden, um ihn zu überzeugen, aber ihr fiel nichts Vernünftiges ein. In ihrer Verzweiflung schrie sie: »Meine Tante kennt sich sehr gut — mit den Sternen aus. Sie wurde vor einem Mann in einem verschiedenfarbigen Lederrock gewarnt, der einem in unserem Haus den Tod bringen würde.«

MacLeods gebräunte Gesichtszüge wurden bleich. Hinter dem Rücken kreuzte er zwei Finger der rechten Hand. »Ist — ist Ihre Tante eine Hexe, Miss?«

Prudence entschuldigte sich im Geiste bei Hortense und bestätigte diese Vermutung. »Aber eine sehr freundliche Hexe, verstehen Sie«, schränkte sie ein.

Stuart MacLeod mochte es an Logik mangeln, aber von Hexen verstand er etwas, denn einmal hatte ihn, als er noch ein Kind war, eine von oben angesehen, woraufhin er die Masern bekommen hatte. »Vielleicht schaff' ich's, dem Fraser das klarzumachen«, brummte er und drehte sich um, um sein großes Claymore zu nehmen.

»Sie brauchen ihm gar nichts klarzumachen«, sagte Prudence. »Sie sagen ihm einfach, daß Sie fortmüssen. Kennen Sie sich in dieser Gegend hier aus? Glauben Sie, Sie können Captain Delacourt einholen?«
»Ich kenn' die Gegend wie meine Westentasche. Aber ich kann Sie nicht allein lassen.«
»Sie lassen mich nicht allein. Ich komme mit Ihnen.«
Sein Kinn sackte herab. »Sie meinen das doch nicht errrnst? Das Gebiet ist für einen Mann schon schwer zum Gehen, obwohl ich von hier bis zum Loch nan Uamh jeden Weg und jede Abkürzung kenne.«
»Können wir reiten?«
»Auf meiner Strecke können wir ein ganz kleines Stückchen reiten, aber 's gibt genug Stellen, wo man sogar ein Gebirgspony führen muß.«
»Und Sie haben Ihr eigenes Gebirgspony?«
»Ja. Aber seh'n Sie, ich kann keine zwei mitnehmen.«
»Gehen Sie und satteln Sie es. Es gibt keinen Grund, warum Sie nicht von hier weggehen sollten, wenn Sie wollen.«
Starrköpfig sagte er: »Ich lass' Sie hier nicht allein mit dem wilden Haufen, wo er selber mir befohlen hat, auf Sie aufzupassen; und Angus würd' Sie auf garrr keinen Fall mit mir gehen lassen.«
Wütend ballte sie die kleinen Fäuste und knirschte: »Das weiß ich gut. Also holen Sie Ihr Zeug, ich treffe Sie dann im Tunnel. Fast alles schläft. Oh, beeilen Sie sich doch, schnell! Jede Minute, die wir vergeuden, kann lebenswichtig sein!«
MacLeod schüttelte entschieden den Kopf. Aber natürlich war er verloren und tat schließlich doch, worum sie ihn bat.

Prudence klammerte sich an dem Steigbügel des kleinen Ponys fest und trottete mechanisch weiter, die Augen fest auf das Wegstück vor ihren Füßen geheftet, denn sie hatte schon vor längerer Zeit festgestellt, daß sie sich nur lähmendes Entsetzen einhandelte, wenn sie über den ganzen Weg blickte.
Sie waren schon endlos lange unterwegs, MacLeod mit seinen gro-

ßen, unermüdlichen Schritten voraus, und der Pfad wurde oft so steil, daß sie — wie es jetzt der Fall war — ebenfalls gehen mußte. Ihre Füße fühlten sich an, als seien sie auf ihre doppelte Größe angeschwollen, und sie konnte nur dankbar für die derben Schuhe sein, die er ihr besorgt hatte. Sie waren ihr so viel zu groß, daß sie mitsamt ihren leichten Schuhen hatte hineinschlüpfen können, aber sie wußte, daß ihr die zierlichen Abendschuhe ohne sie jetzt schon in Fetzen von den Füßen gehangen hätten.

Als sie die Höhle verlassen hatten, war es dunkel gewesen. Unbeobachtet war sie in den Tunnel geschlüpft, und gleich darauf war MacLeod gekommen. Niemand hatte versucht, sie aufzuhalten. Die Wachen am Wasserfall hatten seine Erklärung, daß sie versuchten, bis Moidart durchzukommen, wo Freunde von ihm ihnen Schutz bieten würden, akzeptiert, sie aber vor Soldaten gewarnt, die sich etwa eine knappe Meile weiter östlich befanden. MacLeod war sofort aufgebrochen, und Prudence schien es, als sei er seitdem kaum stehengeblieben, nur ein- oder zweimal hatte er sie im Schutz eines Baumes oder Felsenvorsprungs zurückgelassen, während er selbst hinaufgeklettert war, um nach Patrouillen Ausschau zu halten.

Sie hatte keinerlei Vorstellung, wie viele Stunden sie schon unterwegs waren, noch wie weit sie gekommen waren. Es war unglaublich schwer zu gehen, weil MacLeods Wege gefährlich und manchmal fast unmöglich zu überwinden waren, so daß nur wenige Reisende sie überhaupt in Angriff genommen hätten. Nach der ersten Stunde war sie überzeugt, keinen einzigen Schritt mehr tun zu können, und nur der Gedanke an Delacourt verlieh ihr die Fähigkeit weiterzugehen. Endlich sagte MacLeod, sie könne wieder reiten, und hob sie behutsam in den Sattel. Sie ritt im Herrensitz, was ihre weiten Röcke ihr ermöglichten, und verschwendete keinen Augenblick mit Gewissensbissen über ein solch unschickliches Benehmen. So konnte sie sich nach vorn auf die Mähne des Ponys legen und hin und wieder ein wenig dösen. Als MacLeod sie aus einem dieser Nickerchen weckte, hätte sie weinen mögen, aber sie ließ sich aus dem Sattel helfen und zwang ihre armen Füße, tapfer weiterzumarschieren, und rief sich ins Gedächtnis zurück, daß sie darauf bestanden hatte mitzukommen und daß sich vor allem nicht herausstellen durfte, daß sie eine Behinderung darstellte in ihrem Versuch, Geoffrey einzuholen. Schließlich wurde der Weg wieder eben, und sie konnte erneut reiten. Sie war irgendwo zwischen Schlafen und Wachen, als sie MacLeod fluchen hörte und müde den Kopf hob.

Sie wußte nicht, wo sie sich befanden, aber sie bogen gerade um einen hohen Gebirgskamm, und weit unter ihnen brannte ein Bauernhof. Sie hatte den Eindruck, als habe sie einen Schuß und dann eine Frau schreien gehört. Seit Culloden hatte sie zahlreiche niedergebrannte Behausungen gesehen, aber zum ersten Mal hatte sie wirklich die Flammen erblickt und war so nahe an Leid und Schrecken und Tod gewesen. Sie fühlte sich schwach vor Entsetzen und preßte die Hände auf die Augen. »Gott möge ihnen beistehen«, flüsterte sie.

»Amen, Mistress«, brummte MacLeod und führte das Pony weiter.

Allzubald wurde der Weg wieder steil. MacLeod hob Prudence herunter und spähte ängstlich in ihr müdes kleines Gesicht. »Geht's Ihnen auch gut, Mistress? Wir sind ein ganz schönes Stück weit gekommen, aber es sind schon noch ein paar Meilen.«

»Ich bin ... absolut in der Lage, noch weiterzugehen«, sagte sie standhaft, mit einer Stimme, die dünn und wie aus weiter Ferne klang. »Sie — Sie müssen noch viel müder sein als ich.«

»Nein, Lady. Ich kann Sie tragen, wenn —«

Sie reckte das Kinn. »Ich bin eine MacTavish«, sagte sie und schritt tapfer aus. Bei diesem ersten Schritt fiel sie beinahe hin, weil ihre Füße so kraftlos schienen, daß sie sicher war, nur noch auf Stümpfen zu gehen. Sie unterdrückte ein Schluchzen und zwang sich, es weiter zu versuchen. Das erste fahle Licht der Morgendämmerung streifte über den östlichen Himmel und erlaubte ihr einen Blick auf den Pfad, der den Felsen hinunterführte — so abschüssig und übersät mit Steinbrocken, daß der Mut sie verließ und sie es nicht wagte, noch einmal hinzusehen. Sie klammerte sich fester an den Steigbügel, konzentrierte sich immer nur auf den nächsten Schritt und dachte, wie stolz Delacourt sein würde, wenn sie ihn mit ihrer Warnung einholten.

»MacLeod!« rief sie plötzlich.

Augenblicklich war der große Mann an ihrer Seite.

»Wo sind wir?« fragte sie.

»Schauen Sie hierher, Lady.«

Sie drehte sich in die Richtung, die er ihr mit der Hand anzeigte, und hielt vor all dieser Schönheit den Atem an. Der Himmel war nun von einem hellen Violettrosa. Im Norden ragten drohend die zerklüfteten Gipfel auf. Näher vor ihnen türmten sich, so weit sie sehen konnte, hohe Felsen über kleinen Schluchten auf, durchfurcht vom Gefunkel der Wasserfälle und eilig dahinhüpfenden Gebirgsbächen. Hier und da war ein offener Hang in das üppige Purpur von Heidekraut gekleidet; geisterhafte weiße Nebelschwaden stiegen träge aus Hochtälern in die stille Luft, und weit unten lag eine große blaue Wasserfläche, die sich rechts und links von ihnen Meile um Meile weit erstreckte. Der Anblick dieses Loch war es, der Prudence in Verzweiflung stürzte. »Ach nein . . .« jammerte sie mit klagender Stimme. »Ich dachte, wir seien weiter als bis hierher gekommen!«

MacLeod zog die buschigen Brauen hoch. »Teufel auch«, knurrte er leise und fügte hinzu: »Sie sind mir ein harter Sklaventreiber, kein Zweifel, Mistress. Na, dann kommen Sie schon weiter. Und halten Sie bitte die Augen offen, weil man uns jetzt bei Tagesanbruch leichter sehen kann, und wir müssen nach Westen, da ist's rrriskant.«

Er trottete weiter und folgte der Grobrichtung des Loch.

Prudence war eine Weile still, dann fragte sie verwirrt: »Nehmen Sie nicht den falschen Weg, MacLeod? Der geht doch bestimmt nach Süden?«

»Nach Westen, Mistress.«

»Aber der Loch Lochy fließt doch nach Süden, hab ich geglaubt.«

»Rrrichtig. Nach Südwesten.« Er drehte sich zu ihr um, seine

blauen Augen zwinkerten. »Nur, der da ist der Loch Arkaig, Ma'am.«
Ihr Herz machte einen Satz. Freudestrahlend rief sie aus: »Arkaig! Aber dann haben wir's ja sehrrr weit geschafft, MacLeod!«
»Wir sind diese Nacht mehr als zwanzig Meilen vorwärtsgekommen, Mistress.«
Sie klatschte in die Hände. »Wie großartig! Glauben Sie, wir holen sie bald ein? Meinen Sie, wir können sie sehen?«
»Nicht, wenn Ligun Doone sich klar drüber ist, was er vorhat. Meiner Meinung nach haben wir sie schon lange überholt. Nein — schauen Sie doch nicht wie vor dem Jüngsten Gericht. Hab ich Ihnen nicht gesagt, daß ich die Gegend kenne wie meine Westentasche? Ein schönes Stück besser als der Captain und dieser Klotz Lockerbie. Wir müssen bloß bis zu einem Engpaß, den ich kenne, und wenn wir ein bißchen Glück haben, erwischen wir sie, wenn sie da durchkommen.« Er dachte, daß er sich wie ein rechter Prahlhans anhörte, und schloß verlegen wieder den Mund, nahm das müde Pony am Zügel und führte sie weiter.
Beim ersten Schritt rutschte Prudence aus und fiel hin, schürfte sich den Handrücken an einem scharfkantigen Kiesel auf und prellte sich die Hüfte. MacLeod eilte zu ihr zurück, und erst da fiel ihr auf, daß er hinkte. Die ganzen zwanzig Meilen war er gelaufen und marschiert, über zahllose felsige Abhänge, durch Hunderte eisiger Bäche, ohne sich je zu beklagen, und weil er so groß und kräftig war, hatte sie nicht mehr daran gedacht, daß er auch ein menschliches Wesen war und nicht darüber erhaben, sich wehzutun oder müde zu werden. Er half ihr auf, und sie machte kein Aufheben von ihren Kratzern und humpelte weiter. Sie sah, daß er sie lächelnd beobachtete und freute sich auf ganz närrische Weise darüber, daß sie die Anerkennung dieses jungen Riesen gewonnen hatte, den sie noch vor ein paar Tagen mit solchem Abscheu betrachtet hatte.
Die Sonne begann aufzugehen, als sie sich nebeneinander durch eine tückische Schlucht aus rutschendem Schiefer kämpften, die mit Felsbrocken von den Abhängen weiter oben übersät war. Pru-

dence war so müde, daß sie sich sehr anstrengen mußte, um wach zu bleiben, und sie fing leise an zu singen, jedes schottische Volkslied, das sie kannte, wobei sie atemlos und stolpernd an vielen Stellen den Text improvisierte, bis MacLeod leise kichernd einstimmte. Schließlich verklangen die Lieder, aber ihre schmerzhaft pochenden Füße liefen weiter. Sie bemerkte gar nicht, daß sie schlief, bis eine Hand auf ihrer Schulter sie weckte. Sie hielt immer noch den Steigbügel des Ponys umklammert, und ihr Kopf lehnte an der Schulter des müden Tiers. MacLeod hob sie auf und trug sie zu dem dichten Gebüsch, das über der Oberfläche des Felsens wuchs. Ein Bach stürzte laut den Abhang neben ihnen hinunter. Sie fühlte Wassertropfen kalt auf ihr Gesicht sprühen, als der Hochländer sie niedersetzte. Er sah bleich und erschöpft aus, dunkle Ringe der Müdigkeit umschatteten seine Augen. »Wir müssen uns jetzt verstecken«, sagte er.

»Wo?«

Er schob das Gebüsch zur Seite und deckte eine höhlenartige Mulde auf, in der so viel Platz war, daß sie beide und das Pony bis zur Dämmerung darin verborgen liegen konnten. Sie verspürte das brennende Bedürfnis, sich in dieser reizend ausgehöhlten Teetasse niederzulegen, und murmelte: »Was ist mit dem armen Pony?«

MacLeod sagte, er werde das Pferd tränken und absatteln und dann mit in die Höhle bringen. »Es kann von drinnen aus grasen«, sagte er. »Gehen Sie schon rein und legen Sie sich hin, Mistress.«

»Das werde ich. Wenn Sie wieder da sind.« Sie blieb eisern, und MacLeod ging seufzend über die Dickschädeligkeit selbst der besten Frauen zum Pferd, nahm ihm Sattel und Decke ab und führte es an den Bach. Er kam mit der Erwartung zurück, das Mädchen schlafend in der Höhle zu finden, aber sie wartete, die Schultern gegen den Felsen gelehnt, die Augen glasig vor Erschöpfung. Als er das Pony angebunden hatte, sagte sie: »Kommen Sie mit«, führte ihn zurück zum Bach und befahl: »Setzen Sie sich hin. Fangen Sie bloß nicht an, rrrumzustreiten, Mann! Hinsetzen sollen Sie sich!«

Er grinste über ihr breites Schottisch und gehorchte verwundert. Sie kniete sich neben ihn und begann, seine primitiven Schnürschuhe aufzubinden. Mit einem bestürzten Aufschrei wollte er sich losmachen. Zum ersten Mal in ihrem Leben packte Prudence ein haariges Männerbein und hielt es fest. Zu Tode erschrocken, hörte MacLeod auf, sich zu wehren und spähte mit entsetzten Augen zu ihr hinauf. »Was zum Teufel haben Sie vor, Lady?« brachte er mühsam heraus.

Sie schälte ihm die zerrissenen Strümpfe herunter, zuckte zusammen, als sie seine geschwollenen, blasenbedeckten Füße sah und rief aus: »Oh! Armer kleiner Kerl!«

MacLeod war dem Zusammenbruch nahe, und der Anblick dieses kleinen, zierlichen Mädchens, das seinen großen Fuß festhielt und ihn einen *kleinen Kerl* nannte, erheiterte ihn derart, daß er zu kichern begann. Prudence sah überrascht auf, wurde von seiner Fröhlichkeit angesteckt, und alle beide saßen lachend da – wie sie später erzählte – wie ein Paar närrische Idioten. Während sie sich Tränen aus den Augen wischte, wies sie ihn an, die Füße in den Bach zu tauchen. Voller Zweifel beäugte er das Wasser, steckte eine Zehenspitze hinein und schrie auf.

»Gleich wird's besser«, sagte Prudence.

»Ja – gefrieren wird's«, brummte er.

Sie kehrte ihm den Rücken zu, befahl ihm, nicht hinzusehen, und zog die Überschuhe, ihre eigenen und die Strümpfe aus. Ihre Füße waren kaum in besserem Zustand als seine, aber als sie sie vorsichtig ins Wasser tauchte, blieb ihr die Luft weg, und sie zog den Fuß rasch zurück.

MacLeod grinste sie an. »Gleich wird's besser«, sagte er.

XVII

Als Prudence aufwachte, fühlte sie sich steif, kalt und hungrig. Während sie schlief, hatte MacLeod irgendwann sein Plaid über sie gebreitet, und sie zog es sich fester ums Kinn und kuschelte sich schläfrig hin. Im Streit erhobene, laute, betrunkene Stimmen weckten sie ganz auf. Ein streifiges, dämmriges Licht drang durch die Zweige des Gebüschs herein, und MacLeod kauerte neben dem Eingang und spähte hinaus.

Sie kroch neben ihn. »Wer ist das?« flüsterte sie.

»Die Männer, von denen ich Ihnen erzählt hab«, antwortete er ebenso leise. »Jeder, der in diese Richtung kommt, muß durch diesen Engpaß. Deswegen hab ich gedacht, daß wir Mr. Doone hier treffen. Sie haben einen Engländer geschnappt — armes Kerrrlchen.«

Mit klopfendem Herzen lugte Prudence durch das Laub. Und da war er, deutlich genug: der große rüpelhafte Kerl in dem seltsamen Ledermantel, der wie eine grobe Steppdecke aus einzelnen Flicken aussah. Er hatte einen kleinen, grausamen Mund, harte Augen und einen höhnischen, rachsüchtigen Gesichtsausdruck. Zwei andere desselben Schlags waren bei ihm: große, primitiv aussehende Individuen, die gefärbte Plaids trugen, so daß der Schottentartan darunter verborgen war. Alle drei lümmelten sich nahe am Bach herum, stritten ein wenig miteinander und reichten sich gegenseitig eine Flasche herum. Neben ihnen versuchte ein jugendlicher Rotrock, die Hände vor sich gefesselt, Brennholz zu sammeln, vermutlich, um den Inhalt eines Eisentopfes zu wärmen, der ganz in der Nähe an einem Dreifuß hing.

Beunruhigt dachte Prudence, daß sie wahrscheinlich eine Zeitlang hierbleiben würden, wenn sie vorhatten zu essen. Sie warf einen Blick auf das Pony. Es schlief mit hängendem Kopf. Wenn die

Prämienjäger Pferde hatten, waren sie auf jeden Fall nicht innerhalb ihrer Sichtweite, aber sie dachte, sie müßten wohl Ponys haben, wenn sie den ganzen Weg hierher gekommen waren.
Der junge Gefangene stolperte, ließ den Zweig fallen, den er zum Feuer zu ziehen versucht hatte, fiel über den Dreifuß, und der Inhalt des Topfs ergoß sich in den Schmutz. Seine Ergreifer stießen Wutschreie aus. Der brutale Schläger im Lederrock sprang auf und versetzte dem Jungen einen Faustschlag, der ihn zu Boden warf. Er fiel mit dem Kopf und den Schultern in den Bach, und der Schotte lachte, stellte ihm den breiten Fuß auf den Nacken und hielt so seinen Kopf unter Wasser.
Prudence keuchte vor Entsetzen auf. MacLeod wirbelte herum und preßte ihr die Hand auf den Mund. »Wir können nichts machen, Mistress«, flüsterte er. »Und außerdem ist's ja bloß ein Rotrock.« Wütend wollte sie sich freikämpfen, aber dann nahm der Mann im Lederrock seinen Fuß herunter und bückte sich, um den halbertrunkenen Jungen aus dem Wasser zu ziehen. »Steh auf, du blöder Hundesohn«, knurrte er und versetzte seinem Opfer einen brutalen Tritt. »Jetzt müssen wir uns was andres zum essen suchen, verdammter Idiot! Geh und sattle die Ponys.«
Hustend und nach Luft schnappend rappelte sich der Rotrock auf die Knie. Prudence sah, daß er noch sehr jung war — nicht älter als achtzehn oder neunzehn, meinte sie — und sein Gesicht von Schnitten und Abschürfungen grausam gezeichnet, sein Mut aber war offensichtlich bisher ungebrochen, denn er verfluchte seinen Peiniger mit schwacher Stimme. Als Belohnung wurde ihm ein erneuter Tritt zuteil, unter dem er sich zusammenkrümmte, und er lag würgend und hilflos da, während Prudence vor Wut darüber bebte, daß ein gefesselter Gefangener so mißhandelt wurde.
Ein zweiter Mann mit ergrauendem struppigen Haar und einem langen, zotteligen Bart rappelte sich jetzt auf und forderte unwirsch, Zeke solle aufhören, den Jungen zu schlagen. »Wenn du ihm die Rippen einschlägst, kann er uns nicht mehr zum Loch nan Uamh führen«, brummte er, »und ich kenn' den Weg nicht, genausowenig wie ich glaub, daß wir von den Bauern hier in der

Gegend viel Hilfe kriegen, wenn sie Doone so die Treue halten wie diese Narren, die wir letzte Nacht verhört haben.«
Der dritte Prämienjäger, ein bleicher Mann mit unstetem Blick, langen, zuckenden Händen und gebeugten Schultern, stand auf und trottete aus Prudences Sichtfeld. »Die wer'n uns nicht so schnell vergessen, Jem, alter Bursche«, lachte er höhnisch.
»Mör-der!« krächzte der junge Soldat, mehr mutig als klug. »Meint ihr damit diesem ... armen Kerl, den ihr sucht ... einen Dienst zu erweisen?«
Der bleiche Mann kam zurück und beugte sich über ihn. »Doone hat Glück, wenn wir ihn zuerst erwischen — dann stirbt er nämlich schnell. Wenn das Militär ihn in die Finger kriegt, dann kommt er in den Tower zum Verhör, weil er wahrscheinlich eine ganze Menge über diesen verrückten Stuart weiß. Und wenn er dann fast tot ist, dann hören sie freundlicherweise auf, damit er das Schafott noch erlebt, und sein Kopf wird aufgespart für die Tower Bridge! Wir tun dem Bürschchen einen Gefallen, weißte.« Er packte das blonde, zerzauste Haar des Jungen und zog ihn daran hoch. »Auf mit dir. Wir können genausogut weiterreiten, wo du uns schon unser Abendessen verdorben hast, du verdammter Dummkopf.«
Prudence schloß die Augen und rührte sich nicht, bis das Geräusch der Hufe und die rauhen Stimmen sich zu entfernen begannen. Dann spähte sie wieder hinaus. Sie ritten die Schlucht entlang, den Gefangenen an einem Seil festgebunden, so daß er ihnen nachtaumelte. »Armer Junge«, flüsterte sie.
MacLeod sagte: »Können Sie jetzt weitergehen, Lady? Sobald diese feinen Gentlemen weg sind, können wir los.«
»Wie können sie nur?« fragte sie. »Es waren Schotten, und trotzdem machen sie sich weder etwas aus Ligun Doone noch aus Prinz Charles. Und den hilflosen Jungen so brutal zu behandeln ...«
MacLeod grunzte. »Glaubten Sie, daß die Grausamkeit nur mit englischem Akzent spricht, Mistress? Was ein Clan dem anderen schon angetan hat, würde den heiligen Petrus zum Weinen brin-

gen, schätze ich. Vor allem die verfluchten Campbells — zur Hölle sollen sie fahren!« Brummend ging er zu ihrem Pony hinüber und begann, das schläfrige Tier zu satteln.

Vorsichtig schlüpfte Prudence hinaus. Nach dem Stand der Sonne zu urteilen, war es jetzt mitten am Nachmittag. Wolken türmten sich über ihnen zusammen, und ein kühler Wind schüttelte die Wipfel der paar Espen und Fichten, die am Rand der Schlucht standen. Die Prämienjäger und ihr unglückseliger Gefangener waren weit weg, aber sie blieb im schützenden Gebüsch stehen, bis sie außer Sichtweite sein mußten. Kurz bevor sie um die letzte Ecke bogen, sah sie, wie der Gefesselte zu Boden fiel. Sie hörte noch schwaches Gelächter, und die Kerle gaben ihren Pferden die Sporen, so daß der arme Junge nicht wieder auf die Füße kommen konnte und unbarmherzig mitgeschleift wurde. Tränen der Wut und der Ohnmacht trübten ihre Augen, als sie aus ihrem Versteck kroch und an den Bach ging, um sich zu waschen. Als sie zurück zur Höhle kam, war keine Spur von MacLeod zu sehen, und sie nahm an, er kümmerte sich um seine eigenen Bedürfnisse. Das Pony war gesattelt und kaute friedlich an den Büschen am Eingang. Prudence zog ihren Umhang über, tat ihr Bestes, um ihr Haar ein wenig in Ordnung zu bringen, und ging wieder nach draußen. Sie hörte, wie hinter ihr ein Kieselstein rollte und drehte sich mit einem Lächeln für MacLeod um. Das Lächeln erstarb. Die Schlucht schien sich zu neigen, und alles drehte sich.

Geoffrey Delacourt, der Braw Blue am Zügel führte, starrte sie in sprachloser Verwunderung an, Lockerbie und Cole, ebenso erstaunt, kamen hinter ihm.

»Geoffrey!« schrie sie und stürzte auf ihn zu. Kurz schlossen seine Arme sich um sie. Sie hörte ihn ihren Namen flüstern, und eine Hand preßte ihren Kopf an seine Brust. Dann wurde sie zurückgeschoben.

»Was zum Teufel machen Sie hier?« Seine Stimme klang barsch, und er zog ärgerlich die dunklen Brauen zusammen.

Verärgert machte sie sich los. »Ihnen eine Nachricht bringen! Sosehr Sie auch —«

»Captain!« MacLeod stolperte die gegenüberliegende Böschung herunter, sein breites Gesicht leuchtete vor Freude. »Ich habe gehofft, daß Sie uns hier einholen!«
Lockerbie, der an die erste Reaktion dieses Mannes gegenüber seinem Herrn dachte, schwang seine Muskete hoch und hielt sie mit fester Hand auf MacLeod gerichtet.
Delacourt schob den langen Lauf zur Seite und ging auf Macleod zu, das Kinn grimmig emporgereckt. »*Sie* haben sie hierhergebracht? Verdammt noch mal – sind Sie verrückt? Das ist keine Gegend für eine Frau, noch weniger für eine vornehme Lady!«
MacLeod ließ den Kopf sinken. »Ich weiß«, murmelte er. »Ich weiß, Sir. Aber – na ja, die Lady wollt's nicht anders haben, und ich *mußte* Sie erreichen, Sir.«
Delacourt blickte funkelnd in Prudences unschuldige Märtyrermiene. »Warum?«
»Weil Sie von mörderischen Halsabschneidern verfolgt werden«, warf Prudence ein. »Wissen Sie nicht mehr, was Tante Mac über den Mann in dem seltsamen Rock gesagt hat?«
Ungläubig starrte er sie an. »Beim Himmel! Wollen Sie sagen, daß Sie diesen ganzen gefährlichen Weg wegen dieser unsinnigen –«
»Er war in Lakepoint bei den Ställen«, fuhr sie hastig fort. »Sie werden sich erinnern, daß ich Ihnen gesagt habe, ich hätte ihn gesehen?«
»Er ist jetzt hinter Ihnen her, Master«, sagte MacLeod ernst. »Ich habe ihn auch gesehen, auf der Straße von General Wade. Und vor kaum einer Minute war er noch hier. Er verfolgt Sie, Sir. Und noch zwei von seinem Schlag – alles üble Kerle, wie tollwütige Hunde.«
»Ich habe Cole und Lockerbie an meiner Seite, und ich glaube, wir wissen uns zu helfen! Ich habe Ihnen die Sorge um Miss MacTavish aufgetragen. Sie war in der Höhle in Sicherheit, und –«
»Sie war nicht in Sicherheit, Sir«, sagte MacLeod ruhig. »Ich hab's der Lady nicht gesagt, weil ich ihr nicht noch mehr Kummer machen wollte. Nachdem Sie fort sind, haben die Spähtrupps berichtet, daß Rotröcke unterwegs waren. Eine ganze Menge. Alle sind

geradewegs auf das kleine Tal zugeritten. Angus Fraser hat gedacht, wir seien verraten worden, und wollte schon die Männer wecken und schauen, ob sie nicht über die Felsspitze entkommen könnten.«

Delacourt stöhnte verzweifelt auf. »Wahnsinn! Man kann nur hoffen, daß er an dieser Idee nicht festgehalten hat! Die Soldaten bewegen sich wahrscheinlich in diese Richtung, weil man glaubt, euer Prinz sei auf dem Weg zum westlichen Meer gesehen worden. Ich habe keinen Zweifel, daß die Soldaten an der Höhle vorbeireiten und keinerlei Verdacht hegen, daß unsere Leute dort sind.« Schäumend vor Wut, warf er einen Blick auf Prudence. »Sehen Sie das arme Mädchen bloß an! Ganz voller Schmutz und abgerissen, und sieht aus, als hätte man sie durch einen Stachelbeerbusch geschleift!«

»Jetzt reicht es! Sie undankbarer Kerl!« Prudence richtete sich auf, kochend vor Zorn. »Wir haben Leib und Leben riskiert, uns abgekämpft, die Berge hinaufzukommen, und wären auf der anderen Seite fast wieder heruntergefallen! Haben uns um Ihretwillen die armen Füße aufgerissen, und alles, was Sie sagen können, ist —«

»Danke«, unterbrach er sie, packte sie an den Schultern und lächelte sie warm an. »Armes kleines Mädchen. Ich bin wirklich ein undankbarer Kerl! Aber — es tut mir leid, meine Liebe — ich kann nicht hier herumtrödeln, sonst holen wir unsere Beute nie ein.«

»Beute . . .? Haben Sie unsere Warnungen nicht gehört, daß Sie gejagt werden?«

Er warf einen Blick auf MacLeod. »Heben Sie die Lady in den Sattel, bitte.« Er setzte hinzu: »Sie irren sich, Ma'am. Wir verfolgen *sie*, nicht umgekehrt.«

»Verfolgen — *sie?*« wiederholte sie benommen, ordnete ihre Röcke und nahm die Zügel, die er ihr reichte.

»Ja. Und das ist ein glücklicher Zufall, sonst hätten wir Sie wahrscheinlich verpaßt. Haben Sie ein Pony, MacLeod? Wir müssen uns beeilen.«

»Es ist nicht nötig, ihnen zu folgen«, sagte Prudence. »MacLeod kennt diese Gegend außerordentlich gut, Captain. Er kann uns sicher zum Loch nan Uamh führen, keine Sorge.«

»Da Sie uns hier überholt haben, obwohl wir vor Ihnen aufgebrochen sind, hege ich daran keinen Zweifel.« Er setzte den Fuß in den Steigbügel und schwang sich hinter ihr in den Sattel. »Wir müssen uns so leise wie möglich bewegen. Sie sind halb betrunken, aber es wäre mir lieber, sie würden uns nicht kommen hören. Cole, schleich dich voran und diene uns als Späher.«

Cole nickte und trieb sein Pony vorbei.

»Delacourt«, sagte Prudence und verrenkte sich den Hals, um ihn anzusehen, »hören Sie nie darauf, was man Ihnen zu sagen versucht?«

Er legte den Arm fester um sie, und seine dunklen Augen blinzelten höchst entwaffnend in die ihren. »Doch, meine Liebe. Aber ich folge diesen viehischen Kerlen nicht deswegen, weil ich den Weg zum Loch nan Uamh wissen will.«

»Der Captain ist wieder einmal dabei, jemanden zu retten, Mistress«, sagte Lockerbie trocken.

Prudence schnappte nach Luft. »Was? Geoffrey, sind Sie völlig verrückt? In diesen Bergen wimmelt es von Soldaten. Sie dürfen nicht wegen dieses armen Jungen Ihr Leben aufs Spiel setzen.«

Er klatschte Braw Blue die Zügel auf den Hals. »Ich habe es für Ihre Leute aufs Spiel gesetzt, Ma'am. Ich will nicht, daß einer von meinen von diesem Aas umgebracht wird.«

Voll Bewunderung für seinen Mut und voll Angst um seine Sicherheit schrie sie: »Es wäre Ihnen lieber, sie ermordeten mich, nehme ich an?«

»Es wäre mir lieber gewesen, Sie wären in der kleinen Höhle geblieben. Vielleicht wäre das am besten, und wir könnten Sie später wieder abholen – wenn wir bei diesem Versuch nicht alle umkommen.«

Er machte Anstalten, den großen Grauen anzuhalten, und Prudence grub ihm die Fingernägel ins Handgelenk. »Wagen Sie das nicht!« zischte sie.

Zehn Minuten später kamen die Prämienjäger in Sicht. Die drei

Schotten ritten in leichtem Trab und stritten anscheinend, denn plötzlich lehnte sich der, den sie Zeke nannten, über den Sattel und versetzte seinem Kumpan einen Stoß, der von knurrendem Gefluche beantwortet wurde. Ihr Gefangener stolperte hinter ihnen her, aber als die Gruppe, die sie verfolgte, näher kam, fiel er erneut hin und kämpfte sich schwach wieder auf die Füße.

Delacourt fluchte leise.

MacLeod flüsterte: »Was sollen wir tun, Sir?«

»Wir können nicht schießen, Captain«, warnte Lockerbie, der den Hochländer voll Abneigung beäugte. »Wenn wir ein Gewehr abfeuern, locken wir die Rotröcke her — ganz sicher.«

Cole, der auf sie gewartet hatte, meinte: »Sie haben weiter vorn einen Bauernhof entdeckt, Sir. Ich glaube, sie werden sich entschließen, anzuhalten und zu versuchen, dort etwas zu essen zu finden.«

»Gut. Binden wir die Pferde fest und versuchen, näher heranzukommen.«

Prudence wurde streng ermahnt, bei den Ponys zu bleiben, aber als die Männer davonschlichen, schlich sie ihnen nach.

Die Prämienjäger waren abgestiegen, und Zeke beugte sich über die zusammengekauerte Gestalt des Soldaten. »Er lebt«, brummte er. »Aber ich zweifle dran, daß er uns in der nächsten Zeit mit unverschämten Reden kommt.«

Der Mann, der Jem genannt wurde, gesellte sich zu seinem Kumpanen. »Fessel ihn am besten.«

Delacourt flüsterte: »Sie sind alle beieinander. Wir können jetzt los, obwohl es besser wäre, wenn sie abgelenkt würden.«

»Sie werden abgelenkt«, sagte Prudence, und bevor einer von ihnen sie aufhalten konnte, rannte sie den Weg hinunter, deutlich für die Prämienjäger zu sehen. *»Hilfe!«* schrie sie. »Oh — helfen Sie mir, bitte!«

Sie reagierten alle gleichzeitig, kauerten sich kampfbereit nieder, die Waffen schienen ihnen in die Hände zu springen. Zeke richtete die Muskete unfehlbar auf Prudence.

Mit bebendem Herzen rannte sie weiter und streckte die Hände aus. »Rotröcke kommen auf unseren Hof zu«, keuchte sie. »Ich bin verloren. Wollen Sie mir nicht helfen?«

Sie richteten sich auf, und auf ihren rohen Gesichtern erschien ein Grinsen, als sie sahen, wie jung und schön das Mädchen war, das auf sie zukam.

Zeke nahm die Muskete herunter. »Wo hast du das hübsche Kleid her, Mädchen?«

»Komm nur her«, lud Jem sie ein. »Wir werden uns schon um dich kümmern.«

Kichernd, aber mit gierigen Augen steckte der bleiche Mann seinen Dolch in die Scheide zurück.

Der junge Rotrock stützte sich auf dem Ellbogen auf. »Rennen Sie, Miss«, krächzte er schwach. »Rennen Sie, bevor sie —«

Zeke streckte ihn mit einem gut plazierten Tritt nieder. »Ruhe«, sagte er überflüssigerweise. »Wir wissen, wie man mit Sassenachs umgeht, siehst du, Mädchen. Komm her.«

Prudence zögerte und rückte scheinbar unsicher näher an den Felsen und drückte sich an ihm entlang, gegenüber von den dreien, die sie hämisch beobachteten. »Sie — Sie sind doch gute Schotten?« stammelte sie.

»Na klar doch! Wir sind unheimlich gut«, bekräftigte der bleiche Kerl, was seinen Kumpanen schallendes Gelächter entlockte.

Sie begannen auf sie zuzugehen. Aus den Augenwinkeln konnte sie sehen, wie Delacourt und die anderen sich heranschlichen. Die drei Prämienjäger kamen näher, und als bekäme sie plötzlich Angst, rannte sie an ihnen vorbei.

Wie der Blitz waren sie hinter ihr her, und ihr gleichzeitiger Sprung gab MacLeod, der auf einen Felsen hinter ihnen geklettert war, die Gelegenheit, die er brauchte. Das Netz, das er auf Delacourts Geheiß geknüpft hatte, schnellte hoch und senkte sich auf die Kopfgeldjäger nieder. Drei Möchtegern-Vergewaltiger fanden sich in einem Gewirr aus festen, beschwerten Maschen wieder. Ihre lüsternen Hurrarufe verwandelten sich in Schreie wütender Bestürzung. Aber sie waren immerhin keine einfachen Krieger, sondern hartgesottene Mörder, kampferprobt in zahllosen grausamen Überfällen. Zekes Dolch blitzte auf, und das Netz wurde auseinandergeschnitten, sein Schwert schien ihm wie von selbst in die andere Hand zu springen. Die eigene Waffe kampfbereit, sprang Delacourt zum Angriff, während Cole dem zähnefletschenden Bleichen einen Faustschlag ins Gesicht versetzte und sich Lockerbie, der neben der massigen Gestalt des bärtigen Jem schmächtig wirkte, mit grimmiger Wildheit in den Kampf stürzte.

Der bleiche Kerl taumelte und schlug Cole seinen Prügel mit einem brutalen Hieb unter die Rippen. Cole keuchte und krümmte sich zusammen, der Dolch des Bleichen schnellte nach vorn, und Cole fiel zu Boden und hielt sich den Arm. Der Bleiche sprang über ihn hinweg, um seinen Angriff auf Delacourt auszudehnen. Hart bedrängt, ließ Delacourt sein Schwert in einer Glissade auf Zekes Klinge sausen, die dem Prämienjäger die Waffe aus der Hand schleuderte, aber der Bleiche schwang den schweren Knüppel pfeifend über seinem Kopf, und Delacourt mußte mit einem verzweifelten Satz zur Seite springen, um ihm auszuweichen. Im selben Augenblick riß Zeke den Dolch hoch und sprang Delacourt an. Der herabsausende Knüppel traf ihn genau an der Schulter. Wilde Flüche ausstoßend, wich er zurück, während der Bleiche ihn bestürzt anglotzte. Gleichzeitig wurde Lockerbie niedergeknüppelt. Jem blickte triumphierend auf, sah aber eine Stahlklinge vor sich aufblitzen, und dahinter ein grimmiges Gesicht. Er zuckte zurück, doch Delacourt machte einen Ausfall nach vorn, und Jem heulte auf und fiel zu Boden. Mit einer Parade sprang Delacourt aus der Reichweite seiner Fäuste und wirbelte herum, da er wußte, daß der Bleiche hinter ihm war. Der niedersausende Knüppel, der ihm den Schädel eingeschlagen hätte, streifte ihn nur, und er ging zu Boden, während das Tal sich wie wahnsinnig um ihn zu drehen schien.

Da ertönte der Kriegsruf der Hochländer, und Stuart MacLeod stürzte den Abhang hinunter und schrie: »Das hättest du besser nicht getan, Mann!« Der Bleiche, der den Dolch hob, um damit nach Delacourt zu stoßen, wurde von hinten gepackt, nach oben gerissen und kreischend gegen den vorstoßenden Zeke geschleudert. Sie fielen um wie die Kegel, doch Zeke rollte herum und war gleich wieder auf den Füßen. Benommen, aber ohne nachzulassen, hob Delacourt einen Felsbrocken auf und schleuderte ihn Zeke auf die Füße. Zeke hüpfte und heulte auf. MacLeod versetzte ihm einen vernichtenden Aufwärtshaken. Zeke machte noch drei schnelle, kunstvolle Schritte auf den Zehenspitzen nach rückwärts und ging wie ein gefällter Baum zu Boden. Jem war außer Gefecht gesetzt, aber der Bleiche zappelte noch schwach herum. MacLeod brachte ihn mit einem kräftigen Nackenschlag zum Schweigen.

Zitternd flog Prudence zu Delacourt hinüber und kniete sich neben ihn. Seine Schläfe war gerötet und geprellt, aber trotz seiner Schlagseite grinste er sie an. MacLeod kam herüber, Delacourt hob die Hand und wurde auf die Füße gezogen. »Ist der Feind ... eine Zeitlang außer ... Gefecht?« fragte er, unsicher hin- und herschwankend.

»Vollkommen außer Gefecht«, antwortete MacLeod kichernd.

Delacourt drehte sich zu Prudence um. »Ich danke Ihnen, meine standhafte Amazone. Würden Sie sich bitte um den armen Cole kümmern?«

Nachdem sie noch einen ängstlich prüfenden Blick auf sein Gesicht geworfen hatte, eilte sie, um für den Pferdeknecht zu tun, was sie vermochte.

Delacourt und MacLeod gingen zu Lockerbie, der sich gerade aufsetzte und leise fluchend den Kopf hielt. Abgesehen von einer dicken Beule über dem Ohr schien er nicht schlimm verletzt, und er versicherte ihnen, er könne »im Nu« wieder weiterreiten. Delacourt schickte MacLeod los, um die Kopfgeldjäger zusammenzufesseln und Jems Wunde zu verbinden, dann hob er einen der Dolche auf und wandte seine Aufmerksamkeit dem jungen Gefangenen zu. Der Junge hatte sich aufgesetzt und sah sehr mitgenommen aus, aber er blickte ihn überglücklich an.

»Sir«, sagte er, als Delacourt sich neben ihn kniete, »ich weiß nicht, wer Sie sind, aber — Gott segne Sie! Ich habe schon gedacht, ich sei erledigt!«

»Sie haben Sie nicht gerade mit liebevoller Sanftmut behandelt«, bemerkte Delacourt und schnitt die Stricke durch, mit denen die Hände des Jungen gefesselt waren. »Wie haben sie es fertiggebracht, Sie von Ihrer Truppe zu trennen?«

Das Leuchten auf dem jungen Gesicht verschwand. »Ich — äh, ich war allein, Sir. Sie sind Engländer, nicht wahr?«

»Ja.« Delacourt wickelte den festen Strick von den Händen des Gefangenen und stellte sich vor, wobei er seinen Rang verschwieg, aber hinzufügte: »Ich fürchte, wir können Sie nicht zu Ihrem Regiment zurückbegleiten.« Er sah das verräterische Erröten auf den zerschlagenen Gesichtszügen und fuhr ruhig fort: »Das heißt, wenn Sie sich Ihrem Regiment wieder anschließen wollen.«

MacLeod kam auf sie zu und beobachtete sie. Der Junge schwieg mit gesenktem Blick.

»Dürfen wir Ihren Namen erfahren?« fragte Delacourt.

Ein gedämpftes Murmeln kam als Antwort. »Percy Nelson.«

MacLeod knurrte: »Sir, ist Ihnen nichts passiert? Bei dem Schlag, den Sie wegen diesem undankbaren jungen Hund eingesteckt haben, hat's in Ihrem Kopf bestimmt ganz schön gebimmelt.«

»Ich bin nicht undankbar!« Der blonde Kopf hob sich, und die grauen Augen funkelten ärgerlich. »Ich glaube nur, daß ich Sie schon einmal gesehen habe, Sir. Bei Prestonpans. Und Sie sind ein Captain.«

»Donnerwetter, Sie haben recht! Was für ein Gedächtnis.«

»Nun, ich habe Sie im Einsatz gesehen, Sir.« Er seufzte, dann fuhr er in hoffnungslosem Ton fort: »Ich nehme an, ich muß verhaftet werden, dann können es genausogut gleich Sie machen.«

MacLeod schnaubte verächtlich.

Delacourt sagte: »Sie sind desertiert, nicht wahr?«

Nelson sah ihm in die Augen und sagte unglücklich: »Nicht, weil ich Angst hatte, wenn Sie das glauben! Ich habe bei Prestonpans gedient, und auch bei diesem fürchterlichen Massaker von Culloden. Ich glaubte, damit sei es vorbei.« Seine Augen glitten hinüber zu Prudence, die sich in einem nahegelegenen Flüßchen die Hände wusch. »Ich habe es nicht begriffen«, murmelte er, halb zu sich selbst. »Ich wurde Soldat, um meinem Land zu dienen. Ich hatte keine Angst zu kämpfen. Aber — bei Gott! Ich bin nicht Soldat geworden, um hilflose Frauen und Kinder umzubringen. Noch um ...« Er schloß die Augen, wie um Bilder zu verscheuchen, die zu schrecklich anzusehen waren. »Mein Gott! Wenn ich erschossen werden muß, weil ich vor dem Schlächter Cumberland desertiert bin, dann erschießen Sie mich jetzt, dann ist es vorbei!« Mit einem verzweifelt flehenden Blick sah er zu Delacourt auf. »Tun Sie es, Sir! Es wäre barmherziger als — als mich zurückzuschicken, zu Schande und Exekution.«

»Nun, MacLeod«, sagte Delacourt ernst, »was meinen Sie dazu?«

»Ich bin kein großer Denker, Sir. Was Sie auch sagen, das genügt mir. Jetzt und auch in Zukunft.« Er wurde rot, als Delacourt ihm einen überraschten Blick zuwarf, aber er sagte starrsinnig: »So lang ich lebe, Sir.«

»Was soll das alles?« fragte Delacourt. »Hier, geben Sie mir die Hand und helfen Sie mir hoch.«

Sofort zog MacLeods starker Arm ihn auf die Beine. Delacourts Kopf schmerzte, und einen Augenblick fühlte er sich benommen. Prudence, die ihn beobachtete, während sie einen behelfsmäßigen Verband um Coles Arm mit einem Knoten befestigte, rief: »Sie haben sich zu viel zugemutet! Es geht Ihnen nicht gut genug, um —«

»Nicht gut genug? Liebes Mädchen, mir geht es so gut, daß ich es kaum glauben kann!« Er ergriff die muskulöse Hand, die auf seinem Arm lag, und sagte eindringlich: »Stuart MacLeod, wenn Sie sich immer noch Vorwürfe machen, weil Sie mich niedergeschlagen haben, dann machen Sie sich bitte klar, daß dieser Hieb mir das Leben gerettet hat. Nein, Mann! Ich bin nicht verrückt — ich meine es ernst. Wirklich, ich weiß nicht, wie ich Ihnen danken soll.«

MacLeod sah hinüber zu Prudence und stammelte: »Nein, Sir. Ich weiß, daß Sie freundlich sind und mir das Herz leichter machen wollen, aber —«

»Den Teufel tue ich! Es ist so, ich sage es Ihnen. Ich habe immer gewußt, daß meine Wunde nicht richtig verheilte. Sie quälte mich immer mehr, und ich hatte das Gefühl, daß etwas Scharfes mir die Brust einengte. Mein Arzt ließ durchblicken, daß ich nicht — nun, daß es nur eine Frage der Zeit sei. Als ich wieder zu Bewußtsein kam, nachdem Sie mich zu Fall gebracht hatten, dauerte es noch ein paar Tage, bis ich bemerkte, daß dieses beengende Gefühl weg war. Lieber Gott, wenn Sie bloß wüßten, wie großartig es ist, sich gesund zu fühlen! Zu fühlen, daß meine Kraft zurückkehrt. Sie haben mir die Gesundheit zurückgegeben, Sie Riesendummkopf! Wollen Sie mir *jetzt* glauben?« Er streckte die Hand aus und sagte unsicher: »Und mir erlauben, Ihnen zu danken.«

MacLeod zögerte, dann ergriff er schüchtern Delacourts Hand. »Wenn das so ist, wie Sie sagen, dann könnt' ich nicht dankbarer sein. Weil, wenn Ligun Doone nicht gewesen wär', dann hätte ich meine ganze Familie verloren, kein Zweifel. Sie werden mich nicht mehr los, außer —«

»Ligun... Doone...?« keuchte Nelson, der es geschafft hatte, auf die Knie zu kommen, und diesem Gespräch mit wachsender Aufregung zugehört hatte. »Sir? Captain, wollen Sie sagen daß *Sie* Ligun Doone sind?«

MacLeod stöhnte und schlug sich mit der Hand auf den unachtsamen Mund.

»Liebe Güte«, seufzte Delacourt.

Lockerbie kam herüber, das blasse Gesicht finster, und die Muskete auf den jungen Soldaten gerichtet. »Sie mit Ihrer unvorsichtigen Zunge, Sie Esel«, knurrte er und funkelte MacLeod an. »Jetzt müssen wir diesen Burschen erschießen!«

»Ganz und gar nicht!« sagte Delacourt scharf.

»Wenn Ihr Leben gegen das von diesem Sassenach steht, Sir«, sagte MacLeod, »dann müssen Sie überlegen und daran denken, daß da auch noch die Belohnung ist, wissen Sie.«

»Als ob ich die anrühren würde«, sagte Nelson empört. »Und wie sollte ich sie verlangen? Ich bin ein Deserteur.«

Besorgt schaltete Prudence sich ein. »Sie könnten Verwandte von

Ihnen schicken, um sie zu fordern, wenn der Captain Sie laufenläßt.«

»Nun, Sie können sicher sein, daß ich das nicht tun würde!« Nelson kämpfte sich auf die Beine, hüpfte aber nur schmerzvoll und sank wieder zu Boden. »Sir«, sagte er verzweifelt, »Ich gebe Ihnen meinen Eid! Sie wissen ja gar nicht, wie froh ich bin. Zu denken, daß Ligun Doone ein Engländer ist und soviel Gutes getan hat. Ich würde Sie nie verraten!«

»Leicht gesagt.« Cole gesellte sich mit abgespanntem Gesicht zu ihnen; durch den improvisierten Verband, den Prudence ihm angelegt hatte, drang bereits ein roter Fleck. »Ihre widerwärtigen Freunde fangen an, sich zu rühren. Es ist höchste Zeit, daß wir uns auf den Weg machen.«

Delacourt drehte sich um und warf einen Blick auf die überwältigten Kerle. »Was zum Teufel sollen wir mit diesen Trotteln anstellen?«

Nelson sagte: »Sir, wenn Sie gesehen hätten, was ich gesehen habe, dann würden Sie der Welt einen Gefallen tun und sie kurzerhand erschießen.«

Die übrigen äußerten ihre Zustimmung zu diesem Empfinden, doch Delacourt schüttelte den Kopf. »Wahrscheinlich habt ihr recht, aber ich übernehme nicht gern die Rolle des Scharfrichters. Ich wünschte bei Gott, daß ich sie einem Militärgericht übergeben könnte.«

»Einem, das Cumberland einberufen hat?« spottete Prudence. »Ha!«

Schließlich befahl Delacourt Stuart MacLeod, den Kopfgeldjägern sämtliche Waffen und Wertsachen abzunehmen und sie in die Höhle zu werfen. Und mit einem Gedanken an seine eigenen wunden Fersen fügte er hinzu: »Und ziehen Sie ihnen die Schuhe aus!«

Es dämmerte, als sie ihren unterbrochenen Ritt wieder aufnahmen, MacLeod weit vorn an der Spitze, Nelson auf einem ihrer erbeuteten Pferde, hinter ihm Delacourt und Prudence; Lockerbie und Cole bildeten die Nachhut.

XVIII

Einige Meilen ritt die kleine Gruppe schweigend vor sich hin, und alle spitzten die Ohren nach eventuellen Geräuschen von anderen Reitern. Als es nötig wurde, die Pferde zu führen, waren sie mehr als vorher ein trauriger Haufen; Lockerbies verletzter Kopf ließ ihn zeitweise so benommen werden, daß Cole, der selbst geschwächt war, ihn stützen mußte, und MacLeod trug mehr oder weniger den jungen Nelson, dessen rechtes Bein so geprellt war, daß er es kaum aushielt, den Fuß auf den Boden zu setzen. Delacourts Kopf pochte unablässig, aber das war ein so geringfügiges Unbehagen, verglichen mit dem Elend, dem er entkommen war, daß er es kaum beachtete. Seine Hauptsorge galt Prudence. Sie kämpfte sich tapfer vorwärts, aber mit jeder Meile schien der Weg noch beschwerlicher zu werden, und für sie alle war die Müdigkeit ein beängstigender Feind. Den Arm um Prudence gelegt, blickte Delacourt den erschreckenden Paß hinauf, den sie ersteigen mußten, und war voll Sorge, dem Mädchen einen solchen Aufstieg zuzumuten.

Nelson sah sein Gesicht und spähte ebenfalls nach oben. »Heiliger Jesus!« keuchte er. »Sir — Sie müssen doch nicht etwa zum Loch nan Uamh?«

»Doch. Kennen Sie die Gegend?«

»Ich kenne sie gut, und ich weiß auch, daß sie geradezu von Truppen strotzt. Man glaubt, daß der junge Thronprätendent —«

»Meinen Sie Prinz Charles Edward Stuart?« fragte MacLeod ärgerlich.

»Na, aber natürlich meine ich den! Wer sonst könnte —«

»Machen Sie sich nichts draus«, sagte Delacourt. »Was glaubt man über den Prinzen?«

»Daß er nach den Inseln gesegelt ist, aber mit einer neuen Armee zurückkommt und am Loch nan Uamh landen wird. Sir, wenn Sie dorthin reiten, ist Ihr Leben keinen Heller mehr wert! Wenn diese Kopfgeldjäger wußten, wer Sie sind —«

»Sie *kannten* mich?« fragte Delacourt, der MacLeod einholte und stehenblieb und immer noch Prudence, die nahe am Umfallen war, mit seinem Arm stützte. »Meinen Sie, daß sie *wußten*, daß ich Ligun Doone bin?«

»Nun, sie müssen es gewußt haben, Sir. Ich habe mehrere Male gehört, wie sie davon sprachen, *den Engländer kaltzumachen*, obwohl ich damals noch nicht wußte, daß Sie damit gemeint waren.«

MacLeod brummte: »Dann können wir es nicht wagen, dorthin zu reiten.«

Delacourt sagte einen Augenblick lang nichts, dann erwiderte er: »Aber *Sie* könnten vielleicht durchkommen und Miss MacTavish auf ein Schiff bringen?«

»Ich werde mich nicht allein davonmachen«, erklärte Prudence, und der Zorn ließ ihre Augen wieder glänzen.

»Seien Sie ruhig«, sagte Delacourt. »Was ist, MacLeod?«

»Ich hab meine Zweifel, Sir. Wenn es am Loch vor Rotröcken wimmelt, wird wahrscheinlich jedes Schiff überwacht.«

»Und es ist auch nicht nötig«, warf Nelson ein. »Captain, meine Tante hat einen schottischen Gentleman geheiratet. Sie haben einen hübschen kleinen Hof an der Küste, keine zehn Meilen von hier, und mein Onkel — ein guter Mann — fischt in der See vor den Hebriden und fährt manchmal bis Irland. Ich habe dort viele Sommer verbracht. Ich habe versucht, den Hof zu erreichen, als die Kopfgeldjäger mich erwischt haben.«

»Ha!« rief Lockerbie hocherfreut aus. »Junge, hat Ihr Onkel sein eigenes Boot?«

»Ja. Er und meine Cousins haben es selbst gebaut, und es ist ein ganz prima Boot. Stabil und ausgerüstet für Fahrten zur See.«

»Was für ein Glück, daß wir Sie gefunden haben, Percy«, sagte Delacourt. »Dann führen Sie uns hin.«

Später brachte Prudence nie ein klares Bild zustande, wenn sie versuchte, sich an dieses letzte Stück ihres Rittes zu erinnern. Sie wußte noch, daß es endlos und scheußlich gewesen war, und doch erfüllt von einer besonderen, tiefen Freude, weil es so schien, als wäre ihr Liebster gerettet und würde schließlich, mit Gottes Gnade, doch noch überleben. Sie erinnerte sich an Kälte, Wind und ein eisiges Nieseln, daran, daß ihre Füße im Schlamm rutschten oder sich an Felsbrocken stießen, und als sie dachte, sie könne keinen einzigen Schritt mehr vorwärts, schlug MacLeod vor, daß sie sich ein kleines bißchen ausruhen sollten, »denn da oben wird's ein bißchen schwierig, Sir«. Danach erinnerte sie sich verschwommen an eine schreckliche Anstrengung, durch die Geoffreys Stimme drang, der sie ermutigte und unterstützte, bis selbst dieses Bild in Dunkelheit versank.

Ihre Erinnerung setzte wieder ein bei einem winzigen Holzbett in einem kleinen, dürftigen Zimmer, mit einem Waschständer auf der einen Seite und einem kleinen Schrank und einer abgenutzten Kommode auf der anderen. Ein besonders scheußliches Bild von einem verzagt dreinschauenden Pferd zierte den Platz zwischen zwei schmalen Fenstern, und eine große, knochige Frau zog die knapp abgemessenen Vorhänge zurück, um windgeschüttelte Bäume und einen stürmischen grauen Himmel zu enthüllen.

»Sie müssen Percys Tante sein«, sagte Prudence.

Die Frau wirbelte herum. Sie hatte schütteres blondes Haar, das so straff zu einem Knoten nach hinten zusammengefaßt war, daß es schien, als würden ihre Augenbrauen nach oben gezogen. Ihr Gesicht war scharf geschnitten und kaum anziehend, und ihr Teint blaß, aber ihr Mund lächelte warm, und ihre haselnußbraunen Augen strahlten so willkommenheißend, daß Prudence sie in der Tat für sehr hübsch hielt.

»Ja, mein armes Kleines«, sagte sie und eilte ans Bett. »Ich bin Mrs. Nutthall und kann gar nicht sagen, wie stolz ich darauf bin, Sie hier zu haben, obwohl es wenig genug ist, was ich Ihnen anbieten kann, verglichen mit dem Luxus, den Sie gewohnt sind.

Oder auch er selbst. So ein feiner Gentleman, und heute morgen geht es ihm viel besser.«
Alarmiert von dieser bedenklichen Bemerkung, begann Prudence rasch, die Bettdecken zurückzuwerfen, deckte sich aber wieder zu, als es klopfte und MacLeod mit ängstlichem Gesicht hereinkam, Tasse und Untertasse in der einen seiner großen Hände, und einen Teller Haferküchlein mit Butter in der anderen.
»Ah, endlich sind Sie doch wach, kleine Mistress«, sagte er und lächelte sie an.
Sie setzte sich auf, wünschte ihm einen guten Morgen und wollte wissen, ob es Captain Delacourt gut ginge.
»Jawohl«, sagte MacLeod und reichte Prudence die Teetasse.
»Armes Mädchen, Sie müssen halb verschmachtet sein«, sagte Mrs. Nutthall besorgt, nahm den Teller und stellte ihn Prudence vorsichtig auf den Schoß. »Möchten Sie vielleicht ein bißchen Marmelade zu Ihren Küchlein? Ich habe selbstgemachte.«
»Oh, wie großzügig Sie sind. Ich möchte nicht Ihre Vorräte aufessen.«
Die freundliche Frau strahlte sie an und eilte aus dem Zimmer, um außerdem noch heißes Wasser zu holen, wie sie sagte, da die hübsche Lady gestern abend zu müde gewesen sei, sich zu waschen.
Sofort kam MacLeod ans Bett. »Ich sag Ihnen nur ganz schnell Bescheid, weil die Lady gleich wieder dasein wird, und ihre Zunge läuft wie geölt, kein Zweifel. Wissen Sie noch, wie wir vom Berg heruntergekommen sind, und Cole hingefallen ist?«
»Nein! Himmel! Ist alles in Ordnung mit ihm?«
»Ein bißchen mitgenommen ist er. Ich habe den armen Kerl getragen, weil das ein Kinderspiel war, sobald wir auf ebenem Boden waren, wissen Sie. Nelson war völlig erschöpft, aber er hat uns tapfer geführt, und das war nicht schlecht. Als wir zum Hof gekommen sind, ist der Junge zuerst hineingegangen, und dann kam sein Onkel herausgerannt und hat uns alle hineingebeten. Der Captain war fröhlich, aber so ganz lebendig hat er nicht ausgesehen, als wir in die Scheune kamen. Ich habe den armen Cole auf dem Heu abgesetzt, und der Captain hat mir Sie vom Pferd herunterge-

reicht, aber er selbst konnte nicht absteigen. Ich habe ihn aufgefangen — er ist auf einmal heruntergepurzelt. Ich war ein bißchen erschrocken, aber es war nur die Erschöpfung, kein Wunder. Wir haben ihm ein schönes Bett in der Scheune gemacht, zusammen mit Lockerbie und mir. Bis heute früh hat er sich kein einziges Mal gerührt, aber jetzt ist er draußen, und —«

»Draußen!« Prudence war erleichtert genug, um ihren Tee zu trinken und hungrig von einem Haferküchlein ohne Marmelade abzubeißen. »Es sind doch keine Soldaten in der Nähe?«

»Der Bauer, Mr. Nutthall, sagt, daß sie um den Loch herum dicht wie die Fliegen sitzen, und daß sie ein- oder zweimal hier heraus gekommen sind, aber weil seine Frau Engländerin ist, werden sie jetzt in Ruhe gelassen.«

Prudence dachte: *Bis jetzt...*

Für mehr war keine Zeit. Mrs. Nutthall kam wieder geschäftig hereingeeilt. Sie war eine weichherzige Frau und überwältigt von Dankbarkeit, weil ihr geliebter Neffe ihnen erzählt hatte, daß er desertiert war, und daß Captain Delacourt und seine Freunde deshalb in einem so traurigen Zustand waren, weil sie ihn aus den Händen der Kopfgeldjäger befreit hatten.

»Er ist kein schlechter Junge, Ma'am«, sagte die Lady ernst und löffelte eine großzügige Portion Marmelade auf Prudences Teller, »aber er ist erzogen worden wie ein Gentleman, und wenn das alles wahr ist, was wir über den Duke of Cumberland hören, dann würde ich Percy geringer schätzen, wenn er *nicht* vor solchen üblen Dingen desertiert wäre. Er hat uns gesagt, daß Sie in großen Schwierigkeiten sind, weil Sie ihm geholfen haben, aber es gibt keinen Grund, sich Sorgen zu machen. Mein Mann ist ein guter Bootsmann, und wir haben ein prächtiges Boot, das Sie alle sicher nach Hause bringen wird, keine Angst. Ihrem Mann geht es viel besser heute morgen, ich freu' mich, Ihnen das zu sagen und — Hoppla! Machen Sie sich keine Gedanken, Ma'am. Ein bißchen Marmelade auf dem Überzug macht nichts. Sehen Sie, der Fleck paßt sogar zum Muster. Ich habe die Überzüge selbst genäht. Ich bin eine sehr gute Schneiderin, wenn ich das selbst von mir sagen darf. Und Sie haben einen Engländer geheiratet? Schauen Sie nur uns an – ich bin mit einem Schotten verheiratet, und bei Ihnen und Ihrem Mann ist es umgekehrt. Er ist ein gutaussehender junger Mann, Ihr Gatte, und machen Sie sich keine Sorgen um ihn oder um Ihre Diener. Der Bursche mit dem verletzten Arm ruht sich noch aus, weil er ganz schönes Fieber hatte, als man ihn hereingetragen hat, und es ist eine häßliche Wunde, aber es geht ihm schon besser ...«

Und weiter redete sie, teilte Prudence ein hübsches Quentchen an Neuigkeiten mit und enthob dabei das Fräulein der Notwendigkeit, mehr zu tun als zu nicken, sich über ihre plötzliche und unerwartete Heirat zu wundern und ihr Frühstück zu essen.

Sobald sie allein war, wusch sie sich und zog sich an. Ihre leichten Schuhe waren hoffnungslos zerrissen, aber Mrs. Nutthall versorgte sie mit einem nützlichen Paar Holzpantinen, und mit zusätzlichen dicken Socken – denn ihre eigenen Strümpfe waren ruiniert – paßten ihr die Holzschuhe sogar ganz gut. Ihr Kleid war gewaschen worden und die größeren Risse ordentlich geflickt, und als sie ihre wirren Locken ausgebürstet und so frisiert hatte, daß sie von einem Knoten auf ihrem Kopf herabfielen, fühlte sie sich wieder halbwegs wie ein Mensch.

Sie traf auf Percy Nelson, der in der blitzsauberen Küche mit seiner Tante schwatzte. Mrs. Nutthall nähte fleißig an einem hellgrünen Wollkleid, das für eine Seereise besser passe als Prudences Seidenkleid, erklärte sie. Sie wollte keinen Dank hören und eilte davon, um einen Schal zu suchen, damit ihr Gast nach draußen gehen konnte. Percy sah gründlich mitgenommen aus, aber er stand auf und grüßte Prudence mit scheuer Höflichkeit. Seine Tante kam zurück, um Prudence den Schal um die Schultern zu legen, und Percy, der sich schwer auf einen Spazierstock stützte, ging durchs Wohnzimmer voran auf den Hof hinaus. »Mein Onkel hat den Captain mitgenommen, um ihm sein Boot zu zeigen, Miss MacTavish, und –«

»Mrs. Delacourt«, korrigierte sie ihn.

Er grinste. »Oh – natürlich. Wir – äh, wir hielten es so für besser. Wie ... die Dinge stehen, wissen Sie.«

»Sehr klug. Glauben Sie, Ihr Onkel wird uns nach England bringen?«
»Ich kann es nicht sagen. Sie müssen so vorsichtig sein. Es wird kompliziert sein, aber« — er blickte zum stürmischen Himmel auf — »wenn das Wetter umschlägt — Oh, da kommen sie, Miss.«
Prudence verließ den Schutz des überhängenden Daches und trat hinaus in den Wind, um Delacourt entgegenzugehen, der zusammen mit einem sehr dicken Mann mittleren Alters von einer Baumgruppe her den Hügel heraufkam.
Delacourt sah müde aus, dachte sie, aber seine Augen leuchteten auf, als er sie sah, und sie konnte sich nur mit Mühe zurückhalten, sich nicht in seine Arme zu stürzen. Sie gab ihm die Hand, die er einen Augenblick lang wortlos festhielt, und seine Augen trafen die ihren, bevor er ihre Hand an seine Lippen preßte.
Mr. Nutthall lachte leise, wobei sein Bauch auf und ab hüpfte. »Ist noch kein Jahr her, daß Sie im Ehestand sind, das sieht man«, sagte er herzlich. Er verbeugte sich leicht, als Delacourt Prudence vorstellte, deren Wangen sich mit leichter Röte überzogen, weil sie als seine »liebe Frau« präsentiert wurde.
»Ich habe Ihrem Mann gesagt, daß wir es heute nacht wagen könnten, wenn der Sturm herankommt«, sagte Nutthall. »Es wird schon riskant sein auszulaufen, aber ich bin kein Neuling in diesem Geschäft. Sind Sie gut zu Wasser, Missus?«
Prudence war noch nie auf einem größeren Wasser als dem Loch Ness gefahren, der ihr immer als genügend groß für jedermann erschienen war, aber sie antwortete zuversichtlich, daß sie noch nie das leiseste Unbehagen auf einem Boot verspürt habe, auch bei rauhem Wetter nicht.
Sie plauderten noch ein oder zwei Minuten, dann ließ Nutthall sie allein, damit Delacourt Prudence das Boot zeigen konnte, während er seiner Frau Bescheid sagte, sie solle Proviant für eine längere Fahrt herrichten.
Delacourt zog Prudences Hand durch seinen Arm. »Haben Sie gut geschlafen?« fragte er. »Sie sehen wundervoll aus, aber viel-

leicht sollte ich Sie bei diesem kalten Wind doch nicht mitnehmen, um unser Kriegsschiff anzusehen.«

»Machen Sie sich keine Sorgen um mich.« Sie sah ihm prüfend ins Gesicht. »Geht es Ihnen besser?«

Er versicherte ihr, er fühle sich »großartig, danke sehr«, und führte sie, immer den Hügel hinab, an den Bäumen vorbei. Sie kamen bei einer gebogenen Landzunge oberhalb einer geschützten Bucht heraus, in der ein zweimastiges Fischerboot mit gerefften Segeln verankert lag und in der Gezeitenströmung schaukelte. Das Meer sah dunkel aus, die bedrohlichen Wellen überzogen sich mit Schaum, wenn der Wind über sie hinfuhr, und tiefhängende Wolken trieben schnell über die trüben Wassermassen. Der Wind wehte Gischt und den reinen Geruch des Meeres zu ihnen her und ließ Prudences Locken fliegen. »Oh, aber das sieht ja wild aus!« rief sie aus. »Was glauben Sie, Sir? Wird er uns mitnehmen?«

Delacourt schwieg einen Augenblick. Dann sagte er ruhig: »Prue, haben Sie darüber nachgedacht? Danach, was ich mir zusammenreime, wurden wir nicht von Soldaten, sondern von Prämienjägern angegriffen — die wahrscheinlich hinter meinem wertvollen Kopf her waren. Es könnte sehr wohl äußerst gefährlich für Sie sein, Schottland mit mir zu verlassen.«

Ihrem Herzen gab es einen Ruck. Sie sagte: »Und was ist, wenn Sie mich hierlassen, und es stellt sich heraus, daß die Prämienjäger schließlich doch Soldaten waren, die sich als Zivilisten verkleidet haben, um Cumberlands Schmutzarbeit ohne das Risiko einer Rüge zu tun? Wenn ich bleibe, könnte ich zum Schafott geschleppt werden, selbst —«

Er drückte sie eng an sich und stöhnte: »Tun Sie das nicht! Es ist schrecklich, an so etwas Entsetzliches auch nur zu denken!«

»Es ist sehr gut möglich«, sagte sie in sein Halstuch.

»Unwahrscheinlich. Aber, Prue, wenn ich Sie von Ihrer Heimat und Ihrer Familie fortbringe, wo kann ich Sie sicher hinbringen? Haben Sie Verwandte, wo Sie eine Zeitlang bleiben könnten?«

Ihre Stimmung wurde gedrückt. Sie war so sicher gewesen, daß er vorhatte, ihr einen Antrag zumachen. Aber er durfte ihre Enttäuschung nicht bemerken, und so sagte sie fröhlich: »O ja. Ich habe eine Tante, die in der Nähe von Richmond einen schönen Besitz hat und sich über meinen Besuch sehr freuen wird.«

Immer noch zögerte er und brummte: »Bei Gott, ich wünschte, Robbie wäre hier, um sich um Sie zu kümmern. Wenn sie wissen, wer ich bin, und Sie mit mir gefaßt werden ...« Er runzelte die Stirn, ohne den Satz zu beenden.

Ein kalter Schauer rieselte ihr über die Schultern. »Dann werde ich sagen, daß Sie mich gekidnappt haben, und daß ich von Ihrer Verruchtheit nichts wußte.«

Er grinste über diese Worte. »Sehr viel wahrscheinlicher würden Sie sie beschimpfen und behaupten, daß ich schließlich bemerkt hätte, die Sache der Jakobiten sei die richtige!« Er legte ihr die Hand über die Lippen, die sich schon öffnen wollten, und fuhr sehr ernst fort: »Prudence, abgesehen von allem anderen — Sie haben gehört, was Nutthall gesagt hat. Unsere Hoffnung besteht darin, während eines Sturms zu fahren, und das wird eine riskante Sache. So viele Risiken, die Sie eingehen, so viele Gefahren. Ich werde es mir nie verzeihen, wenn ich Sie ins Verderben stürze.«

Sie lächelte ihm in die besorgten Augen und begann, seine Befürchtungen zu beschwichtigen. Und sie dachte: *Der Sturm wird vorbeigehen, und dann — Tag und Nacht auf dem Schiff. Tage und Nächte auf dem Meer, und im Grunde völlig allein mit ihm.* Wie wundervoll würde das sein. Zusammen auf dem Deck spazierengehen, mittags und abends gemeinsam essen, fern von Gefahr und Ablenkungen. Sie würde sein Herz umgarnen und ihn so bezaubern, daß er einen Antrag machen (und erhört werden) würde, lange bevor sie einen Fuß auf Englands Küste setzten!

Vier Tage später führte Stuart MacLeod die taumelnde Prudence das Deck entlang und stützte sie, als sie über die graue, bewegte See einen Blick zur entfernten Linie der Küste warf. Mit dünner Stimme fragte sie: »Ist das wirklich England? Sind Sie ganz sicher, daß ich nicht tot bin?«

Er lächelte auf sie herab. »Sobald es dämmrig wird, haben wir Sie wieder auf festem Boden, Lady.«
Sie seufzte tief. Als sie an Bord der *Maid o'Moidart* gegangen waren, hatte sie gedacht, es sei ein prächtiges Boot, das jeden Sturm bestens überstehen würde. Sie hatten die Segel gesetzt, nachdem es dunkel geworden war, und Mr. Nutthall und seine Söhne hatten wie wild gearbeitet, um das Schiff aus der kleinen Bucht zu bringen. Die Angst vor dem Wasser, die Lockerbie davon abgehalten hatte, sich in das *Ungeheuer* zu wagen, hatte erneut so überhandgenommen, daß er sich von seinem geliebten Herrn trennte. Er und Delacourt hatten sich gesondert verabschiedet, aber Prudence war sicher, daß es ein trauriger Abschied gewesen war. Cole, obwohl er immer noch geschwächt war, hatte überhaupt nicht erwogen, etwa zurückgelassen zu werden, und MacLeod, der alle gegenteiligen Ratschläge in den Wind schlug, hatte erklärt, er wolle sicher sein, daß Mr. Doone sicher an seine heimatliche Küste kam.
Prudence, die überglücklich die notwendigen Sachen einpackte, welche Delacourt Mrs. Nutthall hatte abkaufen können, und sich in dem grünen Wollkleid, das wie durch ein Wunder so geändert worden war, daß es sehr gut paßte, viel wohler fühlte, hatte förmlich in rosigen Zukunftsaussichten gebadet. Sie war sehr überrascht gewesen, als die Haarbürste, die sie auf die kleine Kommode gelegt hatte, plötzlich an ihr vorbeisegelte, aber sie hatte sie belustigt aufgefangen und in eine Schublade gesteckt. Einige Augenblicke später hatte sie ein unangenehmes Gefühl verspürt, als der Boden der Kabine ihr plötzlich unter den Füßen wegsank, ein Gefühl, das sich noch verstärkte, als die kleine Kabine langsam seitwärts kippte. Innerhalb einer weiteren Viertelstunde hatte sie voller Entsetzen bemerkt, daß sie dabei war, eine Fortsetzung ihres Alptraums zu erleben, von dem sie felsenfest geglaubt hatte, sie hätte ihn hinter sich.
Sie hatte schon von der unheilvollen Seekrankheit gehört, aber nie hätte sie sich träumen lassen, wie wahrhaft scheußlich diese angeblich leichten Beschwerden waren. Delacourt, der an Deck ge-

gangen war, um bei den Segeln, Tauen und Spieren — oder so etwas Ähnlichem — mit Hand anzulegen, war zurückgekommen, um sie in erbarmungswürdigem Zustand auf dem Boden zusammengekauert vorzufinden. Mit einem mitleidigen Aufschrei hatte er sie aufgehoben, sie in die Koje gelegt und war nach der Waschschüssel gelaufen. Und mit wahrem Heldenmut hatte er sie diese ganze entsetzliche Nacht lang nicht allein gelassen, während der Sturm so wütend tobte, daß er sich selbst nur mühsam im Gleichgewicht halten und sie sicher in der Koje festhalten konnte.

Prudence, die sich nach der Wohltat sehnte, tot zu sein, hatte festgestellt, daß die Morgendämmerung keine Erleichterung brachte. Die folgenden beiden Tage hielt Delacourt ihr die oft gebrauchte Schüssel, wusch ihr das feuchte Gesicht, flüsterte ihr ermutigende Worte zu und nötigte sie, etwas Wasser oder Brandy zu trinken. Zwischen den einzelnen Krämpfen stöhnte sie ihm Dank und Entschuldigungen zu und bettelte, er möge sie zum Sterben allein lassen und bat nur darum, daß sie sie nicht im Meer bestatteten.

Delacourt hatte kaum eine Ruhepause, weil es MacLeod und Cole fast ebenso schlecht erging, und selbst als Blitz und Donner und Platzregen nachließen, wehte der Wind stürmisch weiter.

Der dritte Tag war etwas weniger bewegt, und Mr. Nutthall, der die *Maid o' Moidart* mit gerefften Segeln vor dem Wind segeln ließ und sich bemühte, den erlittenen Schaden wiedergutzumachen, konnte ihnen mitteilen, daß sie mit einer solchen Geschwindigkeit vorangetrieben worden waren, daß sie am nächsten Nachmittag die Küste von Südwales kreuzen würden.

An diesem Abend konnte Prudence ein wenig Suppe zu sich nehmen, die MacLeod in der verwüsteten Kombüse warmgemacht hatte. Danach war sie völlig erschöpft eingeschlafen und am nächsten Morgen spät aufgewacht, schlapp wie ein Waschlappen durch das ständige Erbrechen, das so an ihren Kräften gezehrt hatte, und mit schmerzenden Knochen, aber sie spürte nicht mehr dieses entsetzliche Gefühl der Übelkeit. Delacourt war schon frühmorgens mit heißem Wasser und Handtüchern gekommen und hatte ihr gesagt, sobald sie passabel angezogen sei, solle sie die kleine Glocke läuten, die er ihr gebracht hatte, dann stehe MacLeod ihr zur Verfügung.

Nun, als sie die undeutlichen Umrisse der näherkommenden Küste sah, hörte sie einen schnellen, leichten Schritt, wandte sich um und erblickte Delacourt, der voll eifriger Sorge auf sie zukam.

Er nahm die unsichere Hand, die sie ihm entgegenstreckte, küßte sie und sagte: »Wie großartig, Sie wieder auf den Beinen zu sehen, mein schmächtiges Blaßschnäbelchen. Nur noch eine Stunde oder so, dann werden Sie dieses grüne, schöne Land betreten, das nicht unter Ihren Füßen schwankt.«

Trotzdem dauerte es eher noch zwei Stunden, bevor Mr. Nutthall kurz nach Einbruch der Dunkelheit die *Maid o' Moidart* in eine einsame Bucht südlich von Bristol steuerte.

Von Dankesworten wollte Nutthall nichts hören. »Gar kein Grund zu danken, Sir«, sagte er, als er Delacourt die Hand schüttelte. »Der gute Percy steht mir so nah, als wär' er ein vierter Sohn von mir. Und ein verdammt feiner Kerl — entschuldigen Sie, Ma'am. Ich schulde Ihnen weit mehr als eine stürmische Fahrt auf meiner kleinen *Maid*, wo Sie mich dazu noch so großzügig bezahlt haben. Mein Sohn Bruce hat das Beiboot fertig und wird Sie an die Küste rudern. Gott sei mit Ihnen, Sir und Ma'am.«

MacLeod, der in den Reithosen, die Mrs. Nutthall ihm besorgt hatte, seltsam fremd aussah, kletterte in das Beiboot, und Delacourt hob Prudence hinunter. Sie wurden unter einem dunklen Himmel ohne Mondlicht an den Strand gerudert, und die Wellen wogten so heftig unter dem böigen Wind, daß Prudence sich in Delacourts schützende Arme sinken ließ, voller Angst, sie könne wieder seekrank werden. Aber bald darauf steuerte Bruce Nutthall das Beiboot an die Küste und sprang hinaus, um das Boot sicher festzuhalten, während MacLeod Prudence hinaushob und sie zum Sandstrand trug. Delacourt folgte ihnen und verabschiedete sich von dem jungen Nutthall, dann streckte er dem riesigen Schotten die Hand entgegen. »Gott schütze Sie, Stuart. Ich werde Sie nie vergessen, mein guter Freund.«

»Dafür werd ich schon sorgen, Sir«, brummte MacLeod, ohne sei-

ne Hand zu ergreifen. »Ich hab gesagt, daß ich bei Ihnen bleibe, und das hab ich auch so gemeint.«
Delacourt packte seinen Arm. »Verfluchter Idiot«, sagte er herzlich. »Sie gehören in die Täler und Berge von Schottland. Sie würden sich in England todunglücklich fühlen, und das wissen Sie sehr gut.«
»Ich würde mich nicht wohl fühlen ohne Sie, Sir. Und – und ohne die kleine Lady. Wenn Sie drauf bestehen, mich zurückzulassen, dann warte ich nur ein bißchen und komme Ihnen dann nach.«
Delacourt schüttelte den Kopf. »Das ist schön von Ihnen, aber – sehen Sie, da ist Ihr schottischer Akzent, verstehen Sie, und das könnte bedeuten –«
»Das könnte den Tod für Sie bedeuten? Glauben Sie, das weiß ich nicht, Captain? Ich werde einfach stumm sein.«
»Ein schönes Leben! MacLeod, Sie großer Dummkopf, wissen Sie nicht, wozu Sie sich selbst verdammen? Wenn alles gutgeht und ich der Verhaftung entgehe, dann werde ich das ruhige Leben eines Landadeligen führen. Sie würden sterben vor Langeweile.«
»Ich hab meinen Teil an Aufregung gehabt, Sir. Und halten Sie mich für einen Trottel? Sie sind hier genauso in Gefahr wie im Norden. Mehr noch vielleicht. Ich werd Sie nicht alleinlassen, Sir.«
Delacourt stöhnte und raufte sich die Haare, und MacLeod sagte stockend: »Sir ... schicken Sie mich nicht weg.«
Prudence berührte Delacourts Arm. »Er wünscht es sich, Sir.«
Er seufzte. »Na gut, Stuart. Aber ich werde Sie nicht aufhalten, wenn Sie Ihre Meinung ändern.«
MacLeod lächelte strahlend. »Soll ich Ihre kleine Lady tragen, Sir?«
Prudence, die das seltsame Gefühl hatte, immer noch auf den Wellen zu schaukeln, sagte: »Das wäre sehr nett, MacLeod.«
Er bückte sich und hob sie sanft auf. Sie winkten Bruce Nutthall noch zum Abschied zu und trotteten den Strand hinauf.
Mit einer Handbewegung nach Norden sagte Cole: »Bristol liegt

in dieser Richtung, Sir. Ich glaube, es wäre am besten, wenn wir einen geschützten Ort finden, wo Sie und die Lady sich ausruhen können, während MacLeod und ich zum nächsten Dorf gehen und eine Kutsche und ein Gespann mieten.«

Dem wurde zugestimmt, und Delacourt gab Cole den Gürtel voll Geld, den Sir Ian ihm geliehen hatte, als er von der Höhle aufgebrochen war. Während Cole ihn sich mit Hilfe von MacLeod um die Taille band, warf er einen Blick auf die Landschaft, die in der Dämmerung lag, und seufzte. »Bei Gott, es ist doch schön, daheim zu sein, nicht wahr, Sir?«

Delacourt stimmte ihm zu, aber als er sich daran erinnerte, wie er sein eigenes Heim zuletzt gesehen hatte, fragte er sich, was er wohl vorfinden würde, wenn er wieder nach Highview kam.

Teil II

England

XIX

Mit einem beträchtlichen Bestechungsgeld und zu einem unverschämt hohen Preis schaffte es Cole, eine Kutsche und ein Vierergespann zu mieten. Die Kutsche war schäbig und die Pferde noch die besten aus einem traurigen Haufen, aber beim Zustand ihrer Kleidung war es schon ein Triumph, daß sie überhaupt in einer Kutsche fahren konnten. Cole und MacLeod saßen auf dem Kutschbock, und Delacourt befahl ihnen, die Straße nach Bath zu nehmen und ein Gasthaus zum Übernachten zu suchen. Prudence schlief ein, als das Gefährt westwärts schaukelte, und Delacourt war still und gedankenverloren. Zu vorgerückter Stunde lenkte Cole den Wagen in den Hof eines kleinen, aber sauberen Gasthofes und ging hinein, um Zimmer zu bestellen. Das Geschäft wurde abgeschlossen, aber als der Wirt sah, daß sie kaum Gepäck hatten, wurde er mißtrauisch, und Delacourt mußte eine Geschichte erfinden, daß sie zu einem Abendessen fahren wollten, eines der Pferde aber gelahmt habe und sie daher so verspätet waren, daß sie heute abend nicht mehr nach Hause kommen würden. »Vor allem«, fügte er einfallsreich hinzu, »da meine Frau sehr krank war und immer noch geschwächt ist.«

Diese Worte veranlaßten die Wirtsfrau, sich näher zu erkundigen, und der Anblick von Prudences blassem Gesicht war so mitleiderregend, daß es keine weiteren Fragen mehr gab und man ihnen sehr hübsche Zimmer zeigte. Innerhalb von zehn Minuten lag Prudence im Bett. Sie schlief wie eine Tote und erwachte am nächsten Morgen voller Entzücken in einem Zimmer, das nicht schaukelte und durch dessen offene Fenster Sonnenlicht hereinflutete. Ein paar Minuten lag sie schläfrig da und dachte dankbar daran, daß sie überlebt hatte und wieder trockenen Boden unter den Füßen hatte — selbst wenn es England war. Es war zu schade, daß sie auf der *Maid o' Moidart* die Gelegenheit verpaßt hatte, die sie sich zuvor ausgemalt hatte, aber zumindest hatte sie noch den heutigen Tag, bevor Geoffrey sie in das große Haus ihrer Tante Geraldine in Richmond bringen konnte. Sie lächelte still vor sich hin bei der Vorstellung, was wohl die barsche alte Lady sagen würde, wenn er wirklich die Nichte auf ihren Stufen abladen würde, die sie vielleicht zweimal in ihrem Leben gesehen hatte. Sie betete inbrünstig, daß er seine Meinung ändern und sie bitten würde, seine Braut zu werden. Sie war sicher, daß sie ihm nicht gleichgültig war, denn wie viele Gentlemen wären an ihrer Seite geblieben, während sie so schrecklich krank war? Welcher Gentleman hätte so heldenhaft das Becken für sie gehalten oder sie so zärtlich in den Armen gewiegt, während das Schiff über die Wasserfläche geschleudert wurde, als würden sie von einem launischen Riesen vorwärtsgestoßen? Er liebte sie. Vielleicht wußte er es noch nicht, aber er liebte sie, und irgendwie würde sie es schaffen, daß er ihr einen Antrag machte, früher oder später. Armer Kerl, er war verloren. Sie lächelte den Bettvorhängen zu und läutete nach heißem Wasser.

Sie hatte genießerisch eine Tasse dampfender Schokolade getrunken und zog sich gerade an, als ein Zimmermädchen an der Tür klopfte und eine große Schachtel und drei Päckchen ablieferte. In der Schachtel lag ein zierliches Häubchen aus weißem Batist, eingefaßt von zarten Spitzen. Außerdem zwei Sträuße Seidenblumen, einer scharlachrot, der andere blau. Prudence berührte sie liebevoll und bemerkte belustigt, daß ihr galanter Gentleman nicht viel von Frauenmode verstand, wenn er glaubte, sie würde scharlachrote Blüten in ihrem roten Haar tragen. Sie machte die Päckchen auf. In dem einen, das lang und flach war, lagen Reifröcke. Im zweiten waren Petticoats und ein bezaubernder hellgrüner Seidenschal. Als sie eifrig das letzte Päckchen öffnete, starrte sie den Inhalt an und brach in Gelächter aus. Das Kleid war reizend — und rosa. *Meine Güte*, dachte sie, *aber er hat es versucht.*

Eine halbe Stunde später legte Prudence im rosafarbenen Kleid, das zierliche Häubchen auf dem Kopf und die scharlachroten Blü-

ten in ihren Locken befestigt, den grünen Schal über die Schultern und trippelte den Korridor hinunter.
Delacourt erwartete sie in der Halle. Er trug einen kastanienbraunen Samtrock mit schneeweißen Spitzen am Ausschnitt und an den Ärmeln, in dem er sehr gut aussah, sein lockiges Haar war gepudert und mit einer schwarzen Schleife nach hinten gebunden. Seine dunklen Augen leuchteten gespannt auf, als er auf sie zueilte und ihre Hände ergriff, um sie zärtlich zu küssen. »Sie sehen aus wie der Frühling selbst«, sagte er.
»Wenn das so ist, dann dank Ihrer Aufmerksamkeit. O Geoffrey, mein lieber Freund, ich bin Ihnen so dankbar. Mein armes Kleid war in Fetzen, und das Kleid, das Mrs. Nutthall für mich geändert hat, hat fürchterliche Risse abbekommen, als ich in die *Maid o' Moidart* geklettert bin. Wie haben Sie es nur fertiggebracht, diese hübschen Sachen zu finden?«
Entzückt darüber, daß er ihr eine Freude bereitet hatte und sie fast wieder so fröhlich aussah wie früher, sagte er vergnügt: »Weil ich zu einer unchristlichen Stunde aufgestanden und nach Bath geritten bin. Ich hatte dort einiges zu erledigen, machen Sie sich also keine Vorwürfe. Außerrrdem war es jede Minute wert, nur um Sie so hübsch zu sehen!«
Sie lachte, weil er sich bemühte, mit schottischem Akzent zu sprechen. »Und Sie sehen auch so gut aus, Sir. Wie fein und großartig wir jetzt auftreten. Ich nehme an, daß Cole und MacLeod eine Livree angepaßt bekommen haben.«
Zu ihrer Überraschung nahm er ihre Bemerkung ernst. »Ich habe es nicht geschafft, so schnell eine zu finden, vor allem in MacLeods Größe! Aber beide haben eine neue Montur bekommen, warten Sie nur, bis Sie MacLeod sehen. Bei Gott, er sieht wirklich beeindruckend aus. Wenn er kein Schotte wäre, würde er einen verflucht prächtigen Gardisten abgeben!«
»Das sagen Sie ihm besser nicht, Captain Delacourt«, antwortete sie lächelnd.
»Nein. Und Sie nennen mich besser nicht mehr so, meine Liebe. Ich bin jetzt Geoffrey Delavale, und außerdem —« Er brach ab,

dann setzte er ruhig hinzu: »Nun, machen Sie sich keine Gedanken darüber. Kommen Sie, mein kleines Mädchen. Sie sind nach Ihrem Ausflug über die sieben Meere dünn geworden wie ein Strich. Höchste Zeit, daß ich Sie wieder herausfüttere!«

Er führte sie ins Speisezimmer, wo sie ein ausgezeichnetes Frühstück zu sich nahmen, dem Prudence alle Ehre angedeihen ließ. Delavale war hocherfreut, als er sah, wie ihr Appetit zurückkehrte, und sagte, er fürchte, daß ihr die Auswahl, verglichen mit dem, was sie von Lakepoint her gewohnt sei, armselig vorkäme. Ihre Augen blickten sorgenvoll drein, und er verfluchte sich selbst, daß er ein solcher Narr war, und sagte voller Gewissensbisse: »Es tut mir leid, Prue. Wir geben uns alle Mühe, um herauszufinden, was passiert ist, das verspreche ich Ihnen.«

»Wenn sie das andere Ufer des Loch erreicht haben, und Ihre Freunde sie gefunden haben, dann sind sie doch in Sicherheit — oder nicht?«

»Ganz und gar sicher. Essen Sie auf, liebes Mädchen.«

»O nein, danke. Dieses riesige Frühstück war nur als Ausgleich gedacht für das —«

»Für Versäumtes?« spielte er mit einem Grinsen an.

»Sie abscheulicher Kerl! Nein, wirklich, ich muß sehr vorsichtig sein, Geoffrey. Ich bin so klein, wissen Sie. Wenn ich so viel essen würde, wie ich wollte, wäre ich schon ein Pummelchen, wenn ich gerade erst mittleren Alters bin.«

Er lachte und erklärte, er möge gern ältere Frauen, die ein bißchen pummelig seien. »Denn die sind immer glücklich und zufrieden. Die Mageren sind sehr oft kratzbürstig, und ich glaube, sie sind es nur deswegen, weil sie immer halb verhungert sind!«

Prudence lächelte, aber ihre Gedanken verweilten immer noch bei einem früheren Thema. »Sir«, sagte sie sanft, »Sie haben doch gesagt, daß Highview kein sehr großer Besitz ist?«

»Richtig. Enttäuscht Sie das? Ich wollte nicht gerade sagen, daß es ein kleines Landhäuschen ist, aber verglichen mit anderen — nun, wir werden heute vormittag an einem großen Besitz vorbeikommen, und ich versichere Ihnen, daß mein Haus dagegen nichts ist.«

Eine Stunde später, als Cole das Gespann die ziemlich abschüssige Straße über einen Hügel hinunterlenkte, blickte Prudence ehrfürchtig auf den großen Herrensitz aus Backstein, der dicht am Hang eines weniger hohen Hügels lag. »Oh, aber das ist großartig! Meiner Meinung nach ist das *außerordentlich* groß, Geoffrey!«
»Es gibt noch größere, mein liebes Mädchen, aber sicher wenige, die schöner sind. Aber ich glaube trotzdem, daß Lac Brillant, der Sitz der Chandlers in Kent, es an Schönheit mit Dominer aufnehmen kann. Wenn Sie die äußeren Ausmaße groß finden, sollten sie den Besitz erst von innen sehen. Sehen Sie, wie die Seitenflügel nach hinten gekrümmt sind? Das trägt dazu bei, sie kleiner erscheinen zu lassen, als sie tatsächlich sind. Donnerwetter, ich wünschte, wir hätten die Zeit, um anzuhalten, ich würde Ihnen alles zeigen. Aber wie die Dinge liegen, machen wir uns einer Grenzübertretung schuldig. Diese Straße gehört bereits zum Besitz.«
Erschrocken sah sie ihn an. »Liebe Güte! Ich hoffe, die Soldaten werden nicht wieder hinter uns her sein?«
»Nein, nein.« Belustigt klopfte er ihr auf die Hand. »Marbury ist ein prächtiger alter Bursche und war ein enger Freund meines Vaters.«
»Marbury?« Sie zog die Augenbrauen zusammen. »Mir scheint, diesen Namen habe ich schon einmal gehört.«
»Sehr wahrscheinlich. Thaddeus kennt den Duke, und —«
»Und der Duke war ein sehr guter Freund Ihres Papas?«
»Ja. Ich glaube, Sie würden ihn mögen, obwohl er ein rechter Wüterich sein kann, wenn es ihm einfällt.« Er beugte sich vor und zog an der Klingelschnur.
Der Schlag ging auf, und Cole spähte zu ihm herunter. »Ja, Sir?«
»Ich möchte nicht durch Bath fahren, Cole. Bieg an der nächsten Kreuzung nach Südosten ab und nimm die Straße nach Trowbridge.«
»Trowbridge? Aber ich habe gedacht — Fahren wir nicht nach Hause, Master Geoffrey?«
»Doch. Aber ich muß zuerst noch eine Zwischenstation einlegen.

In Trowbridge wechseln wir die Pferde und essen zu Mittag. Oh — noch etwas, Cole, von jetzt an werde ich meinen richtigen Namen benutzen.«
Cole sah verwirrt drein, sagte aber nur: »Ja, Sir«, und schloß den Schlag wieder.
Ängstlich fragte Prudence: »Fürchten Sie Patrouillen, Geoffrey?«
Er hatte Angst vor Patrouillen, denn er hatte keinerlei Ausweispapiere bei sich, und gesetzt den Fall, sie würden gestoppt, mochten die Dinge schlecht für sie aussehen, vor allem, wenn es darum ging, Stuart MacLeods Anwesenheit zu erklären. Dennoch ließ er sich von diesen Befürchtungen nichts anmerken, legte den Arm um sie und küßte sie auf die Nasenspitze, während er ihr sagte, sie solle nicht so ängstlich dreinsehen. »Bis jetzt ist doch alles ganz ruhig verlaufen, oder nicht?«
Die Fahrt verlief auch weiterhin ruhig. Delavale war aus verschiedenen Gründen entschlossen, Prudences Herz nicht weiter zu bestürmen, und abgesehen davon, daß er ihre Hand weiter in der Armbeuge festhielt, benahm er sich korrekt. Prudence, die sich immer noch schwach fühlte, gefiel die Landschaft, die typisch für den Südwesten war, und sie betrachtete voll Interesse die friedvollen, wohlhabenden Dörfchen, die sauberen Bauernhöfe mit den ordentlich angelegten Feldern, die üppig bewaldeten Täler und die smaragdgrünen, samtigen Bodenfalten der Hügel. Die Sonne schien, die Vögel zwitscherten, ihr Liebster saß neben ihr, und abgesehen von der Sorge um ihre Familie, die stets in einem Winkel ihrer Gedanken lauerte, war sie zufrieden.
Um halb zwei kamen sie in Trowbridge an, und Cole lenkte die Kutsche in den Hof einer gediegen aussehenden Poststation, die *Zum Schwarzen Löwen* hieß und von deren leise hin- und herschwingendem Schild auch tatsächlich ein solches merkwürdiges Tier herabfauchte, scheinbar eher, um Reisende abzuschrecken, als sie zum Aussteigen einzuladen. Prudence sah hinüber zu Delavale, um eine Bemerkung darüber zu machen, und entdeckte zu ihrer Überraschung ein Stirnrunzeln auf seinem Gesicht. Als MacLeod, der in seinem braunen Samtrock und Kniehosen präch-

tig aussah, schwungvoll den Schlag öffnete, zögerte Delavale einen Moment, dann zuckte er wie resigniert die Achseln und stieg aus, wandte sich um und half Prudence aus der Kutsche.
Stallknechte waren bereits geschäftig dabei, Gurte und Schnallen zu öffnen, und Cole feilschte mit ihnen über den Kauf eines neuen Gespanns. Delavale rief ihm zu, er habe seine Meinung geändert, sie würden wahrscheinlich hier übernachten, und bat MacLeod, das Gepäck hereinzubringen.
Prudence gab es einen Stich. Sie sah ihn besorgt an. »Fühlen Sie sich nicht ganz wohl, Sir?«
Er lächelte auf sie herab und führte sie ins Vestibül der Poststation. »Ich fühle mich sehr gut, danke, Prue, aber wir bleiben besser hier, weil ich —«
»Del! Na, Sie sind ein verdammt komischer Vogel, ich dachte, Sie seien tot!«
Delavale erstarrte und fluchte leise, streckte aber herzlich die Hand aus. Ein schlanker junger Stutzer mit einem runden, treuherzigen Gesicht, braunen Augen und einer sehr langen Nase ergriff sie. Er war beeindruckend gekleidet, trug eine ehrfurchteinflößende Perücke, einen kunstvoll gearbeiteten Lederrock, der mit goldener Spitze eingefaßt war, rehbraune Kniehosen und Strümpfe und Maroquinschuhe mit Bernsteinschnallen und äußerst hohen Absätzen. »Gott, Sie sehen ja aus wie ein Sumpfhuhn«, bemerkte dieser Ausbund an Eleganz. »Ich habe Ihre Kutsche gesehen — keine Schilder, mein lieber Junge. Reisen Sie... äh« — er warf Prudence einen schlauen Blick zu und grinste — »vielleicht inkognito?«
Delavale, der den langen Alptraum von Schlacht, Krankheit und der Greuel des Krieges gemeistert hatte, hatte völlig übersehen, was die Leute hier unten wohl über seine Reise mit Miss MacTavish denken mochten. *Mein Gott!*, dachte er entsetzt. *Er hält sie für meine Mätresse!*
Prudence, die wütend darauf wartete, daß er sie vorstellte, fühlte sich durch dieses Schweigen wie vernichtet.
Bevor Delavale sich von dem Schreck über die eigene Dummheit

erholen konnte, sprang sein Freund in die Bresche. »Sehr erfreut, Ma'am. Erlauben Sie mir, mich Ihnen vorzustellen. Ich bin Bertram Crisp — meine Freunde nennen mich Bertie.« Er verbeugte sich tief. »Nun komm schon, lieber Junge. Stell mir deine reizende Lady vor, oder ich werde wahrhaftig —«

Cole kam herbeigeeilt und murmelte leise, daß keine Zimmer verfügbar seien.

»Aber natürlich!« rief Crisp erzürnt aus. »Wirt! Sie finden sicher noch eine Suite für Lord Delavale und seine Begleitung! Raffen Sie sich auf, Sie dummes Geschöpf!«

Ein Gentleman in stattlichem Habit, der mit ausgestreckten Beinen und dem Gesicht unter der Zeitung in einem Lehnstuhl in der Zimmerecke saß, richtete sich weit genug auf, um hinter einer Ecke seines Blattes hervor zu ihnen hinüberzulugen, dann nahm er seine vorherige Haltung wieder ein. Ein schmächtig aussehender Mann, der in den *Spectator* vertieft war, sah überhaupt nicht auf.

Prudence drehte sich äußerst schockiert um und sah, wie Delavale sie ängstlich beobachtete. Bevor sie ein Wort sagen konnte, kam der Wirt strahlend auf sie zugerannt und rieb sich die Hände. Sicherlich gab es noch Zimmer für Milor'. Der dumme Angestellte hatte sie nur mißverstanden. Wenn Milor' nur mitkommen wolle . . .

Mr. Crisp, dessen bewundernder Blick immer noch über Prudence wanderte, machte Anstalten einzugreifen, wurde aber plötzlich von einer Menge lärmender Freunde umringt, die aus der Schenke herausdrängten und ihn trotz seines Protests mit sich zogen.

Den Kopf hoch erhoben und mit rotem Gesicht, folgte Prudence dem Wirt nach oben.

Delavale nahm ihren Ellbogen und sagte leise: »Leider hatte ich nicht weit genug vorausgeplant, Ma'am.«

»Wie ungewohnt für Sie«, erwiderte sie scharf. Und voll Angst dachte sie: *Er ist also ein Peer! Und er war entsetzt, als dieser dämliche Nichtstuer ihn erkannte, weil er nicht mit mir gesehen werden wollte!* Sie war immer noch schwach und mit den Nerven am Ende, so daß sie Mühe hatte, gegen ihren Kummer und verletzten Stolz anzukämpfen, die sie zu überwältigen drohten.

Der Wirt riß die Tür zu einem sonnigen Schlafzimmer auf. »Es hat einen angrenzenden Salon, Ma'am«, sagte er und warf Delavale einen fragenden Blick zu.

Prudence, die diese Frage wohl verstand und sich noch mehr gedemütigt fühlte, rauschte in das Zimmer, sah sich blicklos um und betrat den gepflegten Salon.

Delavale hatte gesehen, wie sie das schmale Kinn grimmig nach vorn reckte, und erkannte mit sinkendem Mut, daß er die Sache ordentlich verpatzt hatte. Er fixierte den Wirt mit einem eisigen Blick und sagte: »Das wird meiner Verlobten sehr gut passen. Ich hoffe, mein Zimmer ist nicht allzuweit weg.«

Der Wirt sah erleichtert aus und antwortete, daß nur ein wenig den Flur hinunter ein hübsches Zimmer sei, das sofort hergerichtet würde.

»Sehr gut«, sagte Delavale. »Ich werde in Ihrem Salon warten, wenn ich darf, meine Liebe.«

»Durchaus«, erwiderte Prudence mit einem gleichgültigen Achselzucken.

Der Wirt eilte die Treppe hinunter und durchquerte gerade das Vestibül, als der Gentleman, der dort ein Nickerchen gemacht hatte, gähnend aus seiner Ecke kam. Er war ein großer, rotgesichtiger Mann mit kleinen harten Augen und einer verdrießlich herunterhängenden Unterlippe. »Habe ich recht gehört, daß jemand sagte, der junge Delavale sei hier angekommen?« erkundigte er sich.

Der Wirt, ein redseliger Mensch, blieb stehen und bejahte. »Und er reist mit seiner Verlobten. Eine selten hübsche Lady, wenn ich das sagen darf.«

»Tatsächlich? Bei Gott, seine Familie wird hocherfreut sein. Seit einem Jahr hielt man ihn für tot. Die Geschichte mit den Jakobiten, wissen Sie.«

»Du meine Güte. Ich dachte schon, daß er recht schwach aussieht. Was für eine glückliche Heimkehr der arme Gentleman vor sich hat. Wenn Sie mich jetzt entschuldigen wollen, Sir, ich muß ein

Zimmer für ihn finden, und ich sitze in einer schönen Patsche, weil das bedeutet, daß ich jemand anderen verlegen muß, aber ich wage es nicht, einen Earl, oder was er auch ist, mit einem kleinen Hinterzimmer abzuspeisen.«

»Ein Baron«, sagte der stattliche Gast abwesend. »Und er kann mein Zimmer haben.«

Erschrocken rief der Wirt: »Nein, wollen Sie uns denn so bald schon verlassen, Mr. Beasley? Ich dachte, sie hatten vor zu übernachten. Ich hoffe, daß Sie nichts verärgert hat. Wenn ich etwas in Ordnung bringen kann —«

»Nein, nein, mein Guter«, sagte Thomas Beasley mit einer Freundlichkeit, die manche seiner Bekannten sehr erstaunt haben würde. »Tatsächlich habe ich meine Reise nur unterbrochen, weil ich mich nicht ganz auf dem Damm fühlte. Der Magen, wissen Sie. Aber ich fühle mich jetzt besser — dank Ihres guten Essens, zweifellos. Deshalb glaube ich, ich werde weiterfahren. Ich muß morgen in London sein.«

Er betonte nochmals seine Zufriedenheit mit dem *Schwarzen Löwen* und allem, was damit zu tun hatte, und schickte ein Dienstmädchen, um seinem Diener zu sagen, er solle sofort packen. Dann lenkte er seine Schritte auf den Stall zu, blieb noch einmal kurz stehen und rief leise: »Ach übrigens, seien Sie so gut und erwähnen Sie meinen Namen nicht gegenüber Seiner Lordschaft. Ich kann mir vorstellen, daß er uns alle überraschen will, und ich will ihm das nicht verderben. Vor allem angesichts seiner, äh ...« — er blinzelte dem Wirt von Mann zu Mann zu — »seiner Verlobten.«

Leicht verblüfft stimmte der Wirt zu und beobachtete, wie Mr. Beasley hinaus in den Sonnenschein schlenderte. Also war diese reizende junge Dame *nicht* die zukünftige Lady Delavale. Das würde erklären, warum kein Wappen auf dieser schäbigen Kutsche war, und warum Mylord die Gästeliste einfach als Geoffrey Delavale und Begleitung unterschrieben hatte. Kein Wunder, daß das Mädchen so rot gewesen war. Er runzelte die Stirn, und sein rechtschaffenes Herz war besorgt darüber, daß er zwielichtige Angelegenheiten in seinem Hause hatte. Aber trotzdem, mit dem Adel mußte man aufpassen. Seufzend ging er in seine eigenen Zimmer, um seiner braven Frau mitzuteilen, daß sie heute nacht einen Baron unter ihrem Dach hatten. Der Rest der Geschichte konnte warten, bis Milor' und sein leichtes Mädchen wieder fort waren. Und die Aufsichtsbehörden, dachte er grimmig, würden überlegen, welchen Preis die Sünde haben sollte!

Mittlerweile überquerte Thomas Beasley mit einer Lebhaftigkeit, die seiner Natur sonst fremd war, den Hof und trat in den schwach beleuchteten, nach Pferden riechenden Stall. Hier fand ihn einige Augenblicke später sein Diener, während die Stallknechte hastig ein Gespann an eine luxuriöse Reisekutsche anschirrten.

»Ich dachte, das Mädchen müsse sich geirrt haben, Sir«, murmelte der Diener.

Beasley, der darauf achtete, daß er von den Fenstern des Gasthauses aus nicht gesehen werden konnte, sagte zornig: »Hat sie Ihnen nicht gesagt, daß Sie packen und die Taschen herunterbringen sollen?«

»Jawohl, Sir. Aber ich hatte gemeint, daß wir hier übernachten würden, und —«

»Ich nehme doch an, daß ich meine Meinung ändern darf«, sagte sein Herr eisig. »Vielleicht tun Sie mir den Gefallen und beeilen sich. In zehn Minuten will ich fort sein! Stehen Sie nicht herum und glotzen! Bewegen Sie sich, verdammt noch mal!«

Der Diener rannte davon.

Innerhalb der vorgegebenen Zeit saß Mr. Beasley in seiner schnellen Kutsche. An der Kreuzung zeigte das Schild mit der Bezeichnung *Nach London* nach Osten. Mr. Beasleys Kutscher wendete sein Gespann aber nicht nach rechts, sondern fuhr weiterhin nach Norden, auf der Straße, die nach Chippenham und vielleicht auch nach Oxfordshire führte.

Sobald der Wirt die Tür zum Salon geschlossen hatte, wandte Delavale sich Prudence zu. Sie trug die Nase hoch, ihr lebhafter

Mund war an den Winkeln nach unten gezogen, und die Brauen wölbten sich in gesuchter Gleichgültigkeit. Er griff nach ihrer Hand. »Kleines Mädchen, ich weiß —«

Sie riß sich los und warf ihr Täschchen auf das Sofa. »Schon recht, Sir, ich glaube Ihnen. Sicher wissen Sie mehr als ich. Ich schwöre, Sie haben mehr Identitäten, als ein Vogel Federn.« Sie setzte sich in einen Stuhl mit hoher Rückenlehne und ordnete mit peinlicher Sorgfalt die Falten ihrer Röcke. »Nichts weniger als Mylord! Kein Wunder, daß Sie mir das verheimlicht haben. Wahrrrscheinlich haben Sie befürrrchtet, ich würde meine Netze auswerfen, wenn ich den Verrrdacht hätte, daß ein Titel zu angeln sei!«

Er errötete tief. »Als würde ich so etwas von Ihnen denken. Und ich habe es Ihnen auch nicht richtiggehend verheimlicht. Elizabeth wurde von Thads Titel so abgeschreckt, und —«

»Wirklich?« Trotz dieser kühlen Unterbrechung keimte in ihrem Herzen Hoffnung auf. War es möglich, daß er glaubte, sie würde ihn abweisen, aus Furcht, sie müsse die Pflichten einer Baronin auf sich nehmen? Mit einem weniger deutlichen schottischen Akzent fragte sie leichthin: »Warum sollte es mir etwas bedeuten, ob Sie einen Titel haben oder nicht? Sie müssen sich nicht länger mit mir herumplagen, sobald Sie mich einmal im Haus meiner Tante abgeliefert haben.«

Sie schnappte nach Luft, als sie von ihrem Stuhl hochgerissen und sanft geschüttelt wurde. Mit zornblitzenden Augen knirschte er: »Gott, Prue, ich könnte Sie wirklich erwürgen, wenn Sie so reden. Natürlich sind Sie keine Belästigung für mich! Und bevor ich Sie zu Ihrer Tante bringe, will ich Ihnen Highview zeigen, und . . .«

Erschrocken sah sie zu ihm auf, ganz große Augen und scheue Weiblichkeit, und seine Worte erstarben, der Ärger in seinem Gesicht machte einer Zärtlichkeit Platz, die ihr Herz hüpfen ließ. Stammelnd sagte sie: »Bitte — erwürgen Sie mich nicht . . . Geoffrey.«

»Mein Liebling . . .« flüsterte er und zog sie in seine Arme.

Sie ergab sich willig seinem Ungestüm, und auch wenn sie nicht erwürgt worden war, als er schließlich wieder den Kopf hob, so

war sie doch atemlos und beträchtlich zerquetscht. »Oh, Geoffrey ... Geoffrey ...« flüsterte sie und lag schlaff in seiner Umarmung.
»Meine kleine Schottenschönheit«, antwortete er und preßte Küsse auf ihre Locken.
Liebevoll zog sie ihn am Ärmel. »Was wird Ihre Familie bloß denken, wenn Sie mich nach Highview bringen?«
»Sie können denken, was sie wollen, was kümmert mich das!« Nach zahlreichen weiteren Küssen fügte er jedoch nachdenklich hinzu: »Natürlich muß ich eine Zofe für Sie suchen, bevor wir hinfahren. Sie können nicht ohne ein Kammermädchen ankommen.«
Ihr kam das lächerlich vor angesichts ihrer verzweifelten Irrfahrt, bei der sie keinen Gedanken an Zofen oder Anstandsdamen verschwendet hatte. Sie kicherte und fragte: »Wäre Ihre Tante sehr schockiert?«
Ihre Wange lag an sein Halstuch gekuschelt, weshalb sie nicht sehen konnte, wie starr und grimmig sein Gesicht wurde. Er antwortete: »Oh, sehr. Sie werden finden, daß sie von ganz anderem Zuschnitt ist als Mrs. MacTavish oder die anderen Ladies, die Sie kennengelernt haben.«
Sie wurde starr und runzelte ein wenig die Brauen. »Werde ich das? Ich nehme an, sie sind sehr vornehm und werden mich für eine richtige Landpomeranze halten.«
Sie sagte das mit der sicheren Überzeugung, er würde solchen Snobismus unverzüglich von sich weisen. Geoffrey jedoch, der in Gedanken halb bei der verhängnisvollen Geheimbotschaft weilte, die immer noch in seiner Westentasche lag, und mit der anderen Hälfte seines Bewußtseins an seine räuberischen Verwandten dachte, antwortete abwesend: »Keine Angst, Prue. Mit passenden Kleidern wird die Zofe es schon schaffen, daß Sie ebenfalls wie eine vornehme Lady aussehen.«
Ihre Augen weiteten sich. Sie machte sich aus seinen Armen los und spazierte durchs Zimmer, blieb neben einem vereinzelten Tisch stehen und starrte blicklos auf den Staubwedel, den ein auf-

geregtes Zimmermädchen zufällig dort liegengelassen hatte. »Glauben Sie wirklich, daß eine Zofe eine solche Verwandlung bewerkstelligen kann?« fragte sie mit zusammengepreßten Händen.

Er nahm die Geheimbotschaft heraus und starrte auf sie hinunter. Er mußte ein besseres Versteck für sie finden als seine Tasche. »O ja. Wenn wir eine finden, die sehr gut geschult ist.«

Sehr — gut — *geschult?* Prudence begann heftig zu atmen, hob den Federwisch auf und packte ihn so fest, daß ihre Knöchel weiß wurden. Hielt der Kerl sie vielleicht noch für unfähig, ordentlich mit Messer und Gabel zu essen? »Wie reizend das sein wird«, sagte sie und ließ die Zähne in einem funkelnden Lächeln aufblitzen, »zu lernen, wie man sich wohlerzogen benimmt.«

Er faltete die Geheimbotschaft zusammen und steckte sie ins Uhrwerk. Fast zwei Uhr. Zeit genug, wenn er sofort aufbrach. »Was? O ja, sehr nett«, stimmte er unglückseligerweise zu.

Zähneknirschend fuhr sie fort: »Sittsam zu sein und sanft zu reden, ganz manierlich — wie eine englische Lady.«

»Genau so«, sagte er, steckte die Uhr in die Tasche und ging zu ihr hinüber.

Prudence wirbelte herum, packte wütend ihren Federwisch, und Delavale wich vor dem Zorn, der aus ihren zusammengekniffenen Augen blitzte, zurück.

»Sie widerlicher, hochnäsiger, eigensinniger *Sassenach*«, schnaubte sie. »Kein Wunder, daß Sie sich geschämt haben, Ihrem feinen Freund diesen halbwilden Fratz vorzustellen!«

»W-was? Prudence, ich versichere Ihnen —«

»Ja — genau das tun Sie! Versichern und versprechen und — und lügenhafte Worte und Schwüre unsterblicher Liebe, die Ihnen nicht mehr bedeuten als irgendein Gemeinplatz!«

Er erbleichte und zog die dunklen Augenbrauen zusammen. »Einen Moment bitte, Ma'am, seien Sie so freundlich —«

»Ich bin nicht so freundlich«, erklärte sie und stampfte mit dem zierlichen Fuß auf. »Nicht mehr nötig, daß Sie Ihre aristokratischen Sprüche an ein kleines Schottenmädchen verschwenden, das so ungehobelt ist, daß es kein bißchen Kultur oder Feinheit besitzt!«

»Warum zum Teufel sind Sie so in Harnisch? Wenn mein Titel daran schuld ist —«

»Ach, pah! Gehen Sie mir mit Ihrem blöden Titel — was schert mich der! Haben Sie gedacht, daß ich vor ihm auf die Knie sinke und mich demütig vor Eurer Hochwohlgeboren verneige?«

Gereizt stolzierte Delavale auf sie zu und baute sich vor dem erzürnten Mädchen auf. »Habe ich jemals schon so einen kompletten Blödsinn gehört! Ich glaube, ich habe mich noch nie mit meiner Würde vor Ihnen aufgeblasen — noch vor irgend jemand anderem.« Sie schob schmollend die Unterlippe vor, aber ihre blauen Augen blitzten nicht mehr ganz so zornig und auch sein Blick wurde weicher, als er neckend hinzusetzte: »Außerdem, so wie ich *Sie* kenne, liebes Mädchen, ist Demut nicht gerade Ihre hervorstechendste Tugend. Mut ja, das gebe ich zu, aber —«

»Ooooh!« schnaubte Prudence, erneut wutentbrannt. »Jetzt bin ich also auch noch ein freches Gör, das sich mehr herausnimmt, als ihm zusteht!« Als er näher kam, schüttelte sie den Federwisch und produzierte so eine Staubwolke, vor der er hastig zurückwich. »Nun gut, Sie brauchen nicht zu zittern, Mylord Delavale! Dieses Schottenbalg« — sie machte eine Pause, während er heftig nieste — »wird Sie nicht in die Verlegenheit bringen, daß sie es Eurer hochwohlgeborenen Familie vorstellen müssen!«

Delavale griff hastig nach seinem Taschentuch, wischte sich die Augen und knurrte erzürnt: »Sie benehmen sich wie ein — wie ein —« — er nieste von neuem — »wie ein dummes kleines Mädchen. Und ohne irgendeinen — Hatschiii! Ohne irgendeinen Grund. Ich könnte Sie versohlen und —« Er wischte sich noch einmal über die Augen und funkelte sie an. »Ich sollte es tun!«

»Wagen Sie es nicht, mich zu schlagen!« Sie schwenkte den kleinen Federwisch noch einmal, aber schon weniger feindselig, weil er so nahe bei ihr stand und sie ihn so gern hatte, und weil er so böse war, daß er ganz blaß aussah.

Delavale hatte keine Ahnung, daß sie erwartete, in die Arme genommen und gedrückt und geküßt zu werden. Zwischen den Zähnen knirschte er hervor: »Ich habe noch niemals meine Hand gegen eine Lady erhoben, aber bei Gott, Ma'am, Sie führen mich in Versuchung!« Er richtete sich zu seiner vollen Größe auf und sagte voll geringschätzigem Hochmut: »Ich werde Sie allein lassen, damit Sie Ihre Fassung wiedererlangen können. Guten Tag, Miss MacTavish.«

Prudence versank in einen tiefen, höhnischen Knicks und vergaß völlig, daß sie in der einen anmutig ausgestreckten Hand einen abgenutzten Federwisch hielt.

Delavale, der genausowenig Sinn für die Komik dieser Szene hatte wie sie, fluchte leise und entfernte sich niesend.

Stuart MacLeod hatte erwartet, daß es ungefährlich sei, ein oder zwei Worte zu riskieren, da er und Delavale allein ritten. Er stellte jedoch fest, daß seine Äußerungen auf taube Ohren stießen, nicht so sehr, weil der finster dreinblickende Mann neben ihm sich weigerte zu antworten, sondern weil er seine Anwesenheit völlig vergessen zu haben schien. Zu Beginn waren sie in wildem Galopp geritten, aber gerade als MacLeod um der Pferde willen ein langsameres Tempo erbitten wollte, zügelte Delavale sein Reittier und ritt die nächste halbe Meile im Schritt, bevor er wieder in einen gleichmäßigen Galopp fiel.

Ohne die entfernteste Ahnung, wo sie waren oder wohin sie ritten, betrachtete MacLeod die Umgebung voller Interesse. Ein schöner Landstrich war das. Alles recht klein, aber hübsch. Sie waren an friedlichen Feldern und Ackerland vorbeigeritten, heckengesäumte Straßen entlang, die sich um zahlreiche Biegungen schlängelten, wo wilde Blumen dufteten und hohe Bäume ihnen wohltuenden Schatten spendeten. Die Dörfer mit ihren stabilen, strohgedeckten Häusern und sorgfältig gepflegten Gärten waren eine Augenweide, an den kurzen und meist einfachen Durchfahrtsstraßen lag fast stets ein Gasthof, auf dem MacLeods Blick liebevoll verweilte. Aber Delavale war eilig weitergeritten, die Lip-

pen stets in grimmigem Schweigen zusammengekniffen, bis sie jetzt spätnachmittags durch offenes Gelände ritten, über runde Hügel, auf denen MacLeods Meinung nach verflucht wenig Bäume standen, hier und da gesprenkelt von Schafherden und ihren Schäfern, deren freundliches Winken MacLeod erwiderte, während Delavale es überhaupt nicht bemerkte.
Weit vor ihnen erhoben sich jetzt die Dächer und Schornsteine einer Stadt. MacLeod warf einen Blick auf das finstere Gesicht seines Begleiters. »Sir«, sagte er zaghaft, »ich will Sie ja nicht in Ihrer Grübelei stören, aber es wird keine zwei Minuten mehr dauern, bis wir dieser Kompanie direkt in die Arme reiten.«
Diese Worte rissen Delavale aus seinen tiefen Gedanken über den heftigen Wutanfall von Miss Prudence MacTavish. Nicht weit vor ihnen erblickte er flüchtig rote Uniformen. »Lieber Gott!« rief er aus, und mit einem reuigen Blick auf den Schotten setzte er hinzu: »Mac, Sie hätten mir das Breitschwert über meinen dämlichen Schädel hauen sollen! Unter diese Bäume! Schnell!«
Sie ritten in den Schatten der Baumgruppe und bewegten sich vorsichtig weiter. Am Rand des Hügels standen nur noch vereinzelte Birken. Glücklicherweise ritten die Soldaten nach Süden vorbei, und weitere waren nicht in Sicht. Aber dieser Vorfall war ihnen eine Warnung. Als sie weiterritten, hielt Delacourt seine Sinne beisammen, was auch gut war, denn bald darauf trafen sie auf weitere verstreute Kompanien, zwei davon waren Fußtruppen, die anderen zu Pferde. MacLeod machte Delavale auf eine angehaltene Kutsche aufmerksam, deren Insassen von den Soldaten überprüft wurden, und die beiden Männer sahen einander unbehaglich an, da sie nur zu gut wußten, daß sie keine Papiere bei sich hatten, die die Rotröcke zufriedenstellen würden.
Delavale drosselte das Tempo, und mit gesteigerter Wachsamkeit ritten sie weiter und machten einen Bogen um den alten Marktflecken Devizes mit seiner großen alten Kirche und den Ruinen der ehemals stolzen Festung, die Oliver Cromwell hatte schleifen lassen. MacLeod schlug vor, sie sollten bei einem einfachen Landgasthaus ein wenig östlich der Stadt anhalten und rasten, aber De-

lavale schüttelte den Kopf und ritt eilig weiter nach Nordosten, auf Roundway Down zu.
Die Sonne ging bereits unter, als sie in ein kleines Dorf kamen, in dem ein massiver gotischer Kirchturm gelassen über zusammengedrängten Häusern und Bäumen aufragte.
»Haben Sie Uniformen gesehen?« fragte Delavale und blickte suchend die Straße hinunter.
»Keine einzige, Sir. Aber da ist ein kleines Wirtshaus. Wenn Sie sich die Kehle ein bißchen anfeuchten wollen, dann bringe ich die Pferde 'rüber zu dieser Schmiede und sorge dafür, daß sie auch gefüttert und abgerieben werden.«
»Ich komme mit und regle alles. Sie bleiben bei den Gäulen, bis ich wieder da bin, und früher oder später suchen wir uns selbst etwas zu essen.«
MacLeod sagte der Gedanke, daß Delavale allein herumspazierte, gar nicht zu, aber seine Proteste wurden in den Wind geschlagen. Delavale war entschlossen, den Schotten nicht mit in das gefährliche Unterfangen, das er jetzt vorhatte, hineinzuziehen. Als er für die Betreuung der Pferde alles vereinbart hatte, wollte MacLeod fast aufbegehren, als Delavale ihn beim Schmied zurückließ und ihn ermahnte, er solle sich versteckt halten, falls es Schwierigkeiten geben sollte. Erst als er ihm klarmachte, daß einer von ihnen zu Miss MacTavish zurückreiten und sie sicher zu ihrer Tante bringen mußte, versprach MacLeod, daß er seine Anweisungen befolgen würde.
Die beiden Männer sahen einander an, und weil sie nicht den Anschein zu erwecken wagten, dies sei möglicherweise ein Lebewohl, sagten sie nichts. Delavale lächelte und zwinkerte mit den Augen. MacLeod blickte jammervoll drein und sah der großen, schlanken Gestalt nach.
In einem kleinen Schaufenster weiter unten an der Straße lagen Bonbons und Konfekt. Delavale, der an Prudence dachte, blieb vor der schmalen Tür stehen und ging hinein. Drinnen war es warm und roch süß, und die nahezu taube alte Dame hinter dem Ladentisch freute sich ein wenig schüchtern über seine Lobeswor-

te, wie reizend ihr Geschäft aussehe. Er plauderte ein wenig mit ihr und erklärte, er sei auf dem Weg, einen Freund in Hungerford zu besuchen, sei aber noch nie durch diese Ortschaft gekommen. Sofort wurde er mit einer Aufzählung aller Sehenswürdigkeiten erfreut, und die alte Lady drängte ihn, nicht an dem Erdwall vorbeizureiten, wo man zahlreiche prähistorische Geräte gefunden habe, die wirklich sehenswert seien.

Er hörte ihr mit seiner gewohnten höflichen Aufmerksamkeit zu und sagte, er wolle den Wall bestimmt besichtigen, dann fügte er beiläufig noch hinzu: »Mir scheint, ich hätte von einer schönen Kirche hier in der Nähe gehört. Ich glaube, sie muß sehr alt sein, weil sie eine Aussätzigentür haben soll.«

»Das stimmt. Sie meinen sicher Sankt Peter in Greater Shottup. Eine sehr schöne alte Kirche, Sir, ungefähr sechs Meilen östlich von hier.«

»An dieser Straße, Ma'am?«

»Ja. Sie werden sie leicht finden«, antwortete sie und lächelte ihn an. »Halten Sie nur die Augen offen, es sind viele dunkelrote Röcke unterwegs.«

Schon auf dem Weg zur Tür blieb er stehen. »Jäger?« fragte er und drehte sich um.

»So könnte man sie nennen. Es heißt, daß sie hinter dem Mann her sind, der das Gedicht hat.«

Delavale schien der Atem in der Kehle steckenzubleiben. »Gedicht ...?«

»Haben Sie noch nichts davon gehört, Sir? Na, da hängen überall Anschläge. Hundert Pfund Belohnung sind ausgesetzt. Stellen Sie sich vor, *hundert Pfund!* Für jeden, der eine Auskunft über einen von diesen armen Jakobiten geben kann. Wenn's der ist, der irgendein Gedicht oder so etwas hat. Haben Sie schon mal so etwas Komisches gehört?«

Mit gespielter Gleichgültigkeit sagte er: »Vielleicht hat der Duke of Cumberland eine Vorliebe für Poesie.«

Stirnrunzelnd erwiderte sie: »Vielleicht, Sir. Obwohl Seine Gnaden nach allem, was man so hört, kaum eine Neigung hat, außer

für Grausamkeit. Na, wie auch immer, wenn Sie einfach die Straße weiter nach Osten reiten, dann können Sie's nicht verfehlen.« Recht wehmütig fragte sie: »Wollen Euer Ehren vielleicht etwas kaufen?«
Er dachte, daß er ihr für den Dienst, den sie ihm unwissentlich erwiesen hatte, eigentlich den ganzen Laden aufkaufen müßte, begnügte sich aber mit einem Beutel voller Bonbons und gab bei seiner Auswahl zu ihrer Freude eine ganze Silbermünze aus.
Als er auf der ruhigen Straße bis zum Schmied zurückging, blickte er finster und bestürzt drein. Die Armee kannte den verabredeten Ort vielleicht nicht, aber sie hatten von der Geheimbotschaft gehört. Es war zwecklos, sich zu fragen, wie. Es gab hunderterlei Möglichkeiten, wie sie diese Information erhalten haben mochten, und keine davon war erfreulich. MacLeod und er waren dem Tod auf sechs Meilen nahegekommen! Wenn er nicht stehengeblieben wäre, um diese Bonbons zu kaufen ... Er preßte die Lippen zusammen. Unmöglich, die Geheimbotschaft heute abend zu überbringen. Er mußte Prudence sicher nach Highview Manor bringen und es danach noch einmal versuchen.
MacLeod wartete angstvoll auf ihn, und als Delavale murmelte, sie könnten es nicht wagen, hier zu bleiben und etwas zu essen, trat ein Ausdruck komischer Bestürzung in das breite Gesicht des Schotten. Delavale warf ihm den Beutel voller Bonbons zu. »Damit können Sie den größten Hunger stillen.«
MacLeod freute sich wie ein Kind. Er aß für sein Leben gern Süßigkeiten und beschwerte sich nicht weiter, als er aufsaß und zufrieden an einem Sahnebonbon kaute.
Delavale entschied sich für einen Weg, der alle belebten Seitenstraßen umging. Er ritt schnell, eifrig darauf bedacht, wieder zu Prudence zurückzukommen, und nahm keine Notiz von MacLeods gelegentlichen Ansätzen zu einer Unterhaltung, bis der Schotte ihm die Tüte zuwarf und zu ihm hinüberrief: »Sie sind ja ganz schön am Trübsalblasen! Wollen Sie nicht ein paar probieren? Sie schmecken sehr gut.«
Delavale grinste und nahm sich ein Bonbon. Er fing an, es aus

dem Papier zu wickeln, dann hielt er inne und starrte darauf hinab. Er zügelte sein Pferd und fragte: »Geben Sie mir die Tüte noch einmal. Haben alle dieselbe Farbe?«

Unsicher antwortete MacLeod: »Ich weiß nicht, welche Farben sie haben, aber sie schmecken wie —«

»Nicht die Bonbons, Mann! Das Einwickelpapier.«

»Ach so. Na ja, ein paar sind rot, glaube ich, und ein paar weiß, und ein oder zwei sind blau. Wenn Sie Ihres nicht mögen —«

Delavale hielt sein Pferd an und wühlte in der Tüte. »Ich nehme die ganzen blauen«, erklärte er und stopfte sie in seine Tasche. Er wickelte ein Bonbon aus, steckte es in den Mund, dann zog er seine Uhr heraus. MacLeod lehnte sich leicht zurück und musterte ihn unbehaglich. Delavale zog ein kleines, zusammengefaltetes Stück Pergament heraus. »Ach du lieber Himmel!« stöhnte MacLeod, der etwas verspätet begriff. »Haben Sie Ihre Geheimbotschaft noch nicht losbekommen?«

»Ich habe sie nicht nur nicht losbekommen, es scheint auch noch, daß die Armee davon weiß und eine Belohnung von hundert Pfund für jeden flüchtigen Jakobiten ausgesetzt hat, der ein *Gedicht* bei sich hat.«

MacLeod stieß ein paar Flüche hervor. »Was wollen Sie jetzt tun, Sir?«

Delavale steckte die blau eingewickelte Geheimbotschaft in die Tüte. »Zuerst einmal, essen Sie keine mehr davon. Schauen Sie nicht so verdrießlich. Hier, Sie können die anderen blauen haben. Wenn mir etwas passieren sollte, müssen Sie die Bonbons zum Haus von Lord Boudreaux bringen. Am Grosvenor Square in London. Jetzt — reiten Sie zu, Mann! Je eher wir zurück in Trowbridge bei Miss Prue sind, desto besser!«

Seine eigene Angst übertrug sich auch auf den Schotten, und in halsbrecherischer Geschwindigkeit ritten sie durch die stille Nacht. Sie sahen nur eine Gruppe von Rotröcken mit hellen Fackeln, die auf einer entfernten Straße einen großen Heuwagen durchsuchten. Keiner der beiden sagte irgend etwas, aber sie ritten noch schneller.

Zehn Minuten nach neun hielten sie bei einer klapprigen, einfachen Wirtschaft an, um die Pferde ausruhen zu lassen, ein schnelles, kaltes Abendessen zu verzehren und ein Glas Bier zu trinken, und eine halbe Stunde später saßen sie wieder im Sattel und ritten beständig weiter nach Westen.

Mit jeder Meile steigerte Delavales Furcht sich noch. Was für ein gedankenloser Narr er gewesen war! Sie würde ihn doch nicht verlassen haben? Ihr wilder Stolz würde sie doch nicht in die Gefahr hinaus laufen lassen? Aber Cole würde auf sie aufpassen. Sie würde in Sicherheit sein. Sie *mußte* in Sicherheit sein! Wenn nicht, dann war alles seine Schuld. Wie hatte er nur so zornig werden können? Aber sie war ebenfalls zornig gewesen. Wie sie ihn beschimpft hatte. Und wie anmutig war sie in diesen Knicks gesunken — den Federwisch in der kleinen Hand schwingend.

»Haben Sie etwas gesagt, Sir?«

»Oh, äh, nein, Mac. Ich habe nur an etwas gedacht.«

MacLeods Lippen verzogen sich zu einem Grinsen. Er konnte erraten, woran der Master gedacht hatte, wenn er so albern kicherte. Er sagte jedoch nichts, und Seite an Seite galoppierten sie weiter.

Delavale war erdrückend müde, als schließlich die zahlreichen Kamine des »Schwarzen Löwen« durch die Bäume ragten und sie in die ruhige Straße einbogen. Mit eifrigen Augen suchte er das Fenster ihres Zimmers. Kein Licht, aber natürlich war es sehr spät. Schon nach eins, denn er hatte eine Kirchturmuhr gehört, die —

Der Schwarze Löwe sprang wie toll auf die Seite. Der Mond kam den Himmel herabgeschossen. In wilder, taumelnder Verwirrung lag Delavale am Boden, sein Gaul wieherte kreischend vor Schreck, und triumphierendes Geheul drang ihm in die Ohren. Benommen kämpfte er sich auf die Knie. Glänzender Stahl starrte auf ihn hinunter, und in einem schwachen Versuch, sich zu schützen, warf er einen Arm hoch.

Wie aus weiter Entfernung hörte er das schauerliche Schmettern eines Hochland-Kriegsschreis . . .

XX

Für Prudence bestanden die Stunden, die Geoffreys großartigem Abgang folgten, aus drei verschiedenen Phasen. Die erste wurde von Wut beherrscht: von kochendem Zorn, daß Geoffrey, Lord Delavale, zu urteilen gewagt hatte, eine MacTavish habe so ungenügende Manieren, um Belehrung zu brauchen! Und sogar noch abscheulicher war es, daß er davor zurückgeschreckt war, eine so ungehobelte Bäuerin seinem feinen Freund vorzustellen!! Die feine Gesellschaft, teilte Miss MacTavish einer vorbeifliegenden Motte unfein mit, sollte sich zur Hölle scheren! Sie begann zu üben, was sie Mylord Delavale alles sagen würde, wenn er zurückkam. Diese beeindruckende Rede begann mit der Verurteilung von altmodischem Snobismus und Anmaßung, ging weiter mit der Mißbilligung der hochfliegenden englischen Arroganz und befaßte sich schließlich, angestachelt von ihrer wachsenden Leidenschaft, eingehend mit dem Schlächter Cumberland und der grausamen Natur der englischen Armee im allgemeinen und von Mylord Delavale im besonderen. An dieser Stelle kam sie wieder ein wenig zur Vernunft und erinnerte sich an Mr. Ligun Doone. Ihr wütendes Geschnaube fiel in sich zusammen.

Hier begann die zweite Phase, ein wachsendes Unbehagen, weil Geoffrey (der nun wieder davor errettet war, Mylord Delavale zu sein) nicht zurückkam. Wenn er verstimmt gewesen war, dachte sie ärgerlich, so hatte er es verdient. Ligun Doone war schön und gut, aber er war auch schlicht und einfach ein Mann. Und sie eine Frau. Ohne sich einzugestehen, daß sie so gut wie möglich aussehen wollte, wenn sie ihn mit ihrer Rede vernichtete (die noch einmal überarbeitet werden mußte, nur ein bißchen), klingelte sie nach einem Mädchen und schickte ihr Kleid zum Bügeln. Die Zwischenzeit verbrachte sie damit, an ihrer Rede zu feilen und Pläne für ihre Zukunft zu schmieden. Sie würde nach Hause gehen, natürlich, sobald es möglich war. Nur hatte sie kein Geld für die Reise. Verzweifelt dachte sie, daß sie möglicherweise auch kein Heim mehr hatte, wohin sie zurückkehren könnte, und zwei dicke Tränen liefen ihr langsam die Wangen hinunter. Wohin gehörte sie? Man hatte ihr Herz in Stücke zerbrochen und war darauf herumgetrampelt. Sie war ungeliebt und unerwünscht. Ihre Familie war auseinandergerissen, denn sie weigerte sich zu glauben, daß ihnen womöglich etwas Schlimmeres passiert sei. Das Leben, meinte sie, war heimtückisch schwer. *Ach, armes kleines Mädchen*, dachte sie, und ein feuchtes Kichern unterbrach die Stille des kleinen Zimmers.

Das Zimmermädchen brachte ihr das sauber gebügelte Kleid zurück. Prudence ließ sich von ihr beim Anziehen helfen und bat sie dann, ihrem Verlobten etwas auszurichten.

»Lord Delavale ist ausgegangen, Miss«, sagte das Mädchen schniefend und tupfte sich die rote Nase ab.

Dieser Schreck versetzte Prudence in die dritte Phase. Hatte Geoffrey sie verlassen? Sie brachte es fertig, ruhig zu klingen, als sie sagte, Mylord habe in der Tat erwähnt, er müsse womöglich kurz fort. Da der einzige Kommentar des Mädchens aus einem weiteren Schniefen bestand, wurde Prudence so kühn, daß sie bat, man solle ihr Delavales Diener schicken.

Da kurz darauf Cole an ihre Tür klopfte, war ihr die Furcht genommen, wirklich verlassen zu sein, aber er sagte ihr, daß Master Geoffrey schon seit fast zwei Stunden fort war. Seine finstere Miene war nur zu verständlich. Erbleichend keuchte Prudence: »Mein Gott! Die Geheimbotschaft!« und setzte sich hastig.

»Jawohl«, bestätigte Cole. »Ist ohne mich fortgeritten, und nur der liebe Gott weiß, was ihn erwartet. Er hat keine Papiere, Miss Prue. Und wenn er angehalten werden sollte —« Verspätet bemerkte er, daß das Mädchen zu Tode erschrocken war, und sagte ermutigend: »Schauen Sie nicht so ängstlich, Ma'am. Mylord hat diesen großen Schotten MacLeod mit seinen nackten Knien mitgenommen, und obwohl er ein neuer Diener ist, ist er dem Herrn sehr ergeben, glaube ich.« Und widerwillig fügte er hinzu: »Und er kann kämpfen, das muß ich sagen. Besser als ich es könnte, mit einem Arm! Der Master wird jede Minute zurückkommen. Warten Sie nur, Sie werden sehen.«

Und sie warteten. Der Nachmittag ging in die Abenddämmerung über, aus der Dämmerung wurde Dunkelheit, die Nacht brach herein, und immer noch war Delavale nicht zurückgekehrt. Er hatte Cole strikte Anweisungen hinterlassen, und so wurde Prudence gezwungen, ihr Dinner, das ihr um sieben Uhr in ihren Salon gebracht wurde, zu essen.

Der Abend war kühl und der Wind stürmisch, aber nach ihrem einsamen Mahl fühlte sie sich ruhelos und spazierte im Garten herum, um kurz nach neun widerstrebend wieder in ihr Zimmer zurückzukehren. Sich zum Schlafengehen fertigzumachen, kam nicht in Frage, und sie sah sich einige alte Nummern des *Ladies Magazine* durch, blätterte die Seiten mit ruhelosen, zitternden Händen um und wurde schließlich so schläfrig, daß sie in ihrem Stuhl einnickte.

Ein ohrenzerreißender Hochland-Kriegsschrei weckte sie. Es war kalt und dunkel, weil die Kerzen heruntergetropft waren und das Kaminfeuer fast ausgegangen war, aber vom Fenster herein kam das Licht der Laternen, und im Hof erhob sich lauter Tumult.

Prudence lief wie der Blitz durchs Zimmer und zur Treppe. Sie wußte ohne jeden Zweifel, wer inmitten dieses Aufruhrs steckte, und ein Strom der Erleichterung durchflutete sie, als man ihm in die Halle half, den Arm um MacLeods breite Schultern, den dunklen Kopf gesenkt. Mit flatternden Röcken stürzte sie die Treppe hinunter und bahnte sich einen Weg durch die kleine Ansammlung von Männern in Nachtmützen und Morgenmänteln. MacLeod warf ihr einen nervösen Blick zu, machte den Mund auf und schloß ihn wieder. Er sah mitgenommen aus und hatte einen Schnitt am Kinn. Cole, der einen grellen weißroten Morgenmantel und eine Nachtmütze mit einer langen Quaste trug, sagte schnell: »Es ist nichts Schlimmes, Miss. Ein paar Diebe haben versucht, dem Captain aufzulauern, und er ist vom Pferd gestürzt. Nur ein paar Schrammen — kein Grund, sich aufzuregen.«

Delavale hob den Kopf und spähte zu ihr. Er hatte einen breiten Kratzer über dem rechten Auge, und sein Gesicht war voll Schmutz. Mit belegter Stimme fragte er: »Prue …? Sind Sie in Ordnung?«

Sie nahm seine Hand und versicherte ihm, daß es ihr gutging.

»Eine Schande! Eine Schande!« schrie der Wirt, rot und voll Sorge. »Daß einer meiner Gäste angegriffen worden ist! Und praktisch auf unserem eigenen Hof! Man sollte am besten den Konstabler holen!«

Delavale warf Prudence einen warnenden Blick zu, und sie sagte schnell: »Nein, nein. Es war nicht Ihre Schuld, Wirt, und mir wäre es lieber, wenn Mylord ohne Aufsehen in meinen Salon gebracht würde, so daß ich mich um seine Verletzungen kümmern kann. Können Sie die Treppen hinaufsteigen, lieber Sir?«

Zur ungeheuren Erleichterung des Wirts murmelte Seine Lordschaft zustimmend, und während äußerst erschrockene Bemerkungen unter der kleinen Menschenansammlung laut wurden, half man ihm die Treppe zu Prudences Salon hinauf. Der Wirt verließ sie und sagte, er würde so bald wie möglich eine Tasse heißen Tee heraufschicken, und MacLeod legte Delavale aufs Sofa. Prudence rannte an den Waschständer, befeuchtete ein kleines Handtuch und kam zurück, um ihm sanft den Schmutz vom Gesicht zu waschen. »Oh, was für ein häßlicher Kratzer! Aber welch ein Glück, daß Ihr Auge nicht —«

Er schob das Handtuch fort und spähte ängstlich in ihr Gesicht. »Prue, mein liebstes Mädchen, es tut mir so leid. Ich bin wirklich der größte Narr der Welt. Können Sie mir je vergeben?«

Sie sank neben ihm auf die Knie, Tränen glitzerten in ihren Wimpern. »Es war mein Fehler, nicht Ihrer. Wenn Sie wüßten, welche Angst ich ausgestanden habe, daß Sie gefangengenommen worden seien oder — oder erschossen …« Ihre Stimme brach. Delavale warf das Handtuch zu Boden und zog sie in seine Arme.

Cole sah auf MacLeods rauhes, blutiges Gesicht und grinste. »Sieht so aus, als hätten Sie selbst ganz schön was abgekriegt, Sie wilder Kerl«, sagte er heiter. »Lassen Sie mich sehen, ob ich helfen kann.«

Leicht erstaunt folgte MacLeod ihm gehorsam. Cole führte ihn zum Waschständer, bat ihn, sich danebenzusetzen, und wusch den Riß am Kinn des Schotten aus. »Sind sie Ihnen gefolgt?« fragte er.
»Nein, Mann. Es waren vier, die hier auf uns gewartet haben. Draußen vor dem Hof, wissen Sie.«
Coles geschickte Hände unterbrachen ihre Arbeit. »Sie wußten, daß Sie hierherkommen würden?« fragte er bestürzt.
Delavale hatte die Arme fest um Prudence geschlungen, und sein schmerzender Kopf war vergessen, als er ihr zwischen Küssen zuflüsterte, wie sehr er sie liebte, und ihre leise, vor Rührung bebende Stimme hörte, die ihm zärtliche Antworten zumurmelte. Die anderen im Zimmer existierten nicht mehr, aber durch den Schleier ihres Entzückens hindurch drang Coles erschrockene Frage in Prudences Ohren. Mit einem leisen Schreckensschrei machte sie sich los. Es war ein Zeugnis dessen, was sie alles gemeinsam durchgestanden hatten, daß sie keinerlei Verlegenheit verspürte, weil ihre zärtliche Liebesszene von den anderen beiden beobachtet worden war. »Sagten Sie, die Männer, die Sie angegriffen haben, hätten hier gewartet?«
MacLeod nickte grimmig.
Delavale sagte müde: »Sie haben es begriffen, Prue. Es waren keine Diebe.«
»Lieber Himmel! Es waren doch keine — keine Soldaten?«
MacLeod stand auf und kam herüber, das Tuch an sein Kinn gepreßt. »Nein, Lady. Wahrscheinlich waren sie hinter dieser Geheimbotschaft her, Captain.«
Cole stöhnte. »Sagen Sie bloß nicht, daß Sie sie immer noch nicht überbringen konnten, Captain.«
»Der Mann, dem ich sie hätte geben sollen, war fort«, log Delavale, der Prudences ängstliches Gesicht beobachtete. »Macht nichts, denn das gibt mir die Möglichkeit, Sie sicher nach Highview zu bringen. Lieber Gott, ich hatte keine ruhige Minute, seit ich fort von Ihnen war.«
Dieser inbrünstige Ausruf brachte ihm einen so schmelzenden

Blick ein, daß er sich Mühe geben mußte, sie nicht erneut in seine Arme zu ziehen.
Cole fragte: »Waren sie hinter der Geheimbotschaft her, Sir?«
»Wenn sie das waren, dann war es ein recht unfähiger Haufen. Was halten Sie davon, MacLeod?«
Der große Mann runzelte die Stirn. »Ich weiß nicht, Sir. Sie waren nur mächtig dahinter, Sie abzumurksen. Als Sie zu Boden gingen, hab ich gehört, wie einer von diesen Heiden gerufen hat: *Ist er tot?* Und fort waren sie, ohne noch einen Blick auf mich zu werfen.«
Prudence sagte: »Aber wenn sie nur die Geheimbotschaft wollten, warum sollten sie sich dann darum kümmern, ob Sie tot sind?«
»Warum, allerdings«, erwiderte Delavale. »Es sei denn, ich hätte sie vielleicht erkennen können, und sie hatten Angst, daß ich sie verrate. Was hat mich zu Boden geworfen, Mac? Haben Sie es gesehen?«
»Ja. Eine dünne Schnur quer über die Straße.«
»Die zweifellos locker dalag, bis wir kamen, und dann gespannt wurde. Ein alter Trick, und verdammt wirksam. Aber — mein Gott! Was bin ich doch für ein Dummkopf!« Er stand auf und nahm den beunruhigten MacLeod bei der Hand. »Schon wieder haben Sie mir das Leben gerettet! Sie hätten ihn sehen sollen, Prue, wie er über mir stand und gekämpft hat wie ein ganzes Bataillon, während ich nutzlos dalag.«
Errötend sagte der Schotte schroff: »Sie waren nicht lange nutzlos, Sir. Sonst wäre mir der hier« — er zeigte auf den Schnitt in seinem Gesicht — »durch die Kehle gegangen.«
Sie lächelten einander an, während sie einander fest die Hände drückten und wußten, daß das Band zwischen ihnen tief und stark war und ein Leben lang halten würde.
Ein Klopfen an der Tür kündigte den Tee an, den ein Mädchen mit schläfrigen Augen hereintrug, das zart errötete, weil es sein Nachtgewand trug und die Haare ihr in einem dicken Zopf über die Schulter hingen. Sie brachte kleine Kuchen, Butterbrote und Käse auf dem Tablett mit, doch MacLeod konnte, obwohl er heißhungrig war, kaum die Augen von dem drallen Mädchen losreißen. Sie

lächelte ihm schüchtern zu, als sie das Tablett absetzte, und er sprang zur Tür, um sie ihr aufzuhalten.
Delavale sah Cole an und blinzelte, und der Pferdeknecht murmelte: »Dieser Riesentolpatsch!«
»Nun, Mac«, sagte Delavale, setzte sich wieder und nahm die dampfende Tasse, die Prudence ihm reichte: »Ist Ihnen an diesen Flegeln etwas aufgefallen?«
»Ach, ich...« murmelte der Schotte verträumt. Delavale lachte. Errötend sagte MacLeod: »Äh, es tut mir leid, Sir. Aber Sie müssen zugeben, daß das ein hübsches kleines Ding ist.«
»Nicht gerade klein«, brummte Cole. »Aber die richtige Größe für Sie, würde ich – He, was haben Sie da?«
MacLeod besah das kleine Päckchen, das er in der Hand hielt. »Mistress Hetty hat es mir grad gegeben. Es ist für Sie, Sir.«
»Mistress Hetty, aha?« Belustigt nahm Delavale das Päckchen und öffnete es. Er nahm einen zusammengefalteten Brief heraus und entschuldigte sich, während er ihn schnell durchlas. »Donnerwetter!« Er sah auf und sagte begeistert: »Er ist von diesem Halunken Trevelyan de Villars. Er hat mir Ausweispapiere geschickt.« Er las vor: »... *aufgrund der Unruhen wegen dieser verdammten Jakobiten wäre es gut, wenn Sie Ihren Ausflug einen oder zwei Tage aufschieben und sichergehen, daß Sie Ihre Papiere bei sich tragen. England hat sich verändert, seit Sie es verlassen haben, mein Junge, ebenso wie Ihr Stammsitz. Sie sollten auf eine Überraschung vorbereitet sein.*« Nachdenklich runzelte er die Stirn. »Als er das geschrieben hat, hatte er die Möglichkeit ins Auge gefaßt, daß der Brief abgefangen werden könnte, das ist sicher.« Als er wieder aufsah, begegnete er Prudences besorgtem Blick mit einem Lächeln. »Diese Papiere werden uns gute Dienste leisten, kein Zweifel. Guter alter Treve! Wir sind fast da, meine Freunde! Wir sind fast sicher zu Hause!«

Highview Manor wurde in Reiseführern über die Gegend als dreistöckiger Tudorsitz bezeichnet, der in einem schönen Park mit Waldbestand und Weideland, ungefähr eine Quadratmeile groß, liege. Es war ein Haus mit schönen Proportionen, aus rotem Ziegelstein erbaut, mit weißen, verzierten Balustraden, und besaß vierundfünfzig Zimmer und zahlreiche Nebengebäude. Da es jedoch keine Blickfänge wie Zinnen, Türmchen, Pagoden, Burggräben oder andere hervorragende Einmaligkeiten in der Anlage besaß und nicht einmal ein oder zwei Gespenster zu seiner Empfehlung aufweisen konnte, wurde es nicht sehr häufig von Ausflüglern besucht. Seit zweihundert Jahren der Hauptsitz der Titelerben des Hauses Montgomery, war es mittlerweile vielleicht eine Spur weniger attraktiv als in früheren Jahren, da der jetzige Baron Joseph Montgomery die schönen Gartenanlagen, die vor langer Zeit der Stolz und die Freude von Margaret, Lady Delavale, gewesen waren, hatte herausreißen lassen, da dieser Lord Delavale keine Sympathien dafür hatte, Geld für solche Frivolitäten wie Blumen hinauszuwerfen.

An diesem schönen Sommernachmittag lag tiefe Stille über dem Herrensitz. Nachdem der Rasen ordentlich gemäht worden war, arbeiteten die drei überbeanspruchten Gärtner in der Nähe des kleinen Landhäuschens, einst bewohnt von dem Kindermädchen des jungen Lord Geoffrey Delavale — der vor mehr als zehn Monaten gefallen war — und seiner Schwester, Miss Penelope, die mit ihrem Ehemann, einem verräterischen Jakobiten, aus England geflohen war und deren Namen in Highview nicht ausgesprochen werden durften.

Der Hausherr hatte sich in seinem Studierzimmer eingeschlossen, zusammen mit seinem Busenfreund, Mr. Thomas Beasley, der ungefähr vor einer Stunde in seiner schlammbespritzten Kutsche und mit schweißbedeckten Pferden eingetroffen war.

In der Gesindestube trank Mrs. King, die Haushälterin, zusammen mit dem Butler genießerisch eine Tasse Tee. Groß und breitschultrig war Mr. Hargrave, mit einer stolzen, würdevollen Haltung, gewinnenden Manieren und einem tückischen Temperament, mit dem er häufig die Unglücklichen drangsalierte, die unter ihm dienten. Er war sich wohl bewußt, daß Mrs. King ihn anhimmelte, und obwohl er sie insgeheim eine knochige alte Henne nannte, trug er Sorge, in ihrer Gunst zu bleiben, weil er wußte,

daß Mrs. K, wie er sie nannte, stets Gehör beim Herrn fand und nicht zögerte, ihm über jeden vorzujammern, der sich ihr Mißvergnügen zugezogen hatte. Zwischen diesen beiden Vorstehern der Dienerschaft herrschte ausgezeichnetes Einvernehmen, und so fuhr Mr. Hargrave mit einem vorsichtigen Blick zur Tür fort: »... oh, ich stimme völlig mit Ihnen überein, Mrs. K. Ihre Ladyschaft ist eine schöne Frau. Und sie weiß, wie man Gebrauch davon macht. Aber ich kann nur wiederholen, seit der Geschichte mit diesem seltsamen alten Gentleman, Sir George Somerville, ist sie sehr vorsichtig gewesen. Eine seltsame Affäre«, — er grinste affektiert — »wenn ich dieses doppeldeutige Wort einmal gebrauchen darf, Ma'am. Eine *sehr* seltsame Affäre.«
Mrs. King legte in gespielter Verlegenheit die Hand über die Augen, aber obwohl sie dem Butler versicherte, er sei »so ein böser Junge!«, erinnerte sie ihn nach dieser scherzhaften Ermahnung daran, daß der Gentleman John, nicht George Somerville geheißen habe. Angesichts des leicht verärgerten Stirnrunzelns ihres Gegenübers fügte sie schnell hinzu, daß Mr. Hargrave trotzdem nur zu recht habe. »Hat man je etwas« — sie senkte die Stimme — »je etwas Schändlicheres gesehen, als die Art, wie sie sich dem armen alten Kerl in die Arme geworfen hat? Ich wette mit Ihnen, daß sie den alten Mann nicht eines Blickes gewürdigt hätte, wenn dieser Captain Arrogant Otton nicht mit dem Herrn fort gewesen wäre. Sie können ja kaum die Finger voneinander lassen, Mylady und dieser Captain — wenn er einer *ist.*«
»Sie glauben, der Herr bemerkt nichts, Mrs. K. Aber er hat einen Verdacht, das schwöre ich. Und eines schönen Tages...«

»Eines schönen Tages, Sybil«, murmelte Captain Roland Otton und liebkoste die warme Rundung von Lady Delavales weichem Busen, »wird dein schätzenswerter Gatte uns beim Herumschmusen erwischen. Du gehst zu viele Risiken ein, meine Liebe.«
Sybil wich gereizt zurück und hob den Stickrahmen auf, der auf dem Rasen lag. »Joseph«, murrte sie. »Immer Joseph. Er wird immer lästiger. Ich schwöre es, Roly, der Monat, als du krank warst,

war der trübsinnigste meines Lebens.« Sie wandte die hübschen, aber unzufriedenen braunen Augen dem Mann zu, der an dem Baumstamm neben ihr lehnte. Vor einem Monat hatte Quentin Chandler bei einem verzweifelten Kampf um den Besitz einer wertvollen Geheimbotschaft und ihrer abscheulichen Nichte Penelope sein Schwert Otton in die Brust gestoßen. Otton war von Unterstützern der Jakobiten gefangengehalten worden, hatte es aber zwei Wochen nach seiner Verwundung geschafft zu fliehen und war in einem kläglichen Zustand nach Highview gekommen. Sybil hatte häufig kleine Schäferstündchen mit ihm genossen, während sie ihn gesund pflegte, aber sie hatte den Eindruck, als sei er nicht mehr so feurig wie früher, bevor Penelope mit ihrem Verräter durchgegangen war. Sie musterte ihn eingehend. Seine Blässe schien sein dunkles gutes Aussehen noch zu unterstreichen, und wenn der zynische Zug um seinen Mund auch deutlicher erschien, blickten seine schwarzen Augen im Moment träumerisch und hatten nicht den harten, berechnenden Ausdruck, der gewöhnlich kennzeichnend für sie war.

»Ich gebe zu, daß es nicht der glücklichste Abschnitt meines Lebens war.« Er lächelte die schöne kleine Lady schief an und berührte mit der Hand ein zartes Löckchen, das ihr über die Schulter fiel. »Ich frage mich, warum du immer so begehrenswert bist, wenn du schmollst.«

Ihre Augen leuchteten auf. Begierig lehnte sie sich wieder an ihn und gab sich Mühe, ihm dabei nicht wehzutun. Sie war ein köstlicher Armvoll, Mylady Sybil, mit herrlich schwellendem Busen, der den genesenden Gentleman so erregte, daß er sich aufsetzte, sie unerwartet fest packte, sie über seine Knie zog und weiter auf eine Art küßte und streichelte, die ihren Gatten ebenso sehr aufgebracht hätte, wie sie davon entzückt war.

Schlaff und keuchend lag sie da, als er seufzte und sich wieder an den Baumstamm lehnte. »Bei Gott, Frau, du erschöpfst mich. Wenn dein ehrenwerter Gemahl das gesehen hat, bedauert er wahrscheinlich seine Nächstenliebe, mich nach meinem — Versagen wieder hierher kommen zu lassen.«

»Versagen!« Sie setzte sich auf und ordnete ihr Kleid. »Dieser – dieser ekelhafte Rebell hat dich fast umgebracht! Ich gestehe allerdings, daß ich überrascht war, weil ich dich schon fechten gesehen habe.« Ihre Augen blickten ein wenig wehmütig in die Ferne. »War Chandler sehr gut, Roly?«

»Er hatte Glück!« erklärte er, und seine Augen glitzerten ärgerlich. »Ich hätte diesen Bastard und die Geheimbotschaft gehabt, wäre ... nicht –« Er preßte die Lippen zusammen. Einen Moment hielt er inne, dann sagte er gezwungen: »Ja – krepieren soll er! Er war sehr gut. Ein wirklich großartiger Schwertkämpfer, und er hat mich geschlagen, verdammt noch mal. Und da wir gerade davon sprechen, dein Herr und Gebieter hält sich aber lange mit diesem biestigen Beasley auf.«

Mylady warf einen unbehaglichen Blick zum Haus. »Ja. Thomas klang ganz aufgeregt, als er ankam, hast du – Vorsicht! Joseph kommt!«

»Deine Stickerei«, zischte er und schloß die Augen. »Zumindest begleitet Thomas ihn nicht. Ein fetter Narr auf einmal genügt, nicht wahr, meine hübsche Dirne?«

Sie errötete, hielt den Kopf aber gesenkt, als sie murmelte: »Lasterhaftes Ekel! Wenn er wüßte, wie du ihm Hörner aufgesetzt hast ...«

»Dann wärst du genauso verloren wie ich, meine Hübsche. Und deswegen hast du auch Chandler entkommen lassen – nicht wahr?«

Sybil schnappte nach Luft. Sie warf einen raschen Blick auf das unangenehme Feixen auf seinem Gesicht, und alle Farbe wich ihr aus den Wangen.

»Was zum Teufel treibt ihr hier unten?« schnaufte Joseph, als er bei ihnen ankam, und seine hervortretenden dunklen Augen glitten mißtrauisch von seiner Frau zu seinem schläfrig daliegenden Gefolgsmann. »Man könnte meinen, daß Sie jetzt schon erholter seien, Otton.«

»Sie trauen mir zu viel zu, Sir. Schließlich bin ich auch nur ein gewöhnlicher Sterblicher.«

»Allerdings. Wie Sie letzten Monat bewiesen haben«, erwiderte

Seine Lordschaft, die Hände in die fetten Hüften gestemmt und die Unterlippe verdrießlich über dem fliehenden Kinn geschürzt. Eine leichte Röte stieg in Ottons bleiche Wangen, und sein schöner Mund preßte sich zusammen. Joseph konnte einen Punkt für sich verbuchen, und erfreut erinnerte er ihn: »Ich bezahle Sie, damit Sie meine Interessen verteidigen. Nicht, damit Sie mich im Stich lassen, wenn ich Sie am meisten brauche.«
»Sie haben mich in der letzten Zeit überhaupt nicht bezahlt«, stellte Otton mit einem stählernen Unterton klar.
»Ich bezahle nicht für Mißerfolge. Sie können sich glücklich schätzen, daß Sie hier gepflegt worden sind.«
Ottons finsterer Blick lag kalt und unbewegt auf ihm, und Joseph, der mehr als nur ein wenig Angst vor diesem Mann hatte, fuhr hastig fort: »Wenn Sie dazu fähig sind, dann könnten Sie bald eine Gelegenheit haben, ihre Scharte wieder auszuwetzen.«
Otton erhob sich und machte eine Verbeugung. »Sie sind zu gütig. Der fette Thomas Beasley hat Sie aufgeregt, wie ich sehe.«
Seine Lordschaft, der auf diese unfreundliche Weise an seinen eigenen Umfang erinnert wurde, hatte völlig zu Recht den Verdacht, daß der Hinweis absichtlich gewesen war, und schnauzte: »Beasley hat möglicherweise Unheil von uns allen abgewendet, was mehr ist, als Sie getan haben.«
Sybil streckte die Hand aus, und als ihr Gatte ihr auf die Füße half, fragte sie: »Was ist nicht in Ordnung, Mylord? Wollen Sie etwa sagen, daß Chandler und Penelope gefaßt worden sind?«
»Nicht meine Nichte«, brummte Joseph düster. »Der andere Dorn in meinem Fleisch ist wieder zurück — der Teufel hol den Jungen!«
Mylady stieß einen leisen Schrei aus und preßte die Hand an die Brust. »*Geoffrey*? Aber — aber Sie sagten, er würde Schottland niemals lebend verlassen!«
»Das sollte er auch nicht, seine durchtriebene Seele soll in der Hölle schmoren! Ich habe einen hübschen Preis bezahlt für seine, äh —«
»Für seine Beseitigung?« kam Otton ihm zu Hilfe.
Joseph funkelte ihn an, aber bevor er antworten konnte, kreischte

Sybil: »Ist er hier? In der Nähe? Mein Gott! Mein Gott! Wir sind ruiniert!« Verzweifelt rang sie die kleinen Hände. »Was sollen wir nur tun? Er wird uns den Titel und das Vermögen wegnehmen und uns hinauswerfen! Er hat uns nie gemocht. Wir werden ohne einen Penny dastehen!«

»Beasley hatte die Geistesgegenwart, ihm ein paar Schläger nachzuschicken«, sagte ihr Gatte, reichte ihr den Arm und begann langsam, zurück zum Haus zu gehen. »Sollten sie keinen Erfolg haben, dann bekommen Sie Ihre Chance, Otton. Auf jeden Fall«, brummte er düster, »wenn das Schlimmste vom Schlimmen eintreten sollte — der Junge ist kein Geizkragen. Er wird uns eine angemessene Vergütung zahlen, daran hege ich keinen Zweifel.«

Hinter ihm schürzte Otton verächtlich die Lippen. »Wo ist er jetzt, Sir?«

»Gestern war er in Trowbridge«, erwiderte Seine Lordschaft über die Schulter. »Beten wir zu Gott, daß er nicht weiter nördlich kommt!«

»Vielleicht ist es am besten, Sie schicken mich, Mylord, um Ihren frommen Wunsch zu erfüllen.«

Mylords rundliches Gesicht wurde purpurrot, und er wirbelte herum, die Augen giftig zusammengekniffen. »Passen Sie nur auf, Söldner! Ihre verflixte Zunge wird meine Langmut eines schönen Tages zu sehr strapazieren. Es gibt Dinge, die ich den Behörden erzählen könnte —«

»Ein zweischneidiges Schwert, *Mr. Montgomery*«, unterbrach Otton ihn bissig.

Diese Anspielung dämpfte Josephs Zorn, denn es stimmte, daß er ein gefährliches Spiel wagte. Wenn er Informationen über Otton hatte, konnte dieser Glücksritter ihn ebenso vernichtend denunzieren — und Sybil und Beasley. Joseph wurde klar, und nicht zum ersten Mal, daß man dieses widerspenstige Werkzeug eines Tages in aller Stille und für immer zum Schweigen bringen müßte.

Sybil rief besorgt: »Warum müssen Sie sich streiten? Unser ganzer Lebensstil ist in Gefahr. Wir müssen alle zusammenhalten, um uns zu schützen!«

Otton verbeugte sich mit seiner gewohnten Eleganz. Zumindest für eine Weile war dieser betrügerische Halunke von einem Mann die Gans, die goldene Eier legt, und außerdem war seine Frau, unmoralisches Flittchen, das sie war, eine stets bereitwillige Geliebte, der er recht zugetan war. Mit einem gewinnenden Lächeln sagte er: »Wie immer sind Sie die Klügste, Ma'am. Und ich der Narr. Ich bitte Sie um Verzeihung, Mylord.«

Joseph grunzte besänftigt und ging weiter, seine Frau lächelte dem Captain rasch zu, und Otton warf ihr unauffällig eine Kußhand zu.

Sie betraten das große Haus durch die hintere Terrasse, die in die Bibliothek führte. Dort wartete Beasley, und er sah finster drein, als er Otton hinter Joseph und Sybil ins Zimmer schlendern sah. Beasley, seiner roten, groben Gesichtszüge und seines plumpen Körperbaus unglücklich bewußt, war eifersüchtig auf Ottons gutes Aussehen und seinen herrlichen Körperbau, fürchtete sich vor seinen Fähigkeiten im Kampf und ärgerte sich über die leichte Arroganz, mit der der jüngere Mann ihn behandelte. »Spielt sich auf wie ein richtiger Aristokrat«, hatte er Joseph zugeknurrt, worauf sein Freund die Achseln gezuckt hatte. »Woher willst du wissen, daß er keiner ist?« Darauf gab es keine Antwort, da Ottons Vergangenheit in geheimnisvollem Nebel lag, aber das unbehagliche Gefühl, dieser Söldner könne von höherer Geburt sein als er selbst (der verhätschelte Sprößling einer Bürgerfamilie), trug kaum dazu bei, Beasleys Abneigung gegen den Mann zu verringern.

Sybil ließ sich aufs Sofa sinken und fragte: »Thomas, sind Sie sicher, daß es mein Neffe war? Joseph hat Leute nach Schottland geschickt, um ... äh, um die Dinge zu regeln.«

»Sie haben das für mich arrangiert, Otton«, grollte Joseph. »Noch so ein Schnitzer von Ihnen.«

Otton hatte diesen Angriff erwartet. Kühl sagte er: »Wenn Geoffrey den Schurken entwischt ist, die ich angeheuert habe, dann ist er entweder gegen alle Gefahr gefeit, oder er hatte sehr viel Hilfe.« Mit einem nachdenklichen Stirnrunzeln fügte er hinzu: »Man kann nur hoffen, daß die Helfer keine roten Uniformen getragen haben.«

»Es war Geoffrey, ich sage es Ihnen«, sagte Beasley. »Oder«, fügte er schüchtern hinzu, »vielleicht sollte ich sagen — es war Lord Delavale.«
Otton grinste verstohlen. Seine Lordschaft brauste auf: »Wenn ich den Titel verliere, Tom, dann wirst du wahrscheinlich einen Kopf kürzer gemacht, also grinse nicht so hämisch!«
»Ich habe nichts getan«, sagte Beasley. »Der Junge hat mich nicht gesehen, da habe ich gut aufgepaßt. Außerdem war er beschäftigt. Hatte ein verdammt hübsches leichtes Mädchen bei sich. Dem Wirt hat er gesagt, sie sei seine Verlobte.«
»Verlobte!« keuchte Sybil. »Meine Güte! Denken Sie — denken Sie nur, sie könnte seine Frau sein!«
»Verheiratet oder nicht, in kürzester Zeit wird sie hier sein, wenn sie ein Auge auf das Vermögen geworfen hat«, brummte Otton.
»Sie wird genug zu tun haben, eine Beerdigung zu organisieren«, sagte Beasley. »Ich habe vier gute Männer hingeschickt, Joseph. Geoffrey ist in dieser Minute bereits mausetot!«
Die Tür wurde aufgerissen. Mit vor Aufregung schriller Stimme kündigte Hargrave an: »Lord Geoffrey Delavale!«
Bleich wie der Tod, sprang Sybil auf; Joseph, der gerade einen Schluck Brandy genommen hatte, hustete und ließ sein Glas fallen; Beasley kreischte erschrocken und schnellte zur Tür herum; Otton kniff die Augen zusammen und duckte sich ein wenig, wie jemand, der sich auf einen Angriff vorbereitet.
Geoffrey Montgomery, sechster Baron Delavale, schritt ins Zimmer, weiß vor Zorn. Sein Blick glitt über die Anwesenden und verweilte funkelnd auf seinem Onkel. »Was zum Teufel haben Sie aus den Blumenbeeten meiner Mutter gemacht?« fragte er.
»Ich — ich —« würgte Joseph heraus, das Gesicht wächsern.
»Sie hat diese Gärten geliebt. Mit welchem Recht —«
»Geoffrey! Oh, mein liebster Junge!« Hastig und mit raschelnden Röcken lief Sybil auf ihren Neffen zu, er wurde zwischen zwei weichen Armen gefangen, eingehüllt in eine berauschende Parfumwolke, und sie zog ihn zu sich herab, um ihn zu küssen, alles in einem winzigen Augenblick. Entnervt wich er zurück. »Tante... Sybil«, murmelte er und machte sich unter Schwierigkeiten los.

»Wir haben Sie für tot gehalten, mein liebster Junge.«
»Bei Gott, Geoffrey«, rief Joseph, der etwas verspätet mit ausgestreckten Händen auf ihn zukam. »So eine plötzliche Überraschung! Ein Wunder, daß ich keinen Herzanfall erlitten habe!«
»Dann wissen Sie, wie ich mich fühlte, als ich meine leeren Rasenflächen gesehen habe«, schnauzte Delavale, der die ausgestreckte Hand seines Onkels deutlich übersah.
Joseph funkelte ihn haßerfüllt an. Thomas Beasley ebenfalls. Roland Otton, der die Szene mit hämischem Vergnügen beobachtete, verschränkte die Arme und wartete.
»Und weil wir gerade dabei sind«, fuhr Delavale fort, »hätte ich gerne eine Erklärung, warum meine Schwester gezwungen war, aus diesem Hause zu fliehen.«
»Sie hat sich mit einem von diesen verdammten verräterischen Rebellen eingelassen«, polterte Joseph.
Den Kopf hoch erhoben und leicht nach hinten geneigt, die Verachtung, die seinen Onkel immer wütend gemacht hatte, unter den halb geschlossenen Lidern versteckt, erklärte Delavale gedehnt: »Im Gegenteil, Sir. Penelope versuchte einem alten Freund meines Vaters behilflich zu sein, dem ich Asyl angeboten hatte. Als Oberhaupt dieses Hauses werde ich —«
»Ich hoffe, Sie werden uns«, mischte Sybil sich verzweifelt ein, »diesem bezaubernden Mädchen vorstellen.«
Prudence beobachtete sie von der Tür aus. Delavale stöhnte: »O Gott, schon wieder, nicht wahr?« Er eilte zu ihr und nahm ihre Hand, und sie lächelte auf so aufschlußreiche Weise zu ihm auf, daß Sybil und ihr Gatte einen düsteren Blick wechselten.
Delavale führte sie ins Zimmer und sagte: »Diese Lady ist Miss Prudence MacTavish. Ihr Vater war außerordentlich nett und gastfreundlich zu mir, während ich in Schottland war, und hat sie meiner Begleitung anvertraut. Sie wird einen Besuch bei Verwandten machen. Prudence, darf ich Ihnen meinen Onkel, Joseph Montgomery, und meine Tante Sybil vorstellen.« Sein Blick huschte zu Beasley und Otton hinüber. »Und zwei ihrer Freunde — Beasley, und der dunkle Bursche ist Roland Otton.«

Prudence knickste, überrascht von der hinreißenden Schönheit der goldblonden Sybil und der Bewunderung in den samtschwarzen Augen des bleichen jungen Adonis, den Geoffrey in so beißendem Ton vorgestellt hatte.

Joseph ließ sich zu einer ruckartigen Verbeugung herab; Beasley nickte düster, und Otton lächelte sie anerkennend an.

»Meine Liebe!« rief Sybil, die heftig wünschte, Prudence wäre bereits in der Wiege erstickt, überschwenglich. »Sie können sich nicht vorstellen, welch eine Freude das ist, daß unser Neffe uns wiedergeschenkt wird.«

Prudence sagte mit einem bescheidenen Lächeln: »Ich kann es mir denken, Ma'am.«

Delavale grinste. Otton wandte die amüsierten Augen Joseph zu und begegnete einem mörderischen Blick. Fragend hob er die Brauen. Joseph deutete unmerklich mit dem Kopf zu seinem Neffen. Otton schürzte die Lippen, zuckte die Achseln und nickte. Er erhob sich vom Ende des Sofas und schlenderte zur Kredenz, um sein Glas erneut zu füllen.

»Wir — wir müssen feiern«, erklärte Sybil, ihrer Atemnot trotzend.

»Großartige Idee«, sagte Joseph mit ebenfalls erzwungener Herzlichkeit.

»Unsinn«, sagte Delavale.

Otton kicherte, aber Josephs bleiches Gesicht wurde rasch von ärgerlicher Röte überzogen, und Delavale, der Prudence die Szene ersparen wollte, die folgen mußte, zog an der Klingelschnur.

Daß die Neuigkeit sich schon verbreitet hatte, war offensichtlich, denn fast schon, bevor er sich umdrehte, ging die Tür auf, und herein trat die Haushälterin, die Augen glänzend vor Neugier. Er hatte die Frau nie gemocht, aber man war nicht unfreundlich zu Frauen, und deshalb sagte er mit kühler Höflichkeit: »Wie Sie sehen, Mrs. King, habe ich überlebt, trotz« — er sah seinen Onkel ruhig an —»trotz allem. Miss MacTavish hat eine lange, ermüdende Reise hinter sich und wird sich ausruhen wollen. Bitte führen Sie sie in unsere beste Gästesuite.«

Mrs. King warf Joseph rasch einen Blick zu. »Die Sachen von

Mr. Beasley sind in das blaue Zimmer gebracht worden, Mylord. Ich —«
»Nehmen Sie sie wieder heraus. Mr. Beasley verläßt uns.« Delavale starrte den stotternden Beasley kalt an. »Jeden Augenblick.« Er nahm Prudences Hand und sagte in einem gänzlich anderen Ton: »Mrs. King wird Ihnen zeitweise eines der Mädchen zur Verfügung stellen, Ma'am. Läuten Sie bitte, wenn Sie etwas wünschen.«
Prudence sah Feindseligkeit in Josephs Augen und murmelte erschrocken: »Ich würde es vorziehen, hier bei Ihnen zu bleiben, Sir.«
Er lächelte zu ihr hinab. »Dann kommen Sie zurück, sobald Sie ein wenig ausgeruht sind und Ihre Reisekleider abgelegt haben.« Und für Mrs. King setzte er noch hinzu: »Miss MacTavishs Zofe kommt mit dem Rest Ihres Gepäcks nach. Cole ist mit mir zurückgekehrt. Der andere Mann heißt Stuart MacLeod. Er bekommt ein hübsches Zimmer im Haupthaus. Danke, das ist alles.«
Mrs. King erzitterte vor dem Hochmut in seinem finsteren Blick. Sie fühlte sich genötigt zu knicksen und ging beträchtlich mitgenommen wieder hinaus, Prudence vor sich her geleitend.
Nachdem Delavale ihnen die Tür aufgehalten hatte, schloß er sie wieder und drehte sich um, um in vier starrende Augenpaare zu sehen: zwei zornig, eins ängstlich, und eins dunkel und zynisch undurchdringlich. »Ich würde vorschlagen, Sie lassen uns allein, Ma'am«, sagte er.
Sybil erwiderte mit bebender Stimme: »Ich weiß nicht, warum Sie so — fast *kalt* erscheinen, Geoffrey. Aber — ich bleibe lieber.«
»Nun, sei es drum.« Er wandte die eisigen Augen seinem Onkel zu. »Ich hätte jetzt gerne Rechenschaft von Ihnen, Sir.«
»Was zum Teufel meinen Sie damit?« Joseph nahm eine beleidigte Haltung ein. »Uns wurde mitgeteilt, daß Sie im Kampf gefallen seien. Ich habe meine Pflichten als Oberhaupt des Hauses übernommen und —«
»Und damit fortgefahren, die Ländereien zu ruinieren, die Diener zu entlassen, die meiner Familie viele Jahre lang treu waren, und meine Schwester aus ihrem Heim vertrieben! Sie haben eine seltsame Auffassung von Ihren *Pflichten*, Sir.«

Josephs ärgerliche Röte vertiefte sich, er zog das Notregister des schwachen Mannes und bekam einen Wutanfall. »Sprechen Sie nicht in diesem Ton mit mir, Sie verräterischer Grünschnabel. Glauben Sie, ich weiß nicht, was Sie da oben in Schottland getrieben haben?«

»Wenn Sie wissen, was ich in Schottland gemacht habe, wußten Sie auch, daß ich noch lebte, und hatten so keinerlei Recht, weder den Titel noch das Vermögen zu beanspruchen.«

Joseph blies und schnaubte und polterte schließlich: »Einige Zeit lang glaubten wir der Mitteilung, daß Sie tot seien. Später schien es – schien es unwahrscheinlich, daß Sie Ihre Verwundungen überleben würden. Als wir erfuhren, daß Sie in verräterische Aktivitäten verwickelt waren –«

»Was Sie nur erfahren konnten, indem Sie meine Briefe an meine Schwester abgefangen haben! Ich habe Tim Buchanan hierhergeschickt, und nun gibt es kaum noch Zweifel, daß er verraten und in den Tod geschickt worden ist!« Die Augen zornig zusammengekniffen, machte Delavale einige Schritte vorwärts. »*Ihre* Schuld, mein vornehmer Verwandter?«

Mit nervös zuckendem Gesicht stand Joseph schwerfällig auf. »Seien Sie vorsichtig, Sir!«

»Ich habe Quentin Chandler hergeschickt, und nun erfahre ich, daß er nur dank des Eingreifens meiner lieben Schwester entkommen ist.«

»Chandler ist ein Schurke und ein Verräter. Er war in ein Komplott verwickelt, eine Fracht Gold von den Jakobiten durch England zu schmuggeln! Und als der arme Otton hier darum gekämpft hat, Ihre Schwester vor seinen lüsternen Annäherungsversuchen zu schützen, wurde er für seine Mühe halb umgebracht und hat sich erst jetzt erholt.«

»Zu schade«, sagte Delavale und warf dem Glücksritter einen verächtlichen Blick zu.

»Zweifeln Sie an der Wahrheit dessen, was Ihr Onkel Ihnen erzählt?« Otton machte eine würdevolle Geste. »Es war ein faires Duell, das geb' ich zu. Aber – ich kann Ihnen die Narbe zeigen.«

»Wenn Sie verwundet worden sind, Captain Otton, dann wahrscheinlicher, weil *Sie* versuchten, mit meiner Schwester durchzubrennen. Ich erinnere mich, daß Sie eine Neigung für sie hegten, und es gibt keine Schurkerei, die ich Ihnen nicht zutraue!«

Ottons dunkle Augen blitzten, und er preßte die Kiefer aufeinander, aber er sagte nichts.

Sybil tupfte sich Tränen ab, die nicht das geringste mit Gewissensbissen zu tun hatten, und jammerte: »Welchen Zweck hat das alles? Sie kommen nach Hause und werden herzlich willkommen geheißen, aber — aber dann sagen Sie all diese schrecklichen Dinge und drohen, uns hinauszusetzen ... und was sonst noch alles —«

Beasley, der sie in finsterem Schweigen beobachtet hatte, unterbrach sie roh: »Und warum ist er erst so spät nach Hause gekommen? Ich wette, daß ich es weiß! Er war derjenige, der die Kuriere losgeschickt hat. Wahrscheinlich ist er selbst einer und trägt eine Geheimbotschaft bei sich versteckt!«

Prickelnde Stille trat ein. Delavale, der von einem gierigen Gesicht ins nächste blickte, begriff, daß er in seinem eigenen Haus und durch seine eigene Familie in Gefahr war. Seine Hand fuhr hinunter zum Griff seines Schwerts. Kalt sagte er: »Ich erinnere mich nicht, daß ich Sie um Ihr Geschwätz gebeten hätte, Beasley. Was Ihr Bleiben anbelangt, Ma'am, werden Sie —«

Josephs heiße kleine Augen glänzten bei dem Gedanken, daß sein Neffe, der eine so tödliche Bedrohung darstellte, ebenso die Quelle unsäglichen Reichtums sein könnte. »Zum Donnerwetter, es ist wahr«, sagte er flüsternd. »Er *ist* ein Kurier! Seht nur, wie er nach seinem Schwert greift. Bei Gott, Sie werden die Geheimbotschaft herausgeben, Geoffrey, oder —«

»Seien Sie kein Narr«, sagte Delavale und packte den Griff seines Schwertes fester. »Zwei meiner Männer warten in der Halle, und Miss MacTavish ist oben. Wagen Sie es, mich in meinem eigenen Haus zu bedrohen?«

»Einen Verräter bedroht man nicht«, erklärte Joseph und kam näher.

Delavale riß das Schwert aus der Scheide. »Bleiben Sie zurück, oder bei Gott, ich werde Sie —«

»Sie werden — *gar* — nichts tun«, schnurrte Otton. Er hielt eine schlanke Pistole fest in der Hand und zielte genau auf Delavales Herz.

»Ein Schuß«, sagte Delavale, »und Sie haben jeden im ganzen Haus hier unten.«

»Und fast jeder im Haus hält zu Joseph«, sagte Beasley. »Nicht zu Ihnen. Ich werde Hargrave sagen, daß er die Männer zusammenrufen soll.«

»Wenn Sie einen Schritt näher auf diese Klingelschnur zu gehen, mein fetter Freund«, sagte Delavale, »dann stoße ich Sie nieder. Schauen Sie nicht zu diesem bezahlten Mörder meines Onkels. Er wird es nicht wagen zu schießen, das weiß er ebensogut wie ich.«

Die Tür wurde aufgerissen. Delavale stand mit dem Rücken zu ihr und wagte es nicht, von der Drohung ihm gegenüber fortzusehen.

Otton lächelte. »Wie reizend. Kommen Sie herein, Miss MacTavish.«

Erschrocken nach Luft schnappend, wirbelte Delavale herum. Er war auf einen alten Trick hereingefallen. Anstelle von Prudence stand Mrs. King auf der Schwelle und stierte mit ihren Glotzaugen auf die Szene.

Delavale sprang sofort zurück, aber Otton machte einen Satz wie ein Panther und warf mit der Pistole nach ihm. Delavale neigte sich zur Seite und riß sein Schwert nach oben, aber mit dem Mut der Verzweiflung packte Sybil einen schweren Kerzenhalter und warf ihn so treffsicher, daß Delavale das Schwert aus der Hand geschlagen wurde. Otton packte ihn am Handgelenk und verdrehte es; Beasley umklammerte brutal seinen zweiten Arm. Joseph hob die tolpatschige Faust, in seinen Augen glitzerte Triumph.

Mrs. King, die ihre Fassung wiedererlangte, kreischte: »*Soldaten!* Soldaten sind im Haus!«

XXI

Prudence dankte dem schüchternen Mädchen und schritt in ihrem hastig gebügelten rosa Seidenkleid in die Halle. Die Treppe wand sich in einer Spirale die drei Stockwerke des Hauses nach oben, und als sie zum Schacht ging, konnte sie ins Erdgeschoß sehen. Sie sah zahlreiche Diener, die in der Haupthalle umherschwirrten, und man hörte aufgeregtes, leises Geschnatter, aus dem vor allem die Stimmen des großen Butlers und der Haushälterin herauszuhören waren. Prudence lächelte schwach. Sie hatten wohl allen Grund, unruhig zu sein, denn danach, was Geoffrey ihr erzählt hatte, hatten sie seine arme Schwester jämmerlich unglücklich gemacht. Sie fühlte sich unbehaglich, als sie an ihn dachte, wie er allein im Salon mit Joseph und seinen Spießgesellen war, und ging schnell die Treppe hinab.

Sie kam gerade den letzten Absatz herunter, als sie bemerkte, daß die Diener sich zerstreut hatten und draußen Aufregung herrschte. Beklommen verlangsamte sie ihre Schritte. Mrs. King schoß förmlich durch die Halle und rannte auf den Salon zu. Prudences Herz begann zu flattern, als sie folgte. Sie kam gerade zur Tür, um Mrs. Kings dramatische Ankündigung zu hören. Wieder hatte die kalte, vertraute Hand der Furcht sie gepackt. Es waren keine Uniformen zu sehen, aber die Haushälterin war eindeutig zu Tode erschrocken. »Mein Gott!« keuchte sie. »Ich will das nicht. Ich will nicht!«, und floh den Weg zurück, den sie gekommen war, ohne neben Prudence haltzumachen.

Prudence eilte in den Salon, schloß die offene Tür und lehnte sich wie betäubt dagegen. Die Anwesenden standen unbeweglich in einer Gruppe beieinander, wie die Figuren in einer Scharade. Geoffreys Schwert lag auf dem Boden; Otton und Beasley hielten ihn an den Armen fest, und Joseph Montgomerys Faust war drohend geballt.

Hinter der Tür erklang eine Stimme, die sie mit Abscheu erfüllte. »Wo ist der Herr? Nein, nicht Montgomery. Captain Lord Delavale. Ich weiß, daß er hier ist!«
Prudence schrak zusammen, der Name *Cunningham!* dröhnte ihr in den Ohren.
Das Stilleben geriet in Bewegung. Otton ließ Delavale los, hob das heruntergefallene Schwert auf und reichte es ihm, Beasley rannte zu einem Lehnstuhl und ergriff schnell ein Glas Wein. Sybil und Joseph setzten sich eilig aufs Sofa. Geoffrey lief zur Kredenz und leerte den Inhalt einer kleinen zerknitterten Tüte in eine Konfektschale. Sein Haar war zerzaust, und er fuhr schnell mit der Hand hindurch, was wenig nützte. Prudence eilte an seine Seite; er blickte sie finster an, als sei er verärgert, sie hier zu sehen.
»Guten Tag, Captain Delacourt.«
Delavale riß seine Augen von Prudences bestürztem kleinen Gesicht los und drehte sich um, die Brauen in scheinbarer Überraschung hochgezogen. »Colonel Cunningham! Donnerwetter, Sie reisen aber schnell.«
»Und in trauriger Mission«, erklärte Cunningham mit zweifelhafter Aufrichtigkeit, denn in seinen harten Augen loderte Triumph. »Sie können sich nicht vorstellen, wie sehr es mich bekümmert, daß ich einen meiner Offiziere wegen Desertion festnehmen muß . . . zumindest wegen Desertion.« Da Delavale nichts anderes als höfliches Interesse zeigte, dachte er, daß die Sache schwieriger sein würde, als er gehofft hatte, und sagte mit bedauernder Miene: »Wie geht es Ihnen, Miss MacTavish? Ich freue mich, Sie in Sicherheit zu sehen, aber es tut mir leid, daß Sie in solcher Gesellschaft sind.«
»Was zum Teufel soll diese Bemerkung heißen?« fragte Joseph beleidigt.
»Mein Onkel, Sir«, sagte Delavale, in dessen Kopf sich die Gedanken überschlugen. »Mr. und Mrs. Joseph Montgomery — Colonel Cunningham. Mr. Beasley. Und dies ist —«
»Wir kennen uns.« Der Colonel ließ den Blick nachdenklich über Otton gleiten, nachdem er sich vor den Montgomerys und Beasley

kurz verneigt hatte. »Wahrhaftig, Sie erstaunen mich immer wieder, mein lieber Roland. Ich dachte, ich hätte Sie in Flandern zum letzten Mal gesehen, und da sind Sie wieder. Ich frage mich, wohinter Sie diesmal her sind. Ein Schatz?«

Fünf erschrockene Augenpaare wandten sich Otton zu. Er lächelte ein wenig. »Immer, Sir. Immer. Und Sie?«

»Mein Schatz ist leider wertlos.« Cunninghams Blick kehrte zu dem dunkelhaarigen jungen Mann zurück, der groß und schlank neben dem Mädchen stand. Delavale sah stolz und seltsam königlich aus, und das Haar des Mädchens leuchtete wie eine Flamme um ihr bleiches Gesicht. Gleichgültig dachte er: *Sie sind ein hübsches Paar. Schade.* Und er schnalzte mit den Fingern.

Delavale blieb regungslos stehen, als ein Sergeant und ein Kavallerist durch das Zimmer marschierten und sich neben ihn stellten. Sein Mut sank, aber wie immer, wenn sich Gefahr näherte, durchfuhr ihn erregtes Prickeln. »Sir?« sagte er und schaffte es, erstaunt zu klingen. »Soll ich daraus schließen, daß Sie glauben, ich sei desertiert?«

»Ich frage mich, warum ich so etwas annehmen sollte«, sagte Cunningham mit einem verzerrten Lächeln. »Nur weil Sie einen Decknamen benutzten, als Sie in Schottland waren?«

»Ich glaube, daß Sie verärgert sind, Colonel, aber die Wahrheit ist die, daß ich nach meiner Verwundung mehrere Monate lang völlig dienstuntauglich war. Die Leute, die mich auf dem Schlachtfeld gerettet haben, verwechselten mich mit dem armen Delacourt. Man sagte mir, das sei mein Name, und ich habe es geglaubt.«

»Gedächtnisschwund nennt man das, glaube ich.« Cunningham lächelte. »Wie praktisch.«

Joseph Montgomery wäre hocherfreut gewesen, wenn sein Neffe sich so entgegenkommend gezeigt hätte, an seiner Verwundung zu sterben. Er wäre nur ein klein wenig von Gewissensbissen geplagt worden, wenn Beasleys gedungene Mörder ihren Auftrag hier in England ordentlich ausgeführt oder Ottons Leute in Schottland Erfolg gehabt hätten. Aber daß Geoffrey in den Tower geschleppt, verhört und eventuell zum Verrätertod verurteilt wurde, paßte ihm überhaupt nicht. Es war nicht die Aussicht, daß sein Neffe gefoltert und getötet werden könnte, die ihn entsetzte. Er hatte für keines der Kinder seines Bruders Verwendung und wußte sehr wohl, daß Geoffrey ihn nicht mochte. Er wußte ebenfalls, daß der Junge ihn und Sybil angemessen — und wahrscheinlich großzügig — versorgen würde. Wenn Delavale dagegen den Verrätertod starb, würde sein Landbesitz eingezogen, und Joseph würde ohne einen Penny zurückbleiben. Eine scheußliche Lage. Deshalb griff er jetzt ein, obwohl er sehr große Angst hatte; seine Stimme war noch lauter als gewöhnlich. »Was zum Teufel fällt Ihnen ein, Sir, hier hereinzuplatzen und meine liebe Frau zu erschrecken? Wir hatten kaum Zeit, meinen Neffen und seinen Gast willkommen zu heißen. Und seit wann ist es ein hochverräterischer Akt, sein Gedächtnis zu verlieren? Weit sind wir gekommen, wenn ein Peer wegen solch eines Unsinns kurzerhand zur Rechenschaft gezogen werden kann! Genausogut könnten Sie mich verhaften, weil ich ihn für gefallen hielt!«

»Ganz und gar nicht, Sir.« Mit einem Glitzern in den kalten Augen erwiderte Cunningham: »Ich hege keinerlei Zweifel, aus welchem Grund Sie das getan haben.«

»Zum ... Teufel ...!« Purpurrot stand Joseph auf und trat nach vorn.

Cunninghams Stimme klang eisig. »Es ist nur fair, Sie zu warnen, Mr. Montgomery, daß jeder hier, der versucht, sich in diese Sache einzumischen, als Mitverschwörer verhaftet wird!«

Sybil wimmerte vor Schreck und rannte zu ihrem Gatten, um sich an seinen Arm zu klammern. Die hochrote Farbe wich aus Josephs Gesicht, und er führte sie in den hinteren Teil des Zimmers, wenigstens zeitweise aus der Gefechtslinie.

»Nun zu Ihnen, Captain.« Cunningham drehte sich wieder zu Delavale um. »Die erste Anklage gegen Sie lautet Desertion im Kriege. Der zweite und Hauptanklagepunkt bezichtigt Sie, Rebellion und Unruhe unter den Schotten geschürt zu haben, zahlreichen Staatsfeinden geholfen zu haben, ihrer Strafe zu entfliehen, und unter dem Namen Ligun Doone hochverräterische Aktivitäten gegen die Krone unterstützt zu haben.«

Angesichts dieser schrecklichen Liste von Verbrechen fühlte Prudence sich wie betäubt, und ihr wurde übel. Sybil kreischte und sank halb ohnmächtig in die Arme des bleichen Joseph. Delavale, dessen Gesichtsausdruck nachsichtige Belustigung zeigte, beschloß, daß er im schlimmsten Falle versuchen würde, sich freizukämpfen. Es war besser, schnell zu sterben.
Ehrlich überrascht, sprang Otton auf und rief aus: »Bei Gott! Ich dachte, Doone sei ein Schotte!«
»Das ist er auch«, sagte Prudence und versuchte, laut und deutlich zu sprechen, obwohl ihre Lippen sich kalt und wie taub anfühlten. »Es ist ein Irrtum, das ist alles.«
Delavale murmelte: »Versteh ich richtig, Colonel, daß Sie mich im Verdacht haben, ein Schotte zu sein? Nein, wirklich, ich versichere Ihnen, daß ich in diesem Haus hier geboren wurde.«
Erzürnt, weil seine Beute keinerlei Panik zeigte, krächzte Cunningham: »Ich klage Sie an, Ligun Doone zu sein, und nicht, daß Sie Schotte sind. Ich will Sie jedoch nicht darum bitten, das zu widerlegen. Zweifellos hätten Sie erneut einen *Gedächtnisausfall*, und ich verabscheue es, Zeit zu verschwenden. Es wird leichter für Sie, Mylord, wenn Sie jetzt gestehen und die Geheimbotschaft herausgeben.«
Ob es ein Bluff war oder ob Cunningham sicher wußte, daß er die Geheimbotschaft bei sich trug, konnte Delavale nicht erraten. Er runzelte die Stirn, als sei er verdutzt. »Geheimbotschaft? Sir, ich muß Sie enttäuschen. Ich habe keine Geheimbotschaft.«
»Nun, es tut mir leid, Mylord. Sie lassen mir keine Wahl, als Sie zu durchsuchen.«
Zitternd vor Schreck und überzeugt, daß die unheilvolle Geheimbotschaft genau in diesem Moment in der Konfektschale lag, stotterte Joseph: »Einen *Peer* durchsuchen? Zur Hölle, der Kerl redet daher wie ein Halbidiot. Was soll das alles mit dieser Geheimbotschaft?«
»Nichts, das Sie zu beunruhigen braucht, Mr. Montgomery«, sagte Cunningham. »Es sei denn, es stellt sich heraus, daß Ihr Neffe sie bei sich oder in diesem Hause versteckt hat. In diesem Falle wird

es meine unglückselige Pflicht sein, Sie alle zu verhaften. Nun, Mylord? Haben Sie sich entschlossen, vernünftig zu sein und sie herauszugeben?«

»Ich glaube, ich bin ein vernünftiger Mensch, Sir. Aber wenn Sie mich — oder mein Haus — durchsuchen wollen, würde ich gerne Ihre Vollmacht sehen.«

Cunninghams Gesicht wurde starr. In Wahrheit hatte er keine Vollmacht. Sein General hatte bezweifelt, daß irgendein englischer Aristokrat, der von den Schotten brutal behandelt worden war, sich anschließend so für sie einsetzen würde. Und ebensowenig hatte er sich beim Gedanken an die Konsequenzen wohl gefühlt, wenn ein Peer des Königreiches irrtümlich verhaftet wurde. Begierig nach einer Beförderung und überzeugt, daß sein Verdacht gerechtfertigt war, hatte Cunningham über den Kopf seines Generals hinweg gehandelt und Seiner Gnaden, dem Duke of Cumberland, die Sache unterbreitet. Seine Gnaden, wütend über die Erfolge von Ligun Doone, hatte ihm von Herzen beigepflichtet. Er sagte, er habe Eigeninitiative bei seinen Offizieren immer gelobt, und wenn Cunningham die Sache schaukelte, würde er ihn *angemessen und dankbar belohnen.* Das bedeutete natürlich die langersehnte Beförderung, aber Cunningham machte sich keine Illusionen. Wenn die Sache schiefging, würde Seine Gnaden keinen Anteil daran haben, und der erste, der den Löwen vorgeworfen wurde, war er.

In seiner Haltung konnte man jedoch keinen Hinweis auf diese Tatsache sehen, als er kalt und unbeugsam erklärte, für Verräter brauche man keine Vollmachten. »Sergeant, ich befehle, daß Lord Delavale entkleidet und gründlich durchsucht wird. Lassen Sie keinen Saum und keine Naht an seiner Kleidung aus. Wir suchen ein kleines Stück Pergament mit einem Gedicht. Otton — seien Sie so gut und führen Sie die Ladies aus dem Zimmer.«

Delavale drehte sich zu Prudence um und ergriff ihre Hand. Sie war eiskalt, und er drückte sie und sagte ruhig: »Meine liebe Lady, es tut mir wirklich leid, daß Ihre Ankunft in Highview auf diese lächerliche Weise verdorben worden ist. Ich fürchte, der arme

Cunningham ist schlecht beraten, aber wir müssen ihn gewähren lassen, also fürchten Sie bitte nichts.«

Sie verstand den Hinweis und murmelte: »Aber, Mylord, es ist eine solche Schande. Wollen Sie nichts dagegen tun?«

»Nicht nötig, Ma'am. Meine Anwälte werden sich mit der Sache befassen.«

Er sah so ruhig, so gelassen aus; auf keinen Fall furchtsam. Cunningham, der erstmals leichte Nervosität verspürte, brauste auf. »Sehr beeindruckend«, knurrte er. »Captain Otton?«

Zehn Minuten später zupfte Delavale mit grimmig zusammengepreßten Lippen und innerlich kochend die Spitzen an seinen Handgelenken zurecht, schlüpfte in die Jacke, die der Butler ihm gebracht hatte und erkundigte sich: »Nun, Colonel? Sie haben einige Kleidungsstücke, die vollkommen in Ordnung waren, und ein Paar teure Stiefel in Fetzen gerissen. Ich habe Ihnen erklärt, warum ich Sie nicht von meiner wahren Identität verständigt habe. Ich habe Ihnen erzählt, wie Miss MacTavish und ich gewaltsam aus Lakepoint entführt und als Geiseln festgehalten worden sind, und warum ich es erst jetzt geschafft habe, hierher zurückzukehren. Ich habe noch kein Fünkchen eines Beweises gegen mich gehört.«

»Das werden Sie noch, Mylord«, sagte der Colonel mit einem verkniffenen Lächeln. »Ein Zeuge ist hierher unterwegs, der Ihren Verrat so erdrückend bezeugen wird, daß Sie ohne eine Hoffnung auf Begnadigung verurteilt werden müssen. Otton, als ehemaliger Offizier im Dienst unseres Königs frage ich Sie, ob dieser Verräter Ihnen irgend etwas ausgehändigt hat, als er ankam? Haben Sie gesehen, wie er irgend etwas versteckt hat, oder wie er zu einer Schublade oder einem Schrank gegangen ist? Auf die Ergreifung von Ligun Doone ist eine hohe Belohnung ausgesetzt, ganz zu schweigen von der Summe für die Geheimbotschaft, die er wahrscheinlich dabeihat.«

Der käuflichen Natur seines gedungenen Schwerts und seines Mangels an Loyalität irgend jemand anderem als sich selbst gegenüber nur zu bewußt, starrte Joseph Otton in stummer Verzweiflung an. Beasleys Herz schlug wie verrückt, und er begann verzweifelte Pläne zu schmieden, wie er sich selbst von jedem Verdacht der Komplizenschaft mit Joseph reinwaschen konnte. Delavale stand ganz still da, vorbereitet auf die Worte, die sein Urteil sprechen würden. Otton hatte gesehen, wie er die Bonbons in die Konfektschale leerte. Der undurchdringliche Blick des Mannes ruhte auf ihm. Er wußte es. Nur ein paar Worte, und er konnte die Belohnungen einsammeln, während der Rest von ihnen der Verhaftung ins Gesicht sehen mußte — Delavale zwang sich, nicht an dieses Schreckliche zu denken.

Otton sagte aalglatt: »Es ist ein großes Glück, daß ich hier bin, als Ihr Ohr und Ihre Augen, Captain. Ich sah Delavale das Haus betreten. Seither bin ich ihm nicht von der Seite gewichen. Meines Wissens hat er nichts versteckt, seit er herkam.«

Delavale wurde von einem Zittern geschüttelt. Seine Hände waren plötzlich feucht, aber er wagte es nicht, Erleichterung zu zeigen, und sagte stirnrunzelnd: »Ich kann nur hoffen, daß Sie jetzt zufrieden sind, Sir.«

Cunninghams Kinn reckte sich grimmig nach vorn. Er warf einen finsteren Blick auf die zerrissenen Kleidungsstücke, die der Soldat immer noch durchwühlte. Dann sah er Delavale scharf an und sagte: »Bringen Sie bitte die Ladies herein, Sergeant.«

Delavale verspürte erneut Anspannung.

Otton murmelte: »Ich wünschte, ich hätte bessere Nachrichten für Sie, Sir. Vielleicht sollten Sie seinen Sattel durchsuchen.«

»Meine Leute kümmern sich darum. Nein, ich halte es für wahrscheinlicher, daß er die Geheimbotschaft seiner Lady — äh, Freundin gegeben hat.«

»Sie gehen zu weit, Cunningham«, knirschte Delavale. »Ich habe Miss MacTavish hierher begleitet. Glauben Sie ernsthaft, ich würde sie in Gefahr bringen, wenn ich diese Geheimbotschaft hätte, von der Sie sprechen?«

Archibald Cunningham war ein unbarmherziger, ehrgeiziger Mensch, aber er war ein guter Offizier, und er kannte die Männer. Er war ganz sicher, daß nichts Delavale dazu hätte bringen können, eine Lady in Gefahr zu bringen. Aber er war jetzt ebenfalls sicher, daß das Mädchen Delavales Achillesferse war, und er gedachte, sich diese Tatsache zunutze zu machen. »Kommen Sie herein, Miss MacTavish«, rief er freundlich. »Arme Lady, Sie haben eine recht traurige Zeit hinter sich, erzählt Seine Lordschaft. Ergriffen von Dieben und Mördern und in einer großen Höhle gefangengehalten! Bei Gott, kein Wunder, daß er sich sicherer fühlte, wenn das Gedicht in Ihrem Besitz war. Ich will es Ihnen abnehmen, Ma'am.«

Prudence hatte gefürchtet, was sie wohl vorfinden mochte, als sie wieder in den Salon zurückkehren durfte. Sie war erleichtert, Geoffrey zwar bleich und wütend, aber unversehrt zu sehen, und bemerkte ebenso seinen warnenden Blick, als sie ruhig antwortete: »Das sollte einfach genug sein, Colonel, außer, daß ich mich nicht erinnern kann, daß Seine Lordschaft mir je ein Gedicht gegeben hätte.«

In Ottons Augen tanzten Fünkchen, als er murmelte: »Ich melde mich hiermit freiwillig, die Lady zu durchsuchen.«

Prudence wich instinktiv zurück.

Fluchend sprang Delavale auf ihn zu, und der Sergeant und der Kavallerist packten ihn an den Armen und rissen ihn zurück. »Wenn Sie irgendwie Hand an sie legen«, tobte er, »Gott ist mein Zeuge, ich schwöre, dann werde ich —«

»Sie werden in den Tower gesperrt, Captain«, schnauzte Cunningham ihn an. »Und es sieht so aus, als hätten Sie vor, diese arme Lady mit sich in den Tod zu reißen.« Er schritt näher auf Delavale zu und donnerte: »Geben Sie die Geheimbotschaft heraus und verschonen Sie sie!«

»Ich habe Ihre Geheimbotschaft nicht — verdammt!«

»Gehorsamsverweigerung«, sagte Otton tadelnd. »Sir, ich frage mich —«

Die Tür zur Halle wurde aufgerissen. Der Butler sagte: »Colonel Cunningham. Hier ist ein Mann, der nach Ihnen fragt.«

»Bringen Sie ihn herein!« Mit glänzenden Augen sagte Cunningham: »Jetzt werden Sie sehen, wie dumm es von Ihnen ist, mich anzulügen, Delavale!«

Eilige Schritte in der Halle, und jedes Auge heftete sich auf die Tür. Ein Mann kam heran, blieb kurz auf der Schwelle stehen und trat ins Zimmer.

Prudences Furcht war gerechtfertigt, Verzweiflung überwältigte sie. Delavale sank das Herz in die Kniekehlen, und er dachte noch ängstlich: *Wir sind so weit gekommen. Fast wären wir entkommen* ... Prudence sah ihn an, Tränen zitterten an ihren Wimpern. Irgendwie brachte er es zustande, sie anzulächeln.

»Mr. Sidley«, sagte Cunningham und ging auf den Neuankömmling zu. »Mein lieber Mann, wie freundlich von Ihnen, den ganzen Weg hierher zu kommen. Ich habe mich noch nie so gefreut wie über Ihr wunderbares Entkommen.«

»Wunderbar, allerdings«, antwortete Sidley, den strengen Blick auf Delavale geheftet. »Ich bezweifle, daß Sie mir glauben, Sir, wie froh ich war, Ihrer Aufforderung zu folgen und hier herunter zu kommen. Solch verabscheuungswürdiger Verrat darf nicht ungestraft bleiben.«

»Das soll er auch nicht länger, das verspreche ich Ihnen. Wir brauchen nur noch die Bestätigung durch einen Zeugen, wie Sie es sind. Hatten Sie irgendeinen Verdacht, Sie armer Kerl, welches Los Sie erwartet hat, als sie dem Plan zustimmten, den Captain Delavale vorschlug?«

»Nein, Sir. Ich verabscheue die Jakobiten zutiefst und war gewillt, nein begierig, zu tun, was ich konnte, um den Verräter festzunehmen. Aber ich gestehe, ich hatte gehofft, sicher wieder nach Lakepoint zurückzukommen, wie der Captain — ich dachte, sein Name sei Delacourt, Sir — wie der Captain sagte.«

»Ja. Und statt dessen wurden Sie ergriffen und gefangengenommen und fast umgebracht! Ich kann mir gut vorstellen, wie Sie sich gefühlt haben müssen, als Sie den Captain ankommen sahen.«

»Es gibt keine Worte, um das auszudrücken. Ich dachte, dieser große Barbar hätte ihn getötet, Sir. Und im nächsten Augenblick richtete er seine rohen Fäuste gegen mich. Mein Kopf schmerzte noch Tage danach, und ich war nicht annähernd so schwer verletzt wie der Captain.«

Cunningham runzelte leicht die Stirn. »Wie dieses? Sie meinen — einer der Rebellen hat sich geirrt?«
»Oh, ich glaube nicht, daß ich das so nennen würde, Colonel. Sie hassen uns, wissen Sie. Und in gewisser Weise kann ich sie nicht dafür tadeln, denn hätte mein Junge überlebt, bin ich sicher, daß er nicht gern gesehen hätte, was der Duke of Cumber . . «
»Ja, gut, kümmern Sie sich nicht darum. Ich meine, als sie bemerkten, daß ihr Anführer zu ihnen kam, müssen sie wild gewesen sein vor Freude. Und Sie, mein lieber Mann, Sie müssen geglaubt haben, Sie hätten über Ihre kühnsten Erwartungen hinaus Erfolg gehabt.«
Sidley schüttelte recht verzagt den Kopf. »Oh. Nun, *ihn* habe ich nie gesehen, wissen Sie.«
Delavale, der den ehemaligen Butler eindringlich beobachtet hatte, verspürte bereits erste Regungen der Hoffnung. Er wagte es nicht, Prudence anzusehen, und wartete gespannt.
»Ihn nie *gesehen?*« wiederholte Cunningham und funkelte Sidley an. »Aber Sie sagten doch gerade, Sie sahen, wie Delavale hereinritt.«
»O ja. Ich habe den Captain gesehen und Miss MacTavish, die arme Lady. Aber ich habe den Mann, den sie Ligun Doone nennen, nicht gesehen. Darauf haben sie gut aufgepaßt.«
Während der folgenden Totenstille wurde Cunningham zuerst sehr weiß, dann sehr rot. »Wollen Sie sagen«, knurrte er, »wollen Sie sagen, daß der Mann, der vor Ihnen steht —« Er deutete wütend mit dem Arm in Delavales Richtung. »Wollen Sie sagen, er ist *nicht* Ligun Doone?«
Sidley riß die Augen weit auf, und sein Kinn sackte mit bewunderungswürdigem, wie Delavale dachte, Erstaunen herab. »Captain . . . *Delacourt* . . .?« keuchte er.
»Nein!« brüllte Cunningham, wild vor Enttäuschung. »Captain Lord Geoffrey Delavale!«
»Lord?« fragte Sidley beeindruckt. »Ich wußte nicht, daß Sie ein Lord sind, Sir.«
In Delavales Augen begannen fröhliche Fünkchen zu tanzen, als er sagte: »Nun, sehen Sie, ich —«

»Ich gebe keinen Pfifferling darauf, ob Sie wußten, daß er ein Lord ist, oder nicht«, schrie Cunningham. »*Ist* er Ligun Doone oder *nicht?*«

»Nun, natürlich ist er es nicht, Sir«, antwortete Sidley. »Wenn er das gewesen wäre, hätten sie wohl kaum versucht, ihn umzubringen. Fast hätten sie es auch geschafft. Wirklich, ich freue mich sehr, daß ich Sie gesund sehe, Mylord«, fügte er hinzu und sah Delavale strahlend an.

»Das ist eine Verschwörung!« tobte Cunningham mit purpurrotem Gesicht. »Verdammt, ich werde Sie —«

Mit stählern klingender Stimme unterbrach Delavale ihn. »Sie wären gut beraten, wenn Sie von dieser unglückseligen fixen Idee ablassen. Ich habe den größten Respekt vor Ihrem Rang und Ihren Fähigkeiten, Colonel, aber ich muß Sie warnen, wenn Sie nicht mit dieser Verfolgung aufhören, werde ich keine andere Wahl haben, als die Sache in die Hände meiner Anwälte zu legen und offiziell Beschwerde bei der Gardekavalleriebrigade einzulegen. Sie sind in mein Haus eingedrungen, haben meine Diener eingeschüchtert, meine Familie erschreckt, mein Eigentum zerstört, mich bedroht, und alles ohne die Spur eines Beweises.« Und einmal in seinem Leben machte er von seinem Rang Gebrauch und fügte hart hinzu: »Als britischer Peer bin ich nicht gezwungen, mir solchen Unsinn gefallen zu lassen. Mein Pate, der Duke of Marbury, wird jeden Augenblick hier erwartet, und es täte mir leid, Seine Gnaden mit diesem Fiasko behelligen zu müssen.«

Das war ein wirkungsvoller Hieb. Marbury war ein Vertrauter Seiner Majestät, ein Mann von ungeheurem Reichtum und ungeheurer Macht, und dafür bekannt, ein friedlicher, eher gelangweilter Mensch zu sein, der sich in einen furchteinflößenden Gegner verwandeln konnte, wenn man ihn reizte. Hin und her gerissen zwischen Wut und Selbsterhaltungstrieb, kaute der Colonel auf seiner Unterlippe herum, ballte die Fäuste, funkelte Delavale an und sagte heiser, zu seinem letzten Strohhalm greifend: »Nichtsdestotrotz haben Sie sich unzweifelhaft der Desertion schuldig gemacht, und —«

»Ah — ich habe ganz vergessen, Ihnen das zu sagen. Während meiner Krankheit in der Höhle habe ich mein Gedächtnis wiedererlangt. Deshalb bin ich, sobald wir England erreicht hatten, zu der Garnison in Bath geritten, habe meine Abwesenheit erklärt und dem diensthabenden Offizier erklärt, daß ich meinen Abschied nehmen werde. Major Price-Danby war äußerst verständnisvoll. Er hat meine Papiere nach Whitehall geschickt und mir gesagt, ich könne mich als auf Genesungsurlaub betrachten, bis die Entlassung in Kraft tritt.«

Bebend vor Demütigung knirschte Cunningham: »Sehr schlau. Sie glauben, Sie haben gewonnen, aber wir werden sehen, wer zuletzt lacht, Delavale!« Er drehte sich um und stampfte hinaus, nur vor Sybil, deren Reize wenig dazu beigetragen hatten, seine Wut zu beruhigen, hielt er zu einer kurzen Verbeugung inne.

Immer gewahr, wenn ein Gentleman sie begehrenswert fand, rief sie aus: »Oh, armer Colonel! So eine Enttäuschung. Wir dürfen Sie nicht so ärgerlich fortgehen lassen. Hier ...« Sie war auf das Sofa gesunken, als Cunningham ankam, und hatte so nicht beobachtet, wie Delavale die Konfektschale gefüllt hatte, aber als sie sah, daß Süßigkeiten darin lagen, nahm sie sie und bot sie dem finster dreinschauenden Offizier mit einem Rascheln ihrer Röcke an.

Delavale hielt den Atem an. Er trat neben den Colonel und sagte: »Sir, ich hoffe, das führt nicht dazu, daß Sie sich gekränkt fühlen.«

Cunningham achtete nicht auf ihn und streckte die Hand nach dem einzigen blau eingewickelten Sahnebonbon aus.

»Ich hatte wirklich nicht ... die Absicht ...« Delavales Stimme wurde schwach.

Cunningham, dessen Blick wieder zu seiner Beschäftigung mit Sybils schönem Busen zurückgekehrt war, stolperte, als Delavale gegen ihn taumelte und der Länge nach zu Boden fiel, wobei er Sybil die Schale aus der Hand schlug und die Bonbons auf dem Boden verstreute.

Mit einem Aufschrei rannte Prudence zu ihm. »Das ist eine seiner Ohnmachten! Armer Junge!«

Es herrschte Bestürzung, als sie um den zusammengebrochenen Mann herumstanden, aber als Sidley ängstlich fragte, ob er etwas

Brandy holen sollte, bemerkte Prudence, daß von den Bonbons, die auf dem Teppich herumlagen, kein einziges blau eingewickelt war. Sie rieb Delavales reglose (und zusammengeballte) Hand. Joseph brüllte nach einem Lakaien, der zur Apotheke reiten sollte. Sybil, die krankhafte Angst vor dem Tod hatte, wich zurück und stöhnte, ihr Neffe sehe aus, als sei er tot, und nur Otton, der wieder auf der Sofalehne saß, sah ruhig und amüsiert zu.
Colonel Cunningham beugte sich seiner Niederlage und stampfte hinaus, ohne ein Sahnebonbon.

Highview Manor war selten schöner, als wenn es in den warmen Glanz des Sonnenuntergangs getaucht lag, und dieser Nachmittag bildete keine Ausnahme. Die rosigen Strahlen beleuchteten eine geschäftige Szenerie: Auf der Eingangstreppe lag ein kleiner Berg Gepäckstücke. Diener und Lakaien beeilten sich, den Kasten der nächstbesten Kutsche zu beladen, und das Gespann stampfte mit den Hufen und schnaubte ungeduldig loszutraben.
Überhaupt nicht begierig fortzukommen, weinte Sybil, als sie in die Kutsche gehoben wurde. Mit einem nachdenklichen Blick auf Delavale schwang Otton sich in den Sattel seines großen Braunen.
»Wir werden uns wiedersehen, glaube ich«, murmelte er.
»Meinen Sie?« fragte Delavale mit deutlichem Mangel an Begeisterung.
Das rote Gesicht im Licht der Abendsonne noch röter, grollte Joseph: »Eine schöne Belohnung für mein Stillschweigen! Sie sind äußerst anmaßend, Neffe, uns hinauszuwerfen. Ich frage mich, was Ihr armer Papa denken würde.«
Delavale packte ihn fest am Arm und führte ihn außer Hörweite. »Erlauben Sie mir, Ihnen zu sagen, was er denken würde, Sir — daß ich ein Narr bin, Sie laufenzulassen, ohne Anzeige gegen Sie zu erheben!«
»Und wofür, möchte ich wissen, verdammt noch mal?«
»Für versuchten Mord an mir. Nicht einmal — sondern mehrere Male.«
»Bei Gott, Sir! Ausgerechnet so eine verfluchte, gemeine Lüge! Wagen Sie es, anzudeuten —«

»Nein, Onkel. Ich deute nicht an. Ich stelle fest. Wir wurden in Lakepoint von Männern angegriffen, deren einziges Ziel es war, mich umzubringen. Einer davon trug einen bunten Lederrock. Mir kam es vor, als hätte ich diesen Rock schon einmal gesehen, aber erst kürzlich ist mir eingefallen, wo. Es war hier im Dorf — im *Blauen Eber.* Zufall? Kaum. Und als Sie erfahren haben, daß ich Schottland verlassen hatte und wahrscheinlich unangenehm lebendig hier eintreffen würde, haben Sie Mörder ausgeschickt, die sicherstellen sollten, daß Sie den Titel und den Besitz, die Sie sich widerrechtlich angeeignet haben, behalten könnten.«

»Nun, Sie — Sie undankbarer ... verdammter junger ... undankbarer Kerl!« polterte Joseph, sehr bleich im Gesicht. »Sie haben wohl kaum eine Möglichkeit, diese — diese Schauergeschichte zu beweisen!«

»Nein. Weil Ihre Möchtegern-Mörder zweifellos in alle Winde verstreut sind. Aber *ich* weiß es, Onkel. Und *Sie* wissen es. Sie wären gut beraten, sich mit dem Trostpreis des Hauses in der Stadt und einer Abfindung zu begnügen. Aber — nehmen Sie das zur Kenntnis — sollte mein Leben plötzlich enden, aus irgendeinem Grund; sollte Miss MacTavish auf irgendeine Weise verletzt oder bedroht werden, dann werden meine Anwälte in ihrem Safe eine schriftliche Erklärung finden, die in einem solchen Fall geöffnet werden soll. Der Duke of Marbury hat dieselbe Erklärung. Ihre Verhaftung unter der Anklage der Verschwörung, des versuchten Mordes und Verrats wäre noch das geringste. Vielleicht würden man Ihre vergangenen Taten auf sich beruhen lassen. Ich bezweifle es.«

Josephs dickes Gesicht nahmen eine teigige Farbe an. Er machte den Mund auf, aber nur ein undeutliches Gebrabbel kam heraus, und er schloß ihn wieder und starrte das ernste Gesicht seines Neffen in hilflosem Verdruß an.

Bedauernd sagte Delavale: »Traurig, daß es so weit gekommen ist, daß ich so mit dem Bruder meines Vaters reden muß. Aber ich glaube, mein alter Herr wäre Ihnen gegenüber weniger nachsichtig gewesen. Leben Sie wohl, Onkel Joseph. Ich glaube, es ist besser, wenn wir uns nicht wiedersehen. Ich bin sicher, daß Sie mit der Abfindung, die ich Ihnen zahlen werde, behaglich leben können. Aber Sie hoffen besser, Sir, daß *ich* ein reifes Alter erlebe.«

Delavale blieb vor der Salontür stehen und bemühte sich, den grimmigen Blick aus seinen Augen zu verscheuchen, bevor er fröhlich eintrat.

Prudence saß neben dem leeren Kamin und unterhielt sich mit Sidley, der aufsprang, als Delavale hereinkam. Geoffrey ging mit ausgestreckter Hand auf ihn zu.

»Mein lieber Mann! Wie konnten Sie so edelmütig sein, mir zu Hilfe zu kommen, während ich Ihnen so übel mitgespielt habe?«

Sidley ergriff recht schüchtern die Hand Seiner Lordschaft und erwiderte seinen festen Händedruck. »Übel, Sir? Kaum. Oh, ich gebe zu, Sie haben mich sauber hereingelegt, aber ich war nicht lange in dieser abscheulichen Höhle, bis mir klar wurde, wieviel einfacher es für Sie gewesen wäre, mich kurzerhand umzubringen. Und nachdem ich eine Weile mit diesen armen Teufeln zusammen war-. . .« Er schüttelte den Kopf und lächelte schief. »Nichts auf der Welt ist nur schwarz oder weiß, nicht wahr? Als ich entkam —«

»Wie haben Sie das fertiggebracht?« warf Delavale ein, setzte sich neben Prudence und bedeutete dem Butler, sich einen Stuhl zu nehmen.

»Wir hatten einen großen Sturm, Sir«, erklärte Sidley. »Mehrere der Rebellen versuchten, in dem Tumult nach Norden durchzukommen, und glücklicherweise gelang es mir, mit ihnen hinauszuschleichen, eingewickelt in ein gestohlenes Plaid. Manchmal war es ziemlich brenzlig, muß ich sagen, aber mit einem riesigen Glück traf ich auf einen Trupp Dragoner und wurde zurück nach Inverness begleitet.«

Prudence warf eifrig ein: »Sidley hat mir einen Brief mitgebracht, lieber Sir. Mein Papa und alle anderen sind heil und unversehrt! Sie sind nach Lakepoint zurückgekehrt, als sie erfuhren, daß Cunningham fort war, und konnten die Behörden überzeugen, daß sie vor einer Bande mordlustiger Deserteure geflohen waren, die das Haus auf der Suche nach Wertsachen angegriffen haben. Unsere Diener haben das natürlich bestätigt, und Papa sagt, solange sie *ein untadeliges Leben* führen, wie er es nennt, dürfte es keine Schwierigkeiten mehr geben. Oh, wenn Sie nur wüßten, wie erleichtert ich bin!«

Er lächelte sie verständnisvoll an. »Natürlich weiß ich das, Ma'am. Sidley, was ist mit dem armen Briley?«

»Heil und sicher davongekommen und zurück nach — ich glaube, er sagte Sussex, Mylord. Anscheinend ist dort eine hübsche Lady, der er sehr zugetan ist. Ich — äh, ich glaube, eine Countess ...«

»Ah, ja. Lady Aynsworth. Ihre Zwillinge haben in meinem Regiment gedient ...« Einen Moment lang umwölkte Trauer seine Augen. Dann sagte er: »Ich bin dankbarer, als ich sagen kann, aber ich wünschte, Sie glaubten mir, daß ich nie den leisesten Gedanken gehegt habe, Sie umbringen zu lassen.«

»Ich glaube es, Sir. Wenn ich daran denke, wie ich mich Ihnen gegenüber in der Höhle benommen habe, um dann zu erfahren, daß meine Frau und meine Schwägerin, weit davon entfernt, zu verhungern, wie ich befürchtete, großzügig von einem *anonymen Gentleman* unterstützt worden sind ...« Er beugte sich vor und fügte mit sehr ernstem Blick hinzu: »Ich weiß, wer dieser Gentleman war, Mylord. Ohne Ihre freundliche Sorge um einen Mann, der zumindest ein Pfahl in Ihrem Fleisch war, hätte ich womöglich eine Katastrophe vorgefunden. Nun, wie die Dinge liegen, als Colonel Cunningham einen Sergeant geschickt hat, um mich hierher zu begleiten, war ich nur zu froh, ein wenig wiedergutzumachen, was Sie für mich getan haben.«

»Sie haben es mehr als wettgemacht. Und trotzdem möchte ich Sie noch um einen Gefallen bitten. Sagen Sie — haben Sie vor, nach Inverness zurückzugehen?«

Sidley sah trübe drein. »Ich glaube, das werde ich, Sir. Es ist hart, so weit fort von meiner Frau zu sein, aber sie scheint sich endlich doch zu erholen, und — und ich bin Mr. MacTavish und seiner Schwägerin sehr zugetan. Und die — die Bezahlung ist so ...«

»Ich verstehe Sie. Wir hatten einen ausgezeichneten Butler, als meine Eltern noch lebten. Ich glaube leider, er hat eine Anstellung anderswo gefunden. Und meinen gegenwärtiger Butler« — Delavales

Gesichtsausdruck wurde düster —»werde ich nicht länger dulden.« Er warf einen Blick auf Sidleys hoffnungsvolles Gesicht und fuhr fort: »Sehen Sie, ich dachte, daß auf dem Grundstück ein sehr bequemes Häuschen steht, das für Ihre Familie sehr geeignet wäre. Und ich hoffe, ich bin kein Geizkragen; ich werde gerne anderthalbmal soviel zahlen wie MacTavish —«

Prudence rief empört aus: »Sie charakterloser Wicht! Sie wollen meinem Papa seinen feinen Diener ausspannen!«

Er lachte und nahm ihre Hand. »Nein, aber Sie müssen doch zugeben, daß es sehr angenehm für Mrs. Sidley wäre, ihren Mann wieder bei sich zu haben.«

»O S-sir«, rief der Butler bebend. »Meinen Sie das ernst? Wenn — wenn das nur möglich wäre!«

»Es war ganz bestimmt meine Absicht, aber« — Delavale seufzte — »ich wage es nicht, Miss MacTavish zu verärgern. Sie könnte sonst nach Hause zurückwollen, und noch eine Seereise mit ihr würde ich nicht ertragen, glaube ich.«

»Sie schlimmer, schlimmer Kerl«, sagte Prudence mit einem trillernden Lachen. »Wie *Sie* uns alle dirigieren, wohin Sie wollen! Natürlich habe ich nichts einzuwenden, Mr. Sidley. In der Tat, nichts wäre entzückender als —«

Und errötend und verwirrt brach sie ab, weil sie keinerlei Recht hatte, sich so etwas anzumaßen. Wie seine Absichten ihr gegenüber auch sein mochten, Mylord Delavale hatte kein einziges Wort gesagt, das sie hätte glauben lassen können, daß er sie zu seiner Frau machen wollte.

XXII

Delavale, der nun wieder mit dem Geist unbeugsamen Besitzrechtes vertraut war, handelte sehr schnell. Mrs. King und ein erzürnter Mr. Hargrave bekamen drei Monatslöhne überreicht und wurden entlassen. Die gesamte Dienerschaft wurde zu einer Zusammenkunft in der Halle zusammengerufen, wo Mr. Sidley als der neue Butler vorgestellt wurde. Beifallsrufe ertönten, als Delavale ankündigte, daß, wenn möglich, die Lady, die Haushälterin seines Vaters gewesen war, wieder die Stellung einnehmen würde, die sie verlassen hatte. Ein Pferdebursche wurde im Galopp mit einem dringenden Brief an Seine Gnaden, den Duke of Marbury, zu dem großen Besitz geschickt, auf den Delavale Prudence am vergangenen Vormittag aufmerksam gemacht hatte. Ein weiterer Pferdebursche wurde, begleitet von Stuart MacLeod, mit einer Kalesche zum *Schwarzen Löwen* bei Trowbridge geschickt, wo eine errötende Mistress Hetty Burnett, als sie MacLeods bewunderndem Blick begegnete, hocherfreut das Angebot annahm, die Zofe von Miss Prudence MacTavish zu werden. Man schickte nach dem Küchenchef, einem trübseligen Franzosen, der unsagbar über die Unterredung mit Highviews neuem Butler erfreut war. Begeistert kehrte er in die Küche zurück und erklärte, daß er sich nun Menüs ausdenken würde, die angemessen waren für jemanden, »der weiß, wie man die *haute cuisine* bestellt!« Und nicht zu vergessen, wurden die Hunde, die drei Jahre lang hinter den Ställen eingesperrt gewesen waren, freigelassen und spielten verrückt vor Freude darüber, wieder mit ihrem lange verlorenen Abgott vereint zu sein. Beeindruckt von den knappen Befehlen, der kühlen Tüchtigkeit und der Natürlichkeit, mit der Geoffrey die Rolle des Herrn über diesen großen Besitz ausfüllte, wurde Prudence, wie von einem Wirbelwind zu einem Rundgang durch die wichtigsten Zimmer

entführt, informiert, daß MacLeod bald mit ihrer neuen Zofe zurückkehren werde, und liebevoll ermahnt, sie solle hinaufgehen und sich bis zum Dinner ausruhen.
Sie hatte keine Ahnung, daß sie verlassen worden war, bis sie sich um sechs Uhr auf den Weg nach unten machte. Mr. Sidley stand in der Haupthalle und blickte wie erstarrt auf einen Brief, den er in der Hand hielt. Erst bei ihrem zweiten Ruf blickte er auf, und sein Gesichtsausdruck war so benommen, daß sie Bescheid wußte. Ihr Herz schien sich zusammenzukrampfen. Sie eilte die restlichen Stufen hinunter. »Was ist los? Hat Mylord —«
»Er ist fortgeritten, Miss«, sagte er heiser. »Er — hat dies hier dagelassen ...«
Mit zitternden Händen nahm sie den zusammengefalteten Bogen, den er ihr entgegenstreckte, und erbrach das Siegel:

Schönste und liebste aller Schiffskameradinnen,

ich habe nach meinem Paten und sehr guten Freund, dem Duke of Marbury, geschickt. Wahrscheinlich kommt er morgen an, und für den Fall, daß ich unvermeidlicherweise aufgehalten werde, wird er für Sie zu sorgen wissen und sich um Ihre Zukunft kümmern.
Ich bete, daß wir uns wiedersehen, aber sollte das nicht möglich sein, wird die Erinnerung an Ihre Schönheit, Ihren Mut und Ihr klagloses Ertragen der zahlreichen Schicksalsschläge während unserer Reise immer in meinem zärtlichen Andenken bleiben —

Ihr ergebenster Bewunderer,
Delavale

Kalt und wie betäubt, blickte sie rechtzeitig auf, um noch zu sehen, wie der Butler ein anderes Papier in seine Tasche steckte. Er antwortete ausweichend auf ihre Frage, und als sie es mit plötzlicher Heftigkeit zu sehen verlangte, streckte er es ihr wortlos hin.
Undeutlich wurde ihr bewußt, daß er den Arm um sie gelegt hatte; daß er mit sehr sanfter Stimme etwas zu ihr sagte. Aber die einzigen

Worte, die sie verstand, waren die, die von der kühnen männlichen Hand auf das Pergament geschrieben worden waren. *Letzter Wille und Testament von Geoffrey John Montgomery, Baron Delavale.*

Nachdem Delavale Prudence erfolgreich getäuscht, Stuart MacLeod aus dem Weg gelockt und Cole in dem Glauben gewiegt hatte, er würde nicht mehr so spät am Tag aufbrechen, ritt er in gleichmäßigem Tempo nach Süden, entschlossen, daß kein anderer die Gefahr mit ihm teilen solle. Ein Paar geladener Pistolen steckte im Sattelhalfter, und er hatte sein langes *Andrea Ferrara*, sein Lieblingsschwert, um die Hüfte geschnallt.
Nach und nach schwenkte er nach Osten und wußte so sicher, daß er verfolgt wurde, als könne er den großen Braunen und den dunkelhaarigen Mann, der sich so sorgfältig außerhalb seines Blickfelds hielt, sehen. Ottons Weigerung, gegen ihn auszusagen, war nicht in Mitleid, sondern in seiner Gier begründet, das wußte er sehr gut. Der gewinnsüchtige Mann hatte sich einen Teil der Geheimbotschaft durch die Finger schlüpfen lassen, und wenn Delavale sich nicht sehr täuschte, hatte Otton nicht die leiseste Absicht, sich diesmal von Cunningham oder irgend jemandem sonst übervorteilen zu lassen.
Die Sonne ging in strahlendem goldroten Leuchten unter, als Delavale seine Stute auf eine holprige Brücke lenkte, ihr plötzlich die Sporen gab, den Steg wie der Blitz überquerte und unter das alte Gemäuer ritt. Nur einige Augenblicke später klapperten Hufe über ihm. Seine Lippen verzogen sich zu einem grimmigen Lächeln, als Otton die Brücke auf der anderen Seite hinunterritt, dann preschte Delavale im Galopp in das Birkenwäldchen, das vor ihm lag. Eine halbe Stunde später ließ der sechste Sinn, der Delavale mehrmals auf dem Schlachtfeld gerettet hatte, ihm leise prickelnde Finger das Rückgrat hinabtasten. Er verlangsamte sein Tempo, hörte nachfolgende Hufschläge ebenfalls langsamer werden und fluchte kräftig.
Erst lange nachdem der Mond aufgegangen war, wich er aus, machte Umwege und ritt im Kreis, aber als er müde in den Hof eines kleinen drittklassigen Gasthauses ritt, hatte man ihn kaum in ein Zimmer ge-

führt, als Rufe im Hof draußen einen weiteren Ankömmling ankündigten. Ein Blick durch das Fenster zeigte ihm einen großen Braunen und einen Mann, der leicht stolperte, als er absaß. Delavale attackierte die Nachtluft mit lästerlichen Flüchen und überlegte, ob es ratsam sei, mitten in der Nacht wieder aufzubrechen. Aber es war sehr wahrscheinlich, daß der verschlagene Otton für diesen Fall bereits jemanden bestochen hatte. »Der Teufel soll ihn holen«, brummte Delavale. »Ich werde mir meinen Schlaf nicht rauben lassen!« Und er ging zu Bett.

Vor dem Morgengrauen war er auf und unten im Stall. Der Braune war fort, und ein Stallknecht mit schläfrigen Augen sagte ihm, der »andere Gent« sei vor einer halben Stunde fortgeritten. Schäumend vor Wut saß Delavale auf.

Und von neuem ging es los. Die Ablenkungsmanöver, die weiten, ziellosen Umwege. Aber Roland Otton war bei all seiner Entschlossenheit kaum von seiner Verwundung erholt, und Delavale kämpfte nicht um seinen eigenen Gewinn, sondern für zahlreiche Menschenleben. So kam es, daß Otton nach einer Weile, während der er fast gemächlich geritten war und seine Beute aus den Augen verloren hatte, seinem Pferd die Sporen gab, als er plötzlich schnelles Trommeln von Hufen hörte. Sein Brauner stürmte aus der Baumgruppe heraus, und im selben Augenblick wurde Otton von einer unsichtbaren, kräftigen Hand aus dem Sattel geworfen.

Der Atem blieb ihm weg, und ein oder zwei Minuten lag er ausgestreckt am Boden, dann stöhnte er und blinzelte zu einem Paar glänzender Stiefel und einer blitzenden Schwertschneide empor, die von irgendwo oben kam und ihn an der Kehle kitzelte. Er versuchte, seine Augen auf einen Punkt zu konzentrieren, und sah verschwommen ein sehr unliebsames Gesicht, das finster auf ihn hinabblickte. »Verdammt«, knurrte er, »Sie haben Ihren Gaul im Schritt gehen lassen ... während Sie ein Seil über den Weg gespannt haben ... nehme ich an.«

Delavale lächelte freudlos. »Wie du mir, so ich dir. Und da Sie nun im Nachteil sind, werden Sie mir sagen, ob Quentin Chandler in meinem Haus mißhandelt worden ist?«

Otton starrte auf die glitzernde Schneide. »Erlauben Sie mir, mich aufzusetzen.«
»Oh, ich glaube nicht. Mir paßt es sehr gut, wie es ist.« Die Schwertspitze stach ihn ein wenig fester. »Wurde er mißhandelt?«
»Er wurde — verhört.«
»Genauer, bitte.«
Otton preßte die Lippen zusammen. Das Schwert stach ein wenig tiefer zu, und ein kleiner roter Fleck erschien auf dem weißen Halstuch. »Er war verwundet, wurde nach Highview transportiert und war so unklug, sich zu weigern — äh, kooperativ zu sein.«
Delavale fluchte leise, und das Schwert stach tiefer.
Ottons Hände gruben sich in das Gras neben ihm. Er keuchte: »Verdammt noch mal! Das sind die Wechselfälle des Krieges!«
»Die Wechselfälle von Gier und Barbarei! Aber da Sie nach diesem Glaubenssatz leben, werden Sie nichts dagegen haben, wenn ich meine Rechte als Gewinner dieses Turniers beanspruche.«
Grimmiger Abscheu lag in den dunklen Augen über ihm, und eine ebenso grimmige Absicht. Otton hatte schon lange gewußt, daß genau so ein Augenblick wie dieser ihm früher oder später bevorstand. *Hat keinen Zweck,* dachte er, *jetzt zu winseln.* Seine Finger packten das Gras fester. Er lächelte unehrlich. »Wenn Sie meinem Leben ein Ende machen, Delavale, können Sie in einer Hinsicht beruhigt sein — meine Familie wird Ihnen dafür danken.«
»Und die Welt wäre von einem herzlosen Schurken und Schürzenjäger und Mörder befreit!«
Ärger blitzte in den schwarzen Augen auf. »Warum zögern Sie dann noch, Mylord Tugendsam? Tun Sie Ihr Bestes für die zivilisierte Welt — und fahren Sie zur Hölle! Stoßen Sie zu, Mann, und fertig!«
Delavale zog die stählerne Schneide zurück. Otton versuchte, auf die Knie zu kommen, um dem Tod ins Gesicht zu sehen, aber er war zu schwindelig und sank wieder zu Boden. Er gab keinen Ton von sich, aber sein Gesicht war sehr weiß und schweißbedeckt. Delavale zögerte. Was auch sonst immer, dieser Glücksritter war kein Feigling. Kein Gewinsel, keine flehendes Schluchzen um Gnade. Auf den Ellbogen gestützt, begegnete Otton mit seinen schwarzen Au-

gen Delavales Blick mit stolzem Trotz. Neugier ergriff Geoffrey. Er fragte: »Wer sind Sie? Ich meine — wie lautet Ihr richtiger Name?«
Die schmalen Lippen krümmten sich zynisch. »Roland Fairleigh Mathieson.«
»Jupiter!« Delavale starrte ihn an.
Otton sagte mit schwacher Stimme: »Noblesse oblige. Sind Sie wirklich Ligun Doone?«
Immer noch starr vor Erstaunen, daß dieser charakterlose, gewinnsüchtige Mensch der Sproß einer der besten Familien des Landes war, runzelte Delavale die Stirn. »Was macht das für einen Unterschied?«
»Ich würde gerne den Wert meines Henkers kennen . . .«
»Nun schön. Ich bin es. Aber — versuchen Sie niemals, es zu beweisen.«
Ottons Blick wurde scharf.
Delavale trat zurück und hob sein Schwert hoch. »Ich bin ein Narr und werde es zweifellos bereuen«, sagte er und nahm die Zügel des großen Pferdes.
Otton, der zum erstenmal Panik zeigte, rief: »Nein! Lassen Sie Rump da. Ich — ich bitte Sie.«
»So ein Narr bin ich nun auch wieder nicht«, sagte Delavale und schwang sich in den Sattel. »Außerdem brauche ich ihn, um zu meinem eigenen Pferd zu kommen.«
Otton verfluchte ihn wild und kämpfte darum, auf die Beine zu kommen.
Delavale wendete das Pferd. »Rump?«
»Eine Abkürzung für — Rumpelstilzchen.«
Delavale schürzte die Lippen und sagte: »Ich hätte es mir denken können. Gold ist Ihr Gott, nicht wahr, Otton?«
»Weil er . . . mit den Füßen stampft, verdammt!«
Delavale sah ihn nachdenklich an, dann ritt er davon.
Otton rief verzweifelt bittend: »Lassen Sie ihn laufen, wenn Sie bei Ihrer Stute sind. Ich gebe Ihnen meinen feierlichen Eid, ich werde Ihnen nicht folgen.«
»Hah!«

»Verdammt! Delavale! Gott, hätte ich nur meine Pistole! Delavale!« Und mit krächzender Stimme, die klang, als gehöre sie nicht zu ihm: »Bitte — ich bitte Sie!«
Delavale gab dem Pferd die Sporen und ritt weiter. Als er sich einen Augenblick später umblickte, sah er, wie Otton sich ihm nachschleppte, dann aber zusammenbrach und still liegenblieb. Er zügelte den Braunen und sah stirnrunzelnd auf die schlaffe, entfernte Gestalt. Der Mann war ein Geier. Er hatte alles versucht, um Penelope zu verführen, hatte zweifellos seine Hand im Spiel gehabt, als der arme Quentin gefoltert worden war, und hatte ohne die geringste Spur von Gewissensbissen versucht, ihn selbst zu ermorden. Achselzuckend ritt Delavale weiter.
Aber als er bei seiner Stute ankam, ließ er den Braunen laufen.

Er war erhitzt und erschöpft und verdrossen, aber sooft er sich auch umsah, konnte er kein Anzeichen von nachfolgenden Reitern entdecken, und schließlich wagte er sich den langen Abhang hinunter, der in das Dorf führte — in dem geschäftiges Treiben herrschte, denn es war Markttag, und die Straße war voller Menschen. Gefährte rumpelten auf ihr dahin, beladen mit frischem Gemüse und Molkereiwaren; stämmige Freisassen trieben vielversprechendes Vieh heran; Hausfrauen schleppten sich mühsam mit Körben voller Schinken und Sülzen vorwärts; Bauern kamen mit ihren stabilen Karren angefahren; und überall herrschte gutgelauntes Lärmen und Durcheinander.
Delavale kam in engen Kontakt mit einem Wagen voller Hühner in Kisten und Eierschachteln. Ein Gänsemädchen schimpfte, als seine Stute ihrer Gänseherde zu nahe kam, und er ritt zur Seite, auf einen Dragonersergeant zu, der neben der Straße auf seinem Pferd saß und ihn eingehend beobachtet hatte.
»Donnerwetter«, rief Delavale mit einem reuevollen Grinsen aus, »ich sehe, ich habe mir den falschen Tag ausgesucht, um nach Greater Shottup zu reiten. Man riskiert ja sein Leben!«
Es war unwahrscheinlich, dachte der Sergeant, daß ein schuldbewußter Mann so von seinem Weg abweichen würde, um mit einem

Soldaten zu plaudern. Deshalb berührte er respektvoll die Stirn und sagte, daß manche von diesen Bauersleuten keine Unterschiede vor dem Adel machten. »Zu dem Sie gehören, wie ich sehe, Sir«, fügte er hinzu. »Ein prächtiges Pferd haben Sie da.«

Delavale stimmte dieser Bemerkung zu, und sie begannen eine längere Unterhaltung über die Vorteile von Arabern gegenüber englischen Vollblütern, die schließlich zu dem Grund führte, warum Mylord Delavale nach Greater Shottup gekommen war. Sie trennten sich freundschaftlich, und der Sergeant zeigte Seiner Lordschaft den Weg zu der alten Kirche und erklärte ihm, daß Father Charles Albritton, obwohl ein Fremder aus Little Snoring auf der anderen Seite des New Forest, ein gediegener junger Mann war, der vorübergehend den momentan unpäßlichen Vikar vertrat.

Delavale dankte ihm und lenkte seine Stute durch das Menschenmeer, bis er heil vom Marktplatz fort war und sich der anmutigen Kirche näherte. Er ritt um sie herum an die Seite und stieg an einer Stelle ab, wo er sein Pferd im Schatten einiger Bäume festbinden konnte. Er sah kein Anzeichen von Leben, noch von einer Aussätzigentür. Er wanderte um die Kirche herum bis zur Vordertür, und von dort zur Westseite. Die Gärten waren traurig vernachlässigt, und ein hölzerner Bogengang, überwuchert von Kletterrosen, war gegen einen Eckstein gesunken. Während er sich einen Weg durch die Trümmer und um den herabhängenden Bogen bahnte, sah er endlich die alte kleine Tür, die auf Augenhöhe in die Mauer eingebaut worden war, so daß die Aussätzigen draußen stehen und dem Gottesdienst folgen konnten. Er schlenderte hinüber, um sie zu untersuchen, dann drehte er sich um und spazierte anscheinend ziellos weiter, aber seine scharfen Augen blickten sich wachsam nach möglichen Beobachtern um. Als er sich schließlich überzeugt hatte, daß er sicher war, ging er schnell zurück, nahm das verhängnisvolle Stückchen Pergament aus dem Ärmelaufschlag seines Hemdes und legte es auf den breiten Sims der Aussätzigentür.

Er schloß diese traurige kleine Tür gerade, als er mehr fühlte als hörte, daß jemand dicht hinter ihm war. Seine Hand schnellte zum Griff seines Schwerts. Halb zusammengekrümmt wirbelte er herum und schwang das Schwert mit der breiten Klinge, daß der Stahl vor den Augen verschwamm. Und im Herzen fühlte er das schmerzliche Bewußtsein, daß er im Augenblick des Triumphs verloren war, denn der Mann hinter ihm hielt eine Pistole mit langem Lauf fest auf ihn gerichtet.

Stuart MacLeod und Mistress Hetty Burnett erreichten Highview Manor kurz nach Einbruch der Dunkelheit. Der Jubel des großen Schotten schwand, als er in die verzweifelten Augen von Miss MacTavish blickte. Sidley trat auf sie zu und murmelte, der Herr sei vor ungefähr vier Stunden fortgeritten, und MacLeods Zorn verwandelte sich in Sorge, als er entdeckte, daß Delavale nicht nur ihn von seiner gefährlichen Mission stillschweigend ausgeschlossen hatte, sondern auch Cole entwischt war.
Hetty wußte nicht Bescheid, was dieses plötzliche Gefühl des Unheils herbeigeführt hatte, aber der tragische Ausdruck in den blauen Augen des hübschen schottischen Mädchens bedrückte ihr weiches Herz. Sie verlor keine Zeit, ihre neue Lady zu bemuttern und alles zu tun, um sie zu trösten und ihr beizustehen. Prudence wurde verhätschelt und verwöhnt und in ein großes, luxuriöses Daunenbett gesteckt. Tränenlos lag sie in einem dumpfen Nebel des Jammers da und starrte in die Dunkelheit, überzeugt, sie könne kein Auge schließen, aber als die Dämmerung mit bleichen Fingern die Wolken streifte, fiel sie in sanften Schlaf.
Um elf Uhr kam der Pferdeknecht vom Landsitz Dominer zurück und brachte die Nachricht, daß Seine Gnaden, der Duke, gegenwärtig in Sussex sei und man nicht wußte, wo genau. Prudence tat es nicht leid. Sosehr sie Geoffreys Bemühungen, sie mit Ehrbarkeit zu umgeben, schätzte, war sie doch nicht in der Laune, mit Fremden zu plaudern. Sie beschäftigte sich, indem sie durch die zahllosen Räume des Anwesens wanderte und sich vorstellte, wie Geoffrey und seine Schwester hier gelebt hatten, stieß auf ein hervorragendes Porträt von ihm und mußte davor davonlaufen, innerlich so niedergeschmettert, daß sie das Haus nicht mehr ertrug und hinaus auf das Grundstück floh. Manchmal hatte er ihr während der weniger

schrecklichen Augenblicke ihrer Fahrt auf der *Maid o' Moidart* mit sanfter Stimme von seinem Heim erzählt. Während ihres Elends damals hatte sie nicht sehr auf seine Worte geachtet, aber jetzt fielen sie ihr wieder ein. Freundschaftlich begleitet von einem Spaniel namens Flower, suchte sie das alte Sommerhäuschen auf, wo Geoffrey und Penelope immer Kreuzzug gespielt hatten, oder Rundköpfe und Royalisten; und von dort aus fand sie sein liebstes geheimes Versteck im Wald, in das er sich als sehr kleiner Junge zurückgezogen hatte, als seine geliebte Mama aus dem Leben gerufen worden war, und wenn andere kindliche Sorgen zu schmerzlich gewesen waren, um sie mitzuteilen — selbst Penelope nicht.

Der Tag schleppte sich dahin, ein leerer Nachmittag wich einem quälenden Abend und einer bedrückenden Nacht. Hetty blieb bei ihr, bis sie im Stuhl einschlief und ins Bett gepackt wurde, und Prudence war wieder allein mit ihrer Angst und ihren Gebeten.

Auch mit einer neuen Morgendämmerung kam keine Nachricht: kein Geräusch schneller Hufschläge, keine fröhliche, lachende Stimme.

MacLeod war still und trübselig, aber immer in der Nähe. Cole dachte sich zahllose Ausreden aus, zum Haus hinauf zu kommen. Sidley wanderte herum, niemals außer Rufweite. Und schließlich versammelte Prudence diese treuen Freunde um sich, und sie saßen zusammen im goldenen Salon und plauderten von den Nervenzerreißproben, die sie zusammen durchlebt hatten, während die Minuten langsam dahinschlichen.

Am frühen Nachmittag ging sie hinaus. Der Himmel war heute bewölkt, ein ziemlich kühler Wind fuhr durch die Bäume und erweckte auf dem Fluß, der sich vor dem großen Haus vorbeischlängelte, kleine Wellen zum Leben.

Prudence zog den Schal enger um sich und spazierte langsam weiter. Er war zu diesem Ort in der Nähe von Trowbridge zurückgekehrt. Und er hätte gestern zu Hause sein sollen. Es sei denn, er war entdeckt und weit von seinem Ziel fortgehetzt worden. Er würde versuchen durchzukommen, das wußte sie. Gleichgültig, wie tödlich das Risiko für ihn sein mochte, er würde es versuchen. Ziellos ging sie weiter und stellte fest, daß sie von einem Bluthund namens Grimy adoptiert worden war und Flower ihr ebenfalls mehr oder weniger folgte. Dankbar darüber, fragte sie sich doch, was sie tun würde, wenn er gefaßt werden sollte. Wenn er — allein der Gedanke ließ ihre Knie zittern — wenn er zum Tode verurteilt würde . . . in den Tower geschleppt . . . Aber es war wirklich ganz einfach. Ihr Leben würde zu Ende sein, denn dann gäbe es keinen Grund mehr weiterzuleben.

Sie war an seinem Waldversteck angelangt, vielleicht hatte sie unbewußt dorthin gehen wollen — eine kleine runde Lichtung, wo das Licht sanft durch die Zweige gefiltert wurde und ein Bach von den Geheimnissen des Lebens und der Liebe murmelte und plätscherte und gluckste; für jeden, der Ohren zu hören und Zeit zum Zuhören hatte. Sie setzte sich auf einen Baumstumpf und fragte sich trübselig, wo er sein mochte und was mit ihm geschah . . .

Sie hätte nicht sagen können, wieviel Zeit vergangen war, bevor die Hunde sie erschreckten, indem sie aufsprangen und davonrannten. Außer Grimys tiefem Bellen und Flowers wildem Jaulen glaubte Prudence, eine weitere Stimme zu hören. Mit flatterndem Herzen stand sie auf und wagte nicht, sich weiter zu bewegen.

»Die Fliege, die nach Nektar giert,
nippt kurz und muß hinscheiden,
so auch der Narr, der Frau'n probiert,
bald ist ruiniert . . . ruiniert . . . ruiniert!«

Lange bevor die letzten Töne in dem angenehmen Bariton gesungen wurden, rannte sie schon los, und endlich kamen die verwünschten Tränen und strömten ihr die Wangen hinunter.

Er kam den Abhang herunter, die Hunde spielten verrückt und sprangen und liefen um ihn herum. Er blieb stehen, als er sie sah, und sie blieb ebenfalls stehen, und einen entzückten, schwebenden Augenblick lang standen beide da und sahen einander an. Dann sagte er mit fester Stimme: »Platz!« Die Hunde setzten sich sofort, und der Höllenlärm hörte auf.

Geoffrey breitete die Arme aus, und Prudence stürzte sich schluchzend hinein, und er preßte sie an seine Brust, die Augen geschlossen, die Wange an ihren weichen Locken, während sie sich in stummer Entrückung an ihn klammerte.

Eine kleine Weile später war sie milde überrascht, ihn auf dem Baumstumpf sitzend in der kleinen Lichtung vorzufinden. Das war natürlich, *nachdem* er sie geküßt hatte. Sehr eingehend. Er begann mit ihren Tränen, fuhr mit der Stirn, den Wangen, der Nasenspitze und — endlich — ihrem Mund fort.

Seine Arme fest um sich geschlossen, seufzte sie und fragte leise: »Ist es vorbei?«

»Es ist vorbei.«

»Und Sie sind frei? Keiner verfolgt Sie? Sie stehen nicht unter Verdacht?«

»Ich bin frei. Aber, verdammt, ich bin beinahe vor Angst gestorben!«

Erneut zu Tode erschrocken, machte sie sich los, musterte sein Gesicht und bemerkte so zum erstenmal, daß Bartstoppeln sein Kinn verdunkelten und unter seinen Augen Schatten der Müdigkeit lagen. »Was meinen Sie? Mein Lieber — Sie sehen aus — sind Sie die ganze Nacht geritten?«

»Ich hatte gerade die Geheimbotschaft an ihren Bestimmungsort gelegt, als dieser verrückte Dummkopf Charles Albritton mit einer verdammt großen Pistole in der Faust hinter mir stand. Fast hätte ich den Einfaltspinsel aufgespießt, was verdammt unangenehm gewesen wäre, wissen Sie, weil er ein Priester ist.«

Prudence schnappte nach Luft. »Meine Güte! Aber warum hatte er eine Pistole?«

»Sagte, er habe erwartet, jemand anderer würde die Geheimbotschaft bringen. Hatte er natürlich.«

Er sah, wie Besorgnis in ihre großen Augen trat, und fuhr schnell fort: »Auf jeden Fall hatten wir viel zu tun, weswegen ich mich verspätet habe, und dann mußte ich in der Nähe von Devizes auch noch in einen Riesenwirbel geraten, die halbe Einwohnerschaft suchte nach irgendeinem armen Teufel, und das hat mich noch einmal aufgehalten. Aber — hier bin ich.«

Er hätte ihr mehr erzählen können, aber wenn sie erfuhr, daß er selbst in diesen Riesenwirbel verwickelt worden war und eben zu dieser Stunde ein Flüchtling dank seines Eingreifens der lautstarken Verfolgung entronnen war, würde sie sich nur unnötig aufregen. Und so lächelte er sie nur an.

»Dann«, sagte sie, da sie ihn kannte und deshalb argwöhnisch war, »dann sind Sie die ganze Nacht geritten.«

»Nun ja, es stimmt.« Schelmische Funken erwachten in seinen müden Augen. »Ich habe versucht, das Haus Ihrer Tante zu finden. Aber schauen Sie nicht so verärgert, meine Liebste. Dies hier ist ein Junggesellenhaus, Sie können hier nicht bleiben. Selbst wenn ich auszöge, würden die Leute sicher denken —«

Sie wandte sich ab und sagte ruhig: »Daß ich Ihre Geliebte war. Wie Mr. Crisp geglaubt hat.«

Bertram Crisp war ein Marquis, und ihn als Mister bezeichnet zu hören, brachte Delavale zum Lächeln.

Prudence mißverstand ihn und reckte sofort das Kinn. Sie stand auf und kehrte ihm den Rücken zu. »Es wird nicht nötig sein, daß ich bei meiner Tante wohne, weil ich nach Hause zurückzukehren beabsichtige.«

»Seien Sie keine Närrin«, sagte er und stellte sich hinter sie, um sie an den Schultern zu nehmen und an sich zu drücken. »Ich will meine Frau hier haben — nicht Hunderte von Meilen fern von mir!«

Glückseligkeit ergriff Besitz von ihr. So hatte er also schließlich doch eine Heirat im Sinn. Einen Augenblick lang hatte sie gedacht — aber er hatte um sie angehalten. Mehr oder weniger. Sie entfernte sich ein wenig und sagte zurückhaltend: »War das ein Antrag, Mylord?«

»Ja, natürlich war es das.« Er ging um sie herum, um, eher unsicher, ihr Gesicht zu mustern. »Was haben Sie gedacht? Wenn Sie nur wüßten, wie ich mich danach gesehnt habe, Ihnen zu sagen, daß ich Sie zur Frau haben möchte!«

»Sie hatten«, betonte sie, ohne zu zeigen, wie ihr Herz jubelte, »viele Gelegenheiten, Sir, aber Sie haben kein Wort gesagt.«

»Aber, mein liebstes Mädchen, wie konnte ich? Zu riskieren, daß Sie sich an mich binden, während meine Zukunft so unsicher war, wäre verabscheuungswürdig gewesen.«
Es fiel ihr sehr schwer, aber sie wollte die richtigen Worte hören, und deshalb sagte sie: »Sie schienen dieses Risiko nicht zu berücksichtigen, als wir in Lakepoint waren.«
Sie schien distanziert und kühl. Langsam bekam er tatsächlich Angst und sagte: »Nein, aber — ich dachte, wir hätten nur einen kleinen Flirt miteinander, und — ich dachte, ich würde — Nun, ich dachte, ich würde Sie nicht sehr lange belästigen.«
Bei diesen Worten verspürte sie einen scharfen Schmerz, aber sie erklärte entschlossen: »Aber danach, in der Höhle, als Sie wußten, daß es Ihnen besser ging, sagten Sie immer noch nichts.«
»Mein Gott!« Er nahm ihre Hand und hielt sie fest zwischen den seinen. »Prue, das können Sie nicht ernst meinen! Ich mußte immer noch diese Geheimbotschaft überbringen. Alles hätte schiefgehen können. Wenn Sie auf dem Schiff nicht so krank gewesen wären, vielleicht . . . aber —«
Sie hielt den Kopf gesenkt. Hatte seine Familie ihr Abscheu gegen Highview eingeflößt? Litt sie unter denselben Skrupeln wie Elizabeth, einen Titel aufgehalst zu bekommen? »Prue?« sagte er ängstlich. »Prue — liebstes, heißgeliebtestes, mutigstes aller Mädchen. Willst du mir keine Antwort geben?« Immer noch sagte sie nichts. Er legte einen Finger unter ihr Kinn und hob ihr Gesicht, dessen strahlender Ausdruck ihn tief bewegte. Er flüsterte: »Prue, mein kleines Mädchen — ich liebe dich so.«
Sie fand die richtigen Worte. »Oh . . . Geoffrey . . .« sagte sie und sank ihm in die Arme.
Und als sie einander ihrer unermeßlichen Liebe versicherten, sagte sie ihm, echt weiblich, daß er sich nicht verpflichtet fühlen mußte, sie zu heiraten, weil sie einen so langen Weg zusammen zurückgelegt hatten, ohne eine Anstandsdame. »Nur«, ergänzte sie hastig, »wenn du das Gefühl hast, du könntest ohne mich nicht leben.«
»Dieses Gefühl habe ich«, gestand er und hielt in seinen wilden

Zärtlichkeiten inne, als sie seine Hände nahm und ihn so daran hinderte, sie weiter zu liebkosen. »Aber — da gibt es eine Sache ...«

»Was?« fragte sie und empfand selbst ein Gefühl der Schwäche.

»Du weißt, mein Herzblatt, daß ich meinen Papa zutiefst geliebt habe, aber ich möchte einfach nicht, daß unser Erstgeborener Hector genannt werden soll.«

Äußerst schockiert keuchte Prudence: »Geoffrey ... Delavale!« und vergrub ihr heißes Gesicht in seinem stark beanspruchten Halstuch.

»Noch«, fuhr er nachdenklich fort, »gefällt mir der Name James sehr gut. Und wenn wir ihn Stuart nennen würden, was ich sehr gerne täte, nun, da ist Cole zu berücksichtigen, verstehst du. Er würde förmlich sterben vor Eifersucht.«

Zu scheu, um ihn anzusehen, murmelte sie: »Wir könnten — könnten ihn MacTavish taufen, und jeder würde ihn Mac nennen, was sowohl Papa als auch MacLeod freuen würde.«

»Großartig!« Er hob ihr Gesicht hoch und sagte schmeichelnd, »Und unser zweiter Sohn könnte Hector heißen.« Er liebte sie heiß wegen ihres tiefen Errötens und fragte mit zärtlicher Stimme: »Und was habt ihr dazu zu sagen, scheue Augen?«

Prudence riskierte einen funkelnden Blick auf ihn. »Oh, so lala«, antwortete sie.

Palmer, Lilli

Nachtmusik

Das Leben eines bisher unbescholtenen Universitätsprofessors gerät aus den Fugen. Eine turbulente und amüsante Geschichte. 384 S. [1090]

Eine Frau bleibt eine Frau

Millionen haben Lilli Palmer seinerzeit in ihrer gleichnamigen Fernsehserie bewundert. Daraus hat sie verschiedene Beiträge ausgesucht, sie in Erzählungen verwandelt und in diesem Sammelband veröffentlicht.
224 S., 16 Abb. [1320]

Umarmen hat seine Zeit

»Man muß auch mal ein Risiko eingehen, sonst lebt man nicht.« Diesen Rat ihrer geliebten Schwiegermutter wird Sophie nie vergessen. Sie will leben und sie lebt riskant, denn sie weiß: Alles auf Erden hat seine Zeit. 304 S. [789]

Wenn der Nachtvogel schreit

Die überraschende Entdeckung eines höchst ungelegenen Passagiers auf der Yacht »Gudrun« im Hafen von Portofino stürzt nicht nur deren Besitzer in Unannehmlichkeiten, sie verändert auch schlagartig das Leben seiner Freunde und Freundinnen inmitten der vorsommerlichen Ferienidylle...
320 S. [1576]

Buck, Pearl S.

Fremd in fernem Land

Das Schicksal der Familie Liang und ihrer weitverstreuten Mitglieder in New York und in China.
224 S. [1065]

Geschöpfe Gottes

Zwei erfolgreiche Männer im ewigwährenden Konflikt zwischen Machtgier und Nächstenliebe.
216 S. [1033]

Die chinesische Heirat

160 S. [493]

Eine Liebesehe

In Pennsylvania findet der Maler William Barton die Motive für seine Kunst und eine Frau, die ihm Ergänzung und Erfüllung ist.
175 S. [755]

Wo die Sonne aufgeht

173 S. [310]

Am Teich der Lotosblüten

Märchen aus dem Nahen und Fernen Osten.
192 S. [786]

Zuflucht im Herzen

Die weltberühmte Autorin berichtet über ihre Bewältigung der Einsamkeit. Ein Buch der Weisheit, des Trostes. 153 S. [1010]

Das Mädchen von Kwangtung

China im Bürgerkrieg. Eine Handvoll grundverschiedener Menschen findet zueinander und bewährt sich im Augenblick höchster Gefahr.
160 S. [812]

Das Gelöbnis

Die Geschichte einer unbeirrbaren Liebe zweier Menschen in China.
224 S. [733]

Colette

Chéri

Colette schildert die Liebe zwischen einer reifen Frau und einem jungen Mann, der halb so alt ist wie sie selbst – eine Beziehung ohne Zukunft – denn eines Tages wird er sie verlassen und sich einer Jüngeren zuwenden... 224 S. [1345]

Romane